Pídeme lo que quieras y yo te lo daré

Pídeme lo que quieras y yo te lo daré

Megan Maxwell

Obra editada en colaboración con Editorial Planeta – España

© Imagen de la portada: Silver Spiral Arts – Shutterstock
© Fotografía de la autora: Carlos Santana

© 2015, Megan Maxwell
© 2015, Editorial Planeta, S.A. - Barcelona, España

Derechos reservados

© 2016, Editorial Planeta Mexicana, S.A. de C.V.
Bajo el sello editorial PLANETA M.R.
Avenida Presidente Masarik núm. 111, Piso 2
Colonia Polanco V Sección
Deleg. Miguel Hidalgo
C.P. 11560, México, D.F.
www.planetadelibros.com.mx

Primera edición impresa en España: noviembre de 2015
ISBN: 978-84-08-14756-5

Primera edición impresa en México: febrero de 2016
ISBN: 978-607-07-3246-1

Impreso en los talleres de Litográfica Ingramex, S.A. de C.V.
Centeno núm. 162-1, colonia Granjas Esmeralda, México, D.F.
Impreso en México – *Printed in Mexico*

Para Jud, Eric, Mel y Björn, porque ellos me han hecho entender que las cosas que valen la pena en la vida nunca son sencillas. Y para las Guerreras Maxwell, por recibirme siempre con los brazos abiertos. Mil besotes,

MEGAN

1

Calor..., ¡madre mía, qué calor me está entrando!

Eric Zimmerman, mi amor, mi marido, mi deseo, mi todo, me mira juguetón.

La gente nos rodea mientras tomamos una copa en la barra del atestado local.

Estamos felices. La última revisión de los ojos de mi amor, tras regresar de pasar la Navidad en Jerez con mi familia, ha ido viento en popa. Su problema en la vista es una enfermedad degenerativa que se agravará con el paso de los años, pero de momento todo está controlado y bien.

—Por ti y por tus preciosos ojos, corazón —digo levantando mi copa.

Mi alemán sonríe, choca su copa con la mía y murmura con voz ronca, el muy ladrón:

—Por ti y por tus maravillosos jadeos.

Sonrío..., sonríe.

¡Adoro a mi marido!

Llevamos cinco años juntos y la pasión que sentimos el uno por el otro es intensa, a pesar de que en los últimos meses mi gruñón favorito esté demasiado pendiente de Müller, su empresa.

En este instante, Eric está ansioso de mí. Lo sé. Lo conozco. Y, mientras pasea la vista por mis piernas, veo el morbo en su mirada. Ese morbo que me pone a mil y me hace disfrutar.

Sé lo que quiere, lo que anhela, lo que desea, y yo, sin dudarlo, sentada en el taburete, se lo doy. No quiero esperar más. Con un gesto erótico, me subo la falda de mi sensual vestido negro y abro las piernas para él. Para mi amor.

Eric sonríe. ¡Me encanta su sonrisa pícara! Y, antes de que pregunte, susurro:

—No llevo.

Su sonrisa se amplía al saber que no llevo calzones. ¡Qué bribón! Entonces, tras acercarse a mí, pasea su boca por la mía y murmura poniéndome a cien:

—Me encanta que no las lleves.

Segundos después, sus manos recorren mis muslos posesivamente y con seguridad. Tiemblo.

Mi respiración se acelera, mi cuerpo se enciende y, cuando siento cómo esas manos que adoro se desplazan hacia la cara interna de mis piernas, cierro los ojos y jadeo.

Eric sonríe..., yo sonrío y doy un pequeño saltito sobre el taburete cuando su dedo separa los labios de mi vagina y se introduce en mi interior.

¡Oh, Dios, cómo me gusta que lo haga!

Cierro los ojos extasiada por el momento y el juego. Ese morboso, caliente y apasionado juego que, ahora que somos padres, nos permitimos menos de lo que nos gustaría pero, cuando lo hacemos, lo disfrutamos con frenesí.

—Pequeña...

Pequeña... ¡Mmm! Me fascina que me llame así.

—Pequeña, abre los ojos y mírame —insiste con su voz ronca cuando saca el dedo de mi interior.

Su voz... Adoro su ronca y fascinante voz con ese acentazo alemán que tiene, y, sin vacilar, hago lo que me pide y lo miro.

Estamos en el Sensations, un local *swinger* de intercambio de parejas que frecuentamos siempre que podemos y donde dejamos volar nuestra fantasía y alimentamos nuestros más lujuriosos deseos.

Hemos quedado con Björn y Mel, nuestros grandes amigos. Unos amigos con los que compartimos, además del día a día, una parte de nuestra morbosa y caliente sexualidad, aunque entre Mel y yo nunca ha habido nada, ni lo habrá.

Eric mira el reloj y yo lo miro también. Las diez y veinte.

Veinte minutos de retraso y, sin dudarlo, mi amor saca su celular con su única mano libre, pues la otra la tiene entre mis piernas, hace una corta y rápida llamada y, cuando cuelga, dice metiéndose el teléfono en el bolsillo del pantalón oscuro:

—No vienen.

No pregunto el porqué, más tarde me enteraré.

Sólo deseo disfrutar del placer que me ocasiona lo que la mano de mi amor hace entre mis piernas, y más cuando lo veo mirar hacia un grupo de hombres y sé lo que piensa. Sonrío.

En el Sensations hay muchos conocidos con los que hemos disfrutado del sexo, pero también hay desconocidos, lo que lo hace más interesante. Me fijo en un hombre alto de pelo oscuro que tiene una bonita sonrisa, y sin dudarlo digo:

—El moreno de la camisa blanca que está con Olaf.

Eric lo observa durante unos segundos, sé que lo analiza y, finalmente, con gesto pícaro, pregunta antes de tomar su copa:

—¿Él y yo?

Asiento mientras continúo sentada en el taburete. Me acaloro y, segundos después, el moreno, que, todo sea dicho, físicamente está muy bien, se planta a nuestro lado tras una seña de Eric.

Todos los que estamos allí entendemos el lenguaje de las señas, y durante varios minutos los tres hablamos. Se llama Dennis y es amigo de Olaf. Y, aunque nosotros no lo hemos visto antes, nos comenta que ha estado en el local en alguna ocasión.

Una vez que Eric y yo decidimos que nos agrada la compañía de aquél para que entre en nuestro juego, mi amor pone la mano en uno de mis muslos y Dennis, sin dudarlo, posa la suya en mi rodilla. La masajea. Soy consciente de cómo mi marido observa lo que hace, cuando lo oigo decir en tono íntimo:

—Su boca es sólo mía.

Dennis asiente, y sé que ha llegado el momento que los tres estábamos buscando.

Sin dudarlo, me bajo del taburete y Eric me agarra con fuerza de la mano y me besa.

Echamos a andar hacia los reservados, y los gemidos gozosos y excitantes procedentes del interior comienzan a llenar mis oídos.

Gemidos de placer, goce, gusto, regocijo, éxtasis, felicidad, lujuria, diversión.

Todos los que estamos en el Sensations sabemos lo que queremos. Todos buscamos fantasía, morbo, desenfreno. Todos.

Durante el camino, noto cómo la mano de Dennis se posa en mi trasero. Lo toca y yo se lo permito y, al llegar frente a una puerta donde hay un cartel en que se lee SALA PLATA, los tres nos miramos y asentimos. Sobran las palabras.

Es la sala de los espejos. Una sala más grande que otras del local, con varias camas redondas y sábanas plateadas donde, mires a donde mires, te ves a ti mismo en mil posiciones gracias a los espejos.

No soy nueva en esto pero, en el momento de entrar en una sala, mi cuerpo se eriza, mi vagina se lubrica, y sé que voy a disfrutar una barbaridad.

Una vez dentro de la habitación, compruebo que la luz es más tenue que en el resto del local, y vemos a otras personas practicando sexo. Sexo morboso, caliente y pecaminoso. Una clase de sexo que mucha gente no entiende, pero que yo veo como algo normal, porque lo disfruto y espero seguir disfrutándolo durante mucho tiempo con mi amor.

Nada más cerrar la puerta, miramos a los dos hombres y a la mujer que se divierten al fondo de la habitación. Oír sus jadeos y sus cuerpos chocar y liberarse es, como poco, excitante. Eric me agarra posesivamente por la cintura y murmura en mi oído:

—Enloquezco al pensar en poseerte así.

Ufff..., ¡lo que me entra!

Llevamos juntos varios años, pero el efecto Zimmerman sigue en mí.

¡Me vuelve loca!

Acalorada por el momento, sonrío. Sin soltarme de la mano, Eric camina hacia una de las camas redondas, donde hay varios preservativos y, al llegar junto a ella, se sienta y me mira.

Yo me quedo de pie ante él cuando Dennis, que está detrás de mí, se acerca y me agarra por la cintura para pegarme a su cuerpo. Su erección, a través de la ropa, me hace saber lo mucho que me desea. Sus manos se pierden en el interior de mi vestido. Me toca. Toca mis pechos, mi vagina, mi trasero, y Eric nos contempla. La mirada velada de morbo de mi amor por lo que ve me vuelve loca.

Entonces, oigo que Dennis dice en mi oído con su particular acento:

—Me gusta que no lleves calzones.

Apenas puedo dejar de mirar a Eric, que nos observa. Disfruta con lo que ve, tanto como yo disfruto con lo que la situación me hace sentir.

Nuestra compenetración sexual nos hace estar bien. Que me toque ese hombre o que otra mujer lo toque a él en esos encuentros sexuales no nos encela porque siempre lo hacemos juntos. Eso sí, fuera de nuestros juegos, y en el día a día, los celos ante cualquiera que simplemente nos mire o nos sonría nos hacen discutir acaloradamente. Somos raros, lo sé. Pero Eric y yo somos así.

Una vez que ha recorrido con lascivia mi cuerpo, Dennis saca las manos de debajo de mi ropa y, tras desabrochar un fino corchete en el lateral de mi cintura, me abre el vestido y, segundos después, éste cae y me quedo completamente desnuda.

Ni calzones, ni brasier. Tengo claro a lo que voy y lo que quiero, ¡bravo por mí!

Los ojos de mi amor se achinan de deseo, y yo sonrío. Lo miro y siento cómo su respiración se acelera ante lo que muestro sin ningún tipo de pudor. Sin perder un segundo, se levanta de la cama y comienza a desnudarse. ¡Bien!

Primero se quita la camisa.

Madre mía..., madre mía..., cómo me gusta mi marido.

Con una sonrisita que me calienta hasta el alma, se descalza, después se desabrocha los pantalones y, tras quitárselos, los calzoncillos caen también.

Ante mí queda mi Dios, mi amor, mi imbécil particular, y me estremezco al ver su erección.

Si estuviera en Facebook, pondría un «Me gusta» muy... muy grande.

Noto que Dennis hace lo mismo que Eric ha hecho segundos antes. Lo siento moverse detrás de mí y sé que se está desnudando.

¡Bien, estoy deseando que me hagan suya!

Una vez que los tres estamos desnudos, Dennis y Eric se colocan frente a mí, orgullosos de sus cuerpos. Sus gestos lo dicen todo y, dando un paso al frente, me arrodillo ante ellos, tomo sus duros y tersos penes con las manos y los paseo con dulzura por mi mejilla.

Veo cómo se estremecen ante lo que hago, mientras yo pienso que en breves instantes serán para mí, sólo para mí.

Segundos más tarde, siento la mano de Eric en mi cabeza y, después, la de Dennis. Ambos me masajean el cuero cabelludo animándome a que mime lo que tengo entre las manos. Por eso, primero uno y después otro, introduzco sus penes en mi húmeda y caliente boca y disfruto del morbo que esa acción me provoca.

Los noto temblar, tiritar, vibrar con lo que mi boca y mi lengua les hacen, y me gusta. Me siento poderosa.

Sé que en ese instante soy yo la que tiene el poder, y así estamos varios minutos, hasta que suelto sus más que duros penes. Eric me hace levantar del suelo para que lo mire y susurra excitado:

—Dame tu boca..., dámela.

La petición de mi amor es lo que más deseo.

Mi boca es su boca. Suya.

Su boca es mi boca. Mía.

En el sexo nos unimos hasta ser sólo una persona. Totalmente entregado a mis deseos, Eric chupa mi labio superior, después el inferior y, tras darme un mordisquito que me hace sonreír, murmura mientras las manos de Dennis se pasean por todo mi cuerpo y se introducen en todos los recovecos:

—¿Te gusta, Jud?

Asiento. ¿Cómo no voy a asentir?

De pronto, las manos de mi guapo marido y las de aquel extraño se unen y juntos me tocan lentamente hasta volverme loca. Y entonces oigo a Eric decir:

—Dennis, siéntate en la cama y ofréceme a mi mujer.

El aludido hace lo que mi amor le pide.

Me hace sentar sobre él de cara a Eric. Me flexiona las piernas y, tras pasar las manos bajo mis muslos, me abre para Eric, y entonces éste dice sin dejar de observarme:

—Después seré yo el que te ofrezca a él. ¿De acuerdo, Jud?

Asiento..., asiento y asiento.

Enloquezco con el morbo que eso me ocasiona. Con Eric a mi lado, me encantará ser ofrecida a quien él quiera.

Un estremecimiento me recorre el cuerpo al sentir cómo mi amor se acerca, flexiona las piernas para ponerse a mi altura y, de un fuerte empellón, me penetra.

Yo grito de placer. El sexo nos gusta fuertecito y, para facilitarnos el momento, Dennis me sujeta con firmeza mientras Eric se aprieta contra mí en busca de ese placer extremo que nos enloquece y nos hace ser él y yo.

Mis pezones están duros, mis pechos se mueven a cada embestida de mi amor, y Dennis, encantado con lo que ve, dice cosas en mi oído que me ponen a mil y que deseo que haga.

Sin descanso, Eric prosigue con sus embestidas. Siete..., ocho..., doce...

Nuestras miradas se fusionan y lo animo a que siga, a que me penetre, a que me coja como sé que nos gusta, y lo hace. Lo disfruta, lo vive, lo saborea, tanto como lo hago yo.

Pero el placer me va a hacer explotar, mientras observo el autocontrol de mi amor.

A pesar de estar poseído por la excitación del momento, Eric siempre mantiene el autocontrol. No como yo, que me descontrolo en cuanto la lujuria me posee. Por suerte para mí, ambos lo sabemos, y también sé que a él le gusta que en esos instantes yo sea loca, desinhibida, excesiva e insensata.

Sin embargo, en el tiempo que llevamos juntos —a pesar de todo y de mi carácter español, que me hace ser completamente opuesta a mi alemán—, en cierto modo he aprendido a controlar, dentro de mi descontrol. Sé que es raro entender lo que digo, pero es verdad. A mi modo, ya controlo.

El tiempo pasa, mis jadeos suben varios decibeles, y Eric, enloquecido, me agarra por la cintura y me arranca de manos de Dennis, por lo que quedo suspendida en el aire. No aparta su azulada mirada de mí, y me maneja a su antojo sin dejar de clavarse una y otra vez en mi interior.

¡Qué placer! ¡Nadie sabe poseerme como Eric!

Como puedo, me agarro a su cuello, a ese duro y fuerte cuello alemán que me vuelve loca.

Uno..., dos..., siete... Toda yo vibro.

Ocho..., doce..., quince... Toda yo jadeo.

Veinte..., veintiséis..., treinta... Toda yo grito de placer.

El calor que las embestidas de mi amor me producen me quema las entrañas.

Al oírme y ver mi expresión, mi marido enloquece de deleite. Lo sé. Lo disfruta. Lo pongo a cien.

Sólo tengo que ver su mirada para saber que le gusta lo que ve, lo que siente, lo que da y lo que recibe. Y cuando, segundos después, mi empapada vagina tiembla por su posesión, tengo convulsiones y, tras un grito de goce increíble, mi amor sabe que he llegado al clímax.

Gustoso, se para a observarme. Le gusta ver mi placer y, cuando consigo regresar a mi cuerpo, después de subir al séptimo cielo, lo miro con una sonrisa que me llena el alma.

—¿Todo bien, pequeña? —pregunta.

Asiento..., no puedo hablar, y Eric, que es consciente de ello, dice:

—Adoro ver cómo te vienes, pero ahora nos vamos a venir los tres, ¿de acuerdo, Jud? —Asiento de nuevo, sonrío, y Eric murmura mientras me besa—: Eres lo más bonito de mi vida.

Sus palabras...

Su galantería...

Su manera de amarme, de mirarme o de seducirme me calienta de nuevo hasta el alma.

Él lo sabe y sonríe, me muerde el labio inferior y, al tiempo que mueve la cadera, vuelve a profundizar en mí y yo vuelvo a gritar. La Jud malota ha aflorado y, clavándole los dedos en la espalda, susurro jadeante mientras lo miro:

—Pídeme lo que quieras.

Esa frase...

Esas palabras lo vuelven tan loco como a mí y, deseosa de que enloquezca más, insisto:

—Cójanme los dos.

Mi amor asiente, y noto cómo le tiembla el labio de lujuria mientras mis terminaciones nerviosas se reactivan en décimas de segundo y toda su potencia viril me hace entender que él y sólo él es el dueño de mi cuerpo y de mi voluntad.

Con deleite y sin salirse de mí, mi amor mira a Dennis, y oigo que dice:

—Sobre la cama hay lubricante. Vamos, únete a nosotros.

Al oír eso, mi vagina se contrae y rodea el pene de Eric. Ahora es él quien jadea.

Dennis se pone uno de los preservativos que hay encima del colchón. Cuando acaba, toma el tubo de lubricante. Yo sigo empalada por mi amor y sujeta a su cuello. Ninguno de los dos nos movemos, o no podríamos parar. Esperamos a nuestro tercero.

Dispuesto a disfrutar también, Dennis me da un par de nalgadas que pican pero que a Eric lo hacen sonreír. Abre el tubo de lubricante y, mientras lo unta en mi trasero e introduce un dedo en mi ano, dice para que lo oigamos los dos:

—Muero por entrar en este precioso culito.

Eric y yo nos miramos e, instantes después, mi amor me separa las nalgas y me ofrece a él. Dennis coloca la punta de su pene en mi ano y Eric murmura:

—Cuidado..., con cuidado.

El grueso miembro de Dennis se introduce en mí poco a poco, mientras yo abro la boca para respirar como un pececillo y Eric, mi controlador amor, me observa para asegurarse de que todo está bien. No hay dolor. Mi ano ya está dilatado y, segundos después, los dos me tienen totalmente empalada. Uno por delante y otro por detrás. Esa posesión, de pie, es algo nuevo para mí, algo que sólo he hecho un par de veces y, cuando mi amor comienza a moverse, yo grito de placer y me dejo poseer.

Quiero que me manejen...

Quiero que me hagan gritar de gusto...

Quiero venirme de placer...

Eric y Dennis saben muy bien lo que hacen. Saben dónde está el límite de todo juego y, sobre todo, saben que soy importante y que ante el más mínimo dolor han de parar.

Pero el dolor no existe. Sólo existe el goce, el morbo y las ganas de jugar.

—No te vengas todavía, Jud —pide Eric al ver cómo tiemblo.

—Espéranos —insiste Dennis a media voz.

Jadeo... ¡Mira que es fácil lo que piden!

Mi cuerpo se rebela. ¡Quiere explotar!

El orgasmo en el interior de mí quiere reventar de placer, pero intento buscar mi autocontrol, ese que creo tener, y esperarlos. He de hacerlo. Sé que, llegado el momento, el éxtasis será más enloquecedor. Más devastador. Más embriagador.

Durante varios minutos nuestro inquietante juego continúa.

Tiemblo... Tiemblan.

Jadeo... Jadean.

Mi cuerpo se abre para recibir a esos dos adonis con lujuria, y me dejo llevar y manejar.

¡Oh, Dios, cómo lo disfruto!

Cómo me gusta lo que me hacen y cómo me gusta sentirme llena de ellos.

Sí. Eso es lo que quiero. Eso es lo que me gusta. Eso es lo que deseo.

Sin descanso se mueven, buscan su satisfacción, me dan placer, jadean y resoplan hasta que ambos y casi al unísono dan un alarido agónico al clavarse en mí. Entonces sé que el momento ha llegado y por fin me permito explotar.

Mi cuerpo se relaja, mi grito me libera y siento que los tres subimos al cielo de la lujuria mientras vibramos dentro de nuestro propio éxtasis. Sin lugar a dudas hemos conseguido lo que buscábamos: morbo, lascivia, fantasía y sexo. Mucho... mucho sexo.

Durante horas, disfrutamos sin limitaciones de todo aquello que nos gusta, nos enciende, nos excita, hasta que, tras una noche plagada de voluptuosidad y sensualidad en el Sensations, nos despedimos de Dennis, y confirmo que es brasileño.

Cuando salimos del local y caminamos hacia el coche, pregunto por nuestros amigos Björn y Mel. Eric tuerce el gesto y me explica que a Björn le han vuelto a piratear la web de su bufete. Eso me sorprende. Ya es la tercera vez en menos de un mes. Nunca entenderé a los *hackers*.

¿Qué ganan haciendo eso?

A las tres de la madrugada llegamos a nuestra casa en Múnich. Estamos agotados pero felices.

Una vez que metemos el coche en el garaje, *Susto* y *Calamar*, nuestros perros, vienen a saludarnos como si llevaran meses sin vernos. ¡Qué exagerados son!

—Estos animales nunca van a cambiar —protesta Eric.

Mi alemán adora a nuestros cariñosos bichitos, pero en ocasiones tanta efusividad lo agobia.

Hay cosas que no cambian, y aunque sé que Eric ya no podría vivir sin ellos, siempre protesta cuando lo llenan de baba, por eso él se queda en el interior del vehículo mientras yo salgo y me deshago en cariños con nuestras mascotas.

De pronto comienza a sonar música en el interior del vehículo y yo, sin mirar, sonrío. Mi chico, mi loco amor, sabe que adoro *A que no me dejas*,* la canción que interpretan mi Alejandro Sanz y Alejandro Fernández. ¡Vaya dos titanes!

Cuando oigo que se abre la puerta del coche, lo observo y cuchicheo divertida al verlo salir de él:

—¿Quieres bailar, Iceman?

Mi rubio sonríe. Dios, ¡qué bonita sonrisa tiene!

Estos tontos momentos, estos bailecitos románticos que tanto me gustan, no se repiten con la frecuencia que querría, pero mirando a mi amor me desahogo como una tonta y sonrío. Sin duda, cuando quiere, Eric lo hace muy... muy bien.

Me encanta cómo se acerca a mí con su gesto serio, me pone a cien, y, obviando a *Susto* y a *Calamar*, recorre lenta y pausadamente mi cintura con sus grandes manos, me acerca a él y comenzamos a bailar esa increíble canción.

Rodeados por la música, nos movemos en el garaje mientras nos comemos con los ojos y tarareamos con una sonrisa aquello

---

* *A que no me dejas* (Feat. Alejandro Fernández), Universal Music Spain, interpretada por Alejandro Sanz y Alejandro Fernández. *(N. de la E.)*

de «A que no me dejas».* Sin duda, ni yo lo dejo, ni él me deja a mí. Discutimos, nos peleamos día sí, día también, pero no podemos vivir el uno sin el otro. Nos amamos de una manera loca y desesperada como creo que nunca volveremos a amar a nadie.

Cuando la canción acaba, Eric me besa. Tiemblo excitada. Su lengua recorre el interior de mi boca de forma posesiva y, cuando damos por finalizado nuestro apasionado beso, lo oigo murmurar contra mis labios:

—Te quiero, pequeña.

Asiento..., sonrío y, extasiada por las increíbles cosas que me hace sentir siempre que se pone tan romanticón, murmuro:

—Más te quiero yo a ti, corazón.

Una vez que nos recomponemos, nos despedimos de *Susto* y *Calamar* y, cuando Eric me da la mano para entrar en casa, digo quitándome los altos zapatos de tacón:

—Dame un segundo. Los tacones me matan.

Al oírme, mi alemán sonríe y, como soy una pluma para él, me toma entre sus brazos y comienza a subir la escalera conmigo. Ambos reímos. Al llegar a la primera planta, Eric se detiene ante la recámara de Flyn, abre la puerta, lo vemos dormir y sonreímos orgullosos de nuestro adolescente de catorce años.

¡Qué rápido crecen los niños!

Hace nada era un ser bajito de carita redonda y pósteres en las paredes del juego manga Yu-Gi-Oh!, y ahora es un joven larguirucho, delgado, con pósteres de Emma Stone en su clóset y esquivo con nosotros. Cosas de la edad.

Después, vamos a la recámara que comparten Eric y Hannah y, al abrir la puerta, Pipa, la cuidadora que nos echa una mano con ellos, se levanta de la cama y dice:

—Los tres niños duermen como angelitos.

Eric y yo sonreímos.

Angelitos..., lo que se dice angelitos no son. Pero no los cambiaríamos por los mejores angelitos del mundo.

Con amor, miramos al pequeño Eric, que ya tiene casi tres

---

* Véase la nota de la pág. 17. *(N. de la E.)*

años y es un travieso que todo lo toca y todo lo rompe, y a la pequeña Hannah, que tiene dos y es una gran llorona, pero nos sentimos los padres más afortunados del mundo.

Un par de minutos después, Eric y yo entramos en nuestra recámara, nuestro oasis particular. Allí nos desnudamos y vamos directo a la regadera, donde nos acariciamos y nos besamos con adoración. Luego nos acostamos y nos dormimos abrazados, agotados y felices.

2

A la mañana siguiente, cuando Eric me despierta y me anima a levantarme, estoy hecha pedazos.

Vamos a ver, ¿por qué antes podía pasarme la noche en vela, de farra, y ahora, cuando salgo, al día siguiente me cuesta tanto reponerme?

Sin lugar a dudas, y como diría mi superhermana Raquel, ¡cuchufleta, la edad no perdona!

Y es cierto.

Hasta hace un tiempo mi cuerpo se recuperaba rápidamente, pero ahora, cada vez que trasnocho, al día siguiente estoy fatal.

¡Me hago mayor!

Los niños, que ya se han levantado, nos esperan con Pipa y Simona en la cocina.

Mientras se viste, Eric me mira y dice:

—Vamos, dormilona. Levántate.

Yo miro el reloj y resoplo.

—Pero si sólo son las nueve y media, cariño.

A través de mis pestañas, veo cómo él sonríe y se acerca a mí.

—De acuerdo —responde—. Sigue durmiendo, pero luego no te quejes cuando te cuente las graciosas trompetillas que hace Hannah o las risas del pequeño Eric por la mañana.

Pensar en ellos me reactiva el alma. Sólo podemos desayunar los cinco juntos los fines de semana y, como adoro a mis niños, me levanto y murmuro:

—Está bien. Espérame.

Eric me observa y sonríe cuando camino hacia el baño.

Me miro al espejo. Mi aspecto deja mucho que desear: pelo revuelto, ojos hinchados y gesto agotado. Aun así, en lugar de regresar de nuevo a la cama, me lavo la cara, los dientes y, tras recogerme el cabello en una cola alta, vuelvo a la recámara.

—Quiero mi beso de buenos días —exige Eric mirándome.

Encantada por su petición, lo beso, lo beso y lo beso y, cuando mi respiración se acelera, él murmura cariñoso:

—Me cuesta decirte que no, pero los niños nos esperan.

¡Aisss, los niños...! Desde que tenemos niños y Eric está tan centrado en la empresa, nuestros momentos locos como el de la noche anterior bailando en el garaje casi se han esfumado, aunque cuando los tenemos son ¡lo mejor!

Me entra la risa. ¿Por qué mi marido me pone a cien a cualquier hora del día?

Con mirada de víbora divertida, me separo de él y me pongo rápidamente una bata. No es lo más sexi del mundo, pero es lo más práctico a estas horas.

Una vez listos, mi chico me cede el paso para que vaya delante de él y, en cuanto salimos de la recámara, me da una nalgada y murmura cuando yo lo miro:

—Anoche la pasamos bien, ¿verdad?

Asiento.

—Tú y yo siempre la pasamos bien —respondo enamorada de él como una colegiala.

Sonríe..., sonrío y, tomados de la mano, nos encaminamos hacia la cocina.

Al entrar, Flyn, el mayor, que ahora no da besos porque le parecen absurdos, protesta cuando intento besuquearlo.

—Mamáaaaaaaaa, por favorrrrrrr —dice huyendo de mis brazos.

—Dame un beso, que lo necesito —insisto para hacerlo enojar.

Pero mi niño, que ya está en plena edad de la punzada, me mira y dice con tono de reproche:

—¡Ya, déjame!

Su gesto me hace reír.

¿De quién habrá sacado ese carácter gruñón y serio?

Finalmente me acerco a mi pequeño Eric, a ese pequeño rubio que algún día será un tipo duro como su padre, y me lo como a besos. Él, al igual que su hermano Flyn, retira el rostro. No le gusta que lo apapachen, pero a mí me da igual, ¡lo apapacho doblemente!

Con el rabillo del ojo veo que Simona y Pipa sonríen. Siguen sin entender mi carácter español de besuquear a todo el que puedo. Una vez que acabo con el niño, me voy directo a Hannah, que al verme sonríe.

¡Me la como!

A pesar de que es una gran llorona, cuando Hannah no llora tiene la sonrisa más bonita del planeta. Es morenita como yo, pero la pícara tiene la misma expresión intrigante de Eric, y eso me encanta. Me emociona. Me fascina.

Una vez que he apapachado a mis tres pequeños amores, me siento a la mesa de la cocina y Flyn dice:

—¡Vaya parranda que te has echado, mamá! Tu cara lo dice todo.

Oír eso me hace sonreír.

¡Si él supiera!

Sin lugar a dudas, mi adolescente se fija en todo, y mientras Eric toma a Hannah para besarla con amor, respondo:

—Cariño, sólo te diré ¡que me la pasé genial!

—Y tú, papá, ¿también la pasaste genial? —veo que pregunta Flyn curioso.

Eric lo mira. Se queda estático y, al ver su gesto desconcertado, decido responder por él:

—Tan bien como yo, Flyn. Te lo puedo asegurar.

Al oírme, mi marido me mira, sonríe y yo le guiño un ojo con complicidad mientras le quito al pequeño Eric el chupón de su hermana.

Durante un buen rato, a pesar de que Pipa y Simona están con nosotros, Eric y yo nos encargamos de dar de desayunar a nuestros pollitos. Son adorables. Pero mi instinto de madre hace que escanee a Flyn, y me doy cuenta de que me observa tras sus pestañas oscuras y lo noto inquieto.

Bueno..., bueno... ¿Qué habrá hecho esta vez?

Desde hace unos meses, la actitud de Flyn con respecto al mundo en general ha cambiado. Se pasa media vida pegado al celular y a la computadora mientras interactúa con las redes sociales. Eso saca de sus casillas a Eric y en ocasiones discute con él, pero Flyn siempre se sale con la suya y sigue con sus cosas.

Sin embargo, mientras doy de desayunar al pequeño Eric, soy consciente de que algo pasa, y su mirada me hace saber que oculta algo.

Con cautela, observo a mi marido. Por suerte, está tan ensimismado con las trompetillas de Hannah mientras le da la papilla que no se ha percatado de la mirada de Flyn.

La cuchara que tengo en la mano se me cae. El pequeño Eric, Superman, como lo llama su tío Björn, me ha dado un manotazo y, tras pellizcarle el cachete, me levanto a tomar una cuchara limpia antes de que Simona o Pipa me la den. Eso me ofrece la oportunidad de acercarme a Flyn.

—¿Qué te pasa? —cuchicheo.

Él no me mira, pero responde:

—Nada.

—¿Has discutido con Dakota?

El gesto de Flyn se ensombrece. Dakota es su noviecita, una niña encantadora, compañera de colegio.

—Dakota ya es pasado —replica él entonces, sorprendiéndome.

Yo lo miro boquiabierta.

—Pero... pero, cariño, ¿qué ha pasado?

Flyn me mira como si fuera un bicho raro. Seguro que piensa que soy la última persona del universo a la que le contaría lo que ha pasado con su novia.

—Nada —responde.

—Pero, Flyn...

—Mamá..., no quiero hablar de ello. Dakota es una insulsa, una apretada y...

—Flyn Zimmerman —lo interrumpo—. ¿Cómo puedes decir eso de esa chica tan encantadora?

La madre que lo parió. Apretada, dice el mocoso. ¡Hombres!

Y, cuando voy a añadir algo más, aclara con gesto serio:

—Para tu información, ahora salgo con Elke.

—¿Elke? —pregunto de nuevo perpleja—. ¿Quién es Elke?

—Carajo...

—Eh..., ¿has dicho «carajo»? —protesto dispuesta a regañarlo.

—¿Qué cuchichean ustedes dos? —oigo entonces que pregunta Eric.

Flyn y yo lo miramos al unísono y, con el mayor gesto inocente, decimos a la vez:

—Nada.

Sin apartar los ojos de nosotros, Eric sonríe y, antes de meterle a Hannah otra cucharada de papilla en la boca, murmura:

—Ustedes y sus secretitos.

Me hace gracia su comentario. Tiene razón. Aunque Flyn ya no me cuenta tantas cosas como antes, sí es cierto que ve en mí un primer apoyo y eso, aunque a Eric le gusta, sé que en el fondo le molesta un poquito.

Una vez que hemos terminado de darles el desayuno a los enanos, Flyn me mira y pregunta:

—¿Nos vamos?

Su pregunta me hace sonreír.

Los sábados por la mañana es nuestro momento de salir con las motos y divertirnos por el campo, por lo que miro a Eric y digo:

—¿Vienes?

Mi amor me clava su mirada. Después mira a Hannah y a Eric y finalmente dice al ver cómo Flyn desaparece de la cocina:

—Hoy no. Tengo que atender un par de llamadas de...

—¡Es sábado, Eric! —protesto—. Hoy no trabajas.

Mi marido sonríe y aclara poniendo los ojos en blanco.

—Será algo rápido, cielo. Además, prefiero quedarme con los pequeños.

Asiento. No entiendo que deba seguir trabajando, pero sí que desee estar con los niños. Yo estoy toda la semana con ellos y salir el sábado por la mañana con la moto me desahoga. Le guiño un ojo a mi muchachote y digo:

—De acuerdo. Flyn y yo nos vamos.

Pipa me sustituye rápidamente con el pequeño Eric, mientras que el Eric mayor me toma de la mano, me para y, mirándome con seriedad, dice:

—Tengan cuidado.

Asiento. Le guiño un ojo y corro a mi recámara para cambiarme.

Al llegar allí, saco mi equipo de montar en moto. Como siempre, me lo pongo con una sonrisa en la boca y, cuando me ajusto las botas y cierro los broches, mi impaciencia es tremenda.

Cuando acabo, bajo los escalones de dos en dos y corro al garaje. Allí ya me espera Flyn, equipado con su overol azul. Saludo a *Susto* y a *Calamar*, y luego digo mirándolo a él:

—Tienes que contarme quién es la tal Elke.

—Paso.

Su dejadez últimamente me tiene un poco enojada, pero como quiero reírme con él, cuchicheo:

—¿Acaso Elke no es apretada?

Su mirada a lo Zimmerman me traspasa.

—Bueno..., bueno... —suspiro—. Eso es cosa tuya, pero al menos me contarás qué ha ocurrido con Dakota, ¿no?

Sin contestar, Flyn se pone el casco y, mirándome, pregunta:

—Hoy que no viene papá, ¿vamos a la pista?

Es gracioso. Cuando Eric nos acompaña, acostumbramos pasear con las motos por el campo y hacer pocas locuras. Se enferma si nos ve correr riesgos. Pero cuando él no viene, Flyn y yo vamos hasta una pista cercana de motocross para desfogarnos. Mi niño no es tan osado como yo a la hora de saltar, pero algún saltito que otro da, y yo le aplaudo cuando veo su cara de satisfacción.

Una vez que nos subimos a las motos, salimos del garaje, saco el control que abre la reja del bolsillo de mi chamarra de cuero roja y blanca y, tras accionarlo, observo cómo la reja se abre.

Con voz de ordeno y mando, regaño a *Susto*. El muy travieso ya quiere salir corriendo, pero cuando oye que le grito, se sienta junto a *Calamar* y no se mueve. ¡Qué lindo es!

Flyn y yo aceleramos y salimos del fraccionamiento. Nos detenemos hasta ver que la reja se ha cerrado y los perros se quedan dentro y, después, aceleramos para dirigirnos a una explanada cercana. Durante un buen rato, disfrutamos con las motos por el campo, hasta que nos acercamos a la pista de motocross. Allí, como siempre, disfruto y me desfogo. Lo necesito. Estar toda la semana con los niños en casa me genera un estrés que no le deseo a nadie.

Adoro a mis hijos. No los cambiaría por nada del mundo, pero me gustaría que Eric entendiera de una vez por todas que necesito trabajar. El problema es que siempre que lo menciono terminamos discutiendo. Raro, ¿verdad?

Según Eric, no me hace falta. Él me lo da todo, pero yo no quiero eso. Yo quiero hacer algo más que criar niños. Tras nuestra última discusión al respecto, la fecha límite que le di para comenzar a trabajar se está acercando, y me imagino que volveremos a tener una buena pelea. Lo intuyo.

Agotada tras dar varias vueltas por la pista y saltar obstáculos, finalmente detengo la moto, me quito el casco y espero a Flyn.

Una vez que está a mi lado, hace lo mismo que yo, y entonces abro una pequeña mochila que llevo a la espalda y saco unas botellitas de agua. Estamos sedientos. Una vez saciada la sed, me apoyo en la moto y pregunto:

—Muy bien. Cuéntame, ¿qué ha pasado con Dakota?

Mi hijo resopla —eso se lo he pegado yo—, y al ver que no le quito la vista de encima, responde:

—Dakota es una niña..., eso es todo. —Su respuesta me sorprende y, cuando ve que voy a decir algo, añade—: Y, si no te importa, no quiero hablar de ello.

—Pues me importa —replico con sequedad.

Lo miro a la espera de que me lo cuente cuando el muy sinvergüenza suelta:

—¡Carajo, mamá! Es mi vida privada.

Molesta por su tono, más que por la palabrota, contesto:

—Es la segunda vez esta mañana que dices una palabra que no me gusta, pero menos me ha gustado el tonito que has empleado. Si te pregunto por Dakota es porque la conozco, es una buena niña y...

—Y a mí ya no me gusta porque me aburre. ¿Qué quieres que te diga?

Bueno..., está claro que Dakota es pasado. Me apena. Es una chica encantadora y me gustaba bromear con ella. Pero quiero entender lo que ocurre, así que insisto:

—Muy bien. No hablemos de Dakota. ¿Quién es Elke? Porque, que yo recuerde, nunca te he oído mencionar ese nombre.

El gesto de Flyn se suaviza y, con una media sonrisa, murmura:

—Elke es increíble. Es guapa, divertida y está buenísima.

El término me deja alucinada, pero procuro ser precavida cuando pregunto:

—¿Ha llegado este año al instituto?

—No.

—¿Entonces?

—Está repitiendo curso y, antes de que preguntes —dice el muy sinvergüenza—, lo está haciendo porque sus padres se separaron el año pasado y ella no lo sobrellevó bien.

Ver cómo la defiende me hace sonreír, y finalmente, tras dar un trago de agua, murmuro:

—Flyn, me preocupo por ti porque te quiero.

El chico asiente. No sonríe como otras veces y, sin importarle mi momento sensiblero, se pone el casco y dice sin mirarme:

—Me parece muy bien. Oye, ¿qué tal si te vas a dar unos saltos y regreso dentro de una hora?

—¡¿Qué?!

Mi evidente sorpresa porque quiera quitarme de encima hace que Flyn añada:

—Mamá, me gustaría ir con la moto a ver a Elke, pero no quiero que vengas conmigo. Ya no soy un niño, y no necesito una niñera.

Anda, tú, ¡mira el mayor!

Oír eso me hace gracia, pero no estoy dispuesta a despegarme de él cuando va con la moto o Eric podría despellejarme viva, así que respondo:

—Pues lo siento, galán, pero cuando vas en moto yo soy tu sombra. Si quieres ver a Elke, vamos a casa, te cambias de ropa, dejas la moto y...

—¡Carajo, qué aguafiestas eres!

Su falta de tacto me incomoda y, tomándolo del brazo, lo obligo a que me preste atención.

—¡Te estás pasando! —siseo.

—Vamos..., no seas pesadita.

Su contestación vuelve a molestarme. Desde que comenzó en el nuevo instituto, Flyn está cambiando.

—Oye, mocoso... —gruño enfadada—. ¡Haz el favor de tener un poquito de educación conmigo, que soy tu madre, no un colega! Pero ¿qué demonios te pasa últimamente?

Noto la tensión de su cuerpo. Conozco esa mirada retadora. Malo..., malo... Y, sin ganas de complicar más las cosas, me pongo el casco y digo:

—Vamos, regresemos a casa. Se acabó el motocross por hoy.

3

El lunes, cuando Eric se va a trabajar y Flyn al instituto, mi semana comienza de nuevo.

Niños..., niños..., niños... ¡Me salen los niños por las orejas!

Cualquiera que me escuche creerá que soy una mala madre, pero se equivoca.

Cuido, consiento, beso y adoro a mis pequeños, pero siento que necesito hacer algo más que eso o me volveré loca.

Esa noche, como tengo ganas de estar con mi rubio alemán, preparo una cenita especial. Le aviso para que no llegue tarde y me responde que regresará pronto. Sin embargo, a las diez de la noche, cansada de esperarlo, con la comida fría y tras haberme bebido yo solita una botella de champán de etiqueta rosa, me meto en la cama y me duermo. Es mejor así porque, como vea a ese imbécil, lo mataré por el plantón.

Al día siguiente, cuando me levanto, Eric ya se ha ido y me ha dejado una nota sobre la mesa que dice:

> *Perdóname, pequeña..., pero fue imposible escaparme. Y estabas tan preciosa durmiendo que fui incapaz de despertarte. Te quiero, mi amor.*
>
> *Tu imbécil*

Cuando la leo, sonrío. Cómo me conoce y sabe que lo habré llamado eso.

Por suerte, tengo una increíble amiga que se preocupa por mí tanto como yo por ella. Es Mel, la mujer de nuestro amigo Björn. La llamo cuando me levanto, quedamos y nos vamos de compras.

Ella se ha quedado desempleada tras trabajar unos meses en un estudio de diseño gráfico, y está tan aburrida como yo de estar en casa. Estoy pensando en Eric y en cómo me dejó colgada la noche anterior con la cena encima de la mesa cuando Mel me muestra algo y pregunta:

—¿Qué te parece éste?

Su voz me hace regresar a la realidad y, al ver lo que me enseña, pregunto:

—¿Enfermera?

Mel, divertida y con picardía, baja la voz y murmura:

—Sé que es muy típico, pero para lo que nos van a durar puestos, ¿qué más da?

Sonrío. El disfraz es para una fiesta que celebran en el Sensations dentro de unos días. Tomo otros que llaman mi atención.

—Oye..., ¿y si vamos de ángel y demonio? —propongo.

Mel suelta una risotada y, dejando el de enfermera, afirma:

—Pido el de demonio. Me gusta ser maligna e irreverente.

Entre risas nos los probamos. El vestido rojo y negro, los guantes negros hasta el codo, los cuernos y el tridente son para Mel, y el vestido y los guantes blancos, la aureola en la cabeza y la varita blanca son para mí.

¡Pero qué monas estamos!

Divertidas, nos miramos al espejo y Mel dice:

—Si a esto le sumamos unas botas altas, las tuyas blancas y las mías rojas, ya somos la perversión total.

—Parecemos dos fulanas —murmuro al mirarnos.

—Pero con clase —dice Mel riendo y revolviéndose su corto pelo.

—Muuucha clase —afirmo yo divertida.

—Uf..., cuando me vea Björn... Con lo que le gusta que me disfrace...

Ambas reímos mientras imagino la cara de Eric cuando me vea vestida de angelito. ¡Le va a encantar!

Está mal decirlo, pero estoy tremendamente morbosa y sexi con este trajecito corto. E incluso los kilitos que me agobian en ocasiones y que se han quedado en mi cintura parece que van muy bien con este disfraz.

Tras escoger nuestros trajes, rápidamente elegimos los de

nuestros maridos. Ellos lo han querido así, y decidimos disfrazarlos de bombero y de policía.

¡Qué buenotes van a estar!

Cuando acabamos de comprar y salimos de la increíble sexshop, tomamos mi coche.

—¿De verdad que Eric volvió a dejarte plantada con la cena? —pregunta Mel.

—Como lo oyes. Cada vez pasa más a menudo. Y, ya para colmo, encima, cuando me he levantado tenía una notita suya pidiéndome disculpas y ya se había ido. Pero ¿es que ese hombre nunca descansa?

Mel resopla y se retira el fleco de la cara.

—Mira, Jud —dice—, tanto Eric como Björn son dos hombres ambiciosos en sus empleos y, por mucho que nos desagrade, son de los que se llevan el trabajo a casa.

—Odio cuando hace eso —afirmo molesta.

—Y yo. Pero, como lo quiero, ¡lo soporto!

Oír eso me hace sonreír, a pesar de que en el último año la empresa lo ha absorbido más que nunca y, aunque yo le digo que el dinero nos sobra, Eric no me escucha y sigue trabajando cada día más.

—¿Sabes? —oigo decir a Mel—. Yo tengo una cenita no sé qué día con los aburridos esos del despacho de abogados al que Björn quiere pertenecer.

—¡Uf, qué flojera! —murmuro compadeciéndola.

—Creo que no hay nada más soporífero que eso.

—Sí, mujer, sí —me burlo—. Las cenitas que tengo yo de vez en cuando con los aburridos hombres de negocios de Müller.

Ambas sonreímos. Sin duda, cenar con desconocidos o con personas con las que no tienes mucho *feeling* y mantener las formas es pesadísimo y complicado.

De pronto, el celular de Mel suena. La oigo hablar durante unos segundos y, cuando lo apaga, dice:

—Eric y Björn están juntos.

—¿Y eso? —pregunto sorprendida.

—Al parecer, Eric y él tenían que hablar de temas legales de Müller y nos esperan para comer. ¿Qué te parece?

—¡Perfecto! —Sonrío feliz por saber que voy a ver a mi guapo marido.

—Muy bien, pues he quedado con ellos a la una y media en La Trattoria de Joe. Pero antes tenemos que ir a recoger el vestido que me he comprado para el bautizo de los bebés de Dexter. Por tanto, pisa el acelerador, que no llegamos, y ya sabes que a estos alemanes no les gusta comer tan tarde.

Mientras conduzco por las callejuelas de Múnich, le comento a Mel lo que me está ocurriendo con Flyn.

—No me tomes a mal lo que te voy a decir —contesta—, pero siempre he creído que tanto tú como Eric tienen demasiado sobreprotegido y consentido a Flyn. Es un niño que, antes de decir lo que quiere, ya se lo están dando. Se ha acostumbrado a salirse siempre con la suya, y ahora...

—Ahora se está pasando con nosotros. En especial, conmigo —finalizo yo la frase consciente de que mi amiga tiene razón.

—Seré bruta y chapada a la antigua, o quizá es que en el ejército he aprendido disciplina, pero un bofetón a tiempo evita muchas tonterías, ¿no crees?

—No... ¿Cómo le voy a pegar?

Mel suspira. Yo resoplo, y finalmente ella dice:

—Mira, Jud, entiendo que darle un manotazo a un muchacho que ya es más alto que tú no debe de ser muy agradable, pero no puedes permitir que se siga pasando contigo.

—Ni se me ocurriría pegarle.

—¿Eric sabe lo mal que te habla? —Niego con la cabeza y ella pregunta—: ¿Y por qué?

—Porque Eric tiene mucho trabajo y no quiero agobiarlo más de lo que está. Pero últimamente estoy volviendo a ver en Flyn al niño tirano que conocí hace años y que me la hizo pasar tan mal, y eso me asusta.

Mel me toca la cabeza. Sabe que soy una mujer fuerte, pero para los niños soy una sentimental.

—Eres la mejor madre que Flyn podrá tener en la vida —murmura—, y ese mocoso coreano alemán algún día se dará cuenta. Eso nunca lo dudes, ¿eh?

Asiento y sonrío.

Cuando llegamos a la tienda donde Mel tiene que recoger el vestido, se lo prueba enseguida.

—Te queda de infarto.

Mel es un cuero. Es más alta que yo, y su cuerpo está perfectamente proporcionado.

—¡Qué envidia! —masculло mientras observo su cintura.

Ella me mira, levanta las cejas y pregunta:

—¿Envidia de qué?

Me pongo en pie junto a ella, me coloco de perfil y, levantándome la camisa, murmuro:

—Tras la cesárea de Hannah, no me quito esta lonjita. Los kilos se niegan a irse haga lo que haga y, claro, luego veo esas fotos de famosas que, recién paridas, parece que están de pasarela y me pregunto cómo le hacen.

—Mira que eres exagerada —replica ella, pone la mano en mi hombro y añade—: Pues sabe que yo te veo estupenda y, en cuanto a esas famosas, imagino que habrá de todo, las que se operan y las que por gracia divina se recuperan en un abrir y cerrar de ojos. Pero, asúmelo, las humanas somos aquéllas a las que tras un embarazo nos quedan estrías, pancita, etcétera, etcétera.

Suspiro y sonrío.

—Tienes razón. Pero me da tanta envidia contemplar a esas recién paridas posando y verlas tan estupendas...

—Photoshop, querida... ¡Photoshop!

Ambas nos partimos de risa por esa increíble verdad y, tras mirarme al espejo, admito:

—Lo cierto es que a Eric le gusta mi lonjita. Le encanta tocarla y burlarse de que él y sólo él ha creado esa nueva curva en mi cuerpo.

—Pues si está encantado con ella, ¡no te martirices!

Eso me hace sonreír. En ocasiones, las mujeres nos preocupamos por verdaderas tonterías cuando hay cosas más importantes y terribles en la vida que por desgracia no tienen solución.

—Tienes razón —digo encogiéndome de hombros—. ¡Viva mi lonjita!

Cuando Mel paga el vestido, salimos de la tienda y rápidamente tomamos mi coche. Con soltura, manejo hasta llegar al restaurante donde están nuestros maridos.

Al entrar en la *trattoria*, los veo sentados al fondo. Sin duda, son una delicia para la vista. Uno rubio y otro moreno, a cuál más guapo y atractivo. Al vernos, ellos se levantan y sonríen. Como siempre, tanto Mel como yo somos conscientes de que las miradas de las mujeres se clavan en nosotras y, como siempre también, disfrutamos de las atenciones de nuestras parejas.

Eric me retira la silla para que me siente, me besa en el cuello y pregunta:

—¿Sigues enojada conmigo?

Yo lo fulmino con mi cara de «te voy a matar» y, cuando se sienta, murmuro con una sonrisa:

—Imbécil.

Al oírme, mi amor sonríe. Cada dos por tres me dice que soy una malhablada, pero en momentos como ése se lo toma tan a risa como yo. Pobre hombre..., no le queda otra.

Cuando el mesero viene a tomar la orden, decido comenzar con una ensalada. Sorprendido, pues lo verde no es lo mío, Eric me mira.

—Tienes *crostini* de mozzarella y tomates secos —dice—; ¿no quieres? —Yo niego con la cabeza y Eric insiste—: Jud, cariño, ¿por qué?

Sin necesidad de hablar, me señalo la lonjita que indiscretamente se marca en mi panza, y él sonríe y mira al mesero.

—Por favor —dice—, cambie la ensalada de mi mujer por unos *crostini* de mozzarella y tomates secos.

Lo miro boquiabierta. Voy a protestar cuando él me besa y murmura:

—Eres preciosa, pequeña. Eso nunca lo dudes.

Sonrío. Es que me lo comería a besos de lo guapo que es y, sin importarme quién nos mire, me acerco a él y lo beso. Amo, adoro, muero por mi amor...

Eric se separa entonces de mí y añade:

—Por cierto, aun a riesgo de que me mates, antes de que se me olvide, esta tarde tengo un par de reuniones y no sé a qué hora voy a terminar. Por tanto, no me esperes para cenar.

—¡¿Otra vez?!

—Jud, ¡es trabajo, no diversión! —responde molesto.

¡Mierda! Cómo me molesta que me diga eso.

Está bien..., ser el jefazo y dueño de una empresa exitosa como Müller requiere muchas horas, pero ¿por qué no delega un poquito en otras personas como hacía antes?

Yo quiero que Eric me preste la misma atención que al principio de nuestra relación, soy así de romántica y tonta, pero nada, ¡imposible! Y ahora, con los niños, nuestro tiempo solos se limita cada día más y más. Sin embargo, como no tengo ganas de protestar como en otras ocasiones, simplemente digo:

—De acuerdo.

Eric me vuelve a besar y yo, que no quiero desaprovechar ese momento, lo disfruto y sonrío.

Durante la comida los cuatro bromeamos y hablamos de nuestros hijos. Sin duda, es el tema estrella entre nosotros. Björn y Mel hablan de Sami, y nosotros, de Flyn, Eric y Hannah. Si alguien nos grabara mientras lo hacemos, nos doblaríamos de la risa al ver las caras de tontos y las carcajadas que nos echamos a costa de ellos.

Acabados los primeros platos, el mesero se los lleva, y de pronto oigo a mi espalda:

—Eric... Eric Zimmerman, ¿eres tú?

Oír la voz de una mujer mencionando el nombre de mi marido, me hace mirar cuando veo a mi alemán voltearse y, tras un segundo de sorpresa, murmurar mientras se levanta:

—Ginebra.

Se abrazan y yo los observo. ¿Quién es esa mujer morena?

El abrazo es demasiado largo para mi gusto. Si hago yo eso con un hombre que Eric no conoce, explota. Aun así, sin ganas de polemizar, sonrío mientras su gesto me sorprende. Su sonrisa, a excepción de conmigo, pocas veces es tan amplia, y su manera de mirar a esa mujer me incomoda.

Pero ¿quién es ella?

La escaneo en profundidad: morena, de edad parecida a la de

Eric, pelo largo como yo, alta, delgada, elegante a la par que sexi, con unos ojos verdes impresionantes y, por supuesto, sin lonjita a la vista. Sin lugar a dudas, es una mujer muy guapa, vamos, de esas que ves en los anuncios de televisión, y me pudre decir que sin Photoshop.

Estoy obcecada mirándola cuando oigo que mi amor pregunta:

—Pero ¿qué haces en Múnich?

—Trabajo.

—Te hacía en Chicago.

¿Cómo que la hacía en Chicago? Pero, vamos a ver, ¿qué es eso de que la hacía en Chicago?

La mujer levanta una mano y, tocándole la mejilla a mi alemán, murmura:

—Ay, Eric..., qué bien te veo.

—Y yo a ti, Gini.

¡¿Gini?! ¡¿Gini?!

Uf..., comienza a picarme el cuello.

Los dos se miran..., se miran..., se miran y, cuando estoy a punto de armar un alboroto, oigo a la tal Ginebra susurrar:

—Bizcochito...

Bueno..., bueno..., bueno... ¡¿«Bizcochito»?!

¿Lo ha llamado «bizcochito»?

¿Cómo que «bizcochito»?

Y, acto seguido, con demasiada familiaridad, añade con voz seca:

—Cuánto me he acordado de ti, mi amor.

¡Me da!

Ay, que me da un ataque.

¿Qué es eso de que se ha acordado de él y de llamarlo «mi amor»?

Observo a Eric. Su mirada intensa me enferma. Él y sus miradas.

Bueno... Bueno... Bueno...

Respira, Judith..., respira, que te conozco y ¡aquí arde Troya!

Mi nivel de tolerancia se resquebraja por segundos y de pronto siento que esos dos me tocan los ovarios, por no decir otra cosa más vulgar. Me acaloro. Me pica el cuello.

El corazón me late a mil cuando noto la mano de Mel por debajo de la mesa.

Ella sabe lo que siento en ese instante, y con los ojos me pide tranquilidad. Por eso, con una más que falsa sonrisa, la miro para hacerle saber que estoy bien, fregada pero bien.

Tras unos segundos en los que aquellos dos se contemplan, se sonríen y se comunican con la mirada, y que se me hacen terriblemente interminables, Eric se voltea hacia mí y dice:

—Ginebra, quiero presentarte a mi mujer Judith.

¡¿Cómo?!

¿Por qué no dice ahora aquello de «preciosa y encantadora mujer» como hace siempre ante todo el mundo, en especial con los hombres? Uf..., uf...

Mis ojos negros y los ojos verdes de la mujer conectan, cuando de pronto ella cambia totalmente su gesto y su actitud y, llevándose la mano a la boca, dice, al tiempo que se aparta de Eric para acercarse a mí:

—Ay, Dios mío, perdón... Perdón..., no sabía que Eric estuviera casado —y, tomándome la mano, insiste—: Por Dios, Judith, no he querido incomodarte con mis desafortunados comentarios.

Mi corazón bombea con fuerza y, sin querer recrear la matanza de Texas en ese restaurante, intento esbozar una sonrisa.

—No, no pasa nada —murmuro.

—Claro que pasa —insiste ella—. Me siento avergonzada.

La claridad de sus palabras me hace sonreír y, bajando mi nivel de enojo, afirmo:

—De verdad, Ginebra, no pasa nada.

Acto seguido, Eric me toma por la cintura y me acerca a él.

—Ginebra —dice—, Judith es todo lo que un hombre querría y, por suerte, yo la encontré, la enamoré y la convencí de que se casara conmigo.

Esa declaración de amor me hace sonreír de nuevo.

Dios..., ¡qué tonta soy!

—Ellos son Björn y Mel, unos buenos amigos —presenta Eric.

—Encantada —dice sonriendo la tal Ginebra y, a continuación, pregunta—: ¿También son pareja?

Tras tomar la mano de Mel, Björn asiente y afirma besándole los nudillos:

—Sin lugar a dudas.

Mel sonríe. Yo también lo hago cuando Ginebra, volviéndose hacia una mujer rubia que espera pacientemente tras ella, dice:

—Ella es Fabiola, me ayuda en la productora.

—¡¿Productora?! —exclama Eric.

—Sí..., sí..., ¡lo logré! —aplaude ella mirando a mi amor—. Tengo mi propia productora.

—Siempre fuiste decidida y emprendedora —murmura mi imbécil particular. Ella asiente, saca de su bolsa una tarjeta, que le entrega, y Eric afirma—: Tenías claro lo que querías y fuiste tras ello. Eso siempre me gustó de ti, Gini.

¿Que eso siempre le gustó de ella?

Oy..., oy..., oy... ¿A que tomo la copa de vino que tengo delante y se la estampo?

Pero, como no quiero volver a enojarme, sonrío cuando Eric pregunta:

—¿Ha venido Félix contigo?

—Por supuesto, pero ha ido a visitar a un colega de una de sus clínicas veterinarias mientras yo hacía unas compras —dice Ginebra riendo e indicando unas bolsas que lleva en las manos.

Todos sonreímos y entonces ella ve que un hombre le hace señas y dice:

—Tengo que dejarlos. Tengo que hacer un encargo de mi marido. —Y, mirándome a mí directamente, pregunta—: ¿Comemos otro día?

Yo asiento, y Eric le da una tarjeta de la empresa.

—Llámame y comeremos —le dice.

Ginebra toma la tarjeta y la mira.

—¿Presidente y director de Müller? —pregunta. Eric asiente, y ella murmura a continuación con una encantadora sonrisa—: Creo que tenemos que contarnos muchas cosas.

—Sin duda —afirma Eric.

De nuevo sonrisitas tontas cuando la mujer me mira y dice:

—Ha sido un placer, Judith.

—Lo mismo digo.

Instantes después, se va con la rubia detrás de ella y, cuando veo que Eric la sigue con la mirada, pregunto mientras me siento:

—¡¿«Bizcochito»?!

Björn sonríe, Mel también, pero Eric, que me conoce, no lo hace.

—¿Quién es Ginebra y por qué nunca me has hablado de ella? —insisto.

—Uy..., uy..., uy..., que recojan los cuchillos, que conozco a esta española —se burla Björn.

—¡Cállate, tonto! —protesta Mel, que imagino que piensa lo mismo que yo.

Eric sonríe —¡¿a que le doy una cachetada?!—, y Björn pregunta entonces:

—¿Es la Ginebra que creo?

Mi marido asiente y, al ver que lo miro a la espera de que me aclare quién es, responde:

—Ginebra fue mi novia durante mis años de estudiante en la universidad.

—Mira..., qué interesante —me burlo.

Al oír mi tono, Eric deja de sonreír y sisea:

—Creo que Fernando fue tu novio durante unos años.

Eso me hace sonreír con malicia, y respondo:

—No fue mi novio, y siempre supiste de él. Nunca te oculté nada.

—Ni yo a ti.

—¡Ja! Permíteme que me ría, ¡*bizcochito!*, pero nunca había oído hablar de *Gini* —replico con sorna.

Veo que Björn y Mel se miran. Están empezando a sentirse incómodos, y ella dice:

—Haya paz. Todos tenemos ex en nuestras vidas, ¿no?

—Sí, pero los míos, cuando me ven —añado hiriente—, no

me llaman ¡«bizcochito»!, ni me dicen lo mucho que se han acordado de mí, y mucho menos yo los miro con cara de atontada.

Eric, al que le estoy tocando las glándulas, y se las sé tocar muy bien, me mira con gesto serio.

—Ginebra fue la novia con la que hice mi primer trío y conocí el mundo *swinger* —explica—. Después de aquello, conoció a Félix, se fue a vivir a Estados Unidos con él y fin de la historia hasta hace diez minutos, que nos hemos visto por primera vez en muchos años. ¿Algo más?

Ese «¿Algo más?» me hace saber que, si sigo, voy a arruinar la comida. Así pues, miro el plato que tengo delante, sonrío y murmuro:

—Mmm..., qué buen aspecto tiene esto.

—Sí. Tiene un aspecto estupendo —afirma Mel para echarme la mano.

Y, sin más, empiezo a comer como si no hubiera mañana.

La comida continúa y, por desgracia, la tensión se queda en el ambiente. Si algo hacemos Eric y yo, aparte del amor, es discutir; ¡qué bien se nos da!

Con disimulo, lo observo y veo que él no mira ni una sola vez hacia el lugar donde está la mujer.

Cuando acabamos de comer, nos levantamos, nos despedimos y nos vamos. Él regresa a Müller para seguir con su trabajo, Björn y Mel se van por Sami al colegio, y yo vuelvo sola a casa. Qué rollo.

Nada más abrir la puerta, oigo gritos. Son Simona y Flyn. Rápidamente dejo las bolsas que llevo y corro a la cocina.

—He dicho que no quiero leche —está diciendo Flyn cuando entro—. ¿En qué idioma te lo digo para que lo entiendas?

—Pero, hijo, si yo sólo te lo decía por...

—Me importa una mierda lo que me digas.

—¡Flyn! —grito al ver cómo le habla a Simona.

La mujer, al verme, suspira.

—Tranquila, Judith. No pasa nada.

Pero, oh, sí..., ¡sí que pasa! ¿A que le doy un bofetón, como decía Mel?

Ese mocoso se está pasando cada día más. Lo miro y gruño:

—Pídele disculpas a Simona ahora mismo si no quieres que te caiga un gran castigo por ser tan desagradable con ella.

El chico me observa con su mirada de «¡te voy a comer!», pero a mí no me impresiona. Durante varios segundos me vuelve a retar hasta que finalmente, cambiando el gesto, dice:

—Lo siento, Simona.

La mujer sonríe. ¡Qué buena es! Para ella, Flyn y mis niños son sus nietos, y los quiere tanto o más que mi padre.

Molesta por la actitud del chavo, siseo:

—Ahora vete a tu cuarto, ¡ya!

Sin mirarme, Flyn sale de la cocina, y Simona pregunta:

—Pero ¿qué le ocurre?

—La adolescencia y las hormonas revolucionadas son muy malas, Simona —murmuro sentándome a la mesa—, y sin lugar a dudas Flyn la está pasando fatal.

Ambas nos miramos y asentimos. La que nos ha caído con el jovencito.

Una hora después, recibo un mensaje de Eric para recordarme que llegará tarde. Eso me enoja aún más de lo que ya estoy, pero lo asumo.

Sé todo el trabajo que tiene y no quiero pensar en la mujer que lo ha llamado ¡«bizcochito»!

Dos horas después, y con la ayuda de Pipa para dar de cenar a Eric y a Hannah y acostarlos, voy al cuarto de Flyn. No ha aparecido en toda la tarde y es la hora de cenar. Al acercarme a su cuarto, oigo la música de los Imagine Dragons, el grupo preferido de mi hijo, y, tras dar dos golpecitos en la puerta, abro y lo veo tirado en la cama mirando el techo.

Entro en el cuarto y, al ver que no me mira, comienzo a tararear la canción que suena, que no es otra que *Radioactive*.* Aún

* *Radioactive*, Universal Music Spain y KIDinaKORNER/Interscope Records, interpretada por Imagine Dragons. (*N. de la E.*)

recuerdo el día que fuimos a comprar el CD Flyn y yo, cómo la cantamos en el coche a pleno pulmón cuando regresábamos.

En ello estoy cuando él se levanta de su cama, para la música y me mira.

—¿Qué quieres? —pregunta.

Bueno..., sigue enfadado. No tengo ganas de discutir, así que digo:

—La cena está en la mesa. ¿Vienes?

—No tengo hambre.

Su tono cortante es igualito que el de Eric. Cada día se parece más a él y, deseosa de un poco de calor humano, digo acercándome a él:

—Vamos, Flyn. Baja conmigo a cenar. Eric llegará tarde y no quiero cenar sola. —Al ver que me mira, pongo cara de perro lanudo y murmuro con voz de niña—: Porfi..., porfi..., porfi... No quiero cenar solita.

Finalmente, el chico sonríe. Qué guapo está cuando lo hace.

—De acuerdo —suspira.

Encantada, le doy un beso en la mejilla y, cuando va a protestar por mi demostración de afecto, lo miro y cuchicheo:

—Soy tu madre y quiero besarte.

De nuevo sonríe. Aisss, que me lo comooooooooo.

La cena, a pesar del mal inicio con Flyn, es amena. Por unos minutos, mi hijo vuelve a ser el parlanchín que disfruta conmigo hablando de música. Se ha enterado de que los Imagine Dragons van a actuar en Alemania e intenta persuadirme para que lo lleve al concierto. Durante varios minutos digo que no, pero finalmente el chavo consigue el sí. Sin lugar a dudas, Mel tiene razón: soy demasiado blandita con él, y puede conmigo.

Una vez terminada la cena, nos sentamos los dos en el sillón con mi *laptop* y, sin dudarlo, compro dos entradas online para él y para mí. A Eric, ni preguntarle; a él no le gustan los Imagine Dragons. En cuanto Flyn por fin consigue su propósito, me abraza, me besa y yo sonrío como una tonta.

¡Mira que sabe hacerme bien la barba cuando quiere!

Cuando se va a la cama porque al día siguiente tiene instituto, me quedo viendo la televisión, pero como me aburre, entro a Facebook y me pongo a chatear con mis amigas las Guerreras Maxwell. Un grupo divertido y ocurrente donde siempre encuentro alegría y positividad.

A las once decido irme a mi recámara, paso para ver a los niños y los tres duermen. Feliz por ver a mis polluelos tan bonitos, me voy a la cama. Sobre mi mesa de noche tengo un libro que habla de un bombero y una fotógrafa que me ha recomendado una madre del colegio de Sami y decido leer mientras llega Eric.

A las once y veinte, la puerta de la recámara se abre. Entra mi guapo marido y lo miro con deleite. Él se acerca a mí y me da un beso, pero no dice nada.

No friegues que encima viene enojado...

A través del espejo observo cómo se desanuda la corbata, se desabotona la camisa y, cuando se la quita y la tira sobre la silla, dice mirándome:

—Jud..., hoy no me gustó tu comportamiento en el restaurante tras aparecer Ginebra.

Bueno..., bueno..., bueno..., mi amor tiene la nochecita movida, y lo malo es que yo soy proclive a tenerla también. Así pues, cierro el libro y lo miro.

—A mí tampoco me gustó ver lo que vi —replico.

Ea..., ya le he dado la respuesta que quería. Me ha buscado y me ha encontrado.

¡A discutir!

Eric frunce el ceño —malo..., malo...— y, desabrochándose el cinturón, sisea:

—¿Y qué viste?

Consciente de lo que he dicho, dejo el libro sobre la mesa de noche y respondo:

—Pues vi a Eric Zimmerman reencontrarse con un viejo amor que lo llamaba «bizcochito» y que lo dejó atontado y babeando como un niño. Eso es lo que vi. Y, sí, estoy celosa, ¡lo admito!

Su gesto no cambia. Eso me hace presuponer que no ando muy desacertada, y me enveneno aún más cuando dice:

—Te expliqué quién era Ginebra. ¿A qué viene esa tontería?

Con más ganas de discutir que él, sonrío con malicia. Sé que esa sonrisita mía a Eric lo enferma, pero dispuesta a enfermarlo como él me enferma a mí, pregunto:

—¿Félix es su marido?

—Sí —dice, y con gesto contrariado pregunta—: ¿A qué viene hablar de su marido?

—¿Te dejó por él?

Según digo eso, me doy cuenta de que me estoy pasando no tres pueblos, sino veintitrés.

¡Madrecita, qué bocona soy!

El pecho de Eric se hincha; sin duda me va a soltar el mayor bufido de la historia, pero de pronto, tal como se hincha se deshincha y, mirándome, murmura:

—Sí.

Asiento... Me pica el cuello pero no me lo rasco y, aunque mi parte de chismosa quiere saber, hay otra parte de mí que me grita que no pregunte, ¡que cierre el pico!

Eric continúa desnudándose en silencio. La incomodidad se palpa en el ambiente y eso me enerva. ¿Por qué hablar de esa mujer nos está originando semejante mal rollo?

Dos segundos después, se mete en la cama y me abraza.

—Deja de pensar cosas raras, que te conozco, Jud —susurra.

No me muevo. Decido no hablar, pero pasados cinco segundos no puedo continuar callada, y siseo:

—Pienso lo que tú me das que pensar. Deberías haber visto tu cara de tonto al mirar a esa mujer, a... a... Gini.

—Jud...

—Y ya cuando le dijiste eso de «Eso siempre me gustó de ti» o eso otro de «decidida y emprendedora» y se comían con los ojos, te juro, Eric, que... que...

Lo oigo reír. Su malhumor ya se ha esfumado —¡lamadrequeloparió!—, e insiste:

—Basta, cariño..., no veas fantasmas donde no los hay.

—Pero...

Mi amor me pone un dedo en la boca para acallarme y, mirándome a los ojos, dice:

—Te quiero, Jud. No te envenenes con tus pensamientos. Ginebra es una mujer de mi pasado, al igual que en tu vida hay hombres. Y ahora, creo que es mejor que lo dejemos aquí.

No digo más. Dejo que Eric apague la luz y decido no preguntar si la va a llamar para recordar ese pasado. Mejor me callo.

4

Cuando Mel fue a buscar a Sami al colegio, la pequeña corrió hasta ella y, con un gesto precioso, murmuró:

—Mami, ¿puede venir Pablo al parque?

Tras darle un beso a su güerita, Mel vio llegar corriendo a Pablo. Miró a los niños y respondió:

—Primero tenemos que ver si la mamá de Pablo no tiene que hacer otra cosa.

En ese instante llegó Louise, la madre del niño, y tras oír eso respondió:

—Genial. ¡Todos al parque!

Diez minutos después, Mel y la madre del pequeño estaban sentadas en un banco viendo jugar a sus hijos cuando a Louise le sonó el celular.

—Discúlpame un segundo —dijo.

Acto seguido, sin importarle que Mel pudiera oírla, comenzó a discutir y a decir cosas horribles. Cuando terminó y apagó el teléfono, miró a Mel y comentó:

—Mi marido y yo vamos de mal en peor.

—Vaya..., lo siento.

Mel no quiso decir más. Cuanto menos se metiera uno en los problemas de las parejas, mejor. Pero Louise añadió:

—Tres años de novios, seis de casados y, ahora que todo nos va bien y tenemos un hijo precioso, le descubro en la computadora unas fotos de una fiestecita con sus colegas de bufete, con unas prostitutas, que me han dejado sin habla.

Boquiabierta, Mel le tomó las manos y preguntó:

—¿Estás bien?

Louise negó con la cabeza y los ojos se le llenaron de lágrimas.

—No —murmuró—. No estoy bien, pero tengo que estarlo por Pablo. De pronto, siento que mi vida tiene que dar un cambio brusco, pero... no sé cómo hacerlo. Nunca imaginé que algo así me pudiera pasar. Johan estaba tan enamorado de mí... —Acto seguido, añadió con rabia—: Aún recuerdo lo ilusionados que estábamos el día que comenzó a trabajar en ese maldito bufete de abogados.

Eso llamó la atención de Mel, que preguntó:

—¿Tu marido es abogado?

Louise asintió y luego siseó con cierto retintín:

—Sí. Trabaja para Heine, Dujson y Asociados. Un bufete lleno de demonios con cara de angelitos que han conseguido que nos pase esto.

Sorprendida, Mel la miró. Aquel bufete era al que Björn intentaba acceder como socio mayoritario.

—¿Por qué dices eso? —preguntó.

—Porque se las dan de moralistas, de defensores de la vida en familia y el matrimonio, pero luego no predican con el ejemplo —contestó Louise con la mirada perdida—. Esos malditos abogados tienen una doble vida llena de vicios y corrupción; eso sí, vistos desde fuera son perfectos maridos y padres, y sus mujeres acceden a todo con tal de seguir viviendo como auténticas reinas.

Mel la escuchaba incrédula. Si aquello era verdad, Björn debería saberlo. Al ver que Louise se limpiaba los ojos con un pañuelo, repitió:

—De verdad que lo siento.

Louise asintió mientras se secaba las lágrimas y, tras tomar fuerzas, afirmó:

—Yo también lo siento, pero estoy en ese momento en el que no veo salida. Johan vive su vida y pretende que yo sea la perfecta mujercita que lo espere en casa rodeada de niños, como lo son otras del bufete. Pero si hasta he tenido que dejar de ver a mis amigas para salir con esas mujeres.

—Pero ¿lo has hablado con él?

Louise asintió abatida.

—Sí. Aunque de nada sirve. Johan dice que ésta es ahora nuestra vida y, si hablo de divorcio, me amenaza con que se quedará con Pablo. Me lo quitará.

Al oír eso, Mel se sintió muy apenada y, sin saber qué decir, la abrazó. Así estuvieron unos segundos, hasta que se separaron. Mel omitió que Björn ansiaba pertenecer a aquel selecto bufete de abogados y, en cambio, dijo:

—Escucha, Louise, no somos íntimas amigas, pero quiero que sepas que me tienes para todo lo que necesites.

La aludida sonrió.

—Gracias.

Estaban hablando de ello cuando Mel oyó el llanto de Sami y, al mirar, la vio caída en el suelo. Rápidamente ambas se levantaron y corrieron hacia ella, pero mientras llegaban un muchacho con una patineta y un perro pequeño se agachó junto a la niña para atenderla.

Cuando Mel llegó hasta Sami y ya estaba abriendo su bolsa para ponerle una curita de princesas, la niña dejó de llorar y empezó a acariciar al perro.

—Es muy suavecita —dijo—. ¿Cómo se llama?

—*Leya* —respondió el muchacho—. Y está encantada de que la toques; ¿ves cómo le gusta? Pero si lloras, se asusta y llora ella también.

Sami sonrió y, mirando a su madre, que la observaba sorprendida, dijo:

—Mami, quiero un perrito como *Leya*.

Agachándose para levantar a la pequeña del suelo, tras ver que había sido una simple caída mientras corría, Mel respondió:

—Lo pensaremos, ¿está bien?

La niña asintió, dio media vuelta y corrió para alcanzar a Pablo, que se subía a un tobogán. Feliz porque no hubiera sido nada, Mel le dio las gracias al muchacho por el detalle y se encaminó de nuevo al banco del brazo de Louise. Los niños tenían que jugar.

Esa noche, cuando Sami vio a su papi, le pidió encarecidamente un perrito. Su mascota, un hámster llamado *Peggy Sue*, había muerto meses antes, y Björn, tras contarle un cuento y arroparla, se lo prometió. Lo que no dijo fue ni cuándo, ni cómo.

5

Suena el maldito despertador, ¡y me quiero morir!

No me gusta nada madrugar, pero madrugo.

Cuando Eric se levanta y se mete a la regadera, no hablamos sobre lo ocurrido la noche anterior. Hablar de ello significaría discutir de nuevo, y decido cerrar la boca. Para cinco minutos que nos vemos, no quiero enfadarme.

Al bajar a la cocina, Flyn está terminando de desayunar, me acerco a él y, antes de que le dé un beso, él se levanta. Cuando va a salir, lo llamo:

—Flyn.

—¿Qué?

En ese instante, Eric entra en la cocina y yo digo dirigiendo la vista al chavo:

—¿No me das un beso antes de irte al instituto?

El niño... me mira..., me mira y me mira, y finalmente replica:

—Basta ya..., que ya no soy un bebé, mamá.

Y, sin más, da media vuelta y se va. Yo me quedo con cara de tonta contemplando la puerta cuando Eric se acerca a mí y, mientras me toma de la cintura, murmura:

—¿Te sirve un beso mío, corazón?

Asiento, ¡me sirve! Claro que me sirve, y ¡más si me llama corazón!

Encantada, lo beso y, cuando nuestros labios se separan, Eric me guiña un ojo y se prepara un café con ese gesto de sinvergüenza que tanto me gusta y me enamora.

Diez minutos después, se va a la oficina. Desde el ventanal de la cocina, veo cómo se aleja en el coche y me preparo para estar todo el día sin él.

Como cada mañana, tras dar de desayunar a los niños, entramos en mi antiguo cuarto, que es hoy su cuarto de juegos, y jugamos. Pero, pasadas dos horas, ya estoy para el arrastre. Hannah llora más que sonríe, y en ocasiones puede con mi aguante.

¿Por qué tengo una niña tan llorona, con lo poco llorón que fue el pequeño Eric?

Por suerte, Pipa, la mujer que vive en casa para que me ayude con los niños, tiene muchísima paciencia, y es ella la que se encarga de la llorona.

Cuando los pequeños se quedan dormidos a media mañana, decido ponerme el traje de baño y darme un bañito en la piscina cubierta. Ése es uno de los grandes placeres de ser la señora Zimmerman.

Me zambullo, nado, descanso, vuelvo a nadar y, cuando me harto, floto en medio de la piscina mientras escucho de fondo la voz de Michael Bublé cantar *Cry Me a River*,* y sonrío. Siempre que Björn la escucha y está con Eric y conmigo, nos mira y cuchichea aquello de «nuestra canción».

Mientras floto mirando el techo de la piscina cubierta, recuerdo aquel momento con Björn y Eric años atrás en la casa del abogado. Cierro los ojos y siento cómo mi vagina se lubrica al rememorar cómo esos dos titanes, uno rubio y uno moreno, me hicieron suya aquel día y yo se los permití.

Estoy pensando en ello cuando oigo la voz de Simona, que me llama. Levanto la cabeza rápidamente y veo que me muestra el teléfono de casa, que lleva en la mano.

—Judith, pregunta por ti la señora Dukwen —dice.

Sin saber de quién me habla, salgo de la piscina, me seco un poco las manos y la cara y tomo el teléfono mientras veo a Simona salir.

—¿Sí? Dígame —respondo.

—¿Judith?

—Sí. Soy yo.

—Hola, soy Ginebra, la amiga de Eric. Nos conocimos ayer en aquel restaurante, ¿me recuerdas?

* *Cry Me a River*, 143 Records/Reprise, interpretada por Michael Bublé. (*N. de la E.*)

¡Carajooooooo!

Me quedo boquiabierta al saber quién es y, sentándome en una banqueta para ponerme los anillos que me he quitado para meterme en la piscina, murmuro:

—Sí. Claro que te recuerdo...

—Ah..., qué alegría saberlo, cielo. El motivo de mi llamada es para invitarlos esta noche a ti y a Eric a cenar. Le comenté a mi marido que había visto a Eric y te había conocido a ti, y está como loco por verlos a los dos. Y, por supuesto, tras el malentendido de ayer, he decidido llamarte y consultártelo a ti para evitar problemas.

—¿A mí? —pregunto sorprendida.

—Sí, cielo, a ti —oigo que responde.

Un silencio extraño me paraliza.

—Mira, tesoro, yo odio cuando mi marido queda para cenar con alguien que apenas conozco y, como no quiero incomodarte, me he atrevido a llamar a tu casa, pues imaginé que estarías ahí. De verdad, Judith, de verdad que siento muchísimo lo que ocurrió ayer. Me creas o no, no he podido dejar de pensar en ello y de sentirme terriblemente mal. Porque te aseguro que, si una mujer le dijera a mi marido delante de mí «bizcochito» o «mi amor», yo estaría muy enfadada. Y sé que a ti, como su mujer, no te gustó y...

—Está bien, lo admito, ¡no me gustó! —digo finalmente—. Y acepto tus disculpas.

—Gracias..., gracias..., gracias... No te imaginas el peso que me quitas de encima.

Sin saber por qué sonrío cuando ella insiste:

—¿Te parece que cenemos esta noche? Si me dices que sí, llamaré a Eric, le diré que he hablado contigo y quedaré con él. ¿Qué te parece?

Una parte de mí no quiere, pero mi lado chismoso por saber más cosas de ella me hace responder:

—De acuerdo. Llama a Eric y queda con él.

Tras despedirnos, cuelgo y resoplo. ¿Por qué he aceptado?

Cinco minutos después, el teléfono vuelve a sonar. Al mirar la pantalla veo que dice «Eric Oficina» y, tras contestar, digo:

—Sí, cariño, he hablado con Ginebra y he accedido a cenar con ellos esta noche.

—A ti no hay quien te entienda —lo oigo decir—. Ayer me armas un numerito por saludarla en el restaurante y ¿ahora quedas con ella para cenar?

Su comentario me hace sonreír. Sin duda, soy un espécimen digno de estudio.

—¿Dónde has quedado? —pregunto.

—En Nicolao a las siete. ¿Le parece bien a la señora?

—¡Perfecto!

Oigo que Eric se ríe y eso vuelve a hacerme sonreír mientras pregunto:

—¿Vendrás a casa a cambiarte de ropa?

—Por supuesto. —Entonces oigo otro teléfono que suena en la oficina y Eric dice—: Tengo que dejarte. Hasta luego, mi amor.

—Hasta luego, cariño.

Y, dicho esto, cuelgo comprendiendo eso que Eric me ha dicho de que a mí no hay quien me entienda. ¡Pero si no me entiendo ni yo!

A las siete en punto, yo engalanada con un precioso vestido azulón que me encanta, y mi chico vestido con un traje oscuro pero informal, entramos en el restaurante. Eric da su apellido y el maître, al ver que tenemos reservación, nos lleva hasta la mesa del fondo. Me sorprendo al comprobar que Ginebra y su marido ya están allí.

Desde la distancia, observo al hombre. Es muchísimo mayor que ella, pero cuando digo «mayor» me refiero a unos veinticinco o treinta años más. En cuanto Ginebra nos ve, avisa a Félix, y veo que éste sonríe y se levanta.

Eric y él se dan la mano con afecto. ¡Qué buen rollito! Segundos después, me presenta a mí. Con galantería, el hombre me toma la mano y, besándomela, dice:

—Es un placer conocerte, Judith.

—Lo mismo digo, Félix.

Reconozco que al principio de la comida estoy algo alterada: saber que Eric y esa mujer han tenido una historia en el pasado no me hace mucha gracia. No obstante, de forma gradual, mi nerviosismo se esfuma al ver que Ginebra no hace absolutamente nada que pueda molestarme; al revés, está todo el rato pendiente de que la velada sea agradable.

Cuando decido ir al baño, ella me acompaña. Una vez a solas allí, dice:

—Pensarás que Félix es muy mayor para mí. —Yo la miro sorprendida. Ginebra sonríe y, apoyándose en la pared, murmura—: Imagino que ya sabrás que Eric y yo éramos pareja cuando conocí a Félix, ¿verdad?

—Sí. Eso me comentó Eric.

Ginebra asiente y prosigue:

—Cuando conocí a Félix, yo tenía veinte años. Era una niña curiosa por el sexo y por lo que era en sí la palabra «morbo». Una noche, en vez de salir con Eric, me fui con unas amigas y en una fiesta privada conocí a Félix.

Asiento... Me estoy enterando de algo que no he preguntado cuando ella añade:

—¿Sabes a lo que me refiero con «fiesta privada»? —Asiento de nuevo. Tonta no soy. Ella sonríe y continúa—: Félix era un atractivo hombre de cincuenta años, un hombre demasiado mayor para mí en aquella época, pero tras jugar con él aquella noche como no había jugado en mi vida, ya no pude desengancharme de él. Félix me hizo conocer lo que yo siempre había ansiado y nunca nadie me había dado.

Asombrada, pregunto:

—¿Por qué me cuentas todo esto?

Ginebra sonríe, baja la voz y murmura:

—Porque quiero que sepas que soy feliz con mi marido, y que, a pesar de su edad, me sigue proporcionando, entre otras muchas cosas, la clase de sexo que me vuelve loca. Con él disfruto del morbo de mil maneras, cosa que con Eric nunca habría sucedido.

Sus palabras llaman cada vez más mi atención.

—¿Por qué dices eso? —pregunto.

—Porque soy mujer y sé que estás intranquila con mi presencia. Veo en tu mirada que estás alerta con respecto a Eric y a mí, pero no debes estarlo.

Su sinceridad aplastante me gusta y me incomoda a partes iguales. No sé qué pensar cuando ella prosigue.

—Félix es el hombre de mi vida. Él me da lo que busco y yo le doy lo que quiere. Juntos hacemos un buen tándem. Un buen equipo. Cuando estoy sola, hago lo que quiero y, cuando estamos juntos, me pongo en sus manos y accedo gustosa a todos sus oscuros caprichos. Se puede decir que soy su esclava sexual.

Asiento una vez más, y ella vuelve a dejarme sin palabras en el momento en que pregunta:

—Si yo te bajara los calzones en este instante y te masturbara en el cubículo de ese baño, ¿crees que a Eric le molestaría?

Guauuuuuuuu, ¡menudo disgusto se llevaría mi alemán! Y qué bofetón le iba a dar yo a ella por lista. Pero, acalorada por lo que dice, contesto:

—Sí.

Ginebra sonríe e insiste.

—¿Y por qué se molestaría?

Apoyo la cadera en la bonita cubierta de mármol rosa del baño y respondo:

—Porque él y yo tenemos normas. Y la primera de ellas es hacerlo todo siempre juntos.

Ginebra asiente y, tras repasarse los labios con bilé, cuchichea:

—Félix estaría encantado de que te masturbara o tú me lo hicieras a mí con la condición de que luego se lo contara para que él disfrutara —y, bajando la voz, murmura—: Si algo nunca me gustó de Eric es su posesividad y su exclusividad.

—Pues eso es justo lo que a mí me gusta de él —añado segura.

Ginebra me mira, vuelve a sonreír y dice:

—A Félix y a mí nos gusta algo muy nuestro. Me encanta ser su esclava, su putita, su moneda de cambio. Me excita que me ofrezca, que me fuerce, me obligue, me ate para otros, y todo eso es algo que sé que a Eric nunca le gustó.

Uy…, uy…, ¡ni hablar! Eso no le atrae. No sé qué decir, cuando ella pregunta:

—¿Estoy equivocada y ahora a Eric le atrae eso?

—No —respondo con rotundidad.

Ginebra asiente y, retirándose el pelo de la cara, susurra:

—No me veas como una amenaza, Judith. Amo demasiado a mi marido, y sé que encontrar a otro como él es imposible.

A cada instante más sorprendida, vuelvo a asentir.

¡Carajo, parezco tonta!

—Necesitaba decirte esto —afirma guardándose en la bolsita su barra de labios—. No quiero malentendidos entre tú y yo.

Cinco minutos después, regresamos a la mesa, donde nos esperan nuestros maridos, y una hora más tarde, tras una noche encantadora, nos despedimos y regresamos a casa.

En el coche, Eric toca mi rodilla mientras conduce y pregunta:

—¿La has pasado bien?

Por raro que parezca, asiento. Me gustaría hacerle mil preguntas sobre Ginebra, pero sé que al final diría algo que me molestaría y terminaríamos discutiendo por ello. Así pues, sonrío, lo miro y afirmo:

—Sí, mi amor.

Cuando llegamos a casa, tras saludar a nuestras mascotas, que nos dedican un recibimiento descomunal, subimos a nuestra recámara. Allí, tomo a Eric de la mano y, sin hablarnos, hacemos el amor con posesividad y exclusividad.

Lo deseo para mí. Sólo para mí.

6

Llega el viernes.

Eric se ajusta la corbata ante el espejo de nuestra recámara y yo protesto desde la cama:

—Vamos, va, Eric, el año pasado no fui a la Feria de Jerez.

Él me observa a través del espejo con su gesto serio y responde:

—Porque tú no quisiste, pequeña..., porque tú no quisiste.

Bueno... Tiene razón. Él tenía un viaje a la República Checa y preferí acompañarlo.

Sigue anudándose el nudo de la corbata cuando añade:

—Cariño, ve tú a la feria y dale el gusto a tu padre. Yo estoy muy ocupado. Sabes que estoy lleno de trabajo y...

—¿Por qué no delegas parte de tus tareas a alguno de los directivos?

—Jud..., no comiences —murmura.

—Pero vamos a ver... —protesto levantándome—. Antes delegabas una gran parte del trabajo en ellos y podíamos estar más tiempo juntos. ¿De qué sirve el dinero si no lo podemos disfrutar?

El gesto de mi alemán se descompone, ¡faltaría más! Ya estoy diciendo algo que lo incomoda y, sin responder a lo que le he preguntado, replica:

—Mira, Jud, es mi empresa, tengo que atenderla, y no puedo perder el tiempo en ir de fiestecita a Jerez, ¡entiéndelo!

Eso me subleva. Por supuesto que Eric me anima a que vaya a la Feria de Jerez, pero yo quiero que me acompañe. Poder caminar del brazo de mi espectacular marido, pasar tiempo con él y hacerle saber a todo el mundo lo asquerosamente feliz que soy. Si voy sola, comenzarán las habladurías, y no deseo que le calienten la cabeza a mi padre.

Pero ya me ha quedado claro que a Eric no le interesa y, como no quiero discutir con él, cuando comienza a sonar en nuestro equipo de música la canción *Me muero** de La Quinta Estación, miro a mi muchachote, me levanto, me planto ante él y digo:

—Vamos. Baila conmigo.

Eric me mira, sigue con el ceño arrugado y protesta.

—Jud, tengo prisa.

No desisto y, mientras mentalmente tararareo eso de «me muero por besarte, dormirme en tu boca»,** insisto:

—Vamos, Iceman, baila conmigo.

Pero nada, ¡ni Iceman ni qué ocho cuartos! Al parecer, hoy no es el día, y Eric vuelve a fulminarme mientras protesta:

—Jud. Te he dicho que tengo prisa y no estoy para tonterías.

Oír eso me molesta. ¿Por qué es incapaz de ver mi detalle? ¿Por qué no se muere por bailar conmigo?

—Bueno —murmuro sentándome de nuevo en la cama—. Tú te lo pierdes.

Durante unos segundos permanecemos los dos callados mientras contemplo cómo mi amor se pone la chaqueta. Dios, qué increíble está vestido con traje.

Al ver que me observa a través del cristal para comprobar si estoy enfadada por el desplante que acaba de hacerme con el bailecito, digo dispuesta a seguir con el tema de Jerez:

—Oye, Eric, yo te acompaño todos los años sí o sí a la Oktoberfest y...

—Jud, ¡no es lo mismo!

Oírlo decir eso me hace reír, pero de maldad, y entrecerrando los ojos siseo:

—¿Cómo que no es lo mismo?

—Cariño, la Oktoberfest se celebra en Múnich y no tengo que dejar nada de lado, pero para ir a Jerez, he de aplazar las obligaciones y viajar a otro país; ¿acaso eres incapaz de entender lo que digo?

No. No soy incapaz de entender lo que dice, lo que me da rabia es que Iceman sea incapaz de ponerse en mi lugar.

---

* *Me muero*, Ariola, interpretada por La Quinta Estación. *(N. de la E.)*
** Véase la nota de la pág. 57. *(N. de la E.)*

—Sólo quiero que entiendas que para mí también es importante asistir a la feria de mi tierra tomada de tu brazo para que a mi padre no le llenen la cabeza de chismes —replico—. Sólo eso.

Eric no contesta. Su gesto ceñudo lo dice todo y, al final, decido callar o, sin duda, vamos a tener una buena. Me siento espléndida, y más tras el desplante que me ha hecho con el maldito baile.

Diez minutos después, ya en la cocina, como no he dicho nada, mi alemán se acerca a mí, sabe que lo ha hecho mal, y me abraza.

—Intentaré buscar días libres para ir a Jerez —murmura—, pero no te prometo nada, ¿de acuerdo, pequeña?

Que haga eso, que al menos lo piense, ya es un triunfo, y afirmo:

—De acuerdo.

Eric me besa y, cuando separa sus labios de mí con una maliciosa sonrisa, murmura sin que nadie nos oiga:

—¿De verdad que mi disfraz para esta noche es de policía?

Asiento. Olvido nuestro enfado y murmuro sonriendo:

—Espero que me detengas.

Eric sonríe a su vez, mueve la cabeza y pregunta curioso:

—Y el tuyo ¿de qué es?

Yo lo miro de esa manera que sé que le gusta y lo enloquece, clavo mis pupilas en las suyas y cuchicheo:

—Eso es sorpresa.

Cuando mi alemán se va a trabajar, lo observo alejarse en el coche desde la ventana. Sé que me quiere, sé que daría la vida por mí, pero ahora, entre los niños y la empresa, me falta tiempo para estar con él, y me siento algo abandonada. ¡Vaya mierda!

Como puedo, paso el día. Me aburro como una ostra. Amo a mis hijos, pero necesito hacer algo más que cuidarlos, y cada día lo tengo más y más claro.

Por la tarde, Mel viene a casa para dejar a Sami y, tras despedirnos de los niños, que se quedan en casa con Simona, Norbert y Pipa, nos vamos a casa de Mel, donde Björn y Eric nos esperan ya vestidos, el primero de bombero y el segundo de policía. Al verlos, no podemos parar de reír.

Nos ponemos nuestros disfraces de ángel y demonio, que son de pelanduscas total, y, cuando salimos con ellos, los chicos silban. Están encantados con lo que ven.

Eric me mira y susurra:

—Eres el angelito más tentador y precioso que he visto en mi vida.

Sonrío. No lo puedo remediar.

Una vez que nos ponemos los abrigos por encima, para no escandalizar a nadie por nuestras fachas, los cuatro nos subimos al vehículo de Björn y nos dirigimos al Sensations.

Como era de esperar, la fiesta es divertida. Ver los disfraces que la gente lleva me hace sonreír.

—Hola —oigo que dice alguien de pronto.

Al voltearme veo a Félix vestido de mosquetero. Divertidos, nos saludamos, Eric le presenta a Björn y a Mel y, cuando terminan, pregunto:

—¿Y Ginebra?

Félix sonríe y, tras pedir al mesero una botella de champán, dice:

—La he dejado en el reservado número cinco entretenida mientras yo venía por champán. —Luego se acerca y murmura—: Le he pedido a mi mujer que deje bien satisfechos a tres amigos.

Asiento. Eric asiente también y, cuando aquél se va, mi amor musita:

—Veo que siguen en su línea.

Su comentario me sorprende. Si hay alguien permisivo en el sexo, ése es mi chico. Lo miro y pregunto:

—¿Por qué dices eso?

Él me mira, pasa el dedo por mi barbilla y, acercándose a mí, susurra:

—Porque te valoro y porque nunca te utilizaría como moneda de cambio ni te dejaría sola con otros hombres y sus exigencias. En nuestra relación mandamos los dos, y juntos iremos a todos lados.

Me besa. Lo beso. Adoro sus besos cargados de amor.

Cinco minutos después, cuando Eric habla con Björn, Mel se acerca y, señalando con el dedo, pregunta de forma disimulada:

—Y ese musculoso presumido que mueve las caderas como Ricky Martin y va vestido de vaquero ¿quién es?

Con disimulo, dirijo la vista a donde Mel indica en el momento en que el musculoso presumido me mira. Sonrío. Él sonríe y se acerca a nosotras.

—Hola, Dennis —lo saludo. Luego miro a mi amiga y añado—: Mel, te presento a Dennis.

En décimas de segundo, Eric y Björn están a nuestro lado. ¡Vaya dos! Con caballerosidad, Dennis los saluda, después toma la mano de Mel, la besa y murmura con su particular acento:

—*Obrigado*.

—No me digas que eres brasileño... —oigo que dice Mel en alemán.

Él asiente y, sin saber por qué, yo salto:

—Bossa nova, samba, capoeira...

Y entonces, me detengo.

¿Qué hago yo haciendo lo que la gente siempre hace conmigo con eso de «Olé, torero, paella...»?

¿Acaso soy imbécil?

Eric me mira divertido. Me lee en la cara lo que pienso y murmura juguetón en mi oído:

—Cariño, te ha faltado decir caipiriña.

Durante varios minutos, los cinco hablamos y nos reímos. Dennis, además de estar como un tren, al que veo que muchas se quieren subir, parece una buena persona y, cuando poco después se aleja de la mano de unas rubias, mi amor me besa en la sien y pregunta:

—¿Quieres beber algo?

—Una coca-cola.

—¿Sola o con vodka?

Lo pienso. La noche es joven, y respondo:

—Mejor sola.

Cuando mi chico y Björn se van por las bebidas, Mel, que mira a la derecha, cuchichea:

—Carajo..., pues sí que es madurito el marido de Ginebra.

—Treinta años más que ella —le explico—. Tendrá unos setenta.

A continuación, me levanto del taburete.

—Ven, acompáñame —digo y, al ver que nuestros maridos nos miran, hago una seña y les aclaro—: Vamos al baño.

Eric y Björn asienten y, cuando desaparecemos tras la cortina y no me dirijo al lavabo, Mel pregunta:

—¿Adónde vamos?

—Quiero ver algo —afirmo sin soltarla mientras seguimos a Félix.

En cuanto llego al reservado número cinco y voy a abrir la cortina, Mel me detiene.

—¿Qué haces? —pregunta.

—Sólo quiero ver y no dice «Stop». Por tanto, se puede mirar.

Mel sonríe, asiente, y con curiosidad abrimos la cortina tranquilamente para observar.

En la habitación, Ginebra está atada a una silla de una manera que me deja sin palabras.

Su espalda descansa en el asiento, su cabeza cuelga hacia el suelo y sus piernas están sujetas a lo alto del respaldo. Un hombre que se agarra a la silla con fuerza se introduce en ella una y otra vez mientras ella jadea y grita de placer.

Mel y yo observamos cuando de pronto el tipo da un último alarido y se retira de ella. Instantes después, otro hombre se arrodilla ante Ginebra y, con una facilidad que me deja sin palabras, le introduce la mano en la vagina ante los gritos de locura de ella.

—¿Disfrutas, mi amor? —oigo que pregunta Félix.

—¡Sí..., sí...! —grita Ginebra.

Sin descanso, el hombre saca y mete la mano en el interior de la vagina de ella.

—Carajo..., no me gusta nada el *fisting* —murmura Mel.

—A mí tampoco —susurro sin respiración.

En ese instante, Félix se agacha, le da de beber de su copa de champán a Ginebra y dice:

—Así me gusta, zorrita. Estos amigos quieren cobrar lo que les prometí.

Ella sonríe. Félix acerca su boca a la de ella mientras otro hombre le coloca unas pinzas en los pezones y entonces Ginebra grita, pero sé que grita de placer.

Los hombres ríen al oírla. Félix se levanta de donde está, se acerca al pene de otro y, tras recorrerlo con la lengua, le echa sobre éste el resto del champán de su copa.

—Métesela en la boca hasta el fondo —dice.

Acto seguido, el hombre toma la cabeza de Ginebra y, con exigencia, lo hace. Eso me vuelve a incomodar, aunque sé que a ella le gusta. Ese tipo de sexo no me agrada. Ver cómo aquel tipo obliga a Ginebra mientras el otro juguetea con la mano en el interior de su vagina me deja sin palabras. Entonces, Mel me jala y dice:

—Regresemos con los chicos.

Asiento. Con lo que he visto, es suficiente, y ahora entiendo por qué Ginebra me dijo que a Eric no le gustaba eso. Sin lugar a dudas, no le gusta, ni a mí tampoco.

Sin más, regresamos junto a nuestros maridos, que nos entregan las bebidas, y yo me siento en un taburete.

En ese instante se acercan a nosotros Diana y Olaf. Durante un rato platicamos hasta que me fijo en que al fondo de la sala está Dennis con las rubias. El brasileño nos mira, nos observa, y Eric, que se da cuenta como yo, pega la boca a mi oído y, moviendo el taburete, dice:

—Angelito..., separa los muslos para el vaquero.

Extasiada por el morbo que me provoca siempre esa acción, hago lo que me pide y lo que me excita, mientras observo cómo Dennis nos sigue mirando. Ese tipo de cosas son las que me gustan y le gustan a mi chico.

Sin duda, mis piernas abiertas le ofrecen a Dennis una visión bastante interesante de mí. Eric, que lo sabe, que me conoce y que disfruta como yo del momento, introduce un dedo en su whisky, lo moja y, después, con complicidad, excitación y alevosía, lo pasa por mi boca, por mis labios. Sin apartar sus ojos de los míos, siento cómo su dedo baja por mi barbilla, por mi cuello, mis pechos, mi ombligo. Me besa mientras su dedo baja..., baja... y baja, hasta que lo siento llegar al centro de mi húmedo y latente deseo.

Uf..., ¡qué calor!

Mis labios vaginales se abren solos, mientras Eric tiene los ojos clavados en mis pupilas y, cuando su dedo toca mi ya hinchado clítoris, yo jadeo, cierro los ojos por puro placer y oigo que dice:

—Mírame, cariño..., mírame.

Obedezco. Sé lo mucho que le excita a Eric que lo mire en esos instantes y, con una mirada totalmente perversa, vuelvo a jadear. Él sonríe, me besa el cuello y murmura:

—Tu mirada me hace saber que ya estás preparada para jugar.

Asiento. Éste es el sexo que me gusta y, sin cerrar las piernas, beso a mi amor. Lo deseo. Deseo jugar con locura. Así estamos unos instantes hasta que nuestras bocas se separan y Dennis, que ya se ha deshecho de las rubias, como buen jugador, en pocos segundos está a nuestro lado. Eric lo mira, no hacen falta palabras, y segundos después la mano de Dennis se posiciona en la cara interna de mis muslos mientras susurra:

—Me apasiona que no traigas calzones.

Eric sonríe, y yo también.

Entonces Diana, que ha visto la jugada y va vestida de troglodita, dice:

—Judith, reserva el primer baile para mí.

Eso me hace sonreír. Me está pidiendo ser la primera en tomar mi cuerpo cuando Björn, que está junto a Mel y Olaf, pregunta en tono morboso:

—¿Quién se viene a la sala del fondo?

Todos lo acompañamos. Todos tenemos ganas de pasarla bien.

La sala es grande, y hay más gente además de nosotros. Distintas camas están ocupadas por hombres y mujeres practicando sexo y, nada más entrar, Björn se lleva a Mel a una libre y allí comienzan su juego con Olaf. Todos los observamos hasta que Diana, que es una loba deseosa de sexo, se coloca junto a Eric y dice:

—¿Qué tal si comienzo yo con el angelito?

Él me mira, sonríe y, cuando ve mi gesto de aprobación, asiente:

—Toda tuya.

Diana me da la mano y me lleva a otra cama libre. Sin que me diga nada, sé lo que quiere ella, lo que excita a mi amor y lo que yo deseo. Por eso, me tumbo sobre el colchón. Mi corto vestido de angelito se sube solo, dejando al descubierto mi ausencia de calzones y mi bien depilado pubis.

Eric, Diana y Dennis me observan. Veo sus miradas. Todos están deseosos de comerme, de disfrutarme, de saborearme, y entonces Eric se acerca a mí y, tomándome las manos, me las lleva hasta los barrotes de la cabecera.

—Agárrate a ellos y no te sueltes por nada del mundo —me dice.

Lo hago. Eric me besa, pasea las manos con propiedad por mi cuerpo y pregunta:

—¿Estás caliente, mi amor?

Al oírlo, me estremezco y asiento.

—Sabes que sí —murmuro.

Mi marido me toca las piernas. Tiemblo. Con seguridad, me separa los muslos dejando mi vagina húmeda al descubierto y, pasando un dedo por ella, musita mientras la abre:

—Adoro tu humedad.

Instantes después, la boca de Diana chupa con deleite lo que Eric le ofrece. Su ansiedad no le ha permitido esperar un segundo más. Noto cómo da toques con la lengua sobre mi clítoris, y observo que Eric y Dennis se sientan cada uno a un lado de la cama.

—Eso es, mi amor, abre las piernas para Diana.

Sin dudarlo, lo hago. Dios, ¡qué placer más inconfesable!

Gustosa por lo que ella me hace, jadeo y me retuerzo agarrada a los barrotes de la cabecera mientras Eric y Dennis nos observan con ardor.

Cuando el placer y la lujuria toman mi cuerpo, soy un juguete en manos de cualquiera, y Diana sabe muy bien cómo manejarme a su antojo desde la primera vez que me poseyó.

Sin descanso, chupa, lame, introduce los dedos en mí y me masturba mientras juega con mi clítoris, al tiempo que Eric y Dennis me bajan el vestido para sacar mis pechos. Cada uno se adueña de uno y los saborean a su manera mientras yo pierdo la noción del tiempo y me entrego dócilmente a ellos tres.

No sé cuánto rato estamos así; sólo sé que, cuando vuelvo a ser consciente, estoy de rodillas sobre la cama del todo desnuda, mientras Diana me sujeta las caderas con una mano y con la otra me masturba de forma rítmica al tiempo que se oye el chapoteo de sus dedos en el interior de mi vagina.

Eric y Dennis nos observan con sus duros penes erectos preparados para mí, cuando ella murmura cerca de mi boca:

—Eso es, angelito..., muévete... Eso es..., eso es.

Loca..., loca de deseo, hago lo que Diana me pide.

Me muevo mientras siento cómo todo mi cuerpo arde a punto de explotar y oigo los gemidos placenteros de todos los presentes. Diana, como mujer experimentada en dar placer, me hace gritar, moverme, cabalgar sobre su mano húmeda de mis fluidos, mientras yo observo a Eric.

Su gesto. Su mirada me vuelve más loca todavía, hasta que me arqueo, el placer toma todo mi cuerpo y, con un último gemido, les hago saber que he llegado al clímax.

Pero Eric y Dennis están deseosos de sexo y, cuando Diana se retira de mí, Dennis la agarra, la pone a cuatro patas y la penetra. Diana grita de placer en el momento en que Eric, levantándome, me da la vuelta, me pone en la misma posición que ella, me agarra del pelo y susurra en mi oído:

—Me vuelves loco, morenita..., loco.

Y, deseoso de mí, me empala hasta el fondo y, como un salvaje, me hace suya mientras yo jadeo y le pido más y más y me dejo llevar por la pasión del momento. Como un animal, mi amor, mi marido, mi todo, me hace suya, y yo me acoplo a él y lo hago mío. Es nuestro baile. Es nuestra manera de ver el sexo. Es nuestro delirio.

Sin descanso, los cuatro jadeamos mientras el ruido seco de nuestros cuerpos al chocar suena con fuerza en la sala. Una..., dos..., tres..., veinte veces entra y sale de mí mi alemán y, cuando sabe que ya no aguanto un segundo más, se deja ir al mismo tiempo que yo y juntos disfrutamos de aquel morboso y mágico momento.

Acabado ese asalto, Diana, que es infatigable, vuelve a abrirme de piernas mientras Eric se sienta en la cama y susurra cuando Dennis la deja:

—Dame tu jugo..., dame tu jugo.

Eric y Dennis nos observan. Diana, la insaciable, no se cansa de saborearme, y yo permito que lo haga en cuanto Eric se acerca a mí, me besa en los labios y pregunta:

—¿Todo bien, pequeña?

Asiento..., asiento y jadeo entregada al placer como sé que a él le gusta.

Ninguna mujer me saborea como Diana. Otras me han tomado. Otras han disfrutado de mí, pero Diana es la mujer que verdaderamente ha hecho que me venga de puro placer.

Entregada a su exigente boca, cierro los ojos y disfruto del momento. Cuando vuelvo a abrirlos, veo a Ginebra desnuda ante nosotros junto a otra mujer. Ambas nos observan y, tan pronto como Ginebra ve que la miro, sonríe.

Extasiada por las cosas que me hace Diana, le tiendo la mano sin saber por qué. Ginebra me la da y yo se la aprieto mientras me retuerzo gustosa. Eric nos mira. Veo lascivia en su mirada y, con mi otra mano libre, tomo uno de los preservativos que hay sobre la cama y se lo entrego.

Mi amor no aparta los ojos de mí. Intenta leer lo que le digo y, cuando me entiende, abre el preservativo, se lo pone y, tras echar a Ginebra a un lado, agarra a la otra mujer, la sienta sobre sus piernas y la empala con ferocidad.

De pronto soy consciente de lo que he provocado, pero Eric no ha aceptado, y la dicha por saberlo supera lo que Diana me hace mientras me retuerzo de placer.

Cuando Diana se da por satisfecha y me suelta, tras unos segundos en los que recupero el resuello, me arrodillo en la cama, me abrazo a la espalda de mi amor y comienzo a besarle el cuello mientras sus caderas se clavan en la otra mujer.

Eric se estremece al sentirme. Mi contacto le gusta tanto como lo que he provocado.

Oigo sus jadeos, los de Ginebra, que está al lado con otro hombre, y al enredar las manos en el pelo de mi marido observo cómo Eric embiste a la desconocida con fuerza.

Encantada con lo que veo, beso el ancho cuello de mi amor. Entonces siento que Dennis, que está detrás de mí, entra en el juego y, al notar que no lo rechazo, murmura poniéndome el vello de punta:

—Tu cuerpo es samba.

Me excita su voz melosa y calentita. Uf..., qué morbo tiene Dennis.

Acto seguido, con agua y una toalla limpia, me lava para él. El frescor me encanta, cuando me besa las costillas, el trasero, pasea sus suaves y grandes manos por mi cuerpo desnudo, mientras yo a través de mis oscuras pestañas observo lo que hace Eric, lo que hace mi amor.

Así estamos varios minutos hasta que mi rubio echa hacia atrás la cabeza en busca de mi boca y lo beso. Lo devoro mientras soy consciente de que Ginebra nos observa.

—Te quiero —murmuro entre beso y beso.

Eric tiembla. Yo tiemblo con él. No puedo quererlo más.

Dennis, al sentirme vibrar y notar la excesiva humedad que tengo entre las piernas, me agarra de la cintura y, tras ponerse un preservativo, sin alejarme un ápice de mi amor, se introduce en mí y murmura en portugués al percibir la oscilación de mis caderas:

—*Eu gosto do seo corpo.*

Oírlo hablar en su lengua me excita más, y al entender que le gusta mi cuerpo, muevo las caderas y percibo cómo Dennis tiembla de lujuria.

Placer por placer.

Aquello que siento, que todos los presentes sentimos, me hace cerrar los ojos y jadear como una posesa. Dennis me mueve a su antojo y yo permito que lo haga, mientras mis pechos se restriegan por la espalda de Eric haciéndole saber que yo también disfruto con lo que ocurre.

Abro los ojos y, desde mi posición, observo que Ginebra, mientras está con el otro hombre, toca con una mano el hombro de Eric y tiene la boca cerca, demasiado cerca de la suya. Eso me hace estar alerta.

Durante varios minutos, el placer se apodera de todos los que estamos en la morbosa habitación. Oigo los gemidos intensos de todo el mundo y, por supuesto, los de Dennis y los míos, que suben y suben y suben, pero mi concentración se encuentra en otra cosa. En Eric.

Todos estamos allí porque queremos.

Todos estamos allí porque lo deseamos, hasta que de nuevo veo que Ginebra se halla demasiado cerca de la boca de mi amor. Soy consciente de cómo ella le toca el mentón, y entonces alargo la mano y, separándola de él, murmuro:

—Su boca es sólo mía.

—Es sólo tuya, pequeña..., sólo tuya —jadea Eric para que yo lo oiga.

Oír su voz en un momento así me vuelve loca. Dennis se hunde totalmente en mí y, segundos después, llegamos juntos al clímax mientras Eric y Ginebra, con sus respectivas parejas, tienen convulsiones y se contraen de placer.

Esa noche, cuando llegamos a casa y nos bañamos, al meternos en la cama, miro a Eric y le pregunto:

—¿Habrías besado a Ginebra si yo no llego a prohibirlo?

Él me mira. Sabe de lo que hablo y, negando con la cabeza, musita un escueto:

—No.

Pero, no contenta con la respuesta, insisto:

—¿Te habría gustado hacerlo con ella?

—Jud...

—Responde —ataco.

Eric clava entonces sus ojazos en mí.

—Me lo permitiste y yo lo rechacé —contesta—; ¿a qué viene esa pregunta ahora?

Asiento. No puedo reprochar algo que yo he provocado, aunque él no lo aceptó.

—Eric —murmuro—, sólo quería demostrarte que confío en ti, y si me mientes yo...

Rápidamente, mi amor se mueve, se sienta en la cama y, tomando mi cara entre las manos, dice:

—No sé de lo que hablas, ni por qué habría de mentirte yo, cariño. He rechazado algo que tú misma me ofrecías. ¿Qué te ocurre ahora?

Sin saber aún por qué hice lo que hice, pregunto:

—¿Por qué la rechazaste?

Eric maldice y responde mirándome:

—Te lo he dicho: no quiero nada con ella, Jud. ¡Nada!

—Entonces ¿por qué no la separaste de tu boca?

—No lo sé, Jud. Quizá fuera porque estaba al límite. Tú misma viste que, nada más decir lo que dijiste, llegué al clímax con la otra mujer. Pero, cariño, mi boca es sólo tuya, como la tuya es sólo mía. No dudes de mí, por favor.

Sin ganas de seguir hablando, asiento, le doy un beso en los labios y me recuesto sobre él. Segundos después, Eric apaga la luz. A diferencia de otras veces, esta vez no bromeamos sobre lo ocurrido, y eso, aunque Eric no lo quiera ver, me da que pensar.

7

A la mañana siguiente, cuando me despierto, estoy sola en la cama. Miro el reloj: las diez y veinte. Rápidamente me levanto.

¿Por qué Eric no me ha despertado antes?

Como una loca, me visto. Me pongo unos *jeans*, una camiseta y unos tenis y vuelo escaleras abajo.

Cuando llego a la cocina, Simona, Pipa y Eric están con los niños, mientras que Flyn está tecleando en su celular. Como una exhalación, entro y le pregunto a mi amor:

—¿Por qué no me has despertado?

Él se acerca a mí con una preciosa sonrisa y, tras besarme en los labios, responde:

—Porque necesitabas dormir. Buenos días, pequeña.

Que esté de humor me hace sonreír y, sin querer pensar en lo que hablamos la noche anterior, miro a mi alrededor y pregunto:

—¿Dónde está Sami?

Eric, que está haciéndole una trompetilla a Hannah, no responde. Flyn me mira entonces con cara de apuro y dice:

—Björn ha venido esta mañana y se la ha llevado.

De pronto, el celular de Eric suena. Echa un vistazo a la pantalla y, mientras le entrega la niña a Pipa, dice:

—Es Weber, para unos temas de la oficina. Iré al despacho a hablar con él.

—¿Otra vez trabajo?

Eric resopla y sale de la cocina sin contestar.

Cuando ya se ha ido, me acerco a Flyn.

—¿Qué te ocurre, cariño? —le pregunto.

Ahora que Eric no está, él me mira directamente a los ojos.

¡Uy..., uy..., esa miradita de cordero degollado...!

¿Qué habrá hecho, Dios mío? ¿Qué habrá hecho?

Acostumbrada a su especial mirada coreana alemana, levanto las cejas y finalmente él dice:

—¿Podemos ir a mi recámara?

¡Lo sabía!

¡Sabía que ocurría algo!

Convencida de que tiene algo que contarme, asiento y los dos salimos de la cocina. Al salir, veo que Flyn mira en dirección al despacho de Eric y, cuando se asegura de que está la puerta cerrada y no nos ve, me toma de la mano y, jalándome a toda prisa, dice:

—Vamos.

Subimos la escalera de dos en dos y en silencio. Al llegar a su cuarto, entramos, él cierra la puerta y me mira.

—Mamá —dice—, tengo que contarte algo.

Asiento. Sin duda, la cosa va a arder. Me siento en su cama tras quitar un par de camisetas que como siempre ha dejado tiradas y pregunto con un suspiro:

—Lo sé. Conozco tu mirada, así que ¡dispara!

Mi hijo se rasca el cuello.

Bueno..., bueno..., que a éste le van a salir ronchas también.

Después se rasca la coronilla y finalmente va hasta su mesa de noche, rebusca en el cajón y, tendiéndome un sobre, dice:

—No te enfades, pero son las calificaciones.

Ay, mi niño... Pobrecito, el apuro que tiene.

Si él supiera lo malísima estudiante que fui yo a su edad y los disgustos que les daba a mis padres, seguramente me miraría con otros ojos. Pero no, no puedo decírselo, y sonrío.

Flyn es un buen estudiante, siempre ha sido un niño de notables y sobresalientes y tremendamente exigente consigo mismo. Tomo el sobre que me tiende e intento quitarle hierro al asunto.

—Vamos, cariño, no pongas esa cara. Papá y yo ya te hemos dicho muchas veces que no hace falta que todo sean sobresalientes, mi amor. Además, este año has cambiado de ciclo y de centro y es todo mucho más difícil, por lo que es normal que tus calificaciones hayan bajado.

El pobre me mira con ojitos de ratoncito asustado y yo sonrío.

¡Cómo me engatusa mi coreano alemán!

Y entonces, sin abrir el sobre con las calificaciones que me ha dado, pregunto:

—¿Estás preocupado porque has quedado a deber alguna, cuchufleto?

Él asiente. Pero si hasta pálido lo veo...

Yo sonrío y cuchicheo, aunque, a diferencia de otras veces, cuando le digo aquel ridículo «¡cuchufleto!» que tanto repite mi hermana Raquel, no sonríe, por lo que comienzo a preocuparme.

—¿Qué has reprobado? —pregunto.

Remolonea. Duda. Mira el techo.

Oh..., oh..., ¡esto no me gusta!

Después, sus ojos se dirigen al clóset donde están sus pósteres de los Imagine Dragons, su grupo preferido.

¡Uf..., comienzo a asustarme!

Luego mira a sus pies y finalmente, cuando ve que me muevo y me va a dar un ataque, susurra sin mirarme:

—He quedado a deber seis.

¡¿Seis?!

¡Ay, que me da un ataque!

¿He oído bien? ¡¿Ha dicho seis?!

¡La madre que lo parió!

—¡¿Seis?! —susurro antes de gritar—. ¡¿Has reprobado seis?!

Flyn, al ver mi gesto y oír mi voz, pone cara de «pobre de mí» y responde:

—Sí..., pero... es que...

—¡Carajo, Flyn, seis! —repito sin creerlo mientras el cuello me comienza a arder.

Pero ¿cómo ha podido pasar eso si siempre ha sido un estudiante estupendo?

Madre mía. Madre mía, cuando se entere uno que yo sé, la que se va a armar.

El niño no sabe adónde mirar, ¡y yo tampoco!

Y, como una loca, abro el sobre de las calificaciones y, con un hilo de voz, murmuro:

—Has reprobado... historia, matemáticas, filosofía, geografía, inglés y dibujo... Pero... pero ¿cómo puedes reprobar hasta dibujo? Madre mía, Flyn, cuando Eric vea esto, no querría encontrarme en tu pellejo.

Mi hijo me mira, sabe que tengo razón.

—¿Cómo se llamaba tu tutor, que no lo recuerdo? —pregunto enfadada.

—Alves. Señor Alves.

Asiento y repito acalorada:

—El lunes ya puedes decirle al señor Alves que quiero una cita con él para que me explique qué demonios ha pasado, ¿entendido?

Flyn asiente, no le queda otra. Todavía sorprendida por aquello, murmuro:

—¿Y cómo le contamos esto a tu padre?

En ese instante se abre la puerta de la recámara. Al ver que es Eric, escondo rápidamente las calificaciones a mi espalda.

¡Qué tipo, siempre nos sorprende!

Nos ve a los dos desconcertados, así que entra, cierra la puerta y pregunta:

—¿Qué planean a mis espaldas?

Como si nos hubiera comido la lengua un hipopótamo, así estamos Flyn y yo. El niño no sabe qué decir, y yo no sé ni qué responder.

Madre mía..., madre mía..., cuando vea las desgraciadas calificaciones...

Nuestro mutismo y la rigidez de nuestros cuerpos ponen en alerta a Eric. Nos conoce. Se acerca a mí y dice:

—¿Qué ocurre, pequeña? —Al ver mi brazo hacia atrás, mira por encima de mi cabeza y pregunta—: ¿Qué es ese papel que escondes?

Ahora la que lo mira con ojos de ratoncito asustado soy yo, y entonces oigo a Flyn decir:

—Papá, son las calificaciones.

Eric me mira...

Yo lo miro...

Eric sonríe...

Yo me rasco el cuello...

Las ronchas en mi cuello me delatan y eso le hace presuponer que algo no va bien. Así pues, me aparta la mano para que no me rasque, a continuación me la suelta, extiende su mano y dice:

—¿Me enseñas las calificaciones, Jud?

Bueno. El momento ha llegado. Pero antes de dárselas, digo intentando allanarle el camino a Flyn:

—Cariño, piensa que este año ha cambiado de ciclo y...

—Vamos, Jud, eso ya lo sé. Enséñamelas.

Flyn y yo nos miramos.

—Me están asustando con sus miraditas —dice Eric, aún con humor.

Oy..., oy..., oy..., la que se va a armar...

Y, sin poder retrasar más el terrible momento, se las entrego. ¡Sálvese quien pueda!

Sin quitarle de encima la vista a mi amor, veo cómo su boca pasa de la divertida sonrisa a la sorpresa y, de ahí, al enfado en décimas de segundo.

Ante nosotros acaba de aparecer el frío Iceman que asusta a Flyn, y entonces lo oigo decir con voz ronca y controlada:

—Flyn, ve a mi despacho y espérame allí.

En un abrir y cerrar de ojos, el chico desaparece de la recámara, y Eric me mira y sisea:

—¿Cuánto tiempo pensabas ocultármelo?

Su acusación me toca las narices, el pie derecho y distintas partes de mi cuerpo. Me levanto de la cama y pregunto con cautela:

—¿Cómo dices?

Con el gesto congestionado y las malditas calificaciones en la mano, Eric musita:

—Aquí dice que se las entregaron el día 18, y hoy es 23. ¿Hasta cuándo pensabas ocultármelas?

Ya estamos. ¡Eric y sus conclusiones precipitadas!

Clavo mis ojazos negros en él y protesto:

—Oye..., oye..., oye. Que yo las acabo de ver por primera vez hace cinco minutos.

—¡¿Seguro?!

—¡Segurísimo!

—No lo creo.

—Pues créetelo —insisto.

—Jud, me molesta cuando mientes para ocultar algo de Flyn. ¡Ya estamos!

¿Por qué Eric siempre cree que estoy compinchada con el niño para todo?

Tras acercarme a él sin ningún miedo, le clavo el dedo índice en el pecho y siseo:

—Mira, *bizcochito*...

—¡Jud!

—¡¿Qué?!

—¡No vuelvas a llamarme así! —replica furioso.

Su mirada me hace saber que eso no le hace ninguna gracia, y no dispuesta a descomponer las cosas más de lo que están, digo:

—Bueno. Perdón. En cuanto al niño, entiendo tu sorpresa y tu enfado, porque eso mismo me ha pasado a mí cuando me las ha enseñado. Pero lo que no entiendo es que rápidamente desconfíes de mí porque yo...

—¿Cómo no voy a desconfiar de ti, si siempre lo estás tapando?

—¡Pero ¿qué diablos estás diciendo, im...?!

Su dura mirada hace que me calle. Es mejor que en un momento así no lo insulte o todo empeorará. Pero, vamos a ver, ¿qué es eso de desconfiar de mí, cuando yo confío plenamente en él?

Eric se mueve nervioso. Para mi desgracia, cuando las cosas se le escapan de las manos, puede llegar a ser el hombre más desagradable del mundo.

—¿Acaso crees que soy tonto y no me doy cuenta de la infinidad de veces que me ocultas algo para que no lo regañe? —insiste.

¡Carajo, tiene razón!

Bueno..., bueno..., bueno... Si se entera de que he comprado dos entradas para llevarlo al concierto de los Imagine Dragons, ¡la que me arma es fina!

Reconozco que soy demasiado protectora con Flyn en ciertos momentos, pero también lo soy con mis otros hijos, con mi familia, con mis amigos e incluso con él. Sin embargo, cuando voy a contestar, Eric se adelanta:

—Da igual lo que digas, Jud. Como siempre, a ti todo te entra por un oído y te sale por el otro, ¿verdad? —A continuación, se dirige hacia la puerta y añade—: Voy a hablar con Flyn a solas. Necesito una explicación a este desastre de calificaciones.

Y, sin mirarme, sale del cuarto dando un portazo.

¡Ya la hemos complicado!

Está visto que, cuando la mala rachita comienza..., ¡a saber Dios cuándo acaba!

Una vez sola en la recámara, durante varios segundos miro al suelo.

Sé que Eric tiene razones más que suficientes para estar enojado pero, como siempre, ya me ha echado la culpa a mí. La primera sorprendida con lo ocurrido al ver las calificaciones he sido yo, pero estoy segura de que ese cambio de actitud en Flyn tiene una explicación. Sin duda, la adolescencia, los amigos y los amores lo están atontando.

Sin embargo, como madre que me considero de Flyn, decido ir al despacho. Quiero estar delante cuando explique el desastre. Así pues, salgo de la recámara, bajo la escalera y me dirijo hacia el despacho de mi incombustible amor enfadado.

Al llegar, está la puerta cerrada y oigo la voz autoritaria de Eric.

¡Buenoooo..., la que le está cayendo a Flyn!

Ya conozco a Eric porque, si no, estaría asustadita perdida pensando que está ladrando como un perro furioso y rabioso. Sin esperar un segundo más, abro la puerta y entro.

Eric y Flyn me miran, y veo en los ojos de mi niño algo que nunca he visto en él y que mi padre siempre ha llamado dejadez. Eso no me gusta, así que me dirijo a Eric, que tiene las calificaciones en la mano, y digo:

—Soy su madre y quiero estar presente en todo lo que tengas que decirle.

Observo cómo su pecho se agita y sus ojos se entornan..., ¡carajo, parece chino!

En su mirada leo que le gustaría echarme del despacho, pero sabe que lo que he dicho es importante para el niño y para todos como familia y, volviendo a mirar al muchacho, continúa con su perorata.

Como siempre, Eric hace preguntas y, cuando Flyn va a contestar, lo interrumpe y el niño se encoge. Eso me saca de mis casillas. Eric no lo deja contestar. Me callo y decido decirle a mi marido lo que pienso cuando el chico no esté presente.

—Estás castigado sin salir con tus amigos.

—Papáaaa...

—¡He dicho castigado! —insiste mi alemán.

—¡No soy un niño! —grita Flyn.

Al oír eso, Eric resopla, apoya las manos en la mesa de su despacho y controlando la voz sisea:

—Eres mi hijo y con eso me basta para castigarte.

Flyn se desespera, lo veo en sus ojos y, mirándome, dice:

—El viernes tengo una fiesta importante.

—¿Qué fiesta? —pregunta Eric.

Sin amilanarse, el chico se dirige a mi amor y responde:

—La fiesta del cumpleaños de mi novia.

—Pues dile a Dakota que no vas —suelta Eric.

—Dakota no es mi novia, papá; ahora lo es Elke.

Eric me mira y, tan sorprendido como yo cuando me enteré, pregunta:

—¿Y quién demonios es Elke?

Bueno..., bueno..., bueno..., la cosa se va caldeando por segundos cuando Flyn, en busca del apoyo que siempre le doy, me mira con ese gesto que me descongela hasta el alma.

—Mamá, ayúdame —suplica—, tengo que ir a la fiesta de Elke.

—Tu madre no te va a ayudar porque no irás, ¡estás castigado! —insiste Eric.

—Papáaaa...

Suspiro y me acaloro. No voy a llevarle la contraria a Eric, esta vez no, porque sé que tiene razón. Así pues, tomo fuerzas y digo:

—Lo siento, Flyn, pero como papá ha dicho, ¡estás castigado!

Mi niño me mira con gesto de incredulidad. No entiende cómo esta vez no lo ayudo.

¡Ay, qué dolor siento en el alma!

Esto de ser madre de un adolescente, en plena edad de la punzada, es más duro de lo que creía.

Noto la mirada de conformidad de Eric ante lo que he dicho y, cuando Flyn vuelve a quejarse otra vez, le suelta:

—Y, por supuesto, ya puedes olvidarte de la computadora, la tableta, las redes sociales y el celular.

—¡No puedes hacer eso! —grita Flyn.

Eric se pone enfermo al oír su tono y, acercándose a él, replica:

—Puedo y lo haré.

—¡Pero, papá...!

Bueno..., bueno..., bueno..., si le quita todo eso al niño, lo acaba. ¡Pobrecito!

—Y como vuelvas a protestar o a levantarme la voz —sisea Eric con gesto furioso—, te juro, Flyn, que las consecuencias van a ser mucho más graves.

El niño me mira. ¡Angelito! Y yo, con la mirada, sin pestañear, le pido que no abra la boca y no se le ocurra mencionar lo de las entradas del concierto.

Por suerte, me entiende, hace caso y mira al suelo. Uf..., ¡menos mal!

Cuando Eric se enfada, es el tipo más intransigente del mundo pero, en este instante, pese a la pena que me da Flyn, mi amor tiene toda la razón.

Durante un par de minutos, los tres permanecemos callados, hasta que finalmente Eric dice:

—Sal del despacho y tráeme tu computadora, la tableta y el celular. Te lo devolveré todo y podrás volver a salir con tus amigos cuando recuperes las seis que has reprobado, ¿entendido?

Abatido, mi coreano alemán agacha la cabeza. Sabe que en este instante es mejor obedecer y, por ello, sin mirarme, pasa por mi lado y sale del despacho.

Una vez que me quedo a solas con mi amor, Eric me mira.

Ea..., ¡ahora me toca a mí!

—Siento haberme puesto así contigo —dice—. Flyn me ha contado que acababas de ver las calificaciones. Lo siento, cariño. Perdóname.

No respondo, simplemente lo miro con gesto de enfado y le informo:

—Le he dicho a Flyn que le comente a su profesor que quiero una cita con él.

—Iremos los dos —afirma Eric.

Dos segundos después, la puerta se abre y Flyn entra con todo lo que Eric le ha pedido. Sin mirarnos a ninguno de los dos, deja la computadora, la tableta y el celular sobre la mesa del despacho y se va.

Eric se pasa entonces la mano por la cabeza y pregunta:

—¿Qué estamos haciendo mal, Jud?

Oír su tono de voz abatido me hace saber que a él le ha dolido más hacer lo que ha hecho que a nuestro hijo.

—No hemos hecho nada mal, Eric —murmuro acercándome a él—. Seguimos siendo los mismos que ayer, pero él cambia y ya no es el niño que se contentaba aprendiendo a andar en patineta o jugando con nosotros PlayStation.

—Y, si no hemos hecho nada mal, ¿por qué de pronto reprueba seis?

Ésa es una pregunta difícil de responder.

—Yo no puedo meterme en la cabeza de Flyn —digo—, pero he tenido su edad, como la has tenido tú también, y...

—Yo siempre he sido muy responsable, incluso con esa edad, Jud —me corta—. Siempre he sabido que los estudios eran algo que debía aprobar por mí y por mis padres, aunque estuviera desfasado en ciertos momentos.

Sonrío. Sin duda, mi muchachote siempre ha sido un gran responsable. Me encojo de hombros y respondo:

—Pues siento decirte que a mí, a su edad, lo último que me importaba eran los estudios y lo que mis padres pensaran, porque lo único que quería era saltar con la bicicleta como una loca, divertirme y, cuando iba a la discoteca con mis amigas, ser una chica guapa a la que admiraran los chicos.

Mi confesión hace que Eric me mire, y entonces observo que las comisuras de sus labios se relajan.

¡Bien..., vamos bien!

Acto seguido, pasa las manos alrededor de mi cintura y murmura:

—Tus amigos debían de estar ciegos para no admirarte.

Vuelvo a sonreír. ¡Qué mono es cuando quiere el *fregao*!

—Era desgarbada, además de peleonera con los chicos —confieso—. Me gustaba demasiado el deporte y me sentía fea ante otras chicas que, con mi misma edad, estaban más desarrolladas y eran más femeninas.

Mi Iceman sonríe, eso me tranquiliza y, acercando su frente a la mía, murmura:

—¿Crees que he hecho bien con Flyn?

Lo miro y me pierdo en sus ojos.

—Has hecho lo que cualquier padre preocupado haría por su hijo —afirmo—. Le has hecho ver que toda causa tiene un efecto. Ahora es él quien debe darse cuenta de lo que realmente tiene que hacer para volver a disfrutar de todos los privilegios que tenía. Y, si te quedas más tranquilo, quiero que sepas que, en esta ocasión, yo habría actuado exactamente igual que tú.

—Pues me siento muy mal —insiste.

No puedo evitarlo y sonrío.

En mi niñez, recuerdo haber escuchado a mis padres tener esa misma conversación cuando nos castigaban a Raquel y a mí por habernos portado mal, lo que era de continuo.

—Entiendo tu malestar porque yo también me siento así —digo—, y más cuando no lo he ayudado para lo de la fiesta de Elke. —Eric resopla al oír eso, pero prosigo—: Hasta este momento, Flyn siempre había ido bien en los estudios y no habíamos tenido que enfadarnos con él por ello pero, ahora, creo que nos va a tocar pasar una temporadita complicada hasta que consigamos encauzarlo de nuevo.

—¿Quién es Elke, y cuándo dejó de estar con Dakota?

—Ni idea, corazón —digo y, al ver la confusión en sus ojos, afirmo—: Seguro que Elke será una buena niña como Dakota.

—Eric se toca el pelo y prosigo—: Cariño, todo esto se deberá a un conjunto de cosas. Su edad, la novia, los amigos, el interés por todo menos por los estudios y la rebeldía. Piensa que hemos pasado de ser los padres perfectos al enemigo a abatir. Esto es así, Eric. Es ley de vida, amor.

Eric resopla. Sin duda, sabe que tengo razón.

—Recuerdo que mi padre me prohibía salir o me quitaba la bicicleta en Jerez —continúo—. Eso me enfadaba, pero era lo único que hacía que yo reaccionara. —Eric sonríe—. Pero, por favor, la próxima vez que hables con él, permítele que responda. No lo cortes todo el rato cada vez que va a contestar o dejará de hablar contigo, y tú no quieres eso, ¿verdad? —Él niega con la cabeza e insisto—: Pues entonces hazme caso. No hay nada más incómodo que querer responder y que no te lo permitan.

Eric asiente. Sin duda, sé que la próxima vez que hable con él lo hará. Me da un beso y murmura:

—¿Perdonas a tu imbécil por sacar conclusiones erróneas de ti?

Eso me hace soltar una carcajada y, encantada, poso las manos en sus hombros y digo tocándole con cariño el cuello:

—Adoro que en ocasiones seas un imbécil; ¿sabes por qué? —Él niega con la cabeza, y yo aclaro divertida—. Porque me encanta reconciliarme contigo.

Su sonrisa se ensancha.

¡Oh, Dios, qué maravillosa sonrisa tiene mi alemán preferido!

Cuando va a besarme y sé que me va a dejar sin respiración, nos interrumpen unos golpes en la puerta del despacho.

—Adelante —dice Eric.

La puerta se abre. Es Simona que, con gesto preocupado, explica:

—Siento interrumpir, pero Flyn se ha machucado un dedo con la puerta y está adolorido en la cocina.

Eric y yo salimos a la carrera.

¡Ay, mi niño!

Cuando llegamos a la cocina, nuestro adolescente nos mira. Eric se apresura a arrodillarse delante de él, toma su mano, retira

la bolsa de hielo que Pipa le ha puesto y examina el dedo aplasta-
do y rojo.

—Jud, llama a Marta para ver si está en el hospital —me pide
a continuación con gesto descompuesto.

Sin tiempo que perder, los tres nos dirigimos al garaje. Allí,
nos encontramos con Norbert, que, al vernos llegar, aunque no
sabe lo que ha pasado, dice rápidamente:

—En cinco minutos llegamos a urgencias.

A Flyn por el dolor se le escapan unas lágrimas, y Eric no puede ya ni respirar.

Madre mía, ¡pero qué nervioso se pone con estos temas!

Hablo con Marta. Está en el hospital. Como puedo, mientras
llegamos tranquilizo al grandulón y a mi niño a la vez. No sé
quién es más complicado. Cuando llegamos a urgencias, Marta, la
hermana de Eric, que trabaja allí, ya nos está esperando.

Mi cuñada, que es un amor, se preocupa por Flyn en cuanto
lo ve.

—Tú quédate aquí —dice entonces mirando a Eric.

—No. Yo voy con Flyn —insiste él.

Marta y yo nos miramos y, finalmente, para relajarlo digo:

—Eric y yo nos quedaremos aquí. Flyn, ve con la tía Marta.

Una vez que ellos dos desaparecen por la puerta, Eric me mira
con gesto tenso y, antes de que abra la boca, digo:

—Sabes que es mejor que no estemos nosotros para que Flyn
esté atento a lo que Marta y el doctor le digan, así que ni se te
ocurra protestar, que la madre soy yo, estoy preocupada y no estoy armando un numerito, ¿de acuerdo?

Eric asiente y no dice nada. Norbert, que ya ha estacionado el
coche, entra en urgencias. Al vernos, se sienta a nuestro lado, y los
tres esperamos con impaciencia y en silencio.

Cuarenta minutos después, la puerta se abre y salen Marta y
Flyn. Miro a Eric y veo cómo su gesto se suaviza al contemplarlo.
Lo quiere con locura. Lo sé, y sólo deseo que Flyn también lo sepa.

Cuando se acerca a él, observa su mano vendada y luego lo
mira a los ojos.

—¿Estás bien, colega? —le pregunta.

El chico, que ya no llora, esboza una sonrisa y asiente.

—Me duele, papá, pero estoy bien.

Eric lo abraza y yo me emociono. ¡Soy así de tonta!

Marta nos dice que le han hecho una radiografía y el dedo no está roto, pero tiene una pequeña fisura. Le han puesto una férula para inmovilizárselo y tiene que tomar antiinflamatorios. Una vez que acaba de explicárnoslo todo, veo que tiene mala cara.

—¿Te encuentras bien, Marta? —pregunto.

Mi cuñada me mira, se recoge el pelo en una cola alta y responde:

—Sí. Es sólo que esta noche no he dormido mucho.

Tan pronto como sabemos que todo está bien, a pesar del susto, Marta mira a su sobrino, que está tan alto como nosotras, y le dice:

—Todavía no me has contado cómo te has machucado el dedo.

Él nos mira a Eric y a mí, que somos el enemigo, y responde:

—Estaba enfadado, cerré la puerta con fuerza y me pesqué el dedo.

Con cariño, le toco el pelo y lo beso en el hombro.

—¿Y por qué estabas enfadado? —insiste Marta.

Flyn mira al suelo. Eric me mira a mí. Marta mira a Eric y yo finalmente digo:

—Vamos, cielo, responde a lo que te han preguntado.

Mi niño resopla, levanta la cara, mira a su tía y contesta:

—Me dieron las calificaciones y reprobé seis.

—¡¿Seis?! —grita Marta.

Eric asiente. Yo asiento. Flyn vuelve a mirar al suelo y Marta le suelta, sorprendiéndonos a todos:

—Flyn Zimmerman, espero que tus padres te hayan castigado como mereces, jovencito. Tu obligación es estudiar y aprobar, como la obligación de tus padres es cuidarte, protegerte y procurar que no te falte de nada.

Atónito, mi amor observa a su hermana. Estoy segura de que esperaba cualquier otra cosa menos eso, y sonrío cuando lo oigo decir:

—Gracias.

Marta le guiña el ojo con complicidad.

Cuando llegamos a casa, Simona y Pipa están preocupadas pero, en cuanto ven a Flyn, la preocupación se les pasa, y lo mismo ocurre con Sonia, mi suegra y abuela del niño. Marta la llama para decírselo y, cuando ella telefonea para preguntar y habla con Flyn, también se tranquiliza.

Tras la comida, Eric habla con Björn y después nos sentamos con los niños en la sala. Hannah y el pequeño Eric se quedan dormidos, y comienza la película *Los Vengadores* en la televisión. ¡Bien! Nos gusta a los tres.

Durante veinte minutos Eric, Flyn y yo la vemos, hasta que la puerta de la sala se abre y Simona anuncia:

—Flyn, una tal Elke al teléfono.

El chico nos mira. Sabe que está castigado. Yo no muevo ni una pestaña, y Eric, finalmente, al ver que no voy a abrir la boca y el niño no le quita ojo, dice:

—Ve a hablar con ella, pero hazlo desde tu recámara.

Flyn da un salto y corre hacia el teléfono. Yo sonrío y cuchicheo:

—Vaya..., vaya... ¿No quieres saber qué es lo que habla con su nueva noviecita?

Eric niega con la cabeza y responde con gesto taciturno:

—La intimidad de Flyn en temas de amores es sólo suya.

Sonrío. No puedo evitarlo y, sin decir nada más, me acomodo junto a mi amor y seguimos viendo la película mientras los pequeñines continúan dormidos.

La peli está genial. Me encanta pero, como ya la he visto y Eric también, tras reírnos por una escena divertida, le pregunto:

—Por cierto, ¿qué te ha dicho Björn?

Eric mueve la cabeza y explica:

—Le han vuelto a piratear la web.

—Pobre..., ¿ya es la tercera vez?

—La cuarta. Intentan localizar al tal Marvel, pero no dan con él. Sin duda, debe de ser un *hacker* profesional.

Resoplo. Es evidente que Björn tiene un gran problema.

Guardamos silencio durante unos segundos, hasta que, mirándolo de nuevo, digo:

—Tenemos que hablar.

Noto que Eric se tensa, pero finalmente responde:

—Cariño, si es sobre Ginebra...

—No es sobre eso —lo interrumpo, y añado—: Confío en ti.

Eric asiente. Le gusta lo que he dicho y, sonriendo, murmura:

—Entonces, tú dirás.

Tomo fuerzas y digo sin parpadear:

—Es en referencia a trabajar.

Su cara se descompone.

—Judith, por favor.

—Ah..., ah..., no me llames por mi nombre completo, que eso sólo lo haces cuando te enojas —me quejo.

Suspira. Sabe que no puede seguir esquivando el tema, por lo que cierra los ojos y replica:

—De acuerdo, ya sé que la niña ya tiene dos años y...

—Eric —lo interrumpo impasible—. Sabes que adoro a los niños y te adoro a ti y que por ustedes doy mi vida, pero necesito trabajar en algo que no sea cuidar de los niños, dar de comer a los niños y dormir a los niños o te juro que me voy a volver loca como mi hermana Raquel; ¿quieres eso?

—No —responde rápidamente—. Pero, cariño, no te hace falta. Sabes que yo cubro todas sus necesidades y...

—Lo sé, ¡claro que lo sé! Sé quién eres y con quién me he casado —gruño—. Pero también sé que o hago algo o al final me voy a convertir en un ser insoportable.

Eric me mira, yo lo miro y le advierto:

—El que avisa no es traidor —y, como no deseo callármelo, añado—: Además, todavía no he olvidado que le dijiste a Ginebra que te gustaban las mujeres que iban tras lo que querían, y yo, amigo, siempre voy tras lo que quiero. Que te quede claro.

Oigo su resoplido. ¡Eric y sus resoplidos! Finalmente, cuando ve que no voy a ceder, dice:

—Sabes que, si trabajas, tu tiempo para los niños y para mí se verá limitado, ¿verdad?

—Pues claro que lo sé, ¡lo sé todo! —respondo consciente de ello—. Pero tú también sabes que no soy mujer de quedarme en casa el resto de mi vida a la espera de que mi maridito regrese de su trabajo. —Su gesto se contrae. No le gusta nada lo que he dicho, e insisto—: Vamos a ver, Eric. Esta conversación la hemos tenido muchas veces y no estoy dispuesta a volver a discutir por ello. Convéncete de una vez por todas de que yo soy lo que ves, ¡soy Jud! La mujer independiente que conociste en Müller, España, trabajando de secretaria y que, además, por las tardes, daba clases de futbol a niños. Si no quieres que trabaje en tu maldita empresa porque soy tu mujer, te juro que buscaré trabajo en otro sitio y...

Pero Eric no me deja acabar, pone un dedo sobre mis labios para que me calle y replica:

—No trabajarás para otros. Bueno..., no pensaba decirte nada de momento, pero hay una vacante para un par de meses en el departamento de marketing.

Parpadeo.

¿Ha dicho lo que creo que ha dicho?

¡¿Tengo trabajo?!

Mi cara debe de ser un poema. ¡¿Marketing?!

—Marguerite estará fuera un par de meses. Le comenté a Mika la posibilidad de que tú trabajaras con ella ese tiempo y le pareció bien.

—¡¿Marketing?! —Río divertida al pensar en trabajar con Mika; ¡me encanta!

—Sí, cielo, pero hay una condición.

—¿Cuál? —pregunto deseosa.

—Trabajarás a medio tiempo y no viajarás.

Oír eso me hace sonreír. Me da igual la condición. Voy a trabajar, ¡tengo un trabajo! Y entonces digo rápidamente, sin pensar:

—Acepto. Acepto tu condición.

Mi amor sonríe también. Dios..., cómo me gusta verlo así.

—Estoy seguro de que lo harás genial —dice—. Si quieres, el lunes vienes conmigo a la oficina y hablas con Mika.

—Sí... —afirmo con un hilo de voz.

—De acuerdo. Le enviaré un mensaje para que el lunes espere tu visita.

¡Ándale!

Menudo golazo que me ha metido el alemán.

Alemania, 1 - España, 0.

¡Me lo como..., me lo como..., me lo como!

Yo, que estaba dispuesta a discutir y a pelear como una leona, me quedo sin palabras. Como siempre, Eric me ha sorprendido.

Me siento a horcajadas sobre él y murmuro:

—Ahora es cuando tengo que decirte que no sé qué decir.

Él sonríe. Adoro su sonrisa. No me quita ojo de encima y, tras suspirar, musita:

—Pues dime algo bonito.

Ahora la que sonríe soy yo.

—Eres el mejor, te quiero..., te quiero y te requetequiero.

Mi amor ríe satisfecho.

—Pequeña, sólo quiero que seas feliz. Eso sí, recuerda nuestra condición, y que los niños y yo existimos, que te necesitamos, y todo irá sobre ruedas.

Su advertencia es cariñosa, y afirmo:

—Lo recordaré, tanto como lo recuerdas tú.

Su sonrisa se contrae un poco, sé que esa indirecta que solté le dolió, pero no dispuesta a que el momento se jorobe por mi poco acertado comentario, lo beso en la punta de la nariz y añado:

—¿Sabes que estoy loca por ti, señor Zimmerman?

Mi Iceman vuelve a ensanchar su sonrisa y me clava con suavidad los dedos en la cintura.

—Me gusta que estés loca por mí..., señorita Flores —murmura.

De reojo miramos a los niños, que siguen durmiendo, y en décimas de segundos nuestras bocas se encuentran.

Han pasado varios años desde que nos besamos por primera vez, pero las mariposas y los elefantes que siento en el estómago cuando Eric me besa siguen tan vivos como el primer día, y sólo espero que a él le suceda lo mismo. Lo deseo.

Nuestro beso se acrecienta y, enloquecido por ello, Eric se levanta conmigo en brazos y me tumba sobre el sillón; luego se echa sobre mí con delicadeza para no aplastarme.

Sabemos que no es momento para eso.

Sabemos que los niños duermen a nuestro lado.

Sabemos que es una locura, pero también sabemos que la locura es lo nuestro y que, cuando comenzamos a besarnos, ¡olvidamos la palabra «sabemos»!

Rápidamente siento la excitación de Eric apretándose contra mí.

¡Oh, Diosssss! ¡Lo quiero ya!

Los besos suben y suben de intensidad. El calor inunda nuestros cuerpos y, enloquecido, mi alemán comienza a desabrocharme el botón de los *jeans* y yo me arqueo para facilitárselo. Con su mano libre, me suelta la cola que llevo en lo alto de la cabeza y, cuando me agarra del cuello para ahondar en su beso, de pronto la puerta de la sala se abre y oímos:

—Mamáaaa..., papáaaaa...

El salto que damos Eric y yo para separarnos hace que el sillón se tambalee, y Flyn, que es muy cabrito, insiste mirándonos con gesto contrariado:

—Pero ¿qué hacen?

Nos pescó. ¡Vaya que nos pescó!

Eric se sienta con rigidez en el sillón y se dispone a ver la televisión.

¡Qué cabrito él también, cómo escurre el bulto!

Pero yo, al ver que el niño no me quita la vista de encima a la espera de una explicación, me retiro el descontrolado pelo de la cara y murmuro mientras me cubro el pantalón desabrochado con la camiseta:

—Pues, cariño, no te voy a mentir, nos estábamos besando.

—¡Jud! —protesta Eric al oírme.

Me entra la risa. No lo puedo remediar y, mirando a mi amor, que me observa sorprendido, insisto:

—Por el amor de Dios, Eric, Flyn ya es mayor y sabe perfectamente lo que estábamos haciendo. ¿Qué quieres que le diga?

Mi alemán me mira y resopla, sabe que tengo razón. Luego se voltea hacia el niño y afirma:

—Como ha dicho Jud, ¡nos besábamos!

Flyn asiente y sonríe con picardía.

¡Menudo sinvergüenza!

No pregunta más y se sienta en un sofá que hay a la derecha de Eric. Durante varios minutos, los tres volvemos a centrarnos en la película de la televisión, hasta que de pronto mi marido pregunta:

—¿Cuándo era la fiesta de cumpleaños de Elke?

Yo lo miro...

Flyn lo mira y responde:

—El viernes que viene.

No sé de qué se trata todo esto, pero de pronto mi alemán preferido del mundo mundial dice:

—Irás al cumpleaños de Elke pero, después, estás castigado, ¿entendido?

Flyn sonríe y, tras ponerse en pie de un salto, se abalanza literalmente sobre Eric olvidándose de su dedo lesionado.

—Gracias..., gracias..., gracias, papá. Eres el mejor.

¿Papá? ¿Y yo qué?

Sin embargo, me emociono muchísimo y sonrío feliz al entender que Eric se ha puesto en la piel de Flyn y ha comprendido la necesidad de su hijo por no fallarle a Elke.

Sin duda, mi alemán cambia, como cambia Flyn y como, obviamente, también cambio yo.

8

Como todos los años, la cena de gala del despacho de abogados Heine, Dujson y Asociados en el restaurante Chez Antonin estaba siendo todo un exitazo.

El famoso bufete organizaba una vez al año un evento para la incorporación de socios.

Björn, que era considerado uno de los mejores abogados de Múnich, estaba también allí tomando algo en compañía de Mel. Su sueño siempre había sido trabajar en el afamado despacho, pero no como asociado; él quería algo más, quería que su apellido formara parte del nombre del bufete: Heine, Dujson, Hoffmann y Asociados.

En aquella ocasión, su sueño estaba muy cerca de verse cumplido, ya que el despacho necesitaba efectivo y los dos asociados mayoritarios estaban entrevistándose con distintos profesionales. Deseoso de conseguir el puesto, Björn presentó su candidatura, pero sabía que, igual que la de él, había otras tres más, y todo dependía de la opción que eligieran Gilbert Heine y Amadeus Dujson.

Ataviada con un bonito vestido negro y blanco, Mel, que se encontraba apoyada en una de las barras, observaba hablar a Björn con otros abogados. Estaba guapísimo con aquel traje azul de raya diplomática.

Pero ¿realmente con qué no estaba guapo?

No le había contado a Björn lo que Louise le había dicho en referencia a aquel bufete. Ella prefería siempre observar antes de levantar falsos rumores. Y, por lo que veía, todos aquellos hombres eran unos frikis de la abogacía y poco más.

Con curiosidad, la exteniente Mel Parker vio a Louise, la mamá de Pablo, entrar junto a su joven marido. Parecía feliz del brazo de aquél, hasta que la descubrió a ella y su expresión cambió. Evidentemente, no esperaba encontrar a Mel allí.

Durante un rato, Mel la siguió con la mirada por la estancia hasta que vio que se dirigía al baño. Sin dudarlo, y para tranquilizarla, Mel fue tras ella y, una vez dentro, Louise preguntó:

—¿Qué haces aquí?

—Björn, mi novio, es abogado y quiere trabajar en este bufete.

El gesto de Louise se descompuso.

—No lo permitas —murmuró—. Si lo hace, tu vida será un desastre.

Al oír eso, Mel sonrió y repuso:

—Tranquila, Louise, conozco a Björn y no es un hombre que se deje llevar por nadie, y...

En ese instante se abrió la puerta del baño y entraron dos mujeres. Las miraron, les sonrieron y, cuando desaparecieron en el interior de los cubículos, Louise cuchicheó:

—No digas que no te lo advertí.

Y, dicho esto, la joven se fue del baño dejando a Mel con la boca abierta.

Cuando salió, se dirigió de nuevo hasta la barra donde había estado momentos antes, miró a su alrededor y suspiró. Sin lugar a dudas, las mujeres de todos aquellos hombres, además de floreros y unos clones unas de otras, eran todo lo que ella nunca querría ser. Sólo con verlas, oírlas hablar y ver cómo se movían por la sala, sabía que de allí pocas amigas podía llevarse.

Aburrida pero con la mejor de sus sonrisas, Mel esperó pacientemente a que Björn dejara de hablar con aquellos tipos y se acercara a ella, algo que él no tardó en hacer, pues estaba consciente de cómo muchos de los presentes observaban a su mujer.

—¿Otro coctel? —preguntó Björn.

—Me muero por una cerveza bien fresquita.

—Mel...

Ella sonrió.

—De acuerdo, señor Hoffmann, seré fina y elegante y querré otro coctel.

Björn sonrió. Sabía cuánto le estaba costando a Mel mezclarse con aquella gente y, cuando le entregó la bebida, ella dijo:

—Te juro que todos estos frikis de las leyes son lo más aburrido de la faz de la Tierra. Todavía no puedo creer que tú seas uno de ellos y que yo esté contigo.

—¿Me acabas de llamar «friki aburrido»? —dijo Björn riendo.

Mel asintió. Björn se acercó entonces a ella y susurró:

—Eso me lo vas a repetir esta noche cuando lleguemos a casa, Catwoman.

Ambos estaban riendo cuando uno de los organizadores de la cena, Gilbert Heine, el asociado mayoritario, se acercó hasta ellos.

—¿La pasan bien?

—¡Estupendamente! —asintió Mel con la mejor de sus sonrisas.

—Todo genial, Gilbert —aseguró Björn.

El hombre miró entonces algo agobiado a su alrededor y murmuró acercándose más a ellos:

—Estoy deseando cenar. Hemos encargado un paté austríaco que es una maravilla, un pescado increíble y un postre de la casa que está para chuparse los dedos, ¡ya verán!

Björn y Mel sonrieron al oírlo.

El hombre canoso de apariencia impecable se quedó con ellos más rato de lo que a Mel le habría gustado. Por su parte, Björn lo consideró un honor y, al ver cómo bromeaba y reía con su mujer, supo que los estaban estudiando, lo cual era buena señal.

Cuando el jefazo se fue y llamó a Björn para que lo acompañara, Mel lo animó a ir. Ella esperaría allí tranquilamente, pero sus planes se fueron al traste en el momento en que la mujer del jefazo, Heidi, fue hasta ella, la agarró del brazo y se la llevó a una mesita donde otras mujeres estaban conversando.

Louise la miró, pero no comentó que se conocieran, por lo que Mel calló y disimuló. Durante un buen rato, prefabricó una sonrisa mientras escuchaba cómo hablaban las mujeres.

¿Por qué eran tan antinaturales e insufribles?

Mel no tenía nada que ver con ellas, y cuando ya no pudo soportar un segundo más oír a las otras hablando del bótox o de no sabía qué preciosa y carísima prenda de vestir que llevaba una de ellas, se disculpó diciendo que debía ir al baño y se quitó de en medio.

Una vez allí, se echó agua en la nuca. Entonces, Louise entró también en el baño.

—Siento ser tan fría delante de ésas —dijo—, pero...

—¿No dices que quieres divorciarte de Johan? ¿Qué estás haciendo aquí, entonces? —preguntó Mel mirándola.

Louise suspiró.

—Ya te dije lo que ocurría, ¿lo has olvidado?

Ambas se observaron, y finalmente Mel afirmó:

—Te aseguro que, si yo fuera tú y un tipo, por muy abogado que fuera, me amenazara, lo aplastaba.

En ese instante, uno de los baños se abrió y una mujer salió de él. Con una candorosa sonrisa, se lavó las manos mientras Louise entraba en uno de los cubículos y Mel se miraba en el espejo.

Con paciencia, Mel esperó a que la extraña se fuera, pero parecía no tener prisa. Una vez que se lavó las manos, abrió su bolsa y tomó un estuche del que sacó un pintalabios y comenzó a retocarse la boca.

Louise salió del baño y, al ver que la otra todavía seguía allí, se lavó las manos y, sin decir nada, se fue. Una vez a solas Mel y la mujer, ésta guardó su estuche y salió también del baño. Mel se quedó con una extraña sensación. Pero ¿qué ocurría allí?

Se dirigió de nuevo a la barra y, cuando el mesero le sirvió otro coctel, lo tomó y sonrió al imaginar a sus antiguos compañeros de unidad allí.

—¿En qué piensa mi preciosa teniente? —preguntó Björn acercándose.

Al sentir las manos de él sobre su cintura y su boca en la coronilla, la joven murmuró:

—En tomar cinta aislante y taparles la boca a algunas pesadas que hay por ahí. Eso es lo que pienso y, ya de paso, en quitar la musiquita de violines y poner algo mejor, como Bon Jovi o Aerosmith.

Björn sonrió y se colocó a su lado.

—¡Qué decepción! —dijo—. Creí que pensarías algo más divertido al ver que sonreías.

Saber que Björn la había visto sonreír le hizo gracia, y replicó:

—Sonreía al imaginar a Fraser o a Neill aquí, metidos entre tanto presumido y tanta tontería —y, bajando la voz, cuchicheó—: Oye, ¿te imaginas a cualquiera de estos anticuados en un concierto de Bon Jovi o Aerosmith? Seguro que les da el humo de un churro y se quedan prendidos tres meses.

—Mel... —susurró él incómodo.

—Tranquilo, James Bond, nadie me ha oído.

Björn asintió. Sin duda, aquellas cenas no eran lo que más le gustaba a Mel.

—Cariño —replicó—, éste es mi mundo. Es con estas personas con quienes trato a diario, y...

—Lo sé..., lo sé..., pero son tan aburridos y tan diferentes de ti que, de verdad, no sé qué estamos haciendo aquí. —Pero entonces Mel vio un *photocall* que había en un lateral y murmuró—: Aunque, bueno, tu sueño es que tu apellido aparezca algún día en ese cartel, ¿no?

Ambos miraron el *photocall* del famosísimo bufete de abogados que había en el restaurante.

—Sí, cariño —admitió Björn—. Ése es mi sueño.

Tras un segundo en el que ambos permanecieron en silencio, al ver la incomodidad de Mel, él comentó:

—Bueno, para tu consuelo te diré que el catering que han contratado para la cena es exquisito.

—Menos mal, al menos cenaré algo rico.

Divertido, Björn añadió:

—Gilbert Heine nos ha incluido a ti y a mí en la mesa presidencial.

—¡No friegues!

—Mel...

—¡Menudo aburrimiento!

—¡Mel...!

—Bueno, va..., cambio el chip. ¡Qué ilusión! —dijo ella sonriendo, lo que lo hizo reír.

Björn tomó un trago de su bebida y, seguro de que nadie lo oía, indicó:

—Cariño, soy consciente del esfuerzo que haces por relacionarte con las mujeres de mis colegas, que suelen ser insufribles y ellos bastante aburridos, pero tenemos que estar aquí. Mi bufete es uno de los más jóvenes de Múnich, pero tengo muchos méritos para conseguir lo que me propongo. Y, si lo consigo, prepárate, porque entonces podremos comprar todo lo que queramos.

Al oír eso, Mel lo miró.

—¿Acaso no compramos ya todo lo que queremos? —replicó. Björn no respondió, y ella cuchicheó—: Bueno, yo te apoyo, y sabes que siempre te apoyaré en todo lo que quieras, pero recuerda: espero de ti el mismo apoyo.

El gesto del abogado se crispó.

Pensar en las posibilidades de trabajo que Mel le ofrecía no era lo que más le gustaba.

—No es momento de hablar de ello, ¿no crees? —siseó.

Mel asintió; aún recordaba su última discusión al respecto. Y, resoplando al ver su gesto, replicó:

—Mensaje recibido, no te apures.

—Me apuro porque te veo mal, pero si tú no vienes...

—Eh..., eh..., eh... ¿Acaso crees que te voy a dejar venir aquí solo con tanta loba con cara de Caperucita? —Björn sonrió y ella añadió—: Si ya te miran con descaro estando yo, no quiero ni imaginarme qué harían si no estuviera.

—Bueno...

—Ah, no..., no me vengas ahora de presumido, Björn Hoffmann, o te juro que...

No pudo decir más. Sin importarle las miradas indiscretas que se clavaron en ellos, Björn la acercó a él y la besó con pasión. Cuando se separaron, murmuró:

—Tengo a mi lado a lo más precioso y deseable que un hombre puede anhelar. El resto no me interesa —y, alejándola de él, prosiguió—: Pero en este tipo de cenas hay que sonreír y hacerles ver que uno puede ser tan increíble como ellos, ¿de acuerdo, mi amor?

Riéndose estaban cuando Gilbert se les acercó y, mirando a Mel, dijo:

—Que me perdone mi esposa pero, Melania, eres la mujer más

bonita e interesante de toda la fiesta, y vengo encantado a tomarte del brazo para que me acompañes a la mesa.

—¿Tengo que ponerme celoso, Gilbert? —se burló Björn.

El abogado sesentón soltó una risotada.

—Tranquilo, Hoffmann —dijo—. No creo que pueda competir ni con tu juventud ni con tu lozanía, y me consta que esta mujercita tuya...

—Novia, Gilbert..., novia —aclaró ella.

Al oír eso, el hombre miró sorprendido a Björn.

—¿Cómo es posible que todavía no estés con ella? —preguntó. Björn suspiró, y Gilbert indicó—: Recuerda que uno de los requisitos indispensables de este bufete es estar casado y bien casado.

—Lo sé —dijo Björn sonriendo—. Y estoy en ello.

El hombre maduro de pelo blanco asintió.

—Hoffmann, además de preciosa, se ve que esta muchacha es inteligente y divertida. ¡No pierdas la oportunidad!

—Gilbert, eres un adulador —dijo Mel sonriendo divertida al ver la cara de circunstancias de su novio.

De su brazo, y seguida por Björn, caminó con Gilbert hasta el lugar donde estaba la mujer de él, que no dudó en agarrarse al brazo de aquél y juntos se sentaron a la mesa presidencial.

La comida estaba exquisita, pero a Mel la mataba la compañía. La mujer de Gilbert, junto a otras que estaban a su lado, tras conversar sobre los hijos, comenzó a hablar de recetas de cocina y de religión, y Mel no podía hacer otra cosa más que sonreír y asentir.

Al darse cuenta de que estaba muy callada, Gilbert le preguntó:

—¿Te gusta la comida?

—Sí..., sí..., buenísima —respondió Mel con una sonrisa.

—Siento que la conversación de mi esposa y las otras mujeres no sea más amena para ti.

—No digas eso, por Dios, tu mujer y el resto son un encanto —mintió Mel.

El hombre cabeceó, era evidente que no le creía, así que continuaron cenando.

Una vez terminada la cena, todos entraron en un salón anexo

donde rápidamente comenzó a sonar música swing, y Gilbert la invitó a bailar. Tras guiñarle un ojo a Björn, Mel salió a la pista con el abogado, y riéndose estaba cuando éste dijo:

—Todavía estoy sorprendido.

—¿Por qué?

—Björn me comentó que eras teniente y pilotabas un avión del ejército estadounidense.

Ella sonrió. Le gustaba que Björn estuviera orgulloso de eso.

—Es un trabajo como otro cualquiera —repuso.

—No. No... Eso que tú has hecho no lo hace todo el mundo. Es más, soy incapaz de imaginar a cualquiera de mis tres hijas, o a mi mujer, haciendo algo así.

—Gilbert, mi padre es militar, y digamos que es algo que he vivido desde pequeña.

El hombre sonrió.

—Yo soy abogado y ninguno de mis hijos ha seguido mis pasos —contestó.

—Mi hermana Scarlett tampoco es militar, Gilbert. No todos en una misma familia suelen dedicarse a lo mismo.

—¿Puedo ser totalmente sincero contigo, Melania? —preguntó entonces el hombre mirándola.

Ella asintió.

—Björn es un abogado impecable —dijo él—. Es uno de los mejores de Múnich y en mi bufete sólo queremos a los mejores. —Mel sonrió. Sin duda, Björn no la iba a tener difícil. Pero entonces, Gilbert sonrió a su vez y añadió—: Sin embargo, el hecho de que no esté casado y su novia sea madre soltera no le facilita la entrada al gabinete; a no ser que eso cambie, se convierta en un hombre casado con una perfecta mujercita, padre legal de tu pequeña y...

—Con todos mis respetos, Gilbert —lo interrumpió Mel viendo por primera vez las orejas a aquel lobo con piel de corderito—: creo que deberías fijarte en el trabajo que Björn es capaz de realizar y no en otras cosas que a tu bufete ni le van ni le vienen.

Al oírla, el hombre asintió. Sin duda, era una mujer con carácter.

—Tienes razón... —dijo—, sé que tienes razón, pero en este trabajo todo cuenta y, aunque suene mal, somos un despacho de abogados muy tradicional. Tú me caes muy bien y sé que puedes llegar a ser la mujer perfecta para el abogado Björn Hoffmann y ayudarlo en su ascenso en la vida; ¿a que sí?

Mel no respondió. Si le decía lo que pensaba y lo que sabía por Louise, sin duda su novio se avergonzaría de ella.

—¿Puedo pedirte que me devuelvas a mi mujer? —oyó de pronto que decía Björn.

Encantado, el hombre sonrió y, guiñándole el ojo, murmuró:

—Novia..., Hoffmann. Novia. Te recuerdo que aún no es tu mujer.

Divertido por el comentario, Björn asió entre sus brazos a Mel y, cuando Gilbert se fue y ellos comenzaron a bailar, cuchicheó:

—Vaya..., vaya..., ¿pervirtiendo a los abuelitos?

Mel, que decidió no comentarle lo que aquél le había dicho, replicó:

—Ya me conoces, cariño. Soy una pervertidora oficial.

Björn la abrazó. Nada le gustaba más que disfrutar de su compañía. Acercó la boca al oído de ella y susurró:

—Espero que me perviertas cuando regresemos a casa.

Mel sonrió y, olvidándose de lo que el viejo de pelo blanco le había dicho, afirmó:

—Que no te quepa la menor duda, James Bond.

9

El domingo por la mañana, tras levantarnos y dar de desayunar a los niños, Eric me dice que ha quedado con Björn y que nos vamos a pasar el día con ellos.

Eso me pone de buen humor. Adoro a Björn y a Mel, y estar con ellos siempre es divertido. Flyn intenta escabullirse. Ya no le gusta venir con nosotros a los sitios, pero Eric no se lo permite y, al final, mi pequeño gruñón nos acompaña a regañadientes.

Una vez que conseguimos arreglar a los niños y cargar en el coche todo lo necesario para pasar el día fuera con ellos, nos dirigimos felices hacia el centro de Múnich. A la una de la tarde, Eric y yo llegamos con nuestra tropa, incluida Pipa, a la casa de nuestros amigos.

Con tres niños que llevamos nosotros y Sami, la niña de ellos, ¡la revolución está asegurada!

En cuanto nos ve llegar, Sami sonríe y corre hacia nosotros. Nos adora tanto como nosotros la adoramos a ella y, lanzándose a los brazos de mi amor, pregunta:

—¿Me has traído un regalo, tío Eric?

Me entra la risa. Sami es tan melosona...

Eric, que es un blando con ella y nuestros niños, mete la mano en mi bolsa y, como por arte de magia, saca un huevo Kinder.

¡Nunca faltan!

Al verlo, la niña lo toma feliz y, después, corre tras el pequeño Eric, que ya está revolviendo sus juguetes, mientras que Flyn se sienta en un sillón con cara de circunstancias por no tener su celular para wasapear.

Björn, mi guapo amigo, se acerca a nosotros y, quitándome a la huraña de Hannah de los brazos, pregunta:

—¿Cómo está mi monstruito?

¡«Monstruito»! Björn la llama así por lo llorona que es.

La niña lo mira. Se plantea si llorar o no por el apelativo, pero finalmente sonríe. ¡Olé, mi niña! Si es que cuando sonríe es para comerse esos cachetes regordetes que tiene, pero oh..., oh..., de pronto arruga el entrecejo, contrae la cara y comienza a llorar.

¡Ea..., ya estamos!

Me río. ¡No lo puedo remediar! Y Björn rápidamente le entrega la niña a Eric, que, al tomarla, le sonríe amoroso.

¡Qué paciencia tiene mi amor con Hannah!

Sin duda, la tiene porque es su pequeña morenita, porque, si no fuera su hija, estoy segura de que huiría de ella como de la peste.

Una vez que veo que la niña deja de llorar, miro a mi buen amigo Björn y le pregunto:

—¿Has podido solucionar lo de tu página web?

Asiente, tuerce el cuello y afirma:

—Mañana volverá a funcionar. Pero cuando pesque a ese tal Marvel, te aseguro que me las va a pagar. Le voy a reventar la cabeza.

Mel, que se acerca a nosotros, mira a Flyn y pregunta:

—Cariño, ¿tu dedo está bien? Mamá me envió un wasap para decirme lo que te había ocurrido. ¡Qué dolor!

Flyn me mira para saber si sólo le he contado eso o algo más. Yo no muevo ni un músculo para admitir o desmentir, y finalmente el niño dice enseñándole la mano:

—Sí, estoy bien.

Björn, que observa a Flyn, murmura entonces:

—Tú y yo tenemos que hablar, jovencito. Me he enterado de algo que no me ha gustado nada de nada en referencia a tus calificaciones.

Flyn resopla, me mira con ojos acusadores, y yo respondo:

—Yo no he sido. Habrá sido tu padre.

De pronto, Sami se acerca a Björn y murmura con gesto de tristeza:

—Papi, me duele la pancita.

Björn centra entonces toda su atención en la pequeña y, en cuanto le dice dos monerías, Sami sonríe y se va corriendo. Eso me hace reír. Todavía recuerdo lo mucho que le costó pronunciar la erre. Mel pone los ojos en blanco ante la guasa de su hija, le quita a Eric a nuestra niña de los brazos para besarla.

—*Prínsipe..., prínsipe...*, ¡creo que te engañan como a un tonto! —murmuro yo divertida mirando a mi amigo.

Björn sonríe, toma al pequeño Eric, que corretea con una de las muñecas de Sami mientras le jala la cabeza para arrancársela, y pregunta:

—¿Cómo está mi Supermán?

Mi bonito niño rubio de ojos azules sonríe, cuando Sami ofendida grita:

—¡Supermán, eres tonto, dame mi *prinsesa*!

Mi amor se acerca rápidamente hasta nuestro Supermán destrozatodo y, tras quitarle la muñeca de Sami antes de que le arranque la cabeza, se la devuelve a la niña y ella lo abraza con una encantadora sonrisa.

—Gracias, tío Eric. Te quiero mucho.

—¿Más que a papi? —pregunta Björn mirándola.

Bueno..., bueno, lo que me faltaba por oír. Será celosón, el papi.

La niña, que es una preciosidad, y no sólo por lo bonita que es, sonríe con picardía. ¡Menuda tipa es la sinvergüenza! A continuación, mira a los dos titanes que tiene delante y responde:

—Papi, a ti te quiero mucho, mucho, mucho, y al tío lo quiero sólo un mucho.

—Ah, bueno... —Veo que sonríe el tonto de Björn.

Mel y yo nos miramos y también sonreímos.

Vaya con la *prinsesa*. Cuando crezca, ¡miedito nos da!

Eric y Björn sonríen con cara de tontos, pero ¿qué efectos causan los niños en ellos?

Una vez que ya nos hemos besado y saludado todos, los hombres y los niños, acompañados por Pipa, pasan a la sala de juegos guiados por Björn. Sin duda alguna, allí se divertirán, ¡hay de todo!

Cuando veo que se alejan, agarro a Mel del brazo y le pregunto:

—¿Qué tal la cenita de anoche con los abogados?

—Un fastidio.

Ambas reímos. Sin duda, venimos de mundos muy diferentes de aquel en el que están metidas nuestras parejas, y en ocasiones codearte con perfectas mujercitas a las que lo único que les interesa es ser la más guapa o la que mejor lifting se haya hecho no es lo nuestro.

Mel me jala entonces y, al llegar junto a una mesita, levanta un cojín y me entrega unos papeles. Su gesto me hace saber que lo que me enseña no es algo que a mi buen amigo Björn lo haga saltar de alegría.

Sonrío. ¡¿Qué será?!

Con los papeles en la mano, los miro y, cuando estoy leyéndolos, Mel apunta:

—Recuerdas que te lo comenté, ¿verdad? ¿Qué te parece?

Leo y murmuro:

—¡Carajo!

—Sabía que dirías eso —aplaude Mel.

Madre mía..., madre mía...

—¿Björn ha visto esto? —pregunto. Ella asiente con la cabeza y yo añado—: ¿Y qué ha dicho?

Mi amiga se acomoda en el bonito sillón de color caramelo. Mira a Björn, que en ese instante sale con Eric de la sala de juegos con uno de sus cómics en la mano, y sonríe.

Uy..., uy, esa expresión irónica no me deja entrever nada bueno. Mientras los chicos están preparándose algo de beber en el minibar de la sala, Mel dice:

—Lógicamente, a Björn no le hace ni pizca de gracia.

—¡Lo sabía!

—Es un retrógrado —gruñe ella.

—También lo sé. Es del tipo de Eric —afirmo divertida.

Mel vuelve a sonreír y, tras mirar a Björn, que habla con mi marido, cuchichea:

—No digas nada delante de él, ya he tenido bastante esta mañana. Se me ocurrió enseñarle los papeles y no veas la que armó James Bond. Así pues, por favor, te pido que no lo comentes delante de él.

—Está bien.

Mel suspira y prosigue:

—No le hace ni pizca de gracia la posibilidad de que pueda

trabajar como escolta para el consulado de Estados Unidos en Múnich.

Ambas reímos. Luego Mel se interrumpe y dice:

—Ay, Jud, ¿qué hago? Dame tu opinión. Está claro que como diseñadora gráfica no me fue mal, pero... pero yo necesito algo más.

—¿Y yo qué quieres que te diga? Eso es algo que debes decidir tú.

—Lo sé. Pero el pesadito de Björn no quiere hablar de ello.

De nuevo, me río. Sin duda, Eric y Björn se han enamorado del estilo de mujer que nunca pensaron.

—¿Escolta? —cuchicheo divertida.

Mel gesticula.

—Me encanta. Eso me permitirá ser una chava con traje de hombre y gafas de sol.

Vuelvo a reírme. No lo puede remediar.

Mel lo ha dejado todo por Björn como yo en su momento lo dejé por Eric y, aunque sé que en su vida es feliz como lo soy yo, pregunto:

—¿Te estás planteando regresar de nuevo al ejército?

Mi pregunta la hace sonreír. ¡La madre que la parió!

Mel, la dura teniente Parker del ejército de Estados Unidos, me quita los papeles de las manos, los dobla y, guardándolos al ver que los chicos se acercan, me susurra:

—No voy a regresar al ejército. Eso no. Pero podría ser escolta de...

—Mel..., es peligroso.

—Escucha, Jud, más peligroso que mi antiguo trabajo, ¡imposible! Viajaré de vez en cuando y poco más.

—¿Poco más?

Luego Mel añade bajando la voz:

—Mi padre ha movido algunos hilos para ello, y creo que debería aprovecharlo.

—Pero ¿puedes ser escolta? —pregunto sorprendida.

Ella, con su desenfado característico, se retira el fleco de los ojos y afirma con gesto encantado:

—Soy la hija del mayor Cedric Parker y exteniente del ejército estadounidense; ¡pues claro que puedo!

Ambas nos reímos cuando oímos a nuestra espalda la voz de Björn, que dice:

—No me lo digan, ¿a que sé de lo que hablan?

Su expresión me hace saber que no le agrada la idea, y Mel replica mirándolo:

—No hablábamos de ello, 007.

—Mentirosa..., eres una mentirosilla —se mofa Björn.

Eric se sienta a mi lado y, como siempre, en su afán protector pasa la mano alrededor de mi cintura y me acerca a él. Lo miro..., me mira y sonreímos cuando Björn suelta observando a su chica:

—¿Qué letra de la palabra «¡No!» eres incapaz de entender?

Mel arquea las cejas. ¡Uissss, mal rollito! Y con un gesto que me hace saber que eso no va a acabar bien, responde:

—Mira, muñeco, a insolente tú no me ganas ni dando un cursillo acelerado; por tanto, tranqui, colega, no la vayas a cagar todavía más.

Björn parpadea. Sin lugar a dudas, ha pasado el tiempo, pero es evidente que todavía le cuesta adaptarse a la manera de hablar de Mel y, cuando veo que va a responder, ella añade:

—¿Aún no te has dado cuenta de que tú no decides por mí?

El gesto de Björn se descompone por momentos.

Bueno..., bueno..., que se va a armar la bronca y mi marido y yo estamos en fila preferente.

Acto seguido, Björn responde, después lo hace Mel, y comienzan a lanzarse sarcasmos. Entonces, Eric acerca su boca a mi oído y pregunta:

—¿Qué les ocurre a James Bond y a la novia de Thor?

Oír esos apodos me hace sonreír; aún recuerdo cuando ellos mismos se los llamaban y, mirando a los ojos de mi amor, esos ojos azules que tanto me enamoran, respondo:

—El padre de Mel ha movido algunos hilos para que ella pueda trabajar en el consulado estadounidense como escolta.

Veo sorpresa en la expresión de Eric, y no me extraño cuando lo oigo decir:

—Pequeña, si fueras tú, la respuesta sería la misma que la de Björn: «¡No!».

A ver..., a ver...

Si alguien debería saber el mal resultado que tiene prohibir algo, ése es Eric Zimmerman, y antes de que me dé tiempo a responder, él añade:

—Y sería un «¡No!» inamovible.

Uisss, ¡qué risa!

No puedo evitarlo.

Sin lugar a dudas, mi risita le hace saber a mi alemán preferido lo que pienso y, tras retirarme un mechón de pelo de la cara, insiste:

—No lo permitiría y lo sabes, ¿verdad?

Lo miro...

Me mira...

Sonrío...

Levanta las cejas...

Y finalmente, con ese arte español que corre por mis venas, respondo:

—Mira, Iceman, si yo fuera ella, al final haría lo que yo quisiera. Y lo sabes. Por tanto, alégrate de que no soy ella, o tendrías un molesto problema de esos que te sacan de tus casillas.

Eric sonríe.

Obviamente sabe que lo que digo es cierto, así que acerca su boca a la mía y murmura tentándome:

—Alégrate tú de no ser ella...

Sonrío con malicia y, sin apartar su mirada de la mía, Eric me roza con su tentadora boca.

Madre mía..., ¡qué juego más sucio!

Me chupa el labio superior, después el inferior, y termina con un mordisquito. ¡Sigue jugando sucio! Y, antes de besarme como sólo él sabe, murmura:

—Tú también, te guste o no, tendrías un molesto problema de esos que te sacan de tus casillas.

Me apresuro a besarlo. No puedo pensar en lo que ha dicho. Bueno, sí puedo, pero ahora no quiero hacerlo. Sólo quiero que me bese y que me haga sentir tan especial como siempre lo hace.

Nuestras bocas se encuentran, igual que docenas de veces al día, cuando oímos que Björn nos llama. Al levantar la vista, nos encontramos a él y a Mel de pie.

—Si nos disculpan unos minutitos —dice él con gesto serio—, Mel y yo tenemos que pasar a mi despacho a dialogar.

—No. Ahora no —replica ella.

Al oírla, él sonríe y, mirándola, dice:

—No soy militar, pero tengo mi artillería para convencerte.

—¡¿Ahora?! —protesta Mel.

Convencido de ello, Björn mira a su novia e insiste:

—Sí, Mel, ¡ahora!

Me entra la risa mientras veo que mi amiga disimula la suya. Ambas sabemos muy bien lo que va a ocurrir en ese despacho.

—Björn —continúa Mel—. Están los niños, Pipa, Eric y Jud; ¿no crees que ahora no es momento?

Pero Björn la toma entre sus brazos, nos mira y dice:

—Enseguida volvemos.

Eric asiente...

Yo sonrío...

Mel pone los ojos en blanco...

Y Björn nos guiña un ojo mientras se van.

Dos segundos después, cuando nuestros amigos desaparecen, Eric me mira y dice divertido:

—¿Qué te parece si vamos a ver cómo están Pipa y los niños?

Asiento cariñosa, lo beso y murmuro:

—Preferiría hacer otra cosa.

—Insaciable —cuchichea él sonriendo.

—Sólo de ti —matizo al entender sus palabras.

Encantado, mi loco amor me da una pequeña nalgada y, levantándose conmigo en brazos, dice mientras camina en dirección a la sala de juegos:

—De momento, comportémonos como unos padres responsables que están de visita en casa de sus amigos y, cuando estemos solos, te haré saber lo insaciable que soy yo de ti.

Sonrío divertida. Sin lugar a dudas, ambos somos insaciables.

10

A pocos metros de ellos, y en el mismo rellano del edificio donde estaba su casa, Björn abría la puerta de su bufete de abogados.

Al ser domingo no había nadie, la oficina estaba desierta y, sin soltar el brazo de Mel, caminó entre las mesas de sus trabajadores hasta llegar ante la puerta de su despacho.

Mel lo miró y murmuró frunciendo el ceño:

—Desde luego, Björn, lo tuyo no tiene nombre.

El abogado suspiró.

Si algo le gustaba de Mel era ese aire suyo tan combativo y, tomando la manija de la puerta, dijo mirándola a los ojos:

—Te dije que cada vez que te oyera hablar del temita pasaría esto, por lo...

—Pero tenemos invitados en casa —lo interrumpió ella.

Björn sonrió.

Más que invitados, Eric y Jud eran familia, y precisamente ellos no se asustaban por lo que iban a hacer.

—No se van a escandalizar —contestó—. Y tú y yo tenemos que hablar.

—Pero, Björn...

—Entra en el despacho.

Mel resopló.

¿Hablar? ¿Björn quería hablar o quería otra cosa?

Pensó en Eric y Jud.

Sabía perfectamente que ellos no se escandalizaban por su ausencia.

No era la primera vez que, estando todos juntos con los niños, alguna pareja se ausentaba unos minutos y regresaba poco tiempo después como si no hubiera pasado nada. Lo bueno de aquel tipo de amistad era que no había que ocultar nada. Todo se sabía. No había que disimular.

Al ver aquel gesto suyo, que tanto le fascinaba, Björn tuvo ganas de sonreír.

Sabía que Mel finalmente haría lo que ella quisiera, pero tenía que demostrarle que él no estaba de acuerdo. No deseaba separarse de ella ni un solo día, y mucho menos pensar que volvería a tener una vida plagada de turnos y ausencias. Curiosamente, aquello lo encelaba. Le recordaba una época de la que no quería saber nada porque era consciente de que, en cuanto la teniente Parker apareciera, los hombres la mirarían de una forma que él no estaba dispuesto a soportar.

Con gesto de enfado, Mel entró en el despacho. Se quedó parada sin llegar a la mesa y Björn la empujó para que continuara andando. Ella apenas si se movió. Él decidió cambiar entonces su plan y, desconcertándola, caminó hasta su mesa, retiró la silla y tomó asiento con tranquilidad.

—Siéntate —dijo—. Tenemos que hablar.

La expresión de sorpresa de Mel al ver que era cierto que tenían que hablar se hizo más que evidente. Horas antes, tras su última discusión al respecto, Björn le había dicho que la siguiente vez que la oyera mencionar el tema tendrían una seria conversación, y así iba a ser. Por ello, el abogado no cambió su gesto e insistió:

—Mel. He dicho que te sientes, por favor.

Asombrada porque fuera cierto lo de hablar, ella caminó hasta la mesa. Se sentó frente a él y, apoyando la espalda en la silla con descaro, levantó el mentón y dijo:

—Muy bien. Hablemos.

Björn hizo lo mismo que ella. Se recostó en el respaldo de su silla y la miró.

—Mel —empezó a decir—, no quiero que lo hagas, y sabes muy bien por qué.

Ella cerró los ojos, negó con la cabeza y gruñó frunciendo el ceño.

—Por el amor de Dios, Björn, ¿otra vez me vienes con los celos? —Él no respondió, y Mel prosiguió—: He estado rodeada por cientos de hombres durante mucho tiempo y he sabido cuidarme.

—No lo dudo. Pero ahora estás conmigo y no quiero que seas

tú quien tenga que proteger a nadie, cuando soy yo el que quiere protegerte a ti.

—Pero, Björn, creo que...

—He dicho que no —insistió él—. Además, con lo que yo puedo llegar a ganar si entro en el gabinete no vas a necesitar...

—Vamos, hombre..., no me vengas otra vez con lo mismo —gruñó Mel, recordando su conversación con Gilbert Heine—. Sí..., sé que vas a ganar mucho dinero si entras en ese maldito bufete, pero no lo necesitamos. Ya vivimos muy bien, ¿no?

—¿A qué viene eso de «maldito bufete»?

Mel suspiró. Debía ser sincera con él pero, omitiendo lo que Gilbert le había dicho para no dañarlo, le habló de todo lo que Louise le había contado en referencia a aquel sitio y su corrupción. Björn la escuchó y, una vez que terminó, dijo:

—Habladurías, cariño. Es normal que ella esté enfadada con Johan si sabe que está con otras mujeres, pero de ahí a que culpabilice al bufete, creo que...

—Pero, Björn...

El abogado levantó la mano y respondió en actitud imperativa:

—Se acabó. No quiero hablar de Johan y de Louise porque no me interesan sus problemas personales, pero sí quiero hablar de nosotros, y por nada del mundo deseo que trabajes en lo que te propones, ¿entendido?

—Björn...

Él, desesperado por la impetuosidad de su novia, preguntó:

—Entre esos antiguos compañeros con los que podrías volver a trabajar, ¿hay alguno con quien pudieras haber mantenido relaciones?

La pregunta la tomó por sorpresa. Por supuesto que cabía la posibilidad de reencontrarse con algún viejo compañero con el que había estado. Ella misma se lo había contado, como él se lo contaba todo a ella y, como no quería mentirle, afirmó:

—Sabes que sí; ¿a qué viene eso?

Consciente de lo mucho que se jugaba con aquella conversación, y más con una mujer como Mel, Björn replicó con tranquilidad:

—Mira, cariño, me han invitado a varios desfiles de modas,

fiestas y eventos a los que he rechazado ir para no incomodarte a ti, ¿verdad?

—No me jodas, 007; ¿a qué viene eso ahora?

Dispuesto a soltar lo que llevaba dentro y hasta el momento no había podido soltar, él respondió:

—Viene a que, si a ti te molesta que yo me reencuentre con antiguas conocidas, ¿acaso no debo preocuparme yo si vas de nuevo de Superwoman entre tanto machote?

Mel no contestó.

El alemán tenía toda la razón del mundo.

En el tiempo que llevaban juntos, Björn le había hecho ver lo especial que era para él, e incluso delante de ella había dejado muy claro a toda mujer que se le acercaba que estaba comprometido y fuera del mercado. Si iban a una fiesta, acudían juntos. Si iban a un desfile, Björn evitaba siempre estar a solas con las modelos y, cuando practicaban sexo con otros, jamás la hacía sentirse mal, porque incluso en esos momentos le demostraba que ella era única e irrepetible.

—Escucha, Björn. En referencia a ese trabajo...

—Me preocupa tu seguridad fundamentalmente —la interrumpió—. Y en cuanto a los hombres con los que trabajarás, serán buenas personas y todo lo que tú digas, pero ¿crees que van a respetarte y no van a hacer comentarios maliciosos?

Mel sonrió. Conocía a alguno de aquellos escoltas y, sin duda, en cuanto la vieran le dirían de todo, incluso no dudaba de que alguno intentara algo con ella por los viejos tiempos.

—Tú misma sonríes; ¿por qué?

—Vamos a ver, cariño, son hombres y...

—Precisamente porque son hombres como yo, sé de lo que hablo, y por eso mi respuesta sigue siendo que no quiero que vayas, porque no quiero que estés a solas con ellos.

—Pero...

—¡No hay peros!

—Björn...

Él sonrió. Había llegado al momento límite al que quería llegar y, mirándola, añadió:

—Hagamos un trueque. Yo te doy. Tú me das.

Mel lo pensó. Hacer aquello podía ser buena idea, y asintió.

—Está bien. ¿Qué quieres?

—¿Cualquier cosa? —preguntó el abogado con picardía.

Mel se tocó su corto y alocado pelo y afirmó:

—Si eso hace que te quedes más tranquilo, cariño, ¡por supuesto!

La sonrisa de Björn se ensanchó y, de pronto, ella supo por dónde iba el morenazo. Se echó hacia delante para apoyarse en la mesa y susurró:

—Eres un tramposo.

—¿Por qué? —dijo él riendo divertido.

—Porque sé muy bien lo que me vas a pedir y me parece fatal.

—¿Y qué te voy a pedir? —preguntó él, riendo otra vez, consciente de que su novia tenía razón.

Mel se revolvió en su silla, resopló y dijo mientras lo señalaba con un dedo:

—Me vas a pedir que me case contigo y tengamos un pequeño Spiderman al que llamar Peter, ¿verdad?

El alemán sonrió. Nada le gustaría más, y se burló:

—Si es que hasta te apellidas Parker, cariño.

—Björn... —protestó ella, consciente de cuánto admiraba a Peter Parker, el álter ego de Spiderman—. Y lo que me molesta más —continuó— es que, si nos casamos, el imbécil de Gilbert Heine se va a creer que lo hacemos para cumplir uno de sus absurdos requisitos en relación con el bufete.

Al oírla, Björn frunció el ceño.

—Sabes que eso no es verdad —replicó—. Yo nunca te he pedido que te cases conmigo por ese motivo. Si te lo he pedido es porque te quiero y deseo que seas mi mujer... ¿A qué viene eso?

Consciente de que no le había contado la conversación que había mantenido con el hombre, Mel resopló y, cuando fue a hablar, Björn prosiguió:

—Sabes que me encantaría casarme contigo, pero siento decirte que no es eso lo que te voy a pedir, cariño.

—¿No? —preguntó ella desconcertada.

—No. No es eso.

—Y, si no es eso, entonces ¿qué es?

A Björn le encantó ver su expresión de desconcierto. No había nada que deseara más que casarse con ella y, claudicando, afirmó:

—Bueno. Te he mentido. Quiero que te cases conmigo.

—Lo sabía..., mira que lo sabía —gruñó Mel, a la que los bodorrios no le iban.

El abogado, divertido, la oyó protestar y, tras tomar el control del equipo de música, lo encendió. Le dio a la pista 3 y comenzó a sonar *Quando, Quando, Quando,** de Michael Bublé.

—Musiquita ahora... —rezongó Mel.

La preciosa y romántica canción inundó el despacho, y Björn, sin darse por vencido, le guiñó un ojo, hizo que ella se levantara y empezó a canturrear:

—«*Quando..., Quando..., Quando...*».**

La exteniente suspiró y, cuando fue a protestar, él la abrazó, la acercó a su cuerpo para bailar con ella y murmuró:

—Puedo ser muy convincente si me lo propongo; lo sabes, ¿verdad?

Mel asintió. Si alguien podía conseguir algo de ella, ése era Björn. Ese maldito abogado, con su romanticismo y su manera de mirarla, en ocasiones conseguía que hiciera cosas inauditas, aunque todavía no la había convencido de pasar por el altar.

Dejándose llevar por la música, Mel se disponía a decir algo cuando él le susurró al oído:

—Llevamos casi dos años viviendo juntos. Me pediste tiempo y yo te lo he concedido. Sabes que te adoro, que muero por mi *prinsesa* y...

—Eso es chantaje.

Björn sonrió. Con ella no había otro modo.

—Lo sé, cariño —respondió—, pero si tú quieres que yo clau-

---

* *Quando, Quando, Quando,* 143 Records/Reprise, interpretada por Michael Bublé y Nelly Furtado. *(N. de la E.)*

** Véase nota anterior.

dique en unas cosas, tú has de claudicar conmigo en otras. Sabes que me muero por casarme contigo, y lo mejor de todo es que sé que en el fondo, muy en el fondo, tú también te mueres por casarte conmigo, ¿verdad que sí?

A Mel se le escapó una sonrisita.

—Eres un creído, 007 —cuchicheó—. Y, si no lo sabes ya, te recuerdo que los bodorrios con frac y chaqué no me van. Si nos casamos algún día, lo haré en *jeans* y celebrándolo con unas cervezas.

Björn, que era consciente de ello, sonrió.

—Tú, Sami y yo —convino—. Los tres somos una familia, una preciosa familia, y simplemente quiero formalizar las cosas como abogado que soy. Vamos..., di que sí e intentaremos hacerlo de una forma que nos guste a los dos.

—Chantajista emocional..., eso es lo que eres.

—Y tú eres preciosa.

Mel miró el pisapapeles que Björn tenía en la mesa. «¿Se lo estampo en la cabeza?», pensó.

Björn observó su mirada. «Me lo planta en la cabeza», se dijo.

En silencio, bailaron aquella bonita canción, hasta que Mel sonrió. Luchar contra Björn y su corazón era imposible, por lo que lo miró y afirmó:

—De acuerdo. Me casaré contigo.

Él se detuvo entonces en seco.

—Repite eso que has dicho —pidió mirándola.

Mel puso los ojos en blanco y repitió:

—De acuerdo. Me casaré contigo este año, aunque de momento la fecha queda en el aire —y añadió—: Pero lo haré en *jeans*.

Henchido de orgullo por haber conseguido su propósito, el abogado sonrió, y se disponía a decir algo cuando ella lo interrumpió para matizar:

—Y, por supuesto, de momento, el enano calvo y sin dientes que quieres que tengamos para llamarlo Peter Parker habrá de esperar porque quiero trabajar de escolta, ¿de acuerdo?

Björn sonrió encantado. Sin duda, había conseguido parte de

lo que pretendía y, dispuesto a lograr que Mel dejara de lado la segunda parte del trato, murmuró:

—No olvidaré este instante mientras viva.

Ella puso los ojos en blanco pero, incapaz de no sonreír, declaró:

—Yo tampoco.

Sus cuerpos se rozaban y Mel, soltándose de él, se sentó sobre la mesa del despacho de su futuro marido.

—¿Qué tal si sellamos nuestro pacto antes de regresar con nuestros invitados? —propuso.

—Parker, eres muy traviesa —murmuró Björn divertido.

—Lo sé, como también sé que te gusta que lo sea —afirmó ella sonriendo.

Björn sonrió encantado.

—¡Que esperen! —exclamó abriéndose la camisa.

Instantes después, la prenda de él voló, la camiseta de ella acabó sobre una de las sillas y los pantalones de ambos en el suelo mientras la voz de Michael Bublé cantaba. Desnuda, Mel se tumbó sobre la mesa y, sin decoro, abrió las piernas para él. Al ver lo que ella le ofrecía, Björn jadeó, se le acercó y susurró paseando el dedo delicadamente por los pliegues húmedos de su sexo:

—Te comería entera, pero me temo que esto ha de ser algo rápido.

Y, sin más, se metió entre sus piernas y la penetró con urgencia.

Al sentir a Björn en su interior, Mel se arqueó sobre la mesa y chilló de placer, mientras él se apretaba contra ella y comenzaba a bombear con fuerza.

El sonido de sus cuerpos al chocar resonaba en el silencioso despacho. Björn posó entonces las manos sobre sus pechos, se los tocó y, tras inclinarse para acceder a ellos, se los metió en la boca y, sin parar de bombear, se los mordisqueó hasta que los jadeos de Mel lo volvieron loco.

El abogado vibraba mientras ella temblaba y, enloquecido, se incorporó, le tomó las piernas, se las subió a los hombros y, mirándola, dijo en un tono cargado de sensualidad:

—Adoro cogerte, teniente Parker.

La exteniente asintió. Oírlo decir aquello en aquel momento era morboso. Muy morboso.

El éxtasis que le provocaba lo que él le hacía y le decía la dejaba sin fuerzas y, abandonada al momento, se agarró a la mesa y volvió a gritar de placer. Björn era tremendamente sexual.

Sin descanso, el alemán continuó hasta que ella gritó al llegar al clímax.

—Björn...

Oír su nombre en boca de ella mientras convulsionaba de placer era una de las cosas que más le gustaban. Mirarla y admirarla mientras veía el goce en su rostro lo apasionaba y lo excitaba aún más, hasta que segundos después, tras un fuerte empellón que hizo que Mel volviera a gritar, el abogado se vino.

Con las respiraciones agitadas, Björn bajó las piernas de Mel con cuidado y, tumbándose sobre ella en la mesa, murmuró agotado:

—Señora Hoffmann, te voy a hacer muy feliz.

Diez minutos después, una vez vestidos de nuevo, regresaron a la casa tomados de la mano. Al verlos, Eric y Jud sonrieron y se alegraron por la increíble noticia.

¡Había boda!

11

Salir con los niños, y más con cuatro, es siempre una aventura, pienso agotada.

Una vez que acomodo a los niños en el coche, miro a Pipa y le pregunto:

—¿Vas bien?

La pobre, que es más buena que el pan y tiene facha de monja, me mira y responde:

—Sí. Gracias, Judith.

Una vez que ve que todos estamos bien, Eric, mi muchachote, arranca el motor del coche.

—Mel y Björn ya salen del garaje —digo entonces—. Síguelos.

—¿Vamos al restaurante de Klaus? —Asiento, y mi amor responde tocándome la rodilla—: Entonces, tranquila, pequeña, sé llegar.

Sonrío. Soy feliz y, cuando oigo el primer lamento de mi preciosa pero llorona niña, me vuelvo y comienzo a cantarle eso de «Soy una taza, una tetera, una cuchara, un cucharón»,* y la niña se calla. Le encanta que le tararee esa cancioncita, como al pequeño Eric le gusta que le cante la del tallarín.

He pasado de escuchar a los Aerosmith a cantar canciones cada vez más tontas, pero que a mis hijos les gustan. ¡En lo que he acabado!

Flyn, que podría ayudarme, pasa. Se limita a mirar por la ventana y a ignorarnos a mí y a los niños.

Veinte minutos después, agotada de tanta cuchara y cucharón, cuando llegamos al restaurante Eric se estaciona y, entonces, la fastidiosa niña se ha dormido.

* *Soy una taza*, DAY1, interpretada por Grupo Encanto. *(N. de la E.)*

¿Quién sería la madre que la parió?

Animados, salimos del vehículo. Ir a comer al restaurante de Klaus nos encanta a todos. Con cuidado, tomo a la pequeña Hannah y la meto en su cochecito mientras protesto.

—Vaya con la niña, ¡nos ha salido difícil!

Veo que Eric sonríe.

Me mira..., mira a su niña y, cuando Flyn sale del vehículo con su hermano y Pipa corre tras ellos, el muy sinvergüenza me dice:

—¿Cómo era la canción?... Soy un cucharón...

Ambos nos reímos. Sin lugar a dudas, ¡la cancioncita es pegajosa!

Al llegar junto a Mel, Björn y Sami, éstos se fijan en la niña.

—Sí —digo—, el monstruito se ha quedado dormido.

Eric sonríe, Björn también, y Mel murmura:

—Pues cuando se despierte, ¡nos come por los pies!

Volvemos a reír. Todo lo que Hannah tiene de guapa y dormilona lo tiene de tragona y llorona y, sin duda, cuando se despierte, como dice Mel, ¡nos come!

Al entrar en el restaurante, Klaus nos ve y sonríe, y Sami, que adora a su abuelo, al que llama *lelo*, corre hacia él.

—*Lelo*..., *lelo*..., ya estoy aquí.

El hombre se agacha feliz y mira a la niña.

—¿Cómo está mi princesa? —dice.

La pequeña, que adora que la llamen «princesa», se toca la corona dorada y responde:

—Bien, pero quiero agua porque tengo mucha sed y papi ha dicho que te pidiera agüita a ti. ¿Me das agüita?

A Klaus se le cae la baba, y rápidamente se mueve para darle a la niña lo que quiere. Una vez que la pequeña tiene su vaso de agua, veo que Klaus mira a mi pequeño y pregunta de nuevo:

—¿Y cómo está Supermán?

A diferencia de Sami, Eric es más parco en palabras. Sin duda, es un Zimmerman, y simplemente asiente con la cabeza. Al ver el gesto de Klaus, yo me agacho divertida y aclaro:

—Eso significa que está muy bien.

El hombre sonríe e, instantes después, nos saluda a todos. Está feliz por tenernos allí, y noto como siempre el amor que siente hacia su hijo Björn y hacia Mel, que es su ojito derecho.

Instantes después, nos dirigimos hacia la mesa que nos tiene reservada. Björn acerca dos sillas altas para Sami y para Eric y me pregunta:

—¿Quieres otra para Hannah?

Con dulzura, observo a mi Bella Durmiente y respondo:

—De momento, no. Dejemos que el monstruito siga durmiendo.

Entre risas, nos sentamos mientras Björn y Mel se llevan aparte a Klaus para darle la buena noticia sobre su boda. Con curiosidad, los observo y me emociono cuando veo al hombre abrazar a su hijo y después a Mel. Sin duda, la noticia le ha gustado.

Media hora después, Hannah se despierta y, tras varias sonrisas a cuál más bonita, comienza con su concierto de lloros. Rápidamente Klaus se lleva a la cocina su papilla para calentarla y, en cuanto la trae, casi sin respirar, Hannah se lo come, ante la expresión de bobo de su padre.

Pero en el momento en que la comida se acaba, la niña decide armar uno de sus numeritos y, al final, la buena de Pipa, que ha comido mientras yo le daba de comer al monstruito, para que el resto podamos tener un rato de paz, mete a la pequeña en el cochecito y sale del restaurante a dar un paseo. Flyn se va con ella. Nuestra compañía lo aburre.

Cuando sale del restaurante, veo que Mel mira a Björn y le pregunta:

—¿De verdad que la monstruito no te quita las ganas de tener niños?

—Eh..., cuidadito con lo que dices de mi niña —se mofa Eric.

Su chico responde entonces con una encantadora sonrisa:

—Cielo... —y, señalando a mi pequeñín, afirma—: Ellos tienen un Supermán y yo quiero un Spiderman. Un pequeño Peter Hoffmann Parker.

Mel pone los ojos en blanco y yo me río. No lo puedo remediar.

De pronto, suenan sendos mensajes en los celulares de Eric y de Björn. Mi marido echa un vistazo y luego comenta:

—Alfred y Maggie nos informan de que están organizando

una fiesta privada en la casa de campo que tienen cerca de Obe-rammergau.

—Sí —afirma Björn dejando el celular—. Yo también lo acabo de recibir.

—¿Oberammergau es ese pueblo que parece de cuento? —pre-gunto, y Eric asiente.

Al oírme, Mel se interesa, y yo le explico que Eric y yo estuvi-mos pasando un fin de semana en ese increíble sitio. Mi amiga se sorprende cuando le digo que allí vi la casa de Caperucita Roja y de Hansel y Gretel.

Björn sonríe entonces y murmura mirando a su chica:

—Mmm..., de Caperucita Roja estarías tentadora, teniente.

Los cuatro reímos cuando Mel, que nunca ha asistido a una de esas lujuriosas y privadas fiestas, pregunta:

—¿Quiénes son Maggie y Alfred?

Yo sonrío. Todavía recuerdo la primera vez que oí hablar de ellos. Estábamos en Zahara de los Atunes, en la preciosa casa de Frida y Andrés. Miro a mi amiga y respondo mientras toco el anillo que Eric me regaló:

—Son una pareja muy simpática que cada equis tiempo orga-nizan fiestas temáticas muy privadas.

—¿Temáticas? —pregunta curiosa Mel.

Eric y Björn sonríen.

—Llevaban casi dos años sin organizar nada por una enferme-dad de Alfred —explica mi amor—, pero al parecer ya está re-puesto y tienen ganas de fiesta.

—Cuánto me alegro de que Alfred esté mejor —asiento.

Mel nos mira a la espera de que alguno cuente algo más, y fi-nalmente digo:

—Yo sólo he asistido a dos fiestas organizadas por ellos. En la úl-tima, la temática era la prehistoria, pero la primera vez que fui a una de sus fiestas había que ir vestidos de los locos años veinte. Fuimos con Frida y Andrés. Ellos parecían gánsteres, ¡y nosotras *flappers*!

Mel sonríe, sabe lo que es una *flapper*, y Björn dice:

—En esa fiesta fue cuando te conocí.

Eric asiente...

Björn sonríe...

Recordar aquella primera vez y lo que ocurrió con Eric y Björn en aquel lugar aún me acalora y, sonriendo, digo al ver que nadie puede oírnos:

—Sin lugar a dudas, esa fiesta marcó un antes y un después en el sexo para mí; la recuerdo como algo muy especial. Sólo pensarlo me excita.

Eric sonríe.

Björn también. ¡Qué canallas! Y Mel, al entender sus sonrisitas, sin pizca de celos, me pregunta:

—¿Antes de esa fiesta no habías hecho nada de... nada?

Ahora la que sonríe soy yo.

—Días antes tuve mi primera experiencia con Frida y Andrés en su casa —respondo—, y anteriormente a eso, Eric, este listillo rubio que ahora ríe y mira al techo, me engañó en un hotel de Madrid. Me tapó los ojos, puso una cámara a grabar y me hizo creer que era él quien jugaba conmigo, cuando quien lo hacía en realidad era Frida.

—¡No me digas! —exclama Mel.

Recordar aquellos momentos juntos me hace reír, y añado:

—Ni te cuento lo furiosa que me puse cuando vi lo grabado. ¡Quería matarlo!

De nuevo, Eric sonríe y, acercándose a mí, dice:

—Pero cuéntalo bien, cariño. Antes de eso, yo te pregunté si estabas preparada para jugar a lo que yo quería y dijiste que sí.

—Resoplo divertida, ¡claro que lo recuerdo!—. Segundos después, insistí en mi pregunta y volviste a acceder con el único matiz de que no querías sado.

—¡Menudo tramposo! —ríe Mel.

—No fue tramposo, él preguntó —afirma Björn.

Al oír eso, resoplo de nuevo. Pero para hacerles entender de una vez por todas el enfado que sentí en aquel instante, los miro y señalo:

—Está bien, tienen razón, él lo preguntó. Pero imaginen que el día de mañana Hannah o Sami, sus preciosas niñas, conocen a unos tipos y se ven en mi misma situación. ¿Qué pensarían?

—Lo mato —sentencia mi alemán.

—Le arranco la cabeza —afirma Björn.

Mel y yo nos miramos y nos carcajeamos por sus contestaciones primitivas, mientras ellos nos observan muy serios. Mi ejemplo no les ha gustado nada, pero insisto:

—¿Y por qué los matarían o les arrancarían la cabeza? Si ellos también les han preguntado a ellas lo mismo que Eric me preguntó a mí... Ellos podrían decir lo mismo que has alegado tú y...

—Bueno..., bueno... —me corta mi amor tomando al pequeño Eric en brazos con seriedad—. Cambiemos de tema.

—Sí, mejor —afirma Björn colocándole la coronita de nuevo a su niña.

—Qué diferente se ve todo cuando uno es el papaíto, ¿verdad, machotes? —se mofa Mel, haciéndome reír. Luego añade—: Pues, les guste o no, el día de mañana sus niñas, que son nuestras también, disfrutarán libremente del sexo como hacemos nosotros, y espero que lo disfruten mucho..., mucho..., mucho.

Ellos se miran. No hablan. Sin duda, no quieren ni plantearse lo que Mel está diciendo.

Sorprendida por sus reacciones, los miro y sonrío sabiendo que ese ejemplo, al fin, les ha hecho entender lo que en otros momentos nunca entendieron. Sin lugar a dudas, Eric me preguntó, pero no fue concreto en su pregunta y, aunque la experiencia la repetiría mil veces, ver lo que había grabado aquel día me dejó sin saber ni qué pensar.

Sin embargo, como no quiero atormentar más sus mentes de machotes posesivos, cambio de tema:

—¿Hablaron con Dexter?

Björn asiente y, tras beber de su cerveza, dice:

—Ayer justamente hablé con él y me confirmó que el bautizo es dentro de dos semanas. Verás cuando se entere de nuestra boda.

Todos sonreímos, y entonces Mel murmura para hacer rabiar a Björn:

—¡México! Qué ganas de ir.

—¿México? ¿Y nuestra boda qué? —protesta él, que, al verla sonreír, cuchichea—: Eres muy traviesa, y la vas a pagar.

Cada vez que recuerdo mi luna de miel allí, no puedo dejar de sonreír. Riviera Maya. Hotel Mezzanine. Eric y yo. Uf..., qué momentos y qué bien la pasé. Lo que daría por volver a estar allí.

Pero en esta ocasión el viaje será por otro acontecimiento, y solos, lo que se dice solos, no estaremos.

Dexter y Graciela han sido padres. Ante la imposibilidad de él para tener hijos, buscaron un banco de semen y, meses después, el resultado ha sido la llegada de Gabriel y Nadia, unos preciosos gemelos.

—No quiero ni imaginarme cómo estarán Dexter y Graciela con los bebés.

—Te lo digo yo —responde riendo Björn—. ¡Agotados!

Eric sonríe, yo le guiño un ojo con complicidad y, sin dudarlo, me acerca a él y lo beso. Nunca desaprovecho un momento feliz.

12

El lunes, cuando me despierto, estoy histérica. ¡Voy a Müller!

Al fin algo diferente de dar papillas, limpiar mocos y cantar lo del tenedor y el tallarín.

¡Viva la vida laboral!

Después de bañarme, miro mi clóset y al final opto por ponerme un bonito traje sastre gris con una camisa negra. El resultado me gusta cuando me miro al espejo, me pongo unos zapatos de tacón grises y ¡estoy preparada!

Tan pronto como bajo a la cocina, Eric y Flyn están desayunando. Al entrar, Eric me mira y no dice nada, pero Flyn, al verme de esa manera, y no con los *jeans* o la bata de andar por casa, me observa sorprendido y pregunta:

—¿Adónde vas, mamá?

Saludo a Simona, que sale de la cocina con dos vasos de leche para llevárselos a Pipa y, mientras me lleno una taza de café, respondo:

—A la oficina con papá. Tengo una entrevista.

Eric no dice nada, sino que sigue mirando el periódico. Entonces Flyn, que no me quita la vista de encima, pregunta sorprendido:

—¿Vas a trabajar en Müller?

Me siento a su lado.

—Sí, cariño —contesto emocionada.

—¿Y por qué?

Doy un trago a mi café, observo que Eric me mira por encima del periódico y digo:

—Porque soy una mujer a la que le gusta hacer algo más que estar en casa todo el día y, si tengo la suerte de conseguir un empleo, ¿por qué no aceptarlo?

La boca de Flyn se abre como si hubiera dicho algo terriblemente desagradable.

—¿Y quién va a cuidar de Eric y de Hannah? —pregunta.

Resoplo. Otro con el que lidiar... Como puedo, y sin alterarme, digo:

—Lo harán Pipa y Simona.

—¿Y quién me va a ayudar a hacer la tarea?

—Pues la tendrás que hacer tú, pero tranquilo, tendré tiempo para ayudarte porque sólo voy a trabajar medio tiempo.

—Pero estarás cansada y los sábados por la mañana no se te antojará salir conmigo a saltar con la moto.

No respondo: saltar con la moto siempre se me antoja.

—No veo bien que trabajes —insiste él.

Carajo..., carajo, qué difícil me lo está poniendo el cabrito del niño. No voy a contestar. No voy a entrar en su juego o terminaremos discutiendo como hacemos últimamente. Pero Flyn es un Zimmerman y, cuando estoy dando un trago a mi café, sentencia:

—No quiero que trabajes. Papá lo hace por todos y se pasa media vida en la oficina. ¿Por qué tienes que hacerlo tú?

Miro a Eric en busca de ayuda y veo que la comisura de sus labios se curva. ¡Si será torpe! Mira que me ayuda en la conversación...

—Flyn —empiezo a decir—, te aseguro que...

—Quiero que estés en casa como una madre —insiste dando un manotazo en la mesa.

Bueno..., bueno..., bueno..., ¿en qué siglo se está criando mi hijo?

Lo miro.

Él me mira con malicia.

Está siendo cruel conmigo. Al final, lo llamo «chino», y discutimos mostrando ambos la misma crueldad, por lo que murmuro para reivindicar mis derechos:

—Flyn, las mujeres decidimos lo que queremos hacer en esta vida, y te aseguro que me vas a tener para todo lo que necesites. Sin embargo, no me parece bien que pienses como un viejo del siglo pasado al respecto de que las madres tienen que estar en casa.

—Es lo que pienso.

—Pues está muy mal pensado —sentencio—. Yo no te estoy

educando para que pienses así. Las mujeres y los hombres somos seres independientes y con las mismas oportunidades, y aunque vivamos en pareja deb...

—No quiero que trabajes. Tú no.

—¡Flyn, basta! —exclama Eric y, dejando el periódico que tiene en las manos, añade—: Jud es mayorcita para saber lo que quiere hacer o no. Se acabó el pensar sólo en lo que tú quieres. Aplícate en aprobar, ¡eso es lo que tienes que hacer! Y olvídate de la moto y del resto de las cosas.

El niño resopla, nos mira y se calla.

Al final, terminamos los tres desayunando en silencio.

¡Qué buen comienzo de día!

Veinte minutos después, le indicamos a Norbert que no hace falta que lleve a Flyn: nosotros lo dejaremos de camino a la oficina.

El silencio vuelve a estar presente en el coche, y decido poner música. Busco los CD que lleva Eric en el vehículo y me decido por el último que le regalé de Alejandro Sanz.

Cuando ve lo que tomo, mi marido me mira y dice:

—Me gusta mucho esa canción que dice aquello de «A que no me dejas».*

Me río. Sé a qué canción se refiere, pero cuando voy a meter el CD, recuerdo que Flyn viene con nosotros e, intentando hacerle una gracia, busco el disco que Eric lleva de los Imagine Dragons, su grupo preferido, y lo pongo.

Cuando comienza a sonar *Demons*,** busco su mirada cómplice, pero él me ignora. ¡Vaya numerito con el jodido coreano alemán!

Al llegar al instituto, Flyn sigue sin hablar. Está enfadado.

Intento comprender su frustración, pero por una vez quiero y necesito que él me entienda a mí. Cuando me voy a dar la vuelta para sonreírle y desearle buen día, él abre la puerta del coche, se baja y, sin mirarme, la cierra.

---

* Véase la nota de la pág. 17. *(N. de la E.)*

** *Demons*, Universal Music Spain y KIDinaKORNER/Interscope Records, interpretada por Imagine Dragons. *(N. de la E.)*

Eso me rompe el corazón. Quiero a Flyn, costó mucho que me aceptara y no quiero que me rechace.

Me entristezco. Miro a mi niño, que ya es un espigado adolescente más alto que yo, a través del cristal del vehículo y no hago intento de salir. ¿Para qué? Si lo hago, sé que lo avergonzaré ante sus amigos. Consciente de lo que siento, Eric musita:

—Jud, es un adolescente. Dale tiempo.

—Le daré todo el tiempo que él quiera —digo intentando sonreír.

Con una cariñosa mirada, Eric sonríe y arranca el coche mientras yo observo que Flyn se dirige hacia un grupo de chicos y chicas que no conozco. ¿Ya no va con su amigo Josh? Su gesto cambia, sus andares también y, cuando vamos a doblar la esquina, sin saber por qué grito:

—¡Para!

Eric da un frenazo.

—Estaciónate... —le exijo—, corre, estaciónate.

Él lleva el vehículo hasta la acera y, rápidamente, abro la puerta y salgo. Eric lo hace también y, en cuanto llega a mi lado, pregunta preocupado:

—¿Qué ocurre? ¿Qué pasa?

Al ver su gesto me doy cuenta del susto que le he dado.

—Ay, cariño, perdona —murmuro mirándolo—. Es que quería saber si Elke, la nueva novia de Flyn, estaba en ese grupito.

Eric maldice. Sin duda, le he dado un buen susto, cuando de pronto lo veo fruncir el entrecejo y preguntar mientras señala:

—¿Es ésa?

Miro y me quedo sin palabras.

Flyn, mi niño, mi enojón, se acerca a una muchacha rubia con más pecho que yo, vestida con un cortísimo vestido vaquero. La agarra, la jala hacia él y la besa en la boca.

Pero... ¡pero buenooooooooo!

¿Qué cochinadas hace mi niño, y cuántos años tiene esa muchacha?

El beso se prolonga, se prolonga y se prolonga cuando la mano de Flyn se posa en el trasero de ella y se lo aprieta. Entonces oigo que Eric murmura divertido:

—Ése es mi machote.

Escandalizada por lo que acabo de ver, miro a mi marido —¡se me va a salir el corazón del pecho!— y pregunto asombrada:

—Pero ¿cuántos años tiene Elke? —Eric se encoge de hombros y, cuando va a responder, digo—: Por lo menos tiene dos más que Flyn.

—Le gustarán mayorcitas —se mofa el cabrito.

Su sonrisa me enerva. Por mucho cuerpo que tenga, Flyn es un niño y, cuando observo que vuelve a besar a aquella rubia de largas piernas y grandes senos, gruño:

—Por Dios, ¿tú sabes la de enfermedades que puede adquirir besando así?

Eric suelta una carcajada. Me toma de la mano, me lleva hasta el coche y me sostiene la puerta abierta.

—Venga, ¡vámonos! —dice.

—Me gustaba más Dakota —gruño sin moverme.

Mi amor sonríe e insiste:

—Mamá gallina, haz el favor de entrar al coche de una vez.

Por última vez, miro a Flyn y compruebo que sigue besando a la rubia; ¡la madre que lo trajo!

Subo al coche, cierro la puerta y, cuando Eric entra y se sienta a mi lado, pregunta con gesto guasón:

—Pero, cariño, ¿por qué pones esa cara?

—Carajo, Eric, ¡¿tú has visto lo mismo que yo?!

—Flyn es un adolescente y comienza a descubrir el placer de besar y tocar a una chica. —Se ríe y añade—: Y, por lo que veo, ¡no tiene mal gusto en asunto de mujeres!

¿Le digo «¡Imbécil!» o no se lo digo?

No..., definitivamente no voy a decir nada. Es lo mejor.

Pero, todavía confusa por lo que he visto, reprocho:

—¡Ya estás hablando con él urgentemente de la necesidad de las relaciones con gomita para evitar futuros problemas y enfermedades, ¿entendido?!

Eric suelta una carcajada. Se ríe en mi cara y, cuando acerca su boca a la mía, murmura:

—Eres maravillosa, cariño..., tremendamente maravillosa.

Tras un rápido beso, mi amor arranca el vehículo, cambia el CD de música y suena mi Alejandro mientras yo no salgo de mi asombro por lo que acabo de ver.

Media hora después, llegamos a la oficina y dejamos el coche en el estacionamiento de la empresa. A partir de ese instante, Eric instala en su rostro la mirada de jefe y hombre frío que conocí en su momento y, cuando me toma la mano para ir hacia el elevador, yo la aparto y cuchicheo:

—Seamos profesionales, cariño.

Eso lo sorprende y, parándose, replica mientras frunce más el ceño:

—¿Me estás diciendo que no voy a poder tomar la mano de mi mujer?

Lo miro boquiabierta.

—Eric, estamos en la oficina; ¿pretendes tomarme de la mano cada vez que me veas?

—No —responde él con sinceridad.

—Pues, entonces, entiende lo que digo.

Y, dicho esto, sigo andando hacia el elevador. El sonido de mis tacones retumba en el solitario estacionamiento cuando lo oigo decir:

—Me encanta cómo te queda este traje. Estás muy sexi.

Sonrío al oír eso y, mirándolo, suspiro consciente de que he engordado cinco kilos en el último año.

—Lo que estoy es regordeta, por eso el traje me queda así.

Eric sonríe, me da una rápida nalgada y murmura:

—A mí me gustas.

Aisss, ¡que me lo como..., que me lo como!

Con lo traumatizada que estoy yo por estos malditos kilos, que me diga eso ¡me encanta!

Cuando el elevador se abre, nos subimos y Eric pulsa el botón de la sexta planta. Lo miro y pregunto:

—¿No vas a tu despacho?

—Te acompañaré primero al despacho de Mika.

Al oír eso, resoplo. Lo miro y siseo:

—Eric, ni se te ocurra acompañarme hasta el despacho de Mika como si fueras mi padre porque aquí sólo quiero ser Judith Flores. Bastante tengo ya con que todo el mundo sepa que soy tu mujer como para que me vayas encima en plan guardaespaldas. Seamos profesionales, ¡por favor! —Y, tras tomar aire, insisto—: Sé perfectamente dónde está el despacho y no quiero que me acompañes, ¿entendido?

Eric resopla a su vez. Lo que le acabo de decir le toca la moral y, con gesto tosco, veo que aprieta el botón de la planta décima, la de su despacho. Enseguida me siento fatal por mi reprimenda, así que me acerco a él.

—Cariño —murmuro—, entiende que...

—Señorita Flores, por favor —replica alejándose de mí—, recuerde que aquí soy el señor Zimmerman. —Y, mirándome, añade, el muy imbécil—: Seamos profesionales.

Oy..., oy..., oy..., las ganas que tengo de darle un pellizco doloroso. Pero en lugar de eso asiento y, en silencio, llegamos a mi planta. ¡Para insolente, yo!

Instantes después, las puertas se abren, y me dispongo a salir del elevador cuando la mano de Eric me detiene.

—En cuanto acabe tu reunión con Mika, sube a despedirte de mí; no te vayas sin hacerlo —me dice sin acercarse.

Dicho esto, me suelta, y las puertas del elevador se cierran privándome de mirar a mi amor.

Cuando me quedo sola, me doy la vuelta, estiro el saco de mi traje y camino con seguridad hacia el despacho de Mika. Al llegar, su secretaria, que me conoce, se levanta rápidamente y me dice:

—Señora Zimmerman, Mika ha dado orden de que entre en cuanto llegue.

Sonrío. Asiento y, cuando voy a entrar en el despacho, me vuelvo y le pregunto a la chica:

—¿Cómo te llamas?

—Tania, señora Zimmerman —murmura ella con cara de susto.

Asiento. He de ser rápida o a la chica le dará un infarto, por lo que sonrío y digo:

—Tania, mi nombre es Judith. Te agradecería que me llamaras por ese nombre, puesto que vamos a trabajar juntas y será incómodo que me estés llamando todo el rato por el apellido de mi marido, ¿de acuerdo?

La joven asiente. Yo creo que ya no recuerda ni cómo me llamo de lo nerviosa que está.

Doy media vuelta, golpeo con los nudillos la puerta de Mika y, cuando oigo su voz, entro.

Ni que decir tiene que Mika me cae genial. Hemos coincidido en varias fiestas de la empresa, es una mujer divertida y da gusto estar con ella. Es unos diez años mayor que yo, pero se la ve una mujer actual, no sólo por su forma de vestir, sino también por su manera de pensar.

Durante un rato hablamos y Mika me explica que, en Müller, marketing está dividido por áreas: investigación comercial, imagen, compras, ventas, diseño e innovación y, por último, comunicación, que es el área en la que yo voy a trabajar.

Luego me entrega unos papeles en los que se indica que ambas nos encargamos de esa área, y me emociono al ver que dentro de nuestro cometido está desarrollar campañas de comunicación, eventos, ferias, redes sociales, etcétera.

Sonrío feliz. Me siento capacitada para todo ello, y eso me proporciona un acelere del quince. ¡Eric me conoce muy bien!

Una vez que sé el puesto que voy a ocupar, pasamos al despacho que está junto al de Mika. Ése será el mío, y lo miro con unos ojos como platos. ¡Tengo despacho propio, y con ventana!

¡Olé y olé!

—Como ves —dice Mika—, Margerite está de baja por un accidente doméstico y no regresará hasta dentro de un par de meses.

—Vaya —murmuro.

—Judith, sobre la mesa hay un catálogo de colores. Antes de irte hoy, por favor, dime qué color prefieres para que te lo pinten, ¿de acuerdo?

¿Van a pintar el despacho?

Mi cara debe de ser un poema, porque Mika añade mirándome:

—Eric ha pedido que el tiempo que ocupes este despacho esté todo a tu gusto.

—Bien —consigo decir emocionada.

Cuando regresamos al despacho de ella, le suena el teléfono, lo toma y, una vez que cuelga, me mira.

—Tengo una reunión. Estoy organizando distintas ferias y...

—¿Puedo asistir a esa reunión? —pregunto directamente.

Mika asiente encantada.

—Por supuesto que sí —dice sonriendo—. Dame unos segundos, que recojo lo que necesito.

Mientras espero a que ella recoja unos papeles de la mesa, mi celular vibra. Un mensaje de Eric.

¿Sigues con Mika?

Sonrío y me apresuro a responder:

Sí. Y ahora voy a entrar en una reunión con ella. ¡Estoy ilusionada!

Una vez que le doy a «Enviar», espero rápidamente su contestación, pero por extraño que parezca no la recibo. Guardo el celular y maldigo al pensar que, con seguridad, Eric aparecerá en esa reunión.

Cuando Mika lo tiene todo, camino a su lado en dirección a la sala de reuniones, mientras observo que quien me reconoce me mira con curiosidad. Como puedo, sonrío. No quiero que piensen que soy una altanera y estirada.

Al entrar en la sala de reuniones, Mika me presenta a los hombres que están allí como Judith Flores, no como la señora Zimmerman. Estoy por darle mil besos por ese detallazo. Creo que ella lo sabe y, sin más preámbulos, les explica que a partir de ese instante ella y yo dirigiremos el departamento de comunicación.

Una vez hechas las presentaciones, me entero de que esos ejecutivos pertenecen a las delegaciones de Müller en Suiza, Londres y Francia y, sin más dilación, comienza la reunión, a la que yo asisto calladita y atenta. Es lo mejor que puedo hacer hasta que le pesque el hilo al asunto.

El tiempo pasa y mi celular vibra después de una hora.

¿Dónde estás?

Con disimulo, lo leo y comienzo a teclear:

Sigo en la reunión. Cuando acabe, te llamo.

Como no deseo que continúe interrumpiendo mi atención, apago el celular y me centro en lo que va a ser mi nuevo trabajo.

Otra hora después, cuando la reunión termina, decidimos subir todos a la cafetería, que está en la planta novena. Al entrar, veo que algunos trabajadores me miran; sin duda saben quién soy, las noticias deben de haber volado por Müller, y me pone mala ver cómo cuchichean.

Mika, que también se ha dado cuenta, se acerca a mí y murmura:

—Tranquila. Muéstrate tal y como eres y pronto te perderán el miedo.

Asiento. Sin duda, me va a tocar pasar por lo mismo que me tocó aguantar en Madrid, cuando en la oficina todo el mundo se enteró de que yo era la novia del jefazo. La diferencia es que aquí ya no soy su novia, sino ¡su mujer!

Cuando llegamos a la barra, pedimos unos cafés. Paseo la mirada por la cafetería y entonces veo entrar a una chica rubia con una cara preciosa y un chonguito encantador. La observo, se sienta lejos de nosotros y veo que habla por teléfono, mientras se toca con deleite un mechón de pelo que le cae en la cara.

¡Qué mona!

La conversación que se traen los que están a mi alrededor hace que deje de mirarla y me incluya en ella, hasta que Harry, el inglés que ha estado sentado a mi lado todo el tiempo, me pregunta:

—¿Qué te ha parecido la reunión?

Sonrío, me toco la frente y respondo:

—Aunque estoy un poco desencanchada, ha sido interesante. Sólo espero ponerme al día rápidamente en muchas cosas para estar a su altura.

Harry sonríe.

—Tranquila —dice—. No tengo la menor duda de que lo harás muy bien.

—Gracias —murmuro agradecida por su positividad.

De nuevo nos unimos a la conversación del grupo cuando Teo, el francés, pregunta mirándome:

—¿Y cuándo te reincorporas totalmente, Judith?

Yo miro a Mika.

—Judith trabajará medio tiempo durante dos meses, mientras Margerite esté de baja —explica ella.

Todos me miran por eso del medio tiempo, veo en sus expresiones que no entienden nada, pero no voy a ser yo quien se lo explique. Me niego.

La conversación se reanuda y me siento feliz. Nadie habla de niños, nadie habla de papillas y, sobre todo, ¡nadie canta el tallarín, ni llora!

Ahora que pienso en llorar, ¿cómo estarán mi monstruita y mi Supermán?

Rápidamente, me quito sus imágenes de la cabeza, o me pondré ridícula, y me centro en la conversación adulta que se desarrolla ante mí. Minutos después, cuando alguien pregunta por mi extraño acento y se enteran de que soy española, espero lo de siempre pero, por increíble que parezca, ninguno dice eso de «Olé..., toro..., paella».

Aisss, madre, ¡no lo puedo creer!

Por fin digo que soy española y nadie toca las castañuelas con las manos.

Sonrío, y es tal mi sonrisa que Harry, el inglés, se acerca a mí y pregunta:

—¿Por qué sonríes?

Sin poder evitar mi sonrisa, lo miro y respondo:

—Porque hoy está siendo un día perfecto.

Ahora el que sonríe es él. Me mira y sugiere:

—¿Otro café?

Asiento. Lo pide y, cuando el mesero lo pone ante nosotros y estoy echando el sobrecito de azúcar, oigo que Harry dice al tiempo que señala mi anillo:

—Por lo que veo, estás casada.

Con cariño, miro el dedo en el que orgullosamente llevo el anillo que Eric me regaló y que tanto significa para nosotros y digo:

—Sí.

Segundos después, los dos volvemos a mirar a los demás, que hablan de trabajo. Así estamos como veinte minutos cuando proponen que vayamos a comer todos juntos. Sé que debería regresar a casa, pero se me antoja ir a la comida, por lo que decido llamar a Simona para ver cómo están los niños.

Me separo un metro del grupo para hablar y sonrío cuando ella me pone a mi Supermán al teléfono. Le hablo y me suelta un par de frases divertidas. Tanto él como Hannah están bien, y vuelvo a sonreír en el momento en que oigo los lloriqueos de la niña de fondo. Mi monstruita está perfectamente.

En cuanto cuelgo, me dispongo a llamar también a Eric para informarle de que me voy a comer fuera, pero de pronto lo veo entrar por la puerta de la cafetería. ¡Lo sabía! Ya se ha enterado de que estoy allí y ha bajado a chismear.

Mal empezamos si ya comienza con ese control.

Con cautela, no se acerca a nosotros, pero sé que me observa tras sus rubias pestañas.

No es tonto, y sabe que, como se le ocurra acercarse, me voy a enfadar, por lo que se mantiene alejado del grupo. Sin embargo, cuando Mika lo ve, rápidamente lo saluda y Eric, aprovechando la oportunidad, se une a nosotros.

Con su típica cara de «aquí mando yo», les estrecha la mano a los demás, que lo saludan con formalidad —¡es el jefazo!— y, sin perder un segundo, se coloca a mi lado, me agarra de forma posesiva por la cintura y dice:

—Veo que ya conocen a mi preciosa y encantadora mujer.

Los otros tres hombres me miran boquiabiertos.

Yo sonrío..., sonrío..., sonrío ¡o abofeteo a Eric por eso!

Pero ¿qué es eso de «preciosa y encantadora mujer» en el trabajo?

Sólo le ha faltado levantar la pata y mearme como un perro para marcar su territorio. ¡Será imbécil!

Harry me mira, yo lo miro y vuelvo a sonreír. Por suerte, él hace lo mismo que yo.

Durante varios minutos todos hablan, mientras yo escucho con una prefabricada sonrisa en los labios, hasta que Eric, mirándose el reloj, me mira, después se dirige a Mika y pregunta:

—¿Han terminado con la reunión?

Ambas asentimos.

—Sí, Eric —dice Mika—. Ahora estábamos pensando en ir a comer todos juntos.

Sin mirarme, veo que mi alemán se apresura a responder:

—Qué gran idea. Avisaré a mi secretaria para que reserve en el restaurante de enfrente.

Los hombres y Mika aceptan encantados. Comer con el jefazo es un lujo, pero yo creo que lo mato..., creo que lo voy a matar.

¿Por qué se autoinvita a esa comida?

Sin soltarme, me observa y sonríe, y yo le muestro con mi mirada lo que pienso. Eric me conoce, sabe que lo que está haciendo no me está gustando un pelo. Pero, sin cortarse, toma mi mano y dice:

—Mika, adelántense ustedes al restaurante. Jud y yo iremos enseguida.

Ea..., ¡ya me ha separado del grupo!

Repito: ¡lo mato!

Camino a su lado hasta llegar al elevador y, cuando voy a decir algo, un empleado se para junto a nosotros. Me callo.

En silencio, tomamos el elevador junto a más trabajadores, que me miran con curiosidad. Yo les sonrío, no quiero que piensen que soy una estirada por ser la señora Zimmerman. En cuanto llegamos a la planta décima, Eric, que todavía no ha abierto la boca, jala mi mano con delicadeza y caminamos juntos hacia su despacho.

Al pasar veo a varias mujeres que me observan con atención, y les sonrío.

¡Sonrío a todo bicho viviente!

Llegamos ante la puerta de su despacho, y me sorprendo al ver a la chica rubia de carita preciosa y chonguito gracioso en la cabeza sentada en la silla donde suele estar Dafne, la secretaria de Eric. Nuestras miradas se encuentran cuando mi marido dice con voz de ordeno y mando:

—Gerda, llama al restaurante de Floy y diles que reserven una mesa para seis ¡ya!

La joven asiente, deja de mirarme, toma rápidamente el teléfono y comienza a marcar mientras Eric y yo entramos en el despacho.

Una vez que nos quedamos solos y él cierra la puerta, me mira y sisea sin levantar la voz:

—Aceptaste trabajar media jornada y luego regresar con los niños a casa, ¿lo has olvidado ya? —Me dispongo a contestarle cuando vuelve a la carga—: Te dije que me llamaras en cuanto acabara la reunión.

Molesta por sus modales, me retiro de él y respondo con sorna:

—¿Para qué? Ya me estabas vigilando con tus informadores.

Eric resopla. Se toca el pelo y, cuando va a hablar, lo señalo con el dedo y murmuro:

—Muy mal, Eric, comenzamos muy mal. Si voy a trabajar en esta empresa, necesito libertad de movimientos; no quiero sentir tus ojos ni los de nadie pegados a mi nuca. Pero ¿qué te ocurre? ¿Acaso ni trabajando en tu maldita empresa vas a confiar en mí?

Él no contesta. Su mirada me hace saber lo furioso que está, y yo, que no estoy mucho mejor que él, camino hacia los grandes ventanales. Me está entrando un calor infernal, y no precisamente por lo que me suele entrar siempre.

Una vez que llego a los ventanales miro hacia la calle y, segundos después, siento que Eric camina en mi dirección. Caliente como estoy, me volteo y le suelto:

—No me extraña que Flyn tenga esos retorcidos pensamientos referentes a que yo trabaje, si tú, que me conoces, no confías en mí. —Eric no contesta, y prosigo—: Yo sólo quiero trabajar, sentirme bien conmigo misma pero, desde luego, si eso va a suponer estar todo el día con miedo a que tú te sientas molesto por con quién hablo o con quién tomo un café, ¡apaga y vámonos!

En ese instante se oyen unos golpecitos en la puerta, ésta se abre y aparece la rubia del chonguito.

—Señor Zimmerman —dice tocándose el pelo con coquetería—, ya he reservado en el restaurante.

—Muy bien, Gerta. Gracias —afirma Eric con rotundidad.

Mi mirada y la de ella chocan y, rápidamente, deduzco que con quien hablaba la tipa en la cafetería mientras se tocaba el pelo era con Eric. Eso me enferma.

Estar con un hombre como él implica estar alerta siempre en materia de mujeres, pero esa fase ya la pasé, o me habría vuelto loca. Aun así, la miradita de la del chongo no me gusta nada, y cuando, tras esbozar una sonrisita tonta, da media vuelta y cierra la puerta, pregunto sumiendo la panza:

—¿Dónde está Dafne?

Eric voltea la mirada hacia mí y, entendiendo lo que pienso, responde con brusquedad:

—Dafne está de baja por maternidad, ¿algo más?

Uiss..., uisss, es verdad, Dafne tuvo un niño. Pero esa insolencia tan Iceman me mata. Me enfurece. ¡Me enciende!

Tengo mucho más en la punta de la lengua por soltar, ¡estoy que muerdo!, pero no le voy a dar ese placer. Así pues, negando con la cabeza, vuelvo a mirar por la cristalera y siseo:

—No estoy celosa, estoy enfadada. Quiero que lo sepas.

Llevaba tiempo sin que Eric me sacara tanto de mis casillas. Los últimos meses en casa con los niños han sido en ocasiones desquiciantes, pero en lo que respecta a la pareja, maravillosos y tranquilizadores. Sin embargo, ahora que quiero comenzar a trabajar, la cosa cambia. Eric no me la va a poner fácil, y Flyn tampoco... ¡La que me espera!

Eric me mira. El reflejo del cristal me ayuda a ver todo lo que él hace tras de mí, y resoplo. Veo que se abre el saco, se lleva las manos a la cintura y baja la cabeza. Sin duda, se está dando cuenta de su error. Lo sé. Lo conozco.

—Escucha, Jud... —empieza a decir.

—No, escucha tú —siseo dándome la vuelta como un purito toro miura—. Durante el tiempo que he estado en casa cuidando de los niños he confiado en ti al cien por ciento, a pesar de saber que tienes un enorme imán para atraer a las mujeres y trabajas rodeado de ellas. — Hablar sobre eso me hace temblar, pero prosigo—: Ni una sola vez he dicho una mala palabra por tus viajes o por tus cenas de empresa, ni te he hecho sentir incómodo insinuándote cosas desagradables. Confío en ti al cien por ciento, y lo hago porque sé que me quieres, sé lo importante que soy para ti, y también sé que nadie te va a dar todo lo que yo te doy como mujer y madre de tus hijos. ¿Acaso he de pensar que hago mal confiando en ti?

—No, Jud..., no —se apresura a responder.

—Pues entonces, deja de pensar que voy a romper corazones allá por donde pise y...

—A mí me lo rompiste —dice mirándome, el muy canalla.

Inconscientemente, su respuesta me hace sonreír, pero contengo mi tonta risita y replico:

—Que sea la última vez que mandas a nadie a vigilarme durante mis horas de trabajo en la empresa, porque si me vuelvo a dar cuenta de ello, te juro que lo vas a lamentar. —Eric me mira. Sabe que hablo en serio, e insisto—: ¿Qué va a pensar ahora Gerda de mí? ¿Acaso no te das cuenta de que, con lo que has hecho, puede sacar conclusiones equivocadas con respecto a nuestra relación?

Eric asiente. Sabe que lo ha hecho mal. Cierra los ojos y, cuando los abre, responde:

—Te pido disculpas, Jud. Tienes razón en todo lo que dices.

Resoplo...

Me mira...

Lo miro y, cuando veo esa mirada arrepentida que tanto adoro y que conozco tan bien, suelto un quejido.

—Eric...

No hace falta que diga más. Mi amor, mi chico, mi todo, da un paso hacia mí y me abraza.

Ninguno habla durante unos segundos, hasta que él finalmente dice:

—Prometo que no volverá a suceder.

—Eso espero —asiento, deseosa de que sea así.

Como siempre, es mirarnos y, ¡zas!, nos besamos.

A pesar de ser dos polos opuestos, nuestro imán nos atrae y disfrutamos de nuestro maravilloso beso. Pero, como siempre que lo hacemos, el calor nos invade y, separándome de él, murmuro:

—Cariño..., estamos en tu despacho.

Mi amor asiente, me mira a los ojos y replica:

—Creo que ahora que voy a tenerte de nuevo cerca en el despacho tendré que hacer obras.

—¡¿Obras?!

Eric sonríe y, sin soltarme, añade:

—Un archivo dentro de mi despacho..., ¿no crees que nos vendría bien?

Me río al oír eso. Ninguno de los dos ha olvidado nuestros encuentros locos e imprudentes en el archivo que había en el despacho de Madrid.

—Qué buena idea, señor Zimmerman —digo.

Entre risas, nos besuqueamos. Recordar nuestros comienzos siempre es divertido, morboso y caliente. Tras su último beso, Eric pregunta:

—Ahora en serio, cielo, ¿quieres que vaya a esa comida o estarás incómoda?

Lo miro... ¡Me lo como! Y finalmente, agarrándolo de la mano, contesto:

—Claro que quiero que vengas, cariño. Eres el jefazo; además, ¡así pagas tú!

Mi Iceman sonríe, se abrocha el saco, recupera la compostura y, de la mano, salimos del despacho. Una vez fuera, Gerta nos mira, Eric suelta mi mano, me agarra posesivamente por la cintura y dice:

—Gerta, para cualquier cosa urgente, estaré comiendo con mi preciosa mujer.

La del chonguito asiente, yo sonrío y, feliz con mi marido, nos vamos a comer.

Cuando llegamos al restaurante, los demás ya están allí, y Mika sonríe al vernos. Floy, el dueño del local, viene rápidamente hacia nosotros y nos saluda. Complacida, le doy dos besos; no es la primera vez que como allí con Eric. A continuación, nos reunimos con el resto del grupo, y Floy nos lleva con amabilidad a la mesa que tenemos reservada.

Una vez allí, dejo que Eric elija sitio, yo me coloco a su derecha, y Mika se apresura a ponerse a mi izquierda. Harry, el inglés, se acerca a ella y le retira la silla. ¡Qué galante! Eric, por supuesto, hace lo mismo conmigo —¡faltaría más!— y, una vez que nos sentamos todos, el mesero reparte las cartas y escogemos lo que queremos comer.

Cinco minutos después, tras ordenar al mesero, éste se va y aparece otro que de forma ordenada nos sirve vino en las copas. Una vez que acaba y se va, Teo, el francés, toma la suya, la levanta y dice:

—Brindemos por la señora Zimmerman y por su incorporación a la empresa.

Bueno..., he pasado de ser Judith a ser la señora Zimmerman. ¡Vaya mierda!

Eso en cierto modo me enoja, porque sé que ya nunca me tratarán como a una igual. Sin embargo, todos levantan amigablemente sus copas y brindan.

No miro a Eric. Sé lo que piensa, como sé que él sabe lo que estoy pensando yo en ese instante. Doy un sorbito al vino y, sin poder reprimirme, aclaro:

—Teo, por favor, para mí sería mucho más fácil si en el trabajo me llamaras por mi nombre como yo te lo llamo a ti. Sin duda, soy la mujer de Eric, eso ya lo sabemos, pero a nivel laboral simplemente quiero ser Judith Flores.

Veo que todos se miran con disimulo cuando Harry, el inglés, levanta su copa y dice:

—¡Por Judith!

De nuevo todos, vuelven a brindar. Con el rabillo del ojo, observo que Eric se tensa, pero entonces dice, sorprendiéndome:

—Les agradeceré a todos que traten a mi mujer como a una más en el trabajo y la llamen por su nombre. Sin duda, Judith es una persona con carácter y, si no lo hacen, ¡a mí no me vengan con quejas!

El comentario los hace reír, y el ambiente se relaja. Sin duda, Eric, como siempre, los tiene atemorizados.

Cuando acabamos de comer, Eric y yo nos despedimos de todo el mundo. Luego, yo me dirijo a Mika y susurro:

—Mañana elegiré el color del despacho.

Ella me guiña un ojo y nos vamos. Caminamos hacia el edificio Müller, entramos en él y bajamos al garaje por nuestro coche. Cuando nos subimos, miro a Eric y pregunto:

—¿Por qué no trabajas esta tarde?

Él arranca el coche y, guiñándome el ojo, murmura:

—Porque quiero estar contigo y, como soy el jefe, me lo puedo permitir.

Sonrío. Me encanta esa respuesta.

13

El martes, cuando Mel y Björn dejaron a Sami en el colegio, el gesto del abogado era serio. Mel, que sabía por qué, exclamó antes de subirse de nuevo al coche:

—Basta ya, por Dios, Björn, que sólo voy a una entrevista en...
—Me hierve la sangre que lo hagas.
—Björn, accedí a casarme contigo... —dijo Mel sonriendo.
—Sí —siseó el abogado—, pero no me diste fecha.

Ella sonrió de nuevo e, intentando que él lo hiciera también, cuchicheó:

—Ésa será otra negociación. A ver si te crees que sólo tú piensas lo que negocias.

Él la miró con el ceño fruncido. Era lista, muy lista.

—No me hace ni pizca de gracia que vayas a esa entrevista —gruñó.
—Björn...
—Está bien, Parker. Sé que llegamos a un acuerdo. Tú te casas conmigo y yo no pongo objeción a ese trabajo, pero ¡carajo, Mel, ¿por qué?!

Ella lo miró, resopló y, cuando se disponía a responder, él prosiguió gesticulando mucho con las manos:

—No necesitamos el dinero. Con lo que yo gano tenemos para vivir holgadamente Sami, tú y yo.
—Mira que te pones feo cuando discutes.
—Estoy hablando en serio, Mel —repuso él mirándola.
—Y yo también —afirmó ella sonriendo.

Björn maldijo. En ocasiones, discutir con su novia era desesperante y, sin dar su brazo a torcer, insistió:

—Ya te he dicho que, si quieres un trabajo, Eric estará encantado de...
—¡Eric! —lo interrumpió ella perdiendo su humor—. Pero

¿tú crees que Eric es una ONG? Carajo, Björn, que Eric tiene que mirar por su empresa. Bastante ha hecho ya accediendo a la petición de Jud como para que encima...

—Mel —protestó Björn—. Sin que yo le dijera nada, Eric me comentó que si quieres incorporarte al mundo laboral puede reubicarte en su empresa. Pero, cariño, si hasta podrías trabajar en mi despacho.

—¿De secretaria?

—Sí.

—Por Dios, ¡qué aburrimiento!

Él resopló.

—Estoy convencido de que serías una excelente secretaria —aseguró.

—Mira, Björn, no me friegues —replicó Mel meneando la cabeza y, sin pensar lo que decía, agregó—: Si quisiera un trabajo de oficina, sólo tendría que decírselo a mi padre y lo conseguiría en el consulado de Estados Unidos.

Nada más decir eso, cerró los ojos. Acababa de meter la pata hasta el fondo.

—¿Qué has dicho? —preguntó él.

Mel se rascó la oreja. ¿Cómo podía ser tan bocona?

—¡Ah, genial, Superwoman! ¡Genial!

—Habló 007.

Pero el abogado, más furioso a cada instante que pasaba, se alejó de ella y preguntó abriéndose el saco del traje:

—¿Me estás diciendo que no le has pedido un trabajo de oficina a tu padre porque te aburre?

Mel no quería mentirle, así que dijo:

—Escucha, Björn. Estar contigo y con Sami todos los días me llena, y soy tremendamente feliz de tenerlos y disfrutarlos, pero... pero necesito algo más. Estoy acostumbrada a un empleo con actividad, acción y...

Sin querer escucharla, él accionó el mando a distancia de su coche y las puertas se abrieron.

—¡Perfecto! —exclamó—. Ahora resulta que Sami y yo somos poco para ti.

Mel abrió la boca y, cuando él iba a moverse, lo empujó contra el vehículo, acercó su cara a la de él y siseó:

—Yo no he dicho eso. Ustedes son lo más importante de mi vida. Simplemente estoy diciendo que necesito un trabajo que me proporcione algo de actividad. Yo no sirvo para estar sentada detrás de una mesa como lo estás tú. ¿Tan difícil es de entender?

Molesto por sus palabras y por el empujón que le había dado, Björn la miró.

—No —gruñó—. A la que le resulta difícil de entender que tanto Sami como yo te queremos y te necesitamos a nuestro lado todos y cada uno de los días es a ti. ¿De verdad no lo entiendes?

—Carajo, Björn, que no estoy hablando de regresar a Afganistán ni a ningún punto caliente. Sólo se trata de ser escolta y...

—Escolta —repitió Björn cortándola mientras tecleaba en su celular—. Según la Wikipedia, un escolta es un profesional de la seguridad, pública o privada, especializado en la protección de personas (con poder político, económico o mediático). Un escolta es un experto en combate cuerpo a cuerpo, especialista en armas de fuego y armas blancas, capacitado para minimizar cualquier situación de riesgo. Y, una vez dicho esto, ¿me estás diciendo que no tengo de qué preocuparme? Carajo..., Mel..., carajo... ¿Por qué es todo tan difícil contigo?

—Visto así, parece...

—Visto así no parece, Mel, ¡es lo que es! Es un trabajo arriesgado, y yo no quiero ese riesgo para mi mujer. No lo quiero para ti y Sami tampoco, ¿es que no lo entiendes?

Lo entendía.

¡Claro que lo entendía!

Pero, como no quería dar su brazo a torcer, dio un paso atrás y replicó:

—Björn, lo de hoy es sólo una entrevista en el consulado. Una toma de contacto.

Incapaz de mantenerse un segundo más junto a ella, que no quería comprender lo que decía, el abogado se metió en su vehículo y, ante la cara de sorpresa de Mel, arrancó y se fue. No tenía ganas de seguir discutiendo.

Con la boca abierta porque la hubiera dejado plantada, ella lo observó alejarse a toda velocidad. Cuando lo perdió de vista, se disponía a parar un taxi y entonces vio a Louise. Con una sonrisa, levantó la mano para saludarla, pero ella no le devolvió el saludo, sino que se metió directamente en su vehículo y se fue.

Sorprendida, al final Mel paró un taxi.

—Al Consulado General de Estados Unidos en Múnich, en Königinstraße, 5 —le indicó al conductor.

Media hora después, cuando llegó y pagó el viaje, se quedó mirando el edificio. Sin duda, no era una maravilla, pero era el consulado. En la entrada, entregó su pasaporte estadounidense y le indicaron adónde tenía que ir. Con paciencia, esperó durante diez minutos cuando de pronto una voz dijo a su derecha:

—Melania Parker.

Al oír aquella voz, Mel miró y se levantó sonriendo.

—Comandante Lodwud —murmuró sorprendida.

Durante unos segundos, ambos se miraron a los ojos, hasta que el hombre, reaccionando, tomó una carpeta que le tendía una muchacha que había tras un mostrador.

—Dígale a Cheese Adams que yo entrevistaré a la señorita Parker —indicó. Acto seguido, se volvió hacia Mel—: Acompáñeme, por favor.

Sin dudarlo, ella lo siguió hasta su despacho y, cuando la puerta se cerró, se miraron fijamente a los ojos y se fundieron en un abrazo. En otra época se habían necesitado mutuamente y, aunque aquel cariño habría sido poco comprensible para los demás, ellos lo entendían y se respetaban.

Cuando se separaron, el comandante Lodwud la miró y dijo:

—Estás preciosa. Si cabe, más bonita que nunca, en especial porque no tienes ojeras.

Ambos rieron, y a continuación Mel preguntó:

—¿Qué haces aquí, James?

Él le señaló una silla y, una vez que se hubo sentado él también, explicó:

—Pedí el traslado al consulado hace cerca de ocho meses, ¡después de casarme!

A cada instante más sorprendida, Mel sonrió, y él, tomando un marco de fotos que había sobre la mesa, dijo con orgullo:

—Mi esposa, Franzesca.

Asombrada, Mel observó el rostro sonriente de la mujer y, una vez que hubo asimilado la estupenda noticia, miró a su antiguo amigo y declaró:

—Enhorabuena, James. Me alegra saber que lo superaste.

Él asintió.

—Cuando te fuiste y vi que tú habías sido capaz de superar lo de Mike, supe que yo debía hacer lo mismo en referencia a Daiana y, al no tenerte a ti para jugar a lo que jugábamos, reconozco que todo fue mucho más fácil.

Mel asintió. Inevitablemente, recordó entonces aquellos instantes en los que, tras una misión, ella acudía al despacho del comandante y, después de cerrar la puerta con seguro, se desnudaba para él y, mientras lo llamaba Mike y él a ella Daiana, disfrutaban de un juego oscuro que en cierto modo no los dejaba ir hacia delante.

Muchas habían sido las madrugadas en que aquellos dos habían escogido a un tercero, hombre o mujer, les daba igual, para continuar con sus calientes juegos. Infinidad de veces, Mel se sentaba sobre sus piernas, se tapaba los ojos con un pañuelo y le exigía que se la cogiera de forma despiadada mientras pensaba que era Mike quien lo hacía. Ése fue su juego. Un juego que pocos conocieron pero que ellos disfrutaron sin necesidad de implicar sentimientos, tan sólo morbo y egoísmo. Con eso les sobraba.

—De verdad, James. ¡Enhorabuena! —consiguió repetir.

Él sonrió y, tras dejar la foto de nuevo sobre la mesa, miró su mano y preguntó:

—¿Cómo está Sami?

Mel sacó una foto de su cartera.

—Preciosa y grande —dijo—. ¡Y por fin ya pronuncia la erre!

El comandante miró la foto que le mostraba y sonrió. La pequeña estaba increíblemente grande y bonita.

—¿Y los muchachos? ¿Ves a alguno de tus excompañeros?

—Sí. Siempre que puedo y están en Múnich, quedo con Fraser y Neill, ¿los recuerdas?

El militar asintió y murmuró sonriendo:

—Neill siempre me miraba con mala cara. Nunca le gusté. No sé por qué me da que intuía lo que tú y yo hacíamos en aquel despacho cuando venías a entregarme los informes.

Mel sonrió. Neill nunca le había dicho nada.

—Lo dudo —contestó—. Me lo habría dicho.

Ambos asintieron, y a continuación él le soltó:

—No me digas que ya no estás con ese abogado presumido que te gustaba tanto...

—Sí. Sí estoy con él —replicó ella.

—¿Y por qué no te has casado? —dijo él enseñándole su anillo de matrimonio.

Al oír eso, Mel se encogió de hombros.

—Porque es algo que aún me queda por hacer —respondió.

El comandante sonrió. La conocía muy bien y sabía que aquella contestación significaba que no quería hablar del tema. Así pues, abrió la carpeta que había tomado de la secretaria, le echó un ojo y, al ver la carta escrita por el padre de la joven, preguntó:

—¿Quieres trabajar como escolta?

Aún confundida por habérselo encontrado allí y por la discusión que había tenido con Björn, Mel respondió:

—Me lo estoy planteando, James. De momento quiero informarme del trabajo para valorar si me siento capacitada para ello.

James asintió y comenzó a hablarle de los requisitos necesarios para ser escolta en el consulado. Afortunadamente, Mel los reunía todos. Entonces, él le entregó un papel y prosiguió:

—El salario base es éste. A esto has de añadir un plus de peligrosidad, transporte, vestuario, viajes, etcétera. —Y, parándose para mirarla, preguntó—: Ese abogado con el que vives... ¿está de acuerdo con que trabajes en esto?

Mel sonrió. Sin lugar a dudas, James comenzaba a hacerse preguntas en relación con ella.

—Ese abogado se llama Björn, y no, no está de acuerdo con que trabaje en esto.

El comandante asintió y, dejando los papeles sobre la mesa, se echó hacia atrás en su silla y señaló:

—Si fueras mi mujer, yo tampoco estaría de acuerdo.

Ella lo miró divertida.

—¿En serio me estás diciendo lo que he oído? —musitó.

—Totalmente en serio —afirmó él.

—¿Y desde cuándo eres tan tradicional y machista?

Lodwud soltó una risotada y contestó:

—Desde que Franzesca me enamoró. Si te soy sincero, como hombre enamorado que soy, no me gustaría que Franzesca estuviera de viaje continuamente, sirviendo de cortafuegos de otra persona. Y si ese abogado te quiere la mitad de lo que yo quiero a Franzesca, te aseguro que no le gustará.

—¡Hombres! —suspiró ella.

El comandante sonrió y Mel, tomando los papeles que él había extendido por la mesa, preguntó:

—¿Para cuándo necesitan cubrir la plaza de escolta?

—Para julio. —Ella asintió y entonces él añadió—: Si me dices que sí, el puesto es tuyo. El oficial Cheese Adams y yo estamos entrevistando a los aspirantes, pero te aseguro que, si tú lo quieres, cerraremos las entrevistas.

El corazón de Mel aleteó con fuerza. Aquella nueva aventura le gustaba, la atraía. Sin embargo, decidida a no dejarse llevar por la efusividad, se guardó los papeles en la bolsa y se puso en pie.

—Prefiero pensarlo un poco más y hablar con Björn —dijo.

El militar se levantó y asintió. Luego la abrazó y murmuró:

—Decidas lo que decidas, llámame. Me encantará presentarte a Franzesca.

—Lo haré —contestó ella sonriendo.

—Da un beso grande a Sami, saludos a Björn y, por supuesto, a Fraser y a Neill, ¿de acuerdo?

Encantada de haber vuelto a ver a su viejo amigo, Mel asintió y, tras darle un último beso en la mejilla, abrió la puerta y se fue. Tenía que pensar.

14

Durante el resto de la semana voy todas las mañanas a Müller, y los niños, al ver que me voy, lloran. ¡Qué difícil es dejarlos así!

Eric observa y no dice nada. Pero lo conozco y sé que en su interior se muere por reprocharme el llanto de los niños y los gritos del pequeño Eric cuando dice aquello de «¡Mamá, no te vayas!».

Siempre que lo oigo, se me parte el corazón. Mi pequeñín me quiere a su lado y yo quiero estar con él, pero también necesito mi propio espacio o me volveré loca.

Flyn sigue enfadado conmigo pero, a diferencia del pequeño Eric, en vez de pegarse a mí cuando regreso a casa, se aleja más y más. Como es mayor, le doy espacio, ya se le pasará.

El martes elegí el color de las paredes de mi despacho. Gris claro. Con los muebles oscuros queda bien y profesional.

En la oficina, por las mañanas, me empapo durante horas de todo lo que Mika me entrega, y el viernes, cuando estoy en mi despacho sentada por primera vez, llega una preciosa planta con una notita que dice:

> *Yo sé lo mucho que vales.*
> *Ahora demuéstrales a ellos lo mucho que vale Judith Flores.*
> *T.Q. y, como dice nuestra canción, «Te llevo en mi mente desesperadamente».**
>
> *Eric*

Sonrío al leer lo que mi amor ha escrito y me pongo cursi. Cinco años de amor con nuestros altibajos, pero cinco años que volvería a repetir con los ojos cerrados.

---

* *Blanco y negro*, Ariola, interpretada por Malú. (*N. de la E.*)

Al recordar nuestra canción mi corazón salta de alegría
mientras soy consciente de que Eric está cumpliendo lo que
me prometió. No ha vuelto a molestarme ni a espiarme en la
oficina.

Una vez que elijo sitio para la bonita planta, estoy contenta y,
tras tomar mi celular, escribo:

Gracias por la preciosa planta; ¿comes conmigo? Invito yo.

Dos segundos después, suena mi teléfono.

Te espero en el estacionamiento dentro de dos horas.

Sonrío. Me agrada saber que no lo ha dudado. Dejo el celular
sobre la mesa y comienzo a mirar unos documentos mientras tarareo encantada nuestra bonita canción.

Una vez que termino el último papel, mis ojos se posan de
nuevo en el teléfono de la mesa. Descuelgo, marco y, cuando oigo
una voz, digo:

—Hola, papá.

—Morenita..., qué alegría hablar contigo, cariño.

Mi padre, como siempre tan cariñoso. Qué gusto hablar con
él. Durante un buen rato platicamos de todo un poco, hasta que
dice:

—Por cierto, el otro día vi al escandaloso de tu amigo Sebas y
me contó que se iba a hacer un viaje por Alemania. Me pidió que
te dijera que, si pasaba por Múnich, te llamaría para verte.

Pensar en ello me hace feliz. Sebas es un divertido amigo con
el que no puedo parar de reír, a pesar de que a Eric lo saque de sus
casillas por lo mucho que vacila y lo piropea. Como dice mi padre, es escandaloso a más no poder.

—Ojalá pase por Múnich —digo—. Será genial verlo.

—A ver, morenita, ¿al final vienen este año a la feria?

Oír eso me subleva, ya que sigo sin convencer a Eric para que
me acompañe. Finalmente respondo:

—No lo sé, papá. —Y, para culpabilizarme a mí y no al tonto de mi marido, añado—: Recuerda que he comenzado a trabajar, y ahora pedir unos días es complicado.

—Pero, morenita, tu marido es el dueño de la empresa. ¿Por qué va a ser complicado?

La sagacidad de mi padre me hace sonreír.

—Papá... —respondo—, no quiero que la gente vea que tengo trato de favor y comiencen a decir tonterías. Por favor..., por favor, entiéndelo. Te prometo que si puedo iremos todos y, si no, lo dejamos para el año que viene.

Durante varios minutos, mi padre protesta con elegancia. Siempre le ha gustado que mi hermana y yo estemos en la Feria de Jerez con él. Yo lo escucho sin decir nada.

—¿Sabes que tu hermana se va a México? —dice entonces.

—Sí —contesto—. Yo también. Es el bautizo de los hijos de Dexter y Graciela. Recuerda que Juan Alberto es el primo de Dexter.

—Sí, hija, eso lo sé. Pero, al parecer, Juan Alberto tiene negocios que atender y quiere aprovechar ese viaje para ello. Se irán una semana antes con Lucía y Juanito. —Luego, bajando la voz, murmura—: Eso sí, Luz no va. Es más, la tengo aquí. Al parecer, tu hermana y ella han discutido.

No me sorprende para nada oír eso. Cada vez que Luz y mi hermana discuten, la niña se va con mi padre. Pobrecito, la que le ha caído con las mujeres de la familia.

—Mira, morenita —añade entonces—, si algo he aprendido con todas ustedes es a no preguntar. Tu hermana simplemente dijo que la niña se quedaba conmigo, y Luz y ella casi no se hablan. Y, como hombre juicioso que soy, esperaré pacientemente a que alguna me cuente lo ocurrido. Por cierto, Luz está aquí; ¿quieres hablar con ella?

Lo que ha dicho me hace sonreír. Vaya que es listo mi padre y, acomodándome en la silla, respondo:

—Sí, papá. Pásamela.

Durante unos segundos oigo la voz de mi padre, que llama a mi sobrina. Su voz, esa ronca y dulce voz suya, que me encanta.

—Hola, tita —oigo entonces que dice Luz.

—Hola, cariño. ¿Qué tal?

—¡Súper... sensacional! Por cierto, dile al fastidioso Jackie Chan Zimmerman que...

—¡Luz!

—¿Qué paaasa?

—Pero ¿por qué lo llamas así?

La desgraciada suelta una risotada. Si es que es para matarla...

—Tita... —cuchichea—, es su nuevo *nick*, ¿no lo sabías?

No, no lo sabía. Siempre ha odiado que lo relacionen con un chino. Le reprocho:

—Mira, Luz, ya sabes que a él le enoja que...

—Pero, oye, tita... A ver si ahora vas a ser como mi madre, que se quedó en el siglo pasado.

—Pero ¿de qué hablas?

Oigo resoplar a mi sobrina. Me la imagino mirando al techo como hago yo cuando pregunta:

—¿Acaso no has visto cómo se llama en su nuevo perfil de Facebook?

Lo pienso..., claro que lo sé. En su perfil se llama Flyn Zimmerman, por lo que me sorprendo cuando Luz dice:

—En su nuevo perfil se llama Jackie Chan Zimmerman, pero no digas nada si él no te lo ha dicho o me bloqueará.

—¡¿Qué?!

Luz se carcajea. La oigo reír como una posesa mientras me cuenta lo divertido y ocurrente que es el nuevo Flyn por Facebook. Eso me sorprende, ya que en casa tiene siempre una cara de amargado que parece que haya mordido un limón.

Platico con mi sobrina durante un buen rato, me habla de sus amigas Chari y la Torrija, hasta que, intentando cambiar de tema, le pregunto:

—¿Qué ha ocurrido para que no te hables con tu madre?

—Nada.

—El que nada no se ahoga, Luz —replico, e insisto—: Desembucha ¡ya!

Oigo su resoplido. Ésta es de resoplidos como yo.

—Tita... —dice finalmente—, mi madre, que es una miedosa.

—¡Luz!

—Te lo digo en serio.

—Y yo te digo en serio que no me gusta que hables así de tu madre. Es mi hermana y la quiero, ¿entendido?

—Ay, tita, yo también la quiero, pero es que a veces parece que haya nacido en el siglo pasado. ¡Cómo puede ser tan timorata!

Asiento. La niña no me ve, y entiendo lo que dice, pues a mí también me lo parece en ocasiones, pero no le voy a dar la razón, ¡sólo le faltaba eso! Me imagino a mi padre con la oreja puesta, así que insisto:

—No te andes con rodeos y cuéntame. Ya sé que tu madre en ciertas cosas es un poco...

—¡¿Un poco?! —gruñe ella—. Por favor, tita, que tengo catorce años y todavía se empeña en ponerme broches de Dora la Exploradora en el pelo, calcetines con encaje y en ir a buscarme al instituto.

Me río. No lo puedo remediar. Raquel es mucha Raquel, y más con sus niñas.

—¿Y? —pregunto.

—Pues que me vino a buscar el otro día, llegó antes de la hora y, bueno..., yo... yo estaba con... con mi novio y...

Bueno..., bueno..., bueno... ¡¿Otra con novio?!

Me doy aire con la mano. Si mi hermana vio lo que yo vi hace unos días con Flyn, entiendo que se escandalizara. Pero como no quiero parecer del siglo pasado como ella, pregunto:

—¿Tienes novio, Luz?

—Sí. Se llama Héctor, y ¡está para comértelo y no dejar ni los huesecitos!

—¡Luz!

—Tita, no me seas tú también antigua. Sólo te estoy diciendo la verdad. Héctor tiene un cuerpo de escándalo y un trasero durooo increíbleee.

—¡Pero, Luz!

—Y antes de que sigas protestando —añade la muy descarada—, no pienso dejarlo por mucho que se empeñen todos.

Uisss, ¡que me da...!

¿Desde cuándo mi sobrina ha dejado de ver a niños para ver tipos buenísimos con cuerpos de escándalo y traseros duros increíbles?

Me acaloro. Me levanto de la silla.

Sin duda, las hormonas de Luz y Flyn están en plena ebullición. Al final, consigo retener todo lo que se me pasa por la cabeza y digo:

—Escucha, Luz, debes entender que tu madre...

Lo que entiendo es que Héctor me tiene loca y me gusta mucho.

¿Que la tiene loca? ¿Ha dicho que la tiene loca?

Vaya..., vaya...

—¡Luz!

—Sólo digo lo que siento, no te enfades por ello, mujer.

Su voz ya no es la de una dulce y pícara niña. Su voz se ha vuelto autoritaria y eso me molesta, por lo que respondo:

—Mira, Luz, a mí no me hables así o...

—Adiós, tita.

Y, sin más, me deja colgada al otro lado del teléfono con cara de tonta.

—Morenita, ¿sigues ahí? —oigo entonces que dice mi padre.

—Sí, papá —gruño—. Ya le puedes decir a esa sinvergüenza que, cuando la vea, me las va a pagar. ¡Pues no va la insolente y me deja colgada al teléfono!

De pronto, mi padre se ríe.

—Tranquila, hija. Son etapas. ¿Ya no te acuerdas de cuando tú tenías su edad?

Resoplo. Claro que me acuerdo, y por eso no quiero que ella cometa los errores que yo cometí.

—Pero ella...

—Judith, cariño, Luz está creciendo, y esto es sólo el comienzo de su cambio a la madurez.

Está bien. Entiendo eso, como estoy segura de que lo entiende mi hermana, pero ella y Flyn son nuestros niños.

—Pero, papá —insisto—, ¡que tiene novio!

—¿Cuántos noviecitos tuvieron tú y tu hermana?

—Papá... —Sonrío.

—¿Cuántas veces me he enfadado yo por eso?

—Uf..., demasiadas.

—Y verdaderamente, hija mía, ¿sirvieron de algo mis enfados? Entiendo lo que quiere decir.

—En su momento —prosigue—, ustedes hicieron lo que quisieron, nos gustara o no a su madre y a mí, y ahora hay que estar muy pendiente de que Luz no haga excesivamente el tonto. Pero, hija, tiene que equivocarse, decepcionarse y sufrir para aprender a vivir. Así es la vida, morenita..., así es la vida.

Sin lugar a dudas, mi sabio padre tiene toda la razón del mundo. Cuando yo tenía la edad de Luz, me creía la más lista del mundo mundial, y cuanto más me prohibían algo, más lo hacía. Al final, consciente de que poco puede hacerse ante eso, afirmo:

—Tienes razón, papá. Como siempre, tienes razón.

—Tranquila, hija. La adolescencia es un momento difícil en la vida de toda persona, pero si yo he superado la tuya y la de tu hermana, sin duda Raquel superará la de Luz.

—¿Y si te digo que Flyn está igual?

La risotada de mi padre vuelve a sonar.

—Tú y Eric también lo superarán —dice—. Se los puedo asegurar.

Ahora la que me río soy yo. Sin duda, mi padre tuvo que luchar mucho con nosotras.

A continuación, miro el reloj y digo:

—Papá, tengo que irme, pero te llamaré mañana para ver cómo va todo.

—De acuerdo, cariño. Besos para ti, para los niños y para Eric y, por favor, hagan un esfuercito y ¡vengan a la feria!

Una vez que cuelgo, resoplo. Carajo con lo de Jerez, y vaya lío..., vaya lío... la que nos ha caído a mi hermana y a mí con los fregados adolescentes y sus hormonas revolucionadas.

Sin perder un segundo más, tomo mi bolsa, salgo del despacho, me despido de Mika y de Tania, la secretaria, y tomo el elevador para ir al estacionamiento.

Mientras bajo pienso en mi sobrina Luz y en Flyn.

Vaya dos. Pensar en la mala época que están pasando me tensa y hace que me pique el cuello. Me rasco inconscientemente mientras pienso en el mundo complicado en el que están sumergidos a causa de su edad, y vuelvo a resoplar.

Cuando llego a la planta menos uno y las puertas del elevador se abren, veo el coche de Eric estacionado al fondo y observo que está dentro. Con paso seguro, llego hasta el vehículo, abro la puerta y, cuando me siento, pregunta:

—¿Qué te ocurre?

Carajo, ¡qué bien me conoce!

—Jud —insiste—, tu cuello me dice que ocurre algo. ¿Qué es?

Rápidamente bajo la visera para mirarme en el espejito y, cuando me veo las ronchas, me cago en *tó*; ¡carajo con las ronchas!

—Luz tiene novio —le suelto—. Dice que está buenísimo, que tiene un cuerpo de escándalo y un increíble trasero duro, ¿te lo puedes creer?

Eric me mira, veo que se le curvan las comisuras de los labios y, antes de que pueda responder, digo:

—Ni se te ocurra reírte o la vamos a tener.

—Cariño...

Levanto de nuevo el parasol y, sin querer contarle lo de Jackie Chan Zimmerman, insisto:

—No quiero hablar de ello. Vamos, ¿dónde quieres que te invite a comer?

Mi amor pasea las manos por mi cabello, suelta mi chongo y, mirándome, pregunta:

—¿En serio me invitas a comer?

—Sí.

—¿A lo que quiera?

—Pues sí. —Sonrío.

Mi alemán asiente y, acercándose un poco más a mí, murmura:

—¿Aunque sea un sitio terriblemente caro y con raciones de esas tan pequeñas que te dejan con hambre?

Eso me hace sonreír. Si algo le gusta a Eric son los buenos restaurantes, y asiento.

—Por supuesto, ¡don selecto!

Él sonríe entonces también y me da un rápido beso en los labios.

—Vámonos de aquí antes de que te desnude en el estacionamiento de la empresa y pierda toda mi reputación —dice apresurándose a soltarme.

Sonrío divertida cuando oigo la voz de la solista de Silbermond, que canta *Ja.**

Media hora después, Eric y yo caminamos por un parque en busca de un banco en el que sentarnos para comer. Mi marido pone los ojos en blanco al saber la posibilidad de que Sebas aparezca en Múnich, y yo me carcajeo.

Para darme una sorpresa de las que me gustan, Eric ha parado en un McAuto y, entre risas, ha pedido unas hamburguesas, coca-cola y papas.

Como dice mi hermana, ¡me lo como con tomate!

Cuando nos sentamos a una mesita del parque, abrimos las bolsas donde llevamos las hamburguesas y, metiéndome una papa en la boca, dice:

—Me encantan estas increíbles comidas a solas contigo, corazón.

Adoro que me llame corazón, y él lo sabe. Lo dice de una manera, con su acento, que, uf..., ¡me vuelve loca!

Sonrío. Mi alemán me acaba de meter otro golazo con ese bonito detalle y, tragándome la papa, sonrío y murmuro:

—Así nunca voy a adelgazar, pero te quiero.

Eric sonríe encantado, de nuevo me hace ver cuánto me quiere con mis kilos de más y, entre mimos y arrumacos, me zampo una hamburguesa con queso y papas fritas que me deja plena y totalmente satisfecha.

Después de una estupenda comida donde mi amor y yo hablamos de Flyn —omito de nuevo lo de Jackie Chan Zimmerman— y de Luz e intentamos recordar nuestra adolescencia y entenderlos, quedamos en que el diálogo es esencial en esos momentos, y

---

* *Ja*, Back 2 Back Records, interpretada por Silbermond. *(N. de la E.)*

Eric está conmigo en que no podemos perder esa comunicación con nuestro hijo.

Cuando estamos de acuerdo en todo lo referente a nuestro adolescente cabroncete, regresamos a casa.

Tras saludar a *Susto* y a *Calamar* que, como siempre, se deshacen en cariños hacia nosotros, nada más entrar en casa oímos llorar a Hannah. Yo miro a Eric, él me mira a mí y sonreímos. Sin duda, cuando crezca no la tendremos en casa llorando siempre que regresemos de trabajar, o eso espero, y, como dos amantes padres, vamos a consolarla.

15

—He dicho que no quiero hablar de ello.

Mel se desesperó al oír la contestación de Björn.

Desde que había regresado del consulado, había intentado dialogar con él mil veces acerca de lo que había hablado con el comandante Lodwud, pero él no la había dejado y se había empecinado. Sin embargo, dispuesta a que lo escuchara, insistió:

—Luego dices que la necia soy yo, pero ¡carajo! Quiero decirte que vi a Lodwud en el consulado y...

—No me hables de ese tipo, por favor —siseó Björn furioso.

Recordar las cosas que Mel le había comentado que practicaba con él no le hacía ni pizca de gracia.

—Pero, vamos a ver —dijo ella entonces—, ¿desde cuándo no podemos hablar tú y yo?

—Desde que hablas de algo que no me interesa y, si encima aparece el nombre de ese tipo, ya...

—Björn..., pero ¿qué estás diciendo? Lodwud es pasado, como otras mujeres son pasado para ti.

—Mira, Mel..., déjalo.

Enfadada por su necedad, ella lo miró e insistió:

—De verdad, ¿tan difícil es escuchar lo que tengo que contarte?

Björn, que se arreglaba la corbata mirándose al espejo, asintió.

—No es una cuestión de que sea fácil o difícil, simplemente es que no quiero escucharte. No estoy de acuerdo con ese maldito trabajo y no lo voy a estar. Ahora bien, si quieres poner fecha para la boda, estaré encantado de marcar ese día en mi agenda.

Mel resopló y Björn, al ver el gesto tosco de ella, sentenció:

—Está bien. No hablaremos de fechas ni de bodas, y ahora, como sueles hacer siempre muy bien solita, decide lo que quieres hacer, pero luego no te quejes.

—¿Que no me queje de qué?

El abogado cerró los ojos. En ocasiones, Mel era peor que un mal sueño.

—De que las cosas puedan dejar de ir bien entre tú y yo —siseó mirándola fijamente.

—Pero ¿de qué hablas?

—Mira, Mel, ¡ya basta!

Esa respuesta era lo último que ella quería escuchar.

Nunca, en todo el tiempo que llevaban juntos, le había hablado de ese modo y, cuando se disponía a replicar, Sami entró corriendo y se echó en brazos de Björn.

—Papi, ¿me llevas a la escuela?

Björn, al que se le encogía de amor el corazón cada vez que la niña lo llamaba «papi», sonrió y, dulcificando su voz, dijo tras darle un beso:

—Hoy no puedo, princesa. Mamá te llevará.

—Pues te tocaba a ti hoy —gruñó Mel.

Él la miró y replicó:

—Pues no puedo.

La niña los miró a uno y a otro. Pocas veces los veía en aquella actitud. Luego, observando a Björn, preguntó:

—Papi, ¿estás enfadado?

El abogado sonrió y besó el cuello de la pequeña.

—¿Y por qué iba a estar enfadado? —dijo.

Sami miró entonces a su madre, que le sonreía, y respondió:

—Porque estás discutiendo con mamá; ¿ya no la quieres?

—Sami... —murmuró Mel.

Al ver el rostro de la mujer a la que amaba, Björn se acercó a ella con la niña en brazos y, abrazándola con su mano libre, dijo:

—A mamá la quiero con locura tanto como te quiero a ti y, aunque discutamos, mi amor, no dejo de quererla; ¿entendido, renacuajo?

La pequeña asintió y, tras ver juntos a sus padres como ella quería, se bajó de los brazos de él y corrió hacia su recámara al tiempo que gritaba:

—¡Entonces dense un beso mientras yo voy por la diadema!

Una vez que desapareció la niña, Björn y Mel, que estaban el uno al lado de la otra, se miraron. Tenían mil cosas que decirse y reprocharse, pero él, cansado del malestar ocasionado, la abrazó, la acercó a su cuerpo y susurró:

—Siento haberte hablado así.

—Yo también lo siento —afirmó Mel.

Consciente de que ninguno de los dos quería estar mal, Björn claudicó y, sin soltar a la morena que lo volvía loco, murmuró con mimo:

—Sami quiere que te dé un beso y yo también quiero dártelo; ¿tú quieres recibirlo?

Mel sonrió y, tras ponerse de puntitas, acercó los labios a los de aquel hombre, al que quería con todo su ser, y lo besó. El beso se fue intensificando segundo a segundo, los últimos días habían estado muy fríos el uno con el otro y, cuando pararon para tomar aire, Björn murmuró:

—Anda, vete a llevar a la niña al colegio o, al final, voy a ir a la despensa, voy a tomar el bote de Nutella y te voy a embadurnar entera, para luego chuparte, comerte y cogerte como me gusta.

—Qué tentador. ¿Puedo hacer yo lo mismo? —dijo ella riendo.

Björn la miró de aquella manera que a ella la volvía loca y, bajando la voz, musitó:

—Si te portas bien, esta noche lo pondremos en práctica.

Con una sonrisa más luminosa que la de los últimos días, Mel afirmó:

—Prometo ser una buena chica.

Una vez que la niña y su madre salieron de la casa, Björn fue de mejor humor a su despacho. Allí lo esperaba la primera visita de la mañana, que no eran otros que los abogados Heine y Dujson, junto con otros colegas de su bufete.

Mel condujo hasta el colegio de Sami mientras reía con la pequeña. Reír con ella y con sus ocurrencias era algo maravilloso y divertido. Una vez que se estacionó, caminó de la mano de su niña hasta la entrada. Allí, como cada mañana, estuvo platicando con algunas de las madres de otros niños durante unos minutos y, cuando caminaba de regreso hacia su coche, oyó que sonaba su teléfono. Un mensaje de Björn.

Recuerda. Pórtate bien.

Estaba mirando el mensaje cuando oyó una voz que la llamaba. Al voltearse se encontró con la mujer de Gilbert Heine, Louise y otras dos mujeres algo más jóvenes.

¿Qué hacían aquéllas allí?

Como no podía salir corriendo o quedaría muy mal, se acercó a ellas y la más mayor dijo:

—Hola, querida, soy Heidi, la mujer de Gilbert Heine; ¿me recuerdas?

Mel asintió, prefabricó una sonrisa y respondió tras intercambiar una rápida mirada con Louise:

—Por supuesto, claro que sí.

Heidi se acercó entonces a ella y, tras darle dos besos de lo más falsos, la agarró del brazo y murmuró:

—Mi marido, Gilbert, está con Björn. Él nos dijo que venías a dejar a Samantha y hemos decidido esperarte. Venga..., vayamos a desayunar.

Mel las miró. ¿Que Björn les había dicho que podían encontrarla allí?

Lo iba a matar cuando lo viera.

¿Por eso el mensaje con aquello de que se portara bien?

Confusa, iba a moverse cuando una de las mujeres más jóvenes afirmó:

—Nuestros esposos y tu futuro marido están en este instante en una reunión y hemos venido a raptarte para llevarte con nosotras y pasar una mañana increíble mientras nos conocemos un poquito más.

A Mel se le pusieron los pelos de punta. ¡Ni loca se iría con ellas!

—Lo siento —comenzó a decir—, pero yo...

—Ah, no, querida —insistió Heidi—. No sé qué tendrás que hacer pero, sea lo que sea, queda anulado porque te vienes con nosotras.

Louise sonreía en silencio al lado de aquélla. Mel la miró. Tenía dos opciones: acompañarlas o huir. Maldijo a Björn por aquella encerrona pero, como no deseaba ocasionarle problemas, cedió. Tenía que ir.

Al primer sitio adonde fueron fue a una cafetería del centro. Allí las esperaban otras dos mujeres y, durante una hora, todas desayunaron entre cuchicheos y habladurías.

Mel las escuchaba mientras observaba a Louise participar del aquelarre como si fuera una más.

Aquella modosita era tan bruja como las demás, y entonces pensó alucinada: «¿Dónde está la Louise candorosa que conocía del colegio?».

Una vez que acabaron el desayuno, se fueron al *spa* más famoso y caro de Múnich. Al entrar en el glamuroso establecimiento, una jovencita les pidió las credenciales de socias y, en cuanto llegó a Mel, tras un gesto de Heidi, quedó claro que ella entraba también allí sí o sí.

Durante más de tres horas estuvieron en el increíble *spa*, donde Mel hizo un circuito termal acompañada de aquellas arpías, y soportó sus miradas furtivas de sorpresa cuando vieron el tatuaje que llevaba.

Cuando parte de las mujeres se movieron a otra sala, Heidi agarró a Mel del brazo.

—Querida —le dijo—, quería hablarte de Louise y de su marido Johan. El caso es que ha llegado a mis oídos algo que ambas comentaron hace poco y...

—Heidi —la interrumpió Mel—. Lo que yo comento con Louise es algo de ella y mío. De nadie más.

La mujer apretó la boca. Sin duda, el corte que le había dado no le gustó, y contraatacó:

—Está bien. No hablaremos de ellos, pero permíteme recomendarte una estupenda clínica donde podrían quitarte con láser eso que tienes en el cuerpo.

Mel la miró boquiabierta.

—¿Te refieres a mi tatuaje? —preguntó. La mujer asintió, y ella, conteniendo las ganas que tenía de mandarla al diablo, replicó—: Gracias, pero no. Mi tatuaje es parte de mí por muchos motivos que no vienen a cuento.

Una vez que dijo esto, alcanzaron a las demás mujeres. A pesar de que eran una bola de pesadas y fastidiosas arpías que no hacían más que sacarla de sus casillas, Mel estaba decidida a disfrutar del maravilloso *spa*.

Después del circuito termal, se empeñaron en pasar por el salón de belleza para que se hiciera un peinado diferente del que llevaba: su pelo despeinado era demasiado transgresor y moderno para aquellas finolis. Finalmente, Mel claudicó, por Björn y por no querer soltarles una nueva insolencia, mientras se acordaba de todos los antepasados de su guapo novio.

Cuando terminaron en el salón, Mel se miró al espejo. Parecía que una vaca le hubiera lamido la cabeza. Sin duda, aquélla no era ella, y tenía que escapar de allí como fuera. Miró su reloj, le gruñían las tripas de hambre. Era la hora de comer, y Heidi, al darse cuenta, se acercó a ella y murmuró:

—No hay prisa, querida, Björn sabe que estás con nosotras y está feliz de que así sea. Es más, he hablado con él hace un rato y me ha dicho que no te preocupes por Samantha, tu hija. Él se encarga de que su niñera la recoja y esté con ella hasta que regreses a casa.

Mel la escuchó incrédula. ¿Ahora Bea era su niñera? ¿Y Sami era Samantha para Björn? Pero, como no quería decir nada que estuviera fuera de lugar, asintió y dijo con la mejor de sus sonrisas:

—De acuerdo.

Heidi y el resto de las soporíferas mujeres sonrieron.

—¿Qué les parece si vamos a comer a O'Brian? —propuso una de ellas.

Las demás asintieron. Mel no sabía dónde estaba aquel lugar y, una vez que se lo explicaron, dijo mirándolas:

—Discúlpenme, pero tengo que ir al baño.

Una vez que pudo quitarse a aquéllas de encima, entró en el baño, sacó de su bata blanca el celular y, tras marcar el teléfono de Björn, siseó en voz baja:

—Ésta me la pagas.

Björn, que estaba con los maridos de las arpías en un club exclusivamente para hombres, se retiró un poco del grupo para que no lo oyeran y respondió:

—Escucha, cariño, si te lo hubiera dicho, no habrías querido ir.

—Pero ¿eres imbécil o qué? —siseó ella—. ¿Cómo se te ocurre hacerme una encerrona así?

—Mel...

—¡Ni Mel ni qué ocho cuartos! —gruñó mirándose al espejo—. Te juro que estoy a punto de estrangularlas a todas como una sola más me diga que mi peinado es demasiado masculino y mi manera de vestir también. Pero, ¡carajo!, si hemos tenido que pasar por un maldito salón de belleza y no parezco ni yo.

Björn sonrió al oírla y, mirando a los hombres que hablaban con una copa de bourbon en las manos, respondió:

—Cariño, estarás preciosa y seguro que no será para tanto, pero ahora tengo que dejarte. ¡Pórtate bien!

Enfadada, Mel cortó la comunicación. Respiró hasta que consiguió serenarse y luego llamó a Judith. La necesitaba.

Su amiga, que acababa de llegar a casa tras pasar la mañana en Müller, al ver el nombre de Mel en la pantalla de su iPhone 6, saludó:

—Buenasssssssssssssssssss.

—Judith, escúchame, necesito tu ayuda.

Asombrada, Jud preguntó:

—¿Qué pasa?

Rápidamente Mel le contó lo ocurrido y, tras saber adónde iban a ir a comer, su amiga dijo:

—No te preocupes. ¿A qué hora quieres que esté allí?

—Cuanto antes, mejor, o juro que las mataré.

—Tranquila, que voy a rescatarte —dijo Judith riendo.

—No tardes, por favor, y cuando me veas, te lo ruego, ¡sé tú!

Judith sonrió. Lo sentía por Björn, pero aquellas cacatúas iban a saber quién era ella.

Una vez que Mel salió del baño con la mejor de sus sonrisas, llegó a donde estaban las mujeres vistiéndose con decoro y, tras ponerse su tanga rojo, que todas miraron horrorizadas, sus *jeans* y su camiseta, cuando fue a ponerse la chamarra de cuero, la insoportable Heidi cuchicheó:

—Si quieres, el día que prefieras, Melania, podemos quedar de nuevo contigo y enseñarte tiendas exclusivas de ropa donde puedes encontrar modelos increíblemente maravillosos.

El estómago de Mel se revolvió. Lo último que quería era parecerse a aquellas mustias vistiendo y, con menos paciencia de la que había tenido horas antes, replicó:

—Te lo agradezco, Heidi, pero me gusta la ropa que llevo.

—Querida, no debes olvidar que, si Björn finalmente pasa a ser uno de los asociados mayoritarios como lo es mi marido, habrán de cambiar ciertas cosas en ti, y no hablo sólo del horrible tatuaje de tu espalda.

Mel apretó los dientes, pero le resultó imposible contenerse durante un segundo más, así que soltó delante de todas ellas:

—Heidi, creo que has olvidado que quien quizá trabaje en el bufete será Björn, y no yo. Por tanto, permíteme decirte que a quien no le guste mi tatuaje que no lo mire, porque ahí se va a quedar.

Su comentario no le cayó bien a la «estupenda» Heidi, pero disimuló. Si estaba allí era porque su marido así se lo había pedido y, tomando su cara bolsa, dijo:

—Bueno, vayamos todas a comer a O'Brien.

Una vez allí, el maître, al ver a Heidi, les indicó que esperaran unos minutos. Les estaban preparando una de sus maravillosas mesas. Nerviosa tras mirar su reloj, Mel resopló. Si se metían dentro del local, Judith lo tendría más complicado para encontrarla, por lo que, apoyándose en la pared, se hizo la remolona cuando de pronto el sonido estridente de una moto llamó la atención de todas.

Al mirar, Mel sonrió al reconocer la moto de Eric, una impresionante BMW negra y gris metalizado que en ocasiones utilizaba Judith.

Las mujeres miraron hacia la calle y observaron cómo el motorista paraba la moto frente a ellas y se bajaba. Sin embargo, se quedaron boquiabiertas cuando, al quitarse el casco, vieron que se trataba de una mujer, que caminaba en su dirección y decía:

—Hombre, Mel...

Con el cielo abierto por su aparición, la aludida sonrió y, mirándola, dijo mientras se hacía la encontradiza:

—Hola, Jud, ¿qué haces por aquí?

—Pasaba, te he visto y he decidido parar. —Y entonces, con guasa, añadió—: ¿Qué te ha pasado en el pelo?

Mel resopló y, ante la cara de burla de su amiga, contestó:

—Peluquería..., ¿qué tal estoy?

Conteniendo las ganas de reír, Jud afirmó:

—No es tu estilo, reina.

Ahora la que sonrió fue Mel y, volviéndose hacia las mujeres, que las observaban, dijo:

—Chicas, les presento a mi amiga Judith. Jud, ellas son las mujeres del maravilloso bufete de abogados al que Björn quiere acceder.

Acostumbrada a codearse por el trabajo de su marido con mujeres como aquéllas, Jud las miró una a una y respondió:

—Encantada de conocerlas, señoras.

Las demás asintieron pero no abrieron la boca. Sorprendida por lo maleducadas que estaban siendo, y para darles un buen golpe de efecto, Mel dijo al ver la cara de guasa de Louise:

—Judith es la mujer de Eric Zimmerman, el propietario de la empresa Müller. ¿Saben de lo que hablo?

De pronto, Heidi reaccionó y, acercándose a ella, dijo:

—Oh, querida, qué placer conocerte. Claro que sé quién es tu marido. —Y, mirándola como si fuera un bicho raro, preguntó—: ¿Quieres comer con nosotras?

Mel y Judith se miraron. Estaba claro que, si Jud no hubiera sido la mujer de Zimmerman, no la habría invitado y, con el casco de la moto aún en la mano, negó con la cabeza y repuso:

—Muchas gracias por la invitación, pero justo había quedado con unos amigos para tomarnos unas cervezas y rechinar llantas. —Luego, clavando la vista en Mel, preguntó divertida—: ¿Te vienes?

Sin dudarlo ni un segundo, Mel asintió y, mirando a las mujeres, que la observaban con unos ojos como platos, dijo con una cálida sonrisa:

—Espero que me disculpen. Muchas gracias por la mañana que hemos pasado juntas, pero ahora me muero por unas cervezas bien frías.

La cara de aquéllas por el desplante era más que evidente. Cuando Judith abrió el baúl trasero de la moto y le entregó a Mel otro casco, oyeron una voz que decía:

—Estropearás tu peinado, Melania.

La aludida sonrió y, mirando a Louise, que disimulaba una sonrisa, respondió:

—No importa.

Luego, ante la cara de sorpresa de las demás, Mel y Judith se subieron a la moto y se fueron rechinando llantas.

Un rato después, cuando pararon frente al restaurante de Klaus, Mel se quitó el casco, miró a su amiga y la abrazó.

—Gracias por venir y salvarme —dijo.

Judith sonrió y, tocándole el pelo, respondió:

—Sin duda, esas pesadas no son una buena influencia para ti.

Diez minutos más tarde, después de que Mel se quedara a gusto despotricando de aquellas brujas, entraron en el restaurante y Klaus, al verla, preguntó:

—Pero, muchacha, ¿qué te ha ocurrido en la cabeza?

Judith soltó una carcajada y Mel respondió dirigiéndose al baño:

—Nada que no solucione en cinco minutos.

Dicho esto, entró en el baño, metió la cabeza bajo la llave del agua y, cuando salió de nuevo, Judith la observó divertida.

—Ésta sí —dijo al ver su despeinado y divertido pelo—. Ésta eres tú.

Esa tarde, cuando Mel llegó a su casa, Sami corrió a abrazarla. Pasó la tarde con ella y, en el momento en que la acostó y llegó Björn, lo miró y, señalándolo con el dedo, siseó:

—Nunca más vuelvas a hacerme una encerrona como la de hoy, ¿entendido?

El abogado sonrió y, cuando fue a abrazarla, ella se escabulló.

—Ah, no, James Bond... —gruñó—. Esta noche, ni se te ocurra rozarme o te juro que te voy a meter el bote de Nutella por un sitio que no te va a gustar.

Mel desapareció, y Björn maldijo. Estaba claro que había metido la pata hasta el fondo.

16

El viernes, Norbert aparece puntual en la casa a las cinco de la tarde. Va a llevar a Flyn al cumpleaños de Elke.

En ese instante, suena mi teléfono y veo el nombre de ¡Sebas! Me apresuro a tomarlo y oigo:

—¡Marichochooooooooooooo!

Mi carcajada llama la atención de Eric, que me mira y, cuando le digo por señas quién es, ¡huye despavorido!

—Sebas, qué alegría hablar contigo. Justo el otro día me dijo mi padre que quizá nos podríamos ver porque estás de viaje por Alemania. ¿Qué haces aquí?

Oigo escándalo de fondo y voces que cantan, y Sebas responde:

—Estoy en un tour divertidísimo con treinta y seis locas en busca de geypermanes.

Me río. Sebas siempre llama Geyperman a Eric.

—Mañana por la tarde pasamos por Múnich —añade mi amigo—. ¿Podríamos vernos un par de horitas? Di que sí..., di que sí, chiquilla, que tengo ganas de verte y contarte mil cosas.

Pienso. Sé que al día siguiente vamos a casa de Mel y de Björn pero, dispuesta a ver a Sebas, afirmo:

—Por supuesto que sí, envíame un mensaje y nos vemos.

Dos minutos después, cuelgo feliz. Ver a Sebas siempre es motivo de felicidad.

Con mi teléfono en la mano, camino hasta la sala, donde Eric está leyendo. Me siento a su lado, le cuento lo de Sebas, y entonces él me mira y pregunta:

—¿Treinta y seis?

—Con él, treinta y siete —contesto riéndome.

Eric asiente y pregunta divertido:

—¿Y quieres que Björn y yo estemos allí?

Ahora la que calibra eso soy yo. Conozco a Sebas pero no conozco a los otros treinta y seis y, como sean tan escandalosos como mi amigo, sin duda Eric y Björn no salen de allí vivos. Así pues, digo:

—Casi mejor que se queden en casa esperándonos hasta que volvamos.

Estamos riéndonos cuando un guapo adolescente vestido con unos *jeans* caídos, una camiseta gris de su grupo favorito, los Imagine Dragons, y unas Converse negras aparece ante nosotros y nos mira. En los años que hace que lo conozco, Flyn ha cambiado en todos los sentidos. Lo conocí siendo un niño bajito y regordete, y ahora es un adolescente delgado, guapetón, moderno y espigado.

—¿Con esas fachas vas a ir al cumpleaños? —protesta Eric.

—Papá, ¿pretendes que me ponga traje y corbata?

Me entra la risa. Sin lugar a dudas, los tiempos han cambiado.

—Cariño, Flyn va a la moda —murmuro mirando a mi amor.

Eric asiente. Sabe que llevo razón y, sacándose un teléfono del bolsillo, se lo tiende y le dice:

—Toma tu celular. Quiero tenerte localizado.

El chico sonríe: ha recuperado su bien más preciado. Le guiño un ojo y omito pedirle un beso. Flyn sigue rarito conmigo, pero en ese instante sonríe y yo me siento bien. Muy... muy bien. Cinco minutos después, una vez que se ha puesto su chamarra azul, se va con Norbert, y yo lo miro alejarse como una madre orgullosa.

—Qué guapo y grande está mi niño —siseo—. Todavía recuerdo cuando lo conocí. Era tan bajito y rechoncho, y ahora, míralo, es más alto que yo.

A Eric la hace gracia mi comentario y susurra abrazándome:

—Vamos, mamá gallina. Tenemos cosas que hacer.

Dedicamos el resto de la tarde a los pequeñines y, cuando a las ocho y media los dos se quedan dormidos, Eric y yo respiramos aliviados. Nos bañamos y estreno un vestidito de algodón de color verde botella y unas botas calientitas de andar por casa. Al verme, mi amor sonríe, me da una nalgada y murmura:

—Estás preciosa.

Yo sonrío. Siempre le ha gustado mi modo desenfadado de vestir y, entre risas, vamos a la cocina y cenamos algo.

A las nueve y media, Eric recibe en su celular un mensaje. Es Flyn, para pedir que lo dejemos hasta las doce. Mi marido se niega.

—Cariño, no seas aguafiestas.

—No, Jud. Te recuerdo que está castigado.

—Lo sé. Pero está en una fiesta —insisto.

Pero mi necio alemán gruñe:

—Demasiado es que lo he dejado ir a la fiesta de su novia.

Bueno..., tiene razón. Aun así, intentando ponerme en el pellejo de Flyn, vuelvo al ataque.

—A ver, cariño, piensa. Nuestro niño la está pasando bien en el cumpleaños y sólo quiere un poquito más de tiempo.

—¿Te recuerdo cómo es su amiguita Elke?

La imagen de la rubia guapa de pechos grandes me viene a la mente. Evito pensar lo que mi niño puede estar haciendo con ella en ese instante porque no deseo alarmarme, e insisto:

—Cariño, no me provoques o mi perversa mente comenzará a pensar cosas que no quiero de esa Elke y mi niño. —Y, tomando aire, prosigo calmándome a mí misma—: Debemos confiar en nuestro hijo. Aunque quiera hacerse el grande, Flyn es un niño todavía, y ambos lo sabemos. Vamos..., dile que sí y recuerda lo que hablamos. Hemos de darle un voto de confianza.

Eric resopla. Lo piensa..., lo piensa y lo piensa, y al final le escribe diciéndole que Norbert irá a buscarlo a las doce.

Feliz, lo abrazo y seguimos recostados en el sillón. Me encanta esa sensación de estar junto a él viendo la tele.

Las horas pasan mientras estamos enfrascados viendo una película de desastres nucleares, cuando de pronto el teléfono de Eric suena.

—Dime, Norbert.

Mis ojos miran el reloj: las doce y veinte.

Rápidamente, Eric me suelta. Se levanta del sillón y, mientras yo me levanto también, oigo que dice:

—Ahora mismo voy.

Cuelga la llamada y, mirándome, dice con gesto oscuro:

—Tengo que ir por Flyn.

—¿Qué pasa? —pregunto sorprendida.

El gesto de Eric me dice que nada bueno.

—Tu niño ni sale de la fiesta ni le contesta el teléfono a Norbert —sisea.

Uiss..., uiss... Eso de «Tu niño» ha sonado fatal, pero sin darle opción me pego a él.

—Voy contigo.

—Estás en piyama y no tengo tiempo de que te cambies —protesta.

Me miro. Lo que llevo es ropa de andar por casa; no me importa, así que insisto:

—He dicho que voy. Me pondré un abrigo largo y...

—¿Vas a salir en piyama?

Su insistencia me enfada y, sin ganas de sonreír, afirmo:

—Por mi hijo, voy hasta desnuda.

Eric no habla, no responde, simplemente asiente.

Tras avisar a Simona antes de salir, me pongo un abrigo largo sobre mi vestidito de algodón y no me cambio de zapatos. Luego nos subimos al coche y vamos en silencio hasta la casa de Elke, donde celebra su cumpleaños.

Al llegar, vemos a Norbert. El hombre nos mira y dice:

—Siento haber tenido que llamarlos, pero no sé qué hacer.

El gesto de Eric empeora a cada segundo que pasa.

Madre mía..., madre mía..., la que se va a armar.

—Llamémoslo una vez más por teléfono —insisto—. Quizá se ha distraído y no se ha dado cuenta de...

Pero Eric ya no razona y murmura separándose de nosotros:

—Vamos, Judith..., ¡deja de taparlo!

Con una rabia que ni te cuento, llega hasta la reja de la casa, llama, espera, pero nadie contesta. Eso lo crispa aún más, y vocea:

—¡¿Acaso los padres de la muchacha no están en casa?!

Otro padre que está allí esperando junto a nosotros de pronto grita con el teléfono en la oreja:

—Bradley, sal ahora mismo de la fiesta, ¡ya!

Ofuscado, el otro padre y Eric se miran, y el desconocido dice:

—Le he dicho mil veces a mi hijo que no quiero verlo con esta gentuza, pero no puedo separarlo de ellos.

Eric no dice nada, y yo, incapaz de callarme, pregunto:

—¿Por qué dice lo de gentuza?

El hombre se retira el pelo de la cara y sisea:

—Pensarán que soy un clasista, pero a mi hijo no le conviene rodearse de esa pandilla. Desde que anda con ellos, ya ha sido detenido dos veces y, por mucho que hablo con él, no me escucha.

Ay, madre... ¡Ay, madre! Pero ¿dónde se ha metido Flyn?

Me asusto y, mirando a Eric, le pido:

—Cariño, vuelve a llamar a Flyn. Si Bradley ha contestado el teléfono, ¿por qué no lo va a hacer él?

Un tono, dos, cuatro, siete... ¡Nada! No contesta el teléfono pero, para nuestra suerte, pocos minutos después la puerta de la reja se abre, sale un muchacho al que rápidamente identifico como Bradley y, tras llevarse un golpe en la nuca de su padre, se mete al coche a toda prisa.

Cuando miro a Eric, éste ya ha entrado en la propiedad y, sin dudarlo, corro tras él. He de aplacarlo o el huracán Zimmerman puede armarla bien gorda.

Se oye música. Está sonando Pitbull, concretamente, *Hotel Room Service*,* una canción que a Flyn le encanta y que a mí, cuando la pone en casa a todo volumen, me pone la cabeza a reventar.

Veo a varios jóvenes algo más mayores que mi niño por los alrededores del jardín fumando, besándose y metiéndose mano. Bueno..., bueno..., menuda bacanal tienen aquí. Eric y yo miramos a nuestro alrededor, pero ninguno de ellos es Flyn.

¡Menudo fiestón ha organizado la niña!

¿Dónde están sus padres?

Al entrar en la casa, aparte de la música a todo volumen, noto que huele a marihuana y, mirando a mi alrededor, veo a varios de aquellos descerebrados fumando. No me suenan sus caras. Nunca he visto a aquellos amigos de Flyn.

* *Hotel Room Service*, Mr. 305/Polo Grounds Music/J Records, interpretada por Pitbull. *(N. de la E.)*

El gesto de Eric se contrae.

—Lo voy a matar.

—Tranquilízate, cariño..., tranquilízate.

La versión malota de Iceman clava sus ojos azules en mí y sisea:

—¿Cómo quieres que me tranquilice con lo que estoy viendo?

Tomo a Eric de la mano para hacerle saber que debe calmarse, pero él me suelta y, a grandes pasos, se dirige hacia una esquina. De pronto, lo veo. Flyn está riendo con su novia sentada sobre sus piernas y una caguama en las manos.

Pero bueno, ¿desde cuándo bebe cerveza el mocoso?

Corro tras Eric y, cuando llegamos delante del chico, él nos mira y, en lugar de cohibirse o sorprenderse, suelta una carcajada que nos deja sin palabras. Rápidamente me doy cuenta de que, además de fumado, está bebido. ¡Lo mato!

Eric resopla, yo le quito la cerveza de las manos. Ojú, qué enojado está mi amor, cuando lo oigo decir a gritos:

—¡Flyn, levántate!

Elke nos mira, Flyn ni se mueve, y entonces ella pregunta sonriendo con un churro de marihuana entre los dedos:

—Amarillo, ¿estos dinosaurios quiénes son?

Bueno..., bueno..., bueno... A ésta le voy a dar tal guantazo que la voy a mandar directamente a la semana que viene.

¡¿Por qué lo llama «Amarillo»?!

¡Será idiota la mocosa!

Sin remilgos, ni contestar, Eric aparta a Elke de las piernas de nuestro hijo y, de un jalón, levanta a Flyn. La chica nos mira, y yo, sin dudarlo, le quito el churro de las manos y lo meto en un jarrón con flores que veo allí al lado.

—Muy mal, guapita, muy mal —siseo—. Y como mamá dinosaurio te digo: ¡aléjate de mi hijo!

La joven sonríe. Otra que va fina... filipina.

Flyn intenta soltarse, pero lo único que consigue es que Eric lo agarre con más fuerza y lo saque de la casa a empujones.

Una vez que hemos salido del bullicio de la fiesta y la peste a marihuana, ya en el jardín, Eric lo suelta y grita:

—¡¿Me puedes explicar qué estás haciendo?!

Flyn, que por sus movimientos nos demuestra que lleva un pedo considerable, suelta una risotada y murmura con insolencia:
—Pero qué aguafiestas eres..., carajo.
—¿Qué has dicho? —brama Eric, fuera de sí.
Yo miro a Flyn y, de pronto, lo veo como a un desconocido. Su respuesta, en ese momento, me parece un gran despropósito y una gran provocación y, tomándolo de la mano, lo jalo y pregunto mientras lo miro a los ojos:
—Pero ¿qué te pasa? ¿Qué haces comportándote así?
—¡Ehhh..., Amarillo, ¿adónde vas?! —gritan dos chavos que pasan por nuestro lado.
Flyn sonríe con malicia. Eric maldice, y yo estoy por soltarle un bofetón al mocoso, pero en lugar de ello contengo mis impulsos e insisto:
—¿Qué te has metido aparte de fumar marihuana y beber alcohol?
Él sacude la cabeza y, con un gesto que no es suyo, murmura:
—Ni que te importara.
—¡Flyn! —sisea Eric.
Lo miro. Me aprieto la mano contra el muslo o, como salga disparada, el bofetón que le voy a dar va a ser sonado. Eric, por su parte, se mueve dispuesto a todo, y yo, intentando que no ocurra nada de lo que luego nos podamos arrepentir, me meto de nuevo entre ellos y empujo al muchacho.
—Cierra el pico y no la cagues más —le digo—. Vayámonos a casa.
—Jackie Chan, ¿te piras ya? —pregunta un chico que pasa por nuestro lado.
Flyn sonríe y Eric susurra, a cada instante más molesto:
—Jackie Chan..., Amarillo... ¿Qué son esas absurdeces?
Yo no digo nada. Si digo que lo sabía, me come a mí.
—Vámonos de aquí —gruñe Eric finalmente.
Cuando salimos, es evidente que Norbert se sorprende al ver el aspecto de Flyn.
—Norbert —digo—, no te preocupes y vete para casa. Ya vamos nosotros.
Una vez que los tres nos metemos en el coche, Eric cierra de un

tremendo portazo. Menudo coraje que tiene el colega. Entonces, me mira y grita:

—¡¿Crees que todavía debo seguir confiando en tu niño?!

—*Nuestro* niño —corrijo.

—*Tu* niño —insiste Eric.

Bueno. Ya estamos como siempre.

Cuando hace algo malo es mi niño, y cuando hace algo bueno es nuestro niño. Pero no voy a contestar ni a entrar en provocaciones. Eric está muy nervioso, y está visto que, diga lo que diga, me voy a llevar palos por todas partes, así que decido cerrar la boca.

Segundos después, Eric arranca el coche con rabia y conduce hasta casa. Nadie habla, y a mí no se me ocurre poner música. Ya sé que mi madre siempre decía que la música amansa a las fieras, pero creo que, en un momento así, es mejor que ni las fieras escuchen música.

Cuando llegamos a casa, *Susto* y *Calamar* salen a recibirnos y, como puedo, los sujeto para que no se acerquen ni a Eric ni a Flyn. No está el horno para bollos y, al final, saldrían ellos perjudicados.

Una vez que ellos entran a la casa, suelto a los animales y entro yo también. Simona, que nos espera junto a Norbert, al ver el aspecto del niño cuando entramos en la cocina, se lleva la mano a la boca y murmura:

—Ay, Flyn, ¿qué te ha pasado?

Nunca ha visto al chico de ese modo, y yo, para intentar calmarla, digo mientras me quito el abrigo largo:

—Tranquila, está bien. Vayan a acostarse, por favor.

Tras intercambiar una mirada conmigo, Norbert agarra a Simona del brazo y ambos desaparecen. Pobre mujer, ¡el disgusto que lleva!

Sin lugar a dudas, la infancia de Flyn se ha desvanecido de un plumazo, dejando ante nosotros a un adolescente conflictivo.

El silencio en la cocina es incómodo. Como diría mi padre, se corta el aire con un cuchillo. Lo que ha hecho Flyn está mal, muy mal.

Eric abre el clóset donde están sus medicinas y rápidamente destapa un frasco y se toma una pastilla con un poco de agua. Eso me alerta. No es bueno para el problema de sus ojos. Sin duda, la tensión del momento le ha provocado dolor de cabeza pero, cuando voy a decir algo, él mira al niño y pregunta:

—¿Para esto querías ir al cumpleaños de esa chica, Jackie Chan?

Flyn no responde, y Eric, furioso, grita y grita y grita. Suelta por la boca todo lo que le viene en gana y más.

Ni se me ocurre decirle que baje el tono para que no despierte a Pipa o a los niños, ni tampoco que cambie su actitud. Sin duda, lo ocurrido es para estar así y, cuando ya ha dicho todo lo que tenía que decir, sentencia:

—Estoy decepcionado de ti. Mucho.

Dicho esto, se va y me deja con el chico a solas en la cocina.

La insolencia inicial de Flyn se ha disipado.

Sin duda, la borrachera que llevaba se le ha bajado a los pies con el regaño de Eric.

Lo miro seriamente y él no me mira pero, cuando veo que palidece de repente, me apresuro a tomar un frutero azul que hay vacío sobre la cubierta de la cocina y se lo doy. Acto seguido, mi hijo vomita.

¡Carajo, qué asco!

Sin embargo, como madre suya que soy, me levanto y le sujeto la frente. No puedo separarme de él a pesar del enojo que tengo. ¡Es mi niño!

Cuando termina, le quito el frutero, con asquito lo llevo al baño más cercano, lo vacío y, cuando regreso, tiro el frutero con rabia a la basura. Luego pongo agua a hervir y busco en la alacena una bolsita de manzanilla.

Con el rabillo del ojo observo que Flyn me mira. Está arrepentido. Lo conozco, y esa mirada y sus ojos caídos me lo hacen saber, pero no le hablo. No se lo merece.

Una vez que el agua hierve, la echo en un vasito, introduzco el sobrecito de manzanilla y, dejándolo sobre la mesa, me siento frente a él y murmuro:

—¿Hace falta que te diga que lo que has hecho está mal?

El chavo niega con la cabeza mientras mira el suelo. De tonto no tiene un pelo.

—¿Qué es eso de Jackie Chan? —pregunto a continuación.

No contesta. Yo no digo que lo sé porque Luz me lo dijo, y me ignora, pero insisto:

—Olvídate de ir al concierto de los Imagine Dragons. Lo que has hecho no tiene nombre, y lo sabes. Lo sabes perfectamente.

Mi parte de mamá gallina quiere abrazarlo y acunarlo, pero mi otra parte de madre dolida me dice que no, que no debo hacerlo. Lo que ha hecho está mal y Flyn debe entenderlo, como yo lo entendí cuando a los quince años tomé demasiado tequila en el cumple de mi amiga Rocío.

¡Madre mía, qué borrachera me puse por querer llamar la atención de un chico!

Recuerdo la reacción de mis padres. Mi madre gritaba, me castigaba, me regañaba, pero lo que realmente me impresionó fue la mirada y el silencio de decepción de mi padre. Eso me dejó tan marcada que nunca más volví a beber sin conciencia como aquel día.

Y ahora, aquí estoy yo, haciendo lo mismo con Flyn para intentar que comprenda que esto no puede hacerle ningún bien.

Durante un buen rato, ambos permanecemos en silencio y casi a oscuras en la cocina mientras él se toma la manzanilla. Pero, cuando veo que el color vuelve a sus mejillas, me levanto y digo extendiendo la mano:

—Dame tu celular.

—No.

—Dame tu celular —insisto.

Finalmente, me lo entrega. A continuación, sin quitarle el ojo de encima, digo:

—No sé quién es Elke ni por qué ahora te dejas llamar Amarillo o Jackie Chan cuando tú...

—Eso no es problema tuyo —me corta el mocoso—. Mis amistades son mías, y tú no tienes que decidir quién puede ser mi amigo o mi chica, ¡carajo!

—Flyn, ten cuidado con lo que dices y olvídate de esos amigos y de esa chica. No te convienen.

—Porque tú lo digas.

Su tono de voz, el modo en que me contempla y la agresividad que veo en su mirada me paralizan. Entonces, tras tomar mi bolsa, que está sobre una silla, abro mi cartera, saco las entradas para el concierto de los Imagine Dragons y siseo rompiéndolas ante él:

—¡Se acabó! —Flyn se queda boquiabierto. Luego tiro los papeles a la basura y añado—: Ahora ve a lavarte los dientes y a la cama.

Sin más, salimos por la puerta de la cocina.

Entonces, veo luz bajo la puerta del despacho de Eric y digo:

—Vamos, sube a hacer lo que te he dicho. Mañana hablaremos.

Una vez que veo que Flyn sube y desaparece, regreso y entro con decisión en el despacho de mi amor. Lo ocurrido esta noche no lo beneficia ni a él ni a sus ojos. Cuando se pone nervioso, le repercute en la vista, e irremediablemente me preocupo.

Al entrar lo veo sentado ante su mesa. Su gesto no es muy conciliador.

Con decisión, camino hacia la mesa y pregunto:

—¿Te encuentras bien?

—Sí.

Tiene en la mano un vaso de whisky y al recordar que un rato antes se ha tomado una pastilla, empiezo a decir:

—Eric, creo que...

—Jud —me corta—. No es el mejor momento para nada.

—Pero creo que...

—He dicho «para nada» —repite implacable.

Está bien. Es mejor que me calle.

Sin lugar a dudas, yo tengo parte de culpa en lo ocurrido. Lo animé a que dejara a Flyn un rato más, pero Eric también es culpable, ya que fue él quien dijo que podía ir a aquella fiesta. Ambos somos responsables de lo que ha sucedido, pero él ha de rumiarlo y darse cuenta de ello. Así pues, asiento, doy media vuelta y me acerco al minibar. Saco un vaso, un hielo y me sirvo un dedito de whisky.

Con el rabillo del ojo observo que Eric me mira. Me observa.

Me conoce tanto como yo lo conozco a él y sabe que tengo mil cosas que decir, pero aun así me aguanto y me callo. Me cuesta un horror, pero lo hago. Acto seguido, camino hasta el sillón que hay frente a la chimenea encendida y me siento de espaldas a él.

Si él no quiere hablar ni verme, no hablaremos ni lo miraré.

Así estamos un buen rato. Cada uno sumido en sus propios pensamientos y, al mirar hacia abajo, me horrorizo al ver la lonjita que se me marca con el vestido. Rápidamente meto la panza y la llanta desaparece.

Tengo que perder esos cinco kilos ¡ya!

De pronto oigo que Eric se levanta y, aunque no lo veo, sé que se acerca a mí. Miro el reloj que hay sobre la chimenea. Son veinte para las dos de la madrugada y todos en la casa duermen.

Los pasos de Eric se detienen detrás de mí. Imagino que me está observando e, inconscientemente, vuelvo a meter la panza. Lo conozco, sé que necesita un rato para pensar las cosas y ya está calibrando su error. Al final se acerca al sillón y se sienta al otro lado.

Con todo lo necio y gruñón que es, en el fondo Eric es un hombre muy básico. Sé manejarlo muy bien, aunque en ocasiones, y aun sabiendo que vamos a discutir, no me da la gana de manejarlo.

Su mirada y la mía chocan. Sus ojos intentan provocarme para que diga algo, pero no... No, Iceman, he aprendido que callándome gano más que gritando. Le sostengo la mirada y finalmente él dice:

—Perdóname. He pagado contigo lo que no mereces.

—Como siempre, soy tu saco de boxeo —siseo molesta.

Eric asiente, sabe que llevo razón.

—¿Me perdonas? —insiste.

No hablo. ¡Me niego!

Él deja su vaso sobre la mesita y me quita el mío de las manos. Me mira..., me mira..., me mira..., se acerca para besarme y, ¡zas!, mis fuerzas flaquean, y más cuando susurra:

—Claro que me perdonas, ¿verdad?

Interiormente sonrío. Sin que él se haya dado cuenta, esa batalla la he ganado yo consiguiendo que ya esté besándome y pendiente de mí.

Mi amor hace que toda yo vibre y, con ganas de que me siga, me levanto y doy un paso atrás. Eso lo anima, así que se levanta y vuelve a acercarse a mí.

Dejo que lo haga. Permito que se incline hacia delante y junte su frente con la mía. Accedo a que rodee mi cintura con el brazo y me acerque a él. Consiento que sus labios rocen mi rostro y me deshago cuando lo oigo susurrar:

—Pequeña...

¡Oh, Dios! ¡Oh, Dios!

Puedo defenderme de Eric Zimmerman mientras exista un palmo de distancia entre ambos. Gobierno mi cuerpo si no me roza, pero me deshago como un helado cuando me toca y me llama eso de «pequeña».

Sin hablar, mi amor grandote me iza entre sus brazos, y yo rodeo su cintura con las piernas y su cuello con las manos y lo beso. Lo beso..., lo beso y lo beso y, cuando por fin paro, lo miro a los ojos y pregunto:

—¿Te sigue doliendo la cabeza?

—No, cielo..., ya no.

Una de sus manos se mete por debajo de mi liviano vestidito de algodón y yo me estremezco. Sin lugar a dudas, tratándose de sexo, Eric es mucho más fuerte que yo, y cuando agarra mis calzones y de un jalón los rasga, mi loca excitación se redobla dispuesta a todo.

—Así me gusta más —afirma mi Iceman antes de morderme el labio inferior.

Mi respiración se acelera cuando me deposita sobre la mesa de su despacho. Como siempre, está recogida, no hay nada fuera de lugar. Nuestro beso prosigue mientras disfrutamos de esa loca seducción y sólo se oye el crepitar del fuego en la chimenea.

Nuestros cuerpos se calientan, se derriten ante nuestro contacto, y rápidamente le quito a Eric la camiseta gris que lleva. Beso su cuello, sus hombros, sus bíceps, mientras él me toca y me besa a mí. Con deleite, nos miramos. Nos comemos con los ojos, nuestras miradas nos excitan, y yo sonrío cuando él da un paso atrás, desabrocha el cordón de los pantalones negros que lleva y éstos caen al suelo, seguidos segundos después por los calzoncillos.

Mi boca se seca.

Dios mío, ¡qué bueno está mi marido!

Ver la dura excitación de mi amor me trastoca, me quita el sentido, y Eric murmura tocándose:

—Todo tuyo, cariño.

Sonrío y trago el nudo de emociones que está a punto de ahogarme. Somos dos especímenes dignos de estudio. Siempre resolvemos nuestros problemas igual: ¡con el sexo! Quizá no sea la mejor forma, pero es nuestra forma. La de los dos.

Eric es mío. Todo él es mío y de nadie más, y lo sé. Por supuesto que lo sé.

Deseosa de mostrarle lo que es suyo, me quito el vestidito corto por la cabeza y, una vez que éste cae al suelo y meto la panza, soy yo la que susurra:

—Toda tuya, corazón.

La respiración de mi alemán se acelera. La locura que sentimos el uno por el otro no ha disminuido ni un ápice desde que nos conocemos. Al revés, ha aumentado por la confianza que tenemos el uno en el otro para provocarnos.

Eric sonríe, mira mis duros pezones y, agachándose, da una lamida primero a uno y luego al otro y, de un jalón, termina de romper los calzones para que quede del todo desnuda como él.

Sé lo que quiere y él sabe lo que quiero...

Sé lo que me pide en silencio y él sabe lo que le pido...

Y lo mejor de todo es que sé que nos lo vamos a conceder gustosos una y mil veces...

Hechizada por el momento, apoyo los codos en la mesa y, con descaro y complicidad, abro las piernas lentamente para él, dejando el centro de mi húmedo deseo a la vista. Eric lo mira y, con voz ronca, tentadora y sagaz, murmura mientras pasa el dedo por encima de mi tatuaje:

—Pídeme lo que quieras... —y mirándome finaliza—, y yo te lo daré.

—¿Lo que quiera?

Uf..., uf..., lo que se me ocurre.

Las comisuras de mis labios se curvan, las suyas también. El principio de esa frase y mi tatuaje definen nuestra maravillosa historia de amor.

—Lo mismo digo, Iceman —murmuro—. Lo mismo digo.

Mi amor sonríe. Retira lentamente los dedos de mi humedad y pide:

—Ofrécete a mí.

Excitada con lo que oigo, me tumbo de nuevo sobre la mesa, me acomodo, deslizo mis propias manos por mis muslos y, tras tocarlos y ver que mi alemán no me quita ojo, llevo mis dedos hacia los pliegues de mi vagina, me toco y siento lo húmeda que estoy. Mi amor, con su mirada, con su voz y con su petición, me excita. Abro los pliegues de mi sexo y noto que estoy resbaladiza. Como puedo, dejo al descubierto mi botón del placer y al final susurro deseosa:

—Tuyo.

Mi loco amor asiente y, agachándose, saca la lengua y rodea mi clítoris con ella. Mi cuerpo reacciona rápidamente y me encojo. Eric sonríe y, privándome de cerrar las piernas, pone las manos en la cara interna de mis muslos, saca la lengua y me vuelve loca mientras la posa de nuevo en mi clítoris. A continuación, siento cómo su boca se cierra alrededor de él y me succiona.

Mi cuerpo tiembla. Me encanta que mi amor juegue de esa manera conmigo, y me abandono al placer mientras miro hacia la puerta, que no hemos cerrado con llave, y pido a todos los santos que nadie ose abrirla.

Durante varios segundos, la increíble boca de Eric permanece sobre mi sexo y, cuando por último la separa, suplico:

—Sigue, por favor..., sigue.

Con una cautivadora sonrisa, veo que vuelve a hundir la cabeza entre mis temblorosas piernas y comienza de nuevo a lamer. Cierro los ojos extasiada, llevo los brazos hacia atrás, me agarro al borde de la mesa y separo más los muslos para él.

El ritmo de Eric mientras me chupa me vuelve loca, y comienzo a temblar con violencia. Me gusta..., me gusta..., y mi cuerpo se contrae de placer.

—Oh, sí..., sí..., no pares —consigo balbucear.

El placer aumenta, la locura se acrecienta, el espasmo se amplía mientras siento gustosas descargas eléctricas que me hacen jadear y gemir sin contención y un increíble orgasmo comienza a recorrer mi cuerpo desde la nuca hasta la punta de mis pies.

Oh, Dios... ¡Qué gusto! ¡Qué excitación!

Pero mi amor quiere más, desea más, y yo también. Y, tomándome en volandas, me levanta de la mesa, me lleva hasta el librero y, al tiempo que me apoya en él, me besa con pasión. Acto seguido, con un movimiento de cadera, introduce su erecto y ansioso miembro en mi interior.

De nuevo, me arqueo de placer. Eric es grande, todo en él es grande y, cuando mi vagina lo acoge, me vuelvo loca al oírlo gemir y ver cómo él mismo se muerde el labio.

Lo miro extasiada. Es tan sexi... Lo quiero tanto...

Segundos después, comienza a moverse, primero lentamente y, cuando está por completo hundido en mí, su ritmo se acelera. Como puedo, murmuro:

—Mírame..., mírame...

Mi amor me mira, hace lo que le pido, y siento que nuestros ojos arden de pasión por lo que hacemos y disfrutamos. No puedo moverme, Eric me tiene arrinconada contra el librero y sólo puedo recibirlo, jadear y disfrutar. Mis gemidos y los suyos llenan el silencio del despacho mientras una y otra y otra vez se hunde con fuerza en mí y yo lo animo a que continúe haciéndolo.

Soy tan suya como él es mío.

Nuestros momentos de sexo, solos o en compañía, son increíbles. Los disfrutamos. Los vivimos. Los deseamos. Nos implicamos al cien por cien sin vergüenzas. Nada existe en ese mágico instante excepto nosotros dos. Cuando al fin la lujuria nos hace temblar al unísono, Eric se introduce una última vez en mí jadeando con voz ronca y luego caemos el uno en brazos del otro agotados.

La respiración agitada de los dos resuena en el despacho y, pasado medio minuto, susurro:

—Cariño..., me estoy clavando el lomo de un libro en la espalda.

Rápidamente Eric reacciona, me aparta del librero, me mira y pregunta:

—¿Todo bien?

Asiento y sonrío. Mi marido y yo lo arreglamos todo con sexo. Como nos gusta.

Adoro que me pregunte eso siempre que mantenemos relaciones sexuales. Eso significa que sigue preocupándose por mí como el primer día, y no quiero que deje de hacerlo.

Cuando, instantes después me deja en el suelo, camino desnuda hacia el minibar. Allí tenemos agua, abro una botellita, doy un trago y después se la entrego a él para que beba.

Pobrecito mío, cómo suda; cualquier día se me deshidrata con el esfuerzo.

Entre risas, nos vestimos y le enseño mis calzones. No gano para ropa interior con él. Es parte de nuestro juego, y quiero que siga siéndolo. Cómo me excita su gesto cuando me las arranca.

Diez minutos después, entramos en nuestra recámara y, abrazados y sin hablar en ningún momento de Flyn, nos dormimos. Necesitamos descansar.

Cuando me despierto, como casi siempre, estoy sola en la cama. Miro el reloj digital que hay sobre mi mesa de noche. Las 9.43.

Me desperezo y hago la croqueta sobre el colchón. Cómo me gusta revolcarme en nuestra enorme cama. Sonriendo estoy cuando de pronto recuerdo lo ocurrido la noche anterior con Flyn y doy un salto. No quiero ni imaginarme lo que puede estar ocurriendo entre él y Eric.

Ay, mi niño..., ay, mi niño, que se lo come.

Me lavo los dientes, la cara y, sin bañarme, por las prisas, me pongo el vestidito de algodón que llevaba ayer, me calzo mis botas de andar por casa, tomo mi celular y salgo a toda prisa de la recámara.

Antes de bajar, paso por el cuarto de Flyn para ver si está y, al abrir, me quedo boquiabierta al verlo a él y a Eric sentados en la cama hablando.

—¿Qué ocurre? —pregunta mi amor, levantándose alarmado al ver mis prisas.

Con el corazón a punto de salírseme por la boca, entro en el cuarto y murmuro cerrando la puerta:

—Nada.

Eric vuelve a sentarse en la cama y, tras observarme con detenimiento, dice:

—¿Acaso crees que lo voy a matar?

Carajo..., carajo... ¿Cómo puede conocerme tan bien?

Sin embargo, sonrío disimulando y, mientras miro a Flyn, que tiene una facha desastrosa, pregunto:

—¿Cómo te encuentras?

El chico me mira y veo en sus ojos que Eric ya le ha cantado sus verdades.

—Bien —dice.

Mi alemán toma mi mano, me sienta sobre sus piernas y, cuando voy a decir algo, Flyn sisea:

—Jud, papá ya me ha dicho todo lo que tenía que decirme.

¡Ay, madre!

Se me encoge el alma.

Flyn lleva sin llamarme Jud desde que nació el pequeño Eric y, cuando voy a decir algo, mi amor se levanta y, tomándome con fuerza de la mano, dice:

—Flyn, vístete y luego baja. Hoy vas a bañar a _Susto_ y a _Calamar_. —Al oír eso, el niño se dispone a replicar, pero Eric lo corta—: Y, como ya te he dicho, no quiero ni una sola protesta, ¿entendido?

Todavía sorprendida por lo que Flyn ha dicho, salgo al pasillo con Eric y él; al ver mi desconcierto, dice sin soltarme:

—Cariño, respira tranquila. ¿Qué te ocurre?

Hago lo que me pide y, cuando expulso el aire, murmuro:

—Me ha llamado Jud, Eric... No me ha llamado «mamá».

Veo que asiente y sacude la cabeza.

—Tranquila. Mañana te volverá a llamar «mamá».

Como puedo, digo que sí, pero igual que me ocurrió años antes, el corazón se me acaba de romper al sentir que mi coreano alemán está dejando de quererme.

Decido ir a dar saltos con la moto, pero Flyn no quiere venirse conmigo. Cuando regreso, estoy hambrienta, abro el refrigerador, veo uno de los paquetes de jamón del rico que mi padre me envía y me pongo morada. ¡Dios, qué bueno está!

17

Cuando Judith y Eric llegaron a la casa de sus amigos, Sami se echó a los brazos de sus tíos. Durante varios minutos, éstos le prestaron toda su atención a la pequeña, que, como siempre, era un torbellino de vida y luminosidad.

En el momento en que por fin Björn, Eric y Sami se alejaron, Judith y Mel entraron en la cocina y Jud preguntó:

—¿Todo bien con Björn?

Al comprender lo que su amiga le preguntaba, Mel se apoyó en el refrigerador y sonrió.

—Todo perfecto. Creo que ya le ha quedado clarito al presumido que, si vuelve a jugármela con esa bola de urracas, no voy a ser tan amable como lo fui con ellas la última vez. No me gustan, como tampoco yo les gusto a ellas, y esa tal Heidi es una gran zorra.

—Heidi es una zorra —repitió canturreando Sami al pasar por su lado.

Al oír a la niña, se miraron y rápidamente Mel preguntó:

—Sami, ¿por qué dices eso?

—Mami, lo has dicho tú.

—Sí, cariño, esa Heidi es muy zorra y muy perra —afirmó Jud agachándose para quedar frente a la pequeña—. Pero, Sami, esas palabras son muy feas y no se dicen, ¿de acuerdo?

Agachándose a su vez, Mel le colocó a su hija la coronita que tanto le gustaba llevar en la cabeza.

—Buenooo —dijo finalmente Sami—; ¿me dan una galleta de chocolate?

Sin ganas de darle más vueltas al tema, Judith tomó una galleta de un tarro y, en cuanto se la dio a la pequeña, ésta salió corriendo de la cocina.

En ese instante aparecieron Björn y Eric, y el abogado, mientras sacaba unas cervezas bien frías del refrigerador, se burló:

—Vaya..., pero si están aquí las dos bravuconas motorizadas de las cervezas bien frías... ¿Irán hoy también a rechinar llantas? Eric sonrió. Judith le había contado el episodio, y soltó una carcajada cuando Mel respondió:

—Si me lo vuelves a recordar, quemaremos rueda y Múnich entero, guapito.

Después de un rato en el que los cuatro platicaron y rieron por lo ocurrido, sonó el teléfono de Judith. Era un mensaje:

Estoy en una más que divina cervecería en la plaza Marienplatz. ¿Tienes un rato para tu loca?

Judith sonrió. ¡Sebas! Y, levántandose, y guiñándole el ojo a Eric dijo:

—Mel, ha venido un amigo mío de España; ¿te vienes conmigo a verlo un par de horas?

—¿Qué amigo? —preguntó Björn.

Acomodándose en una silla, Eric miró a su casi hermano y, con gesto cómplice, murmuró:

—Tranquilo, Björn. Sebas y las treinta y seis las cuidarán mejor que tú y yo.

Divertida, Judith le guiñó de nuevo el ojo a su marido y, cuando salió con Mel por la puerta, oyó que Björn preguntaba:

—¿Las treinta y seis?

Una vez en la calle, Mel miró a su amiga y le soltó:

—Muy bien. Desembucha. ¿Quién es ese amigo?

Judith sonrió pero, como quería que se llevara una sorpresa al conocerlo, simplemente abrió la puerta de su coche y contestó:

—Sube y calla.

Mientras conducía, Jud iba hablando de mil cosas. Al llegar al estacionamiento público de Marienplatz, dejaron el coche y caminaron encantadas hasta la preciosa cervecería Hofbräuhaus. Sin lugar a dudas Sebas estaba allí y, nada más abrir la puerta y entrar, de pronto se oyó:

—¡Marichochoooooooooooo!

Judith sonrió. Sebas, su loco Sebas, tan guapo como siempre, corría hacia ella para abrazarla y besuquearla. Cuando el abrazo y el besuqueo acabaron, Judith le presentó a una alucinada Mel, y él, como si la conociera de toda la vida, la besó con cariño.

A continuación, tras mirar a sus escandalosos compañeros de viaje, dijo:

—Creo que es mejor que nos sentemos en aquella mesa. Si nos sentamos con ellos, no podremos chismear a nuestras anchas.

Durante más de una hora, Mel observó ojiplática cómo aquél y su amiga hablaban a la velocidad de la luz poniéndose al día de todo, hasta que él murmuró para terminar lo que estaba contando:

—Y ahí terminó mi novelesca historia de amor, lujuria y sexo con el potro sueco que me nubló la razón. Por tanto, he decidido que a partir de ahora zorrearé con muchos, pero sólo me enamoraré de los caballos de Peralta de mi tierra.

Judith se apenó. La última vez que había visto a Sebas, éste estaba locamente enamorado de aquel surfero sueco.

—Lo siento, Sebas —murmuró—. Sé lo mucho que querías a Matías.

—Tranquila, mi reina —afirmó él—. Ahora me tomo la vida sin dramatismos, y he llegado a la conclusión de que, cuando todo sube, lo único que baja es la ropa interior. —Y, mirando a un alemán que pasaba junto a ellos, dijo—: Geyperman de *miarma*, con lo difícil que es encontrarme y tú perdiéndome...

Mel soltó una carcajada. Aquel tipo era increíble.

—¡Sebas! —gruñó Judith divertida.

Él le guiñó un ojo con cara de pillo y cuchicheó:

—Si no se ha enterado de lo que he dicho, mujerrrrrrrrrrrrr, ¡déjame zorrear!

Los tres rieron y luego siguieron platicando. Mel se inmiscuyó esta vez en la conversación, y Sebas y ella terminaron entendiéndose a la perfección. Al cabo de un rato, él vio que Judith miraba el reloj y preguntó:

—Y tu Geyperman rubio y buenorro ¿por qué no ha venido? Mira..., mira que me moría por presentarlo a las treinta y seis locas que me acompañan.

Mel y Judith se miraron, y esta última respondió:

—Te manda muchos besos, pero...

—¿Con lengua?

—¡Sebas! —dijo Judith riendo justo en el momento en que los treinta y seis se levantaban de la mesa y, escandalosamente y con ganas de relajo, se sentaban con ellos.

Lo que en un principio iban a ser sólo un par de horas se convirtieron en cuatro y, cuando por fin se despidieron de Sebas y los treinta y seis y subieron al coche, Mel miró a su amiga.

—Prométeme que la próxima vez Eric y Björn vendrán con nosotras —le dijo muerta de la risa.

Estaban comentando lo bien que la habían pasado cuando a Mel le sonó el celular. Un mensaje. Björn.

Amor, compra cervezas. Con su larga ausencia, Eric y yo nos hemos dado a la bebida.

Después de leerle el mensaje a Jud, pararon en un supermercado.

Pero, como siempre ocurre cuando una mujer entra a comprar, salieron con el carro cargado hasta arriba y, en el momento en que estaban metiendo las bolsas en la cajuela, un adolescente de pelo oscuro y largo se plantó ante ellas.

—¿Quieren que me encargue yo del carrito, señoras? —dijo.

Judith asintió con una sonrisa, y Mel, mirando al chico, preguntó mientras él las ayudaba con las bolsas:

—Eh..., ¿dónde te he visto yo antes?

Al oír eso, el chico la miró y se apresuró a responder sonriendo:

—Seguro que aquí mismo.

Mel parpadeó. ¿Dónde lo había visto antes? Y, soltando el carrito, añadió:

—Todo tuyo, chavote.

El muchacho sonrió y, sin decir nada más, se alejó con el carro. El euro que iba dentro le proporcionaría esa noche un bocadillo para la cena.

18

*T*ras una semanita que no se la deseo ni a mi peor enemigo, estoy agotada.

Flyn nos la pone muy difícil. Han llamado del colegio para decir que no ha ido a clase, y soy consciente de que mi niño está perdiendo el piso. Le he pedido en varias ocasiones que solicite una entrevista con su tutor, pero hasta ahora le ha resultado «imposible». Insistiré de nuevo o al final acabaré pidiéndola yo misma.

Cuando Eric llega de trabajar, no me queda otra que contarle lo ocurrido y, tan pronto como éste se va a su despacho enfurecido, Flyn se encara conmigo y me dice cosas como que ya no soy alguien en quien confiar por habérselo contado a su padre. Intento hacerlo razonar y, en especial, hacerle ver que su comportamiento está dejando mucho que desear, pero le da igual, sigue rebatiendo todo lo que le digo hasta que Eric regresa y el chico se calla y no habla más.

¿Qué está ocurriendo con Flyn?

Esa noche, en la intimidad de nuestro cuarto, Eric intenta quitarle hierro al asunto. Está molesto por el comportamiento del muchacho, pero su visión del tema no es como la mía. Flyn no se comporta de la misma forma delante de Eric que delante de mí, y nosotros tampoco reaccionamos igual. Conmigo se encara, es insolente, dice cosas terribles que en ocasiones no le cuento a Eric para no complicar más las cosas, pero con él se calla. Flyn ha pasado de ser un niño caprichoso a un adolescente provocador e indisciplinado.

El martes, Eric se va de viaje. Flyn trae a uno de sus amigotes a casa y, cuando los pesco fumando un churro en su cuarto, corro al amigo y tengo una buena con mi hijo. Él, ofendido por lo que he hecho, me acusa de estar amargándole la vida y yo tengo que respirar. O respiro o le estampo una silla en la cabeza.

El miércoles, cuando Eric regresa, decido callar y no contarle nada de lo ocurrido. Sé que hago mal, pero Eric llega cansado, y lo último que quiero es agobiarlo con más problemas.

El jueves, nada más levantarse, veo que mi marido tiene mala cara. Eso me angustia pero, tras tomarse su medicación, sonríe y me tranquiliza. Sé que nuestra vida siempre será así. Tendré mil sustos con los dolores de cabeza de Eric a causa de su vista, pero verlo sonreír poco después me hace saber que el dolor ha remitido; si no fuera así, lo sabría por el humor negro que lo suele preceder.

Esa mañana, sobre las doce, cuando estoy trabajando en Müller, recibo una llamada de mi hermana Raquel. Mi padre ha hablado con ella en referencia a Flyn, y la pobre, que ya está en México, me llama para apoyarme moralmente.

—¿Que ahora te llama Jud, el insolente niño?

—Sí —asiento apenada omitiendo otras cosas.

—La madre que parió al chino.

—¡Raquel!

Ambas reímos y finalmente ella dice:

—Bueno..., bueno..., ya sé que es coreano alemán, pero si él te joroba, yo lo jorobo y lo llamo ¡«chino»!

—Mira que eres —digo riéndome.

Entonces, oigo a Raquel resoplar a través del teléfono y decir:

—Ese niño te quiere y te quiere mucho, pero la punzada le ha venido de golpe. De pronto se ha visto más grande, guapetón y atractivo y se cree el rey del mundo. Pero, tranquila, como dice papá, regresará al redil. Eso sí, mientras no regresa, agárrate los machos, ¡que vienen curvas!

Vuelvo a sonreír cuando mi hermana añade:

—Mira, cuchufleta, estás en la misma situación que yo con tu querida sobrina. Ni te imaginas lo rebelde y respondona que está Luz. Eso sí, en los estudios, la mujer es una lumbreras, y sobre eso no me puedo quejar, pero en cuanto a los chicos, ¡ofú!, qué tontería tiene encima. Ha pasado de jugar al futbol a querer comprarse brasiers con relleno de gel.

—¿Con relleno de gel? —pregunto sorprendida.

—Sí, hija, sí. El otro día, la mocosa va y me dice que quiere un brasier Wonderbra *push-up* para que su pecho aumente y tener un escote perfecto. ¿Qué te parece?

—¿Te dijo eso?

—Sí, hija, sí. ¡Que las niñas de ahora son muy despiertas!

Me río, no puedo remediarlo. No me imagino a Luz, mi muchachota, diciendo eso y, de repente, recordando algo, digo tras contarle que he visto a Sebas en Múnich:

—Hablando de Luz, haz el favor de no ponerle broches de Dora la Exploradora y calcetines con encaje, que ya es grande.

—Pero si está monísima con ello. —Ambas reímos, y me doy cuenta de lo cabronceta que es mi hermana cuando añade—: Lo hago para que proteste, tonta. Ya sé que no tiene edad para ponérselo.

—No sé quién es peor, si ella o tú.

Raquel ríe. Me encanta su risa. Oírla reír es como oír a mi madre.

—Según tu sobrinita —prosigue—, ahora está locamente enamorada de ese tal Héctor, pero hasta el mes pasado lo estaba de un tal Quique y, claro, yo he de cuidar su reputación, ya sabes cómo es la gente y lo mucho que le gusta hablar.

Asiento. Sé perfectamente cómo es la gente de chismosa y metomentodo. Bajo la voz y murmuro:

—Acuérdate de cuando tú y yo teníamos su edad, ¿o acaso has olvidado el veranito que te dio por Roberto, el de los juegos recreativos, o por Manuel, el de la tiend...?

—Ais, Roberto, qué guapo era. ¡Ay, madre, cuchu! —grita de pronto—. ¿Te acuerdas de Damián, el de la moto Montesa azul que tanto te gustaba y por el que saltabas la reja de casa todas las noches para verte con él?

—Sí. Claro que lo recuerdo.

Pensar en aquello me hace reír a carcajadas. Sin duda, en nuestra adolescencia todos hacemos más tonterías de las que luego queremos reconocer, aunque recordarlas nos haga sonreír.

—Por cierto, papá está tristón porque dice que no vendrán a la Feria de Jerez.

—No lo sé. Aún queda mucho.

—Pero, cuchu..., ya te la perdiste el año pasado, ¿te la vas a perder también este año?

Me joroba pensar en ello. Desde que nací, sólo me he perdido esa feria una vez en mi vida, por lo que, dispuesta a dejarme las uñas para llevar a Eric este año, afirmo:

—No. Claro que no. Haré todo lo posible para ir.

Al final, cuando cuelgo, mi humor ha mejorado considerablemente. Las locuras de mi hermana y de mi sobrina me hacen reír. Entonces, oigo unos golpecitos en la puerta de mi despacho y, al mirar, veo a Ginebra. ¿Qué está haciendo ella aquí?

—Hola, guapísima —me saluda dicharachera—. Tengo una comida con Eric y, como sé que trabajas aquí, he pensado en pasar a saludarte mientras él termina unos asuntillos.

Me quedo boquiabierta. ¿Eric tiene una comida con ella y no me lo ha dicho?

Ginebra entra en mi despacho como Pedro por su casa, se sienta frente a mí y murmura:

—Qué bien la pasamos el otro día...

—¿Cuándo?

Ella me mira y sonríe.

—En el Sensations —explica bajando la voz—, aunque tu marido, el muy malote, me rechazó. —No digo nada. No puedo, y ella prosigue—: Por cierto, te vi mirando tras las cortinas cuando yo estaba en el reservado con los amigos de Félix. ¿Te excitó lo que viste?

Lo recuerdo al instante y, con la misma sinceridad con la que ella me pregunta, yo le respondo a la vez que me maldigo por ser tan curiosa:

—Si te soy sincera, ni me excitó mi me gustó.

Ginebra sonríe.

—¿Por qué?

—¿Por qué, qué?

Ella me observa. No aparta la mirada de mí y responde:

—¿Que por qué no te excitó? Al fin y al cabo, es sexo.

—Porque esa clase de sexo no me atrae —replico.

Ginebra suelta una risotada y, bajando de nuevo la voz, cuchichea:

—Judith, precisamente lo que a mí me excita es que me traten así y que mi marido lo permita y me use a su antojo. Pero, claro, tú prefieres...

—Prefiero lo que tú misma viste después —la interrumpo segura de mí misma—. Nunca disfrutaría con lo que a ti te gusta, eso no va conmigo.

Su sonrisa se ensancha y asiente.

—¿Eric y tú no se ofrecen a otros?

—Sí.

—Pues eso es lo que hace Félix conmigo, cielo.

Bueno. Sé que puede parecer lo mismo, pero no lo es, y añado:

—No. No es lo mismo. Y que conste que no critico lo que vi; si a ti y a tu marido les gusta esa clase de sexo, ¡adelante! Sólo digo que yo no me prestaría a eso. Pero repito: si a ti te gusta, te excita y están de acuerdo, ¡adelante y disfrútenlo!

Ginebra entiende muy bien lo que le digo, y a continuación murmura:

—A mí me encanta que Félix me obligue y me entregue a sus amigos para que me usen a su antojo. Creo que es la parte más excitante de nuestro caliente juego.

—Sobre gustos no hay nada escrito —afirmo sonriendo.

—¡Tú lo has dicho! —conviene ella con un gracioso gesto.

Con Ginebra me pasa algo muy raro. Tan pronto me cae bien como me cae mal. No llego a encontrarle bien el punto, pero reconozco que ella siempre trata de ser amable y encantadora conmigo.

Mirándola estoy cuando se levanta, se acerca a la pared y comenta:

—No me digas que éstos son sus niños...

—Sí —digo al ver que señala las fotos de mis hijos.

—Oh, Dios mío, son preciosos, Judith. Qué monadaaaaa. Qué ricurasssssssssss.

—Lo son —afirmo orgullosa de ellos.

—¿Han adoptado un niño chinito?

Me dispongo a responder cuando de pronto Eric entra y lo hace por mí:

—Flyn no es chino, es coreano alemán. Era el hijo de mi hermana Hannah, y ahora es nuestro.

—*¿Era?* —pregunta Ginebra.

Eric asiente penosamente y en ese instante confirmo que llevan sin hablarse varios años.

—Hannah murió —explica él entonces.

—Oh, Dios mío, Eric..., lo siento. No sabía nada.

Mi amor asiente. Hablar de ello le duele, y sé que le dolerá toda su vida cuando responde:

—Flyn se quedó conmigo y, desde que Jud llegó a nuestras vidas, somos una familia.

Ginebra se lleva las manos a la boca. Veo que siente lo ocurrido a Hannah y, emocionada, le toma las manos.

—Sé cuánto la querías y lo unido que estabas a ella.

Eric asiente de nuevo. Yo paso la mano por su espalda y Ginebra lo suelta y dice reponiéndose:

—Sin duda, Judith y tú han creado una preciosa familia.

—Sí —afirma él con seguridad mientras me guiña un ojo.

Ginebra voltea a mirar la pared donde están las fotos de los niños y pregunta:

—¿Cómo se llaman los otros dos?

—Eric y Hannah —respondo.

Entonces, Ginebra enternece el gesto y murmura:

—Son preciosos..., preciosos. —Y, mirando a Eric, añade—: Aún recuerdo que tú no querías tener hijos y yo sí. —Eric sonríe y ella finaliza—: Qué curiosa es la vida..., al final, tú los has tenido y yo no. ¿Piensan tener más?

—No —afirma Eric antes de que yo responda.

Vaya. Eso me sorprende. Siempre he sido yo la que decía rotundamente que no, y oír a Eric decir eso en cierto modo me subleva. Pero tiene razón: ¡con tres vamos sobrados!

Al ver mi gesto, Eric se acerca a mí, me toma por la cintura y, mirándome directamente a los ojos, pregunta:

—Vamos a comer, ¿vienes?

—¿Te encuentras mejor que esta mañana? —pregunto interesada por él.

—Sólo era un pequeño dolor de cabeza, cariño —replica sonriendo—. Vamos, vente a comer.

Lo miro..., no sé qué hacer. Yo misma estoy llena de contradicciones: ¿debería ir o no? Pero, siendo consecuente con la confianza que tengo en él, respondo:

—Mejor vayan ustedes.

—¿Seguro? —pregunta mi amor intentando leer mi rostro.

Con una sonrisa que lo tranquiliza, asiento.

—Sí, cariño. Seguro. Vayan ustedes, tienen muchas cosas de las que hablar.

Dos segundos después, Ginebra y Eric salen de mi despacho y yo me siento de nuevo en mi silla. Confío en Eric y, abriendo una carpeta, murmuro:

—Judith Flores, deja de pensar tonterías.

19

Aquella mañana, Mel estaba en el centro comercial con sus ex-compañeros de batallón Neill y Fraser. El día anterior, Björn, que se había enterado de que habían llegado de Afganistán, los llamó para organizar la reunión. Era su modo de pedirle perdón por la encerrona de días antes con las mujeres de los abogados.

En el tiempo que llevaba retirada del ejército, la vida de Mel había dado un giro de ciento ochenta grados. Ahora disfrutaba de una existencia demasiado tranquila con su hija y con un hombre que la adoraba.

—Estoy pensando en aceptar el puesto de escolta en el consulado. ¿Qué les parece?

Neill y Fraser se miraron, y este último sonrió y contestó:

—A mí no me parece mal; es más, soy consciente de que lo harás maravillosamente bien, pero ¿qué dice tu abogado?

—Por decir, dice muchas cosas y ninguna positiva —afirmó Mel resoplando.

Neill asintió. Estaba con Björn y, para echarle una mano, se quejó:

—¡¿Escolta?! ¿Te has vuelto loca?

—¿Por qué?

Entonces Neill miró a Mel a los ojos y dijo:

—Vamos a ver: dejaste tu trabajo en el ejército para pasar más tiempo con Sami y Björn, ¿y ahora estás pensando en ser escolta? ¿Tanto necesitan el dinero?

—No —respondió ella.

Björn precisamente no andaba corto de dinero, y el militar, que estaba al corriente de su boyante situación financiera, la miró e insistió:

—Sabes que suelo estar de acuerdo contigo en muchas cosas

pero, en esto, siento decirte que estoy con Björn. A mí tampoco me haría mucha gracia que mi mujer fuera escolta de nadie.

—Pero, Neill...

—No, Mel —la interrumpió él—. Una cosa era cuando trabajabas para sacar tú sola adelante a tu hija, y otra muy diferente es que tengas una buena vida y quieras complicarla con ese trabajo. Piénsalo. Quizá no valga la pena.

Durante un buen rato, los tres hablaron de los pros y los contras de aquel empleo, hasta que Fraser, tocándose el estómago, dijo:

—Comienzo a tener hambre. ¿Qué se les antoja comer?

—Tenemos que esperar a Björn, que ha ido por la niña al colegio para que los vea —advirtió Mel—. Por tanto, dile a tu estómago que espere.

Fraser sonrió, pero entonces Neill señaló al otro lado de la calle.

—Tu estómago está de suerte, colega —exclamó—. Mira quiénes llegan por ahí.

Mel y Fraser miraron y sonrieron al ver a la pequeña Sami en brazos de Björn, riendo de felicidad con sus coletas medio deshechas mientras esperaban a que el semáforo se pusiera en verde para poder cruzar la calle.

A Mel se le veía enamorada.

—Sin duda, ese abogado es un gran hombre —se burló Fraser—. Sólo hay que ver tu cara de tonta al mirarlo y la felicidad de Sami por estar con él.

—¡Serás idiota! —dijo ella riendo.

—Björn es un gran tipo y no se merece el disgusto que quieres darle con lo del trabajo de escolta —cuchicheó Neill.

Mel suspiró. Björn lo era todo para ella. Verlo llegar con su pequeña en brazos, sin importarle que le manchara su carísimo traje, y con la mochila rosa de las princesas colgada del brazo la hizo darse cuenta de cuánto lo quería. A continuación, miró a sus amigos y, bajando la voz, preguntó:

—Si ustedes encontraran a alguien que los hace tremendamente felices, que les da todo su amor y que hace que todos los días la vida sea maravillosa, ¿le darían fecha de boda?

—Sin dudarlo —afirmó Neill.

Mel sonrió al oír eso, y Neill añadió:

—Cuando conocí a Romina, me enamoré de ella en décimas de segundo. Su manera de hablarme, de tratarme, de hacerme la vida fácil me volvió loco de amor, y supe que debía dar el gran paso antes de que otro más listo que yo pudiera enamorarla y se olvidara de mí. Y te aseguro que es lo mejor que he hecho en mi vida. —De pronto, su teléfono sonó—. Hablando de mi amor..., aquí lo tengo.

Fraser rio y Neill, tras cruzar unas palabras con su adorada mujer, cerró el teléfono y explicó:

—Romina ha dicho que nos espera a todos en casa para prepararnos una estupenda comida, y no acepta un no por respuesta.

Mel asintió: irían a comer. Sin embargo, no podía apartar la mirada de Björn y de su hija. Ellos no la veían, pero ella a ellos sí, y ver cómo Björn gesticulaba y la niña reía a carcajadas le encantó. Muchas eran las veces en que ellos jugaban en casa y Mel los contemplaba con disimulo y se emocionaba ante su bonita comunicación. Björn y Sami eran padre e hija. Ambos lo habían querido así desde un principio, y ella lo aceptó complacida.

Sin apartar los ojos de ellos, que ahora ya cruzaban la calle, de pronto Mel tuvo claro que debía hacer lo que su corazón le dictaba y, mirando a sus compañeros, que la observaban fijamente, dijo:

—Voy a darle a Björn una fecha para la boda.

Neill y Fraser comenzaron a aplaudir, pero ella los hizo callar enseguida:

—No digan nada, bocones, quiero que sea una sorpresa para él.

—Sami y tú han encontrado a alguien que vale mucho la pena —apuntó Neill chocando los puños con los de ella tal y como habían hecho cientos de veces—. No lo eches a perder.

Sin apartar la mirada de Björn, Mel asintió.

—Sin duda, él lo merece.

—Carajo, teniente —se burló Fraser—. ¿Qué ha pasado para que se obre el milagro?

Con ojos de enamorada, Mel miró a Björn, que en ese momento se subía a Sami a los hombros, y respondió:

—Simplemente, que me acabo de dar cuenta de que ya no puedo vivir sin él.

—¿Y esa fecha para cuándo? —preguntó Neill curioso.

Divertida y asombrada por su propia decisión, Mel se encogió de hombros.

—No lo sé —dijo—. Y ahora, cierren esas bocotas, que no quiero que Björn se entere de nada.

Cuando él y Sami llegaron hasta ellos, Neill y Fraser se deshicieron en halagos con la niña mientras Björn besaba a su chica y preguntaba:

—¿Cómo está mi heroína preferida?

—Bien —respondió ella encantada—. Y gracias.

—¿Por qué?

—Por llamar a Neill y a Fraser.

Sorprendido porque ella lo supiera, Björn miró a Fraser y éste confesó:

—Lo siento, hombre, pero al final nos ha sacado que ayer hablamos. La teniente, cuando sospecha algo, no para con su tercer grado hasta que da con la verdad.

Todos sonrieron por el comentario, y Mel, sin soltarse de Björn, dijo:

—Te estábamos esperando. Romina nos invita a comer en su casa.

—¿Y eso, preciosa?

—Porque Romina no acepta un no por respuesta —contestó Neill—. Además, creo que tendremos algo que celebrar.

Al oír eso, Mel lo miró. ¡Lo iba a matar!

—¿Qué tenemos que celebrar? —quiso saber Björn.

Fraser y Neill se miraron con complicidad, y este último, burlándose de Mel, que los acuchillaba con la mirada, soltó:

—Teniente, ¿tenemos algo que celebrar?

Ella sonrió y, como si los viejos tiempos hubieran vuelto, respondió:

—Celebraremos que dos torpes, muy torpes, han regresado de su última misión en Afganistán.

Neill y Fraser soltaron una risotada, y Björn, que no entendía nada, cuando vio que aquéllos volvían a centrar toda su atención en la pequeña Sami, murmuró al oído de la mujer a la que adoraba:

—Teniente..., cómo me excita que te llamen así.

Mel sonrió divertida.

Su chico se había integrado totalmente en su grupo. Había dejado de ser un tipo que se mantenía al margen de aquellos estadounidenses para convertirse en uno que disfrutaba cada vez que todos se reunían y eran conscientes de su respeto y su cariño.

Tras tomarse una cerveza y hablar sobre banalidades, al final todos se encaminaron hacia la casa de Neill y Romina, donde no faltaron el bullicio y la algarabía, mientras Mel, enamorada, observaba embobada a su novio y se convencía de que tenía que casarse con él. Björn era su amor.

20

—Judith, me voy a comer —oigo que dice Mika justamente cuando estoy cerrando la carpeta para hacer lo mismo.

En cuanto salgo del despacho, los trabajadores con los que me cruzo en mi camino me miran y me saludan con una sonrisa. Eso me alegra. Me gusta que vean en mí a una persona, además de a la señora Zimmerman.

Una vez en la calle, me dispongo a tomar un taxi para regresar a casa cuando oigo que alguien grita mi nombre. Al mirar, sonrío al ver que se trata de Marta, la hermana de Eric, que con la mano me dice que la espere y de una carrera llega hasta mí.

—¿Qué haces por aquí? —pregunto tras besarnos.

Marta me mira y sonríe.

—Venía a hablar con Eric —dice.

—No está. Ha salido a comer con una antigua amiga.

Mis últimas palabras deben de salirme con cierto tonillo, porque ella pregunta al instante:

—¿Qué amiga?

Sin querer hacer gestos, tras el tonito que le ha dado a lo que he dicho, respondo:

—Una tal Ginebra..., ¿la conoces?

—¿Ginebra está aquí? —pregunta sorprendida. Yo asiento, y añade—: Caray, me encantaría verla. La recuerdo con cariño, aunque yo fuera una niña. Era simpatiquísima..., ¡simpatiquísima!

Saber que Marta también la recuerda con cariño no sé si me gusta o me desagrada. Mi cuñada debe de vérmelo de nuevo en la cara, porque dice:

—Pero tú para mí eres la única..., ¡la mejor para el antipático de mi hermano!

Su apreciación y el cariño que me tiene finalmente me hacen sonreír.

—¿Comemos juntas? —pregunta entonces.

Asiento. Llamo a Simona, me dice que los peques están bien y le indico que llegaré más tarde.

Del brazo, caminamos por las calles de Múnich y entonces de pronto la loca de mi cuñada se para, levanta una mano y gritando dice:

—¡Me caso!

Rápidamente veo el anillo en su dedo. ¿Cómo que se casa, si ella no es de casarse? ¿Con quién se casa? La veo saltar, sonreír y emocionarse en el momento en que dice:

—Estoy loca..., ¡lo sé! Pero... pero he dicho que sí, ¡y me caso!

La miro. Me mira. Las dos nos reímos. ¿De qué me río?

Marta rompió con su alocado novio Peter hace ocho meses y, que yo supiera, no estaba saliendo con nadie. Por eso, cuando no puedo más, con cara de circunstancias pregunto:

—¿Y con quién te vas a casar?

La chiflada de mi cuñada suelta una carcajada, aplaude como una niñita, se retira el pelo rubio de la cara y, tras aspirar, murmura:

—Con Drew Scheidemann.

Bueno..., ni idea de quién es.

—Es un anestesista que trabaja en el hospital —explica ella emocionada.

—¡¿Un anestesista?!

Marta asiente y, feliz de la vida, añade:

—Nos conocemos desde hace unos años, y reconozco que la primera vez que lo vi no me cayó bien. Incluso siempre que íbamos de cena de empresa siempre era demasiado sensato y juicioso para mi gusto. Pero hace seis meses, una noche, cuando salía del hospital, nos encontramos en el estacionamiento... ¡Oh, Diossssssssssssssss, lo recuerdo y se me ponen los pelos de punta!

—¿Por qué? —pregunto curiosa.

—Porque es tan... tan... serio, estable y sereno que no sé cómo ha podido fijarse en mí. Con decirte que en ocasiones me recuerda al tonto de mi hermano...

Eso me hace reír al imaginar al tal Drew del tipo de Eric.

—Pero... fue alucinante —prosigue—. Fuimos a tomar una copa. Él me dijo que no tenía pareja, yo le confesé que tampoco y, bueno..., una cosa llevó a la otra, comenzamos a vernos cada día más seguido y sólo puedo decirte que estoy feliz y... y... ¡embarazada!

—¡¿Qué?!

¡Toma ya bombazo! Boda y embarazo.

—¡Estoy de cuatro meses! —insiste Marta, tocándose su casi inexistente panza.

A cada segundo más alucinada por todo lo que me está contando en medio de la calle, no sé ni qué decir. Hasta hace apenas quince minutos no sabía que Marta tenía novio, y ahora, de pronto, se va a casar y está embarazada. Marta habla..., habla y habla. Está nerviosa.

—¿Lo sabe Sonia?

Ella niega con la cabeza.

—Pensaba decírselo luego a mamá. Primero quería contárselo al troglodita de mi hermano y, como sabía que tú estabas en Müller, pensé que serías mi gran apoyo cuando él me llamara loca, desequilibrada y descerebrada.

—No, mujer... ¿Cómo te va a decir eso?

Ambas nos reímos y ella prosigue:

—Por cierto, ¿recuerdas el día que fueron con Flyn al hospital? —Yo asiento—. Pues mi mala cara era porque, segundos antes de llevar a Flyn hasta ustedes, acababa de vomitar..., ¿no es emocionante?

La miro boquiabierta y asiento al pensar en el asco que me daba cuando yo estaba embarazada.

—Emocionantísimo.

Mi cuñada, que está sobreexcitada, no para de hablar. Yo la escucho y así llegamos hasta un restaurante español que nos encanta. Allí nos hartamos de jamoncito del rico, tortilla de papa con cebollita y carne en salsa y, cuando voy a explotar, digo:

—Marta, a riesgo de parecer una idiota, quiero que sepas que el matrimonio no es un juego de hoy te quiero y mañana no.

—Lo sé —responde ella sonriendo feliz—. Pero estoy tan enamorada que sé que todo va a salir bien.

Asiento. Me rindo. No pienso volver a ser la nota discordante, y entonces ella dice:

—Drew y yo queremos casarnos antes de que nazca el bebé. Lo llevamos pensando unos meses y, bueno..., hemos decidido hacerlo dentro de un par de semanas. ¿Qué te parece?

—¿Dentro de un par de semanas?

Marta asiente.

—¡Y, por supuesto —añade—, quiero mi despedida de soltera en el Guantanamera! Tengo que avisar a Mel y a todos los amigos, ¡verás qué fiestón!

En ese instante, me entra la risa. La risa floja. ¡Cuando se entere Eric, va a alucinar! Marta se ríe, creo que sabe lo que pienso. Las dos nos desternillamos y, en el momento en que consigo parar de reír, murmuro:

—Verás cuando se entere tu hermano de la boda...

—Peor va a ser cuando sepa que te voy a llevar de nuevo al Guantanamera.

Eso nos hace volver a reír otra vez. No lo podemos remediar.

Tras una comida en la que no paro de desternillarme con la loquita de mi cuñada, ella me convence para que la acompañe a darle la noticia a su madre. Acepto encantada: adoro a mi suegra y por nada del mundo me perdería su cara cuando se entere.

Cuando llegamos al barrio de Bogenhausen, donde vive Sonia, nos paramos ante la reja oscura del precioso chalet.

—¿Puedes creer que estoy nerviosa?

—Tranquila. Ya sabes cómo es tu madre. Seguro que se alegra.

Una vez que tocamos el timbre, la reja se abre y entramos. Sea la época que sea, el jardín de Sonia es siempre una maravilla. Admirándolo estoy cuando Amina, la mujer que trabaja para ella, nos abre la puerta de entrada y saluda:

—Buenas tardes, la señora está en la sala.

Marta y yo sonreímos pero, en cuanto entro en la sala, la sonrisa se me corta de sopetón. ¿Qué hacen Eric y Ginebra allí?

Boquiabierta, miro a mi marido, que, al verme, se levanta rápidamente y dice:

—Hola, cariño.

Lo observo y, cuando veo que Marta abraza a Ginebra con demasiada efusividad, murmuro:

—¿Qué haces aquí con ella?

Pero no puede responderme. Sonia, que ya está a mi lado, me abraza, me besuquea como siempre y, tomándome de la mano, me sienta a su lado y dice:

—Qué alegría tenerte aquí, Judith. —Y, mirando a la mujer que considero una extraña y que no sé por qué está allí, añade—: Ya me ha dicho mi hijo que conoces a Ginebra, ¿verdad?

—Sí —afirmo.

Ginebra y yo nos miramos y entonces ella dice:

—Nos hemos visto un par de veces. Cuando la conoció, Félix dijo que Judith era una mujer con clase y saber estar, a la par que divertida y guapa. Qué suerte ha tenido Eric.

Sonia sonríe y, sin soltar mi mano, declara:

—Estoy totalmente de acuerdo con Félix; todo lo que yo pueda decir de Judith es poco. Es la mejor nuera que una suegra querría para su hijo.

Estoy encantada con su halago cuando Sonia suelta mi mano, toma la de Ginebra e indica:

—Pero tú me has dado hoy la sorpresa del día, Ginebra. Tengo tan buenos y bonitos recuerdos de ti que, cuando has aparecido con mi hijo, he tenido la impresión de regresar al pasado.

—Mamá, por favor, no exageres —murmura Eric sentándose a mi lado.

Bueno..., bueno..., bueno... No sé qué pensar. Aquí estoy, con mi suegra, mi cuñada, mi marido y la ex de él; ¡todo esto es muy surrealista!

Aun así, intento prefabricar una sonrisa convincente, asiento y respondo:

—Tu marido también me pareció un buen hombre, Ginebra. Díselo de mi parte.

Ella sonríe y, con su desparpajo habitual, comienza a recordar cosas que veo que hacen reír a Marta, a Sonia y a Eric. Yo también sonrío, hasta que no puedo más y, levantándome, digo:

—Si me disculpan, voy un momento al baño.

Sin mirar atrás, salgo de la sala. Me encamino hacia el cuarto de baño y, una vez dentro, pongo el seguro. Me pongo la mano en el corazón. Me late a mil y, mirándome en el espejo, observo que mi cuello comienza a enrojecerse. Rápidamente me echo agua. No quiero que ninguno se percate de que estoy nerviosa y, cuando noto que la rojez desaparece, siento alivio.

Tan pronto como salgo del baño, regreso a la sala y, al entrar, me encuentro a los cuatro riendo. Siguen con sus recuerdos y, oye..., ¡lo entiendo! Pero me toca los ovarios. Ya me gustaría a mí ver a Eric con mi padre, mi hermana y un ex mío recordando tiempos pasados.

Mi marido me mira. Busca mi complicidad y, dispuesta a dársela, le guiño un ojo, me acerco a él y lo beso.

Mi suegra, que lleva ya años haciendo paracaidismo, habla de sus últimos saltos, y Eric, como siempre, no quiere ni escuchar. Riéndome estoy por ello cuando oigo que Marta dice:

—Bueno, mamá. Yo venía a contarte un par de cosillas importantes y, ya que está Eric aquí, pues se lo digo a los dos a la vez y, así, como vulgarmente se dice, mato dos pájaros de un tiro.

Al oír eso, Ginebra hace ademán de levantarse para irse, pero Marta la sujeta y dice:

—Tranquila, no hace falta que te vayas.

Eso me toca la moral. Pero lo entiendo: mi cuñada es muy correcta.

Sonia y Eric clavan las miradas en Marta cuando ésta, tras mirarme en busca de apoyo, levanta la mano y suelta:

—¡Me caso!

Cricri..., cricri..., se oyen los grillos del jardín, hasta que Sonia murmura incrédula:

—Bendito sea Dios.

El silencio se apodera de nuevo de la sala. Se puede decir que podría oírse hasta una hormiga caminar por el jardín de puntitas, hasta que Eric pregunta:

—¿Que te casas?

—Sí.

Con una expresión indescifrable, mi amor mira a su hermana e insiste:

—¿Y con quién te casas?

Marta, a la que le importan tres pitos el gesto serio de mi Iceman, sonríe y responde:

—Con Drew Scheidemann.

Sonia, que sigue boquiabierta, pregunta entonces:

—¿Y quién es Drew Scheidemann?

No puedo..., no puedo..., no puedo. Me río, ¡me río! Y al final se me escapa la risotada.

¡Es todo tan surrealista...!

Marta me secunda, y entonces Eric, mirándonos a las dos, gruñe con gesto serio:

—No sé dónde le ven la gracia.

Está bien. Dejamos de reír antes de que nos coma.

—A ver, hija —dice Sonia echándose hacia delante—. Sabes que soy una madre abierta a tus locuras, pero una boda...

—Lo sé, mamá —la interrumpe Marta—. Sé que me vas a decir lo mismo que Jud me ha dicho de que el matrimonio no es un juego de hoy te quiero y mañana no. Pero debes saber que estoy segura de lo que hago y con quién lo voy a hacer porque no es alguien que conocí ayer, sino alguien que conozco desde hace años y...

—¿Has estado engañando a Peter? —ruge mi alemán.

—¡Eric! —protesto yo.

Al oír eso, Marta lo mira y responde:

—No, hermanito. Cuando estoy en pareja soy terriblemente fiel. Pero a Drew lo conozco desde hace tiempo porque trabaja en el hospital. Por tanto, que te quede claro que, cuando estuve con Peter, sólo estuve con él; ¡no saques conjeturas que no son ciertas!

Ginebra nos mira. Se levanta de donde está y sale de la sala. Yo la miro. ¿Adónde va? Dos segundos después, vuelve a entrar y, sentándose junto a Sonia, dice:

—Le he dicho a Amina que te prepare un té de tila.

Anda, mi madre, ¿ahora va de salvadora y señora de la casa, la colega?

Eric sigue aún boquiabierto por la noticia cuando Marta abre su bolsa y, sacando la prueba del delito, que no es otra que la del embarazo, la enseña y añade:

—También... también quiero decirles que estoy embarazada de cuatro meses y estoy muy... muy feliz. ¿Cómo quieren que no me ría?

Ay, Dios, que me desternillo otra vez.

Las caras de Eric y su madre son lo más gracioso que he visto últimamente. Pero entonces la pobre Sonia musita con un hilo de voz:

—Embarazada... Tú, embarazada.

—Sí, mamá. Yo, embarazada. ¡Voy a tener un bebecito! —Veo que sonríe—. ¿A que te gusta?

—Carajo, qué locura —suspira Eric.

Mi suegra se da aire con la mano. Ofú, qué fatiguita que le ha entrado; pero entonces consigue decir:

—Pero, hija, si a ti se te mueren hasta las plantas de plástico.

—¡Mamá! —protesta Marta.

—Que la tila sea doble —dice Sonia tocándose el rostro.

Eric mira a su madre, parpadea y se le hincha la vena del cuello. Oh..., oh..., ¡peligro! Y, antes de que suelte alguna de las suyas, me levanto y, abrazando a Marta para que sienta mi total apoyo, exclamo:

—¡¿No les parece bonito otro bebé más en la familia?!

Con el rabillo del ojo observo que la vena de Eric se deshincha. ¡Menos mal!

Entonces, Ginebra se levanta, se coloca a mi lado y dice:

—Enhorabuena, Marta. Por la boda y por el bebé.

Mi cuñada acepta gustosa su abrazo, y a continuación Sonia se pone también en pie y murmura emocionada:

—Ay, hija... Ay, hija..., nunca pensé que llegaría este momento.

Sonriendo, Marta la abraza. ¡A esta mujer no hay quien la entienda!

Eric, que aún no se ha movido, nos mira entonces y suelta:

—Pero ¿se han vuelto todas locas?

—Eric... —murmuro.

—No, Jud..., ¡cállate! —protesta mi gruñón—. Esta descerebrada se va a casar con alguien que no conocemos, ¿y encima va a tener un bebé?

Marta se sienta con tranquilidad en el sillón y, mirándome, cuchichea:

—Te lo dije. Te dije que el controlador y sabelotodo de mi hermanito me llamaría descerebrada.

—Marta, no provoques a tu hermano —replica Sonia.

—No, mamá, déjala que me provoque —gruñe mi amor—. Ya vendrá luego llorando cuando su mundo, como dice ella, se le vuelva del revés.

Marta, a la que no se le mueve ni un pelo, me mira y se burla:

—De verdad, chica, que no sé cómo soportas a este troglodita.

Su comentario me hace sonreír, pero entonces Eric prosigue:

—¿Qué tal si evitas comentarios absurdos, y tú —sisea mirándome— dejas de sonreír?

—Eric, hijo... —lo regaña Sonia.

Pero mi alemán, que cuando se enfada es una apisonadora, responde:

—No te entiendo, mamá. Esta imprudente te está diciendo que está embarazada, que se casa con un desconocido, ¡y tú no dices nada!

Bueno..., bueno..., aquí se va a armar la bronca, y efectivamente ¡se arma!

Al final, Marta se levanta, comienza a discutir con Eric y mi alemán no se calla. Amina entra y deja una bandeja con varias tazas y una tetera con tila y huye despavorida.

Durante varios minutos, Eric y Marta se echan en cara todo lo que quieren y más, al tiempo que Ginebra los observa y Sonia los reprende por sus comentarios mientras bebe tila. Cuando creo que he de decir algo para intentar mediar, Ginebra se acerca a Eric y señala:

—Escucha, cielo, Marta ya es mayorcita para saber lo que quiere hacer con su vida igual que tú lo fuiste cuando te casaste, como me has contado, sin conocer apenas a Judith.

¡Tócate las bolas!

Pero ¿de qué habla ésa y, sobre todo, qué le ha contado el troglodita, por no decir imbécil, de mi marido?

Su comentario no me gusta, y mi mirada le dice absolutamente todo lo que pienso a mi imbécil particular cuando Ginebra prosigue:

—Eric, tú has encontrado al amor de tu vida en Judith. ¿Por qué Marta no ha podido encontrar al suyo?

Bueno..., eso ya me gusta más. ¿Eric le ha dicho que soy el amor de su vida?

Mi mirada se suaviza. La de él también y, finalmente, Marta rompe a llorar sentándose en el sillón.

Sonia, Ginebra y yo miramos a Eric. Esperamos que haga algo, que lo arregle, y él, tras ponerse las manos en las caderas, sacudir la cabeza y resoplar, se sienta junto a su hermana y dice:

—Lo siento.

—¿Por qué lo sientes? —gimotea Marta.

—Porque soy un bocón además de un troglodita y un imbécil como piensa mi mujer.

Eso me hace sonreír. Sé cuánto quiere a Marta, y entonces lo oigo decir:

—Ya me conoces, todo me lo tomo a la tremenda, pero es porque me preocupo por ti. No sé quién es ese Drew y eso me desconcierta. Pero si tú eres feliz, sabes que yo lo voy a ser también, y más ahora que tendremos a otro pequeñín correteando por nuestras casas.

Marta deja de lloriquear, levanta la mirada y, sonriéndole a mi amor, explica:

—Drew es médico anestesista en el hospital, y la persona más cariñosa y caballerosa que he conocido en mi vida, además de ti. Y, aunque no lo creas, su seriedad tan parecida a la tuya fue lo que llamó mi atención. Él me calma, me hace ver la vida de otra manera, y te aseguro que cuando lo conozcas te gustará.

Eric sonríe y abraza a su hermana. ¡Ay, qué mono que es mi muchachote!

Una vez que veo que todo se calma, Sonia suspira y, sentándose junto a su hija en el sillón, pregunta:

—Bueno, y ahora que todos estamos más tranquilos, ¿la boda para cuándo es?

Marta me mira. Yo miro al techo y finalmente ella suelta:

—Para dentro de dos semanas.

—Tráiganme un Martini doble —murmura Sonia mientras Eric resopla y yo me río sin poder remediarlo.

21

Tras pasar la tarde en casa de Neill y Romina, cuando Björn y Mel regresaron a la suya estaban agotados pero felices. Estar con aquellos amigos era siempre divertido.

Ese día le tocaba a Björn bañar a Sami mientras Mel preparaba la cena. Cuando terminó, la exteniente sonrió al oírlos cantar en el baño: «Y ya tú vas a estar limpia, bella y todo lo demás, con mis toques vas a entusiasmar, nombre y honra nos darás».*

A su hija siempre le había gustado aquella canción de la película *Mulán*, y Björn, que era consciente de ello, se la había aprendido después de verla tantísimas veces con la niña. Siempre que la bañaba ella le pedía que se la cantara, a lo que él accedía gozoso.

Una vez que terminaron del baño, cenaron los tres y, luego, de nuevo a Björn le tocó contarle un cuento a la pequeña, momento que Mel aprovechó para preparar su sorpresita.

Como siempre que le tocaba a él contar los cuentos, la niña se aprovechaba y le hacía leer dos capítulos en vez de uno, y él accedía. Era incapaz de decirle que no a su pequeña.

Cuando acabó, Mel oyó desde el pasillo que Björn aún leía. Sonrió. Sami no podría tener mejor padre.

Entonces, la niña preguntó:

—Papi, ¿por qué la bruja le da una manzana roja a Blancanieves?

—Porque era tan guapa... tan guapa... que la bruja, celosa de su belleza, quería envenenarla.

—¿Y por qué la manzana era roja y no verde o amarilla?

Björn sonrió. Sami y sus preguntas...

* *Honra nos darás*, Disney Records, interpretada por Celia Vergara/Chorus – *Mulán*/Marta Martorell/María Caneda/Paula Bas. *(N. de la E.)*

—Porque las manzanas rojas son mágicas y muy... muy dulces y en ocasiones conceden deseos, y a la bruja le concedió el deseo de envenenar a Blancanieves.

Su respuesta pareció convencer a la niña, y Björn continuó hasta que Sami lo interrumpió de nuevo:

—Papi ¿y por qué Mudito no habla? ¿No sabe hablar?

Al oír eso, Mel se asomó para ver la cara de Björn. Él, suspirando, pensó un momento la respuesta y finalmente dijo:

—Tú sabes que hay niños que están malitos de los ojos y no pueden ver, ¿verdad? —La niña asintió y él añadió—: Pues Mudito nació malito de la voz y no podía hablar, pero por lo demás él...

—Pero ¿no le enseñaron a hablar?

Björn sonrió. Explicarle ciertas cosas a una niña de la edad de Sami no era fácil.

—Lo intentaron todos los enanitos, incluida Blancanieves, pero la voz nunca quiso salir.

—Pobrecito, ¿verdad? —Björn asintió, y Sami añadió a continuación—: Y si mi voz mañana no quiere salir y no puedo hablar más, ¿cómo te voy a pedir que me cuentes un cuento por las noches?

Al oír eso, Mel se emocionó, y Björn, enternecido por los sentimientos que aquella pequeña rubia le despertaba, contestó cerrando el cuento:

—Te aseguro, princesa, que si mañana no te saliera la voz, yo con mirarte a los ojos sabría lo que me pides.

—¿De verdad?

Björn la besó en la frente y asintió.

—Cariño, los papás y las mamás muchas veces sabemos lo que quieren nuestros niños sólo con mirarlos a los ojos. ¿O acaso no te has dado cuenta de cómo en ocasiones, sin que tú digas nada, mamá o yo sabemos que quieres un helado o un chocolate?

La niña asintió y, abriendo mucho los ojos, cuchicheó:

—Son mágicos, como las manzanas rojas.

El abogado sonrió.

—Exacto —convino—. Somos mágicos, y ahora, ¿continuamos con el cuento?

Sami asintió y Björn siguió leyendo hasta que, pasados diez minutos, cerró el libro y dijo:

—Ahora, a dormir, señorita.

—Jo, papi...

—A dormir —insistió él con cariño.

Sami no tardó en claudicar y Björn la arropó. Adoraba a su pequeña tanto como adoraba a su madre y, dándole un beso en la punta de la nariz, le acomodó su muñeca preferida y susurró:

—Buenas noches, princesa.

—Buenas noches, papi.

Feliz, Björn encendió el intercomunicador por si la niña los necesitaba durante la noche y salió de la recámara. Al encontrarse con Mel en el pasillo vestida con su bata de satén negra excesivamente abrochada, sonrió. Ella le echó los brazos al cuello y lo besó en la boca.

—Hola, mi amor —susurró.

Embrujado por aquella demostración de amor, Björn cuchicheó:

—¿Quieres que te cuente un cuento a ti también?

Mel sonrió, clavó los ojos en aquéllos tan azules y, hundiendo los dedos en la espesa cabellera oscura de su chico, musitó:

—Llévame a la recámara.

—¿Así? ¿De un golpe? —dijo él riendo.

—Llévame a la recámara —insistió ella.

Con cara de pillo, Björn hizo lo que ella le pedía. Pensó que, sin duda, a Mel le había ido bien quedar con Neill y Fraser para olvidarse un poco de lo ocurrido últimamente. Al entrar en el cuarto, se encontró con que la estancia estaba por completo alumbrada con velas.

—Cierra la puerta —pidió ella.

De nuevo, Björn hizo lo que ella le decía. Luego la miró y murmuró:

—Esto se pone muy... pero que muy interesante.

Encantada por cómo él la miraba, Mel tomó un sobre y se lo tendió.

—Léelo.

Björn, que a cada instante sentía más curiosidad, abrió el sobre y leyó:

Sami duerme y no quiero despertarla. Toma el intercomunicador para poder oírla si se despierta y, después, dame la mano y vamos a tu despacho.

Los ojos de él buscaron los de ella, y ésta dijo con una sonrisa:

—Lo siento, amor. Debes abrir la puerta y...

—No... —murmuró Björn decepcionado como un niño, mirando la cama.

Mel asintió, se encogió de hombros e insistió:

—Vamos. Tu sorpresa te espera en el despacho.

Saber que allí también tendría sorpresa lo hizo sonreír y, tras tomar el intercomunicador, Björn abrió la puerta y caminaron hacia su despacho, un lugar bastante alejado de la recámara de Sami y del resto de la casa, ya que se encontraba en el piso de al lado.

Una vez allí, al encender la luz, ésta se tornó roja y, divertido al ver los cientos de foquitos de colores de la decoración de Navidad, él cuchicheó mirándola:

—Recuerda que luego debemos recogerlo, o mañana toda la oficina se preguntará qué ha ocurrido aquí.

Mel sonrió. A continuación, lo guió hasta su gran mesa, lo hizo sentarse en su silla de cuero negro y, tras darle un beso en los labios caliente y pasional, se separó de él y preguntó:

—James Bond, ¿estás preparado?

Björn asintió como un tonto cuando ella, tomando el mando a distancia del equipo de música, accionó un botón y, de pronto, comenzaron a sonar los primeros acordes de la canción *Bad to the Bone*,* y aplaudió encantado.

Mel se abrió la bata negra y, para su sorpresa, Björn vio que iba vestida con sus pantalones de camuflaje y su camiseta caqui. Lue-

* *Bad to the Bone*, EMI, interpretada por George Throrogood & The Destroyers. *(N. de la E.)*

go, poniéndose la gorra militar, sonrió y comenzó a contonearse al compás de la música.

A Björn lo chiflaba aquella canción, y verla bailar de aquel modo..., uf... Lo excitaba. Lo ponía cardíaco. No era la primera vez que ella lo hacía, y él esperaba que no fuera la última.

Cuando la bata cayó al suelo, Björn aplaudió, mientras Mel, encantada, se dejaba llevar por el momento y bailaba única y exclusivamente para él.

Con sensualidad, se subió a la mesa y se quitó las botas militares. A continuación, comenzó a desabrocharse el pantalón mientras contoneaba las caderas y observaba cómo él seguía hipnotizado todos y cada uno de sus movimientos.

Cuando los pantalones terminaron en una esquina del despacho, lo siguiente en volar fue su camiseta caqui, por lo que quedó vestida únicamente con un conjunto verde de camuflaje de calzón y brasier.

Björn la observaba encantado. Aquella mujercita descarada lo había enamorado y, cuando ella se volvió para enseñarle el tatuaje del atrapasueños de su costado, él sintió que enloquecía. Adoraba cada centímetro del cuerpo de aquella mujer. Entonces ella empezó a mover los hombros y se metió sus placas identificativas en la boca, y a Björn se le resecó hasta la razón.

Mel era sexi...

Mel era tentadora...

Mel era provocativa...

Convencida de lo que su baile estaba ocasionando en él, bajó de la mesa, se sentó encima de sus piernas y, hechizada por su mirada, se quitó el brasier mientras movía las caderas sobre las suyas y se pasaba una mano por los duros pezones para hacerle ver lo excitada que estaba por su mirada.

—Guau, nena —consiguió balbucear él.

Luego, tras levantarse, Mel se subió de nuevo a lo alto de la mesa y, con sensualidad, placer y erotismo, comenzó a quitarse los calzones lenta, muy lentamente, frente a él. Frente a su amor.

Björn apenas si podía reaccionar. Le sudaban hasta las manos al ver el festín que ella colocaba ante sus ojos. Cuando estuvo totalmente desnuda y la canción acabó, Mel se sentó sobre la mesa y, casi sin resuello, murmuró:

—Estoy segura de que lo que acabo de hacer escandalizaría a las mujeres de esos frikis de abogados que tienes como amiguitos. Pero en este instante yo soy tu regalo, 007. Haz conmigo lo que quieras.

No hizo falta decir nada más. Excitado como estaba, Björn la acostó a lo largo de la mesa y, abriéndole las piernas, la chupó, la degustó y le hizo el amor con la lengua con total frenesí, hasta que sus instintos más salvajes lo hicieron bajarse el cierre del pantalón y, tras sacar su duro y aterciopelado miembro, la penetró y ambos se arquearon de placer.

Al ver que a ella le temblaban las piernas a causa de la excitación, Björn se sentó en su silla y, arrastrándola hacia sí, la sentó a horcajadas y la besó. No hablaron. No hacía falta hablar. Sus sentimientos, unidos al morbo del momento y la necesidad imperiosa que tenían el uno de la otra, lo hicieron todo. Con urgencia se amaron. Con premura se tocaron. Con exigencia se poseyeron y, cuando el clímax les llegó y quedaron tendidos una en brazos del otro, Mel murmuró:

—Como preliminar, no ha estado mal.

—Nada mal, Parker —afirmó él sin resuello.

Instantes después, Björn volvió a endurecerse e hicieron el amor sobre la mesa con auténtica locura.

—Dicen que no hay dos sin tres —cuchicheó Mel tras ese segundo asalto.

Agotado y sudoroso, Björn la miró y sonrió.

—¿Estás dispuesta a matarme, cariño?

Mel asintió y lo besó.

—Sin duda alguna —afirmó—. Hoy estoy dispuesta a todo por ti.

Encantado por la entrega que estaba demostrando aquella noche, el abogado la besó sin resuello hasta que ella propuso:

—¿Qué tal si vamos a la cocina por algo de beber antes de que nos deshidratemos?

Divertido y a medio vestir, Björn aceptó. Mel recogió rápidamente su ropa y, tras desconectar las luces rojas de Navidad, se puso su bata negra.

—Vamos, cariño..., sígueme —dijo.

Björn fue tras ella sin dudarlo. Abrieron la puerta que comunicaba el despacho con la casa y, después de cruzar el pasillo, llegaron a la cocina, donde soltaron la ropa y las luces. Sedienta, Mel abrió el refrigerador y sacó dos cervezas. Las abrió y le ofreció una a Björn, que se apresuró a tomarla y, tras chocarla con la de ella, dijo:

—Por ti y porque me sigas sorprendiendo.

Mel sonrió. Eso esperaba.

Apoyados contra la cubierta de la cocina, ella reía ante los comentarios provocadores que él hacía en referencia a cómo lo excitaba que Mel bailara para él. Cuando se terminaron las cervezas, ella se sacó otro sobre del bolsillo de la bata de seda negra y se lo entregó diciendo:

—Ábrelo y lee lo que dice.

Complacido, Björn hizo lo que le pedía y leyó:

Para esta noche tan especial habría querido tener fresas, pero no tuve tiempo de ir a comprarlas. Aun así, tengo chocolate y una fruta mágica; ¿adivinas cuál es?

Él la miró sorprendido y susurró:

—Fresas y chocolate, ¡qué buenos recuerdos! Esto cada vez promete más.

Mel sonrió satisfecha por su comentario y, tras abrir el refrigerador, sacó una reluciente manzana roja y un frasco de Nutella.

—No hay fresas, mi amor —dijo—, pero he oído en algún lado que las manzanas rojas son mágicas y en ocasiones conceden deseos.

—¿Ah, sí?

—Sí. —Y, entregándole la manzana, añadió—: Para ti.

Björn la tomó y, sin mirar la fruta, murmuró:

—Eres mi Eva y pretendes que muerda la manzana como Adán.

—Sí. Sería un placer ver cómo la muerdes.

Más y más sorprendido cada vez, Björn miró la manzana y, al ver que de ella sobresalía un fino papel enrollado, levantó la vista hacia Mel.

—¿El juego continúa? —preguntó.

—Sí, cariño. El juego continúa. Lee lo que dice.

Disfrutando del momento, Björn desenrolló el papelito y leyó:

Porque no quiero vivir sin ti, porque Sami te adora y porque nos quieres a las dos como nunca he visto querer a nadie, ¿quieres casarte conmigo en Las Vegas el 18 de abril y más adelante lo celebramos para la familia en Múnich?

La cara de Björn al leer aquello era algo que Mel sabía que no podría olvidar en la vida. La miró con sus impactantes ojos azules y, tras parpadear y asumir que lo leído era verdad, asintió emocionado.

—Por supuesto que quiero casarme contigo ese día, mi amor.

Mel se lanzó a sus brazos y él la aceptó. Amaba con locura a aquella mujer y, por fin, ella se había decidido a dar el paso. Se abrazaron y se besaron hasta que, de pronto, Björn la apartó de él y murmuró:

—Entonces ¿esto hace que olvides la idea de ser escolta?

A Mel no le gustó oír eso pero, como no deseaba romper aquel mágico momento, respondió:

—Cariño, eso ya lo hablaremos.

Convencido de que era mejor callar y disfrutar de su triunfo, Björn asintió y volvió a besarla.

—Siento no tener un precioso diamante para darte —dijo—, pero te prometo que mañana mismo te compro el que tú quieras.

La exteniente sonrió divertida; el anillo era lo que menos le importaba. Luego, tras abrir el frasco de Nutella, metió la mano y, tomando el dedo de Björn, lo untó de chocolate a la altura donde se ponen los anillos y señaló divertida:

—Ya tienes tu anillo. ¿Me pones uno a mí?

Asombrado por la originalidad que Mel le demostraba siempre en todo, él metió el dedo en el tarro y, tomándole el dedo a ella, le dibujó otro anillo con chocolate.

Segundos después, enamorados y felices, se retiraron juntos a la recámara con el frasco de Nutella. Sin duda, recordarían aquel momento el resto de sus vidas, aunque no hubicra ni fresas ni diamantes.

22

Cuando salimos de casa de Sonia, Marta y Ginebra llaman a un taxi para ir a sus destinos y nosotros nos dirigimos al garaje para sacar nuestro coche. En silencio, Eric maniobra mientras yo me pongo el cinturón de seguridad.

Una vez que hemos salido de la propiedad y le he dicho adiós a Sonia con la mano, me apoyo en el reposacabezas y cierro los ojos.

—¿Cansada? —pregunta Eric con voz neutra.

Por su tono, veo que espera que discutamos. Sabe que haberlo encontrado en casa de su madre con Ginebra no me ha hecho gracia, pero respondo:

—Sí.

—Pequeña, creo que...

—No me llames *pequeña*, ¡ahora no! —siseo a punto de saltarle a la yugular.

Eric me mira.

—Jud...

Y ya, incapaz de mantener a raya mi incontinencia verbal, respondo:

—Pero ¿tú eres tonto o directamente me tomas a mí por idiota?

Mi respuesta lo sorprende. Veo que acerca el coche a la acera y para. Echa el freno de mano y, mirándome, pregunta:

—¿Me puedes decir qué te pasa?

Mi cuerpo se rebela. Me entra el calor español y, mirándolo, siseo:

—¿Qué hacías con Ginebra en casa de tu madre?

—Tenía que hablar con mi madre. Cuando terminamos de comer, lo comenté y Ginebra me preguntó si me importaba que pasara a saludarla. No pude decirle que no.

—No me habías dicho que tenías que verla, ¡mientes!

Eric cierra los ojos, suspira y finalmente murmura:

—Jud. Ella y mamá se llevaban muy bien, y no he podido decirle que no.

Asiento. O asiento o lo pateo.

Y, con más calor que segundos antes, me quito el cinturón de seguridad, abro la puerta y salgo al exterior. Necesito aire antes de que me dé algo.

Eric sale del coche como yo. Lo rodea y, poniéndose a mi lado, pregunta:

—Cariño, ¿en serio estás así porque Ginebra haya visitado a mi madre?

Resoplo. Me pica el cuello. Me lo rasco y, cuando él me va a quitar la mano, lo miro y gruño:

—No me toques.

—¡Judith!

Su voz de ordeno y mando me saca de mis casillas y, sin importarme la gente que pasa por nuestro lado y nos mira, grito:

—¡¿Tan difícil era decirme que ibas a llevar a Ginebra a casa de tu madre?! —Eric no responde, y yo añado—: Intento confiar en ti. Lo hago. Intento no pensar tonterías, pero...

—¿Quieres bajar la voz? —protesta al ver cómo nos miran.

Oír eso me subleva. Me importa una mierda quién nos mire, por lo que respondo:

—No. No puedo bajar la voz, como tú no has podido decirle que no a Ginebra. ¿Te sirve mi contestación?

Eric levanta las manos. Se toca la nuca, blasfema y, mirándome, dice:

—A veces eres insufrible.

—Anda, mi madre, ¡más vale que me calle lo que a veces eres tú!

Mi contestación, llena de insolencia, lo incomoda y sisea con gesto tosco:

—Sube al coche.

—No.

Mi alemán baja la barbilla, achina los ojos y repite:

—Sube al maldito coche y vayamos a casa. Éste no es sitio para discutir.

En ese instante oigo las risitas de unas mujeres que nos observan y, sin ganas de armársela a ellas también, me subo al coche y doy un tremendo portazo. Eric sube a su vez y da otro portazo. Pobre coche, el maltrato que le estamos dando...

En un silencio extraño llegamos a casa, pero me da igual. Si se le hace incómodo, que se friegue. No me importa. Estoy molesta. Muy enfadada.

Una vez que he saludado a *Susto* y a *Calamar*, pues los pobres no tienen la culpa de nada, entro por la puerta que comunica el garaje con la casa y rápidamente el pequeño Eric viene corriendo a mi encuentro. Me alegra ver que Pipa los ha mantenido despiertos hasta nuestra llegada. Lo tomo, lo beso y lo abrazo cuando el niño me mira y dice:

—Mami, he comido galletas.

Satisfecha porque ha dicho una frase entera, miro a Eric, éste sonríe y, quitándomelo de los brazos, le da un cariñoso beso en el cachete.

—Muy bien, Supermán —dice—. ¡Muy bien!

Esa pequeña cosa me acaba de alegrar el momento, y sonrío. No lo puedo evitar.

Una vez que entramos en la cocina, veo que Hannah está muerta de sueño. Es demasiado tarde para ellos, pero la saco de su silla, la besuqueo como antes he hecho con mi pequeño y la niña sonríe feliz por estar con su mamá.

Durante un rato reina la felicidad en la cocina, los niños se merecen que nosotros disimulemos nuestro malestar, hasta que Flyn abre la puerta, se para y, al vernos reír a todos, nos mira y pregunta:

—¿Molesto?

Eric y yo lo miramos. Sin duda, el chico ya viene con la escopeta cargada. Mal día. Mal día. Y, antes de que mi alemán diga algo, respondo:

—No, cariño, claro que no.

Flyn entra y, sin mirarnos, toma una lata de coca-cola del refrigerador, la abre, se la bebe de dos tragos y la deja sobre la cubierta de la cocina. Acto seguido, se da la vuelta y se dispone a salir de la cocina cuando Simona lo llama:

—Flyn.

Él continúa andando.

—Flyn —insiste la buena mujer.

Él no hace caso, eso hace que Eric y yo miremos y, cuando por tercera vez Simona lo llama y él ni se inmuta, no puedo callarme ante su falta de respeto y grito:

—¡Flyn!

Ahora, sí. Ahora sí se para. Se da la vuelta y Eric, tan molesto como yo, le recrimina:

—¿No oyes a Simona?

Con gesto contrariado, él resopla y mira a Simona.

—¿Qué quieres? —pregunta.

La mujer, ya nerviosa por nuestra atención, murmura:

—Cielo, la lata no se deja ahí.

Todos miramos a Flyn, y entonces el muy sinvergüenza responde:

—Pues tírala a la basura.

¡¿Cómo?!

Bueno..., bueno..., bueno..., eso sí que no. ¡Insolencias, las mínimas!

Vuelvo a dejar a Hannah en su silla y, acercándome a mi adolescente crecidito de humos, pongo mi rostro frente al suyo y siseo:

—Flyn Zimmerman Flores, haz el favor de tomar esa maldita lata de coca-cola ahora mismo y tirarla a la basura, antes de que pierda la poca paciencia que me queda y te dé tal cachetada que no lo vas a olvidar en la vida.

El chico me mira..., me mira..., me mira. Me reta.

Le sostengo la mirada y, finalmente, con una sonrisita que es para darle dos golpes en la nuca, toma la lata y la tira a la basura.

Una vez que lo ha hecho, vuelve a mirarme y, con una provocación que me pone los pelos de punta, pregunta:

—¿Contenta?

En ese instante me acuerdo de lo que hablé con Mel y, como si mi mano tuviera vida propia, le doy una bofetada que suena hasta con eco y, sin poder evitarlo, pregunto:

—¿Contento?

Sorprendido, Flyn se lleva la mano a la cara.

Carajo..., carajo..., carajo..., pero ¿qué acabo de hacer?

Nunca le he pegado. Nunca me he comportado así con él. Sin decir nada, Flyn se da la vuelta y sale de la cocina. Lo acabo de ofender.

Hannah se pone a llorar y, al mirar en su dirección, veo el rostro de Eric. Está blanco, sorprendido y, sin decirme nada y de malos modos, sale de la cocina. Observo a Simona y, agarrándome a la cubierta de la cocina por la tembladera que me ha entrado, murmuro:

—No... no sé qué me ha pasado.

La mujer, tan nerviosa como yo, me hace sentar en una silla. Al ver el pleito, Pipa se apresura a llevarse a los pequeños a la cama. Simona se sienta entonces a mi lado.

—Tranquila, Judith —dice—. Tranquila.

Pero yo no puedo estar tranquila. Le he dado un bofetón a Flyn por el enfado que traía con Eric. La miro y musito:

—He hecho mal..., ¿cómo he podido hacer eso?

Un rato después, me veo cenando sola en la mesa de la sala. Ni Flyn ni Eric tienen hambre. Mientras me meto un trozo de tomate en la boca, maldigo. ¿Por qué no pierdo el apetito con los disgustos como el resto de la humanidad?

Es que hay que fregarse, a mí los disgustos ¡me dan hambre!

Una vez que he acabado de cenar, no sé qué hacer. Estoy extraña. Me siento mal por lo ocurrido y decido ir a hablar con Eric. Me dirijo a su despacho y veo que no está. Voy a la piscina cubierta y tampoco está. Entro en nuestra recámara y tampoco se encuentra allí. Decaída, paso a ver a mis pequeños. Los dos duermen como angelitos y, después de besarlos con cariño en la cabeza, al salir oigo la voz de Eric. Proviene de la recámara de Flyn.

¿Entro o no?

Tras contar hasta veinte para tomar fuerzas, decido abrir la puerta.

Los dos me miran con ojos acusadores. ¡Serán cabritos!

Sus miradas me hacen sentir como la madrastra del cuento de

Blancanieves. Durante unos segundos ambos permanecen callados, hasta que Eric prosigue:

—Como decía, he hablado con la abuela Sonia y ella se quedará contigo durante los días que estemos en México. Le he dado instrucciones en referencia a tus limitaciones por tu castigo.

—Pero yo quería ir a ver a Dexter —se queja el chico—. Le prometí que iría la siguiente vez que fueran y...

—En la vida, toda causa tiene un efecto —lo corta Eric—. Y tú solito, con tu comportamiento, te lo has buscado.

Flyn refunfuña. Ni me mira. Yo lo observo y pregunto:

—¿Le has pedido ya la cita a tu profesor?

El chavo responde sin mirarme.

—Sí.

Asiento. Quiero disculparme con él por mi bofetón, y digo:

—Flyn, con respecto a lo que ha ocurrido hoy, yo...

—Me has pegado —me corta él sin mirarme—. No hay nada que aclarar.

—Claro que hay que aclarar —afirmo dispuesta a hablar.

El chico, que no está interesado, mira a Eric en busca de apoyo, y él dice:

—Jud, mejor déjalo estar. No lo friegues más.

Alucinada por su respuesta, oigo entonces que Flyn dice:

—Ahora, si no les importa, quiero dormir.

Me importa. ¡Claro que me importa!

Quiero aclarar lo ocurrido. Quiero que sepa que estoy arrepentida por ello, pero su frialdad y las palabras de Eric me tocan el corazón, y no sé ni qué decir.

Mi marido me mira, me hace una seña con la cabeza para que me retire y yo salgo abatida. Él sale tras de mí y, mirándome, dice:

—Jud, acompáñame al despacho.

Sin tomarme de la mano como habría hecho en otras ocasiones, comienza a bajar la escalera. Sé que no vamos a nuestro cuarto para que Flyn no nos oiga discutir, y me preparo para la artillería pesada que me va a soltar Iceman.

Una vez en su despacho, Eric cierra la puerta y, mirándome, sisea:

—¿Cómo has podido pegarle?

—No sé..., yo...

—¿Cómo que no lo sabes? —sube la voz mi alemán.

Tengo dos opciones: hacerle frente o callarme. Con lo nerviosa que estoy, casi sería mejor callarme, pero Eric es especialista en sacarme de mis casillas, y respondo:

—Es la segunda vez que le falta al respeto a Simona delante de mí, y no se lo voy a consentir. Siento en el alma haberle dado ese bofetón, no sé qué me ha pasado, pero... pero...

—No deberías haberlo hecho.

—Lo sé. Sé que no debería haberlo hecho, pero Flyn no puede comportarse así. De acuerdo que tú y yo lo tenemos bastante mimado y le damos todo lo que en ocasiones no se merece, pero si no cortamos esa manera de hablarle a Simona, con el paso del tiempo irá a peor y...

—No vuelvas a ponerle la mano encima.

Su mirada me enfada más que sus palabras, y siseo:

—Y tú no vuelvas a hablarme delante del niño como lo has hecho. ¿Te parece bonito decirme que me calle y no lo complique más?

—¿Te ha parecido mal mi comportamiento? —Asiento, claro que me ha parecido mal. Y entonces él añade—: Pues eso es lo que tú haces continuamente con él; ¿a que molesta?

Bien..., acaba de meterme un golazo por toda la escuadra. Tiene razón. Pero, como no estoy dispuesta a callar, siseo de nuevo:

—Me parece que ese «déjalo estar y no lo friegues más» ha sobrado, ¿no crees?

—No lo creo —responde él furibundo.

Su voz, tensa y tajante, hace que mi corazón se desboque. ¿Acaso no me está escuchando? Insisto:

—Te aseguro que a mí me duele más que a ti el hecho de haberle dado ese bofetón, pero no podía consentir su falta de respeto. Es un niño y...

—No vuelvas a pegarle nunca más —repite.

Bien..., hasta aquí ha llegado mi paciencia. Cambio el peso de mi cuerpo de un pie a otro y pregunto:

—¿O qué? ¿Qué pasará si vuelvo a ponerle la mano encima?

Eric me mira..., me mira..., me mira y finalmente, cuando sabe que estoy a punto de tirarme a su yugular por su insolencia, responde:

—No voy a responder a tu ridícula pregunta, y ahora, vamos a dormir, es tarde.

Y, sin más, abre la puerta del despacho y se va dejándome con cara de tonta. Pero ¿no íbamos a discutir?

Sola en el despacho, miro a mi alrededor. Con la rabia que llevo encima, lo destrozaría pero, como la persona civilizada que soy, tomo aire y salgo de allí. Al llegar a la escalera, veo que no está esperándome y, como no tengo ganas de sentirlo a mi lado, me voy hacia la piscina cubierta. Una vez allí, me desnudo y, sin pensarlo, me tiro al agua.

Nado..., nado..., nado y me desahogo y, cuando estoy agotada y sin aire, salgo del agua y me envuelvo en una toalla.

Molesta por lo ocurrido, me encamino hacia la recámara. Al acercarme veo luz por debajo de la puerta y cuando entro Eric no está, pero entonces oigo correr el agua de la regadera. Tengo que bañarme, pero esperaré a que él salga. No se me antoja hacerlo con él.

Primero hemos discutido por Ginebra, y ahora por lo de Flyn. Desde luego, el día no ha podido ser más redondo.

La puerta del baño se abre y aparece mi buenorro alemán, mojado y con una toalla alrededor de la cintura. Siempre que lo veo así, se me reseca hasta el alma. ¡Dios, qué bueno está!

Pero, como no quiero hacerle ver lo que en otras ocasiones le digo con la mirada, entro en el baño y cierro la puerta. Allí, me quito la toalla y me meto bajo la regadera. Cuando acabo me seco el pelo con el secador y, al salir, observo que Eric está acostado en la cama y me mira.

En circunstancias normales me habría abalanzado sobre él entre risas, pero no, esta noche la circunstancia no es normal y, dirigiéndome hacia mi clóset, tomo unos calzones y una camiseta y me los pongo para dormir.

Eric me sigue por la recámara con su azulada mirada y, cuando intuye que no voy a abrir la boca, dice:

—Deja de pensar cosas raras con respecto a Ginebra, que te conozco.

No respondo. Me niego. Me meto en la cama, pero las palabras me queman en la garganta y finalmente siseo:

—Sólo te diré que, si fuera al revés, si tú te hubieras encontrado con mi padre, mi hermana y un ex conmigo en la casa de él sin que yo te hubiera avisado, no te habría gustado. ¡Que yo también te conozco!

Mi alemán frunce el ceño, ¡yo también!, y continúo:

—Estoy confiando en ti. Maldita sea —digo levantando la voz—. Estoy confiando en ti.

—Jud...

—Te alenté a jugar con ella la otra noche en el Sensations, te animé a que hoy se fueran los dos solos a comer, pero... pero tú haces que comience a dudar.

—Escucha, cariño. Ginebra es sólo una amiga. Nada de lo que te tengas que preocupar.

Maldigo. Me cago en todo lo que se menea.

—Y en cuanto a Flyn —prosigo—, no me friegues, Eric Zimmerman: él es tan hijo mío como tuyo, por lo que no vuelvas nunca más a reprenderme de la manera en que lo has hecho hoy o te juro que te va a ir muy mal, ¿entendido?

Su gesto se contrae. Sé que le duele lo que digo. ¡Que se friegue! Que se friegue tanto como yo.

—Jud, escucha...

—No, no quiero escucharte —finalizo acostándome y dándole la espalda—. Como tú mismo has dicho antes, ¡a dormir, que es tarde!

—Cariño...

—No —siseo quitándome su mano del hombro—. Hoy no quiero ser tu cariño. Déjame en paz.

No vuelve a tocarme. Siento que se mueve en la cama. Está incómodo, mis palabras le han hecho tanto daño como a mí las suyas y, finalmente, acercándose por detrás, murmura:

—Ginebra se muere.

El corazón se me para. Lentamente me doy la vuelta y, cuando sus ojos y los míos se encuentran, explica:

—Tiene un tumor cerebral inoperable. Le han dado de cuatro

a seis meses de vida y ha regresado a Alemania a despedirse de la gente que ha sido importante en su vida.

No digo nada, ahora sí que no puedo.

—Conocí a Ginebra cuando tenía la edad de Flyn —continúa él—. Sus padres eran unos ricos empresarios alemanes dueños de varias fábricas de calzado, pero por lo último que se preocupaban era por la única hija que tenían. Al ver aquello, lo que hizo mi madre fue quererla, y mis hermanas adorarla como a una hermana más. Durante años, ella fue sólo alguien de la familia, hasta que, en la universidad, sus padres murieron en un accidente aéreo y ocurrió algo entre nosotros que lo cambió todo.

Eric se levanta de la cama, yo me siento para observarlo, y prosigue:

—Me enamoré de ella como un tonto. Ginebra era decidida, impetuosa y divertida, y juntos descubrimos muchas cosas, entre ellas, la sexualidad. Una sexualidad que nos distanció cuando ella comenzó a exigir ciertas cosas que no me agradaban. Cuando conoció a Félix y me dejó por él, me enfadé muchísimo. Le prohibí acercarse a mi madre y a mis hermanas, que eran la única familia que tenía. Me sentía traicionado, y entonces ella se fue a Chicago. No había vuelto a verla hasta el día que nos la encontramos en el restaurante, y hoy, mientras comíamos, cuando me ha dicho el motivo de su viaje y me ha pedido ver a mi madre, no he podido decirle que no, Jud.

Asiento. Sin duda, yo tampoco podría haberle dicho que no. Me levanto dispuesta a abrazarlo, pero entonces él me detiene con los ojos llenos de lágrimas.

—Tú eres mi vida, eres mi amor —dice—, eres la madre de mis hijos y la única mujer a la que yo quiero a mi lado. Pero cuando me he enterado de que Ginebra se moría y me ha pedido ver a mi madre..., yo... yo...

—Lo siento, cariño..., lo siento.

Permanecemos un rato abrazados de pie en medio de nuestra recámara. Eric me pega a su cuerpo y yo me pego al suyo y, cuando nos calmamos, nos metemos en la cama. Siento lástima por Ginebra, y se me resquebraja el corazón.

23

Aquella mañana, Mel se levantó, y tras enviar varios wasaps a Judith, que no respondió, vistió a Sami y la llevó al colegio como todos los días.

Estaba hablando con las demás mamás cuando vio que Johan llegaba con Pablo. El abogado se acercó hasta la puerta donde estaba el grupo de madres con una candorosa sonrisa y, tras darle un beso al niño, éste corrió con sus compañeros.

Mel lo observó con curiosidad. Era la primera vez que veía a Johan llevar al niño al colegio pero, como no quería meterse donde no la llamaban, continuó hablando con las demás. Entonces, de pronto, notó que alguien la asía por el codo, y al voltearse se encontró con la encantadora sonrisa de Johan.

—Melania, ¿tienes un segundo? —preguntó él.

Sorprendida porque aquél se hubiera acercado a ella, se despidió del resto de las mamás y, cuando caminaban hacia el estacionamiento, él dijo:

—Louise me ha contado que sabes de nuestro problema y algo más y, aunque imagino que ella ya te lo ha dicho, te pido discreción.

Mel lo miró. No entendía a qué venía aquello, cuando ella no había vuelto a hablar con Louise.

—Su vida en pareja es algo que deben solucionar ustedes —replicó ella—, pero creo que...

—Tú no tienes que creer nada —la interrumpió Johan—. Tú sólo tienes que permanecer alejada de Louise y mantener tu preciosa boquita bien cerrada.

—¡¿Qué?!

Sin la encantadora sonrisa de segundos antes, él siseó:

—No me gustas, como me consta que no les gustas a muchos del bufete por tu insolencia. Sin duda, eres una nefasta influencia para mi mujer, y me atrevo a decir que para tu novio también.

Al oír eso, Mel se echó hacia atrás.

—Y a mí me consta que tú eres idiota profundo, por no decir algo peor —replicó—. Pero ¿de qué se trata? ¿Quién te crees que eres para hablarme así?

Con una maquiavélica sonrisa, Johan la tomó entonces del brazo con fuerza. Mel sacó su temperamento de teniente Parker y siseó:

—Suéltame si no quieres que te dé una patada en los huevos.

Él no la soltó, pero de pronto ambos oyeron que alguien decía:

—Eh..., oiga... ¿Qué le está haciendo a la señora?

Al mirar, se encontraron a un muchacho subido a una patineta que se acercaba a ellos con gesto de enfado. Johan la soltó, pero antes de darse la vuelta para subirse a su coche, murmuró:

—De ti depende que Björn consiga o no lo que quiere.

Agitada por lo ocurrido, Mel no se movió siquiera del sitio. Entonces, el muchacho se acercó a ella con la patineta en la mano.

—¿Se encuentra bien, señora? —le preguntó.

Todavía sorprendida, ella asintió mientras el coche de Johan se alejaba y, mirando al chico, intentó sonreír.

—Sí, gracias.

Al oír eso, el muchacho se subió de nuevo en su patineta y se despidió alejándose de ella a toda prisa.

—Adiós, señora. Tengo que irme.

Como una tonta, Mel dijo adiós y luego resopló. Pero ¿qué se creía el idiota de Johan?

Durante varios minutos dudó qué hacer, hasta que finalmente se metió en su vehículo y se dirigió a casa de Louise. A ella nadie le decía qué podía o no hacer.

Al llamar al timbre, una chica rubia que Mel no conocía abrió con un celular en la mano y saludó:

—Hola.

Mel miró el número de la casa y dijo:

—Hola. Soy una amiga de Louise, ¿está ella?

La joven sonrió y, haciéndose a un lado para dejarla entrar, gritó mientras proseguía hablando por teléfono:

—¡Louise, ha venido una amiga tuya!

Mel entró en la bonita casa, y estaba sentada mirando las fotos sonrientes expuestas en la chimenea cuando oyó la voz de Louise:

—Hola, Verónica, ¿qué haces aquí?

Mel se volvió y la miró. ¿Verónica? Pero al ver que aquélla llevaba un brazo en cabestrillo, exclamó:

—¡Por Dios, Louise, ¿qué te ha ocurrido?!

La chica rubia, que en ese momento colgó el teléfono, sonrió y explicó:

—Perdió el equilibrio y se cayó por la escalera. Si es que mi hermana va como una loca.

Las tres mujeres sonrieron. Sin embargo, algo le decía a Mel que aquello no era cierto. Entonces, la chica rubia añadió:

—Aprovecho que Verónica está aquí para ir al súper a comprar unas cosas, ¿de acuerdo?

—De acuerdo, Ulche —dijo Louise sonriendo.

Una vez que quedaron las dos a solas, ella se sentó junto a Mel y ésta la miró.

—¿Verónica? ¿Ahora me llamo Verónica?

—Mel...

—Pero ¿de qué se trata?

Louise respondió con una sonrisa triste:

—Es mejor que Johan no sepa que has estado aquí.

Mel la miró incrédula. Pero ¿qué estaba ocurriendo allí? Y, sin andarse con rodeos, insistió:

—De acuerdo, seré Verónica. Pero dime, ¿qué ha pasado?

—Te lo acaba de decir mi hermana: me caí por la escalera.

—Si seré tonta —replicó Mel al tiempo que se levantaba sin apartar la mirada de ella—. ¿Pretendes que crea eso? Ahora mismo vamos a ir a la comisaría y lo vas a denunciar. Tú no te has caído.

—No.

—Pero, Louise...

—Mira, Mel, no te lo tomes a mal, pero es mejor que me dejes llevar mi vida.

El silencio se apoderó de la sala. A Mel no le gustaba nada lo que se cocía en aquella impoluta y bonita casa.

—¿Por qué lo soportas? —preguntó.

Louise no respondió, y Mel, sentándose de nuevo al lado de ella, insistió:

—No tienes por qué aguantarlo. Por muy abogado que sea Johan, no puede hacerte esto, ni puede retenerte. Mira, yo no entiendo de leyes, pero sé que lo que él pretende es algo que no puede ser. Tú eres una persona y, como tal, debes tener tu propia voz y tomar tus propias decisiones.

—¿Y qué quieres que haga? —replicó Louise con los ojos llenos de lágrimas—. Él tiene el poder de todo y me puede quitar a Pablo.

—Eso está por ver. ¿Acaso has consultado tu situación con un abogado?

—No.

—Pues ven a mi casa y consúltale a Björn. Estoy convencida de que él sabrá asesorarte y, así, podrás tomar tu propia decisión sin miedo.

—No puedo.

—¿Por qué no puedes?

A Louise le corrían las lágrimas por las mejillas cuando respondió:

—Porque Björn es uno de ellos.

Noqueada, Mel la corrigió:

—No, Louise, no. En eso te equivocas. Björn quiere trabajar en ese bufete, pero no es uno de ellos. Y, cuando se entere de esto, te aseguro que...

—No se puede enterar.

—Louise, Björn es un abogado íntegro que...

—¡Mel, convéncete! —gritó ella—. Todo el que entra en ese bufete se corrompe. Johan también era un abogado íntegro hasta que dejó de serlo, ni te imaginas los documentos fraudulentos que he visto en su computadora. Si yo pudiera, si yo supiera, te juro que... —Hizo una pausa y terminó—: Pero no puedo. No puedo...

—Louise, no te dejes..., no permitas que...

Entonces ella, levantándose sin mirarla, agregó:

—Sé que no hago bien, pero por mi hijo haré lo que sea. Y, si para Pablo es bueno que yo continúe con su padre y acepte este tipo de vida, lo haré. No quiero separarme de mi hijo y, si lo hago del padre, sé que éste, respaldado por el bufete, me lo va a quitar. Y ahora, por favor, vete y no vuelvas. Si Johan se entera de que has estado aquí, tendré problemas.

—Pero, Louise...

—No, Mel, ¡vete!

Cuando salió de la casa, la exteniente estaba completamente desmoralizada. ¿Cómo era posible que Louise se dejara vencer así por aquel imbécil?

Miró su celular. Judith seguía sin responderle a los wasaps que le había enviado.

Ofuscada, se subió a su coche y murmuró:

—Pero ¿dónde te estás metiendo, Björn?...

Luego, tras arrancar el motor, se dirigió a Müller. Tenía que hablar con Judith.

24

Cuando Jud se despertó tras pasar una noche horrible, Eric ya se había ido a la oficina.

¿Por qué no la había esperado?

Con paciencia, se bañó y, sin ánimos de hacer nada, salió de casa tras ver a los niños. Flyn ni siquiera la miró, y ella decidió dejarlo estar. No tenía el cuerpo para nuevas discusiones.

En cuanto llegó al estacionamiento de la oficina, se encontró a Mel junto a la reja de entrada. Sorprendida por verla allí, abrió la puerta del coche y su amiga subió.

—Pero ¿tú no miras los mensajes? —le soltó.

Con la cabeza que le explotaba, Judith se disponía a contestar, cuando ella añadió:

—¿Qué te ocurre?

Los ojos se le llenaron de lágrimas y, al verla, Mel murmuró:

—Vaya mañanita que llevo hoy. —Y, sin dejar de mirarla, añadió—: Ni se te ocurra entrar en el estacionamiento. Tú te vienes conmigo a tomarte un café.

Jud negó con la cabeza.

—No puedo. Tengo mucho trabajo.

—Al diablo el trabajo. Eres la mujer del jefe y, si llegas tarde, ¡que tengan huevos para despedirte!

Por primera vez en lo que iba de la mañana, Judith sonrió y, tras dar marcha atrás, se encaminó hacia una cafetería que estuviera algo alejada de Müller. No quería que nadie la viera.

Diez minutos después, cuando se estacionó y salió del coche, Mel y ella caminaron hasta una terraza cerrada de una cafetería y, tras pedirle al mesero un par de cafés y una jarra de agua, Mel miró a su amiga y preguntó:

—Vamos a ver: ¿qué te ocurre?

Al oír eso, Judith se derrumbó. Le contó a Mel lo que ocurría con Flyn, lo que ocurría con Eric y lo que ocurría con Ginebra, y le hizo saber lo mucho que necesitaba ver a su padre. Mel la escuchó con paciencia, la consoló, la animó y, cuando vio que su amiga dejaba de llorar, señaló:

—En lo referente a Flyn, siento que le dieras esa cachetada que un día yo te propuse pero, sin duda, lo quiera ver Eric o no, se la merecía. Si le permiten ese comportamiento, se convertirá en un monstruo y, por supuesto, no tengo que decirte que, si te habla mal a ti y Eric no pone freno, el bofetón se lo merecen los dos.

—Eric no sabe muchas cosas. Me las callo para...

—Muy mal, Jud, muy mal. Debes contarle todo lo que ocurre.

Judith suspiró, sabía que su amiga tenía razón.

—Te juro, Mel, que a veces los Zimmerman pueden conmigo, y ayer fue una de esas veces. Los quiero. Los adoro, pero en ocasiones los mandaría al diablo con sumo gusto por imbéciles, por engreídos y por pretenciosos. Sé que no obré bien dándole un bofetón a Flyn, pero ellos tampoco obraron bien, y lo saben. Sin embargo, son tan orgullosos que son incapaces de reconocerlo y pedir disculpas.

Mel asintió. Sin lugar a dudas, ella también los conocía y sabía muy bien sus defectos y sus virtudes.

—En cuanto a Ginebra —prosiguió—, siento en el alma lo que me dices. Debe de ser horrible tener la sensación de que el tiempo se agota; yo no querría nunca verme en su lugar.

—Si te soy sincera, Mel, y por muy feo que quede decirlo, ella es lo que menos me importa ahora mismo. Estoy tan enfadada con Eric y con Flyn, que no sé ni para adónde voltear.

—Y en referencia a tu padre y la Feria de Jerez, si yo fuera tú, me iba. ¿Que Eric no quiere ir?, ¡que no vaya! Pero no dejes de hacer lo que tú quieres para hacer lo que él quiere. Al fin y al cabo, él...

—Pero si él me dice que me vaya. En este caso soy yo la que quiere que él venga por el simple hecho de que deseo que mi padre disfrute de la feria con nosotros, como mi suegra disfruta de la Oktoberfest. Ambos se merecen que los acompañemos, y me enfada mucho que Eric no se dé cuenta de ello.

—Pero, Jud, escucha..., si tiene mucho trabajo es normal que...

—¡Me importa una mierda su trabajo! —saltó Jud como un resorte—. Entiendo que deba estar pendiente de la maldita empresa, pero yo sólo le pido una semana al año para ir a mi tierra, sólo le pido eso, y si no me da el gusto es porque no le da la gana. Carajo..., ¡es el jefe! Y, como jefe, puede hacer cosas que el resto de los trabajadores no se pueden permitir. Y si te digo esto es porque lo sé. Porque lo hizo cuando me conquistó, y porque no sé por qué diablos esta vez está tan cerrado a ir a Jerez. Pero, claro..., si ya no cena conmigo muchas noches porque se queda en el trabajo, ¿cómo se va a venir conmigo de viaje unos días? —Y, dando un golpe en la mesa, prosiguió—: Hay tiempo para lo que él quiere. Mira cómo para ir a México al bautizo de los hijos de Dexter ha hecho un hueco. Pero ¿es que se cree que soy imbécil y no me doy cuenta? Está más que claro que él no se divierte mucho en la feria. No le gusta vestirse de andaluz, odia ponerse el sombrero, y enferma como alguien diga que se anime a bailar sevillanas. Pero, carajo, en ocasiones yo también voy a cenas de empresa que no me gustan y en las que me aburro como una ostra y me callo porque sé que son importantes para él.

—Jud..., Eric te quiere.

—Eso lo sé. Sé que me quiere, como él sabe que yo lo adoro, pero no sé si es porque ya sabe que me tiene segura o porque me ve muy enamorada de él, que se está confiando y está dejando de hacer las cosas que antes hacía. Y, bueno, entiendo que dirigir una empresa es complicado, pero yo quiero vivir y ser feliz, y quiero que él también lo sea. Si algo odiaba de su padre era que lo dejó todo por la empresa, y no quiero que le pase a él lo mismo.

En ese instante, a Judith le sonó el teléfono. Al ver que se trataba de Eric, se lo enseñó a su amiga y ésta dijo:

—Contesta, estará preocupado.

Jud suspiró. Conocía a su marido y, sin ganas, contestó:

—Dime, Eric.

—¿Dónde estás? Te he llamado y me han dicho que no habías llegado. He llamado a casa y Simona me ha dicho que habías salido ya; ¿se puede saber dónde te has metido?

Su voz, la exigencia en su tono cuando necesitaba sentir su cariño, hizo que Judith tomara el celular y lo sumergiera dentro de la jarra con agua para no estamparlo contra el suelo.

Al ver aquello, su amiga pestañeó y, sorprendida al tiempo que divertida, preguntó:

—Pero, marichocho, ¿qué has hecho?

Judith sonrió y, tras recogerse el cabello en una cola alta, replicó:

—Ahogar el teléfono para no ahogar a Eric.

—Carajo, Jud, que es un iPhone 6.

Según dijo eso, las dos comenzaron a reír a carcajadas. Quien las viera pensaría que estaban locas de remate: tan pronto lloraban como reían. Cuando se tranquilizaron, Mel dijo:

—Ahora lo tendrás desesperado. No tiene cómo localizarte.

—¡Que se friegue! No tengo ganas de hablar con él.

E, intentando dejar de pensar en Eric y en ella y en todos los problemas que la rodeaban, Judith miró a su amiga y preguntó:

—¿Y tú qué hacías esperándome en Müller? ¿Ha ocurrido algo?

Como un resorte, y omitiendo el verdadero motivo, Mel le contó lo sucedido aquella mañana en la puerta del colegio de Sami y su posterior visita a casa de Louise. Judith parpadeaba, alucinada por lo que estaba oyendo. Una vez que su amiga terminó, Jud la miró y murmuró:

—Y a ese Johan ¿no le has dado una patada donde más duele?

—No —dijo Mel sonriendo.

—Pero ¿dónde se está metiendo Björn? —insistió Judith.

Mel resopló. Su amiga acababa de hacerle la misma pregunta que ella se hacía a sí misma.

—Supuestamente, en el bufete de abogados más famoso y reputado de Múnich —dijo—. Pero, cada vez que hablo con Louise, tengo la sensación de que en realidad se está metiendo en una secta.

—Debes hablar con Björn.

—Lo haré. Claro que lo haré. —Y, queriendo ver un rayo de sol en una mañana tan plagada de problemas, Mel añadió—: Ahora escúchame. Obviando tus problemas y los míos, el verdadero motivo de mis mensajes y el hecho de que haya ido a buscarte al trabajo era para preguntarte si Eric y tú nos acompañaríais el dieciocho de abril a Björn y a mí a Las Vegas para hacer la locura del siglo...

Por fin, Mel había accedido a las peticiones de su buen amigo, y Judith, olvidándose de todos los problemas, la abrazó emocionada y murmuró:

—Por supuesto. Eso ni lo dudes; ¡enhorabuena!

Las lágrimas acudieron de nuevo a sus ojos y las dos sonrieron emocionadas. Mel, que estaba en una nube, le contó lo sucedido la noche anterior. Sin lugar a dudas, había sido una preciosa petición de matrimonio.

Una hora después, desde el teléfono de Mel, Judith llamó a la oficina para hablar con Mika y, al ver que su ausencia no descomponía nada, decidió olvidarse de Müller y se fue con Mel a pasar el día, sin imaginar que su marido estaba removiendo cielo y tierra para encontrarla. Sin embargo, a media mañana sonó el teléfono de Mel.

—Oh..., oh... —dijo ésta al ver que era Eric quien llamaba—. Houston, tenemos un problema.

Al ver en la pantalla el nombre de su marido, Judith contestó.

—¿Qué quieres? —dijo.

Eric, que estaba en la oficina, se llevó las manos a los ojos al oír su voz e, intentando contener la furia que sentía, preguntó:

—Judith, ¿dónde estás?

Envalentonada por la distancia, ella respondió:

—Como ves, estoy con Mel.

En la línea se hizo entonces un silencio incómodo y, cuando Jud no pudo soportarlo más, preguntó:

—¿Quieres algo o pretendes que sólo escuche tu respiración?

Furioso como desde hacía tiempo que no lo estaba, Eric dio un puñetazo sobre la mesa y gritó:

—¡Llevo toda la mañana buscándote como un loco y...!

—Mira, Eric. Yo también sé gritar y, si sigues hablándome así, te juro que lo haré, ¿entendido?

Eric, que había perdido completamente la compostura, continuó gritando. Entonces Jud, retirándose el teléfono de la oreja, miró la jarra de agua donde todavía estaba sumergido su celular y dijo:

—Mel, o me quitas tu teléfono ahora mismo de las manos o creo que va a seguir el mismo camino que el mío.

—Ni se te ocurra —respondió ella arrebatándoselo.

Judith sonrió por su respuesta, y Mel se puso el teléfono a la oreja y murmuró:

—Eric..., Eric..., soy Mel. Judith está conmigo... No..., no..., escucha..., no quiere hablar contigo. Creo... creo que... Eh... eh... eh..., ¡carajo, Eric, ¿te quieres tranquilizar?!

Jud, que estaba acostumbrada a discutir con su marido, miró a su amiga y, finalmente, sonriendo, le quitó el teléfono de las manos.

—Vamos a ver, Eric —dijo—, tienes mucho trabajo. ¿Qué tal si sigues trabajando y me dejas pasar la mañana en paz?

—Judith, te estás pasando... —siseó él.

Ella soltó entonces una risotada que lo caldeó aún más.

—Soy consciente de ello —replicó Jud—, pero permíteme decirte que tú lo llevas haciendo desde hace tiempo. Y ahora, por favor, no vuelvas a llamar, porque no quiero hablar contigo. Ya nos veremos esta noche en casa cuando regrese. Adióssssss, guapito.

Y, dicho esto, colgó.

—Madre mía, la que te espera esta noche cuando vuelvas —susurró Mel mirando a su amiga fijamente.

Consciente de ello, Judith asintió y se encogió de hombros.

—Tranquila —dijo—. Sobreviviré.

Diez minutos después, Björn llamó a su futura mujer e intentó sonsacarle dónde estaban, pero al final terminó diciendo:

—Bueno..., bueno..., Parker, yo recojo a Sami de la escuela. ¿Vas a llegar muy tarde?

Mel miró entonces a su amiga y respondió:

—Cariño..., me voy a ir con Judith a celebrar nuestro compromiso. Entiéndelo, es la única amiga... amiga que tengo aquí.

Björn suspiró. Confiaba totalmente en su chica, pero saber

que Judith no estaba bien y que iban a celebrar el compromiso lo hizo insistir:

—Cariño..., entiéndeme, me ha llamado Eric, está preocupado por Jud.

—Lo entiendo, Björn, pero es que Jud no quiere hablar con él ahora, entiéndeme tú a mí. Y, lo siento, te quiero con toda mi alma, pero no voy a decirte ni dónde estamos ni adónde nos vamos a ir a celebrarlo.

—Mel, no seas necia.

—Björn, no seas pesadito.

Al ver que el tono de la conversación comenzaba a variar, Judith le quitó el teléfono a su amiga.

—Björn —le dijo—, como se te ocurra discutir con Mel por el imbécil de tu amigo, te juro que no te lo voy a perdonar. Y, antes de que digas nada más, déjame decirte: ¡enhorabuena! Mel ya me ha contado lo de la boda y estoy muy feliz por ustedes.

El alemán sonrió. Todavía no creía que su novia hubiera hecho lo que hizo la noche anterior y, mirándose el dedo, que ya no tenía chocolate, respondió:

—Gracias, Jud, te aseguro que lo celebraremos otro día todos juntos. Pero ahora, por favor, ¿por qué no me dices dónde estás, para que, así, Eric y tú puedan encontrarse para hablar...?

—Es que no quiero hablar con él.

—Judith..., no seas necia.

—Björn..., te voy a mandar a la mierda.

De pronto, Mel le quitó el teléfono de las manos y, metiéndolo en la jarra de agua donde estaba aún sumergido el de Judith, sentenció:

—Se acabó.

—¡Mel! ¡Tu celular! Y tus contactos...

Al darse cuenta de ello, Mel resopló, pero como no quería darle más importancia, replicó:

—Mira..., así aprovecho y le saco un iPhone 6 a James Bond. —Ambas soltaron una risotada, y luego Mel añadió—: Hoy es nuestro día de chicas. Hoy no somos madres, ni esposas, ni novias de nadie, y no vamos a permitir que nadie nos lo amargue.

De nuevo, las risas tomaron el lugar, y los meseros, que las observaban, se miraron entre sí. Sin lugar a dudas, las mujeres estaban cada día más locas.

Cuando dejaron la cafetería, decidieron irse de compras. Comprar siempre era una buena terapia.

Una vez que salieron del centro comercial, fueron a comer y luego se acercaron a un *spa* que ninguna de las dos conocía. Sorprendidas, vieron que era más grande de lo que pensaban, y se sumergieron en todos los tipos de piscinas que allí había mientras reían y hacían carreras en los chorros a contracorriente.

Finalmente, agotadas, se decidieron por un increíble masaje polinesio. Se lo merecían. Cuando salieron del *spa*, tras dejar las bolsas con las cosas que habían comprado en el coche, se fueron a cenar a un restaurante al que no habían ido nunca. Si iban a alguno conocido, seguramente Eric o Björn las localizarían.

Nada más entrar en la pequeña pizzería italiana, unos hombres comenzaron a cortejarlas. Ellas sonrieron pero no les hicieron ni caso: lo que las esperaba en casa era infinitamente mejor que aquello.

Una vez que salieron del restaurante eran las diez de la noche, y paseaban del brazo por el Múnich antiguo cuando Judith dijo:

—Yo iría al Guantanamera, pero temo que Eric me busque allí.

De pronto, al cruzar una calle, una música con ritmo llamó su atención.

Entraron en el local de donde provenía la pegajosa canción y enseguida se dieron cuenta de que era un bar brasileño, donde sin dudarlo pidieron unas caipiriñas.

—¡Madre mía, Mel! Hay que controlarse con esta bebida, que con dos llegamos a rastras a casa cantando *Asturias, patria querida*.*

Al oír a su amiga, Mel soltó una risotada y, mirándola, exclamó:

—¡Viva Asturias!

* *Asturias, patria querida*, Fonográfica Asturiana, interpretada por la Banda de Gaitas Ciudad de Oviedo. *(N. de la E.)*

Segundos después, dos hombres, tan anchos como dos clósets empotrados, se pusieron a su lado y las invitaron a bailar. Sin embargo, ellas se negaron y se los quitaron de encima. Lo último que querían era tener problemas con aquellos grandulones.

Mientras bebían sus ricas caipiriñas, observaron cómo bailaba la gente. Tenían un ritmo alucinante. Entre risas, ellas intentaron mover el trasero como lo hacían las brasileñas que había en el local, pero les resultaba materialmente imposible. Aquéllas tenían un arte ¡que no se podía aguantar!

De pronto, la música se interrumpió, la gente se retiró de la pista y una pareja formada por un hombre y una mujer quedaron solos en el centro. Todos los presentes empezaron a aplaudir, y Mel y Jud también. Instantes después, la pareja comenzó a bailar de una manera increíble. La mujer tenía un ritmazo alucinante, pero el hombre..., ¡oh, Dios, cómo se movía!

La gente daba palmas cada vez que hacían algún movimiento asombroso, cuando de pronto la luz le dio al hombre en la cara y Jud, estirándose, murmuró:

—Mel. No te lo vas a creer.

—¿El qué?

Parpadeando para ver con más claridad, Judith asintió.

—El morenazo que baila en la pista es Dennis.

—¿Dennis? ¿Qué Dennis?

—Dennis, el amigo de Olaf, del Sensations. Ese morenazo brasileño que...

—¡No friegues! ¿Es él?

Jud asintió.

—A menos que la caipiriña me haga ver lo que no es, ese tipo que baila que quita el sentido es él.

Las chicas lo observaron boquiabiertas mientras él bailaba con una sensualidad impresionante y, cuando la canción acabó, todo el mundo aplaudió a rabiar.

Una vez finalizada la demostración, se enteraron de que la pareja eran profesores de *baile*, y de que darían una clase allí mismo. Ni cortas ni perezosas, Mel y Judith fueron para allá a aprender junto con otros que había en la sala.

Durante media hora, la clase continuó y, cuando de pronto Dennis se paró frente a la joven morena, preguntó:

—Judith, ¿eres tú?

Acalorada por seguir el ritmo que aquéllos marcaban, la aludida lo miró y, al verse reconocida, murmuró con cara de tonta:

—Síiii.

—¡Y yo soy Mel!

Entonces él las tomó de la mano y, alejándolas del grupo, preguntó:

—¿Han venido solas?

—Sí —dijeron las dos riendo.

Dennis las miró con incredulidad. Aquel barrio no era uno de los mejores de Múnich; al revés, era bastante conflictivo. No conocía bien a aquellas mujeres, a pesar de haber disfrutado de momentos morbosos con una de ellas, pero sí había oído hablar a su amigo Olaf acerca de cómo Eric y Björn las protegían, y él mismo lo había presenciado en el Sensations.

—¿Qué están haciendo aquí? —preguntó.

—Estamos celebrando la despedida de soltera de Mel —respondió Jud acalorada y, todavía sorprendida, preguntó a su vez—: ¿Y tú qué haces aquí?

Al ver que estaban algo contentas, aunque sin llegar a estar borrachas, Dennis explicó:

—Soy profesor de *forró* y...

—¿*Forró*? ¿Qué es eso?

Entendiendo que las chicas no conocieran aquello, se sentó con ellas a tomar algo mientras la música brasileña comenzaba de nuevo a sonar.

—Un estilo de baile de Brasil como el que acaban de ver —explicó.

—Ahhh, es verdad, que tú eras brasileño —se burló Mel.

—Oh, sí..., ya sabes, bossa nova, samba, capoeira, caipiriña —se burló él mirando a Judith.

—¿Trabajas en esto? —preguntó ella sonriendo.

El morenazo sonrió a su vez.

—Los jueves por la noche suelo venir a esta sala a dar clases de *forró*, pero también tengo otro trabajo por las mañanas que no tiene nada que ver con esto.

—No había oído eso del *forró* hasta hoy; ¿y tú, Mel? —Su amiga negó con la cabeza y Jud añadió—: ¿Nos enseñas a perfeccionarlo?

Dennis sonrió. Estaba claro que aquéllas querían divertirse y, mirándolas, asintió.

—Por supuesto. Sólo hay que tener sentido del ritmo.

A partir de ese momento, Dennis les presentó a varios amigos y compañeros, y la noche de las chicas se volvió loca y divertida. Nadie se propasó con ellas y, tres horas después, Judith bailaba con Dennis con gracia y soltura.

—Tienes mucho ritmo, Judith —le dijo él entonces.

Ella, acalorada y sedienta, sonrió, miró a Mel, que se arrancaba con otro bailecito con otro tipo, y dijo:

—Me muero de sed, ¿vamos a la barra?

Una vez allí, Dennis pidió dos coca-colas con hielo.

—¿A Eric no le importa que estés aquí sin él? —dijo entregándole la suya a Judith.

Ella sonrió y, mirándolo, preguntó:

—¿Qué hora es?

—La una y diez de la madrugada.

Judith habló de nuevo.

—A estas horas, Eric debe de estar que echa humo por no saber dónde estoy —contestó.

—Ya me parecía a mí... —dijo riendo Dennis.

—Ya te parecía, ¿qué? —preguntó Jud.

Dennis dio un trago a su bebida y señaló:

—No conozco a tu marido y apenas te conozco a ti, pero Eric me pareció un hombre posesivo, como lo soy yo, en todo lo referente a su mujer, a pesar de sus juegos en el Sensations.

Cuando mencionó el local, ella suspiró. Lo que daría ella por estar en aquel instante jugando con su marido en el Sensations. Pero, sin querer darle más importancia al tema, replicó:

—Tienes razón. Eric es tremendamente posesivo, pero hoy estoy enojada con él y sólo quiero pasarla bien con mi amiga.

Al oír su respuesta, Dennis decidió dar por finalizada la conversación y, tomándola de la mano, dijo:

—Pues entonces, preciosa, ¡vamos a pasarla bien!

Esa noche, tras pasar horas y horas bailando diferentes tipos de música brasileña, las dos jóvenes decidieron dar la fiesta por concluida a las cuatro de la madrugada. Dennis se empeñó en acompañarlas hasta el coche, pero ellas no se lo permitieron. No necesitaban un guardaespaldas.

Cinco minutos después, caminaban por una oscura calle de Múnich cuando un vehículo se detuvo a su lado y oyeron una voz que decía:

—Perdonen, señoritas.

Las dos se pararon y, al agacharse para ver quién hablaba, se encontraron con un desconocido que les preguntó:

—¿Cuánto?

Las chicas se miraron y Mel preguntó a su vez divertida:

—¿Cuánto, el qué?

El hombre, con una encantadora sonrisa, sacó la cartera y, enseñándosela, insistió:

—Cien para cada una si me acompañan durante una hora.

Las dos amigas intercambiaron una mirada.

—Lo siento, guapo —replicó Jud divertida—, pero tengo que comprarme un iPhone 6 y con cien no tengo ni para empezar.

—Ciento cincuenta —insistió él.

—¡Vamos! Que no..., que nosotras valemos mucho más. Pero ¿tú has visto qué mujeres? ¡Sube la oferta, hombre! —dijo Mel riendo.

—Trescientos cincuenta por las dos —insistió aquél.

Ese comentario las hizo reír, y Judith cuchicheó:

—Qué oferta tan tentadora; ¿aceptamos?

De pronto aparecieron dos vehículos de policía con las luces azules encendidas y el tipo del coche, bajándose del mismo, les enseñó una placa.

—Muy bien, guapitas —dijo—. Quedan detenidas por prostitución.

Ellas se miraron boquiabiertas pero, antes de que pudieran

moverse, unos polis las esposaron y las metieron en los coches sin atender a sus protestas.

Al llegar a la comisaría, seguían discutiendo con los policías cuando oyeron una voz conocida que preguntaba:

—Pero ¿qué están haciendo ustedes aquí?

Al mirar al agente que los observaba desde el otro lado del mostrador de la comisaría, vieron que se trataba de Olaf, el amigo del Sensations.

Las dos chicas se apresuraron entonces a contarle lo ocurrido y éste, enfadado, comenzó a discutir con sus compañeros por el error. Pero el policía que las había detenido no quiso entrar en razón, y las llevó hasta uno de los calabozos. Mel le pidió a Olaf que llamara a Björn. Judith no abrió la boca. Sin duda, cuando Eric se enterara de dónde estaba, armaría una muy gorda.

Cuando estaban en el calabozo rodeadas por otras mujeres, un tipo se acercó hasta los barrotes.

—Pero ¿qué ven mis ojos? —exclamó—. La novia de Björn Hoffmann... —Y, riendo, cuchicheó—: ¿Sabe tu novio a qué te dedicas por las noches?

Al ver a Johan, el marido de Louise y socio de Gilbert Heine, Mel siseó, incapaz de callarse:

—Vete a la mierda.

Él le guiñó entonces un ojo con superioridad y, sin moverse, afirmó:

—Ten cuidado con lo que dices o, además de estar detenida por prostitución, podría añadir alguna cosita más. —Y, bajando la voz, cuchicheó—: Te dije que te alejaras de Louise, ¿lo recuerdas?

Jud agarró a Mel de la mano para que callara y, cuando aquél se fue, preguntó:

—Pero ¿quién es ése?

—El marido de Louise —respondió Mel enfadada.

Una hora después, tras haber confraternizado con otras detenidas, un policía llegó y dijo abriendo la celda:

—Melania Parker y Judith Flores, vamos, han pagado sus fianzas.

Las chicas se miraron: había llegado la caballería.

—Ni una palabra del marido de Louise —dijo Mel.

—Pero, Mel, Björn debería saber que...

—Ni una palabra, Jud.

—Bueno..., bueno —replicó su amiga, que no tenía ganas de discutir. Bastante le esperaba.

Cuando salieron y vieron a Eric y a Björn mirándolas con gesto oscuro junto a Olaf, Jud murmuró:

—Carajooo...

—Eso digo yo: ¡carajo! —afirmó Mel.

Una vez que Olaf les entregó sus pertenencias, Mel miró a Björn y, con gesto serio y profesional, éste dijo firmando en un papel:

—La denuncia está anulada, ¿verdad, Olaf?

—Sí. No te preocupes por eso, Björn —replicó de pronto Johan, apareciendo en escena.

Mel y Jud lo miraron, y Björn dijo mientras le tendía la mano con una sonrisa:

—Gracias por tu ayuda, Johan.

Eric le dio la mano forzando una sonrisa.

—Por casualidad estaba en comisaría por otra causa —explicó el abogado—. No sé cómo han podido confundir a sus mujeres con algo que no son.

Mel lo miró alucinada. Sin duda, todo aquello lo había armado aquel desgraciado para darle un toque de atención.

Sumido en su mundo, Eric apretaba la mandíbula y, cuando no pudo más, exigió:

—¡Vámonos!

Una vez que los cuatro llegaron hasta donde estaban los coches, Björn miró a Mel y gruñó:

—¿Se puede saber qué hacías por ese barrio a esas horas?

—Salíamos de tomar algo —respondió ella con aparente tranquilidad.

Judith miró a Eric. Esperaba que explotara de un momento a otro, pero no lo hacía. Ni siquiera la miraba.

—Pero, vamos a ver... —insistió Björn—. ¿Ustedes no saben que en ese barrio es donde trabajan la mayoría de las prostitutas de Múnich?

Las jóvenes se miraron y, esforzándose por no sonreír, negaron con la cabeza. Björn y Eric resoplaron, y este último, que tenía un terrible dolor de cabeza, dijo:

—Vamos. Es tarde y estamos todos cansados.

Mel y Jud se besaron y se pidieron precaución con la mirada, y entonces Jud observó cómo Björn miraba con complicidad a su chica y sonreía. Sin duda, él iba a tomarse todo aquello con humor.

Eric, por su parte, no habló. Se metió en su coche y, cuando Jud cerró la puerta y se puso el cinturón, lo miró y dijo:

—Bien. Estoy preparada. Puedes echarme la bronca.

Sin inmutarse por su comentario, el alemán arrancó el motor y condujo en silencio.

No obstante, cansada de su mutismo, Jud insistió:

—Vamos, Eric, di algo o vas a explotar.

Pero el alemán ni la miró ni habló, y Jud suspiró y calló.

Una vez en casa, cuando la reja se abrió, oyó los pasos rápidos de *Susto* y *Calamar*, que se acercaban. Eric detuvo el vehículo, bajó y, de malos modos, se metió directamente en casa mientras Jud se quedaba en el interior del coche.

Ya habituada a sus enfados, salió del coche y saludó a los animales. *Calamar* se fue enseguida, pero *Susto* no se separó de ella.

—Madre mía, *Susto*, el susto que lleva el necio —murmuró Judith besando su largo hocico.

El animal pareció entenderla y, restregando el hocico contra el pómulo de ella, la hizo sonreír. A continuación, Judith le dio un beso para despedirse de él y entró en la casa. Dejó su bolsa en la entrada y se dirigió a la cocina. Estaba sedienta.

Estaba bebiendo agua en la oscuridad cuando, de pronto, Eric entró en la cocina, abrió la alacena donde estaban las medicinas, sacó una pastilla y se la tomó con un poco de agua. Una vez que aquél hubo dejado el vaso en el fregadero, la miró y dijo:

—No voy a discutir contigo porque estoy tan furioso que seguramente luego me arrepentiría de lo que pudiera decir. Lo mejor es que nos vayamos a descansar.

Y, sin decir más, dio media vuelta y se fue dejando a Judith preocupada por haber visto que se tomaba aquella pastilla.

25

La llegada a México D.F. tres días después es un soplo de aire fresco para los dos.

Eric y yo no hemos hablado sobre ninguno de nuestros problemas, pero ambos sabemos que están ahí y que tarde o temprano volverán a salir.

Lo único que me dijo nada más subirnos al avión fue: «Te quiero y vamos a pasarla bien en México». Yo lógicamente asentí. Nada me importa más que estar bien con él y disfrutar.

Al llegar al aeropuerto, una limusina negra nos espera. Sin duda, Dexter quiere lo mejor para nosotros. Cuarenta minutos después, estamos en su casa y todos reímos cuando el orgulloso padre aparece sentado en su silla de ruedas con sus dos pequeños en brazos y Graciela a su lado.

Sami y el pequeño Eric corretean por la estancia con la pobre Pipa detrás, mientras Hannah nos observa en brazos de su padre. ¡Milagro, mi niña no llora! ¿Estará madurando?

Tras muchos besos, abrazos y felicitaciones, todos comenzamos a hablarles con sonidos guturales a los bebés. Mel tiene a la niña y yo al niño y, complacida, me acerco su cabecita a la nariz. Me encanta cómo huelen los bebés, y sonrío cuando Dexter dice:

—Anímense y tengan más bebecitos, aunque no creo que les salgan tan relindos como los míos.

Todos reímos y, cuando Mel devuelve a la bebita a los brazos de su madre, Björn la agarra por la cintura y le pregunta:

—¿Te animas?

Veo que mi amiga parpadea, lo mira y, después, buscando a su hija con la mirada, dice al verla:

—Sami, ven, que papi tiene ganas de que le des besitos.

Dos segundos después, la pequeña está en brazos de su papá haciéndole monerías, y Björn babeando. ¡Hombres!

Dexter me mira y, al ver mi gesto divertido, sonríe y pregunta:

—Diosa, ¿tú no te animas?

¡Ja! Ni loca tengo yo otro bebé. No..., no..., no. Y, cuando voy a responder, Eric dice con una sonrisa:

—Cerramos la fábrica. Con un adolescente problemático y dos pequeñines, ¡nos damos por satisfechos!

Eric sonríe, realmente parece que lo haya abducido el buen humor, y yo, encantada con su contestación, lo agarro por la cintura y afirmo:

—Si mi marido dice que la fábrica se cerró, ¡no se hable más!

Entre risas, Graciela le indica a Pipa adónde puede llevarse a Hannah, a Sami y al pequeño Eric. Sin duda, el cuarto de juegos adonde van les divertirá mucho más. Los hombres pasan a una sala, y Mel y yo acompañamos a Graciela hasta una estancia pintada en amarillo. Al entrar, dos mujeres se levantan y nos quitan a los bebés de los brazos.

Graciela nos las presenta: son Cecilia y Javiera, las cuidadoras de los bebés y las que echarán una mano a Pipa con los nuestros. Una vez que dejamos a los niños a cargo de ellas, acompañamos a Graciela a la cocina por algo de beber.

—Bueno. ¿Qué tal la experiencia de ser mamá? —pregunta Mel.

—Increíble pero agotadora. Nunca pensé que pudiera existir un amor tan puro como el que siento por mis hijos. Puedo asegurarte que estos tres meses han sido los más bonitos de mi vida.

—¿Y el papá qué tal? —pregunto curiosa.

Graciela suelta una risotada.

—Loco de amor por ellos, y por mí. Nos mima, nos cuida,... todo lo que te pueda decir en referencia a él ¡es poco! —Luego baja la voz y murmura—: Y, desde que puedo volver a tener relaciones sexuales, me pone el trasero rojo todas las noches.

Las tres soltamos una risotada. Conocemos a Dexter y sabemos lo mucho que le gusta vernos con el trasero rojo cuando jugamos. Estamos hablando del tema cuando Graciela dice:

—Sepan que nos ha comprado tres batas de seda roja y unos collares muy particulares y no para de hablar de las ganas que tiene de vernos con ello puesto.

Me río. Dexter es un loco que disfruta de la sexualidad a pesar de sus limitaciones físicas, y me gusta que sea así. Aún recuerdo cuando lo conocí en Múnich, cómo me impresionó jugar con él y con Eric en aquella habitación de hotel.

Cuando llegamos a la sala, no me sorprendo al ver a mi hermana y a su marido allí, y Raquel, al verme, se levanta y corre hacia mí gritando:

—¡Cuchufleta de mis amores!

Me apresuro a abrazarla. Pero qué linda es mi loca hermana.

—¿Y los niños? —me pregunta.

—En el cuarto de juegos con Pipa y unas cuidadoras. Ya sé que Luz se ha quedado en Jerez con papá, pero ¿dónde están Lucía y Juanito?

—Con los padres de Dexter. Se adoran mutuamente.

Tras saludar a todo el mundo, Raquel corre al cuarto de juegos a ver a mis hijos.

Diez minutos después, regresa encantada con una sonrisa, y yo, que la estoy mirando, digo:

—Estás más delgada.

—Y tú más gordita.

Lamadrequelaparióoooooooooo..., ¿le doy un coscorrón o no se lo doy?

Desde luego, mi hermana es increíble. Todavía no se ha dado cuenta de que decirle eso a otra mujer es sinónimo de enfado. ¡No piensa lo que dice! Entonces, al ver mi cara de póquer, añade:

—Aunque esos kilitos de más te sientan muy bien. Te luce más la cara.

¿Me luce la cara?

¡Eso..., tú arréglalo, so *perraka*!

Intento sonreír, mejor eso que decir lo que realmente pienso. Aunque, desde luego, no hay nada más incómodo y que te deje peor cuerpo que el hecho de que te digan que ¡estás más gordita!

Una vez que Juan Alberto me ha besado y ha saludado a todo el mundo, Dexter nos presenta a unos amigos suyos, César y Martín, y nos sentamos a tomar algo.

Mi hermana, que se ha instalado a mi lado, se acerca a mí y cuchichea:

—Esta casa es preciosa y enorme, ¿verdad? —Asiento, y ella continúa—: Dexter se empeñó en que nos quedáramos aquí con ellos estos días y, así, mientras él y mi cucuruchillo trabajaban, yo he estado con Graciela y los niños. Por cierto, el cuarto que nos han dejado es todo un lujo. Vamos, ni en la revista *¡Hola!* he visto una así. El baño tiene un jacuzzi impresionante.

—Lo habrás estrenado con tu cucuruchillo, ¿no? —pregunto con picardía.

Raquel se pone como un tomate. Es hablar de sexo y la pobre se pone nerviosita perdida. Pero entonces, acercándose a mí, cuchichea:

—Por supuesto que sí. Ofú, cuchu..., ¡qué frenesí nos entró! Yo creo que se enteró todo el edificio.

Me río, no lo puedo remediar, y Raquel me da un manotazo para que me calle. Eso me hace reír aún más. Durante varios minutos me burlo de mi hermana, y ésta finalmente termina a carcajada limpia. Entonces, se pone seria de pronto.

—¿Te ha contado papá algo de la Pachuca? —pregunta.

Niego con la cabeza. La Pachuca es una buena amiga de toda la vida de Jerez a la que le tengo mucho cariño y, siempre que vamos allí, pasamos por su restaurante para comer salmorejo.

—Pues que sepas que creo que entre ella y papá hay algo... —añade mi hermana.

La miro boquiabierta y murmuro:

—¿La Pachuca y papá?

—Sí, cuchu, sí. El otro día oí al Bicharrón diciéndole a papá: «Tu hija te ha jodido el plan con la Pachuca al dejarte a la niña».

—¿En serio? —pregunto sorprendida.

—Palabrita del Niño Jesús —afirma Raquel muy convencida.

Su comentario me deja loca. ¿Mi padre y la Pachuca? Pero, rápidamente, al ver que mi hermana me mira a la espera de mi reacción, le pregunto:

—¿Qué?

Raquel suspira, mira alrededor al resto del grupo y cuchichea:

—¿Es que no vas a decir nada? Ay, Dios, cuchu, que papá y la Pachuca ya tienen una edad y...

—Y si se hacen compañía y están bien juntos... —la interrumpo—, ¿dónde ves el problema?

Raquel vuelve a suspirar. Se le tuerce la boca como siempre y, tras unos segundos en silencio, murmura:

—Yo no veo ningún problema, pero me molesta que papá no nos lo haya contado. ¿Por qué nos lo oculta?

—Pues porque a lo mejor le da pena contárnoslo porque piensa que lo vamos a ver mal.

No sé si mi contestación la convence o no, pero Raquel asiente y no dice más.

Durante un buen rato todos hablamos, hasta que suena el teléfono de Dexter y éste, tras hablar y colgar, dice:

—Era mi madre. Nos espera a todos para cenar en su casa.

Encantados, nos levantamos. Los padres de Dexter viven en el mismo edificio, cuatro plantas más abajo. Según me contó su madre, se compraron la casa allí para estar cerca de Dexter cuando él tuvo el accidente y, por lo que veo, ahora con los chiquillos ya no se van a mudar.

Antes de bajar, Mel y yo pasamos a ver a nuestros niños. Les están dando de cenar, y Pipa y una de las cuidadoras nos indican que no nos preocupemos. Ellas se encargarán de ponerles las piyamas y acostarlos. Mel y yo asentimos encantadas. Nos vendrá bien un poco de libertad en este viaje.

Cuando entramos en el piso de los padres de Dexter, éstos nos acogen como siempre, con cariño. Una vez que veo a mis sobrinos, que están cenando en la cocina, regresamos al comedor, donde el grupo entero cenamos entre risas y algarabía.

Un par de horas después, volvemos al departamento de Dexter. Pasamos a ver a los pequeños, que duermen como angelitos, y vamos a acostarnos. Estamos agotados.

Al día siguiente, resulta divertido reunirse con todos en la cocina. Hay tantos niños como adultos, y aquello es la locura.

Por la tarde, tras un bonito paseo por un precioso parque con los niños, tras atenderlos y dejarlos con la piyama puesta con las cuidadoras, los adultos nos ponemos guapos y nos vamos a cenar a un sitio espectacular. La madre de Dexter se queda con mis sobrinos encantada, y Raquel más aún. Acabada la cena, Dexter nos invita al teatro; ¡qué planazo!

Luego, todos, incluidos César y Martín, los amigos de Dexter, que han estado con nosotros toda la noche, se vienen a la casa del anfitrión a tomar unas copas. Una vez que hemos comprobado que los niños duermen, regresamos a la sala, donde continuamos bebiendo y bromeando.

Eric, que no ha parado de piropearme en toda la noche, me toma de las manos cuando paso por su lado y me sienta sobre sus piernas. Adoro nuestra cercanía. La echaba de menos. Así estoy durante un buen rato, hasta que Dexter acercándose a nosotros cuchichea:

—Tengo un par de cositas para ti, para Mel y para Graciela en la habitación del placer que estoy deseando que se pongan. Por cierto, tenemos que celebrar el próximo enlace de Björn y de Mel.

Según oigo eso, con la mirada le ordeno que se calle. Mi hermana y su marido están allí, y Dexter murmura entonces divertido:

—Espero que Raquel se vaya pronto a dormir.

—Yo también lo espero —afirma Eric tocándome la rodilla.

Oír eso me hace sonreír y, como siempre, mi vagina tiembla de excitación.

Durante una hora más, todos continuamos platicando amigablemente en la sala, hasta que Juan Alberto se levanta y dice mirando a mi hermana:

—Cariño, estoy agotado. Vámonos a dormir.

A toda prisa, mi hermana se levanta y Dexter dice:

—Eh, güey, ¡disfruten del jacuzzi de nuevo!

El gesto de mi hermana me hace reír, y más cuando veo que se pone roja como un tomate. Juan Alberto, que la conoce muy bien, nos guiña un ojo.

—Ahorita mismo y a su salud —dice.

Todos reímos por el comentario, y Raquel, escandalizada, le

da un manotazo en el hombro a su marido. Instantes después, ambos salen de la sala.

Entonces, veo que los chicos se miran y rápidamente sé lo que piensan. Sus miradas y sus sonrisas los delatan. Luego, Dexter pregunta:

—¿Qué les parece a las mujeres si entramos a jugar un rato en la habitación del placer?

Yo sonrío y veo que Mel y Graciela también lo hacen y, sin necesidad de decir nada más, las tres nos levantamos. Eric se posiciona a mi lado y, besándome en el cuello, murmura:

—Ansiosa.

—De ti y para ti, ¡siempre! —respondo caminando a su lado.

Las tres parejas, acompañados por los dos amigos de Dexter, que son de nuestro rollito y por lo que Graciela me ha contado juegan con ellos muy a menudo, nos dirigimos hacia el despacho de él. Al entrar, Mel, que nunca ha estado allí, me mira y murmura:

—Creí que íbamos a un sitio más íntimo.

Sin contestarle, le guiño el ojo y, cuando ve que Graciela pulsa un botón que hay en el librero y ésta se desplaza hacia la derecha, añade:

—Vaya..., vaya..., esto se pone interesante.

Pero en ese instante a Björn le suena el teléfono y él se apresura a contestar.

—Entren ustedes —dice—. Es mi padre y tengo que hablar con él.

—Me quedo contigo —afirma Mel.

Björn asiente. Entre ellos existen las mismas reglas que entre Eric y yo, y la número uno es sexo siempre juntos en la misma habitación y en el mismo grupo.

Una vez que Dexter, Graciela, Eric, César, Martín y yo pasamos a la oscura habitación, el librero se cierra y una luz tenue y amarillenta toma el lugar. Acto seguido, Eric me agarra, me chupa el labio superior, después el inferior y, tras un dulce mordisquito, introduce la lengua en mi boca y me besa posesivamente.

Cuando el tórrido beso acaba, y deja claro a los hombres que allí él y sólo él es mi dueño, me pregunta con cariño:

—¿A qué desea jugar hoy mi pequeña?

Me gusta que se comporte así en estos momentos. Me excita. Nunca hacemos nada sin consultarnos y, tras ver cómo Martín y César nos observan, murmuro deseosa de sexo:

—Juega conmigo a lo que quieras.

—¿A lo que quiera?

Cuando observo la cruz de sado que Dexter tiene en la habitación, sonrío y añado mirando a Eric:

—Ni se te ocurra.

Mi amor sonríe, y entonces Dexter se acerca a nosotros y, entregándome un collar de cuero negro, dice:

—Ponte esto, diosa.

Lo miro. Es suave y en el centro hay una argolla.

—Ya sabes que no me va el sado —replico mirándolo.

El guapo mexicano sonríe, me guiña el ojo y susurra:

—Lo sé, pero ni te imaginas la ilusión que me hace amarrarlas como a unas perrillas.

Eric sonríe. Pone su mirada de malote que me enloquece y, tras colocarme el collar, me lleva hasta la mesa que hay en un lateral de la habitación, me desabrocha el vestido, me quita el brasier y los calzones y murmura:

—Échate bocabajo sobre la mesa y estira los brazos.

Hago lo que me pide sin rechistar. Todos me miran. Los hombres me comen con la mirada. Me tiemblan las piernas de la excitación, y Eric se aleja dejándome allí completamente expuesta.

Es increíble lo morboso que puede llegar a ser en la intimidad y lo celoso que es en la vida real cuando un hombre me desea. Sé que es complicado que la gente entienda eso, pero no me importa; nosotros lo tenemos claro y es lo que me importa. Lo que nos va en el sexo es el morbo, el placer, el juego y el disfrute para los dos.

De nuevo, durante unos segundos todos permanecemos en silencio hasta que Dexter le pide lo mismo a Graciela. Ésta se quita el vestido y me sorprendo al ver que no lleva ni brasier ni calzones. Vaya..., vaya con Graciela, quién diría que es la tímida joven que conocí.

El silencio inunda de nuevo la habitación del placer, mientras nosotras, excitadas y expuestas a ellos, esperamos desnudas. Entonces veo que Eric se acerca al equipo de música y ojea varios CD, me mira y finalmente pone uno.

Comienza a sonar AC/DC, y sonrío al reconocer *Highway to Hell.** La sensacional canción suena a toda mecha en la habitación del placer, un lugar totalmente insonorizado donde nadie nos va a oír ni gritar, ni gemir, ni gozar.

Con curiosidad, miro a mi alrededor cuando veo que Dexter, que lleva un mando en la mano, aprieta un botón y la luz cambia de amarillenta a roja. En ese instante, César y Martín comienzan a desnudarse. Miro a Eric, él también se desnuda, pero a diferencia de los otros dos, una vez desnudo se sienta en la cama a observar. ¡Qué morboso es, el maldito!

Martín y César se colocan unos preservativos, y de pronto noto que algo me golpea el trasero. Me vuelvo para mirar y veo que es una fusta de cuero rojo. Sonrío cuando oigo gritar a Dexter:

—Eso es, niñas, antes de ser cogidas, quiero ver esas nalguitas rojas..., muy rojas.

Graciela y yo nos miramos y sonreímos mientras Eric, que continúa sentado en la cama, nos observa con seriedad. En momentos así, me encantaría saber qué es lo que piensa. Se lo he preguntado otras veces y siempre me responde lo mismo: dice que no piensa, que sólo disfruta de lo que ve y se excita.

Una vez que siento que el trasero me arde por los suaves latigazos, Eric baja la música y, sorprendentemente, se oyen las respiraciones aceleradas de Graciela y la mía. Ambas disfrutamos con aquello; entonces mi marido se acerca a nosotras y dice:

—Suban las rodillas a la mesa, sepárenlas y sigan acostadas.

Instintivamente, nosotras lo hacemos, y entonces veo que Dexter se coloca al lado de su mujer, le acaricia el sexo y murmura:

—Eso es, mi vida..., quiero tu panochita bien abiertita.

Acto seguido, Graciela da un grito cuando Dexter le separa las nalgas y le introduce un anillo anal. En ese instante siento las ma-

* *Highway to Hell*, Epic/Legacy, interpretada por AC/DC. *(N. de la E.)*

nos de mi amor en mi ano, lo toca, lo tienta y entonces soy yo la que grita de placer al notar cómo me introduce otro anillo a mí.

Las respiraciones de Graciela y la mía vuelven a acelerarse cuando Dexter se acerca y engancha unas correas a las argollas que llevamos al cuello. Después se coloca junto a Eric, que está frente a nosotras, y le entrega mi correa.

—Adoro a mi morboso marido —murmura Graciela en el momento en que Dexter jala la suya.

En ese instante siento que alguien se mueve detrás de mí. De reojo observo que es Martín y, cuando Eric asiente, toca el anillo anal y lo menea mientras me da palmaditas suaves en la vagina.

¡Oh, Dios, qué placer!

Esos toquecitos secos hacen que me mueva, que no pare, y eso a los hombres les gusta, les gusta mucho.

Pasados unos minutos en los que siento mis nalgas rojas y mi vagina caliente, Martín introduce dos dedos en mi sexo y, tras ahondar en mí, comienza a masturbarme.

Bocabajo sobre la mesa como me tiene, estoy por completo a su merced, mientras aquel desconocido me masturba y maneja mi cuerpo a su antojo.

Excitada, me muerdo el labio inferior y me arqueo, cuando siento que él me saca el anillo del trasero, me agarra por la cintura, me jala hacia atrás y, poniéndome los pies en el suelo, me da la vuelta y murmura cerca de mi rostro:

—Si fueras comida, serías un chile por lo picante de tu mirada. —Y, acto seguido y con celeridad, me sienta en la mesa, me abre de piernas y, al ver mi tatuaje, murmura excitado—: Güey..., curioso tatuaje... «Pídeme lo que quieras»...

Yo sonrío. No veo a Eric, pero seguro que sonríe también. Nos gusta ver la sorpresa en los rostros de la gente cuando lo leen o cuando preguntan qué dice y Eric o yo se lo traducimos. Los excita ese mensaje. Se sienten poderosos al pedir, y yo encantada de ofrecer placer.

Tras pasar la mano por mi tatuaje, Martín coloca la cabeza de su pene en mi húmeda entrada y se introduce en mí al tiempo que veo que César penetra a Graciela, que aún sigue acostada sobre la mesa.

La música vuelve a sonar alta y fuerte mientras Martín entra en mí lentamente. Clava las manos en mi cintura para que no pueda moverme, pero sus empellones, cada vez más vigorosos, me sacuden. Entonces siento unas manos fuertes que me sujetan el trasero por detrás y sé que es Eric. Lo sé.

Echo la cabeza hacia atrás y veo que se ha subido a la mesa. Me gusta su mirada felina y excitada. Luego, da un jalón a la correa y, apretándome el trasero, murmura en mi oído:

—Eso es, mi amor, deja que entre en ti. Deja que te coja...

Acto seguido, me toma las manos, las une a mi espalda y, después, enreda la correa alrededor de ellas. Eso es nuevo, nunca me ha atado así.

—¿Te gusta? —oigo que pregunta entonces excitado.

—Sí —afirmo mientras un nuevo jadeo sale de mi boca.

—¿Te gusta cómo te coge?

—Sí... —vuelvo a asentir.

Para mí no hay nada más morboso que escuchar lo que dice mi amor en un momento caliente. El morbo no es sólo lo que hacemos, sino también su ronca voz, sus palabras, su mirada y el modo en que me sujeta. Acalorada, miro a Martín, que continúa asolando mi cuerpo y, cuando veo que va a abalanzarse sobre mi boca, digo bien alto para que me oiga:

—Mi boca sólo tiene un dueño.

Martín asiente. No somos la única pareja que se reserva los besos sólo para ellos. Entonces Eric jala la correa, hace que lo mire y me besa. Introduce la lengua en mi boca con tal posesividad que creo que me voy a ahogar de placer mientras Martín sigue hundiéndose en mí una y otra vez.

En ese instante, oigo que Graciela jadea tanto o más que yo. Sin duda, lo que ocurre la vuelve loca como a mí. El calor recorre mi cuerpo como una culebrilla, cuando Eric se aparta y, tras ponerse de pie en la mesa, coloca su pene ante mí y lo introduce en mi boca. No puedo tocarlo, mis manos siguen amordazadas, y eso en cierto modo me excita.

Suave. El pene de mi amor es suave, duro, dulce y excitante. Me encanta.

No sé cuánto dura aquello, sólo sé que me abandono al placer que doy y me dan. Mi cuerpo tiembla, mi sexo succiona, mi boca chupa, y yo disfruto de aquella sensación mientras llego al clímax varias veces sin pensar en nada más, hasta que Martín acelera sus acometidas y, tras un fuerte empellón, sé que el placer también le ha llegado a él.

En cuanto Martín se retira, veo que toma una botellita de agua y me la echa sobre la vagina para lavarme.

¡Oh, qué frescor!

Eric se baja de la mesa. Sin desatarme las manos de la espalda, me tumba con exigencia y premura, coloca mis piernas sobre sus hombros y me penetra hasta el fondo para que yo vuelva a gritar.

—Sí..., así..., grita para mí —oigo cómo exige.

Nada me gusta más que ser poseída por mi amor. No poder mover las manos me está matando, aunque, al mismo tiempo, me está gustando. Ni yo misma me entiendo.

Nuestra posesión no es sólo física, sino también mental, porque sé que, cuando otro hombre o mujer está en mi interior, sólo con ver la mirada de Eric es como si fuera él. Él y solamente él me coge de mil modos, de mil maneras, como sé que soy yo la que lo coge a él.

Sin descanso, mi amor se mueve en mi interior, una y otra y otra vez. Somos insaciables en lo que al sexo se refiere. Entonces, mirando a Martín, que nos observa, murmuro:

—Sujétame para él.

Al oír eso, Eric sonríe. Nuestro instinto animal, ese que nos posee en momentos como éste, ya ha aflorado y, abriéndome todo lo que puedo para mi amor, me dejo penetrar mientras Martín me sostiene por los hombros para que no me mueva ni un milímetro sobre la mesa.

Fuerte..., fuerte..., fuerte y duro. Así me hace suya mi amor, y sé que yo lo hago mío mientras en sus ojos observo la rabia por todo lo ocurrido entre nosotros últimamente.

Veo que se muerde el labio inferior, lo que significa que su llegada al séptimo cielo está cercana. La música se para y pueden oírse mis gritos en la habitación. Pero mis gritos no son los únicos. Cerca de nosotros, Graciela está sentada sobre Dexter, que lleva puesto un arnés con un pene a la cintura y grita como yo.

—Dime que te gusta así..., dímelo —exige Eric con voz ronca.

Asiento..., no puedo hablar. Toda yo tiemblo mientras oigo los azotes que Dexter le da a su mujer en el trasero, y Eric más dentro de mí no puede entrar.

Mis gritos de placer y los de Graciela resuenan en la insonorizada habitación, y eso a los hombres los excita. Entonces, la puerta se abre y veo entrar a Björn y a Mel. Nos miran, en sus ojos veo las ganas que tienen de unirse al juego, de participar, pero yo en ese instante sólo quiero jugar con mi amor, con mi Eric, con mi Zimmerman.

Por suerte para mí, Eric tiene un aguante increíble. Sabe dosificarse para que el placentero instante dure cuanto deseemos y, tras venirme una vez y cuando siente que voy a venirme de nuevo, se agacha sobre mí y murmura:

—Juntos, pequeña..., juntos.

Mordiéndome el labio inferior, me proporciona un último y seco empellón que hace que el placer nos llegue simultáneamente y tengamos convulsiones como locos sobre la mesa.

Con los hombros doloridos por estar tanto rato con los brazos hacia atrás, nuestras respiraciones se acompasan, y entonces veo que César se acerca a Mel y Björn comienza a desnudarla mientras ella se coloca el collar de cuero.

Sin moverme ni separarme de mi amor, observo cómo comienza el juego entre ellos. Eric me besa entonces en el cuello, me sienta en la mesa y, tras soltarme las manos, murmura en mi oído:

—¿Todo bien, mi amor?

Dirijo mis ojos oscuros hacia él. Me duelen un poco los brazos pero, con una ponzoñosa sonrisa, asiento y mi amor sonríe.

Varios minutos después me entran unas irremediables ganas de ir al baño para hacer pis y, mirando a Eric, digo poniéndome una de las batas rojas que hay sobre la cama:

—Tengo que ir al baño.

—¿Te acompaño?

—No, cariño, no hace falta. Enseguida vuelvo.

Cuando voy a moverme, Eric me sujeta y, mirándome a los ojos, murmura:

—Te echaba de menos, corazón.

Yo sonrío. Sé a lo que se refiere.

—Yo también a ti, mi amor —digo sonriendo de felicidad.

Lo beso y, tras abrir la puerta del librero, salgo y corro al baño.

Dos minutos después, y con la vejiga vacía, me miro al espejo y sonrío al ver el collar de cuero de Dexter en mi cuello. Dexter y sus rarezas. Tras atusarme un poco el pelo, me cierro la bata roja sobre la cintura y salgo del baño. Camino de regreso hacia el despacho y, cuando me dispongo a entrar, me doy de bruces con alguien que sale a toda prisa.

¡Mi hermana!

Al verme, Raquel me agarra de la mano y, con el gesto desencajado, murmura:

—Ay..., cuchu..., ay, cuchu..., ¡vámonos de aquí!

—¿Qué pasa? —pregunto preocupada.

—Tenemos que tomar a los niños e irnos de aquí.

—¿Por qué? ¿Qué ocurre?

Voy a moverme cuando mi hermana se lleva la mano a la boca y murmura:

—No..., no entres en el despacho. ¡Ay, virgencita, qué depravación!

Según dice eso, sé lo que pasa, y se me pone la carne de gallina. Carajo..., carajo..., carajo...

Pongo un pie en el despacho y, con disimulo, miro y veo que he dejado la puerta del librero abierta al salir. ¡Maldita sea!

Raquel me jala. ¡Está histérica!

Como puedo, la llevo hasta la cocina para darle un vaso de agua. Pobrecita, mi hermana, con lo impresionable que es para estas cosas.

Tiembla. Yo me agobio y, cuando se ha terminado de beber el vaso de agua, lo deja sobre la cubierta de la cocina y cuchichea:

—Ay, Dios mío..., ay, Dios mío..., ¡qué fatiguita!

—Tranquila, Raquel. Tranquila.

Mi hermana se da aire con la mano, está blanca como la cera y, como temo que se desmaye, la siento en una silla.

—Tenía sed —empieza a explicar entonces con voz temblona—. Vine a la cocina por agua y, al salir, oí ruido. Fui hasta el despacho y, al entrar, yo... yo vi esa puerta abierta, me asomé y... y... Ay, cuchu, ¡vámonos de aquí!

—Raquel, respira.

Pero Raquel está, como decía la canción de Shakira, bruta, ciega y sordomuda, y tiembla... tiembla como una hoja del susto que tiene.

Ay, pobrecita, mi muchachota, ¡qué mal ratito está pasando!

Voy por otro vaso de agua, esta vez para mí. Lo necesito. Saber que mi hermana ha visto lo que ha visto, me reseca hasta el alma.

Bebo..., bebo y bebo mientras intento pensar rápidamente en una explicación que darle cuando ella se acerca a mí y murmura:

—Eric... Eric estaba con esos depravados.

—Escúchame, Raquel...

—No, escúchame tú a mí —insiste con la respiración entrecortada—. He... he visto algo horroroso, impúdico y sucio. Eric estaba desnudo y mirando, mientras Mel y Graciela estaban a cuatro patas como unas perrillas... Ay, Dios... Ay, qué fatiguita, ¡no puedo ni decirlo!

—Respira, Raquel..., respira.

Pero mi sorprendida hermana no atiende a razones y, levantándose, prosigue:

—Ellas llevaban unos collares de cuero negros como si fueran perros, Dexter tiraba de una correa, mientras Björn y creo que... que... César las... las... ¡Ay, Dios, qué asco! —Y, tomando aire, suelta—: Estaban cogiendo, ¡cogiendo como conejos! ¡Todos revueltos! ¿Cómo... cómo puedes tener amigos así?

Carajo..., carajo..., carajo, qué mal rato me está haciendo pasar a mí también.

No sé qué responderle.

Nunca me imaginé viviendo una escena así con Raquel. Entonces, mi hermana se agacha en el suelo y se pone a llorar. Pero ¿por qué tiene que ser tan dramática?

Me agacho con ella con la intención de levantarla y la pobre, hecha un mar de lágrimas, murmura:

—Cuánto siento lo de Eric, cuchu..., con lo que tú lo quieres, y... y él... —Y, tomando fuerzas, sisea—: Ese desgraciado es un depravado, un cochino, un cerdupedo..., un... un... —Entonces grita levantándose del suelo—: ¡Ay, virgencita de la Merced!

—¿Y ahora qué pasa, Raquel?

Mi hermana levanta un brazo y, señalándome con un dedo acusador, dice con voz temblorosa:

—Tú... tú llevas otro collar de perrilla como los que llevan ellas... Demonios, ¡el collar!

Inconscientemente, me lo toco y murmuro mientras comienzo a sentir un picor en el cuello:

—Raquel, escúchame.

El gesto de mi hermana ha pasado del horror a la incredulidad y, ya sin llorar, dice:

—¿Qué... qué has hecho, Judith?

—Raquel...

—¡Ay, virgencita! ¿Qué te ha obligado a hacer Eric?, porque juro que tomo un cuchillo y le rebano el pescuezo de lado a lado.

He de explicarme. Necesito decir algo antes de que saque conclusiones erróneas.

—Raquel —respondo—, Eric no me ha obligado a nada.

—¡Mientes!

Tratando de no perder los nervios, insisto:

—No, Raquel, no miento. Eric y yo disfrutamos así del sexo. Y, aunque sé que es complicado entenderlo, ni él me obliga, ni nadie de los que están ahí dentro está obligado.

Veo que pestañea. Lo que acabo de decir la deja loca.

—¿Te va esa perversión? —murmura. Asiento asustada y entonces ella grita—: ¡Pero ¿es que estás mal de la cabeza?!

—Raquel, no chilles.

Se separa de mí. Yo intento asirla, pero me da un manotazo. Se sienta en una silla. Sé que no entiende nada y, acomodándome junto a ella, prosigo:

—Eric, yo y todos los que están en esa habitación no estamos mal de la cabeza, Raquel, es sólo que, a la hora de disfrutar del sexo, nos gusta hacerlo con más gente y...

—¡Cerda! Eso es lo que eres, ¡una marrana y una cochina! ¡Qué vergüenza! Tus niños durmiendo a pocos metros de aquí y tú zorreando como una perdida.

—Raquel... —murmuro intentando entenderla.

—¿Cómo puede gustarte eso?

Entiendo su indignación.

Entiendo lo que piensa.

Entiendo que piense mil cosas de mí.

Yo también pensé todo eso la primera vez que Eric me mostró ese mundo. Así pues, tratando de ponerme en su lugar y también de hacerle comprender, prosigo:

—Yo no lo veo como una cochinada, sino simplemente como otro modo de ver, entender y disfrutar del sexo. —Y, antes de que pueda hablar, añado—: Eric y yo somos una pareja normal, como tú, como Björn y Mel o Dexter y Graciela pero, a la hora del sexo, nos gusta algo más.

—¿Pareja normal?

—Sí.

—Mira, marrana..., eso de normal no tiene nada. Eso lo hacen los depravados y los que no están bien de la cabeza. Y tú... y tú... ¡Ofú, qué calor!

—A ver, Raquel —insisto rascándome el cuello—. Tú misma me has confesado que Juan Alberto y tú disfrutan en su cama jugando con vibradores y consoladores y...

—Eso no es lo mismo, Judith...

—Lo es. Escúchame y déjame explicarme.

—No digas tonterías.

—Raquel, tú y tu marido juegan como jugamos Eric y yo. La única diferencia es que nosotros jugamos con gente de verdad y ustedes con aparatos de silicona y con su imaginación.

—Pero ¡¿qué tontería estás diciendo?! —grita.

—No digo ninguna tontería, Raquel. —A continuación, clavo la mirada en ella y pregunto—: ¿Por qué juegas con vibradores con Juan Alberto?

Mi hermana se pone roja, pero al ver que espero contestación responde:

—Porque me da la gana y me sale del potorro; ¿y a ti qué te importa?

Su contestación me hace sonreír, e insisto:

—Lo haces porque te causa morbo. Que yo recuerde, me dijiste hace tiempo que tenías un consolador llamado *Al Pacino* y otro *Kevin Costner*. ¿Por qué les pusiste esos nombres?

Raquel se da aire con la mano mientras yo me rasco el cuello.

—He dicho que no es lo mismo —sisea—. No intentes convencerme, ¡cochina!

Está bien..., no voy a enfadarme porque me llame cochina. Raquel es Raquel.

—Les pusiste esos nombres a los jugetitos porque en el fondo te gustaría que fueran Al Pacino y Kevin Costner quienes estuvieran allí —insisto—, y...

—Por favor, ¡cuánta tontería tengo que oír! —grita mi hermana—. ¿Quieres dejar de decir porquerías desagradables? Que tú seas una cochina no significa que yo tenga que serlo también. Ay, Judith, qué decepción, ¡qué decepción!

—¿Me consideras una cochina? —Raquel ni siquiera pestañea, y añado—: Pues siento mucho que pienses eso de mí.

—Cuando papá se entere...

—¡¿Qué?!

Ah, no..., eso sí que no.

En este instante, saco toda mi artillería pesada y, mirando a mi hermana, replico:

—Raquel, si se te ocurre decirle algo a papá de mi vida sexual, ten por seguro dos cosas: la primera, que no volveré a hablarte en la vida, y la segunda, que él también se va a enterar de lo bien que te la pasas con *Al Pacino* y *Kevin Costner*.

Nos miramos. Ella está enfadada. Yo también.

En ese instante, Juan Alberto entra en la cocina en calzoncillos y, mirando a mi hermana, dice:

—Mi chiquita, estaba preocupado por tu tardanza. ¿Qué ocurre?

Mi hermana se levanta y huye de mi lado para refugiarse en

brazos de su marido, cuando en ese momento aparece Eric con una toalla alrededor de la cintura y me mira.

—Cariño, ¿qué pasa? —dice.

Al ver a Eric de esa guisa, Raquel lo mira y, como una verdulera, grita:

—¡Marrano, degenerado, indecente, vicioso, corrupto, inmoral...! ¡Eso es lo que pasa!

Su marido y el mío se miran sorprendidos mientras yo resoplo. Me rasco el cuello y le pido a Eric con la mirada que no diga nada. Sin duda, Raquel no la va a poner fácil y, caminando hacia ella, siseo:

—Si vuelves a insultar a mi marido, te aseguro que...

—Pero ¿qué les pasa? —insiste Juan Alberto.

Raquel se calla, no dice nada. A sabiendas de que luego se lo va a contar, me planto ante mi cuñado y explico:

—Raquel acaba de descubrir que a Eric, a mí y a algunos más de esta casa nos gusta un tipo de sexo diferente del que ustedes practican. Eso es lo que ocurre.

Eric me mira sorprendido por lo que he dicho, y yo añado:

—Y yo le he dicho que, mientras ustedes juegan con consoladores y vaginas de silicona, nosotros jugamos con penes y vaginas de carne y hueso. ¿Dónde está el problema?

Juan Alberto abre la boca. El pobre está tan sorprendido como Eric y, mirando a mi hermana, dice:

—Escucha, relinda...

—Vámonos de aquí. No quiero estar en esta casa corrupta llena de... de ¡inmorales!

—Raquel... —susurro para pedirle calma.

—¡Vámonos! —vuelve a gritar ella.

—¿Ahora? —pregunta mi pobre cuñado.

—No, el mes que viene, ¡no te jode! —insiste Raquel malhumorada.

Tras intercambiar una mirada cómplice con Eric, que de pronto me hace presuponer más de una cosa, el mexicano murmura:

—Cariño, los niños están dormiditos en casa de mis tíos. ¿Cómo los vamos a despertar?

—Me da igual —insiste la necia de mi hermana—. No quiero permanecer ni un segundo más bajo el mismo techo que estos perdidos y sucios cochinos.

—Raquel, como vuelvas a insultarnos, te juro que me voy a enfadar —siseo.

Eric me toma de la mano y me sujeta. Me conoce y está viendo que al final le voy a cruzar la cara a mi hermana como siga por ese camino.

—Escucha, mi reina —dice Juan Alberto—, quizá no sea el mejor momento para decirte esto, pero antes de estar contigo yo también practiqué lo que ellos hacen.

—¡¿Qué?! —grita mi pobre Raquel.

¡Toma yaaaaaa, lo que acaba de confesar mi pobre cuñado!

—Participé en orgías —prosigue él—, y en su defensa tengo que decir que no me considero ningún corrupto ni ningún degenerado. Es sólo una clase más de sexo, tan respetable como la que tú y yo practicamos.

La boca de mi hermana se abre..., se abre y se abre y, cuando no se puede abrir más, y está claro que van a salir de ella sapos y culebras, Eric dice:

—Juan Alberto, llévate a tu mujer a la recámara y tranquilízala.

Inmóvil, veo cómo mi cuñado agarra la mano de mi hermana y, sin decir ni una palabra más, la jala con gesto tosco y ambos se van.

El corazón se me va a salir del pecho mientras me rasco el cuello. Eric me sujeta entonces la mano, lo mira y, quitándome el collar de cuero negro, musita:

—Cariño, te estás destrozando el cuello.

Agobiada por lo ocurrido, me refugio en sus brazos.

—Llévame a la cama —le pido—. Necesito cerrar los ojos y desconectar.

26

A la mañana siguiente, todos saben lo ocurrido. Todos menos los padres de Dexter; ya se encarga Juan Alberto de que Raquel no abra la boca.

Mi hermana está enfadada y, por lo que veo, con su marido también.

Pobre, ¡la que le ha caído!

Mel y Graciela intentan hablar con ella, pero la necia de Raquel se ha empecinado, sólo ve en nosotros a unos degenerados y, cuando pasa por nuestro lado, en especial por el mío, me lo dice a pesar de los gruñidos de Juan Alberto.

—Carajo con tu hermana —protesta Mel. Luego me lleva hasta la terraza, donde nos sentamos a tomar el sol, y añade para quitarle hierro—: Bueno, la verdad es que si mi hermana Scarlett se enterara de cómo es mi vida sexual, seguro que reaccionaría como ella.

Graciela se nos acerca con unas copas y se sienta con nosotras.

—Deben comprenderlas —dice—. No todo el mundo entiende este tipo de prácticas sexuales.

—Lo sé —afirmo viendo a Eric sonreír a la pequeña Hannah—, e intento ponerme en su lugar, porque ella es muy tradicional.

—Bueno..., bueno... —dice Mel riendo—. No te fíes de las tradicionales, que ésas luego son las peores y las más viciosillas.

Las tres reímos, y luego yo añado:

—No, en serio, Raquel siempre ha sido muy tradicional en temas de sexo. Con su anterior marido, sé que hizo el misionero y poco más, pero con Juan Alberto estoy segura de que se ha espabilado, y más que se espabilará tras enterarse que él también participó en orgías en otra época.

De nuevo reímos. Qué brujas somos las mujeres cuando nos juntamos.

—Jud —dice Graciela entonces—. Ya sé que no te va el sado, pero ¿no te gustó cómo anoche te ató Eric las manos a la espalda y...?

—No me disgustó, pero prefiero tener las manos sueltas —respondo.

—Pero ¿no te excitó? —insiste.

Si lo pienso, claro que me excitó.

—En ocasiones —digo bajando la voz al ver a Sami correr por nuestro lado—, Eric y yo nos atamos a nuestra cama y...

—Pero no es lo mismo, Jud —vuelve a la carga Graciela—. Ayer te ató en un juego de varios y pude ver en su cara que disfrutaba con ello.

Eso me sorprende. Sin lugar a dudas, le vio la cara cuando estaba detrás de mí.

—Que no —repito—. Que el sado no me va. Que no me gusta sufrir.

—Yo no sufro..., al revés, disfruto —dice Graciela riendo.

Mel da un trago a su bebida y, después de que Pipa nos indica que se lleva a los niños a la sala de juegos, murmura:

—A mí tampoco me va.

—Pero ¿lo has probado? —pregunta Graciela.

Mel asiente y, bajando la voz, cuchichea:

—Lo probé hace años con un tipo. Pero un día, tras pasarme un buen rato atada y suspendida en el aire, decidí que no era lo mío. Aunque, bueno, reconozco que cuando he estado en la cruz sujeta sí me ha excitado y la he pasado bien.

—¿Te excita la cruz? —pregunto.

—Sí, y a Björn también —dice sonriendo con picardía—. Creo que deberías probarlo. Estoy segura de que te gustaría.

—¡Ni loca! —resoplo—. Si accedo a eso, sin duda accederé a más cosas, y repito: ¡paso del sado!

Mel y Graciela sonríen. Ambas lo han probado. Esta última cuchichea:

—Pruébalo con Eric. Hace tiempo, Dexter me contó que los tres estuvieron en alguna fiestecita BDSM. Y, por lo que sé, se la pasaron muy bien.

Mel y yo nos miramos. Primera noticia.

—¿Y cuándo dices que han estado en esas fiestecitas? —pregunta Mel cambiando el tono de voz.

Al ver su reacción, Graciela se apresura a responder:

—No..., no..., no es actual. Él me contó que fue hace años.

En ese momento aparece Dexter y, posicionándose junto a su mujer, pregunta:

—¿De qué hablan tres preciosas mujeres bajo el sol?

—De sado —responde Graciela.

Dexter sonríe.

—Mi vida linda, viciosa y hermosa —murmura—. Son las doce de la mañana, la casa está llena de gente y mis viejos están en la sala con nuestros bebitos. Pero, si no estuvieran, ahorita mismo te desnudaría, te ataría sobre la banqueta y jugaría un buen ratito contigo como nos gusta.

Graciela sonríe, se acerca a la silla de ruedas de su marido y lo besa.

—Ni los tacos están tan sabrosos como mi dueña —murmura Dexter.

Mel y yo nos miramos y sonreímos. Los recién estrenados papis están como atontados. Cuando el beso acaba, Dexter me mira y señala:

—Tu hermana está totalmente norteada. Si seguimos su plan, vamos a entrar en broncas. Ni te cuento, lo ha soltado todo por su boquita cuando me ha visto esta mañanita.

Asiento. Me imagino a mi hermana, mientras pienso qué puedo decirle o hacer para que respete lo que yo hago. Al fin y al cabo, se trata de respetar. Yo respeto lo que a ella le gusta, y ella debería respetar lo que a mí me gusta pero, claro, ¡hazle entender eso a mi dramática hermana!

En ese instante salen a la terraza Björn y Eric muy serios.

—¿Qué ocurre? —pregunto.

—Creo que hay un coreano alemán que se la está jugando —dice Björn.

Al oír eso, rápidamente miro a Eric.

—¿Qué ha hecho?

Eric se sienta a mi lado y suspira:

—Mi madre no me lo ha dicho. Pero, cuando regresemos, me temo que tendremos que hablar con cierto adolescente conflictivo.

Resoplo. No quiero ni pensar qué habrá hecho ahora e, intentando relajar a mi amor, apoyo la cabeza sobre su hombro y murmuro para hacerlo reír:

—Tú y yo solos en una isla desierta seríamos tremendamente felices, ¿verdad?

Mi amor sonríe y, acercando la boca a la mía, murmura:

—Contigo, en cualquier lugar.

Esa noche, en la intimidad de nuestra recámara, Eric me sorprende cuando me pide que me ponga el collar de cuero. Lo hago gustosa y, tras decirme que confíe en él, me ata a la cabecera de la cama y comienza a darme órdenes que yo acepto encantada mientras me hace el amor con exigencia.

Una vez que acabamos nos reímos y, cuando me desata, pregunto mientras estamos acostados sobre la cama:

—¿A ti te gustaría jugar conmigo atada a una cruz?

Mi amor me mira y sonríe.

—Nunca haré nada que a ti te desagrade.

Está bien. Su respuesta me gusta, pero insisto.

—Pero ¿te gustaría?

De nuevo su mirada me traspasa.

¡Dios, cómo me excita esa mirada!

Sé que duda de su respuesta. Sabe lo que pienso de esas cosas, pero finalmente susurra:

—Claro que me gustaría.

De pronto se levanta y, tendiéndome la mano, dice:

—Ven.

Me levanto. Me pasa una bata que me anudo a la cintura y, tras ponerse él otra, me toma de la mano y salimos de la recámara. Veo que me lleva a la habitación del placer. Eric pone la luz roja y cierra la puerta.

Con curiosidad, observo los artilugios que Dexter tiene allí. Sin duda, a él y a Graciela les gustan cosas que ni a mí ni a Eric nos van.

—¿Confías en mí? —pregunta mi amor mirándome a los ojos.

Me entra la risa. Claro que confío en él. Entonces, me besa, desata el lazo de mi bata, ésta cae al suelo y yo quedo totalmente desnuda.

Excitada, me agarro a Eric y disfruto de un increíble beso, hasta que él me separa, me toma la mano y me lleva ante la cruz acolchonada.

Yo la miro. Éric me mira a mí y dice:

—En la cruz se pueden jugar a muchas cosas. No sólo a lo que tú crees.

Acto seguido, me da la vuelta, me pone de espaldas a él, sube mis manos hacia arriba y, con unas cintas que cuelgan de la cruz, comienza a atármelas.

—Eric...

Mi amor me apacigua paseando la boca por mi cuello, lo chupa y murmura:

—Tranquila, pequeña..., tranquila.

Cuando termina de atarme las manos, se agacha y me hace separar las piernas. Con una cinta, sujeta uno de mis tobillos y luego el otro.

Una vez que me tiene totalmente inmovilizada en la cruz, miro hacia atrás. Con Eric nunca tengo miedo de nada. Entonces observo cómo se desabrocha la bata y ésta cae al suelo y él queda tan desnudo como yo.

La luz roja, yo atada y verlo detrás de mí con lo grande que es me intimida. Me pone la carne de gallina, pero no digo nada. Eric nunca me haría daño.

Acto seguido, lo oigo moverse y, de pronto, una música estridente que no identifico comienza a sonar. Entonces, veo que Eric toma un azotador con flecos rojos y, pasándolo por mi cuerpo, murmura:

—Cierra los ojos, pequeña.

—Eric...

Intento moverme. La sensación de estar inmovilizada me agobia, pero él insiste.

—Ciérralos y confía en mí.

Hago lo que me pide. Confío en él.

De pronto siento cómo comienza a pasear el azotador por todo mi cuerpo. Es suave, increíblemente suave y, cuando me estoy acostumbrando a su suavidad, un picor en las nalgas me hace abrir los ojos y oigo que Eric pregunta:

—¿Duele?

—No.

Mi amor sonríe y ahora siento el picor en la otra nalga.

Durante un rato, Eric me azota con cuidado las nalgas, los muslos, las pantorrillas y las costillas. El picor es gustoso y, cuando noto que el cuerpo entero me arde, él suelta el látigo, posa su duro pene en la entrada de mi vagina y me penetra.

Grito.

No puedo moverme. Atada como estoy de pies y manos, me tiene totalmente dominada. Eric, mi grandulón, aprieta el pene en mi interior y murmura:

—La cruz te inmoviliza, y te tengo totalmente a mi merced. ¿Lo notas?

Asiento..., no puedo hablar.

Apoya las manos en mi cintura y la masajea mientras me empala con lentitud. Después, sus manos van hasta mi vientre, bajan..., bajan y bajan y, cuando su dedo se coloca sobre mi clítoris y lo acaricia, Eric susurra en mi oído:

—No me va el sado y lo sabes, pero ahora mismo me encantaría que delante de ti hubiera alguien chupando lo que toco mientras te cojo. Imagínalo. Imagínalo, pequeña, y disfruta.

Extasiada por lo que la unión de todo eso me está haciendo sentir, jadeo en el momento en que él comienza a bombear en mi interior como un animal. Gimo. Me entrego a él. Mi cuerpo rebota contra la cruz acolchonada y noto que la sensación me gusta. Me gusta estar sometida mientras el duro y exigente pene de Eric entra y sale de mí. Nuestros gritos de placer nacen y mueren en la habitación, hasta que el goce nos puede y, tras una última estocada, los dos llegamos a un caliente clímax.

Acabado el loco momento, ambos permanecemos apoyados en la cruz unos instantes; yo sobre ella, y Eric sobre mí. Necesitamos que nuestro resuello se tranquilice, mientras la música sensacional suena a nuestro alrededor.

Minutos después, Eric sale de mí, siento cómo se agacha y, tras darme un mordisquito en la nalga derecha, me desata los tobillos para levantarse finalmente y desligarme las manos.

Una vez liberada, me doy la vuelta, justo en el momento en que Eric apaga la música. El silencio nos llena, nos miramos, sonrío y él sonríe y, tras darnos un fugaz beso, mi amor me agarra por la cintura y dice mimoso:

—Esto es lo máximo que yo quiero hacer contigo en la cruz. Nunca haría nada que te pudiera incomodar ni desagradar, ¿entendido?

Asiento y sonrío. Sin duda, mi amor sabe lo que a ambos nos agrada, y eso me ha gustado.

Pasan dos días en los que por las noches, cuando los niños duermen, Eric y yo, solos o en compañía, jugamos a todo lo que se nos antoja. A todo...

Raquel sigue sin hablarme, no se acerca a mí, pero comienza a comunicarse un poco más con los demás. Sin duda, continúa enfadada conmigo, yo soy su cochina hermana y, conociéndola, me va a martirizar el resto de mi vida.

Llega la fecha del bautizo y amanece un precioso día. Todos nos ponemos nuestras mejores galas y salimos en distintos coches hacia la iglesia.

Durante la homilía, Eric tiene que salir a la calle con Hannah. Como siempre, el monstruito la está armando. Yo me quedo con el pequeño Eric, que juega con Sami sobre el banco de la iglesia con un cochecito.

Con disimulo, observo a Raquel y veo que mira al frente muy digna mientras escucha lo que dice el sacerdote. El cura habla de saber perdonar y entender, e inconscientemente sonrío. ¡Vamos, que parece que sabe lo que ha pasado!

Una vez bautizados los gemelos, todos los invitados, que somos más de cien, nos trasladamos al Club de Golf México, un lugar precioso y colorido. Nada más llegar, unos atentos meseros nos hacen pasar a uno de sus bonitos salones para el banquete, y, todo sea dicho, me harto de canapés.

¡Qué rico está todo! Y qué poco me importan ahora los cinco kilos engordados...

Pipa y las cuidadoras se llevan a los niños para darles de comer. Los pasan a un salón más chiquitito con otros niños y allí comen, juegan y duermen la siesta mientras los mayores nos sentamos tranquilamente.

Cuando acaba la comida, y los niños siguen durmiendo, nos quedamos sentados a la mesa platicando, y entonces observo que mi hermana discute al fondo del salón con Juan Alberto. Desde que ha visto lo que ha visto y él ha confesado algo de su pasado, sin duda la cosa se ha complicado. No les quito el ojo de encima, hasta que veo que mi cuñado se da por vencido, se da la vuelta y se aleja de ella. Eric, que también se ha dado cuenta, murmura:

—Este viajecito no lo va a olvidar en la vida, el pobre.

Asiento. Desde que mi hermana no me habla, lo paga todo con él.

Por suerte para Raquel, el mexicano es tranquilo, muy tranquilo, pero también estoy convencida de que, como se cabree y lo lleve al límite, mi hermana lo va a pasar mal.

Veo entonces que Juan Alberto se dirige al bar y, tras guiñarle el ojo a Eric, voy a su encuentro. Cuando llego, me siento en el taburete de al lado y, mirando al mesero, pido:

—Sírvame lo mismo que él.

Mi cuñado me mira y sonríe.

—Adoro a tu hermana —dice—, la quiero más que a mi vida, pero cuando se pone tan necia me dan ganas de... de...

Asiento. Entiendo lo que quiere decir, y murmuro:

—Lamento mucho lo que ha pasado, y me siento responsable de sus discusiones.

El mesero deja ante nosotros dos botellitas de agua.

—Guauuuu... —exclamo divertida—, ¡veo que vas fuerte, cucuruchillo!

Juan Alberto sonríe y, mientras me sirve el agua en un bonito vaso, señala:

—El agua siempre aclara las ideas.

Eso me hace sonreír. Sin duda, mi hermana ha encontrado a un buen hombre. Cuando termina de llenar su vaso, dice:

—Yo intuía que aquella noche terminarían en la habitación del placer.

El agua se me va por otro sitio. Me ahogo. Juan Alberto se ve obligado a darme un par de palmaditas en la espalda y, en cuanto me recupero, murmuro:

—¿Por qué lo intuías?

Mi cuñado sonríe y suspira:

—Cuando me divorcié, tuve una temporada loca. Dexter me invitó a su habitación del placer varias veces con unas chicas muy guapas y, por supuesto, acepté. Conozco a César y a Martín y sé qué clase de sexo les gusta. Además, no soy tonto: vi las miradas que intercambiaban con Eric y con Björn la otra noche e imaginé lo que iba a ocurrir. Por eso animé a Raquel para que nos fuéramos a la cama.

—Ay, Dios...

—No te apures, preciosa —dice sonriendo con complicidad—. Disfruten del sexo a su manera, y es tan respetable como el disfrute que yo tengo con tu necia hermana. ¿Te imaginas si le propongo algo así a Raquel?

—Te abre la cabeza —me burlo.

Ambos reímos por aquello y luego él añade:

—Pero tenías razón en lo que dijiste la otra noche. Nosotros jugamos en la intimidad como lo hacen ustedes, con la diferencia de que Eric y tú hacen lo que les gusta porque están de acuerdo y, en mi caso, yo no lo propongo porque sé que Raquel me mataría. Por eso me conformo con jugar con aparatitos de silicona, imaginar y fantasear. Y, una vez dicho esto, siempre negaré que lo he dicho, ¿entendido, cuñada?

Sonrío. Una vez más, Juan Alberto me hace sonreír.

—¡Qué grande eres, hombre, qué grande! —exclamo.

Una hora después, Eric nos pide unos Manhattan a Mel, a Graciela y a mí. Sabe que nos gustan mucho y, mientras bebo mi coctel y escucho cómo Björn le hace trompetillas a mi pequeña

Hannah, observo a Dexter junto a mi hermana. Están los dos solos tras los ventanales de la zona de banquete hablando y veo que
ambos gesticulan con las manos. Sin lugar a dudas, están discutiendo.

—Creo que deberías avisar a Juan Alberto —le digo entonces
a Eric.

—¿Por qué?

—Porque Dexter y mi hermana son una bomba de relojería
juntos y la pueden armar muy muy muy gorda.

Eric asiente, pero sin levantarse murmura mientras juega con
el pequeño Eric:

—Tranquila, Juan Alberto ya está pendiente de ellos.

Miro hacia el lugar donde me indica mi amor y veo a mi cuñado junto a los niños hablando con los padres de Dexter, mientras
con disimulo observa a Raquel.

El tiempo pasa, y Dexter y Raquel siguen juntos. ¿De qué ha-
blarán?

Me agobio. El mexicano tiene una lengua de doble filo que
puede hacerle daño a mi hermana si quiere. Pero de pronto veo
que se abrazan. ¡Toma ya!

Dexter y mi hermana se abrazan y Eric murmura sonriendo:

—Como negociador, no tiene precio.

Björn sonríe y afirma viendo lo mismo que todos:

—Ya sabemos que es el mejor.

Boquiabierta, veo cómo Dexter se aleja de Raquel en su silla de
ruedas, se acerca hasta nosotros, me mira y dice:

—Mi diosa, cuando puedas, tu hermana quiere hablar contigo.

—¿Conmigo?

Dexter sonríe, sienta a Graciela sobre sus piernas y musita:

—Ve tranquila, mi linda, la fiera ya está aplacada.

Lo miro boquiabierta. ¿Qué le habrá dicho?

De nuevo, busco con la mirada a mi hermana y compruebo
que no está donde estaba segundos antes. Rápidamente mis ojos
la buscan por el salón y la encuentro junto a su marido. De la
mano se lo lleva a un lado, hablan y finalmente veo que ambos
sonríen y Raquel lo besa.

De nuevo miro a Dexter y pregunto:

—Pero ¿qué le has dicho?

El mexicano da un trago del Manhattan de su mujer y responde:

—La verdad y sólo la verdad.

Durante varios minutos observo cómo mi hermana y su marido se hacen arrumacos hasta que ella de nuevo se va sola y se sienta tras los ventanales. Se voltea hacia mí y me sonríe.

Entonces Eric me acerca a él, me da un beso y murmura:

—Ve con ella. Yo estaré pendiente de Hannah hasta que Pipa regrese con Eric.

Me levanto con decisión, Mel me guiña un ojo y camino hacia donde está Raquel. Una vez que llego a su lado, ella me mira por primera vez en varios días y, con los ojos llorosos, murmura:

—Cuchu..., ¿te puedes sentar a mi lado?

Sin dudarlo lo hago. Yo, por ella, hago lo que sea.

Acto seguido, mi nerviosa hermana toma mi mano y dice:

—Sé que en ocasiones soy egoísta y más *cerrá* que el culo de un gorrión, pero también sé que te quiero y que no quiero seguir enfadada contigo.

—Yo tampoco contigo —respondo.

Raquel asiente y, tras secarse los ojos, prosigue:

—Reconozco que, cuando vi lo que vi, me asusté. Sabes que esas cosas no van conmigo ni con mis ideas, pero... pero no debería haber dicho las burradas que dije la otra noche de Eric y de ti. Y, antes de que digas nada, por supuesto que no te considero una marrana ni una descerebrada, y a Eric tampoco. Creo que eres una hermana fantástica, una hija maravillosa y una tía de tus sobrinos increíble. Y, si a ti y a tu marido les gusta ese tipo de sexo, ¡adelante! No hacen mal a nadie, no matan a nadie, no hieren a nadie, sólo disfrutan de su sexualidad a su modo, aunque a mí me siga pareciendo una locura.

Bueno..., bueno..., bueno..., ¡si me pinchan, no sangro!

¿Quién es ésa y dónde está mi cuchu-hermana?

Durante varios minutos, Raquel habla y habla, hasta que, dejándome boquiabierta, me abraza y añade:

—Eric y tú se quieren. Son una pareja maravillosa a la que muchos envidian. Yo tengo la mejor hermana del universo y por nada del mundo voy a permitir que nuestra bonita relación se acabe porque yo no haga las cosas como tú.

La abrazo. Aisss, lo que quiero yo a mi Raquelita.

—Te quiero, tonta... —le digo—. Te quiero mucho y...

—Cuchu —me interrumpe balbuceando—. Dexter tiene razón. En ocasiones damos importancia a enfados tontos sin percatarnos de que esas tonterías nos restan felicidad hasta que pasa algo realmente importante y entonces ya no hay forma de recuperar el tiempo perdido. Yo no quiero perder el tiempo contigo porque te quiero —la cara se le descompone como a un chimpancé—, eres la mejor hermana del mundo.

Sonrío. Me emociono y, abrazando a la tonta de mi hermana, afirmo:

—Yo también te quiero, te lo he dicho y te lo diré todas las veces que quieras.

—¿Aunque te haya llamado marrana degenerada?

Suelto una risotada.

—Por supuesto.

Mi hermana se limpia con cuidado los ojos para que no se le corra el maquillaje y cuchichea:

—Que conste que sigo escandalizándome cuando pienso en lo que haces con tu marido, pero estoy avergonzada; ¡te llamé marrana! ¿Cómo pude hacerlo?

—Te lo perdono —digo y sonrío mirándola—, y te lo perdono porque sé que en la intimidad, con tu cucuruchillo, eres tan marrana y degenerada como yo.

Raquel también sonríe y se pone roja.

—Ay, tonti, ¡no digas eso! Por cierto, tengo que decirte una cosa o reviento.

—Tú dirás —respondo dispuesta a escuchar lo que quiera.

Mi hermana me mira y, tras uno de sus suspiritos, dice:

—Como diría papá, quien juega con fuego se quema. Ten cuidado y no te quemes.

Vuelvo a reír, es imposible no hacerlo, cuando añade:

—¿Sabes? Tenías razón en algo.

—¿En qué?

Raquel se acerca más y, bajando la voz, cuchichea roja como un tomate:

—En que cuando jugamos con *Al Pacino* o *Kevin Costner*, cierro los ojos y pienso en ellos. ¡Soy un zorrón!

27
꙰ ꙰

El día de nuestro regreso a Alemania, en cuanto llegamos al aeropuerto y pienso en Flyn, se me abren las carnes. ¿Qué nos encontraremos cuando lleguemos?

Tras despedirnos de Mel, Sami y Björn, Norbert, que ha ido a recogernos, nos saluda y el pequeño Eric se tira a sus brazos. Lo quiere muchísimo.

Una vez que nos subimos al coche, Norbert nos pone al día de cómo ha ido todo en nuestra ausencia, pero no habla de Flyn. Lo omite totalmente. Al llegar a casa, Simona sale a nuestro encuentro y besuquea con amor a los pequeños mientras saluda a Pipa, que sonríe.

Entonces, el teléfono de Eric suena y se aleja de nosotras para contestar. Veo que se mete en su despacho y yo abrazo encantada a Simona. Hablamos durante un buen rato y, cuando Eric sale del despacho, me mira y pregunta con gesto serio:

—¿Vamos por Flyn?

Yo asiento y, al ver su expresión, inquiero:

—¿Ocurre algo?

Nuestros ojos se encuentran y mi amor, relajando el gesto, sonríe y me agarra por la cintura.

—Nada importante —dice.

Los niños se quedan en nuestra casa y Eric y yo vamos a la de Sonia por Flyn. Al llegar nos encontramos a mi cuñada Marta con mi suegra que nos hacen un caluroso recibimiento.

—¿Cómo estás? —pregunto mirando a Marta.

Mi cuñada sonríe y, tocándose su barriguita, responde:

—Feliz como una perdiz, nerviosa por la despedida de soltera del martes y la boda del sábado, y asquerosamente vomitiva.

Todos sonreímos y entonces Eric, al que he visto mirar a nuestro alrededor, pregunta:

—¿Dónde está Flyn?

Al oír eso, Sonia pone los ojos en blanco.

—Arriba. En su recámara —responde—. Antes de que lo veas, tengo que decirte que estoy muy... muy enfadada con él.

—Yo directamente lo habría matado por lo que ha hecho —afirma Marta—. Pero, tranquilos, las aguas han vuelto a su cauce y todo está solucionado.

—Pero ¿qué ha hecho? —pregunto ansiosa.

—Ay, hija..., estos muchachos de hoy en día no tienen cabeza —murmura Sonia sentándose.

Al oír a su madre, Eric se sienta a su lado. Oh..., oh..., su gesto se endurece. Y, una vez que nos sentamos los cuatro con gesto contrariado, finalmente explota y sisea:

—¿Me pueden decir de una santa vez qué demonios ha hecho?

—Hijo... —murmura Sonia.

A mí me está entrando el nervio y, cuando voy a llevarme la mano al cuello, me doy cuenta de que Eric me observa y evito hacerlo. Ver cómo Sonia y Marta intercambian una mirada me hace presuponer que lo que ha hecho ha sido grave. Entonces, Marta explica:

—Mi querido sobrino y su querido hijo, para hacerse el gracioso delante de su nueva noviecita, que, por cierto, no me gustó un pelo cuando la vi, creó un perfil en Facebook con el nombre de Malote Palote y tuvo la genial idea de insultar a un amigo del instituto y subir un video.

—¡¿Qué?! —brama Eric.

Yo escucho alucinada. Pero ¿cuántas cuentas de Facebook tiene el maldito niño? Entonces, pongo la mano sobre el brazo de mi amor y, tras pedirle tranquilidad con la mirada, pregunto horrorizada:

—¿A qué amigo le ha hecho eso?

—Josh Bluke, el hijo de...

—¿Josh, nuestro vecino? —me apresuro a preguntar.

Marta y Sonia asienten, mientras que Eric y yo parpadeamos alucinados.

Sin poder evitarlo, me llevo la mano a la boca. Josh fue el primer amigo de Flyn en el colegio cuando éste comenzó a relacionarse con los niños. Horrorizada, pienso en él. A pesar de tener la misma edad que nuestro hijo, Josh sigue siendo un chico tímido y apocado. ¿Cómo ha podido Flyn hacerle eso?

—Fíjate si es tonto —prosigue Marta, encendida— que subió a ese perfil un video donde están en el baño del instituto con el pobre Josh, escupiéndole.

—¡¿Cómo?! —grita Eric.

—¡¿Qué?! —pregunto yo.

—Sí, hijos, sí —prosigue Sonia apenada—. El chico en cuestión, al saber lo que había hecho mi tonto nieto, se lo dijo a sus padres y ellos lo denunciaron a la policía. Rastrearon la cuenta y el resto ya se lo pueden imaginar.

Mi cara es un poema. La de Eric da más que miedito.

Mi niño, mi tonto niño, por fanfarronear delante de su nueva novia, ha querido hacerle daño a un amigo, sin darse cuenta de que el daño se lo estaba haciendo a sí mismo.

Eric se lleva las manos al pelo, se lo toca y sé que está nervioso. Muy nervioso.

Su madre, al verlo, posa una mano sobre su rodilla y murmura:

—Ya está todo solucionado, hijo, no te preocupes. Marta y yo le hicimos cerrar esa cuenta de Facebook y, después, lo llevamos a casa de ese niño a que le pidiera perdón delante de sus padres.

Yo sigo bloqueada. ¿Cómo ha podido hacer Flyn algo así?

Eric se levanta y, mirándome, dice:

—Ven. Tenemos que hablar con él.

Asiento. Me levanto a mi vez y, tras ver que Marta y Sonia nos dejan nuestro espacio, nos dirigimos hacia la recámara que el niño tiene en casa de su abuela.

Mientras subimos por la escalera, tomo la mano de Eric y, parándolo, digo:

—Por favor, respira y piensa antes de decir todo lo que quieres decirle.

Mi amor me mira. Asiente y, con un gesto extraño, musita:

—Jud..., estoy tan confundido por lo que ha hecho que no sé ni qué decirle.

Durante unos segundos, los dos permanecemos callados y tomados de la mano, hasta que finalmente digo:

—Hagamos una cosa. Como a mí me ve como a la poli mala, sigamos haciendo que lo crea así.

—¡Pero ¿qué dices?! —protesta.

—Creo que, si te ve más receptivo que a mí, hablará contigo de cosas que seguramente conmigo no va a hablar. Piénsalo, cariño.
—Mi amor lo piensa..., lo piensa y lo piensa y, cuando veo que no responde y la ansiedad se va a apoderar de mí, pregunto—: ¿Qué te parece?

—No creo que funcione, Jud.

—¿Por qué?

—Porque, en cuanto le vea la cara, no sé si voy a poder contenerme de decirle todo lo que me ronda por la cabeza.

Sonrío. No es momento de sonreír, pero lo hago.

—Eso será un gran error, y lo sabes —replico—. Tu madre y Marta ya le habrán echado una buena bronca. Tú debes decirle algo también, pero en esta ocasión es mejor que sea yo la que le eche el broncazo del siglo. Hazme caso, de verdad. A mí ya me tiene entre ceja y ceja, y...

—Es que no quiero que te tenga a ti así. ¿Por qué te va a tener entre ceja y ceja?

Miro a mi amor. Sin duda, está tan sumergido en su trabajo que todavía no se ha dado cuenta de la cruda realidad en referencia a Flyn y a mí, y asiento.

—Escúchame, amor. Creo que en este instante es mejor que te vea a ti como a un amigo en vez de como a un enemigo.

Eric me mira..., me mira..., me mira y, finalmente, acercándome a él, me da un beso en la punta de la nariz y susurra:

—De acuerdo.

Sonrío. Me encanta que entre en el juego. Le guiño un ojo y murmuro:

—Vamos. Tenemos que hablar con nuestro hijo.

Al entrar en la recámara, Flyn está acostado en la cama. Al vernos, enseguida se pone en pie y, mirándonos, dice antes de que nosotros digamos nada:

—Sé que lo que he hecho ha estado mal. Lo he pensado y me arrepiento de ello. Pero...

—Me has decepcionado, Flyn —lo corta Eric—. Jamás me habría esperado esto de ti, y te aseguro que Josh tampoco. ¿En qué estabas pensando?

Aprieto la mano de Eric, siento que, si no lo hago, no va a parar. Entonces se calla, me mira y yo, dando un paso al frente, digo con esa insolencia española que no se puede aguantar:

—Increíble, Flyn... Increíble. ¿Cómo has podido hacerle eso a Josh? —Él me mira, no dice nada, y yo prosigo—: Si me llegan a decir que harías algo así nunca lo hubiera creído. Pero ¿de qué vas? ¿De malo? ¿De castigador? ¿De Malote Palote? ¿O simplemente es que has perdido la cabeza?

—Lo siento —murmura Flyn.

Ay, pobre... Ay, que me desarma.

No obstante, sin querer caer en mi sensiblería de siempre, sacudo la cabeza y, poniéndome las manos en la cintura, sentencio:

—Mira, guapito, Josh fue el primer amigo que tuviste cuando nadie quería ser tu amigo en el colegio, ¿lo has olvidado? A él no le importó que te llamaran ¡«chino»! —grito. Eric me mira sorprendido y yo prosigo—: Ni tampoco le importó que no tuvieras amigos. ¿Y ahora qué pasa? Ahora, cuando han cambiado del colegio al instituto, y él te necesita a su lado, te olvidas de él, te echas nuevos amiguitos y no se te ocurre otra cosa mejor que meterte con él; pero ¿qué carajos estás haciendo, Flyn?

—Jud...

La voz de mi amor me hace entender que debo bajar el tono y, volviendo a mirar al chico, cuchicheo:

—No sólo vas a estar castigado el tiempo que diga tu padre, sino que ahora también vas a estar castigado eternamente por mí. —Y, moviéndome con insolencia, añado—: Y, como a Elke o a alguno de tus nuevos amiguitos se les ocurra hacerle o decirle algo a Josh, te juro por mi madre que se las van a tener que ver conmigo. ¿Y sabes por qué? —El chico niega con la cabeza y yo siseo—: Porque yo, cuando quiero, quiero de verdad, y a Josh lo quiero y no voy a permitir que cuatro adolescentes maleducados a los que les falta una buena cachetada por parte de sus padres le hagan daño. Así pues, ya puedes decirles a tus nuevos amiguitos que, como yo me entere de que le tosen o lo miran mal, se las van a ver conmigo, ¿entendido? Y, por supuesto, olvídate de quedar con ellos o verlos. Si tengo que ser tu sombra, lo seré, pero esas amistades se van a acabar.

Flyn no dice nada. Sabe que es mejor mantenerse callado. Entonces, Eric me mira, me aprieta la mano y dice:

—De acuerdo, Jud. Basta ya.

—¡Basta ya! ¡Basta ya! —grito como un poli malo—. Este mierdecilla, con la nariz llena de granos, se permite hacer lo que le ha hecho a Josh y tú sólo dices ¡basta ya!

Consciente de lo que hago, Eric repite sin quitarme los ojos de encima:

—¡Basta ya!

Me suelto de su mano. Estoy encendida. Tengo ganas de decirle a Flyn mil cosas más, pero decido hacer caso a Eric y serenarme. Es lo mejor, y no debo pasarme.

Flyn nos observa sin moverse, y entonces veo que Eric se sienta en una silla y, con una tranquilidad inusual en él, comienza a hablar con nuestro hijo. En silencio, yo también me siento y escucho todo lo que dice. Reconozco que me encanta ese lado sereno de Eric. Mi amor es un gran poli bueno cuando se lo propone.

Flyn lo escucha con atención. Por fin veo que conecta con él, y mis ojos se llenan de lágrimas cuando oigo que Eric dice:

—Lo último que voy a decirte sobre este tema es que has hecho daño a un buen amigo tuyo llamado Josh. Tú no eres una mala persona, hijo, pero si no cambias, si no pones de tu parte, lo serás.

Qué verdad más verdadera acaba de decir mi marido. Estoy por gritar ¡olé..., olé y olé! Pero no. No debo hacerlo o todo nuestro montaje de polis buenos y malos se vendrá abajo.

Una vez que acaba Eric, Flyn asiente y me mira. Sabe que ahora es mi turno pero, como no tengo nada mejor que decir con respecto a todo lo que ya ha dicho mi amor, lo miro y pregunto muy seria:

—¿Recuerda tu profesor la cita?

El chico me mira. En sus ojos veo frialdad hacia lo que digo, y entonces responde:

—Sí. Me la recordó el viernes, pero me dijo que la dejáramos para el lunes de la semana que viene.

—El lunes de la semana que viene no podré ir —blasfema Eric—. Tengo una reunión programada desde hace meses y...

—No importa, cariño. Iré yo —lo interrumpo. Mi amor asiente, y yo, sin cambiar mi gesto, vuelvo a mirar a Flyn e indico—: Ahora recoge tus cosas, nos vamos a casa.

Acto seguido, Eric y yo nos levantamos y, sin decir nada más, salimos de la recámara.

Cuando llegamos a la escalera, me paro y, mirando a mi amor, susurro:

—Estoy muy orgullosa de ti. Es la primera vez que te veo hablar así de tranquilo con Flyn, y que sepas que lo último que has dicho me ha llegado al corazón.

Eric cabecea, sonríe y, pasando la mano por mi cintura, me acerca a él y cuchichea haciéndome reír:

—Gracias, poli malo, y que sepas que voy a tener que aplicarme para domar esa insolencia española que te sale del cuerpo cuando te enfadas.

Me río. ¿Domarme a mí un alemán? Antes, las cabras vuelan.

Veinte minutos después, tras despedirnos de Marta y de Sonia, los tres nos subimos al coche sin decir nada. El silencio es atronador y decido poner música. Instantes después, canturreo eso de «Todo el mundo va buscando ese lugar. *Looking for Paradise.* Oh... Oh... Oh...Oh...».*

---

* *Looking for Paradise* (Feat. Alicia Keys), Warner Music Spain, interpretada por Alejandro Sanz y Alicia Keys. *(N. de la E.)*

28

El martes por la tarde, cuando me estoy arreglando para acudir a la despedida de soltera de Marta, dudo sobre qué ponerme. ¿Muy arreglada? ¿Muy informal? Lo último que sé es que Ginebra ha enredado a mi suegra y, juntas, han organizado la cena en un restaurante que no conozco, por lo que le escribo un mensaje a mi amiga Mel:

¿Hay que arreglarse mucho para el restaurante?

Dos segundos después, mi celular pita y leo:

Pasa del restaurante, piensa en el Guantanamera... ¡Azúcar!

Leer eso me hace sonreír, por lo que al final miro mi clóset y saco un conjunto de camiseta de tirantes con saco a juego con diminutas lentejuelas y unos *jeans* oscuros. Me recojo el pelo en un chongo alto y desenfadado, me pongo unas botas negras y, una vez que acabo, murmuro mirándome al espejo:

—Perfecta. ¡*Arreglá* pero informal!

Nada más decir eso, me río. ¡Cada día me parezco más a mi hermana Raquel!

Sonriendo como una tonta, salgo de la recámara. Sin lugar a dudas, Eric, que acaba de llegar de trabajar, me mirará con su gesto serio y no dirá nada. No quiere acudir a la cena. Se niega a ir al Guantanamera. Estoy bajando la escalera cuando de pronto oigo una voz que proviene de la sala. Alucinada, aguzo el oído para identificarla mejor y, en cuanto lo hago, me paro, cierro los ojos y murmuro sorprendida al comprender que se trata de Ginebra:

—Pero ¿qué hace ésta aquí?

No me cae mal, me parece una buena mujer, pero ¿por qué tiene que creerse que es mi amiga cuando yo no lo siento así?

Sin ganas de permanecer parada en la escalera, retomo mi camino y, al entrar a la sala, me encuentro a Ginebra con su marido y el mío. Al verme, ella aplaude y dice:

—Aquí estás. ¡Oh, pero qué guapa te has puesto!

—Bellísima —afirma Félix.

—Gracias —respondo con una sonrisa.

Me gustan los halagos, pero quien quiero que me los haga no ha abierto la boca. Entonces, Ginebra dice:

—Eric, ¡tienes que venir! Van a ir los maridos y novios de las mujeres invitadas a la fiesta de despedida de soltera de tu hermana, y con ese traje estás bien. ¿Acaso quieres que Judith esté sola? ¿O pretendes que ande quitándose a los moscones de encima cuando vean que va sin compañía?

Sorprendida por esas palabras, miro a mi amor. Él me mira..., me mira y me mira, y finalmente dice:

—Iré.

Boquiabierta, voy a decir algo cuando Ginebra se me adelanta:

—Buena elección. Sin duda, tu mujer se ha puesto tan guapa porque quiere guerra esta noche, ¿verdad?

Eric me mira. Yo lo miro y, convencida de lo que pasa por su cuadriculada cabeza, replico:

—Yo sólo quiero guerra con mi marido, Ginebra.

Observo que mi aclaración hace sonreír a Eric, y la aludida, consciente del tonito de mi voz, añade:

—Normal, cielo. Tonta serías si no la quisieras con un hombre como él.

Sé que lo que ha dicho es un piropo hacia Eric, pero me molesta. No me gusta nada que se tome esas licencias con nosotros cuando yo, particularmente yo, nunca se las he dado. Eric, que me conoce, me mira y, dándome un beso en los labios, dice:

—¿Quieres que vaya contigo?

Como no tengo ganas de armarle un numerito delante de esos dos, afirmo:

—Claro que quiero. ¿Por qué lo dudas?

Dos segundos después, mi amor sale de la sala, va a cambiarse de ropa y yo me excuso para ir a ver los niños. Cuando regreso, Eric ya está de vuelta vestido con una camisa negra, unos *jeans* oscuros y un saco.

¡Dios..., qué guapo está!

—Los hombres cenaremos con el novio en el restaurante de un amigo —oigo decir a Félix.

Eso no le hace ni pizca de gracia a mi amor, pero no dice nada. Ya ha dicho que viene y no va a cambiar de opinión. Diez minutos después, nos despedimos de Pipa y de Simona y los cuatro salimos de casa, nos subimos a nuestro coche y vamos hasta la casa de Björn y de Mel. Estacionamos el vehículo, bajamos y le envío un mensaje a mi amiga para decirle que estamos allí. Dos minutos después aparecen, y Björn, al vernos, se frota las manos y con gesto guasón murmura mirando a Eric:

—Cenita de hombres, ¡qué ilusión!

Al oírlo, Mel sonríe como sonrío yo. Sin duda, esa cenita se le antoja tan poco a Björn como a Eric.

—Reservaré un bailecito para ti en el Guantanamera —murmura Mel.

El gesto de Björn cambia. Ya no sonríe y, atrayéndola hacia sí, percibo que le dice algo al oído que sólo ellos saben y los hace reír.

Entonces, siento las poderosas manos de mi amor rodeándome la cintura y oigo que dice en mi oído ante la atenta mirada de Ginebra:

—Pásalo bien en la cena. Más tarde nos vemos.

Asiento. Lo beso y respondo:

—Ya tú sabes, mi *amol*, dónde estaré.

Eric sonríe. Me vuelve loca verlo así y, besándolo de nuevo, afirmo:

—He reservado los mejores bailes para ti.

De nuevo vuelve a sonreír. De todos es sabido que, como mucho, Eric mueve el cuello o el pie y, mientras le doy un último beso, veo que un taxi se detiene para nosotras. Tras guiñarle el ojo con complicidad, me subo atrás junto a Mel mientras Ginebra, que sube delante, le da la dirección al taxista.

Al llegar al restaurante, me sorprendo al ver la cantidad de mujeres que somos. Yo creía que iba a ser una cenita más o menos íntima, pero no, al final somos treinta y dos. Marta, mi cuñada, feliz con la fiesta, nos abraza. Está guapísima con su vestidito hippy. Me encanta el estilazo que tiene la desgraciada. Se ponga lo que se ponga, ¡todo le queda bien! Incluso embarazada parece una top model. ¡Qué suerte la suya!

Sonia, mi suegra, está desatada. Ríe, bromea, aplaude, brinda y se la pasa bomba. Sin duda, si alguien sabe sacarle jugo a la vida, ¡ésa es mi suegra!

Mel y yo conocemos a algunas amigas de Marta y a un par de las de Sonia, pero me doy cuenta de que Ginebra conoce a mucha más gente que yo. ¿Cómo puede ser eso?

Rápidamente me doy respuesta a mi pregunta cuando me entero de que a muchas de las amigas de mi suegra las conoce de la época en que estuvo con Eric, y a las amigas y compañeras de Marta las ha conocido por wasap porque ha organizado la cena junto a Sonia.

Mel me mira. Sé que piensa lo mismo que yo. Ginebra está tomando un protagonismo incómodo junto a mi cuñada y mi suegra, pero no seré yo quien diga nada. No quiero que vayan a pensar cosas raras.

Intento que no me afecte nada, ni siquiera cuando muchas de las mayores le dicen a Ginebra aquello de «qué bonita pareja hacíais Eric y tú».

Me callo. Es lo mejor que puedo hacer, pero Ginebra, como siempre, sale en mi defensa y dice delante de todas: «Jud y Eric hacen mejor pareja».

Sin embargo, Mel, mi Mel, que me conoce, murmura:

—Si me pides que le tire una copa encima, ¡se la tiro!

Al oír eso, suelto una gran carcajada y, chocando mi copa con la de mi amiga, respondo:

—Tranquila. Está todo controlado.

—¿Qué tal si nos vamos al Guantanamera? —dice mi cuñada cuando ya hemos terminado de cenar—. ¡Allí nos esperan los chicos!

Todas aplauden. Todas tienen ganas de pasarla bien y, dispuesta a pasarla tan bien como ellas, grito:

—¡Azúcarrrrrrrrrrrrrrr!

En la calle nos espera el minibús que Marta ha alquilado y, una vez que nos hemos subido todas a él, éste nos lleva a nuestro próximo destino.

Al entrar en el Guantanamera, mi humor cambia. Aunque Eric no lo entienda, ese lugar es una pequeña parte de mi casa. Los amigos, el ambiente, la música, todo eso unido me recuerda a mis buenos momentos de juerga con mis amigos en España, y llegar allí me hace feliz.

Al entrar busco con la mirada a mi rubio, pero no lo encuentro, y pronto vemos que los chicos no han llegado aún. Las treinta y dos mujeres nos dispersamos por la discoteca y, entre risas, veo a mi suegra bailar junto a Ginebra y a sus amigas, mientras unos maduritos las animan y ellas se entregan al baileteo cubano.

Estoy en la barra con Mel, Marta y alguna más cuando oigo a mis espaldas:

—No lo puedo creerrr. Cuánta mujer divina juntaaa.

Sin voltear, ya sé quién es. Se trata de Máximo, el argentino al que hace tiempo apodamos Don Torso Perfecto. Sin tardanza, nos besa encantado y nos invita a una primera ronda de chupitos, excepto a Marta, que por su embarazo se toma un jugo.

Entre risas estamos platicando cuando aparece Anita con su nuevo novio, un checoslovaco guapo... guapo a rabiar y, divertida, Mel cuchichea:

—Con lo poquita cosa que es esta muchacha y los novios tan estupendos que se echa siempre. Porque, que yo sepa, ha estado con Don Torso Perfecto —las dos miramos al argentino, que está hablando con Marta— y luego con el portugués aquel que cantaba fados y que no era guapo, sino ¡lo siguiente!

Asiento, Mel tiene razón: Anita sabe elegir maravillosamente. Entonces, oigo una voz que dice a mi lado:

—Pero qué bello es verte por aquí..., mi reina española.

Al mirar, me encuentro con Reinaldo, y me tiro a sus brazos complacida. Llevo sin ir al Guantanamera al menos tres meses.

Con tal de no oír gruñir a Eric, no voy. Pero Reinaldo es un amor. Desde que mi cuñada me lo presentó, siempre ha sido un caballero conmigo, tan caballero como Máximo. Ninguno de ellos se ha propasado lo más mínimo, aunque a Eric le moleste nuestra manera de bailar.

—Hey, negro, ¿tengo que ponerme celosa? —protesta mi cuñada.

Reinaldo sonríe y, cuando me suelta a mí, abraza a mi cuñada Marta, a Anita y a Mel y nos presenta a unos amigos cubanos que van con él.

Durante un rato platicamos todos animadamente y siento como si aquello fuera la ONU. Allí estamos alemanes, una americana, una española, cubanos, un checoslovaco y un argentino; ¿se puede pedir más?

Cuando comienza la canción *La vida es un carnaval*,* que canta Celia Cruz, todos salimos a la pista, y mi suegra, en cuanto ve a Máximo, lo saluda con efusividad. Al ver eso, Marta y yo nos miramos y reímos. Todavía recordamos cuando aquélla nos pidió que le buscáramos un presumido con tabletita de chocolate para darle celos a un ex. Máximo la agarra feliz y comienza a bailar con ella mientras todos gritamos lo que Celia Cruz nos hace gritar y levantamos las manos.

Cuando las bajamos de nuevo, Reinaldo me abraza y nos marcamos uno de nuestros bailecitos. Encantada, me doy cuenta de que no he olvidado nada de lo que con el tiempo he aprendido con ellos, especialmente con él y con Máximo. Estoy dándome una vueltecita cuando veo a Ginebra bailando como una descosida.

Olvidándome de ella, me centro en pasarla bien, ¡quiero pasarla increíble! Por lo que bailo descontroladamente hasta que, en una de mis vueltas, mis ojos chocan con unos ojazos azules y enfadados y me doy cuenta de que Eric ya ha llegado.

Al mirar hacia Mel, la veo con Björn bailando en la pista.

* *La vida es un carnaval*, RMM Records, interpretada por Celia Cruz. (*N. de la E.*)

¿Cuánto llevarán allí? Y, como no tengo ganas de malas caras, dejo de bailar y, tras saludar a Drew, mi futuro cuñado, me acerco a Eric y, empinándome para que me oiga, le pregunto al oído:

—¿Bailas, mi *amol*?

Incómodo como siempre que está allí, él me mira y responde:

—Ya sabes que no.

Ginebra llega en ese instante hasta nosotros. No para de bailar. Sin duda alguna, se la está pasando bomba.

—¿No bailan? —dice.

Eric no responde y, cuando yo voy a decir algo, Félix la toma de una mano y se la lleva a la pista. Mi marido los observa con gesto serio y yo sonrío.

No sé si es que soy masoquista o me falta un tornillo, pero me río en su cara y entonces él pregunta:

—¿Qué te hace tanta gracia?

Pido un chupito al mesero, éste lo pone ante mí y, tras bebérmelo de un trago, digo:

—Si se te hubiera ocurrido salir a bailar con ella, te aseguro que habría sido lo último que habrías hecho en la vida.

Mis palabras lo hacen sonreír también a él y, al sentir que se relaja tras ese comentario, lo abrazo y murmuro cariñosa:

—Cariño. ¿Cuándo te vas a dar cuenta de que aquí sólo vengo a bailar con mis amigos?

—¿Y no crees que tus amigos se acercan mucho a ti para bailar?

—Por Dios, Eric, está tu madre, tu hermana, y ¡estás tú! ¿Cómo puedes tener pensamientos tan retorcidos? —Pero, al ver que no dice nada, insisto—: Mira, guapo, si yo quisiera hacer algo tan retorcido como lo que tu horrorosa mente piensa, soy lo suficientemente lista para hacerlo y que nadie lo vea.

—Judith...

Bueno..., me he pasado. Como siempre, ha salido mi lado insolente. Pero, cansada de tener que defender algo absurdo, respondo:

—Mira, cariño, el día que te des cuenta de que ellos te respetan como a mi marido que eres, te aseguro que serás mucho más feliz. Por Dios, ¡qué necio! —Y, dicho esto, me separo de él y siseo—: ¿Sabes, simpático? Si te quisiera engañar con otro hombre, te aseguro que nunca lo haría aquí, ¿y sabes por qué? —Eric sonríe incómodo y yo añado—: Porque esos amigos míos de los que tanto te quejas no me lo iban a permitir. Te tienen más aprecio del que tú les tienes a ellos, y la verdad, ¡no te lo mereces!

Eric no responde. Su silencio me está sacando de mis casillas y, al ver que lo miro, sólo dice:

—Si tú dices eso..., lo creeré.

Su tono escéptico me hace saber que no cree lo que digo. Y me canso. Me canso de su desconfianza siempre que voy al Guantanamera cuando, lo crea él o no, es el sitio donde, sin él, estoy muy protegida.

Estamos sin hablar varios minutos. Como siempre, ya se ha enfadado. ¡Faltaría más! Y, dispuesta a que no me eche a perder la noche, lo miro y siseo:

—Mira, Eric, no deberías haber venido. No te gusta este sitio y no la pasas bien, como yo no la paso bien viendo tu cara de amargado, por tanto, ¿qué tal si te vas y dejamos los dos de pasarla mal?

—¿Quieres que me vaya?

—No. Yo quiero que te quedes y te la pases bien conmigo. Pero lo que no quiero es que te quedes, te amargues y me amargues a mí también.

Su gesto de acero me hace saber que lo que acabo de decir ya lo ha fastidiado definitivamente. Pues que se friegue, ¡con sus caritas y sus silencios él también me está fastidiando a mí!

Está claro que hay un punto en nuestras vidas donde nunca estaremos de acuerdo, y es el Guantanamera. Eric da un paso al frente, me da un beso en los labios y dice:

—Te veré cuando regreses a casa.

Y, sin más, mi rubio, duro y frío alemán se da la vuelta y se encamina hacia la puerta. Björn, que no está lejos de nosotros, al ver aquello me mira y yo le hago un gesto con las manos para que sepa que Eric se va. Björn va tras él y yo decido no pensar en ello.

Mel se acerca entonces a mí.

—¿Qué ha ocurrido?

Molesta, suspiro.

—Lo de siempre, Mel. A Eric no le gusta este lugar ni las compañías.

—Tu marido es tonto.

—Yo diría más bien ¡imbécil! —digo sonriendo y mirando a mi amiga.

Un par de minutos después, mientras estoy despotricando contra mi rubio alemán, Björn se acerca a nosotras y dice:

—Me voy con Eric. —Luego besa a Mel y murmura—: Y ustedes pórtense bien y no hagan que tenga que ir de nuevo a sacarlas del calabozo.

Sonreímos inevitablemente al oír eso, y Mel añade:

—Me portaré tan bien como te portarías tú.

Entonces Björn levanta las cejas y ella protesta:

—Oh, por Dios, cielo... Anda, vete y no pienses tonterías.

Una vez que él se ha ido, no sin antes mirar un par de veces hacia atrás, Mel pide un par de chupitos al mesero, nos los tomamos de un jalón y, en cuanto dejamos los vasitos en el mostrador, gritamos:

—¡Azúcarrrrrrrr!

Durante horas bailamos, bebemos y nos metemos totalmente en el jolgorio. Ginebra me pregunta por Eric y yo le digo que se ha ido a casa, ella asiente y continúa bailando con su marido. Sin duda, Félix tiene una edad, pero no me cabe la menor duda de que le gusta la fiesta.

Sin embargo, a diferencia de otras veces, ésta termina antes de lo que imagino. Marta, por su embarazo, está cansada, y su futuro marido, que ha aguantado como un valiente, al final la convence para irse a descansar.

Poco después, mi suegra y sus amigas también se van, tras ellas las amigas y las compañeras de Marta y, luego, también Ginebra y Félix.

Mel y yo continuamos la parranda con nuestros amigos hasta que, agotadas, a las seis de la mañana damos por finalizado el baileteo y, acompañadas por Reinaldo y Máximo, llegamos a nuestras casas. Como siempre, la caballerosidad por parte de ellos es exquisita.

Cuando entro, sé que he bebido un poquito de más, pero sólo un poquito, y decido no pasar a ver a los niños. Estoy torpona y no quiero despertarlos.

Subo a mi recámara y me sorprendo al ver que Eric no está en la cama. ¿Dónde se habrá metido?

Eso me intranquiliza y, rápidamente, bajo a su despacho. Al entrar, lo descubro sentado a su mesa. Nuestras miradas se encuentran. Yo sonrío. Él no, y murmuro:

—Ya estoy aquí.

Eric descansa la nuca en el respaldo de su silla para mirarme. Me dedica la mirada del tigre asesino. Esa mirada de enojo total que, en vez de darme miedo, curiosamente me excita. Dios, ¡qué morbosa soy!

Como puedo, llego hasta su lado. No lo toco, sólo miro la mesa, y de pronto oigo:

—Ni se te ocurra hacer lo que estás pensando.

Sonrío. Me alegra saber que Eric imagina que voy a hacer lo que hacen en las películas: tirar todo lo que hay sobre la mesa al suelo. Pero, claro, tiene mil papeles y está la *laptop*, y puedo complicarla más de lo que imagino que lo he hecho ya.

Vuelvo a sonreír. Él sigue sin hacerlo, y decido sentarme a horcajadas sobre él.

No se mueve, pero me lo permite y yo me siento en celo.

Estoy caliente, tremendamente caliente, y mi marido es el único que deseo que me dé lo que busco. No obstante, cuando voy a acercarme a su boca, Eric pone una mano en mi pecho para frenarme y pregunta:

—¿Qué haces?

—Quiero besarte —susurro.

—No.

—Sí..., sí..., anda, déjame darte un besito, aunque sea chiquitito.

Mi amor me mira. Yo le pongo carita de pena. Lo piensa. Eso del besito chiquitito y mi gesto lo hacen dudar, pero finalmente repite:

—No.

¡Jodido necio!

Abro la boca para protestar cuando él, como si yo fuera una plumilla, se levanta de la silla, me deja a un lado y, con gesto hosco, sisea:

—A ver si te crees que yo estoy aquí sólo para satisfacer tus deseos sexuales.

Anda, mi madre... ¿Y ahora me viene con eso?

—¿Ah, no? —pregunto con sorna.

Mi contestación hace que me eche otra de sus miraditas de Iceman.

—No —replica.

Pero yo, que cuando quiero algo me pongo muyyyyyy pesadita, insisto:

—Venga, *miarma*..., si lo estás deseando.

Mi respuesta no se la esperaba. Esperaba mi enfado ante su rechazo y, agarrándolo por la cintura, murmuro:

—Eres mío, Eric Zimmerman, y lo mío lo tengo cuando yo quiero.

Me pongo de puntitas para besarlo, pero él se estira y no llego. ¡La madre que lo parió! Finalmente se retira y doy un traspié. Pero no, no me voy a enfadar ni por ésas. Y, caminando hacia él, insisto:

—No tienes escapatoria, rubio.

De nuevo se mueve. Pero, ahora, en vez de alejarse se acerca y, tomándome entre sus brazos, me inmoviliza, me mira a los ojos y sisea:

—Te deseo más que a mi vida, pero no te voy a dar lo que quieres porque esta noche me has echado de tu lado y no te lo mereces. Así que no insistas, Judith, porque no lo vas a conseguir te enfades o no.

Su mirada, la claridad en sus palabras y el que me llame ¡Judith! me hacen saber que lo que busco ¡es un caso perdido! Por ello, cuando me suelta, estoy tan enfadada por su rechazo que, sin decir nada, doy media vuelta y salgo del despacho. La noche se ha acabado, y punto y final.

¡Él se lo pierde! Aunque, ahora que lo pienso, ¡también me lo pierdo yo!

29

El jueves, Eric y yo nos dirigimos en silencio al trabajo en su coche.

Sigue enfadado por lo ocurrido en el Guantanamera. Si hay algo que a Eric lo saque de sus casillas es que lo eche de mi lado, y la otra noche, lo eché. *¡Mea culpa!*

Una vez que llegamos a Müller, ambos bajamos del coche y, sin apenas rozarnos, caminamos hasta el elevador, donde cada uno pulsa el botón de su planta. Lo miro con la esperanza de que haga lo mismo que yo, pero nada, ¡imposible! ¡Como si no existiera!

Cuando el elevador se para, tengo ganas de besarlo, de recordarle que lo quiero, que me muero por él y que como él no hay nadie, pero su cara de pocos amigos me hace saber que no tiene ganas de oírme.

—¿Irás a la reunión que hay a las diez en la sala de juntas? —le pregunto entonces.

Eric asiente y responde con voz neutra:

—Por supuesto.

Desesperada, insisto:

—Por favor, mírame y dime que ya se te ha pasado el enfado.

Mi chico me mira, ¡por fin! Pero, sin cambiar su gesto de perdonavidas, responde:

—Tengo trabajo, Judith.

Uis, ¡Judith!... ¡Mal asunto!

Desisto. Doy un paso al frente, salgo del elevador y, cuando siento que las puertas se cierran tras de mí, resoplo y murmuro en español para que nadie me entienda:

—Jodido necio.

Dicho esto, camino con decisión hacia mi despacho y Tania, la secretaria, al verme se levanta y dice:

—Judith, esta mañana han llegado unas flores para ti.

Asiento y, al entrar, veo sobre mi mesa un precioso ramo de rosas rojas y frunzo el ceño.

¿Quién me las habrá enviado?

Dejo la bolsa sobre la mesa, camino hacia el ramo que Tania ya ha colocado en un bonito jarrón de cristal y, tomando la nota, leo en español:

> *Nunca dudes que te quiero, a pesar de que en ocasiones me llevas al límite.*
>
> *Tu imbécil*

Sonrío. No puedo evitarlo. Esos detalles son los que hacen que cada día esté más enamorada de él.

¡Me lo comooooooooooo! ¡Me lo como con tomate!, como dice mi hermana.

Eric es único. Irrepetible. Inigualable sorprendiéndome.

Me guardo la nota en la bolsa, tomo el celular y escribo un mensaje:

> Te quiero..., te quiero..., te quiero.

Le doy a «Enviar» y, con una sonrisa, espero la respuesta. Pero, transcurridos dos minutos, me sorprendo a mí misma preguntándome: «¿De verdad no me va a contestar?».

Después de diez minutos tengo ganas de estrangularlo y, cuando han pasado ya cuarenta y cinco, lo único que deseo es tomar las flores y estampárselas en la cabeza.

Pero ¿cómo puede ser tan cabrito?

Estoy sumida en mis pensamientos cuando Mika entra en mi despacho, ve las flores y dice:

—Qué preciosas, ¿son de Eric? —Asiento y, sonriendo, cuchichea—: Todavía no puedo creer que el jefazo sea tan romántico contigo.

Asiento de nuevo. Romántico es, y necio, ¡ni te cuento! Pero eso no lo digo. No quedaría bien.

Mika se sienta y, juntas, ultimamos detalles de la reunión.

Queremos presentarles a Eric y a la junta directiva el *planning* de las siguientes ferias en las que Müller participará, y ambas deseamos que todo cuadre a la perfección.

Una vez que hemos acabado, Mika y yo nos dirigimos hacia la sala de juntas con nuestras tabletas en la mano y nuestros teléfonos celulares. Al llegar, varios hombres de la junta directiva, que me conocen, me saludan con cordialidad. Les hace gracia que trabaje en la empresa y, cuando Eric entra, como siempre ocurre, el universo se eclipsa para todo el mundo y le muestran pleitesía como si de un dios se tratara. Vamos, que sólo les falta gritar «¡Viva el jefe!».

Lo miro con la esperanza de recibir una mirada cómplice por parte de él. Sabe que espero su mensaje. Sabe que he recibido sus flores y sabe que me está enfureciendo cada segundo que transcurre y me ignora.

Pero nada. Él sigue sin hacerme caso y, como su mujer que soy, asiento y pienso para mí: «Muy bien, imbécil, tú lo has querido».

Acto seguido, con la mejor de mis sonrisas, me acerco a unos directivos, que rápidamente me sonríen como unos tontos. Durante varios minutos utilizo mis armas de mujer, esas que sé que tengo, para que los hombres me miren maravillados, y rápidamente observo los resultados. ¡Hombres!

En ocasiones son tan básicos que tengo que reírme, y ésta es una de ellas.

Con el rabillo del ojo, observo cómo mi loco y a veces insoportable amor por fin me mira por encima de las cabezas de aquéllos con los que habla. Esa sensación me gusta. Ese estremecimiento que siento al notar su interés hacia mí es el mismo que me provocaba cuando yo era su secretaria y, en una habitación plagada de gente, no me podía tocar, ni rozar, ni hablar.

España, 1 - Alemania, 0.

Consciente de que ahora tengo su total atención, me hago la interesante y con coquetería me coloco el pelo tras la oreja al hablar. Sé que le gusta mucho mi pelo. De pronto oigo que Mika me llama. Con una encantadora sonrisa, me deshago de los directivos que me miran embobados y me encamino hacia ella, que está con un hombre moreno de mi edad que me observa con una pícara sonrisa.

—Judith, te presento a Nick. —Tras tomar su mano, le doy dos besos, ¡ésos para Eric!—. Él es nuestro mejor comercial.

Encantada, asiento y sonrío y, sin mirar a mi maridito, ya sé que debe de estar dándose de cabezazos contra la pared. ¡Para insolente, yo!

Soy consciente de cómo Nick me mira y me sonríe. Sin lugar a dudas, debe de estar pensando: «¡Carne fresca!». Y Mika no debe de haberle contado que soy la mujer del jefe o no me miraría así. Platicamos durante varios minutos y, cuando la reunión va a comenzar, con galantería, Nick aparta una silla para mí y, en el momento en que me siento, se acerca a mi oído y murmura:

—Después te invito a un café.

Asiento. Pobrecito, cuando se entere de quién soy, se le van a caer hasta los empastes de los dientes. Y, sin querer evitarlo, miro a Eric, que ya está sentado y me observa muy serio.

La reunión da comienzo. Hablan unos, hablan otros, y Nick se acerca a mí para cuchichear. Yo sonrío divertida por las cosas que me dice, mientras soy consciente de cómo Eric sigue mis movimientos con disimulo.

España, 2 - Alemania, 0.

Se apagan las luces y comienzan a presentar en la pantalla ciertos temas. Continúan hablando cuando mi celular vibra. Disimuladamente, lo miro y leo:

¿A qué se debe esa sonrisa?

Sin mirar a Eric, escribo:

¿Me ves sin luz?

Dos segundos después, mi celular vuelve a vibrar:

No necesito luz para saber que estás sonriendo.

Suspiro. Él y sus tonterías... Y respondo:

¿Acaso no puedo sonreír?

El celular vuelve a vibrar.

Sí. Pero me gusta más cuando sonríes para mí.

Ahora sí que sonrío, no lo puedo remediar y, levantando la cabeza, observo en la oscuridad que Eric me mira. Escribo:

Ha hecho falta que Nick entrara en la reunión para que me hablaras; ¿ves competencia?

Dudo si darle o no al botón de «Enviar». Sé que eso le va a molestar, pero como soy una gran maldita, ¡zas!, lo envío y observo su reacción a través de mis pestañas. Como es de esperar, él frunce el ceño, levanta el mentón y no contesta. Aisss, mi celosón.

Pero ¿todavía no se ha dado cuenta de que he nombrado a Nick para picarlo?

Pasados un par de minutos, escribo:

Contéstame a lo que te he dicho: ¿Nick es competencia?

Él lee el mensaje pero no contesta, e insisto:

Eric, estoy esperando.

Ni caso. No me hace ni caso.

Las luces se encienden, la reunión prosigue y yo, molesta por su gesto serio de superioridad, escribo:

Una vez interrumpiste una reunión por mí. ¿Acaso crees que yo no lo haré por ti?

Cuando le doy a «Enviar», soy consciente de lo que he puesto, y Eric también. Pero el tipo ni se menea. ¡Carajo, es de hierro! Insisto:

Te doy diez minutos. O me contestas, o paro la reunión.

Ni se inmuta. Está totalmente seguro de que no lo voy a hacer. Pero ¿es que todavía no me conoce?

Dispuesta a sorprenderlo, envío un mensaje a Mel, en el que digo:

Llámame dentro de cinco minutos y sígueme el rollo.

Acto seguido, dejo el celular sobre la mesa para que Eric lo vea y crea que desisto. Me acomodo en la silla y me centro en la reunión, mientras el señor Duhmen habla sin cesar y todos lo escuchamos.

Pasados unos minutos, mi celular vibra ruidosamente sobre la mesa y, mirando a mi alrededor con mi mejor cara de apuro, digo:

—Lo siento. Es de casa. —Tras escuchar unos segundos, exclamo levantando la voz un poco—: ¿Cómo? ¿En serio? ¿De verdad? No..., no... No puede ser...

Mel, divertida, no puede dejar de reír, mientras dice:

—Marichocho, ¿qué estás haciendo?

Procuro no reírme —¡la madre que la parió!—, y con seriedad respondo:

—De acuerdo..., de acuerdo, hablaré con Eric y te volveré a llamar.

Una vez que cuelgo, me levanto en medio de la reunión y, ante la cara de asombro total de mi marido, que no había creído mi amenaza, miro a la gente que hay a nuestro alrededor y digo:

—Siento interrumpir la reunión, pero necesito unos minutos a solas con mi esposo. —Y, sonriendo, añado—: Tenemos que apagar un pequeño fuego en casa y es tremendamente ¡urgente!

Como todos son muy solícitos, y más tratándose de mí, que soy la mujer de Eric, rápidamente se levantan y abandonan la sala, mientras Mika le explica a Nick quién soy y él me mira sorprendido. ¿La mujer del jefe?

Una vez que sale la última persona y cierran la puerta, Eric, sin levantar la voz en exceso, gruñe sin moverse de su sillón de director:

—¿Cómo has podido hacerlo?

Con una sonrisita de «¡Te lo dije!», camino hacia él y digo:

—Te he dado diez minutos. Cinco más de los que me diste tú a mí en su momento. Y, por cierto —cuchicheo—, he de decirte que en casa todo está bien y que la reunión, Iceman, la has interrumpido tú.

Eric me mira con gesto incrédulo. Sin duda, lo he sorprendido, y eso me gusta. Me acerco a él con decisión y, cuando estoy delante, pregunto:

—¿Hay cámaras en esta sala?

Mi amor, ese que me vuelve loco, asiente. ¡Vaya mierda!

Pero finalmente niega con la cabeza y añade:

—Tampoco está insonorizada.

Excitada al saber eso, subo mi falda de tubo ante él. Con una tranquilidad que no es la que siento en mi interior, me quito los calzones negros que llevo, hago una pelota con ellos en la mano y, metiéndoselos en el bolsillo del saco, murmuro cual vampiresa del cine porno:

—Señor Zimmerman, siento decirle que estaré sin calzones en la oficina...

—Jud —me corta—. ¿Qué estás haciendo?

Biennnn, ¡me ha llamado Jud, no Judith! Vamos bien, y respondo:

—Hacerte saber que sólo te deseo a ti aunque te enferme que vaya al Guantanamera o hable con el presumido de Nick. —Su gesto se contrae y prosigo bajando la voz—: Y quiero que sepas que, a pesar del enfado que tengo por tu desplante, estoy caliente, deseosa de ti y me muero por ver tu mirada cuando me compartes con otro hombre. ¿Te queda claro?

Eric, me mira..., me mira y me mira. ¡Oh..., oh...!

Pero, antes de que pueda calibrar lo que siente, se levanta, me acerca a él, de un jalón me baja la falda, me sienta sobre la mesa y, con lascivia, pasa la lengua por mi labio superior, después por el inferior, y me lo muerde. Yo jadeo, ¡me vuelvo loca!

Cuando mi boca, mi ser, mi alma y toda yo estamos rendidos a él, mi Iceman particular me da tal besazo que me deja sin aliento, mientras me dejo llevar por el maremoto de emociones que me hace sentir.

¿De verdad me va a hacer el amor sobre la mesa?

Me agarra del pelo y, jalando de él hacia atrás, separa su boca de la mía y murmura:

—Jugaría contigo ahora mismo. Te abriría las piernas y...

—¡Hazlo! —lo tiento.

Exigente como es, me devora de nuevo la boca, me hace el amor con la lengua y, por su intensidad, sé el esfuerzo que está haciendo por no acostarme sobre la mesa y cogerme como un salvaje. El beso dura y dura y dura, y yo lo disfruto todo lo que puedo hasta que finaliza y, sin apenas separar su boca de la mía, susurra:

—No puedes hacer esto, pequeña. Aquí, no.

Sé que tiene razón. Sé que estamos en la oficina y no debería, pero respondo:

—Lo sé. Pero tú me has obligado. No me has hablado en todos estos días y...

—No puedes andar por la oficina sin ropa interior.

—Y tú no puedes enfadarte conmigo por estas tonterías —lo reto.

Eric me mira. Clava sus impactantes ojos azules en mí, mientras yo con descaro toco su entrepierna y siento su dura y potente excitación.

¡Ay, madre! Cuánto lo deseo.

¡Por favor! Que me conozco y estoy a punto de hacer una de mis locuras.

Su gesto desconcertado me hace sonreír y la razón vuelve a mí. No podemos hacer eso en Müller. No debemos y punto. Y, decidiendo acabar ese momento provocado por mí para volverlo loco, me separo de él y digo mientras camino hacia la puerta por donde todos han salido minutos antes:

—De acuerdo. Visto que no le apetezco absolutamente nada, prosigamos con la reunión, señor Zimmerman, y, por favor, no vuelva a interrumpirla.

Boquiabierto por como lo estoy dejando, se dispone a protestar cuando yo abro la puerta y digo como una perfecta mujercita:

—Pasen y disculpen la interrupción. Creo que el fuego en casa ya está apagado.

Eric rápidamente se sienta y coloca unos papeles sobre su entrepierna para que nadie observe lo abultada que está mientras todos entran y ocupan sus butacas. Con una sonrisa, me siento junto a Mika y Nick y se reanuda la reunión. Pero, si soy sincera, no me entero de nada. Aún tengo el sabor de su beso y el olor de su excitación en mi nariz.

Lo miro y observo que comprueba con gesto implacable la pantalla de su *laptop*. ¿Qué estará pensando? Histérica, me muevo en la silla consciente de que no llevo ropa interior. Media hora después hacemos un alto para tomar un café. Veo a Eric hablar por teléfono y no me acerco a él. Cuando de nuevo entramos en la sala de juntas y nos sentamos, de pronto mi amor apoya las manos sobre la mesa y dice:

—Lo siento, señores, pero mi esposa y yo debemos abandonar la reunión para resolver ciertos asuntos familiares. —Después clava la mirada en mí y añade—: Judith, ¡vamos!

Cielosss, qué fuerte, ¡cancela la reunión por mí!

España, 2 - Alemania, 1.

Sin querer llevarle la contraria, rápidamente recojo mi tableta y mi celular y, cuando llego a su lado, me agarra con fuerza de la mano y dice mirando a los que nos observan:

—La reunión se pospone hasta mañana a las nueve en punto. Buenos días, señores.

Sin más, ambos salimos de la sala de juntas y veo que vamos derechos al elevador. Una vez que nos metemos en él, Eric me aprisiona contra la pared y, mirándome a los ojos, murmura:

—Pequeña, acabas de encender un gran fuego que tienes que apagar.

Me besa, y yo ¡me dejo!

España, 2 - Alemania, 2. ¡Empate!

Cuando llegamos al garaje, sin soltarme de la mano, sin recoger abrigos, sin nada, me lleva hasta el coche. Una vez que entramos, voy a decir algo cuando él teclea en su teléfono y dice:

—Gerta, que un mensajero pase por el despacho de mi mujer, tome su bolsa y su abrigo y luego vaya por el mío para recoger mis cosas y llevarlas a mi casa.

Dicho esto, cuelga. Yo sonrío, él arranca el coche sin hablar.

No sé adónde vamos.

No sé adónde nos dirigimos pero me dejo llevar cuando, pasadas varias calles, veo que se detiene y baja del coche. Tan pronto como abre la puerta de mi lado, pregunto:

—¿Adónde vamos?

Pero no hace falta que me responda. Ante nosotros hay un hotel y, tomándome de la mano, murmura:

—Ven conmigo.

Lo sigo, ¡claro que lo sigo!

Yo a él lo sigo ¡hasta el fin del mundo si hace falta!

Entramos en el hotel y pide una habitación. El empleado de recepción nos mira. Vamos sin abrigos, sin bolsa, ¡sin nada!

¿Qué pensarán?

Por suerte, Eric lleva su cartera en el bolsillo del saco y, tras entregar su Visa, el recepcionista nos da una tarjeta y dice:

—Suite 776. Séptima planta.

Eric asiente. Yo sonrío, y nos encaminamos hacia el elevador.

Al llegar allí, un hombre lo espera y, una vez que entramos los tres, Eric pulsa el botón y vuelve a besarme. Con el rabillo del ojo observo que el hombre nos mira, y murmuro:

—Eric...

Pero él no me escucha. Sigue en lo suyo. Me toma entre sus brazos y, separándome unos milímetros, susurra mientras me sube la falda:

—No sé si matarte o jugar contigo por lo que has hecho y me has hecho hacer.

Azorada por la mirada incrédula del hombre pero al mismo tiempo excitada, respondo:

—Voto porque juegues conmigo, suena mejor.

Veo que mi respuesta hace sonreír a Eric y, dándome una nalgada en el trasero desnudo, sisea mirando al hombre que nos observa:

—Justin, ya lo has oído. Vamos a jugar. —Sorprendida, veo que el hombre asiente y, cuando miro a mi marido, él añade—: Señorita Flores, prepárese para satisfacer mis más pecaminosas necesidades.

Acto seguido, me echa al hombro como si fuera un troglodita y, cuando el elevador se para, los tres salimos de él y nos encaminamos hacia la habitación.

Al llegar frente a una puerta, Eric la abre, entramos, cierra, me deja en el suelo y, apoyándome contra la puerta, exige:

—Ábrete la blusa y sácate los pechos sin quitarte el brasier.

Su exigencia me exalta y me calienta más y más, mientras Justin nos observa en silencio.

Esa petición tan salvaje me ha excitado y, acalorada, hago lo que me pide, mientras me siento tremendamente sensual al sacarme los pechos para ellos.

Ambos me miran. Ambos me devoran, y Eric, al ver mis senos al descubierto con mis pezones erectos, los contemplan con lujuria y le dice a Justin:

—Disfrutemos de mi mujer.

El desconocido, al que no he visto en mi vida, se acerca a mí y, tras pellizcarme mis endurecidos pezones, me los chupa. Me agarra de forma posesiva por la cintura y, mientras observo a Eric, que nos mira, me dejo tocar y manosear por aquel que devora mis pechos sin pudor.

Cuando creo que voy a explotar por el calor que siento, sin contemplaciones, Eric me arrastra hasta una silla, me da la vuelta, me sube la falda y, acercando la boca a mi oído, murmura:

—Inclínate sobre el respaldo de la silla y abre las piernas para nosotros.

Extasiada, hago lo que me pide. Mi grito se pierde entre la mano de mi amor, que me tapa la boca, cuando su duro y terso pene entra hasta el fondo de mí. Acto seguido, Eric libera mi boca, me jala el pelo, me levanta la cabeza y lo oigo preguntar:

—¿Quieres jugar fuerte, pequeña?

—Sí —respondo.

—¿Así de fuerte? —insiste hundiéndose de nuevo en mí.

—Sí..., sí...

Eric retrocede y vuelve a clavarse en mí sacándome mil y un gemidos, cuando veo que Justin se baja la cremallera del pantalón, saca su duro pene y lo pone frente a mi cara. Sin que nadie me diga nada, abro la boca para recibirlo, para chuparlo, para disfrutarlo, mientras me agarro a sus nalgas y accedo a que me coja la boca.

Ése es nuestro juego. Es lo que he pedido, y Eric me lo da.

A diferencia de otras veces, mi amor no se mueve, no retrocede. Se queda clavado en mi interior y siento cómo mi vagina palpita ante su dura y profunda intromisión. Eric aprieta..., aprieta..., aprieta sus caderas contra mí y yo jadeo enloquecida mientras el miembro de Justin entra y sale de mi boca.

Cuando mi respiración cambia, noto que Eric retrocede para volver a ahondar en mí con ferocidad. Justin se aparta, se pone un preservativo y se sienta en la cama para mirarnos. Eric está duro como una piedra y, acercando la boca a mi oído, murmura:

—Nunca vuelvas a echarme de tu lado como hiciste el otro día en el Guantanamera.

Asiento..., no puedo ni hablar cuando insiste:

—Y, por supuesto, nunca vuelvas a andar sin ropa interior por Müller, ¿entendido?

No respondo, no quiero darle ese gusto. Y él, dándome una nalgada, repite:

—¿Entendido?

El placer que siento es inigualable, y el alud de emociones que me invade no me deja responder. Eric asola mi cuerpo dejando claro que es su amo con fuerza, con determinación, con posesividad, y yo sólo puedo abrirme a él y disfrutar lo que me da una, dos y veinte veces.

La silla se mueve de sitio y no puedo sujetarla. Eric y sus embestidas atroces lo mueven todo y, cuando ya no puede más, después de un gruñido de satisfacción que me hace saber lo que está disfrutando de esa nueva locura, se hunde una última vez en mí y ambos nos dejamos llevar por el momento.

Dejo caer la cabeza hacia delante para tomar aliento. Estoy exhausta. Pero, sin darme un respiro, mi señor, mi amo, mi patrón sale de mí y me lleva hasta Justin. Ante la atenta mirada de mi alemán y en silencio, el desconocido me lava rápidamente el sexo con una toalla húmeda, me sienta sobre él, me coloca a su antojo y me empala con su duro pene. Yo vuelvo a jadear.

El camino ya está abierto y humedecido. Eric lo ha hecho. Pero Justin, en busca de su placer, me agarra por el trasero y me mueve sobre él con firmeza y precisión. Un gemido escapa de mi boca y echo la cabeza hacia atrás. Es increíble. Fantástico. Enloquecedor.

Mi cuerpo se amolda a lo que ese hombre me hace y me dejo manejar. Moviéndome, busco mi propio placer, cuando siento que mi amor, desde atrás, posa sus grandes y cuidadas manos sobre mi cintura, termina de desnudarme, me aprieta contra Justin y murmura en mi oído:

—Recuerda. Intenta cerrar las piernas y el placer se intensificará.

Hago lo que me pide y soy consciente de que, al hacerlo, el placer se incrementa, se extiende, y jadeo al tiempo que noto cómo Justin tiembla. Repito una y otra vez lo que Eric me ha recordado, mientras el duro pene de Justin juguetea en mi interior, se abre paso todo lo que puede, y yo grito de placer por ello.

Cuando siento que mi amor me separa las nalgas, me acomodo sobre Justin dispuesta a recibirlo a él. Al notar mi predisposición, Eric juguetea con mi ano unos minutos para dilatarlo.

Justin lo ve y entonces me mira y, mientras se hunde en mí, pregunta:

—¿Nos quieres a los dos dentro de ti?

El ardor en el rostro del hombre se extiende a todo su cuerpo, y Eric, al que no le veo la cara pero sí siento detrás de mí, dice:

—Justin, además de ser mi dueña y mi esclava, mi mujer es también atrevida, morbosa y fogosa. ¿Qué más puedo pedir?

El aludido, que está en mi interior, asiente y, cuando jadeo al notar el dedo de Eric en mi ano, susurra:

—Tienes la compañera que muchos queremos pero que pocos consiguen, amigo.

Gustoso de oír eso, Eric me besa el cuello.

—Lo sé —dice.

Un par de segundos después, me levanta, me da la vuelta y, mirándome a los ojos, dice mientras me lleva hasta un sillón de cuero blanco:

—Sepárate las nalgas para Justin.

Lo hago..., hago lo que me pide..., mientras mi respiración se acelera y siento cómo la lengua del desconocido me recorre el trasero con lascivia. Mi cuerpo se estremece involuntariamente, y mi amor, rozando apenas su boca con la mía, dice:

—Siéntate sobre él y entrégate.

Oír lo que me pide me vuelve loca.

Uff..., ¡madrecita, qué calor!

Miro hacia atrás y veo a Justin ya sentado en el sillón, a la espera de que cumpla mi orden con el preservativo puesto. Como la esclava sexual que soy en este instante de mi amor, me acomodo sobre Justin sin dejar de mirar a mi dueño y señor.

Justin me abre las piernas y, sin perder un segundo, guía su duro pene hacia mi ano, que dilatado como está hace que se hunda rápidamente.

Jadeo. Cierro los ojos, y Justin, agarrándome con fuerza las nalgas, me cierra las piernas y, moviendo con premura sus caderas, me da unas buenas embestidas que resuenan por toda la habitación para saciar el apetito sexual que tiene en ese instante de mí.

¡Dios, qué placer!

Su pene entra y sale de mi ano, una y otra y otra vez, y yo lo disfruto. Lo gozo..., lo saboreo.

Mis ojos y los de Eric están conectados mientras Justin se hunde en mí, y yo, gustosa, jadeo y permito que lo haga. Complacido con lo que ve, no nos quita ojo hasta que finalmente Justin llega al clímax y, tras un último empellón, ambos nos dejamos llevar.

Sin salirse de mí, Justin pasa las manos por debajo de mis rodillas y, abriéndome los muslos, murmura con un hilo de voz:

—Eric..., tu mujer.

Mi amor me mira acalorado mientras se toca el pene gustoso. Y, para hacerme rabiar, se agacha, me besa el sexo y juguetea con él.

Grito. Me retuerzo. ¡Uf, qué calor!

Durante varios minutos, sigo empalada por el ano por Justin, y al mismo tiempo Eric juguetea con mi clítoris y yo disfruto como una loca. Como una verdadera posesa.

Calor, delirio, frenesí..., todo eso me hace sentir mi amor, mientras juguetea conmigo y otro hombre me abre para él. Segundo a segundo, mi respiración se acelera y, cuando ya no puedo más, tomo con las manos el pelo de Eric, hago que me mire y murmuro:

—Hazlo ya... Te deseo.

Tras un último y dulce mordisquito a mi vagina, mi alemán pone una rodilla sobre el sillón, se acomoda bien y, guiando su duro pene hacia mi húmeda y ardiente entrada, se introduce en ella, se deja caer sobre mí y me besa mientras se hunde una y otra vez; Justin no se mueve.

Me gusta estar entre aquellos dos hombres. Lo disfruto, y sé que ellos lo disfrutan también. Eso estimula mis pensamientos.

Las manos de Justin me agarran por los riñones y siento cómo su pene se endurece y comienza de nuevo a entrar y a salir de mi ano, mientras Eric sólo tiene los ojos clavados en mí y me entrega lo que quiero, lo que le pido y lo que necesito.

—Más fuerte —exijo.

Al oírme, sonríe con fogosidad, se agarra al borde del sillón y me da lo que quiero. Sus acometidas son apasionadas e impetuosas. Siento que me va a partir en dos de placer mientras me entrego a él y a quien él quiera. Soy suya.

Una y otra... y otra vez, aquellos dos hombres entran en mí con fogosidad y yo abandono mi cuerpo entre sus manos. Me mueven, me colocan a su antojo, se hunden en mi interior y yo accedo..., accedo a todo lo que ellos quieran, mientras siento sus duros penes dentro de mí y me hacen jadear de placer. De puro placer.

No sé cuánto tiempo dura.

No sé cuánto tiempo estamos así.

Sólo sé que, cuando el orgasmo nos llega, el espasmo es tal que el éxtasis por lo que estábamos haciendo nos hace tener convulsiones uno en brazos del otro durante varios segundos, mientras Justin, debajo de nosotros, soporta el peso de nuestros cuerpos y vive su particular aventura.

Durante el resto de la mañana, disfruto del morbo, la posesividad y la lujuria junto a mi amor. Permito que manipulen mi cuerpo como si yo fuera una muñeca de trapo, y me gusta. Me excita ser su esclava sexual en ese instante, me encanta permitírselo, y sé que a Eric le gusta también autorizarlo.

Tan pronto estoy a cuatro patas como boca arriba o boca abajo mientras ellos me cogen, me separan las nalgas, me ofrecen, me acarician, me chupan, introducen los dedos en mí, y yo lo consiento. Apruebo lo que allí ocurre porque la primera en exigirlo soy yo.

A las dos de la tarde, tras varias horas de sexo caliente, exacerbado y febril, Justin se va y, cuando Eric y yo nos quedamos solos en la habitación, digo:

—Nunca había visto a Justin. ¿De qué lo conoces?

Eric me mira. Está de pie a mi lado, y responde:

—Lo conozco desde hace años, pero por trabajo se trasladó a vivir a Berlín. La semana pasada me llamó y me dijo que vivía aquí de nuevo.

Levantándome, tomo el brasier para ponérmelo y afirmo:

—Entonces, lo volveremos a ver en el Sensations, ¿verdad?

—No. Nunca lo verás por allí.

—¿Por qué? —pregunto sorprendida.

Mi amor me ayuda a abrocharme el brasier y, una vez que lo ha hecho, me besa en el cuello y dice:

—Porque la discreción es fundamental para él. Primero, porque su mujer no participa de sus juegos. Y, segundo, porque es juez del Tribunal Superior. Por tanto, lo verás sólo en ocasiones como la de hoy.

Saber que es juez me sorprende, pero pregunto:

—¿Que su mujer no participa?

—No —dice y, abrochándose el botón del pantalón, añade—: Por eso ha dicho que tú eres la compañera que muchos hombres querrían tener pero pocos consiguen, ¿lo recuerdas? —Asiento, y Eric me besa y añade—: Y, por suerte para mí, eres mi mujer. Mía.

Esa sensación de propiedad tan de mi alemán me hace reír.

—Y tú, Iceman, eres mío.

Ambos reímos. A cualquiera que se le diga que disfrutamos compartiéndonos en ciertos momentos no nos entendería, pero ya no me importa. No me importa lo que piensen, lo que opinen. Yo soy feliz así con Eric, y punto y final.

Estoy atontada mirándolo cuando mi amor, mi loco amor, dice mientras me abraza:

—Por eso, pequeña, me pongo tan celoso cuando vas al Guantanamera. Tengo tanto miedo de perderte que, si eso ocurriera, yo creo que...

—Pero ¿qué tonterías estás diciendo?

Eric resopla.

—Jud, soy consciente de mis limitaciones, y lo sabes.

Oír eso, que he oído tantas veces en los años que llevamos juntos, me hace reír, y afirmo:

—Mira, mi amor. Yo no necesito que tú bailes si yo bailo. Yo sólo necesito que seas feliz, que sonrías y confíes en mí cuando salgo sin ti o voy a divertirme al Guantanamera. El resto... sobra, y sobra porque te quiero y para mí no existe nadie más que tú.

Su sonrisa se expande. Se agranda. Feliz, lo abrazo, lo beso con todo el amor que soy capaz de darle y, mirándolo, murmuro:

—Soy tuya, como tú eres mío. Entérate de una santa vez, necio.

Después de varios besos y palabras de amor que sólo mi loco y testarudo alemán sabe decirme, terminamos de vestirnos, abandonamos el hotel y regresamos a casa.

¡Qué mañanita de jueves más buena que he pasado!

30

La boda de Marta... llega.

Ese día, nos ponemos todos guapísimos. Pero quienes menos importamos somos nosotros. Allí la que importa es Marta, que va preciosa con su bonito vestido de novia y su incipiente barriguita.

Sonia, mi suegra, se pasa toda la ceremonia agarrada de la mano de Eric. Lo necesita, y entiendo que lo haga. Es su hijo y, por mucho que haya madurado, será su niño toda la vida, como mi hermana y yo somos las niñas de mi padre.

Una vez finalizada la ceremonia, reparto saquitos de arroz entre los invitados para que lo echen y, cuando mis ojos se encuentran con los de Ginebra, ésta me mira y dice:

—Pero qué guapa estás, Judith. —Yo asiento, río y entonces ella, dejándome sin palabras, prosigue—: Gracias por permitirme venir a la boda.

—¡¿Qué?! —murmuro boquiabierta.

Ella, que tiene más tablas que un ajedrez, sonríe y susurra:

—Judith, a pesar de mis esfuerzos por caerte bien, sé que te sigo incomodando. Y de verdad que lo siento.

No contesto. Oírla decir eso me llega al corazón, y finalmente, guiñándole el ojo, respondo:

—Estoy feliz porque estés aquí. Vamos, disfrutemos de la preciosa boda.

Ginebra asiente. No dice más, y yo, dándome la vuelta, prosigo mi camino mientras me siento como una bruja piruja.

Al salir de la iglesia, Mel y yo tiramos un buen arsenal de arroz, mientras reímos por la cara que ponen los novios. Eric y Björn, que lo saben, se alejan de nosotras. No quieren ensuciarse sus trajes con el polvillo. ¡Vaya dos presuntuosos!

El convite se organiza en un hotel cercano a la iglesia y todo sale de maravilla.

Sólo con ver la cara de Marta, todos sabemos lo feliz que es y, cuando los novios bailan el vals que han elegido, todos aplaudimos, mientras yo me siento tan feliz como la novia al lado de mi amor.

En la vida me habría imaginado a Marta bailando un vals el día de su boda, pero sé que ha querido darle el gusto a su madre y a los padres del que ya es su marido. Y se lo aplaudo. Sonia se lo merece, y los padres de él seguro que también.

Eso sí, una hora después, llega un grupo de jóvenes que suben al escenario, y sonrío al ver unos timbales, unas guitarras, bongós y maracas. Feliz por ver el rumbo que va a tomar la fiesta, me acerco a mi cuñada, que está hablando con Reinaldo, Máximo y algunos amigos del Guantanamera, y digo:

—Qué buena idea has tenido, Marta.

Ella me mira y yo señalo a los jóvenes y digo:

—¡Muy buena idea! Ahora sí que vamos a bailar.

Veo que mi cuñada clava la mirada en aquéllos, y sonriendo, cuchichea:

—Pues, lo creas o no, no sé qué hacen aquí. —Luego, echando un vistazo al resto de los amigos, pregunta—: ¿Los han contratado ustedes?

Todos niegan con la cabeza a pesar de lo mucho que les agrada la idea, hasta que oímos decir a nuestras espaldas:

—Los he contratado yo.

Al voltearme y encontrarme con mi increíble y guapo marido, sonrío..., sonrío y sonrío, mientras veo cómo Marta se tira a sus brazos y lo besuquea con amor. Reinaldo, Máximo y el resto, tras alabar el detalle, corren hasta los recién llegados y, segundos después, los timbales suenan y la gente comienza a bailar.

Sin moverme de mi sitio, sigo mirando a mi sorprendente marido, y no sé si comérmelo a besos o desnudarlo directamente y hacer todo lo que se me antoje con él. Eric, que es mucho Eric, sabe lo que pienso al ver mi gesto y, acercándose a mí, el muy canalla murmura:

—Recuerda, pequeña: pídeme lo que quieras y yo te lo daré.

Me río, no lo puedo remediar. Y, abrazándome al hombre que me vuelve loca de deseo y de amor entre otras cosas, respondo:

—Tú sí que sabes, mi *amol*.

Encantado, mi chico me rodea con los brazos, me acerca a él y me besa. Me devora y yo lo disfruto hasta que oigo la voz de Ginebra, que dice:

—Vamos, parejita, ¡a bailar!

Oír eso me hace sonreír. ¿Bailar, Eric?

Y éste, que sigue abrazándome como un oso, dice entonces con su preciosa sonrisa:

—Quiero que bailes, rías y grites eso de «¡Azúcar!», y que la pases fenomenal con tus amigos. Y, tranquila, prometo no encelarme ni pensar tonterías.

Contenta por lo que acabo de oír, suelto una risotada justo cuando la orquesta comienza a tocar *537 C.U.B.A.**

—¡Diosss! —grito—, ¡me vuelve loca esta canción!

Eric sonríe, me da la vuelta y, dándome una nalgadita cómplice, dice empujándome:

—Anda, ¡ve y disfruta de la música!

Tras guiñarle el ojo, llego bailoteando hasta mis amigos y ya no paro durante horas. El grupo que mi amor ha traído es buenísimo, y nos divertimos mientras gritamos aquello de «¡Azúcarrrrr!». Un par de veces hago una pausa para beber algo. Si no bebo, me deshidrataré. Cada vez que me ve, mi amor, que está platicando con unos amigos, me ofrece una coca-cola fresquita. ¡Cómo me conoce el canalla!

Mi suegra y sus amigas se hacen cargo de los niños, disfrutan con ellos. Incluso Flyn sonríe. Eso me gusta.

Pero una de las veces, cuando dejo de bailar y camino hacia Eric, veo que está hablando por teléfono apartado del grupo con gesto serio, y me da mala espina.

Al verme llegar, Björn me pasa la coca-cola fresquita, y le pregunto:

—¿Con quién habla?

—No sé —responde él.

---

* *537 C.U.B.A.*, Surco / EMI Music Publishing Spain S. A. Under Exclusive License To Surco Records J.V. , interpretada por Orishas. *(N. de la E.)*

De pronto Eric cuelga el teléfono, se toca el pelo y, por cómo mueve la cabeza, sé que ocurre algo. Eso me alerta. Pero más me alerta cuando se da la vuelta y clava los ojos en mí.

Tras unos segundos en los que intuyo que ordena sus ideas, camina hacia mí y, antes de que abra la boca, yo pregunto:

—¿Qué ocurre?

Björn y Mel ya están a mi lado, y Eric, tomándome la mano, dice:

—Era Norbert. Está con *Susto* en urgencias.

De pronto, para mí la fiesta acaba. *Susto*... ¡Mi *Susto*! ¿Qué le ocurre? Y, como puedo, con un hilo de voz pregunto:

—¿Qué ha ocurrido?

Eric me aprieta la mano.

—Al parecer, cuando Norbert sacó la basura, se dejó la puerta de la cancela abierta, *Susto* corrió tras él y un vehículo lo... lo atropelló.

Según oigo la última palabra, me suelto de Eric y llevo mi mano directa al corazón mientras mis ojos se inundan de lágrimas. Sin esperar un segundo, Mel me abraza y murmura:

—Tranquila..., Jud..., tranquila.

Pero mi tranquilidad ya no existe. *Susto*, mi *Susto*, ha tenido un accidente, y yo rompo a llorar mientras siento cómo Eric me acerca a su cuerpo, me abraza y me dice una y mil veces que me tranquilice, que todo va a salir bien.

Al verme en ese estado, mi suegra viene rápidamente hacia mí, y yo me doy la vuelta para que nadie más me vea llorar, mientras les pido que no les digan nada a Flyn ni a Marta. No quiero fregarles la boda a mi cuñada ni asustar al niño.

Eric pasa la mano con dulzura por mi rostro mientras Björn y Mel me dicen una y otra vez que no me angustie, pero yo ya no veo... Ya estoy histérica y, mirando a Eric, pregunto:

—¿Qué más te ha dicho Norbert?

El gesto de Eric es serio.

—Cariño, el veterinario está haciendo lo que puede.

Siento que me falta el aire. ¡Me asfixio!

En ese instante aparece Flyn y, al verme así, pregunta:

—Papá, ¿qué ocurre?

Eric me mira, entiende que ha de ser sincero con Flyn, y responde.

—Un coche ha atropellado a *Susto* y...

—¿*Susto* está muerto? —pregunta el chico con un hilo de voz, lo que a mí me hace llorar aún más.

—No..., no —aclara rápidamente Eric—. El veterinario está con él.

La angustia me carcome mientras mi marido da explicaciones al niño y éste, a pesar de lo nervioso que está, demuestra que es un fregado Zimmerman y ni se despeina. Quiero irme. Quiero ir a la clínica, pero no puedo hablar. Y entonces Eric, que me conoce muy bien, clava los ojos en su madre, que está a mi lado, y pregunta:

—Mamá, ¿te puedes llevar a Pipa y a los niños a tu casa?

—Por supuesto, hijo..., por supuesto.

Eric asiente y, agarrándome con fuerza de la mano, dice:

—Vamos, Jud. Iremos a la clínica.

—Voy con ustedes —dice Flyn.

Eric asiente.

—Nosotros también vamos —afirma Mel.

Mi amor la mira.

—No, Mel, es mejor que se queden con los niños mientras dure la fiesta y luego los lleven con mi madre a su casa.

Mi amiga, mi buena amiga, me mira y yo asiento. Eric tiene razón.

—No te preocupes, Eric —dice Björn—. Nosotros nos encargamos.

—De acuerdo —conviene Mel—. Pero quiero que me tengan informada.

Asiento y Eric también y, tomados de la mano, vamos hacia la salida. Pero de pronto Eric se detiene, mira a la derecha y, dirigiéndonos hacia Félix y Ginebra, pide:

—Félix, necesito tu ayuda.

—¿Qué te ocurre, Judith? —pregunta Ginebra al ver el estado en el que me encuentro.

Rápidamente Eric explica lo ocurrido, y Félix, al oírlo, dice:

—Iremos con ustedes.

En ese instante recuerdo que Eric me dijo que Félix tenía varias clínicas veterinarias en Estados Unidos y, apenas sin hablar, los cinco nos dirigimos hacia la calle. Lo único que quiero es ver a *Susto* cuanto antes.

¡Necesito ver a *Susto*!

Veinte minutos después, cuando Eric estaciona el coche, literalmente me arrojo del vehículo y corro hacia la clínica.

La puerta está cerrada, son las doce y media de la noche, pero Norbert, al verme, se levanta de donde está sentado y me abre.

—¿Cómo está? —pregunto preocupada viendo las manchas de sangre en su ropa.

El hombre me mira y murmura con gesto apenado:

—Judith, lo siento. No me di cuenta de que la reja se quedaba abierta y...

—Norbert, ¿cómo está? —insisto nerviosa.

En ese instante entran todos y Norbert, tan preocupado como yo, responde mirando a Eric:

—No lo sé. El veterinario me dijo que esperara aquí.

Entonces se abre la puerta del consultorio y el veterinario de urgencias, al ver a tanta gente elegantemente vestida, pregunta:

—¿Vienen todos por *Susto*?

—Sí —afirma Eric con rotundidad.

—Soy su dueña. Quiero verlo —digo angustiada—. ¿Cómo está?

—Es mejor que no lo vea ahora —responde el veterinario—, porque...

—He dicho que quiero verlo —insisto.

Eric, que me conoce, toma mi rostro entre las manos y, mirándome, dice:

—Escucha, cariño. Lo importante ahora es atender a *Susto*, ya lo verás más tarde.

Sé que tiene razón, que yo no puedo hacer nada. Pero con un hilo de voz murmuro:

—Estará asustado, y si me ve seguro que...

—Está sedado para que no sienta dolor —me corta el veterinario.

Saber de su padecimiento me destroza el alma, y entonces el veterinario prosigue:

—El golpe que ha recibido ha sido fuerte, pero está fuera de peligro. Tiene diversas contusiones y se ha fracturado la pata delantera izquierda y, la verdad, aunque quiero ser positivo, no veo muy buena solución a eso.

De repente, me asusto. Eric, que aún no me ha soltado la mano, mientras me sienta en una silla, murmura:

—Tranquila, pequeña..., tranquila.

Asiento. Tiene razón. Debo estar tranquila. Debo comportarme como una adulta estando Flyn con nosotros.

—Doctor —pregunta Eric entonces—, ¿puede operar a *Susto* ahora?

—Sí —afirma él—. Estábamos esperando a que llegaran ustedes para que dieran su consentimiento y firmaran estos papeles. Aquí se explican los riesgos de la anestesia y la cuantía de la operación. Pero he de decirles que quizá, aun con la intervención, la pata del animal no quede bien.

Eric toma los papeles mientras Félix comienza a hablar con el doctor. Como veterinarios, ambos se entienden a la perfección.

Mi amor saca una pluma del bolsillo y, agachándose, se apoya en una silla y firma los papeles sin leerlos. Algo que siempre me dice que yo no haga lo está haciendo él por *Susto*.

Una vez que Eric se incorpora, me guiña un ojo con cariño y oigo que Félix dice:

—Lo más acertado es operarlo. Le he pedido al doctor Faüter que me permita estar presente en el quirófano para ayudar: soy especialista en este tipo de fracturas. ¿A ustedes les parece bien?

Eric me mira. Yo asiento, y entonces él murmura tendiéndole la mano:

—Gracias, Félix.

Cuando los dos hombres desaparecen tras la puerta, Ginebra, que hasta el momento se ha mantenido callada, se sienta a mi lado y, tomándome la mano, dice:

—Todo va a salir bien. Tranquila, Judith. Félix no va a permitir que a *Susto* le pase nada. Como ha dicho, es especialista en ese tipo de fracturas y ha operado a infinidad de animalitos en sus clínicas.

Me dice justo lo que necesito oír: positividad, e intento sonreír. En ese instante, Flyn se sienta en la otra silla y, tomando mi otra mano libre, murmura:

—Mamá, tranquila. *Susto* es fuerte y se recuperará.

Su contacto, sus palabras y, en especial, que me llame ¡«mamá»! y se preocupe por mí me provocan de nuevo el llanto, y lo abrazo. Llevo tanto tiempo sin abrazarlo, sin sentirlo cerca que lloro de felicidad, dentro de mi tristeza, por tenerlo junto a mí. Necesito a Flyn. Adoro a Flyn, y sólo quiero que me quiera.

Pasados diez minutos, en los que no he podido parar de llorar como si me fuera la vida en ello, y es que me va, Flyn se levanta de mi lado, y Eric se acerca a Norbert y dice:

—Creo que es mejor que regreses a casa.

—No, señor. Prefiero quedarme aquí. —Y, mirándome con gesto pesaroso, susurra—: Lo siento, Judith. Lo siento mucho.

Su expresión me hace saber que lo dice sinceramente. Pobre, el disgusto que tiene encima. Si hay alguien que siempre me ha querido y me ha demostrado su cariño desde que puse los pies en Múnich, ése es el buenazo de Norbert. Me levanto y le doy un abrazo.

—Tú no tienes la culpa de nada, Norbert —aseguro—. Por favor, no vuelvas a disculparte. Ya sabemos todos lo inquieto que es y lo loco que está *Susto* y, tranquilo, seguro que se recuperará.

Sonreímos, y luego Eric insiste:

—Vamos, Norbert, vete a casa. Simona debe de estar nerviosa. Prometo decirte algo cuando regresemos. —Y, volviéndose, pregunta—: Flyn, ¿quieres irte con él?

—No —responde mi hijo—. Prefiero quedarme con ustedes.

Norbert se resiste, pero al final lo convencemos entre todos y se va. Una vez que sale por la puerta de la clínica, Eric la cierra desde dentro y se sienta a mi lado. Sólo podemos esperar.

Una hora después, Félix y el doctor aparecen ante nosotros, y este último dice:

—Ha salido todo como esperábamos. Hemos tenido que darle

puntos en el hocico y tiene varios dientes rotos. En cuanto a la pata, le hemos puesto una placa con tornillos que deberemos cambiar dentro de unos meses en una segunda operación.

—De acuerdo —consigo murmurar.

—Bien —oigo que dice Flyn a mi lado.

—De momento —prosigue el veterinario—, *Susto* tendrá que quedarse aquí algunos días. Pero tranquila, todo está bien.

Estoy como en una nube. *Susto*, mi precioso *Susto*, parece que se encuentra fuera de peligro y, mientras Eric continúa hablando con el veterinario, Félix se acerca a mí y dice:

—Tu perrito es más fuerte de lo que crees. Se repondrá, aunque quizá tenga una cojera de por vida, pero eso te da igual, ¿verdad?

Su comentario me hace sonreír, ¡claro que me da igual! Lo abrazo y susurro:

—Gracias..., gracias..., gracias.

Félix sonríe y oigo que Ginebra ríe cuando él dice:

—De nada, mujer.

Mi felicidad es completa, y abrazo también a Ginebra. La verdad es que la mujer no se ha separado de mi lado y no ha parado de darme ánimos durante las horas en las que yo veía más oscuridad que luz.

¡Carajo, qué negativa me vuelvo en algunos momentos!

Una vez que me suelto de ella, abrazo feliz a mi amor y entonces oigo que el veterinario dice:

—Judith, ¿quiere verlo ahora?

Asiento. Asiento como una niña chica y, mientras Félix se queda con Ginebra, yo entro en una habitación de la mano de mi amor y de Flyn.

Veo jaulas con otros animalitos que me miran curiosos, hasta que el veterinario se detiene ante una de las jaulas, que tiene una luz roja en el techo, y dice abriendo la puerta:

—Está sedado y permanecerá así un buen rato, pero está bien.

Me quedo bloqueada mirando a mi *Susto*. Verlo así me impresiona. Tiene la cabeza vendada y también parte del cuerpo. De pronto parece estar más delgado de lo que por norma está y, acercándome a él, lo beso sobre la venda del hocico y las lágrimas se me escapan. Qué indefenso parece.

—Tranquilo, cielo..., mami está aquí y no te va a dejar —murmuro con el corazón encogido.

Durante varios minutos, me olvido del resto del mundo y sólo me centro en *Susto*, sólo en él. Lo beso. Lo toco con cariño y le dedico las mayores palabras de amor y ternura que soy capaz de articular en ese instante.

Eric y Flyn siguen a mi lado, no se separan de mí y, con gesto serio, me observan hasta que mi hijo da un paso al frente y toca con afecto a *Susto*. Nos miramos y sonreímos. Estamos felices por tener a nuestro perro con nosotros. Eric nos observa en silencio y, conociéndolo como lo conozco, sé que ver a *Susto* así debe de estar destrozándolo. Si hay alguien que no soporta ver el dolor o las enfermedades en los demás, es él.

—Se pondrá bien, Eric, tranquilo —digo.

Al oírme, mi amor sonríe y, tras acercarse a la jaula, le da al animal un beso en su vendada cabeza y responde:

—*Susto* todavía tiene mucha guerra que dar.

Al salir de la clínica son cerca de las tres de la madrugada, y Eric y yo nos empeñamos en llevar a Ginebra y a su marido al hotel. Es lo mínimo que podemos hacer por ellos.

Una vez que los hemos dejado, me apoyo en el reposacabezas y cierro los ojos. Estoy contenta ¡dentro de mi susto por *Susto*! Pero todo parece que está saliendo bien.

Al llegar a casa, Norbert y Simona nos esperan junto al pobre *Calamar*, que está triste y solo. Rápidamente les indicamos que todo está controlado y, cuando se van a dormir y Flyn se sube a *Calamar* a su cuarto para que esté acompañado, Eric me abraza y murmura mirándome a los ojos:

—Todo va a salir bien, pequeña..., te lo prometo.

Asiento. Quiero que así sea y, si mi Eric Zimmerman me lo dice, ¡lo creeré!

31

⁓⊃⊂

El lunes, cuando a las siete de la mañana sonó el despertador, Mel quería morirse pero, alargando la mano, lo apagó y siguió durmiendo.

Björn, que lo había oído, abrió los ojos y observó divertido cómo ella se arropaba con las cobijas.

—Cariño... —murmuró—, hay que levantarse.

Mel, sin querer abrir los ojos, musitó con el pelo enmarañado:

—Cinco minutos..., sólo cinco minutos más.

Björn asintió y, tras darle un beso en la punta de la nariz, dijo tomando el despertador para volver a poner la alarma:

—Te daré una hora. Yo me encargaré de levantar a Sami, ¿está bien? Pero luego te levantas y la llevamos juntos al colegio.

Con una ponzoñosa sonrisa, Mel asintió y, suspirando con gustito, repuso:

—Eres el mejor, cariño..., el mejor.

Björn se levantó sonriendo de la cama y, desperezándose, fue hasta la recámara de la pequeña, donde reinaba la paz. Con cariño, se acercó hasta la cama y, sonriendo al ver que dormía con el pelo enmarañado como su madre, se acostó a su lado y saludó:

—Buenos días, mi preciosa princesa. Hay que levantarse.

Al oírlo, la niña abrió un ojito y protestó:

—Papi, no quiero, tengo sueñito.

Björn sonrió. Mel y Sami eran el centro de su vida. Las adoraba. Las amaba con locura. Y, besando la cabeza rubia de la pequeña, cuchicheó:

—¿Sabes, *prinsesa*? Mami está dormida; si te levantas ahora podrás elegir la ropa que tú quieras.

Los ojos de la niña se abrieron de inmediato y, sentándose en la cama, se retiró el pelo de la cara y preguntó:

—¿Lo que yo quiera?

Al ver su expresión de pilluela, Björn rio y afirmó:

—Lo que quieras, excepto los disfraces de princesas y las coronas. Ya sabes que al colegio sólo se pueden llevar cuando hay fiesta de disfraces.

—Caraaaaaaaaa.

A cada segundo más encantado por las reacciones de la pequeña, Björn le guiñó un ojo y cuchicheó con complicidad:

—Pero puedes llevar el vestido rosa con la cara de las princesas que te compré y los zapatos nuevos. ¿Qué te parece?

—Síiii.

Como si fuera un cohete a propulsión, Sami se levantó de la cama, abrió el clóset y, tras sacar aquello que su papi había dicho, lo miró y afirmó con gesto pícaro:

—Mami se va a enfadar.

—De mami me encargo yo —dijo Björn riendo y tomando a la pequeña en brazos—. Ven, vamos al baño. Hay que lavarse la carita y los dientes.

Una hora después, cuando Björn y Sami estaban desayunando ya vestidos, él con su impoluto traje y ella con su vestido nuevo, Mel se levantó y, al ver a la pequeña, murmuró mientras se llevaba una mano a la cabeza:

—Cariño, por favor, que Sami va al colegio, no a la entrega de los Oscar.

La pequeña miró entonces a Björn, que respondió:

—Lo sé, pero es que Sami es tan elegante como su papi.

Mel asintió y, sonriendo, se dio por vencida.

—Está bien, voy a vestirme. Eso sí, si a sus majestades no les importa, yo iré en *jeans* y camiseta.

Cuando desapareció, Björn y Sami chocaron las manos con complicidad.

—Papi, eres el mejor —cuchicheó la pequeña.

Feliz por el comentario de la pequeña, él soltó una carcajada mientras exclamaba:

—Por mi princesa, ¡lo que sea!

Media hora después, Mel y Björn salieron de la casa, bajaron al garaje y se subieron en su coche.

Al llegar al colegio coincidieron con Louise, Heidi y otras mujeres, y Mel, al verlas, se tensó y murmuró:

—Espero que esto no sea una nueva encerrona o lo vas a lamentar.

Al ver a las mujeres, Björn se encogió de hombros.

—Yo no sé nada. Te lo prometo.

Con Sami en el centro y tomada por ambos de la mano, Heidi y las demás se acercaron y esta última los saludó:

—Buenos días, parejita. Qué alegría encontrarlos aquí.

—El placer es mío, Heidi —saludó encantado Björn al tiempo que la besaba.

—Heidi es una zorra —soltó de pronto Sami.

—¡Sami! —la regañó Björn.

—Y una perra..., eso dijeron mamá y la tía Jud.

Mel, que se había quedado sin habla y no sabía dónde meterse, observó a su hija mientras sentía la mirada acusadora de Björn y de las mujeres y, como pudo, susurró:

—Sami, eso no se dice. —Luego, mirando a Heidi, que se había quedado a cuadros, añadió—: No lo dice por ti, Heidi; siento el desacertado comentario.

Y, sin más, tomó a su hija en brazos y se alejó para dejarla en el colegio antes de que les cerraran la puerta, mientras Björn se quedaba con aquéllas. Sin permitirle abrir la boca a su hija, la besó y se la entregó a la maestra mientras pensaba qué explicación darle a Björn pero, cuando se volvió y vio a las mujeres sonriendo como tontas alrededor de él con una actitud que no le gustó nada de nada, apretó el paso.

—Sin duda, ese traje tan bien cortado te queda maravillosamente bien —decía Heidi.

Björn, que era un conquistador nato, sonrió con un gesto que hizo que todas las mujeres se ruborizaran, hasta que Mel llegó e, incapaz de no decir nada, replicó sin cortarse:

—Pues les aseguro que sin traje está mucho mejor.

Su comentario hizo que todas la observaran con la boca abierta y Björn la mirara incómodo. ¿Por qué habría dicho aquello?

Entonces, de pronto Heidi preguntó:

—Melania, ¿te vienes con nosotras a desayunar?

Björn no habló. En su mirada, Mel podía leer lo que él quería que hiciera, y más tras sus dos desafortunados comentarios, pero ella replicó sin dejarse embaucar:

—Lo siento. Dentro de media hora tengo una cita a la que no puedo faltar por nada del mundo.

Heidi asintió y, disimulando su incomodidad con la mejor de sus sonrisas, respondió:

—No hay ningún problema, Melania. Ya nos veremos otra mañana. Adiós, Björn.

Y, dicho aquello, la pandilla de urracas, entre las que estaba Louise, se dieron la vuelta y se fueron.

Tan pronto como aquéllas se alejaron, Björn miró a Mel incrédulo y, cuando se disponía a protestar, ella se le adelantó diciendo:

—Odio cuando me llaman Melania de esa manera. ¡Me da hasta escalofrío!

—¿Qué es eso de que Heidi es una zorra y una perra?

Tratando de no sonreír, Mel cuchicheó:

—Ay, cariño, lo siento. El otro día le estaba contando a Judith, el día que...

—Por el amor de Dios, Mel. ¿Sami acaba de llamar zorra y perra a la mujer de Gilbert Heine y tú te ríes? Y, por si encima era poco, no se te ocurre otra cosa que decir que sin ropa estoy mejor.

—La verdad, cariño. La purita verdad.

—Mel... —gruñó él.

Al ver el poco sentido del humor de Björn, ella cambió el gesto y murmuró:

—Está bien. Lo siento, cariño. Tienes razón. Ha estado fuera de lugar y...

—¿Qué tal si comienzas a ser algo más agradable con Heidi y esas mujeres?

—Imposible.

—Imposible, ¿por qué? —protestó él.

—Pues porque no me gustan y no quiero tener nada que ver con ellas. Comprendo que tu ilusión sea entrar en ese dichoso bufete, pero entiende que yo no quiero saber nada de ellos. Por tanto, si tú has de representar un bonito papel para que ellas y ellos te quieran, ¡adelante!, pero yo no lo voy a hacer, porque no les gusto y te aseguro que no les voy a gustar nunca, ¿entendido?

El abogado clavó los ojos en la morena descarada que lo retaba con la mirada pero, cuando se disponía a responder, sonó su celular. Contestó y, tras hablar unos segundos, lo cerró y dijo mirando a Mel:

—Era la policía.

—¿La poli? ¿Qué ha pasado? —preguntó ella sorprendida.

—Han pillado al *hacker* que atentaba contra mi web, y el inspector Kleiber quiere que vaya a la comisaría.

Sorprendida y encantada al oír eso, Mel lo tomó de la mano y, sin dudarlo, dijo:

—Vamos. Iremos juntos a ver a ese desgraciado.

Tras callejear por Múnich, una vez que estacionaron el vehículo, entraron en la comisaría sin soltarse de la mano. Preguntaron por el inspector Kleiber y les indicaron que su despacho estaba en la segunda puerta a la derecha.

—Te juro que, cuando vea a ese desgraciado de Marvel —sentenció Björn caminando—, me las va a pagar esté o no la policía delante.

—Cariño —murmuró Mel—, tranquilízate. Ya lo han atrapado, y dudo que vuelva a piratearte la web.

Björn asintió e intentó relajarse, pero en el fondo deseaba lanzarse contra aquel destructor de lo ajeno. Al llegar frente a una puerta, de pronto ésta se abrió y apareció ante ellos el inspector Kleiber. Al verlos, se apresuró a cerrar de nuevo y dijo:

—Creo que es mejor que antes pasen a mi despacho.

Mel asintió, pero Björn, desobedeciendo las indicaciones del policía, abrió la puerta que éste acababa de cerrar, dispuesto a comerse al maldito *hacker*, y se encontró a una mujer mayor y a un adolescente de la edad de Flyn. Con gesto contrariado, su mirada pasó de la mujer al niño y, cuando tuvo claro que el *hacker* era aquel chico de pelo largo y descontrolado que no lo miraba, dio un paso atrás sin decir nada y cerró la puerta.

—Como le he dicho, es mejor que pasen antes a mi despacho —insistió el inspector.

Pero Björn necesitaba que le confirmara lo que creía, y preguntó sin moverse:

—¡¿El *hacker* es un chico?!

—Sí —afirmó el inspector.

—¿Ese muchacho es Marvel? —preguntó sorprendida Mel al darse cuenta de que lo conocía.

—Sí —volvió a asentir el policía.

—¡Carajo! ¿Y qué hace una criatura pirateando mi web?

El inspector abrió una puerta y, señalando, insistió:

—Por favor, pasen. Tenemos que hablar.

Alucinados, entraron y tomaron asiento. El inspector se sentó a su vez, colocó ante ellos unos papeles y declaró:

—Ese muchacho es un cerebrito en informática, y si le digo esto es porque algunos de sus compañeros así lo han descrito al ver las cosas que hace. Si no hubiera sido porque nos llamaron del instituto al que va para avisarnos de su falta de asistencia desde la muerte de su abuelo, difícilmente la unidad de delitos informáticos podría haberlo cazado por lo que le hacía a usted en su página web. El chico es muy bueno en lo que hace..., créame.

Mel y Björn se miraron sorprendidos. Sin lugar a dudas, los *hackers* eran cada vez más jóvenes.

A continuación, el inspector abrió una carpeta y preguntó:

—¿Le suena el nombre de Bastian Fogelman?

—No —respondió Björn.

—¿Está usted seguro, señor Hoffmann? —insistió el inspector.

Björn se disponía a protestar cuando aquél añadió:

—¿Recuerda el nombre de Katharina? Una muchacha suiza.

Al oír eso, Björn se incorporó de la silla. Claro que la recordaba.

—¿Qué ocurre con Katharina?

—¿Quién es Katharina? —preguntó Mel.

Sin entender a qué venía todo aquello, Björn miró a Mel y se apresuró a responder:

—Era una amiga. Una vecina. —Y, viendo la expresión de ella al mirarlo aclaró—: Llevo sin verla muchos años, no me mires así.

Al ver cómo se miraban, el inspector dijo:

—Katharina era la hija de Bastian Fogelman, su vecino.

Björn levantó las cejas y, clavando sus ojos en él, preguntó:

—¿Y?

—El chico que ha visto y que ha estado pirateando su web es el hijo de Katharina, nieto de Fogelman... —y, entregándole un papel, añadió—: y por lo que él dice, es su hijo también.

—¡¿Qué?! —exclamaron incrédulos Mel y Björn a la vez.

El inspector se disponía a decir algo cuando Björn se puso en pie de un brinco.

—¡¿Qué tonterías está diciendo? —soltó—. La única hija que tengo se llama Sami, no mide un metro y acabo de dejarla en el colegio.

Mel, todavía sin reaccionar, miró a Björn cuando éste tomó malhumorado el papel que el policía le tendía y comenzó a leer. Efectivamente, aquello era una partida de nacimiento en donde en la casilla de padre ponía claramente «Björn Hoffmann». Sin entender absolutamente nada, se sentó de nuevo en la silla y, dejando el papel sobre la mesa, murmuró mirando a Mel:

—No sé qué es esto. Ni tampoco sé quién es ese chico, pero desde luego no es hijo mío.

—Señor Hoffmann...

—¡No diga tonterías, inspector! —lo interrumpió Björn—. Si yo tuviera un hijo, tenga por seguro que lo sabría, y muy bien.

Al ver su desconcierto, Mel lo tomó de las manos y, atrapando su mirada, susurró:

—Tranquilo, cariño.

—Señor Hoffmann, escúcheme —insistió el inspector Kleiber—. Nos llamaron del colegio para denunciar que, tras el fallecimiento de su abuelo, un menor no iba a clase y seguramente vivía solo. El muchacho nos vio en la puerta de su casa, se asustó, y ha estado toda la noche vagando por las calles. Cuando unos de mis agentes lo localizaron durmiendo en un parque, lo detuvieron y, antes de traerlo a la comisaría, el muchacho suplicó que tenía que ir a su casa por su perro. Mis hombres lo acompañaron y, allí, tras observar ciertas cosas en su cuarto, se encontraron con la sorpresa de que era él quien le pirateaba su página web.

Björn cada vez entendía menos. Era como si le hablaran en chino.

—Al principio, el muchacho no soltaba prenda —prosiguió el inspector—. No contestaba a nuestras preguntas, a pesar de que las pruebas lo delataban, pero al final se ha roto cuando hemos querido separarlo de su mascota. ¿Usted vivió en el barrio de Haidhausen?

El abogado, confundido, asintió al recordarlo.

—Sí. Viví allí.

El inspector miró los papeles que tenía delante e indicó:

—Por problemas con su madrastra, usted, su padre y su hermano se fueron del barrio de la noche a la mañana, ¿verdad?

Con los ojos velados por los recuerdos, Björn asintió.

—Sí. Mi madrastra se enamoró de un norteamericano llamado Richard Shepard..., y tuvimos que irnos.

—Björn —murmuró Mel, consciente de lo que le costaba hablar de aquello.

Al sentir a su mujer a su lado, el abogado la miró para hacerle saber que estaba bien, y a continuación señaló:

—Inspector, no sé a qué viene recordar mi pasado, pero sí, todo cuanto dice es cierto. Mi padre lo había puesto todo a nombre de aquella mala mujer, y ella nos lo quitó. Nos dejó en la calle y tuvimos que irnos del que había sido nuestro barrio de un día para otro.

Un incómodo silencio los rodeó, hasta que el inspector afirmó:

—Pues he de decirle que, cuando usted se fue, Katharina regresó a Suiza embarazada de usted.

—¡¿Qué?! —exclamó Björn, bloqueado. Durante un par de segundos, su mente se inundó de recuerdos pasados, y de pronto siseó—: Si eso fuera cierto, ¿por qué no me buscó para contármelo?

—Eso, señor Hoffmann, no lo sé. Yo sólo sé lo que el niño nos ha dicho.

Mareado como nunca en su vida, Björn se apoyó en el respaldo de la silla. Mel sabía lo que le dolía recordar aquello y, al verlo en aquel estado, tomó un papel y comenzó a darle aire mientras le susurraba:

—Tranquilo, cariño..., tranquilo.

Pero la palabra «tranquilidad» era lo que menos le rondaba por la cabeza a Björn. Sólo podía pensar en lo que aquel policía le decía. Tenía un hijo, ¿y se enteraba casi quince años después?

El inspector Kleiber puso una botellita de agua delante de Björn. Mel la tomó, la abrió y, entregándosela, exigió:

—Bebe agua. Bebe.

Björn bebió y bebió y bebió y, cuando la botella se acabó, la dejó sobre la mesa y, levantándose, negó:

—No puede ser. Es imposible que sea mi hijo. Katharina me lo habría dicho. Quiero hablar con ella, ¡quiero verla! Y estoy seguro de que todo se solucionará.

—Siento decirle que Katharina murió de cáncer hace ocho años en Suiza —informó el inspector—. Entonces, el abuelo del chico se hizo cargo de él aquí, en Múnich, hasta que murió también hace poco más de un mes.

A cada instante más bloqueado, Björn exigió:

—Quiero ver a ese muchacho. Exijo hablar con él y aclarar todo esto.

El inspector levantó entonces el auricular de un teléfono y dijo:

—Le pediré a la asistente social que nos avise cuando termine de hablar con Peter.

Björn se mesó el pelo. Aquello era una locura. ¿Cómo iba a tener un hijo y no saberlo?

—Cariño..., cariño..., cariño... Es mejor que te tranquilices —insistió Mel levantándose para ponerse a su altura—. Antes de hablar con el niño, creo que...

—¿Peter? ¡¿Ha dicho que se llama Peter?! —preguntó de pronto Björn.

El inspector asintió y Mel, al oír aquel nombre, murmuró sentándose:

—Dios santo.

Si algo le gustaba a Björn eran sus discos de vinilo y sus cómics de Spiderman. Los cuidaba como oro molido, y muchas habían sido las veces que había comentado con ella que, si tenía un hijo, se llamaría como su superhéroe favorito: Peter.

A cada instante más confundido, Björn no sabía qué pensar. Entonces, la puerta del despacho se abrió y la mujer que estaba segundos antes con el chico dijo:

—Pueden pasar ahora para hablar con él.

Mel no se movió, sino que miró a Björn a la espera de su decisión.

—Vayamos, pues —dijo él finalmente.

Al salir del despacho, Mel se apresuró a tomarle la mano. Quería que sintiera que estaba con él, y Björn, al darse cuenta de ello, la miró e intentó sonreír. Pero la preciosa, inquietante y maravillosa sonrisa del abogado no salió y, de la mano, pasaron a la sala con el inspector.

Al entrar, el muchacho, que vestía unos *jeans* raídos, una sudadera con capucha azul oscuro y unos tenis que, sin lugar a dudas, habían visto tiempos mejores, no levantó la cabeza. Continuó con la vista fija en el suelo, y entonces Mel reparó en la patineta roja y en el perro blanco y café que estaba a sus pies y supo a ciencia cierta que ya los había visto antes.

Por su parte, Björn se sentó al otro lado de la mesa, frente al muchacho, con la esperanza de que éste lo mirara. Él era un gran abogado, un hombre acostumbrado a lidiar con todo tipo de situaciones, e iba a controlar también aquello.

Entonces, el chico se movió. Levantó el rostro para observar, pero su pelo largo no los dejaba ver su cara con claridad, y Mel, consciente de que ya se conocían, lo saludó:

—Hola, Peter, soy Mel.

—Lo sé.

—Tú y yo ya nos hemos visto antes, ¿verdad? —insistió ella ante la sorpresa de Björn.

Él asintió.

—Sí.

Mel tenía muy claro quién era el chavo, y dijo:

—Te he visto varias veces en el parque adonde llevamos a Sami, ¿verdad?

—Sí.

—Y en el supermercado...; tú eres el chico que algunos días recoge los carritos.

—Sí —volvió a afirmar el muchacho y, mirándola, añadió al ver que ella no lo comentaba—: Y también nos vimos hace poco en la puerta del colegio.

Al oír eso, Mel simplemente asintió con la cabeza, y Peter entendió que no debía comentar lo ocurrido aquel día con aquel hombre.

Pero Björn, que estaba histérico escuchándolos, preguntó:

—¿Y qué hacías en esos lugares? Porque, si pirateabas mi web, ¿acaso también pretendías hacerle algo a mi familia?

—Björn —protestó Mel.

—No... No..., yo nunca les haría daño. Nunca —murmuró el chavo.

Por debajo de la mesa, Mel puso una mano sobre la nerviosa pierna de Björn, que no paraba de moverse, y le pidió tranquilidad. El chavo estaba asustado. Sólo había que ver lo encogido que estaba para darse cuenta, y Björn, tras entender lo que su novia quería decirle, cambió el tono y preguntó:

—Peter, ¿por qué dices que eres mi hijo?

—Porque mamá siempre lo decía. Escribió su nombre en una foto en la que están los dos y desde pequeño me dijo que usted era mi padre. Mi abuelo también lo afirmaba.

Bloqueado y confundido, Björn miró al adolescente. ¿Cómo podía tener él un hijo sin saberlo?

—Y si tu madre y tu abuelo lo decían, ¿por qué no te acercaste a mí? —volvió a preguntar—. ¿Por qué piratear mi web?

El chico no respondió, sino que simplemente bajó la cabeza. Entonces, el inspector dio un paso al frente y lo amenazó:

—Si no respondes, tendremos que llevarnos a tu perro.

—¡No! —gritó el muchacho agarrándose al perro blanco y café—. No me separen de *Leya*. Por favor, es lo único que tengo.

Aquella súplica tomó a todos por sorpresa, y a Mel le rompió el corazón.

Oír al chico decir aquello le hizo recordar algo que hacía mucho... mucho tiempo un buen amigo le había contado y, emocionada, pensó en él. Si él estuviera allí, no permitiría que ocurriera.

¿Debía permitirlo ella?

Björn miró a Peter y, cuando se disponía a decir algo, el chico se retiró el pelo de la cara y explicó:

—Un día fui hasta la puerta de su trabajo, pero el portero del edificio me echó y entonces pensé que, si aquel hombre me había echado, qué no haría usted, y me fui. No quise insistir.

Durante un buen rato, el inspector y Björn hicieron preguntas al muchacho y éste fue contestándolas educadamente como pudo. En ningún momento lloró. En ningún momento se desmoronó. En ningún momento se mostró insolente o desagradable. Pero Mel, que lo observaba, sabía que tras toda aquella integridad había un muchachito que, en cuanto nadie lo viera, se vendría abajo.

Bloqueado como nunca antes en su vida, Björn se levantó de la mesa y, sin decir nada, salió de la sala. Mel lo siguió y, ya en el pasillo, oyó que él decía:

—No puede ser. ¿Cómo va a ser mi hijo?

—Björn...

—No..., no puede ser, Mel. Yo no tengo ningún hijo.

—Escucha, cariño... Mírame, Björn —susurró tan impactada como él.

El inspector salió entonces también a su encuentro.

—Creo que todos hemos tenido bastante por hoy —dijo—. La asistente social se va a llevar a Peter a un centro de menores y...

—¡No! —exclamó de pronto Mel.

Björn y el inspector la miraron y ella continuó:

—No pueden llevárselo. Él... él nos tiene a nosotros.

El abogado miró a Mel sorprendido.

—Pero ¿qué estás diciendo?

—Björn —insistió ella—. Ese muchacho podría ser tu hijo.

—Mel, no saques conclusiones que puedan ser erróneas —siseó enfadado—. Nunca he oído hablar de él, y...

—Mi sexto sentido me dice que es verdad —insistió ella.

Björn la miró molesto.

—Ojalá utilizaras tu sexto sentido para otras cosas que yo necesito —replicó.

Enfadada por su contestación, Mel lo miró y gruñó:

—Mira, si lo dices por esa pandilla de imbéciles que hemos visto hace un rato en la puerta del colegio, sólo te diré que...

—Déjalo, Mel.

—No. No voy a dejarlo —respondió ella.

Luego se hizo el silencio. Sin duda, aquello comenzaba a hacer mella entre ambos cuando Björn, desesperado por lo que acababa de descubrir, siseó:

—Por el amor de Dios, Mel... ¿Acaso pretendes que llevemos a un extraño a casa?

—Sí.

Al oír eso, el inspector Kleiber dijo:

—Creo que tendrían que hablar de eso tranquilamente en su casa. Éste no es lugar. Mientras tanto, la asistente social puede llevarse a Peter al centro y...

—No, imposible. Lo separarán de su perro —volvió a repetir Mel.

A cada instante más desconcertado, Björn clavó sus bonitos ojos en su chica y murmuró:

—Mel, esta situación se me va de las manos, pero entiendo menos aún tu reacción, y más sabiendo que ese chico es el puto *hacker* que me ha estado volviendo loco. ¿De verdad pretendes meter a ese muchacho y a su perro en casa con Sami?

La exmilitar asintió sin saber por qué.

—Sí.

—Pero ¿por qué?

—Porque sí. Porque... porque es un niño que necesita cariño.

—Eso no me importa, ¡carajo! —protestó Björn.

—Pues te tiene que importar.

—Mel...

Sin ceder un ápice, ella insistió:

—Se vienen con nosotros. Peter y *Leya* se vienen con nosotros.

—Mira que eres testaruda —gruñó él.

—Y tú también, pero se vienen a casa.

Sin entender nada, Björn clavó la mirada en ella y, suavizando el tono pidió:

—Vamos a ver, cariño, ¿me puedes explicar por qué insistes tanto en ello?

Con los ojos vidriosos, Mel suspiró.

—Mi buen amigo Robert Smith, el teniente que fue abatido en vuelo y al que sabes que quería como a un hermano, al morir sus padres cuando él tenía doce años, estuvo durante dos en una casa de acogida. Me habló de la tristeza de sentirse solo, de lo complicado que fue asumir como niño que no le importaba a nadie, y que no entendió que también lo separaran de su perro, que era lo único real de su pasado que le quedaba. —Y, tomando aire para no emocionarse, añadió—: También recuerdo su sonrisa cuando contaba que el día que Nancy y Patwin lo llevaron a su casa fue el más feliz de su vida, hasta que conoció a su mujer.

—No sabemos quién es Peter y los problemas que nos puede originar en nuestras vidas.

—Nancy y Patwin tampoco sabían quién era Robert. Vieron en él a un niño necesitado de cariño, que es lo mismo que he visto yo en Peter. Pero ¿es que no te das cuenta?

Björn se mesó el pelo ofuscado. Quería salir de la comisaría cuanto antes, y sentenció:

—Lo siento, pero no. Ese muchacho no se viene a casa.

—Björn...

El abogado, que no quería discutir más el tema, dio media vuelta y se encaminó para hablar con el inspector, que se había apartado de la conversación anteriormente.

Con el corazón encogido, Mel observó a través del cristal de la puerta de una sala cómo la asistente social intentaba hablar con el chavo mientras éste le suplicaba una y otra vez que no lo separaran de su perra. Sin saber qué hacer, Mel miró en dirección a Björn y al inspector y, finalmente, entró en la sala, donde el chico ahora lloraba desconsolado abrazando a su mascota.

—Peter..., Peter..., mírame —murmuró agachándose para ponerse a su altura. Cuando él la miró con los ojos llenos de lágrimas, ella le dijo al ver que la asistente social hablaba por teléfono—: ¿Puedo hacerte unas preguntas? —El chico asintió—. ¿Por qué te he visto en varios lugares antes de hoy, como por ejemplo el parque al que solemos ir con Sami?

Peter tragó el nudo de emociones que tenía en la garganta y respondió:

—Porque quería conocer a mi hermana y me gustaba sentarme a observarlos. Nunca los molesté. Sólo deseaba ver cómo él jugaba con Sami, para imaginar cómo habría sido conmigo si mamá le hubiera dicho que yo era su hijo.

La respuesta caló hondo en ella. El chico creía que Sami era hija de Björn y, sin querer sacarlo de su error, Mel volvió a preguntar:

—¿Qué hacías el otro día en la puerta del colegio?

Peter miró más allá y, cuando vio que Björn no podía oírlos, contestó:

—Fui a verlas como muchas mañanas. Me encanta ver a Sami contenta. Pero, tranquila, no le contaré a Björn lo que ocurrió con ese tipo. Sin embargo, debería contárselo usted. No me gustó cómo la agarró.

Dolida por lo que estaba oyendo, Mel suspiró. Aquel muchacho, sin conocerla, estaba dispuesto a guardarle el secreto y, sin saber por qué, preguntó:

—¿Estás seguro de que eres hijo de Björn?

Secándose las lágrimas con la mano, el chavo respondió:

—Mi madre siempre lo decía. —Entonces, desesperado, vio cómo la asistente social se levantaba y murmuró—: Por favor, señora, no deje que se lleven a mi perra. La meterán en una perrera y, si yo no la reclamo en unos días, seguramente la sacrificarán y... y ella es lo único que tengo.

Con la pena en el cuerpo, Mel no sabía qué hacer y, al ver cómo el chico la miraba, dijo tomando la cadena del animal:

—Yo la cuidaré hasta que todo esto se solucione, ¿quieres?

El muchacho dejó de llorar y, mirándola, susurró:

—¿Haría eso por ella? —Mel asintió y, conmovida, estuvo a punto de echarse a llorar cuando el chico la abrazó con desesperación y musitó—: Gracias, señora, gracias. Siempre he tenido la intuición de que usted era especial. Le prometo regresar por ella y...

—Te he dicho que me llamo Mel. Llámame Mel, por favor.

El chico sonrió con tristeza.

—Gracias, Mel.

—Escucha, Peter, todo esto se resolverá. Ya lo verás.

El muchacho miró hacia el pasillo, donde Björn hablaba con el inspector, y dijo:

—Él no cree que yo sea su hijo, ni quiere que lo sea, y yo... no quiero ser una carga para él. Cuando consiga salir del lugar adonde me van a llevar, recogeré a *Leya* y regresaré a mi casa.

—Si eres su hijo, te querrá. De eso me encargo yo —afirmó Mel—. Y, si no lo eres, te aseguro que yo misma te ayudaré a encontrar un sitio donde vivir.

Peter se abrazó a su perra y musitó:

—Pórtate bien con la señora y...

—Mel, recuerda, Mel.

El chico sonrió y repitió:

—*Leya*, pórtate bien con Mel hasta que yo regrese, ¿de acuerdo?

La perra lo miró y, cuando éste se levantó, ella lo hizo también. En ese instante la asistente se dirigió al chico y dijo:

—Vamos.

Angustiada, Mel miró a Peter, después a la mujer, y preguntó:

—¿Adónde lo llevan?

Ella consultó los papeles que llevaba en la mano y señaló:

—A una casa de acogida que tenemos en Neuhauser Strasse. Si les interesa, el inspector les dará más información.

Peter tocó la cabeza de su perra y, tras darle un abrazo a la mujer que se quedaba con ella, murmuró apenado:

—Cuídala, Mel. Regresaré por ella.

Enternecida, ella asintió y, en cuanto el muchacho se fue, al ver que la perra de estatura media tiraba y ladraba para ir tras él, se agachó y, abrazándola como había hecho instantes antes su dueño, musitó:

—Tranquila, *Leya*..., tranquila. Yo te cuidaré hasta que Peter regrese.

El animal pareció relajarse y, cuando Mel supo que así era, se levantó del suelo, justo en el momento en que Björn entraba en la sala y, mirándola, preguntaba:

—¿Qué haces con ese perro?

—Nos lo llevamos a casa.

—¡¿Qué?! —preguntó sorprendido.

Dispuesta a cumplir su promesa, Mel siseó:

—Mira, Björn. Le he prometido a ese muchacho que la cuidaría y lo haré.

Ofuscado, él gruñó:

—¿Acaso pretendes llevarme hoy la contraria en todo?

—¡¡Sabes por qué Peter estaba en el parque?! —gritó mirándolo furiosa—. Ese pobre chico cree que Sami es su hermana y sólo quería ver cómo tú jugabas con ella para imaginar que así habrías jugado con él si su madre te hubiera dicho que era tu hijo. Y, en cuanto a la perra, le he prometido que la voy a cuidar porque, si se la llevan y nadie la reclama en unos días, la sacrificarán y yo me... me niego a ello; ¿te has enterado o te lo repito?

Boquiabierto, el abogado la miró y asintió sin decir nada. Estaba claro que, fuera Peter o no su hijo, la perra se iba a casa con ellos.

32

Una vez que Eric se va a trabajar algo más pronto de lo habitual y yo hablo con el veterinario, que me dice que *Susto* está bien y que puedo llevármelo a casa al día siguiente, cuelgo el teléfono feliz y regreso a la cocina.

Allí, Pipa se afana por dar de desayunar a mi monstruito, que se empeña en que la comida vaya a parar a cualquier lado de la cocina excepto a su pancita.

Cuando veo entrar a Flyn, nos miramos.

Espero una sonrisa. Al fin y al cabo, el otro día me abrazó y me llamó «mamá», pero, al parecer, la insolencia ha regresado y, como cada mañana, me reta con la mirada, y yo, en el momento en que me canso, la esquivo.

Sabe que hoy lo acompañaré a clase y ¡por fin! tendremos la reunión con su tutor.

Eso lo incomoda. Lo que no sabe, ni se imagina, es cuánto me incomoda a mí.

Una vez que Flyn ha terminado de desayunar, nos dirigimos en silencio hacia el coche y, cuando arranco, clavo mis ojos en él y pregunto:

—Si hay algo que tu profesor pueda contarme que aún no sepa, es tu oportunidad para decírmelo...

Con toda la arrogancia de los Zimmerman, mi hijo me mira y responde:

—Ya que vas, que te lo cuente él.

Siento ganas de darle un pescozón. Dos días antes, me abrazaba y me mimaba llamándome «mamá», pero de nuevo la frialdad ha vuelto.

—¿Puedes dejar de ser tan desagradable? —pregunto cansada.

Flyn me vuelve a mirar pero, cuando creo que va a decir algo, se calla. Esa actitud insolente me enferma en ocasiones más que si me contestara. Sin embargo me callo. No digo nada. No voy a entrar en sus provocaciones.

Conduzco en silencio hasta el instituto. Una vez que me estaciono, Flyn sale del coche y rápidamente se acerca a un grupito de chicos que lo saludan chocándole las manos. Esos amigotes suyos no me gustan, y observo cómo ellos me miran a mí.

¿Por qué mi niño ha tenido que conocerlos?

Desde el interior del vehículo, veo aparecer a la fresca por la que sé que Flyn está prendado, bajo y, antes de que se acerque a mi hijo, lo llamo:

—Flyn, ven aquí.

Mi chico se resiste. Está entre hacerme caso o demostrarles a sus nuevos amigotes que él es quien me domina. Pero al final gano yo. Me conoce muy bien y, cuando ve que cierro el coche de un portazo, se apresura a regresar a mi lado antes de que saque mi raza española y le cante sus verdades delante de ellos.

Sin rozarnos, ni decirnos nada, vamos hasta la secretaría. Allí, tras avisar de que tengo cita con el señor Alves, mandan a Flyn a clase y me dicen que pase a una salita contigua. Si hace falta, ya avisarán al niño. Entro en la salita, en la que hay una mesa y unas sillas, y me siento.

Mientras espero la llegada del tutor, recuerdo cuando Flyn era pequeño y yo lo defendía de algunas madres y sus chismorreos. Eso me hace sonreír, pero al mismo tiempo me apeno. Con lo que lo quiero, al muy sinvergüenza, y lo mal que se está portando conmigo.

Miro mi celular. No tengo ninguna llamada, y decido escribirle un mensaje a Eric:

Hola, guapo. Estoy en la escuela. Te quiero.

Imagino a mi rubio alemán en su reunión leyendo el mensaje muy serio y sonrío cuando mi celular pita. Leo:

Hola, preciosa. Ya me contarás en casa. Yo también te quiero.

Estoy sonriendo cuando la puerta se abre a mis espaldas y oigo:

—Buenos días, señora Zimmerman.

Rápidamente guardo el teléfono y, en cuanto voy a responder, me quedo con la boca abierta. Aquel tipo con lentes de pasta me recuerda a alguien y, tan pronto como soy consciente de que no es que me recuerde, ¡sino que es él!, murmuro en mi perfecto español:

—Carajo...

Ante mí está Dennis, el brasileño buenísimo del Sensations y el que nos enseñó a Mel y a mí a bailar *forró* la noche de la detención. Su gesto de sorpresa es tan grande como el mío, y pregunta boquiabierto:

—¿Eres la madre de Flyn Zimmerman?

Asiento aturdida y finalmente consigo preguntar:

—¿Y tú eres el señor Alves?

Ahora es él quien asiente y, sentándose frente a mí, se quita los lentes y después de un instante de silencio dice:

—Tranquila, Jud. Ambos somos personas maduras, juiciosas y sensatas como para saber afrontar esta situación, ¿de acuerdo? —Asiento, y entonces él añade tendiéndome la mano—: Señora Zimmerman, encantado de conocerla.

Como si estuviera en una burbujita, le tiendo la mano a mi vez y se la estrecho. Ese contacto tan pudoroso y decente me hace sonreír cuando pienso que lo he tenido como un salvaje entre mis piernas y sobre mi cuerpo.

Tras ese saludo de lo más frío e impersonal, Dennis o, mejor dicho, el señor Alves, se vuelve a poner los lentes, abre una carpeta y se centra en hablarme de Flyn. Las cosas que me dice no son de lo mejor. Sin lugar a dudas, mi hijo, mi coreano alemán, ha pasado de ser un niño a ser un vándalo hecho y derecho que se burla de su padre y de mí como le da la gana.

Observo varios partes de faltas de asistencia y, fijándome en los que están con mi firma, me doy cuenta de que en la vida he visto yo esos documentos. Sin duda, Flyn los falsificó.

Parpadeo alucinada.

Pero, vamos a ver, ¿quién es ese Flyn y dónde está mi coreano alemán?

Me centro en los papeles de mi hijo que están ante mí cuando oigo la puerta y entra Flyn. Lo miro con gesto de enfado y, en cuanto él se sienta, su tutor dice:

—Flyn, le enseñaba a tu madre los exámenes que...

—Ella no es mi madre, es mi madrastra —replica.

Oírlo decir eso delante de su profesor me duele muchísimo. ¡¿Madrastra?! ¿Por qué dice eso?

Pero, sin cambiar mi gesto, simplemente susurro:

—Flyn, por favor.

De mala gana, el chico se acomoda en la silla, y entonces oigo a su profesor decir en tono tajante:

—Flyn Zimmerman, siéntate recto. —Mi hijo no se mueve. Reta a su tutor, pero al final, ante el gesto duro de Dennis, hace caso mientras éste dice—: Ten respeto por tu madre porque, si ha venido a esta reunión y ahora está aquí soportando estoicamente todo lo que le estoy diciendo es porque te quiere, se preocupa por ti y te respeta, algo que parece ser que tú has olvidado. Por tanto, y, visto tu comportamiento vergonzoso, sal de la oficina ahora mismo y regresa a clase. No tengo nada más que hablar contigo delante de ella.

Me gusta la seriedad y la rotundidad con la que le habla y, cuando Flyn sale ofendido de la sala, miro a Dennis y murmuro:

—Gracias.

Él sonríe y, quitándose de nuevo los lentes, los deja sobre la mesa y dice:

—Me gusta tan poco como a él utilizar este tono tajante, pero con estos muchachos y a estas edades, uno ha de ser así para que lo escuchen y lo respeten.

Asiento. Tiene razón. Si Eric y yo hiciéramos lo mismo, seguro que todo cambiaría. Entonces, oigo que pregunta:

—¿En casa la situación es igual?

Yo suspiro desesperada.

—Sí. Su padre y yo intentamos disciplinarlo, pero al final no sé cómo se las ingenia y siempre terminamos discutiendo entre nosotros.

Él asiente.

—Eso es lo peor que pueden hacer. Eric y tú deben estar unidos ante él y caminar a la par con él. Habla con tu marido, o si quieres convocaremos otra reunión con el psicólogo. Siento lo que te voy a decir, pero el otro día lo sorprendí junto a otros tres chicos fumando churros en el patio.

—¡¿Qué?!

Uf..., uf..., uf... Ya sé que por fumarte un churro no eres un drogadicto ni un delincuente pero, carajo, ¡que tiene catorce años! Me doy aire con la mano y pronto siento que me pica el cuello. Lo que estoy oyendo no me gusta nada, pero entonces Dennis añade:

—Tu hijo no es mal chavo, pero la chica con la que está, una tal Elke, y el grupito con el que se juntan son conflictivos y deben hacer todo lo posible para separarlo de ellos o al final tendrán graves problemas. Varios de esos muchachos que hoy son sus amigos ya ni siquiera están en el instituto. Todos ellos son de buenas familias, como la suya, que pueden permitirse este colegio. Por desgracia, muchos de esos padres los han dejado por imposibles, aunque mi recomendación es que ustedes no lo permitan.

Asiento..., asiento y asiento.

Me zumban los oídos cuando Dennis clava los ojos en mí y, levantándose, sale por un vasito de agua. Al entrar de nuevo en la sala, se apoya en la mesa, me lo entrega y yo me lo bebo. A continuación, dice:

—Flyn ha acumulado demasiados reportes negativos y, con su siguiente reporte, siento decirte que será expulsado del instituto una semana. Si, tras esa expulsión, vuelve a tener otro reporte, será expulsado un mes entero y, si reincide, durante el resto del curso.

Madre mía..., ¡madre mía!

Lo que me dice me deja sin habla y, cuando tenga que explicárselo a mi querido marido, no sé ni cómo lo voy a hacer.

Platicamos durante veinte minutos más. Luego, Dennis guarda los papeles que me ha enseñado y, una vez que cierra la carpeta, me mira y dice:

—¿Alguna pregunta más que quieras hacerme?

Niego con la cabeza y entonces él se saca una tarjeta del bolsillo y me la entrega.

—Aquí están mis teléfonos —dice—. Eric y tú pueden llamarme para lo que necesiten.

Asiento como una imbécil. Sin lugar a dudas, ese «lo que necesiten» es muy amplio. Salimos al pasillo y caminamos hacia la puerta de salida cuando oigo que dice:

—Me ha encantado encontrarte aquí. Nunca lo habría esperado.

—Y yo nunca habría esperado que fueras el tutor de mi hijo —replico.

Ambos reímos y luego pregunto, algo más tranquila:

—¿Cuánto llevas viviendo en Alemania?

—Dos años. Cuando terminé mis estudios en Brasil, decidí ver mundo; viví tres años en México, otros tres en Suiza, y en Alemania llevo dos. Cuando cumpla tres, mi intención es trasladarme a Londres.

De nuevo, los dos volvemos a reír. Entonces, él baja la voz y pregunta:

—¿Las llevas puestas ahora?

Sin duda, se refiere a si llevo o no calzones, y respondo evitando sonreír:

—Por supuesto. Sólo me las quito cuando está mi marido.

Dennis asiente y, sin pararse, añade:

—Me alegra saberlo. Eric es un buen tipo y hacen una estupenda pareja.

Su último comentario me hace saber que él nunca intentaría nada sin estar Eric por medio. Eso me gusta y, poniéndome los lentes de sol antes de salir por la puerta del instituto, extiendo la mano y digo:

—Ha sido un placer, señor Alves.

Dennis toma mi mano y responde:

—El placer siempre es mío, señora Zimmerman.

Sonreímos y nos despedimos. Cada uno vuelve a sus quehaceres, pero cuando llego a mi coche me fijo en una parejita que está sentada en un banco del parque comiéndose a besos.

Abro el coche y, de pronto, al mirar de nuevo a la parejita me doy cuenta de que aquélla es Elke. Me quedo boquiabierta durante varios segundos hasta que, al ver cómo la chica se propasa a plena luz del día, me acerco a ellos y pregunto:

—Disculpa, ¿eres Elke?

—Sí, ¿y tú eres...? —pregunta ella con descaro.

La rabia puede conmigo. Mi hijo está echando su vida a perder por esa *perraka*, y ella anda zorreando con sus amigos a pocos pasos del instituto.

—Soy la madre de Flyn, ¿sabes de quién te hablo?

A diferencia de lo que me habría pasado a mí al verme sorprendida así, Elke sonríe y, levantándose de las piernas del chico, murmura:

—¿El chino? Pues entonces dirás su «madrastra».

Oír eso me enfurece.

Si esa chica tuviera sentimientos verdaderos por mi niño, sabría lo mucho que le molesta que lo llamen así; además, llama mi atención que ella diga lo de madrastra. Pero, antes de que yo pueda decir nada, ella añade con todo el descaro:

—Mira, madrastrita del chinito, lo que yo haga con mi vida es algo que no te importa, y...

—Por supuesto que no me importa —la interrumpo furiosa—. A mí sólo me importa mi hijo. No me agrada que estés con él pero, si lo estás, no veo bien que ahora estés aquí con este otro chico haciendo lo que hacen.

Elke y el muchacho se miran y sueltan una risotada. ¡Serán descarados! Y, de pronto, ella me empuja con violencia y grita:

—¡Pero ¿tú quién te has creído que eres para hablarme así?!

Contengo las ganas que siento de darle un empujón. Soy adulta, y respondo:

—¿Y tú, maleducada, quién te has creído que eres para empujarme y gritarme de ese modo?

Sin poder evitarlo, me enzarzo en una ridícula discusión con aquella mocosa, que lo único que hace es enfurecerme más y más. Está visto que a ésta no le han enseñado educación en su casa, y siseo tras un tercer empujón al que finalmente respondo:

—Te prohíbo que vuelvas a acercarte a mi hijo y esta vez te lo digo de verdad, ¿entendido?

Ella suelta una risotada.

—No me prohíbe ni mi madre y me vas a prohibir tú.

—Pues quizá ése es tu problema, que no te han prohibido nada y necesitas aprender lo que significa la palabra «educación».

—¡Puta!

—¡Puta lo serás tú! —grito fuera de mí.

Según digo eso, sé que me estoy equivocando. Me estoy metiendo en un jardín del que no voy a salir bien parada y, dando un paso atrás, siseo mientras decido dar por concluida esa absurda discusión.

Como no tengo ganas de oír los insultos que me grita esa mocosa maleducada, me subo al coche, arranco y me voy. Es mejor que me aleje de allí o la mocosa va a salir raspada.

Me voy directa al veterinario. Necesito ver a *Susto*. Por suerte para todos, su recuperación está siendo buena y, cuando lo veo, me deshago en cariños con él. Mi consentido se lo merece.

Una vez que salgo de la clínica veterinaria, llamo a Mel y, sin dejar que me salude, cuando responde el teléfono digo:

—Hola, Mel. Vas a alucinar cuando te cuente lo que acabo de descubrir.

Oigo que mi amiga resopla y, bajando la voz, me dice:

—Tú sí que vas a alucinar, y mucho, cuando te cuente lo que he descubierto yo. Anda, vente para mi casa. Te espero.

Como no ha querido soltar prenda la desgraciada, la curiosidad me puede y, como en la oficina saben que no voy a ir y con Eric no puedo hablar porque está en una reunión, me encamino hacia su casa. Quiero saber qué es eso con lo que voy a alucinar tanto.

33

—¿Que Björn tiene un hijo?

Mel asintió.

—Sí. Jud..., sí —afirmó convencida—. Y hasta tiene el mismo color de ojos y corte de cara.

Judith no recordaba al chico del supermercado que recogía los carritos a pesar de que su amiga se lo describió y, agachándose para tocar a la perrita, que no se separaba de Mel, murmuró:

—Hola, *Leya*. Por lo que veo, eres una mil razas como *Calamar* y, oye..., ahora que te miro, creo que tú también tienes el mismo corte de cara que Björn.

Al ver el gesto guasón de su amiga, la exteniente protestó bajando la voz:

—De acuerdo. No se parecen. Pero, carajo, Sami tampoco se parece a mí y es mi hija, y Eric tampoco se parece a ti, sino a tu marido, y es tu hijo.

Jud miró hacia su amigo, que hablaba por teléfono mientras observaba por la ventana, y dijo:

—Pero, Mel, ¿por qué estás tan segura de que es su hijo?

La exteniente sonrió. Sin duda, Judith era tan escéptica como Björn.

—Porque me lo dice el corazón —contestó con un suspiro.

Jud resopló. Ella también había sido muy de corazonadas, por lo que afirmó:

—Mira, yo también pensaba que los morenazos como Taylor Lautner, Keanu Reeves o Antonio Banderas eran mi prototipo de hombre, y luego, ¡sorpresa!, resulta que el hombre de mis sueños es rubio, ojos claros, terco, alemán, y se llama Eric Zimmerman.

Ambas rieron. Luego, Mel dio un trago a su cerveza y dijo:

—Björn me ha prometido que se va a hacer las pruebas de paternidad. Pero te digo yo que ese muchacho ¡es su hijo!

Sorprendida por la tranquilidad con que su amiga se estaba tomando todo aquel asunto, Judith preguntó:

—Mel, ¿estás bien?

—¿Por qué dices eso?

—Mira, quizá me estoy metiendo donde no debo, pero tan pronto le pides matrimonio, como quieres ser escolta, y ahora... ¿ese muchacho en sus vidas?

La exteniente suspiró, sabía que Jud tenía razón y, cuando fue a responder, ésta añadió:

—Mel. No conocen de nada a ese chico. Podría ser un psicópata, un ladronzuelo o vete tú a saber. ¿Cómo lo quieres meter aquí con ustedes?

Mel asintió. Entendía lo que aquélla decía, pero respondió:

—Lo sé..., lo sé... Dices las mismas cosas que Björn. Quizá me estoy volviendo totalmente loca, pero en referencia a ese muchacho, la corazonada de que no me equivoco y el hecho de que no quiero que lo separen de su perro es... ¿Recuerdas a Robert?

—¿A tu amigo, el que murió en el accidente de avión y...?

—Sí, ése —afirmó Mel sin dejarla terminar—. Él me contó lo mal que se sintió cuando fallecieron sus padres y, aunque su perro era lo único que lo unía a su pasado, lo separaron de él. Me explicó lo cruel que fue verse solo siendo un niño y darse cuenta de que no le importaba a nadie y... y, si yo puedo evitar que un niño como Peter sienta eso, creo que todo habrá valido la pena.

—Disculpa —señaló Judith—. Para mí un niño es la pequeña Sami, pero gansos como Peter o como Flyn ya no son niños. Son miniadultos llenos de granos y conflictos personales que, por norma, deciden fregarte la vida porque sus hormonas están revolucionadas, pero ¿tú sabes dónde te estás metiendo?

—No.

—Exacto, ¡no lo sabes! —cuchicheó Judith—. Ese chico comenzará a hacerles la vida imposible una vez que se relajen. Tiene catorce años, y a esa edad lo único que hacen es contestarte de malos modos y dar problemas. Y te lo digo yo, que tengo en casa uno de la misma edad y ya sabes cómo va el tema.

—Lo sé —suspiró Mel—. Quizá quiero abarcar más de lo que

puedo. Tal vez soy una ilusa, pero creo que Peter es diferente. Lo siento así, y si encima puede ser el...

—*Puede*, tú lo has dicho, *puede*; pero ¿y si no es su hijo?

Mel se encogió de hombros y cuchicheó:

—Pues habrá que ayudarlo e intentar que el día de mañana ese hombrecito sea un hombre de provecho. Él no es el responsable de estar en el mundo.

Judith se dio por vencida. Sin lugar a dudas, Mel quería darle una oportunidad al muchacho y, claudicando, dijo:

—De acuerdo, no insistiré más. Aquí me tienes para todo lo que necesites, como madre y sufridora de un adolescente. Pero, recuerda, si al final termina en esta casa, no le permitas que se pase ni un pelo porque, como lo hagas, ¡estás perdida!

—Lo recordaré —asintió Mel—. Por cierto, que sepas que hoy Sami, cuando nos hemos encontrado con Heidi y sus compinches en el colegio, ha soltado que Heidi era una zorra.

—¿¡Qué!? —dijo Judith riendo al oír eso.

Mel asintió sin poder evitar sonreír y prosiguió:

—Y después ha añadido que mamá y la tía Jud decían eso.

—¡La madre que la parió!

Durante un rato, entre risas, estuvieron hablando de aquello, hasta que Mel preguntó:

—Oye, ¿qué tenías que contarme tú?

Al oír eso, Judith se olvidó de lo de Sami y, mirando a su amiga, murmuró:

—¿A que no sabes quién es el tutor de Flyn?

—Pues no.

—Dennis.

Mel parpadeó.

—¿Dennis... Dennis... —susurró—, el buenote del Sensations y el fortachón que baila eso que se llama *forró*?

—El mismo —asintió Jud.

—¡Carajo!

—Eso digo yo: ¡carajo! Ni te cuento la cara de tonta que se me ha quedado cuando me lo he vuelto a encontrar, esta vez como tutor de mi hijo.

Ambas rieron, pero la risa se les cortó cuando Jud le explicó todo lo que aquél le había dicho del muchacho.

—Vaya lío..., vaya lío con Flyn. ¿Qué vas a hacer?

—De momento, hablar con Eric y ver qué solución podemos adoptar con respecto a lo que Dennis me ha contado. Es obvio que, o hacemos algo, o esto irá a peor. Y luego, para remate, salgo del instituto y me encuentro con su supuesta novia besuqueándose con otro.

En ese instante, Björn dejó de hablar por teléfono. Llevaba horas hablando con los servicios sociales y el registro de Múnich para conseguir cierta documentación. Lo ocurrido aquella mañana lo había dejado fuera de juego. Un hijo... ¿Podía tener un hijo de casi quince años?

La sola idea lo mareaba. Ni en el peor o el mejor de sus sueños podría haber imaginado algo así.

Al colgar, vio a Mel y a Judith. Las observó cuchichear y reír, y luego sus ojos fueron directos a la perra que dormía plácidamente a sus pies. Todavía no entendía qué hacía aquel animal en su casa, pero como no tenía ganas de discutir con aquellas dos, se les acercó y simplemente dijo:

—Estaré en mi despacho.

—Cariño —lo llamó Mel—. ¿Quieres comer algo?

—No —bufó él sin mirarlas.

Entonces el abogado se detuvo dispuesto a decirles algo. Sin duda, lo que había dicho Sami aquella mañana no había estado bien, pero finalmente decidió seguir su camino. No deseaba enfrentarse a aquellas dos. Seguro que lo sacaban más de sus casillas.

Cuando desapareció, Judith, que lo conocía muy bien, susurró:

—Vaya genio que se gasta el colega, ¿no?

Mel asintió.

—Si yo te contara...

Diez minutos después, Judith miró a su amiga y afirmó:

—Llamaré a Eric para que venga. Creo que Björn necesita desahogarse con su amiguito.

Mel asintió, y Judith se apresuró a llamarlo.

Media hora después, sonó la puerta de la casa. Era Eric, que, con gesto serio y tras besar a su mujer y saludar a Mel, tomó un par de cervezas bien frías que ésta le dio y fue directo a ver a Björn. Su amigo lo necesitaba.

—Hola, papaíto —saludó entrando en su despacho.

Al oírlo, éste lo miró, puso los ojos en blanco y protestó:

—No me friegues tú también con eso.

A pesar de lo delicado del tema, Eric se acercó a su amigo y, tras pasarle una de las cervezas y chocar la mano, se sentó frente a él y preguntó:

—¿A qué esperabas para llamarme?

Björn se pasó una mano por el pelo y murmuró:

—Eric...

—Entiendo que estés confundido, que no entiendas nada y un sinfín de cosas más, pero sabes que estoy aquí para lo que necesites. Y esto es algo excepcional, ¿no crees? —Luego, bajando la voz, cuchicheó—: Que mi mujer tenga que llamarme para decirme lo que le ocurre a mi mejor amigo, por no decir mi hermano, no me ha gustado, hombre.

—Carajo, perdona. Tienes razón.

Eric sonrió y, tras dar ambos un trago a las cervezas, añadió:

—Conque Peter...

—Sí —afirmó Björn.

Con la mirada, ambos se entendieron cuando el rubio alemán indicó:

—Mucha casualidad. —Björn no respondió, y Eric agregó—: Quien le puso ese nombre al muchacho sabía lo mucho que te gustaba a ti, ¿no crees?

Su amigo asintió. Volvió a dar otro trago a su cerveza y le contó absolutamente todo lo sucedido aquella mañana y lo que había descubierto tras hacer varias llamadas. Eric lo escuchó con paciencia y, cuando éste terminó, preguntó:

—¿Qué vas a hacer?

—No lo sé. Yo esperaba encontrar en esa comisaría a un *hacker* a quien darle por todos los lados y, en cambio, me encuentro con un muchacho que encima dice ser mi hijo.

Eric suspiró; sin duda aquello era para estar desconcertado y, sin andarse con rodeos, preguntó:

—¿Y podría ser tu hijo?

Al oír eso, Björn se levantó. Se movió por el despacho intranquilo y, finalmente, sentándose de nuevo ante su amigo, respondió:

—No... Sí... ¡No lo sé!

—Carajo, Björn.

Desesperado, el abogado dejó su cerveza sobre la mesa y declaró:

—Cuando estuve con Katharina era un chavo, un inconsciente, y no tomaba las debidas precauciones; ¿o tú las tomabas siendo un chico?

—No —murmuró Eric—. Yo también era algo inconsciente en eso.

Los amigos se miraron un momento y luego Björn siseó:

—¿Sabes por qué me molesta tanto todo esto? Porque, si es mi hijo, si ese muchacho tiene mi sangre, me he perdido parte de su vida, y eso me molesta..., me molesta mucho.

El silencio se apoderó de ellos hasta que Eric añadió:

—Tienes razón, y entiendo lo que dices. Pero quizá no sea tu hijo y...

—Mel asegura que su sexto sentido le dice que lo es.

Eric no supo qué decir. Con el paso de los años, Judith le había enseñado que en ocasiones el sexto sentido de las mujeres era algo tremendamente poderoso que tener en cuenta.

—Escucha, Björn —respondió—, en el caso de que sea hijo tuyo, la adolescencia no es una buena época. Ya sabes la cantidad de problemas que Flyn nos está ocasionando, y eso que todavía no he hablado con Jud, que hoy ha tenido la cita con su profesor.

—Lo sé..., lo sé, pero Mel se ha empeñado en traerse a casa a la perra del chavo para cuidarla.

—¿Y por qué? ¿Por qué lo ha hecho?

Desconcertado, Björn miró a su amigo.

—Dijo que un amigo suyo pasó por las mismas circunstancias que Peter a su edad, y que, si ella podía evitar que un niño sufriera, se sintiera solo y lo separaran de su perro, lo evitaría.

Durante un rato estuvieron hablando sobre aquello, hasta que Eric, para hacer sonreír a Björn, preguntó:

—¿Un mil razas en tu casa?

Al entender lo que su amigo quería decir, Björn sonrió.

—En tu casa hay dos, aunque Judith se empeñe en decir que *Susto* no lo es. Por cierto, he oído que mañana le dan el alta.

—Eso dice mi pequeña —dijo Eric sonriendo.

El abogado asintió y luego, con gesto desesperado, cuchicheó incrédulo:

—Papaíto... Pero ¿cómo voy a ser padre de un adolescente tan alto como yo?

Eric sonrió al oír eso. Sin lugar a dudas, la cosa se complicaba pero, como no quería continuar con lo negativo, murmuró de buen humor:

—La vida te quiere sorprender. Tu novia ha puesto fecha para su boda y de pronto te aparece un hijo; ¿te puede pasar algo más sorprendente?

Al oír eso, Björn resopló. Últimamente su vida era una locura, por lo que negó con la cabeza.

—¿Cómo es Peter? —quiso saber Eric.

Björn se echó hacia atrás en el respaldo de su silla y respondió:

—Tiene la complexión delgada y desgarbada de Flyn, el pelo le sobrepasa los hombros, su ropa es al menos varias tallas más grande de la que necesita, es un excelente pirata informático y sé poco más.

Un nuevo silencio se adueñó del despacho, y finalmente Björn dijo:

—Mañana me voy a hacer las pruebas de paternidad.

Eric asintió.

—Perfecto. Si es tu hijo, doy por sentado que te ocuparás de él, pero ¿y si no lo es?

Esa pregunta daba vueltas y vueltas en la cabeza del abogado y, al final, sin saber en realidad qué responder, dijo:

—No lo sé. Pero lo que sí sé es que no lo voy a dejar en la calle.

Esa noche, cuando Judith llegó a su casa, Flyn le dedicó una curiosa mirada al cruzarse con él. Eso le hizo saber que su amiguita Elke le había hablado de su encuentro. Pensó en contárselo a Eric, pero al final calló. No quería más líos.

Al día siguiente, Björn se hizo las pruebas de paternidad. Cinco días después fue a recogerlas, y el corazón se le paró: Peter era su hijo.

34

Una de las mañanas en las que Eric y yo vamos en el coche hacia Müller, le suelto:

—Digas lo que digas, creo que deberíamos concertar esa entrevista con el psicólogo.

—No.

—Su tutor lo recomendó, cariño. Flyn necesita un tipo de ayuda que quizá nosotros no somos capaces de darle.

—He dicho que no. Flyn ya fue a demasiados psicólogos cuando era pequeño y no quiero que tenga que volver a ir.

—Pero, Eric, ¿no ves que el problema que tenemos con él se nos escapa de las manos?

Mi amor no contesta. Sé que sabe que tengo razón, pero su testarudez no lo deja reaccionar. Finalmente sisea:

—He dicho que no. Yo me ocuparé de él.

Me callo. Mejor me callo lo que pienso en relación con eso. No sé cómo se va a ocupar de él trabajando todo lo que trabaja pero, como no tengo ganas de zanjar el tema como él pretende, insisto:

—Eric, no eres consciente de muchas cosas. Ayer, cuando llegué a casa...

—¿Qué pasa ahora?

Como siempre, soy portadora de malas noticias. El que él no esté últimamente mucho en casa le hace perderse el modo en que Flyn se está comportando con todos.

—Ayer por la tarde —digo—, cuando llegué a casa, Flyn estaba discutiendo con Norbert y no me gustó el tono que utilizó.

—Es un niño, Jud..., no te tomes todo lo suyo a mal.

Su contestación me sorprende.

—¡Claro que es un niño! Pero ¿acaso tú y yo no le estamos enseñando educación?

Mi respuesta lo hace resoplar y, tras un tenso silencio, pregunta:

—Vamos a ver, Jud, si tan mal le habló a Norbert, ¿por qué no me lo dijiste cuando llegué?

Lo miro. Calibro mi respuesta y, con sinceridad, contesto:

—Porque quería tener la noche en paz.

Sé que mi respuesta le hace pensar y, tras volver a suspirar, mi amor asiente.

—¿Qué tal si hablamos con él esta tarde cuando regrese?

—¿Vendrás pronto?

Eric sonríe. Pone la mano sobre mi rodilla y afirma:

—Te lo prometo.

Saber que va a llegar pronto a casa me hace sonreír.

—Perfecto.

Durante un rato, los dos nos callamos, hasta que digo:

—¿No te gustaría algún día hacer una locura como hacíamos antes y, por ejemplo, tomar el avión e irnos a Venecia, a Berlín, a Polonia, a Dublín o a cualquier lado tú y yo solos?

Eric sonríe, luego veo cómo niega con la cabeza y responde:

—No estoy para locuras. Tengo mucho trabajo.

Su contestación no es la que esperaba, y volvemos a quedarnos en silencio.

Algo pasa entre nosotros que nos hace tener estos silencios. Pero, deseosa de que eso desaparezca cuanto antes, pregunto:

—¿No te sorprendió lo que te conté del tutor de Flyn?

Eric no parpadea. Me mira... Después mira la carretera..., vuelve a mirarme y finalmente dice:

—No. ¿Por?

Ahora la que parpadea y lo mira soy yo.

—Pues porque el tutor de Flyn... —respondo—, tú y yo..., pues eso.

Eric sonríe. Dios..., cómo me gusta verlo sonreír.

—Pequeña, imagino que su discreción será tan grande como la nuestra. —Y, guiñándome un ojo, añade—: Todos los que vamos al Sensations nos hemos encontrado en un momento dado con alguien de allí y, como te digo, la discreción es lo que prima. Por algo somos adultos.

Asiento. La verdad es que tiene razón. ¿Por qué comerme el coco?

Una vez que llegamos a Müller, en cuanto subimos al elevador quiero besar al hombre que adoro, pero él ya está centrado mirando unos papeles con el ceño fruncido. Cuando el elevador se detiene en mi planta, lo observo con la esperanza de que él desee besarme, pero sólo me mira, me guiña un ojo y dice:

—Que tengas un buen día, cariño.

Sonrío, salgo y las puertas del elevador se cierran. Ni beso, ni abrazo, ¡ni *ná*!

Pero ¿qué nos está pasando?

Mientras camino hacia el despacho, soy consciente de que añoro al Eric que estaba pendiente de mí al cien por cien. Añoro sus besos y sus continuas ganas de estar conmigo. Sé que me quiere, eso no lo puedo dudar, pero creo que la pasión que sentía por mí se está enfriando. ¿Por qué?

¿Por qué yo sigo queriendo tener nuestros tontos momentos y él parece poder vivir sin ellos?

Cuando llego al despacho, Mika me da unas carpetas para que las revise. La noto agobiada, pero no tengo ganas de preguntar y, tomando lo que me entrega, me meto en mi despacho dispuesta a trabajar.

Apurada estoy con ello cuando suena el teléfono.

—¡Hola, cuchuuuuuu!

Oír la voz de mi hermana es como un soplo de aire fresco y, sonriendo, saludo:

—Hola, pesada.

Durante varios minutos hablamos de cosas sin importancia, hasta que dice:

—Mi cucuruchillo me ha comprado una *maripaz* y no sé cómo funciona, y como sé que tú tienes una, pues...

—¿Que te ha comprado qué? —pregunto sorprendida.

—Una *maripaz* o *quizpaz*, o como se diga eso.

Me entra la risa. Me parto y, cuando entiendo de lo que habla, murmuro:

—Un iPad, Raquel, un iPad.

Mi hermana suspira, sonríe y murmura con gracia:

—Ofú, cuchu..., ya sabes que los idiomas nunca fueron lo mío.

Sin dejar de reír, le explico como puedo algunas cosas. La verdad es que, mientras lo hago, me imagino a mi hermana con su *maripaz* delante de ella, tocándolo todo y bloqueándola. Raquel es un caso y, cuando finalmente bloquea el iPad y yo ya estoy que me voy a tirar por la ventana de Müller, de pronto me pregunta:

—¿Qué te pasa?

—Nada.

—Cuchu..., soy tu hermana mayor. Te conozco, y ese tonito de voz lo noto excesivamente apagado. Vamos, desembucha. ¿Qué te ocurre?

Sonrío. Sin lugar a dudas, como bruja mi hermana no habría tenido precio.

—Si obviamos que me estás sacando de mis casillas por la maldita *maripaz* —respondo—, lo que me ocurre es que en ocasiones querría que las cosas fueran diferentes.

—Matiza y resume: ¿cosas? ¿Qué cosas?

Resoplo. ¿En qué jardín me he metido? Pero, bajando la voz, cuchicheo:

—Se trata de Eric. De pronto es como si no necesitara estar conmigo, y echo de menos al Eric que conocí hace años, que era capaz de hacer locuras por amor. Es sólo eso.

Mi hermana ríe. Eso me hace suspirar, y entonces la oigo decir:

—Vamos a ver, cariño, en eso creo que te puedo responder, pues he estado casada con dos hombres. Y que conste que no voy de experta, pero la locura pasional de un «aquí te pesco, aquí te mato» que se siente al principio de una relación comienza a evaporarse a partir del cuarto año, o al menos eso dicen.

—Vaya —murmuro pensando que hace más de cuatro años que conozco a Eric.

—Mira, cuchu, justamente el otro día leí una revista en la que se decía que el declive de la pasión comienza dependiendo de las parejas al cuarto o quinto año de relación. Según esa revista, la locura de esa primera época se transforma con el paso del tiempo en una pasión más tranquila con un fuerte componente de cariño y complicidad.

—¡No friegues!

—¡No digas palabrotas, malhablada! —me regaña mi hermana.

Eso me hace reír, y entonces prosigue:

—Con el *empanao* de Jesús se cumplió esa estadística. A los cuatro años comenzó nuestro declive como pareja y, a los ocho, literalmente no nos soportábamos, especialmente porque yo iba arañando los techos de medio Madrid con la cornamenta que llevaba.

—Raquel... —murmuro sin poder evitar sonreír.

—Aisss, tontita, no te apures, eso ya lo tengo yo más que superado. Pero precisamente de los errores se aprende y, ahora, con mi cucuruchillo, estoy tratando de que todo sea diferente, e intento que los ratos que estemos juntos sean lo mejor de lo mejor.

Al pensar en mi cuñado Juan Alberto, sonrío. Sin lugar a dudas, el gordito feroz de mi hermana está mucho más enamorado de lo que lo estuvo nunca mi excuñado Jesús.

—Tranquila —respondo—. Creo que Juan Alberto te va a hacer feliz toda tu vida.

—Y a ti Eric. Pero ¿no ves cómo te protege?

Oír eso me hace reír. Claro que siento cómo me protege, pero yo necesito algo más, y contesto:

—Sí..., si sé que en eso tienes razón. Sé que me quiere, no lo dudo, pero también soy consciente de que la empresa lo abduce demasiado, y eso es porque no delega en nadie. Si delegara en alguien parte de su trabajo...

—Cariño..., pues entonces no es que no quiera estar contigo. Simplemente es que tiene un exceso de trabajo.

—¿Y por qué no delega como hacía antes?

—Eso no lo sé, cuchu..., quizá tengas que preguntárselo a él.

Mi hermana tiene razón, pero hablar con Eric de su trabajo siempre es complicado. Desde que hemos tenido a los niños, siento que se esfuerza el doble sin darse cuenta de lo mucho que se está perdiendo de ellos y de mí.

—Y otra cosa —me saca mi hermana de mis pensamientos—. Sé que quizá no venga a cuento lo que voy a decir porque ya sabes que soy un poco antigua en algunas cosas, pero esos jueguecitos sexuales que se traen, ¿no crees que también pueden empeorar la relación?

—Anda ya, no digas tonterías —respondo molesta—. Eso no tiene nada que ver.

—Bueno..., bueno..., pero por si acaso fíjate si le gusta estar contigo o con otras en esos momentos. Porque, si le gusta estar más tiempo con otras, directamente, hermanita, creo que tendrás que darle una patada en su blanco trasero y...

—¡Raquel! —gruño.

—Bueno..., bueno..., cierro el pico.

Carajo con mi hermana. ¡Está empeorando la situación!

—Bueno..., ¿cuál era el motivo de tu llamada? —pregunto.

—Es papá. Está muy pesadito con lo de la feria. ¿Van a venir al final o no?

No he vuelto a hablar de eso con Eric, bastante tenemos ya con discutir con Flyn, pero como no estoy dispuesta a darle el disgusto a mi padre, afirmo:

—Sí. Iremos.

Nada más decir eso, cierro los ojos. Carajo..., carajo..., ¿por qué miento si Eric no quiere ir?

—Ay, cuchuuuu, ¡qué bien! Pues entonces voy a llevar a la tintorería tus vestidos, ¿está bien?

Al pensar en mis bonitos vestidos de flamenca, asiento y afirmo sonriendo:

—De acuerdo, Raquel. Llévalos.

—Por cierto, en cuanto a la Pachuca...

—Ah, no..., no quiero saber nada al respecto —la interrumpo—. Si papá tiene que contarnos algo en relación con ella, ya nos lo contará. Me niego a chismosear. Por tanto, no quiero oír ni una sola palabra de ellos, ¿entendido?

Oigo a mi hermana resoplar, y finalmente dice:

—Está bien.

Uy..., uy..., ese «está bien» tan escueto me enoja y, cayendo como una tonta en su juego, pregunto:

—¿«Está bien»? ¿Por qué dices «está bien» de esa manera?

—¿Sabes, bonita?..., ahora soy yo la que no tiene nada que

contar. Y te dejo, que está pitando la lavadora y quiero tenderla antes de ir a recoger a Juanito y a Lucía a la escuela. Adiós, Judith. Te quiero.

Y, sin más, la muy sinvergüenza me cuelga el teléfono. Ya sé a quién se parece mi sobrina Luz.

Sin querer pensar en nada más, decido ponerme a trabajar. Es lo mejor. Eso me hará olvidar problemas familiares y sentimentales.

A la hora de salir, paso por la cafetería para tomar una coca-cola y me encuentro allí a Eric tomando algo en la barra con su secretaria y un par de hombres más. Él no me ve, y yo lo observo con disimulo desde la distancia.

¡Dios, qué marido tengo!

Como siempre, está impresionante con su traje gris y su camisa blanca pero, por cómo mueve las manos, parece molesto por algo y, aunque parezca increíble, su gesto de enfado me encanta. ¿Qué sería de Eric Zimmerman sin su gesto hosco y de perdonavidas?

Ofú, me encanta..., me encanta... No lo puedo remediar.

Pero, tras la conversación con mi hermana, me fijo en su secretaria. La tal Gerta lleva un vestido azul brillante, la mar de simple, pero es joven y su cuerpo lozano y sin un ápice de grasa me hace resoplar. ¿Por qué no tendré yo ese cuerpo?

Sin apartar los ojos de ella, observo cómo mira a Eric. Sin duda, lo observa con un tipo de admiración que no me hace ninguna gracia. Soy mujer y, como tal, sé de lo que hablo, pero finalmente y sin decir nada, tomo mi coca-cola y me voy. Es lo mejor. Eric está en el trabajo y yo he de dejar de pensar en tonterías.

Por la tarde, cuando estoy en casa, Flyn llega del colegio y me mira. Sabe que tengo que decirle algo por los gritos que le dio el día anterior a Norbert. Estoy convencida de que espera mi ataque, pero como no quiero hablar con él hasta que Eric llegue, me limito a sonreírle y a guiñarle el ojo. Eso lo desconcierta, lo veo en su cara, y él va y sube directo a su recámara.

35

En los servicios sociales, Björn rellenaba varios papeles mientras Mel, a su lado, le pasaba con cariño la mano por la espalda y murmuraba:

—Tranquilo, cariño. Estás haciendo lo correcto.

Björn asintió. Sabía que lo estaba haciendo pero, mirando a Mel, musitó:

—Como el perro ese se mee en el coche por haberlo dejado solo, te juro Mel que...

—Que no, cariño, que *Leya* es muy buena. No pienses eso.

El inspector que había llevado todo el caso, una vez que Björn le hubo dado los papeles firmados para entregárselos a la mujer de los servicios sociales, los miró y dijo:

—El chico estará aquí dentro de cinco minutos. Una patrulla puede acompañarlos a casa del muchacho para recoger lo que el chico necesite. La casa es de alquiler, y el propietario ya ha reclamado las llaves, que le serán entregadas dentro de dos días. Todo lo que dejen allí irá a la basura, díganselo al niño.

—De acuerdo —afirmó Mel tomando nota al ver aparecer a Peter al fondo, sonrió y, sin saber por qué, fue hacia él.

El inspector y Björn se quedaron mirando el abrazo que aquellos dos se daban, y el policía cuchicheó:

—Si ese muchacho les roba o les da el más mínimo problema, no dude en ponerse en contacto conmigo. No sería ni el primero ni el último que causa estragos una vez que entra en su nueva casa.

Björn asintió y, consciente de que aquel muchacho era ahora su responsabilidad, indicó:

—Espero no tener que llamarlo.

Björn los observó mientras se acercaban. Él era una persona afectuosa con los demás y, finalmente, tendiéndole la mano, el muchacho se la estrechó y, tras estrechársela también al inspector, este último dijo:

—Pórtate bien, Peter, y no te metas en líos, ¿entendido?

El chico asintió con la vista fija en el suelo. La mirada de Björn lo acobardaba.

Una vez que el inspector se fue, el abogado miró bloqueado a Mel, que lo observaba, y finalmente fue ella la que dijo:

—Venga. Vayámonos de aquí.

Un par de minutos después, cuando salían de la comisaría y Mel le explicaba al chico que tenían que ir a su casa a sacar lo que él quisiera, éste replicó:

—Pero yo tengo una casa, no necesito ir a la suya.

Björn se disponía a contestar, pero Mel se le adelantó:

—Escucha, Peter, eres menor de edad y los menores no pueden vivir solos.

—Pero yo sé cuidarme. Mi abuelo me enseñó. No necesito a nadie.

Conmovida, Mel miró a Björn a la espera de que dijera algo pero, al ver que no lo hacía, añadió:

—Estoy convencida de que tu abuelo te enseñó muy bien, Peter, pero sólo tienes dos opciones: o ir a un centro de menores o venir con nosotros, y te aseguro —dijo guiñándole un ojo— que con nosotros estarás muy bien. Tenemos una habitación preciosa para ti y para *Leya*, y la podrás decorar como tú quieras.

El chico miró a Björn en busca de una señal de que estaba de acuerdo, y entonces él, para echarle una mano a Mel, dijo:

—Peter, el propietario de la casa donde vivías con tu abuelo ya la ha reclamado y hay que devolvérsela. Si, cuando estés con nosotros, no te encuentras cómodo por las circunstancias que sean, podrás hablar con servicios sociales e irte. Te lo aseguro.

—¿Me lo promete?

—Te lo prometo —le aseguró él.

Al llegar frente al coche, Björn le dio al mando y Mel exclamó abriendo la puerta:

—¡Sorpresa!

Leya salió enloquecida del interior del vehículo y se tiró sobre el muchacho. Al verla, Peter la abrazó mientras Mel y Björn eran testigos de cómo aquellos dos se adoraban.

Cinco minutos después, cuando la perra se tranquilizó, subieron al coche. Björn miró el asiento trasero, donde el animal había esperado, y, tras comprobar que todo estaba en orden, dijo:

—Muy bien, *Leya*. Te has portado muy bien.

Al oír eso, el muchacho replicó:

—Señor, yo mismo he educado a *Leya*, y le aseguro que sabe comportarse.

El abogado asintió y, observando al animal, de pelos descolocados y estatura media, preguntó:

—¿De qué raza es?

—No lo sé. El abuelo la encontró una noche cuando era una cachorrita y la trajo a casa.

—¿Y cuántos años tiene *Leya*? —preguntó Mel interesada.

—Tres.

Poco después, mientras circulaban por Múnich, Mel dijo para romper el silencio:

—¿Sabes, Peter? Sami tenía una mascota. Era un hámster llamado *Peggy Sue*, pero se murió hace unos meses, y ni te imaginas el cariño que se tienen ya *Leya* y ella.

Peter asintió mirando por la ventanilla. No tenía la menor duda de ello.

Cuando llegaron al barrio del chavo, Björn miró a su alrededor, levantó la cabeza y observó la ventana del segundo piso que había a su derecha. Allí había vivido su infancia y su adolescencia. No había regresado a aquella zona tras irse con su padre y su hermano. Consciente de lo que pensaba, Mel le preguntó:

—¿Estás bien, cariño?

El abogado asintió y, siguiendo a los policías que ya los esperaban allí y al muchacho, caminó hasta entrar en el zaguán. Una vez que el niño hubo sacado unas llaves de su bolsillo, abrió la puerta y, mirándolos, dijo:

—Pueden pasar.

Los agentes entraron y después lo hicieron Mel y Björn. La casa era pequeña, apenas tendría cuarenta metros cuadrados, pero se veía limpia. La perra corrió a beber agua a un cazo que había en la cocina y Mel, mirando al niño, le indicó:

—Mete en una mochila o en una maleta todo lo que necesites.

El chico no se movió.

—¿Y qué pasará con lo que deje aquí? —preguntó.

Al oírlo, Björn respondió:

—Como te he dicho, el propietario de la casa la ha reclamado, y todo lo que te dejes aquí, una vez que le entreguemos las llaves al dueño, será suyo.

El niño negó con la cabeza, miró a su alrededor y murmuró:

—El abuelo y yo no teníamos muchas cosas, pero hay algunas que me gustaría conservar.

A Mel le tocó el corazón oír eso. Aquel muchacho necesitaba sus recuerdos; entonces Björn dijo:

—Guarda ahora en una mochila lo que necesites. Mañana contrataremos a alguien que venga a recoger todo lo que quieras y veremos dónde podemos colocarlo, ¿de acuerdo?

Rápidamente el chico se movió y, tendiéndole la mano, como aquél había hecho en la comisaría, murmuró:

—Gracias, señor..., gracias.

Mel miró a Björn emocionada, y éste, tras suspirar, tomó la mano del chico y, después, tocándole con la otra la cabeza, musitó:

—De nada, Peter.

Recuperados de aquel contacto, el muchacho se separó de él y entró en un cuarto que había a la derecha mientras Mel observaba a su alrededor. Siguiendo al chico, Björn se apoyó en el quicio de la puerta y miró con pesar aquella triste habitación y su minúsculo ventanuco.

El lugar era pequeño y, sobre una vieja mesa que ocupaba más de la mitad de la estancia, había un monitor y varias torres de computadoras tuneadas. Desde la puerta, y mientras Peter metía algo de ropa en una mochila, preguntó:

—¿Desde aquí pirateabas mi página web?

El chico paró de hacer lo que hacía y, mirándolo, afirmó:

—Sí.

Björn asintió. De pronto vio una foto sobre la mesa de noche. En ella reconoció a Katharina sonriendo con un Peter más pequeño y, sin quitarle ojo, preguntó:

—¿Y por qué lo hacías?

El niño torció el gesto, se encogió de hombros y respondió:

—Porque estaba enfadado con usted. Sé que mi madre nunca le habló de mí y usted no sabía de mi existencia, pero yo estaba enfadado.

—¿Y ya no lo estás?

—No. Ya no.

—¿Por qué ya no?

El chico volvió a mirar a Björn durante unos segundos y finalmente respondió:

—Porque, a pesar de que no le gusto, ni le gusta mi perra, me está ayudando y no me está dejando tirado en la calle como pensé que iba a hacer cuando supiera usted de mí.

Su respuesta tocó directamente el corazón del abogado, y se sintió tan mal que no supo responder. Si alguien había luchado porque aquello no ocurriese había sido Mel. Si ella no se hubiera empecinado en llevarse a la perra a casa y obligarlo a hacerse las pruebas de paternidad, Björn no sabía qué podría haber ocurrido.

Estaba abstraído en sus pensamientos cuando el chico preguntó:

—Señor, me gustaría llevarme mis computadoras.

El abogado miró lo que le señalaba y, todavía bloqueado, asintió.

—Por favor, Peter, llámame Björn —dijo, e intentando ser amable, añadió—: Si no lo haces, tendré que llamarte yo a ti también *señor* y será muy incómodo, ¿no crees?

El muchacho sonrió. A Björn le gustó ver los hoyuelos que se le formaban en las mejillas cuando sonreía, tan parecidos a los suyos y a los de su hermano.

—Mañana regresaremos y nos los llevaremos, ¿está bien? —contestó.

Veinte minutos después, abandonaron la casa, se despidieron de los policías que los habían acompañado y se dirigieron hacia su hogar. Una vez que estacionaron el vehículo en el interior del garaje, al bajarse, Peter sujetó con la correa a su mascota y ordenó:

—*Leya*, siéntate.

La perra obedeció inmediatamente y Mel, tomando la mochila con ropa del chavo, dijo:

—Vamos, Peter, subamos a casa.

Al entrar en la espaciosa casa, el niño, que no soltaba al animal, se sintió intimidado.

Allí todo era nuevo y moderno, nada que ver con su hogar, donde todo era viejo y de épocas pasadas. Para que se familiarizara con el lugar, Mel le enseñó la casa mientras Björn se dirigía a la cocina. Estaba sediento.

Cuando Mel llegó junto a Peter y *Leya* al cuarto de invitados, dijo al entrar:

—Y ésta será tu cuarto. ¿Qué te parece?

Peter la miró sorprendido. Era enorme. Tenía un ventanal por el que entraba el sol, una cama grande y un clóset inmenso. Al ver que el muchacho no se movía ni decía nada, Mel le aclaró:

—Por supuesto, podrás decorarla a tu gusto. Compraremos una mesa para computadora, cambiaremos las cortinas y...

—¿Por qué eres tan amable conmigo y con *Leya*?

Esa pregunta la pescó por sorpresa, pero Mel respondió:

—Porque me gustas, como me gusta *Leya*.

—Björn no está contento, ¿verdad?

Ella miró al muchacho. Se apenó por ese comentario pero, segura de lo que decía, afirmó:

—Te equivocas, Peter. Björn está muy contento pero no sabe cómo demostrarlo. Yo lo conozco muy bien, y te aseguro que está deseoso de conocerte. Sólo le hace falta tiempo. Dáselo y verás como todo sale bien.

—Gracias —dijo él mirándola.

Mel sonrió.

—No me des las gracias y haz que todo esto valga la pena. No te conozco, pero algo en tu mirada me dice que eres buen chavo, a pesar de tus pelos en la cara, tu ropa tres tallas más grande y, por supuesto, los quebraderos de cabeza que le has ocasionado a Björn con lo de su página web.

Peter sonrió y Mel añadió:

—Coloca tu ropa en el clóset. Cuando termines, estaré en la cocina con Björn.

Una vez que ella se hubo ido, Peter se sentó en la cama. Aquel lugar era el paraíso. El hogar con el que siempre había soñado y que nada tenía que ver con lo que había vivido. Su abuelo, a pesar de haberle dado un techo, nunca había podido ofrecerle esas comodidades.

Tocó la colcha con mimo. Era suave, extremadamente suave y, mirando a *Leya*, preguntó:

—¿Qué te parece?

La perra se tumbó en el suelo de madera oscura y Peter sonrió.

—A mí también me parece un lugar increíble —dijo.

Cuando Mel llegó a la cocina, Björn, que estaba apoyado en la cubierta, la miró y preguntó:

—¿Qué vamos a hacer con él?

Ella se le acercó, le quitó la cerveza que tenía en las manos y dio un trago.

—De momento, darle de comer —respondió—. Estoy convencida de que el muchacho tiene hambre.

—Mel... —protestó Björn bajando la voz—. No estoy de broma. Te estoy hablando en serio. Ese chico es mi hijo, y no sé qué voy a hacer con él.

Devolviéndole la cerveza, ella le dio un beso en los labios y añadió:

—Yo también estoy hablando en serio, y creo que lo primero que tenemos que hacer es conseguir que confíe en nosotros...

—Mel, ¡¿quieres centrarte y ver la realidad?! Carajo..., no sabemos quién es ese muchacho, ni qué le gusta, ni si tiene algún tipo de adicción...

—Tranquilízate..., hazme caso.

—Carajo, si tenía poco con lo de no estar casado contigo, encima ahora esto.

Al oírlo decir eso, Mel lo miró y preguntó arrugando el entrecejo:

—¿Estás hablando del maldito bufete? —Björn no respondió, pero ella, consciente de que era así, añadió—: Pero, vamos a ver, ¿desde cuándo otros dirigen tu vida?

Björn, al entender lo que ella quería decir, replicó:

—Odio que lo llames «maldito bufete», y mi vida la dirijo yo, pero me friega que surjan problemas.

—¿Peter, Sami y yo somos un problema?

Al oír eso, el abogado la miró y, suavizando el gesto, matizó:

—No, cielo. Pero entiende que...

—Entiendo más de lo que quieres hablar conmigo y me permites decir a mí. Pero sabes lo que pienso de ese bufete y de sus absurdos requerimientos para pertenecer a él, y si el hecho de que Peter esté en nuestras vidas les molesta, ¡que se chinguen!

—Parker... Podrías ser menos desagradable.

La exteniente puso los ojos en blanco. En ocasiones olvidaba que su novio era un fino y afamado abogado de Múnich.

—Está bien, 007, mi comentario ha estado fuera de lugar para tus delicados oídos —replicó—, pero que conste en acta que los sé decir aún peores.

—¡Mel!

Ella sonrió al ver su gesto. Al final, Björn se vio obligado a sonreír también y preguntó:

—¿No piensas que quizá la llegada de ese chico sea una mala influencia para Sami?

Mel suspiró. Sabía que tenía parte de razón, pero recordando el modo en que Peter había tratado siempre a Sami, respondió:

—¿Por qué eres tan negativo y no intentas ver lo bueno? ¿Por qué no te relajas y tratas de averiguar a qué colegio va, quiénes son sus amigos, qué cosas le gustan y...?

—Porque mi profesión me hace ser cauto en temas así.

La exteniente sonrió.

—Mira, Björn —dijo—, por mi trabajo, cuando iba a Afganistán, siempre tenía que estar alerta en relación con quién pudiera acercarse a mí con una granada de mano, pero lo que nunca perdí fue la humanidad. Eso es lo único que tienes que utilizar ahora con Peter, tu humanidad, para que él vea que le estás dando una oportunidad. El mayor, el adulto eres tú, y eso nunca... nunca debes olvidarlo.

Sorprendido por su positividad, el abogado asintió.

—Me tienes entre maravillado y asustado.

—¿Por?

Y, tomándola por la cintura para acercarla a él, murmuró:

—Porque me estás demostrando una faceta tuya que no conocía frente al adolescente melenudo con pinta de rapero del Bronx. Está bien, está claro que ese muchacho es mi hijo, pero no puedes obviar que no lo conocemos y que nos puede robar, atacar por la noche o incluso...

—Pero ¿qué estás diciendo? —dijo Mel riendo.

—Yo no me río, cariño. Te lo estoy diciendo muy en serio. Tiene la misma edad de Flyn, y mira los quebraderos de cabeza que éste les está dando a Eric y a Judith.

Mel asintió. Sabía que en el fondo Björn llevaba razón, pero se negaba a creerlo.

De pronto oyeron un ruido, miraron a su derecha y vieron a Peter cruzar sigilosamente el pasillo con la perra. Björn se apresuró a soltar a Mel y, mirándola, murmuró:

—Como se le ocurra robarnos algo, sale de casa inmediatamente, por muy hijo mío que sea.

—Björn... —protestó ella.

—Pero ¿adónde va? —cuchicheó aquél.

—No lo sé, pero deja de ser mal pensado —replicó Mel.

En silencio, lo siguieron y, al llegar a la sala, vieron que Peter estaba parado mirando unos cómics de la biblioteca. Al percatarse de su presencia, el chico se volteó y dijo:

—Björn, me gusta tu colección de Spiderman, ¡qué buena onda! Mamá siempre me decía que te gustaban mucho esos cómics. Yo tengo varios en mi casa. Ya te los enseñaré.

El abogado se acercó hasta el chico y, sin saber por qué, sacó un ejemplar y explicó orgulloso:

—Comencé mi colección en los años ochenta. Mi padre me los compraba, y este ejemplar precisamente es el número uno del Asombroso Hombre Araña.

—Guauuu, ¡qué locura! —exclamó el muchacho.

Mel y Björn se miraron y, sonriendo, este último dijo poniendo el cómic en las manos del chico:

—Puedes leerlos si quieres.

Peter retiró rápidamente las manos y Björn insistió:

—Tómalo.

—No.

La rotundidad de su tono hizo que Björn clavara la mirada en él y preguntara:

—¿Por qué no quieres tomarlo?

El muchacho lo pensó.

—Porque no quiero que se rompa y cargar luego con las culpas. Si algo así ocurriera, no tengo dinero para pagártelo.

Al oír eso, a Björn se le descongeló un poquito el corazón.

—Escucha, Peter —dijo—, toma los cómics siempre que quieras. La única condición que te pongo es que los cuides y después los guardes en su sitio y por su orden.

El muchacho miró aquello maravillado como si de un tesoro se tratara y, tomando el cómic que el abogado le tendía, cuchicheó:

—Gracias.

Al ver su gesto de satisfacción, Björn sonrió, y Mel pensó en su amigo Robert. Sin duda estaría sonriendo desde el cielo y diciéndole: «Mel, no te arrepentirás».

36

Aburrida estoy viendo la televisión junto a *Susto* y *Calamar* cuando Mel me llama para decirme que Peter ya está en casa y que él y Björn llevan horas sentados en la sala hablando de cómics.

Estoy encantada. Saber que aquello comienza con buen pie es genial.

Antes de colgar, mi amiga me pide que les guarde el secreto y no vaya a decirle nada a Klaus. Quieren esperar unos días antes de darle la noticia. Yo se lo prometo y, finalmente, Mel me pide que los acompañe cuando vayan a hacerlo. Acepto gustosamente.

No me lo perdería por nada del mundo.

Una vez que cuelgo, decido llamar a mi padre. Tengo ganas de hablar con él, y no me sorprende cuando oigo la voz de mi sobrina Luz, que me saluda:

—Hola, titaaaaaaaaaaaaaa.

Sonrío. Ella me hace sonreír.

—Hola, mi niña. ¿Cómo va todo?

—Pues mira..., fregada pero contenta. ¡He roto con el atontado de mi novio!

No esperaba esa contestación y, sin saber realmente qué decir, respondo:

—Vaya, lo siento, Luz...

—No lo sientas, tita. Colorín, colorado, de otro ya me he enamorado.

Durante un buen rato, mi sobrina me cuenta sus cosas con total tranquilidad mientras yo, ojiplática, asiento, asiento y asiento. Está claro que, si le digo algo que no quiere oír, dejará de comentarme todas esas cosas, por lo que me limito a escuchar y a asentir.

—Y ¿sabes?

—¿Qué?

—La semana que viene, Juan Alberto nos va a llevar a Madrid a mí y a mis amigas Chari y la Torrija a ver a los ¡One Direction! ¿Cómo te quedas?

Sé cuánto le gusta a mi sobrina ese grupo que causa furor entre todas las adolescentes, y no tan adolescentes, y sonriendo afirmo:

—¡Genial! Me parece genial.

—Oye, tita. ¿Puedo preguntarte una cosa?

—Claro, cielo, dime.

—¿Es cierto que Björn y Mel han metido a un indigente en su casa?

—¡¿Qué?! —pregunto sorprendida.

Vamos a ver. Mi sobrina está en España y nosotros estamos en Múnich. ¿Cómo ha podido volar tan rápido la noticia hasta allí? Y, sobre todo, ¿cómo ha podido llegar esa mentira? Pero, intentando ser lo más discreta posible, pregunto:

—¿Quién te ha dicho eso?

—Jackie Chan Zimmerman.

—¡¿Flyn?!

—Sí, tita. Hace un rato me lo ha chismeado por un privado en Facebook.

Sin respiración, escucho lo que mi sobrina me cuenta. Nunca he dicho nada de ese perfil de Facebook que Flyn se abrió. He mantenido el secreto para no desvelar que Luz, en cierto modo, me informa de muchas cosas.

—¿Él te ha dicho eso? —pregunto entonces.

—Sí. Y, oye, ¿cómo es ese indigente?

Molesta y enfadada porque el atontado de mi hijo diga cosas así, replico:

—Lo primero de todo, Luz, es que Peter no es un indigente. Es un niño de casi quince años que vivía con su abuelo y que, al morir éste, se quedó solo. Por tanto, eso de...

—Sí, ya sabía yo que Flyn se pasaba —oigo que suspira ella—. Desde que se echó esa novia y esos amigos, no es el mismo.

Al oír que mi sobrina dice eso, me pongo en alerta y, olvidándome de Peter, pregunto:

—¿Qué sabes de esa novia y de sus amigos?

—La verdad es que poco, tita, empezando porque no entiendo bien el alemán y ellos escriben en ese idioma en Facebook... Pero con ver las fotos que publican y ciertos comentarios que traduzco con el traductor de Google, sé que no son nada buenos.

Durante un rato hablo con mi sobrina, hasta que mi padre le reclama el teléfono. Vaya dos. Finalmente, gana mi padre la partida y murmura:

—Hay que ver la guasa y el arte que tiene la desgraciada de la niña.

Sonrío. Mi padre y mi sobrina juntos son la plaga.

—Venga, papá —replico—, si te mueres porque los tenga.

Él suelta una carcajada.

—Me encanta que todas mis niñas tengan arte y guasa.

La positividad y el buen humor de mi padre rápidamente me recargan las pilas. Hablo con él de Flyn y, como siempre, me da buenos consejos. Sobre Eric y lo mucho que discutimos últimamente no digo nada. Sé que eso lo va a preocupar, y no quiero. Así pues, me habla de Flyn y yo escucho todo lo que él tiene que decirme.

Cuando, media hora después, cuelgo el teléfono, siento la necesidad imperativa de hablar con Flyn. Tras asegurarme de que está en su recámara, subo, llamo a la puerta y entro pasando frente a su cara de perdonavidas.

—¿Qué quieres? —me pregunta.

Mal..., mal..., comenzamos muy mal. Pero, sin dejarme llevar por su desidia, me siento en la cama y digo mirándolo:

—Creo que tenemos que hablar, ¿no te parece? —El chico me mira, no sabe de qué hablo, y entonces añado—: ¿Qué es eso de que Björn ha metido a un indigente en su casa?

Flyn arruga el entrecejo y farfulla:

—Maldita soplona tu sobrinita.

¡¿«Tu sobrinita»?!

Hasta hace cuatro días, Luz era una de sus mejores amigas. Sin decir que yo también ojeo de vez en cuando ese perfil, me dispongo a protestar cuando él añade:

—Me parece fatal que la mocosa tenga que...

—No es una mocosa, es tu prima. Alguien a quien tú querías mucho.

El chico me mira. En un primer momento no dice nada, pero luego prosigue:

—Decía que me parece fatal que te vaya con el cuento de lo que le digo, además de que...

—Peter no es un indigente —aclaro—. Es un niño al que se le murió la madre, se fue a vivir con el abuelo y, al morir también éste, se quedó solo, pero no es un indigente.

Flyn sonríe. Su expresión no me gusta cuando dice:

—Según me ha dicho mi padre, ese chavo vivía en un mal barrio que...

—No sé qué te ha dicho tu padre —lo interrumpo furiosa—. Pero ese muchacho vivía en un barrio de Múnich, como yo viví en un barrio de Jerez. —Y, enfadada, añado—: No todos hemos tenido la suerte de nacer en una familia con dinero como tú.

El descarado del niño sigue mirándome con un gesto que no me hace ni pizca de gracia y, antes de salir de la recámara, lo miro y digo:

—¿Sabes? Por lo que me han contado, Peter tiene cosas que tú no tienes, a pesar de haberte criado entre algodones y de haber estudiado en los mejores colegios. Y esas cosas se llaman educación y sensatez. Ese muchacho, al que seguramente le ha faltado todo lo que a ti te ha sobrado en esta vida, es...

—Corta el rollo y no me marees.

Oírlo decir eso me subleva y, furiosa, siseo:

—Me da igual lo que diga tu padre. Pienso llevarte al psicólogo o a donde haga falta para que...

—No. No iré al psicólogo —me reta.

Me muerdo la lengua, mejor me la muerdo. Luego, añado:

—Cuando venga tu padre hablaremos del tema.

Y, así, sin darle la oportunidad de decir nada más, salgo de la habitación o, como esté allí más rato, le voy a soltar un sopapo al colega que lo va a hacer desvariar. Pero ¿qué le pasa?

Una hora después, Eric llama para decir que llegará tarde.

Me enfurezco pero, como no tengo ganas de discutir también con él, asiento, me callo y, una vez que termino de cenar sola en el comedor, puesto que Flyn se ha negado a cenar conmigo, subo a mi recámara y recibo un wasap de Luz:

Que sepas que Flyn me acaba de bloquear en Facebook. ¡Un mojón para él!

Boquiabierta, miro el mensaje. Estoy por ir a su cuarto, pero desisto. Si lo hago tendremos movida, y no quiero tenerla a estas horas. Finalmente me acuesto en la cama y me duermo antes de que Eric llegue. Casi que es lo mejor.

Al día siguiente, cuando salgo del trabajo, voy a casa de Mel y Björn. Quiero conocer a Peter. Al llegar, me impacta, pero más me impacta comprobar la educación y el saber estar que tiene el chavo. Mel no ha exagerado. Tenía razón.

Efectivamente, lleva el pelo demasiado largo para mi gusto, la ropa que usa es enorme, pero sus modales son impecables. Vamos, que una vez más la vida me demuestra que el dinero no lo da todo, y menos la educación.

Después de trabajar, Eric viene también, y terminamos cenando los cuatro con el muchacho y con Sami, que nos demuestra a todos que ella, sin lugar a dudas, es la reina de la casa y está encantada con Peter y con *Leya*.

Cuando Eric y yo regresamos a casa en el coche, saco el tema de Flyn y lo que éste le comentó a mi sobrina, y él se apresura a quitarle importancia. Según Eric, son cosas de chavos. Según yo, es algo con muy mala leche. Hablo del psicólogo y es mencionarlo y comenzar a discutir. Como siempre, si yo digo blanco, él dice negro, y al final tengo que tomar la determinación de callarme. Eric se niega tanto como Flyn a que éste vaya a un psicólogo.

¡Malditos Zimmerman!

Una semana después, tras una mañana en la que apenas he visto a Eric y cuando me he cruzado con él en la oficina apenas me ha mirado, le mando un mensaje para saber si lo espero para ir a casa de Mel y Björn. Esa tarde le van a dar la noticia a Klaus.

Mi teléfono suena. Es un mensaje suyo:

Ve tú. Tengo trabajo. Yo iré después.

Trabajo..., trabajo, ¡siempre el trabajo!

Sin ganas de polemizar, voy a casa de mis amigos y me dedico a tranquilizar a Björn. Está nervioso por la noticia que tiene que darle a su padre, aunque lo veo feliz con Peter. Sin duda, el muchacho sabe cómo metérselo en el bolsillo, y viceversa.

Con curiosidad, observo cómo se hablan y rápidamente me doy cuenta de la complicidad que se ha creado entre ellos. Me siento encantada cuando Mel se acerca a mí y cuchicheo:

—Por lo que veo, todo genial entre ellos, ¿verdad?

Mel mira a aquellos dos, que hablan con tranquilidad sentados a la mesa, y responde:

—Ni en el mejor de mis sueños me imaginé que Björn lo pondría todo de su parte, ni que ese chavo fuera tan sensato.

Las dos sonreímos y omito contarle lo que el tonto de mi hijo piensa de Peter.

—Toma una coca-cola —dice Mel—. Beberemos algo mientras viene Eric.

Con satisfacción, la tomo y, mientras la bebo, me fijo en cómo Björn y el chiquillo se comunican. Está más que claro que tanto el uno como el otro están poniendo todo lo que pueden de su parte, y eso me gusta tanto como sé que les gusta a ellos.

A pesar del disgusto inicial de Björn al enterarse de su existencia, noto la admiración que siente hacia el chico. Me lo dice su mirada, y cómo le habla y lo cuida. Es una pena que Björn no hubiera conocido a Peter de pequeño, pero me alegra saber que va a ser un gran padre el resto de su vida.

Mientras los cuatro hablamos en la sala, llega Bea, la chica que cuida de Sami y, tras escuchar las indicaciones que Mel tiene que darle, se va al colegio por ella.

Miro mi reloj. Eric se está retrasando pero, de pronto, suena el celular de Björn y éste se separa unos metros de nosotros para responder. Cuando regresa, dice:

—Era Eric. Se le ha presentado un problema en la oficina y dice que irá derecho al restaurante de mi padre.

Asiento. No digo nada. Eric y sus problemas en la oficina. Y, olvidándome de ello, tomo a Peter del brazo como antaño hacía con Flyn y los cuatro salimos de la casa. Tenemos que ver a Klaus.

Al llegar al bar restaurante, a pesar de que intenta hacernos ver que está tranquilo, veo que Björn está realmente nervioso. Por ello, mientras Mel y Peter hablan junto al coche, me acerco y le digo:

—¿Qué tal si entras tú solo y lo hablas con tu padre? —Mi amigo lo piensa y yo insisto—: Björn, la noticia puede afectarle. Creo que deberías hablar primero tú con él para darle tiempo a que reaccione a su manera y, una vez que sepa de la existencia de Peter, si ves que se lo toma de buen grado, hacer entrar al chavo.

Björn se toca la cabeza, piensa en lo que le he dicho y asiente.

—Tienes razón. Es mejor hacerlo así.

Mel y Peter se acercan a nosotros y, al ver que Björn está como bloqueado, explico:

—Björn va a entrar primero para hablar con su padre y después nos enviará un mensaje para que entremos nosotros, ¿les parece bien?

Mel nos mira. Eso supone un cambio de planes, pero entonces el muchacho dice, demostrándonos una vez más su madurez:

—Es una buena idea. Creo que es mejor que se lo cuentes a solas y, si me quiere conocer, yo estaré encantado de entrar.

Björn pone entonces la mano en el hombro del chico y dice:

—Tardaré pocos minutos. Te lo prometo.

Peter está conforme, y Mel, tomando la mano de Björn, murmura:

—Te acompañaré.

Yo asiento, tomo a Peter y, mirando un bar que hay enfrente, indico:

—Vamos. Te invito a una coca-cola.

Cuando Björn y Mel se van, el chavo los mira y, sin decir nada, nos dirigimos hacia aquel bar. Allí, con tranquilidad, hablamos de música y me sorprendo al ver que su gusto musical es el mismo que el de Flyn. Estamos ensimismados en la conversación cuando, a los pocos minutos, mi celular suena y, mirándolo, digo:

—Muy bien, chavote, ¡tenemos que entrar!

Peter se levanta y, sin dudarlo, toma mi mano. Eso me gusta. Siento que soy importante para él y, tras guiñarle el ojo, salimos del local y entramos en el del padre de Björn. Mel nos espera en la puerta y, con una sonrisa, dice:

—Están en el despacho.

El gesto de Mel me hace saber que todo ha salido como esperaban. Klaus es un hombre que siempre se toma la vida como le viene y, al abrir la puerta del despacho, siento cómo éste clava los ojos en Peter y, abriendo los brazos, dice:

—Muchacho, ven con tu abuelo.

Me emociono. Soy así de blandita y de tonta y, entre risas y lloros, Mel y yo nos secamos las lágrimas.

¡Qué momento tan bonito acabamos de vivir, y el tonto de Eric se lo ha perdido!

Miro de nuevo el reloj. De pronto suena mi teléfono y, al ver que es él, como estoy feliz por los acontecimientos, murmuro encantada:

—Vaya..., vaya, mi rubio preferido. ¿Me has leído el pensamiento?

—¿Por qué?

Sonrío como una tonta mientras observo a Klaus hablar con su nieto y a Mel y a Björn besándose y respondo:

—Estoy con Klaus, ya ha conocido a Peter y ha sido precioso, porque...

—Cariño —me interrumpe—. No puedo entretenerme. Estoy en el aeropuerto y salgo para Edimburgo ahora mismo.

—¡¿Qué?!

¿Cómo que se va a Edimburgo?

Pero, antes de que yo pueda decir nada más, Eric prosigue:

—Hay un problema en la delegación de Edimburgo y he de viajar allí. Imagino que regresaré dentro de un par de días. —Al

ver que no digo nada, Eric, que me conoce muy bien, insiste—:
Cariño, se me antoja este viaje tan poco como a ti, pero he de ir.
La sonrisa ha abandonado mi cara. No tengo ganas de reír.

—¿Has pasado por casa? —digo.

—No. No he tenido tiempo. Gerta me ha hecho una pequeña
maleta con ropa que tengo en la oficina. Un traje y un par de ca-
misas. No necesito más.

Muy bien. Que Gerta le haga la maleta a mi marido me toca la
moral, por lo que le pregunto a bocajarro:

—¿Ella te acompaña?

El resoplido de frustración que oigo a través del teléfono me
hace saber lo mucho que le molesta que le pregunte eso.

—Jud..., por el amor de Dios —dice—, es trabajo. Ha surgido
un imprevisto y tengo que ir.

Cierro los ojos y asiento. Tiene razón. No debo ser tan pesadita con el temita de los celos, e intentando razonar, murmuro:

—Lo sé, Eric. Mándame un mensaje cuando aterrices en
Edimburgo, ¿de acuerdo?

—Jud..., te quiero —dice en un tono bajo para que nadie lo
oiga.

—Yo también te quiero.

Y, sin más, corto la comunicación.

Al ver mi gesto, Björn y Mel rápidamente vienen hacia mí.

—Eric se va en este instante a Edimburgo —explico.

Mis amigos saben lo que pienso y, abrazándome, dicen:

—Pues entonces, llama a Simona y dile que vas a cenar con
nosotros.

Asiento y sonrío. Es lo mejor que puedo hacer.

Esa noche, cuando llego a casa, tras saludar a *Susto* y a *Calamar*, subo a ver a los niños. Todos duermen, incluido Flyn.

Entro en mi recámara y de repente me parece enorme. Cuando Eric no está, todo es enorme en esta casa. Pero, como no quiero pensar en nada, me desvisto y me pongo una camiseta. Odio
las piyamas.

Sin sueño, tomo el libro que tengo en la mesa de noche y comienzo a leer cuando suena mi celular. Un mensaje. Eric.

¿Estás despierta?

Rápidamente respondo:

Sí.

Un par de segundos después, mi celular suena. Lo tomo y escucho:
—Hola, mi amor.
Con una sonrisita tonta, dejo el libro.
—Hola.
—¿Sigues enfadada conmigo?
Oír su voz es el bálsamo que necesito, y respondo:
—No estoy enfadada. Es sólo que me molesta que te vayas de viaje así, de pronto.
Oigo su risa. Será maligno...
—Era esto o salir de madrugada, y muchas veces tú misma me dices que prefieres que me vaya y duerma en el hotel a que mal duerma en casa y de madrugada me vaya de viaje.
Tiene razón. Le he dicho eso en otras ocasiones. Me acomodo en los almohadones sonriendo y digo:
—Te echo de menos. La cama es enorme sin ti.
—¿Sabes? Yo también te echo de menos. Pero tenía que hacer este viaje, cariño. Venga, cuéntame cómo se lo tomó Klaus al descubrir que tiene un nieto.
Durante un buen rato, le explico con todo lujo de detalles lo ocurrido esa tarde, y me encanta oírlo sonreír. Así estamos hasta que bostezo y Eric dice:
—Debes dormir o mañana estarás muerta de sueño.
—Joooo..., es que no quiero dejar de hablar contigo. Cuando no estás, me cuesta dormir una barbaridad. Necesito abrazarme a mi jefe preferido para conciliar el sueño. —Mi propia tontería me hace sonreír al oírlo reír y, consciente de que estoy haciendo el tonto, afirmo—: Pero tienes razón. Tengo que dormir.

—Intentaré acelerar todo lo que tengo que hacer aquí para estar mañana por la noche contigo en la cama; ¿de acuerdo, cariño?

—Bueno —asiento con cara de tonta.

—Un beso, pequeña, y duerme. Te quiero.

—Te quiero —respondo encantada antes de colgar.

Una vez que dejo el teléfono sobre la mesa de noche, me acuesto del lado en el que duerme Eric y aspiro su olor. No sé cómo explicar la tranquilidad que me proporciona hacer esto, mientras siento que poco a poco me duermo.

Al día siguiente, tras una loca jornada de trabajo en la que recibo varios mensajes de mi amor para hacerme saber que está bien y se acuerda de mí, por la noche, cuando estoy dando de cenar a los niños, tengo esperanzas de que Eric regrese a casa.

Mi inquietud es tal que vuelvo a sentirme como la Jud de antes de tener a los niños y sólo espero que el Eric que va a regresar sea el Eric loco que me empotraba contra las paredes mientras me hacía el amor posesivamente.

En cuanto acabo de darles de cenar a los pequeñuelos, tan pronto como Flyn se va a su cuarto sin hablarme, corro al baño para quitarme la papilla que Hannah me ha tirado en el pelo. Quiero estar preciosa para cuando mi amor llegue. A las diez, mientras estoy viendo la tele sola en la sala y los peques están dormidos, recibo un mensaje que dice:

Lo siento, mi amor. Problemas con el avión.

Nooooooooooooooooooooo.

Leer eso es como recibir un jarro de agua fría. Lo esperaba esta noche. El Eric del que yo me enamoré habría volado para estar junto a mí sí o sí.

Durante varios minutos miro el maldito mensaje, mientras me convenzo de que, si no viene, es porque no puede, no porque no quiera, y finalmente respondo:

Ok. No pasa nada.

Pero pasa, ¡claro que pasa!

Durante todo el día me he sentido como una chiquilla de quince años esperando para ver a su amor y la decepción es tan grande que, de los nervios, un rato después ¡me baja hasta la regla!

Hay que fregarse con el disgusto que tengo, y ahora, encima, muertita de dolores.

A las once, tras esperar una llamada de teléfono de Eric y no recibirla, paso del enojo a la melancolía. ¿Y si verdaderamente el amor que Eric sentía por mí se ha apagado?

El dolor de ovarios puede conmigo, por lo que voy a la cocina y me tomo un par de calmantes. Sin duda, es lo que necesito, además de dejar de pensar tonterías.

Pero la tristeza me puede y, entre lo apenada que me siento y las malditas hormonas, se me saltan las lágrimas. ¿Acaso Eric ya no me quiere?

Sin ganas de llorar, camino por la casa a oscuras como un fantasma hasta llegar a mi recámara y me acuesto en la enorme cama.

Por suerte, con la ayuda de los calmantes, el dolor se va una hora después, pero no tengo sueño. Miro el reloj: las doce y veinte.

Durante un par de horas doy vueltas en la cama. De un lado, de otro. Boca arriba, boca abajo, y al final, cansada, a las dos y cinco de la madrugada me levanto y bajo a oscuras hasta el despacho de Eric. Ese lugar es su sitio, su refugio, y allí es donde me siento mejor.

De pronto siento unas irrefrenables ganas de llorar a moco tendido.

Como diría mi hermana Raquel, llorar, además de despejar el lagrimal y darte un dolor de cabeza considerable, en ocasiones es bueno. Pero, sin duda, ésta no es una buena ocasión para llorar, así que, por echarle la culpa a alguien de mi desazón, se la echo a la regla. ¡Odio tener la regla!

Por norma, cuando la tengo, un mal humor sobrenatural toma mi cuerpo, pero en esta ocasión lo que ha tomado mi cuerpo es una tristeza absoluta. ¡Estoy triste!

Como la mujer dramática y oficialmente triste que me he proclamado, busco el CD que más me llegue al corazón y encuentro el que le grabé hace años a Eric con canciones que nos gustaban a los dos.

Lo pongo y, cuando suena nuestra canción, *Blanco y negro*,* ¡me quiero morir!

Por Dios, pero si mis ojos parecen una fuente.

Me siento en el sillón de Eric y me desahogo mientras Malú interpreta esa preciosa canción. Qué tiempos aquellos en los que él me buscaba para estar siempre a mi lado. Qué tiempos, en los que me perseguía, me acosaba y sólo estaba pendiente de mí.

Qué tiempos... Qué tiempos...

Una vez que acaba la canción, mientras me seco las lágrimas y noto la nariz roja como un tomate, me acerco a la chimenea y la enciendo. Me encanta la estancia de Eric, tan personal y tan suya, y con tristeza sonrío.

En cuanto el fuego se aviva, miro las fotos que tiene de todos nosotros y sonrío al ver una nuestra en Zahara de los Atunes. ¡Qué tiempos más bonitos!

Desesperada por lo que mi corazón siente, y como necesito flagelarme más, tomo un álbum de fotos del librero y comienzo a ojearlo. Como un chimpancé, lloro mientras veo fotos nuestras. Yo embarazada, Eric y yo abrazados con el pequeño Flyn. Fotos de nuestra boda. Fotos pescando en un lago. Otras de risas en una Feria de Jerez.

Fotos..., fotos... y fotos...

Recuerdos... Recuerdos... Recuerdos...

Hasta que no puedo más, y con hipo por lo emocionada que estoy, cierro el álbum.

¿De verdad el amor caduca como los yogures?

Agotada y con la cabeza explotándome por la irritación que me estoy dando yo solita, miro el reloj que hay encima de la chimenea. Son diez para las tres de la madrugada.

Me siento en el suelo sobre la bonita alfombra que hay frente a la chimenea. Por suerte, al día siguiente es sábado y no tengo que madrugar. Menos mal, porque si no, iría muy mal.

---

* Véase la nota de la pág. 149. *(N. de la E.)*

Mirando estoy el fuego cuando comienza una canción que me encanta..., bueno, que nos encanta. Se llama *You and I** y es de Michael Bublé. Miguelito Burbuja, como en ocasiones digo yo para hacer reír a Eric.

Sé cuánto le gusta a mi amor ese cantante y esa canción, y cierro los ojos mientras la escucho. Su letra es preciosa, romántica y tierna; siento que las lágrimas desbordan de nuevo mis ojos y las dejo correr descontroladamente por mi rostro mientras miro el fuego.

La canción dice cosas maravillosas, fantásticas, novelescas, y yo, arrebatada por todo lo que siento al escucharla, cierro los ojos mientras comienzo a darme aire con la mano. ¡Uff..., qué fatiguita!

Entre el disgusto que llevo, la regla, la cancioncita y la ausencia de Eric, me va a dar un patatús.

La bonita canción acaba. Me encojo, apoyo la cabeza sobre mis rodillas y, entonces, la canción comienza de nuevo y oigo:

—¿Bailas conmigo, pequeña?

Al oír esa voz, la voz que tanto deseaba oír, me vuelvo y mi sorpresa es mayúscula cuando veo a Eric, a mi guapo Eric, mirándome con esos preciosos ojazos azules.

¿Estoy despierta o es un sueño?

Mi cara, mi gesto, mis ojos deben de ser tan desastrosos como el aspecto que tengo, porque mi amor frunce el ceño y pregunta acercándose rápidamente a mí:

—Pero ¿qué te ocurre, cariño?

Ayudada por él, me levanto y, abrazándolo, murmuro al tiempo que hundo la cara en su pecho:

—Has venido..., has venido...

Durante unos segundos permanecemos callados mientras Michael canta eso de «Tú y yo..., tú y yo», y cuando desentierro mi cara de su pecho, me pongo de puntitas y susurro:

—Estás aquí.

Eric me observa como el que mira algo que no entiende.

* *You and I*, 143 Records/Reprise, interpretada por Michael Bublé. *(N. de la E.)*

—Cariño, hubo un problema con el jet y, cuando recibí tu escueto «¡Ok!», decidí tomar un vuelo comercial para llegar a casa aunque fuera de madrugada. Pero ¿qué te pasa?

Sonriendo como una tonta al saber que ha tomado un vuelo comercial para estar conmigo, lo abrazo y pregunto:

—Eric, ¿tú me quieres todavía?

Su gesto ahora sí que es de no entender nada. Frunce el ceño y, agachándose para estar a mi altura, dice:

—Pero ¿qué tontería de pregunta es ésa?

Un sollozo sale de mi boca. La oficialmente triste ha vuelto, y Eric, mirándome boquiabierto, susurra:

—¿Cómo no voy a quererte si eres lo más precioso que tengo en mi vida?

Ea..., a llorar todavía con más pena.

Intento parar ante la angustia de mi pobre chico, pero es imposible. Mi cuerpo, mis lagrimales, toda yo estoy descontrolada. Y Eric murmura entonces con gesto confuso:

—Me estás asustando, cariño. ¿Qué te ocurre?

No respondo. ¡No puedo!

Diez minutos después, cuando consigo dejar de llorar como un chimpancé, lo beso, lo devoro y, en cuanto mi fuerte Eric me toma entre sus brazos y me empotra contra la pared dispuesto a darme lo que le pido sin hablar, musito apenada mientras las lágrimas amenazan de nuevo:

—No podemos, ¡me ha venido la regla!

Eric sonríe. No me suelta y, besándome la punta de la nariz, susurra con todo su cariño:

—Pequeña, con tenerte conmigo me es suficiente.

Al ver que mis ojos se desbordan de nuevo, sin soltarme, me toma con más seguridad entre sus brazos y me sube a nuestra recámara, donde, sin desvestirse, se acuesta en la cama conmigo y nos quedamos dormidos el uno en brazos del otro.

37

El sábado a las siete de la mañana sonó el timbre de casa de Björn. Ding-dong... Ding-dong.

Mel y él, alarmados al oírlo, se levantaron corriendo y fueron a abrir. En la puerta se encontraron a Eric con los dos pequeños, que, mirándolos, dijo:

—Necesito que se queden con estas dos fieras hasta mañana, que yo regrese. Hoy es el día libre de Pipa y quiero llevarme a Judith. ¿Puede ser?

Aún dormidos, ambos lo observaron y Mel preguntó:

—¿Ocurre algo?

Eric sonrió, negó con la cabeza y, tras ver que Björn asentía ante lo que había pedido, respondió:

—Nada grave que no se solucione con un par de días sólo para nosotros.

—Excelente idea —afirmó Mel.

—¿Y Flyn? —preguntó Björn.

—Se queda con Simona y con Norbert. Él ya es mayor, pero estas pequeñas fieras, sin Pipa, les darían mucho trabajo.

Björn tomó en brazos a Hannah, que estaba dormida, y entonces Eric cuchicheó:

—Siento no haber estado el otro día cuando...

—No importa —dijo Björn sonriendo—. Todo salió bien.

Los dos amigos se miraron con cariño. Entre ellos sobraban las palabras. Finalmente Eric se dirigió a su hijo, que estaba tomado de su mano, se agachó y le dijo:

—Pórtate bien con los tíos, ¿de acuerdo?

El niño asintió, y Eric, guiñándoles el ojo a sus amigos, murmuró:

—Gracias, ¡les debo una!

Una vez que aquél se hubo ido a toda prisa, Mel abrazó al pequeño Eric y le preguntó:

—¿Quieres desayunar, Supermán?
—Sí. Galletas de choco.
Björn sonrió y, a continuación, susurró:
—Voy a llevar al monstruito a nuestra cama. Con un poco de suerte, dormirá un rato más.

Sobre las doce de la mañana, la casa de Björn y de Mel era una auténtica locura. Sami, Eric y Hannah, junto a la perra *Leya*, no paraban de corretear de un lado para otro. La algarabía era tal que al final decidieron sacarlos a todos al parque. Por suerte, Peter se ofreció a ayudarlos con los niños.

Una vez en el parque, Mel vio a Louise con Pablo, pero ésta, al verlos, tomó a su hijo y se fue. Al seguir la mirada de su novia, Björn preguntó:

—Ésa es Louise, ¿verdad?

Mel asintió, pero no tenía ganas de hablar de ella o terminarían discutiendo, así que miró a Sami y gritó:

—¡Sami, no cargues a Hannah o se te caerá!

Segundos después, y con los niños controlados, Mel y Björn se sentaron en un banco a descansar mientras Peter animaba a entrar a los pequeños en un pequeño castillo de colores y parecían pasarlo bien. Los niños estaban rendidos a los pies del muchacho y hacían todo lo que aquél proponía. Hasta Hannah había dejado de llorar para ir tras él con la esperanza de que la tomara en brazos.

En ese instante pasaron dos jovencitas de la edad de Peter cerca de donde él estaba con los niños y lo miraron mientras se acercaban a él haciéndose las interesantes. Mel y Björn lo observaban, y la exteniente, al ver al abogado sonreír con picardía, murmuró divertida:

—Ni se te ocurra decir una palabra de lo que piensas.

Björn sonrió y, cuando aquéllas llegaron hasta Peter y los niños y comenzaron a sonreír como tontuelas mientras se tocaban el pelo, replicó:

—El tipo es un guapo. Sin duda, es un Hoffmann.

Sin poder evitarlo, Mel soltó una risotada y Björn añadió:

—Es un chico increíble, ¿verdad?

Ella asintió.

—Tan increíble como el presumido de su padre.

Björn sonrió a su vez. Apenas podía creer que aquel muchacho tan bien educado, a pesar de sus circunstancias, fuera su hijo. Las dudas del primer momento quedaron disipadas. Día a día, Peter le demostraba quién era y, cuanto más lo conocía, más le gustaba.

Peter era un buen chico que no daba problemas ni pedía nada. Disfrutaba pasando las tardes sentado en la sala leyendo cómics de Spiderman o jugando ante su computadora.

No era un muchacho de salir con amigos, y de momento tampoco con chicas. Era más bien solitario pero cariñoso con los que tenía a su alrededor. Ensimismado estaba el abogado pensando en eso cuando Mel dijo:

—Björn, tenemos que hablar.

Al oír eso, él clavó los ojos en ella y murmuró:

—Si es sobre Gilbert Heine y su bufete, no es el momento.

Mel negó.

—Tranquilo. No quiero hablar de eso.

—Pues si es sobre lo del trabajo de escolta, tampoco es momento.

—No. Tampoco es eso.

Sorprendido, Björn la miró y cuchicheó divertido:

—Cariño, si no quieres hablar de nada de eso, me acabas de asustar. ¿Qué pasa?

Mel sonrió y, posando las manos sobre la de él, dijo:

—Quizá no te guste lo que te voy a decir, pero he pensado que tal vez ahora, con la llegada de Peter a casa, no sea el mejor momento para viajar a Las Vegas y casarnos.

—¡¿Qué?! Pero si ya hemos arreglado todos los papeles.

Al ver su gesto, ella levantó las manos y aclaró:

—Nos vamos a casar, por supuesto que sí, cariño, eso te lo prometo. Pero faltan apenas dos semanas y no creo que debamos irnos ahora de viaje. He pensado que quizá podríamos retrasar la boda para después del verano, para septiembre.

—No.

—Escúchame, amor —insistió ella—. Sólo serán unos meses, el tiempo suficiente como para poner todo en orden con Peter.

Björn resopló. Lo último que quería era retrasar su boda con ella, pero sabía que tenía razón. Necesitaban tiempo con el chico.

—Nos casaremos y lo sabes —añadió Mel—. Pero creo que debemos ser juiciosos e integrar primero a Peter en la familia.

El abogado asintió. Le gustara o no, ella tenía razón, y finalmente afirmó:

—De acuerdo.

—¿De acuerdo? ¡¿Así, sin más?! ¡¿Sin discutir?!

Al oírla y ver su gesto incrédulo, Björn sonrió.

—Sí, de acuerdo.

Satisfecha por lo bien que se lo había tomado, ella preguntó entonces con sorna:

—¿Se enfadará mucho tu amiguito Gilbert Heine?

Al oír eso y ver su gesto pícaro, Björn murmuró:

—Mira que eres retorcida, Parker. —Y, sonriendo, afirmó—: Cariño, nos casaremos cuando tú y yo queramos, no cuando quiera Gilbert Heine. Retrasaremos la boda para septiembre, pero entonces ya no habrá más excusas para posponerla ni un mes más, ¿de acuerdo?

Mel lo besó enamorada.

—Te lo prometo, mi amor..., no habrá más retrasos.

Durante varios minutos, a pesar de estar en un parque, se prodigaron muestras de cariño, hasta que decidieron darlas por finalizadas y Björn, para enfriarse, dijo al ver que las muchachas que estaban minutos antes con Peter se alejaban:

—Estoy pensando cambiar a Peter de colegio.

—¿Por qué? —preguntó Mel.

—Me gustaría poder darle todo lo que no he podido en todos estos años y, conociéndolo, veo que es un muchacho que valora los estudios.

Mel asintió. Sin duda, Peter les había roto los esquemas.

—Me ocuparé de los niños mientras tú hablas con él y se lo preguntas, ¿te parece? —dijo levantándose del banco.

Björn asintió y, tras tomar su mano, empezó a decir:

—Oye...

—¿Qué?

—Septiembre, ¿entendido?

Mel sonrió.

—Entendido, James Bond..., entendido.

Con complicidad se miraron hasta que él, sin soltarla, dijo:

—¿Sabes, morena?

—¿Qué?

Enamorado como un tonto de aquella descarada de pelo corto, el abogado clavó sus ojos azules en los de ella y murmuró:

—A tu lado soy capaz de cualquier cosa.

—¿Ah, sí? ¿Y eso a qué viene?

Él miró entonces al adolescente que reía con los pequeños y, sin dudarlo, respondió:

—Porque, desde que estoy contigo, he aprendido que las cosas que valen la pena nunca son sencillas, y gracias a ti estoy siendo capaz de darle esta oportunidad a Peter.

Mel sonrió y, rozando su nariz con la de él, afirmó:

—Y eso nos hace felices a todos. Quédate con eso.

—Lo hago, amor. Lo hago.

La exteniente lo besó en los labios y, cuando se separó de él, replicó:

—¡Lo de septiembre queda pendiente! —Ambos sonrieron y ella añadió—: Ahora habla con Peter y pregúntale lo del colegio. No es un bebé, y creo que no debemos hacer nada que a él no le parezca bien.

Björn asintió y vio cómo la mujer a la que adoraba se alejaba en dirección a los niños. Cuando llegó hasta ellos, tocó con cariño el pelo de Peter, cruzó unas palabras con él, y éste, tras mirar a Björn, sonrió y se acercó a él.

El abogado lo recibió también con una sonrisa y, cuando el muchacho se sentó a su lado, preguntó:

—¿Quiénes eran esas chicas que te han saludado?

Peter respondió encogiéndose de hombros:

—Unas amigas del instituto.

Björn lo miró con picardía y Peter también al ver su expresión. De nuevo se entendían sin hablar. A continuación, el abogado preguntó:

—Peter, ¿te gustaría cambiar de colegio?

—No lo sé. ¿Por qué habría de hacerlo? —respondió el muchacho sorprendido por la pregunta.

Al oír eso, Björn asintió. Poco a poco iba conociendo al muchacho y sus inquietudes y, mirándolo, contestó:

—Puedo darte una mejor educación que la que has recibido hasta el momento, y creo que el tema de los estudios y sus oportunidades es algo que tú valoras, ¿verdad?

—Sí.

Deseoso de conocerlo todo de él, Björn le hizo mil preguntas que el muchacho respondió y viceversa, y una vez que su curiosidad casi se sació, clavó sus ojos en él y dijo:

—Tienes que prometerme una cosa.

—¿El qué?

Björn se acercó entonces a él y cuchicheó:

—No volverás a piratear absolutamente nada. Entiendo que eres un cerebrito para la informática, pero no quiero líos, ¿entendido?

Peter sonrió y, chocando la mano con la de él como Mel hacía, asintió:

—De acuerdo.

Encantado por aquella estupenda relación que se estaba fraguando entre los dos, el abogado preguntó:

—¿Has pensado qué te gustaría estudiar? O, mejor dicho, ¿sabes ya qué te gustaría ser en un futuro?

Peter asintió. Siempre había tenido claro lo que quería ser y, mirándolo, respondió:

—Quiero estudiar bioquímica clínica.

Björn parpadeó. Esperaba que le dijera algo que tuviera que ver con la informática y, sorprendido, se disponía a hablar cuando su hijo explicó:

—La bioquímica clínica es la rama de la química que se dedica a la investigación de los seres vivos. Sé que aquí, en Alemania, para acceder a esa especialidad tengo que tener la licenciatura de Medicina, y siempre he estado dispuesto a conseguirla.

Boquiabierto por la seguridad con la que hablaba el muchacho, Björn afirmó:

—Cuenta conmigo para ello, chavo.

Peter asintió feliz.

—Gracias —dijo y sonrió.

Emocionado por los sentimientos y el orgullo que aquel muchacho provocaba en él, el abogado le echó el brazo por encima del hombro y, acercándolo a él, declaró:

—Quiero que sepas que estoy muy feliz de haberte encontrado, y sólo espero que podamos recuperar todo el tiempo perdido.

Peter asintió, tenía las mismas ganas que él de hacerlo posible. Y, echando el brazo por encima del hombro de su padre, sonrió y dijo, haciéndolo reír:

—Será genial poder hacerlo, James Bond.

38

El lunes, tras un fin de semana de ensueño en el que Eric hace una de nuestras locuras de amor y me programa un viaje sorpresa a Venecia para demostrarme lo mucho que me quiere y lo tonta que soy al hacerme esas chaquetas mentales, cuando llegamos a Müller y nos metemos en el elevador, le pongo ojitos y digo:

—Nos vemos esta noche en casa.

Él asiente, sonríe como un malote y, acercándome a él, me besa. Devora mi boca con absoluta devoción olvidándose de dónde estamos y cuando nos separamos, dice:

—No lo dudes, pequeña.

Enamorada como me siento, murmuro recordando nuestro fin de semana en Venecia:

—*Arrivederci, amore.*

—*Addio, mia vita.*

Esa mirada de malote, esas románticas palabras y ese beso deseado son lo que añoraba, y estoy sonriendo cuando se abren las puertas del elevador, le guiño el ojo y salgo de él.

Sin mirar atrás, sé que mi amor me observa hasta que se cierran las puertas y yo camino feliz y segura de todo hasta mi despacho.

Estoy de buen humor, el mundo es maravilloso, pero entonces Mika entra acelerada y dice:

—Tengo un problemón.

Oh..., oh..., mi burbujita rosa de felicidad se desvanece y le presto mi total atención.

Es el primer problemón con el que voy a lidiar desde que comencé a trabajar en Müller e, intentando tranquilizarla, hago que se siente y pregunto:

—¿Qué ocurre?

La pobre rápidamente me habla sobre la feria de farmacias que estamos gestionando y murmura:

—Mis padres han decidido celebrar sus bodas de oro el próximo sábado y tengo que ir a la Feria de Bilbao en España. Y ahora debo elegir entre el trabajo y la familia.

Oír eso me sorprende, y enseguida respondo:

—Por supuesto, elegirás la familia. Tus padres se casan, ¿cómo no vas a asistir?

Mika suspira, pone los ojos en blanco y explica:

—El año pasado hubo un problema en la Feria de Bilbao con uno de nuestros comerciales. Al muy idiota no se le ocurrió otra cosa que cogerse a la hija del organizador en los baños de la feria. El caso es que alguien avisó al padre y los sorprendieron, y las quejas llegaron a Eric.

Asiento. Recuerdo que Eric me lo comentó en su día. Mika prosigue:

—Al final, tras mucho batallar con la organización para que no echaran a Müller de la feria, Eric y yo quedamos con ese hombre en que este año estaría yo en el *stand* controlando a los comerciales. Pero, claro, ahora mis padres han decidido anunciar su boda sorpresa y, cuando les diga que no puedo ir, se lo van a tomar muy mal.

Su agobio se hace extensible a mí. Quiero ayudar Mika, y no sólo porque sea parte de mi trabajo, sino también porque la mujer que tengo desesperada ante mí no se ha quejado de que yo sólo trabaje por las mañanas y encima no viaje. Eso conlleva más trabajo y viajes para ella, y en ningún momento lo ha mencionado.

Por eso, y aunque soy consciente de que Eric se va a enfadar, propongo:

—¿Qué te parece si hablamos con ese hombre? ¿Cómo se llama?

—Imanol. Imanol Odriozola.

Asiento. Pienso con rapidez y digo:

—Lo llamaremos y le expondremos que tú no puedes ir y que en tu lugar iré yo. Al fin y al cabo, soy la mujer del jefazo y eso le puede agradar.

Según digo eso, Mika me mira.

—Tú no puedes viajar. Ésa fue la primera condición que Eric me impuso cuando comenzaste a trabajar. ¡Nada de viajes!

—¡¿Que te lo impuso?!

De pronto veo que se da cuenta de la bomba que ha soltado y, al ver mi cara, rápidamente se dispone a aclarar:

—Bueno, no. Realmente no fue así. Él me...

—Mika —la interrumpo—. No mientas, que conozco a Eric. Saber eso me subleva. ¿Cómo que Eric se lo impuso?

Ea, ¡se acabó el buen rollito con mi marido!

¡Adiós viaje a Venecia!

Una cosa es lo que él y yo hablemos y pactemos en casa y otra muy diferente que el muy atontado imponga condiciones a las personas que trabajan conmigo. Observo a Mika y compruebo que la pobre está asustada. Sabe que se le ha escapado e, intentando tranquilizarla, digo:

—Sé que me aprecias tanto como yo a ti, pero también sé que mi trabajo de mañanas no es suficiente para ayudarte. No soy tonta, Mika, y sé que, si yo viajara como tú, el trabajo sería más llevadero para ti y...

—Judith, por favor, no te preocupes. Estoy acostumbrada a viajar y...

—Ya sé que estás acostumbrada, porque forma parte de tu empleo, pero lo que me enoja es que mi marido te impusiera ciertas cosas para que yo trabajara aquí. No, no me hace ni pizca de gracia que lo hiciera.

La cara de Mika es un poema, cuando sentencio:

—Vas a ir a la boda de tus padres porque yo voy a ir a Bilbao como me llamo Judith Flores.

Ella me mira con desconcierto y yo sonrío, aunque lo que realmente tengo ganas es de asesinar a un tipo rubio llamado Eric Zimmerman.

Cuando termina mi jornada laboral, llamo por teléfono a Eric a su despacho, pero su secretaria me dice que está en una comida. Una vez que cuelgo, recojo los papeles que hay sobre mi mesa y me despido de Mika, que me vuelve a suplicar que cambie de opinión. Yo la tranquilizo, ha de hacerlo. Salgo a la calle y, tras parar un taxi, regreso a casa.

Cuando llego y abro la reja para entrar, mi loco particular, *Susto*, intenta salir corriendo.

Pero ¿éste no aprende?

Una vez que cierro la reja, *Susto* y *Calamar* me dan su gran recibimiento. ¡Festival de aullidos y lamidas como si lleváramos meses sin vernos!

Mientras los besuqueo y me besuquean, agradecida por el cariño que me demuestran, pienso en esos desalmados que son capaces de abandonar o maltratar a los animales. Sin duda, no sólo no tienen cabeza, sino que tampoco tienen corazón ni sentimientos.

Acompañada por ellos dos, llego hasta la puerta de casa y Simona, cuando abre, me dice que los pequeños están aún en casa de mi suegra. Feliz por saber que Sonia los estará malcriando, me siento en la cocina a comer un poquito de jamón con pan y tomate y entonces oigo que Simona dice:

—¿A que no sabes qué soñé anoche?

La miro a la espera de que continúe y ella suelta:

—¡Con la telenovela «Locura esmeralda»! ¿La recuerdas?

Ambas soltamos entonces una carcajada. Recordar la época en que estábamos enganchadas al culebrón de Esmeralda y Luis Alfredo nos hace reír, y terminamos rememorando las escenas que más nos impactaron, como aquel final, en el que los protas y su hijo montados a caballo se difuminan en el horizonte. Riéndonos estamos por ello cuando suena el teléfono. Simona lo toma y dice:

—Es del instituto de Flyn.

La risa se me corta de cuajo. ¡¿Otro problema?!

Levantándome, tomo el auricular, escucho sin parpadear lo que una mujer me cuenta y, cuando cuelgo, miro a Simona y digo poniéndome el saco:

—Voy al instituto a recoger a Flyn.

—¿Qué ha pasado?

—Se ha peleado con un muchacho.

Simona sacude la cabeza, yo me cago en todos los antepasados de Flyn y, tras dirigirme hacia el garaje, me meto en mi coche y voy por él.

Veinte minutos después, entro en el instituto y voy derecha a Dirección. Nada más entrar, veo a Flyn y a otro chico. Flyn tiene la ceja y el labio hinchados. El otro muchacho, el labio y el pómulo. Mi niño me mira, rápidamente voy hacia él, me agacho y, preocupada, susurro tocándole la cara:

—Cariño..., ¿estás bien?

Mi demostración de afecto no le gusta y me aparta las manos con rudeza.

—Flyn... —murmuro.

—Carajo... —sisea él.

Entristecida por sus palabras, digo a continuación:

—Flyn, esto tiene que acabar.

Pero el mocoso, a quien está claro que no le importan mis sentimientos, insiste:

—Déjame en paz.

Su desplante me duele, y el hecho de que no me llame «mamá» me parte el alma. Sin poder evitarlo, los ojos se me llenan de lágrimas. ¿Por qué toda su crueldad la lanza contra mí?

De pronto, una voz de hombre que me es conocida dice a mi espalda:

—Flyn Zimmerman, a una madre ni se le habla ni se le trata de esa manera.

El chico no dice nada. Miro a Dennis, que me observa y, al ver mi expresión y mis ojos llorosos, dice:

—¿Tiene un segundo, señora Zimmerman?

Asiento y, dejándome guiar, entro donde él me indica. Una vez que cierra la puerta del pequeño despacho, abre los brazos y yo acepto su abrazo mientras murmura:

—Tranquila... Tranquila...

—No sé por qué me habla así —balbuceo—. No sé qué le he hecho.

—Tranquila —insiste él—. Los adolescentes en ocasiones son así con las personas a las que quieren. Si lo consultaras con el psicólogo del colegio, te diría eso mismo.

—Pero yo no le he hecho nada, Dennis. No sé por qué toda esa agresividad contra mí.

—Judith, deben llevar a Flyn al psicólogo. Él podría ayudarlo.

Me trago las lágrimas y asiento. Lo último que quiero es armar un numerito de madre llorona e histérica. Justo entonces se abre la puerta, nos separamos rápidamente y Dennis toma unos papeles que una mujer le entrega mientras me dice:

—Siéntate.

Como una autómata, lo hago y en ese momento la puerta vuelve a abrirse y entra otro hombre con el director del colegio. El hombre es el padre del otro muchacho, y Dennis nos explica que se han peleado por una chica. Sin decir el nombre, sé que se trata de Elke.

El otro padre y yo nos miramos. No sabemos qué decir. ¡Malditos niños!

Al menos, no me ha tocado un padre de esos que se creen que su hijo lo hace todo bien. Segundos después, hacen entrar a los muchachos, y tanto su tutor como el director del colegio les echan una buena bronca. Finalmente, el padre y el chico se van junto con el director y, cuando yo hago lo mismo, Dennis nos acompaña hasta la puerta.

Los tres caminamos en silencio, pero siento el apoyo moral de Dennis, y se lo agradezco. Necesito saber que alguien está a mi lado y entender que no estoy haciendo nada mal.

Cuando llegamos a la puerta del instituto, sin pararse, Flyn sigue hasta mi coche, y Dennis, al verlo, murmura:

—Siento lo de la expulsión. Ya te dije en la reunión que, si volvía a tener otro reporte, el instituto lo expulsaría. De todas formas, piensen en lo del psicólogo. Creo que podría hacerle más bien que mal.

Suspiro. Sé que tiene razón, sólo hay que convencer al necio de mi marido. Por ello, intentando sonreír, respondo:

—Gracias, Dennis.

Una vez que digo eso, me despido con una última mirada y voy hacia el coche, donde un larguirucho adolescente de apellido Zimmerman me espera apoyado con cara de perdonavidas. ¿A quién se parecerá?

Doy al mando del coche y los faros se iluminan. Flyn abre la puerta delantera y se sienta.

Dos segundos después, me siento yo y, cuando lo veo saludando con guasa a unos chavos mayores que él, que están sentados en un banco del parque, lo miro y murmuro:

—Pensé que eras más listo. ¿Qué haces peleándote por Elke?

Flyn clava sus ojos en mí, se retira el fleco de la cara y comienza a toquetear la radio. Enfadada con su actitud insolente, siseo:

—Ahora sí que no vas a salir ni a la puerta de la calle. Flyn, ¡te han expulsado!

—Venga ya..., ¡corta el rollo!

Lo mato, es que lo mato. Y, conteniendo las ganas que tengo de cruzarle la cara, voy a añadir algo más cuando él dice:

—Llévame a mi casa.

Mi sensatez me hace callar, a pesar de las ganas que me entran de preguntarle que si su casa no es la mía.

En silencio conduzco por Múnich y, cuando llegamos a casa y entro al garaje, veo cómo Flyn de un manotazo se quita a *Calamar* de encima.

—¡No vuelvas a tratarlo así! —le grito.

Él no me hace ni caso. Sigue su camino y desaparece, mientras yo saludo a *Susto*, que cada día está más repuesto del accidente, y *Calamar* viene a mí en busca de cariño.

Una vez que dejo a mis preciosos perros, entro en la casa y veo que Simona viene caminando hacia mí preocupada.

—Ay, Dios mío, Judith —dice—. ¿Has visto lo magullado que viene? Cuando lo vea el señor, se va a alarmar.

Asiento. Imagino a Eric cuando lo vea pero, quitándole importancia al tema, replico:

—Tranquila. Está bien. Ya sabes que los chiquillos son de hierro.

Acto seguido, oigo unos pasitos corriendo y, al darme la vuelta, veo a mi pequeño Eric que viene hacia mí. Feliz, lo tomo entre mis brazos y, besándolo, murmuro:

—¿Cómo está mi Supermán?

El resto de la tarde no veo a Flyn. Se encierra en su cuarto y no sale. Consigo mantener a raya mis ganas de llamar a Eric y contarle lo ocurrido. Si lo hago, lo disgustaré, y es mejor que hable con él una vez que esté en casa.

Sin duda, la noche promete; entre el viaje que pienso hacer a Bilbao para que Mika pueda estar en la boda de sus padres y lo ocurrido con Flyn, cuando llegue Eric, ¡menudo festival!

Hablo con Mel, le cuento lo ocurrido con el chico y ésta intenta consolarme y, cuando le comento lo de Bilbao, se apresura a decir:

—¿A Eric le parece bien que viajes?

Sin ganas de polemizar, miento:

—Sí. No hay problema.

—Caray, Jud, pues me voy contigo y así aprovecho y voy a ver a mi abuela, que está apenas a doscientos cincuenta kilómetros.

—¿En serio?

—Ya te digo.

—¿Y Björn?

Al oír eso, Mel sonríe y añade:

—Psicología femenina, Jud: le entro a mi morenazo diciéndole que le voy a dar la noticia de la boda a mi abuela, ¡y él tan feliz!

—¿Y Sami y Peter? —insisto.

—Se quedan con su padre, cielo. Peter es mayor, y Sami se encargará de volverlos locos a los dos.

Encantada, ambas reímos por aquello. Con lo pequeña que es, sin duda Sami se hará la reina de la casa y tendrá a Björn y a Peter a sus pies, de eso no me cabe duda. Y, feliz por su compañía, sonrío y afirmo:

—Yo tendría que estar en la feria el jueves por la tarde, todo el viernes y el sábado sólo por la mañana; después tengo libre hasta el domingo, que regresaremos.

—Pues no se hable más: si te vas para Bilbao, ¡me voy contigo, que yo también necesito un poco de relax de chicas! Y el domingo alquilamos un coche y nos vamos a Asturias a ver a mi abuela, ¿te parece?

—Genial.

Tras pasar el resto de la tarde con el pequeño Eric y Hannah en la piscina, cuando Pipa se los acaba de llevar para bañarlos, Eric entra en casa. Me da un beso rápido —¡carajo, ya volvemos a lo de siempre!— y corre escaleras arriba para ver a los pequeños. Se muere por verlos y, cuando veinte minutos después baja, me mira y pregunta con gesto hosco:

—¿Por qué no me has avisado por lo de Flyn?

Vaya..., ya veo que ha pasado por su cuarto a verlo. Como puedo, le cuento lo ocurrido en el instituto. El gesto de Eric se endurece por segundos. ¿Dónde está el Eric de nuestro maravilloso fin de semana? Y, cuando acabo de relatarle todo lo del instituto, murmura desconcertándome por completo:

—¿Me puedes explicar por qué el tutor de Flyn te ha abrazado?

Eso me toma por sorpresa. No me había percatado de que Flyn nos había visto, ni él me había dicho nada. Sin duda, el niño quiere guerra conmigo.

—Eric... —empiezo a decir—, Flyn me habló mal cuando llegué al instituto, y Dennis...

—¡¿Dennis?! —gruñe furioso—. ¿Tanta confianza tienes con él? ¡Creo que deberías llamarlo señor Alves, ¿no?!

Resoplo y con tranquilidad murmuro:

—Cariño, él...

—Me importa una mierda —me corta—. ¿Por qué tiene que abrazarte ese tipo?

Molesta por su tonto reproche, grito:

—¡Porque necesitaba un abrazo o me iba a derrumbar por el trato de Flyn! ¡Y, aunque te joda, volvería a abrazarlo en un momento así, porque ese tipo, como tú lo llamas, no se ha propasado lo más mínimo, sino que sólo intentaba que yo me calmase!

A partir de ese instante se abre la caja de Pandora y, como siempre, no sólo peleamos por lo que nos ha llevado a ello, sino que también salen a relucir otros temas.

Durante más de una hora, Eric y yo discutimos. Él me reprocha, yo le reprocho y, cuando ya no puedo más, grito:

—¡Flyn irá al psicólogo lo quieras o no! —Y, sin dejarlo responder, prosigo—: Y odio que le impusieras a Mika que yo no viajaría. Pero ¿quién te crees que eres?

Eric me mira..., me mira..., me mira. Su mirada de Iceman enfurecido me traspasa, y entonces sisea:

—Tu marido y el dueño de la empresa, ¿te parece poco?

Esa contestación me subleva. ¡Será arrogante el *jodío* alemán! Y, dispuesta a ser tan insolente como él, replico:

—Pues, al igual que a ti te surgen imprevistos, en esta ocasión me han surgido a mí, y el jueves me iré a la Feria de Bilbao.

—¡¿Qué?! —brama comiéndome con la mirada.

—Lo que has oído. Mika no puede y yo iré en su lugar.

—El trato era que no viajarías.

Sonrío con maldad, con esa maldad que sé que lo saca de sus casillas, y luego afirmo:

—Lo sé, pero al igual que en ocasiones tú me prometes regresar pronto a casa y después tienes que irte de viaje a Edimburgo, yo también puedo tener imprevistos, ¿o no?

Eric comienza a soltar por su boca sapos y culebras. ¡Qué mal hablado es cuando se enfada, y luego dice que soy yo! Se niega a aceptar que yo viaje, pero yo, sin bajarme de la burra, reitero una y otra vez:

—Voy a ir, y nada de lo que digas me hará cambiar de parecer.

Mi alemán, furioso, usa entonces su táctica más sucia y decide sacarme totalmente de mis casillas. Al final, el maldito lo consigue y, cuando me recuerda la detención de la policía el día que salí con Mel, incapaz de entender que sea tan ruin, lo miro y grito:

—Pero ¡¿a qué viene ahora que me saques a relucir eso?!

—Porque todavía no hemos hablado de ese día. De cómo desapareciste sin permitirme saber dónde estabas y de cómo terminaron detenidas por la policía.

—Mira, Eric —lo interrumpo, cansada de oírlo—. ¡Vete a la mierda!

Mi rabia, mi gesto y mi voz le hacen saber que ya ha conseguido lo que buscaba. No le hablo. Sólo lo observo mientras él se limita a mirarme con su cara de perdonavidas. Y, cuando he respirado y contado hasta doscientos porque hasta cien era poco, siseo:

—¿Sabes, Eric? Lo peor de todo es que tú y yo deberíamos estar hablando sobre Flyn —y, antes de que él diga nada, añado—: Pero, claro, como siempre, el mocoso ya se ha encargado de cambiar la dirección de la discusión, ¿verdad?

Eric no responde. Sabe que en cierto modo tengo razón y, tras salir del despacho, oigo que llama a Simona y le pide que avise a Flyn para que baje.

Cuando Eric entra en la estancia y se sienta en su silla, no nos hablamos. Siempre pasa igual. El niño la pifia, el niño le da la vuelta a la tortilla y, al final, Eric se enfada conmigo.

¿Cuándo va a cambiar eso?

Cinco minutos después, Flyn entra en el despacho, Eric se levanta de su sillón de supermegajefazo y, acercándose a él, le pregunta examinándole el ojo y la boca:

—¿Te duele?

El chico niega con la cabeza y mi marido se dirige a mí y dice:

—¿Por qué no lo has llevado al hospital?

Incrédula por su pregunta, replico:

—Porque no es grave. Sólo son magulladuras.

—¿Ahora también eres doctora?

Su provocación delante del chico me subleva, me irrita otro poco más, y respondo:

—¿Sabes, Eric? Creo que deberías enfadarte con tu hijo, no conmigo. No soy yo quien se ha pegado con alguien en el instituto, ni tampoco a la que han expulsado.

Mis palabras parecen despertarlo y, volviendo la vista hacia el el muchacho, que nos observa en silencio, por fin comienza a echarle un buen rapapolvo. Se lo merece, y yo, impasible, me siento, observo y escucho sin moverme. No tengo nada que decir.

En un momento en que Eric hace un silencio, Flyn me mira y me suelta:

—¿Disfrutas con esto?

Bueno..., bueno..., bueno... Pero ¿qué le pasa al mocoso?

Clavo mis ojos en Eric en busca de alguna palabra de apoyo y, al ver que ni se molesta, me levanto, me acerco al mocoso y, con toda mi insolencia, respondo:

—Ni te lo puedes imaginar.

—Judith, Flyn, ¡basta ya! —gruñe Eric.

El chico me lanza la fría sonrisa de los Zimmerman, y yo, que ya más enojada no puedo estar, murmuro:

—¿Sabes, Flyn? El que ríe el último ríe dos veces.

—¡Judith! —protesta Eric.

Mi nivel de aguante y tolerancia vuelve a estar bajo cero y, como no quiero arrancarles la cabeza a ninguno de aquellos dos, me doy la vuelta, salgo del despacho y me encamino a mi recámara. Necesito un baño que me despeje y me enfríe o al final allí va a arder Troya, aunque estemos en Alemania.

Cuando salgo de la regadera, me encuentro a Eric sentado en la cama. Como siempre, su gesto ya no es el de minutos antes, pero como no deseo hacer las paces con el enemigo, no lo miro y él dice:

—Jud..., ven aquí.

Me hago la sorda, ¡la sueca!, ¡la china! Y él, al ver que no pienso hacerle caso, se levanta, camina hacia mí y, cuando va a tocarme, siseo con frialdad:

—Ni se te ocurra tocarme porque es lo último que quiero. No sé qué demonios te pasa o nos pasa últimamente a los dos, pero está visto que algo no va bien, y ya estoy harta de que tú digas «¡ven!» y yo, como una idiota, te obedezca.

—Jud...

—Estoy enfadada, ¡muy enfadada contigo! —siseo rabiosa—. Creía que, tras el bonito fin de semana que habíamos pasado en Venecia, nuestro a veces complicado mundo podría ser un poco mejor, pero no, ¡todo sigue igual! Continúas comportándote como un energúmeno conmigo ante cualquier cosa que tenga que ver con Flyn, ¡carajo, que lo han expulsado! Y, por supuesto, no respetas que yo, como mujer trabajadora, tome una decisión como la que he tomado de ir a la Feria de Bilbao. Así que ¡no me toques! Y déjame en paz, porque lo último que necesito ahora mismo es a ti.

Al oírme decir eso con tanta dureza, Eric da un paso atrás. Le agradezco el detalle y, una vez que me pongo mi vestidito azul brillante y unos calcetines para andar descalza, ante su atenta, desconcertada y fría mirada, salgo de la recámara con paso raudo y sin mirar atrás.

Cierro la puerta y respiro y, a grandes zancadas, bajo hasta la cocina. Está oscura. No hay nadie. Simona y Norbert ya están en su casita, y me siento en una silla para compadecerme de mí misma sin encender la luz.

¿Cómo veinticuatro horas antes podíamos estar besándonos apasionadamente y ahora podemos estar así?

¿Por qué el fin de semana parecía entender todo lo que le dije en cuanto al niño y a mi trabajo y, ahora, todo vuelve a ser igual que antes de nuestra conversación?

Durante un buen rato miro, observo mi jardín desde la ventana y recuerdo lo bonito que se pone en primavera. Pienso en mi padre. Intento imaginar qué me diría que hiciera en una situación así y resoplo. Resoplo de frustración.

El resto de la semana, ambos estamos fríos como el hielo. La pobre Simona nos observa, no dice nada, pero se da cuenta de todo y, con sus ojillos plagados de experiencia, me pide calma..., mucha calma.

Así estamos hasta el jueves por la mañana, que salgo del baño y Eric me está esperando.

Cruzamos una rápida mirada, hasta que él se voltea y, al ver mi maleta sobre la cama, dice:

—He llamado a Mel y le he dicho que se pase por casa.

Lo miro sorprendida.

—¿Por qué?

Con gesto serio, Eric me mira y, tras calibrar sus palabras, indica:

—He cancelado sus vuelos comerciales. Irán directamente a Bilbao en nuestro jet privado. Norbert los llevará al aeropuerto.

Voy a replicar cuando añade:

—Es una tontería que vayan de aquí a Barcelona para que luego allí tengan que tomar otro vuelo para Bilbao. Pero, por supuesto puedes protestar —dice clavando la mirada en la mía—. Vamos, es lo mínimo que espero de ti.

Durante varios segundos, ambos nos observamos. Nos retamos.

Llevamos unos diítas malos, muy malos, y decido morderme la lengua aun a riesgo de que me envenene.

En cierto modo me gusta ir en el jet directamente a Bilbao, algo que yo no le he pedido pero que él ha pensado por mí. Segundos después, cuando ve que no voy a decir nada, añade:

—Llámame o envíame un mensaje cuando hayan aterrizado en Bilbao.

—Está bien —afirmo.

Y, sin más, se da la vuelta y sale de la recámara con paso rápido y decidido dejándome con la boca abierta como una tonta. Durante varios segundos, no me muevo.

¿Se ha ido sin darme un simple beso?

La indiferencia de Eric cada día me mata más, pero como no estoy dispuesta a hundirme, termino de vestirme. Cuando oigo a Mel, bajo con mi maleta y, tras dar un beso a mis pequeños, nos vamos. Me voy sin mirar atrás.

39

*T*ras aterrizar en el aeropuerto de Bilbao, Mel y Judith no se sorprendieron cuando, al salir por la puerta, un hombre de mediana edad y gesto amable las miró y, dirigiéndose a Jud, preguntó

—¿Señora Zimmerman?

Ella asintió, y el hombre le indicó con una encantadora sonrisa al tiempo que le tendía la mano:

—Soy Antxo Sostoa. Su marido, el señor Zimmerman, llamó a las oficinas para indicar que venían ustedes a la feria y necesitaban un coche que las recogiera y las llevara al hotel Carlton.

Las chicas intercambiaron una mirada. Como siempre, Eric estaba en todo y, sin dudarlo, se subieron al vehículo para ir hasta el gran y majestuoso hotel.

En el camino, Mel llamó por teléfono a Björn y, mientras hablaba y reía con él, Judith simplemente escribió en su teléfono: «Ya estoy en Bilbao». Poco después, recibió un frío «Ok».

Jud suspiró y miró por la ventanilla. Odiaba estar de malas con Eric, pero estaba visto que no podía hacer nada. Sólo necesitaba despejarse un poco y disfrutar con Mel de un fin de semana de chicas. No pedía más.

Una vez que llegaron al precioso hotel y después de que Antxo les indicara que las esperaría en la puerta para llevarlas a la feria, subieron rápidamente a la habitación, dejaron las maletas y bajaron al coche. No querían perderse nada.

En la feria, Judith pudo ver que Müller tenía un estupendo *stand* con sus productos. Allí saludó a varias personas que conocía de cuando trabajaba en Madrid, y éstos se sorprendieron al verla allí en representación de su marido.

Poco después, y tras saludar a todos los empleados de Müller, Mel se fue a dar una vuelta por la feria y Judith se preocupó de buscar al director, ya que quería saludarlo.

Mientras daba un paseo por la feria, Mel de pronto vio una cara conocida y, acercándose, dijo:

—¡¿Amaia?!

La aludida se volvió al oír su nombre y, parpadeando, exclamó:

—Ahí va, carajo, Melania. Pero, mujer, ¿qué haces aquí?

Rápidamente las dos mujeres se abrazaron con gusto y comenzaron a hablar.

Mientras tanto, Judith había encontrado al director de la feria, el señor Imanol Odriozola, al que se presentó como la mujer del señor Zimmerman, el dueño de Müller. Tras hablar con él omitiendo el incidente del año anterior, Judith se encargó de dejarle muy claro lo importante que era para su empresa estar en aquel evento. Aquello le gustó al hombre, y ella enseguida supo que se lo había metido en el bolsillo.

A mediodía, Jud comió un simple sándwich como el resto de los empleados; había ido allí a trabajar. Por la noche, cuando cerraron la feria, el director pasó por el *stand* de Müller y amablemente invitó a Judith y a Mel a cenar a un precioso restaurante del Casco Viejo, donde degustaron unos increíbles platos.

Una vez acabada la cena, el hombre, que estaba encantado con el hecho de que la propia esposa del superjefazo hubiera ido a la feria en representación de su empresa, las acompañó al hotel. Cuando él se fue, Judith le dijo a su amiga:

—Creo que los problemas de Müller con el director de la feria se han solucionado de por vida.

Mel sonrió y, agarrada de su brazo, afirmó:

—Eres una excelente relaciones públicas ¿lo sabías? —Jud rio, y ella añadió—: Eric te va a comer a besos cuando regreses.

Judith dibujó una forzada sonrisa en su rostro. No le había contado nada de lo ocurrido a su amiga y, guiñándole el ojo, replicó:

—Seguro que sí. No te quepa la menor duda.

Durante un rato, ambas hablaron sobre la feria, hasta que Mel dijo:

—¿Sabes? Me he encontrado con una antigua amiga.

—¿Aquí, en Bilbao?

Mel asintió encantada.

—Fue novia de un primo mío de Asturias, hasta que lo dejó por atontado. Al parecer, trabaja para no sé qué laboratorio y está en la feria también. Mañana te la presento, ¿te parece?

—Claro —dijo su amiga sonriendo.

Al día siguiente, Judith madrugó para ir a la feria, mientras Mel se quedaba un rato más en la cama. Ella iría más tarde.

Durante todo el día, como mujer del jefazo, Jud atendió a todo aquel que se acercaba al *stand* de Müller y, cuando Mel llegó, se encargó de repartir publicidad a los asistentes. A las ocho, cuando la feria ya cerraba, una joven rubia se acercó a ellas.

—Judith —dijo Mel—, te presento a Amaia.

—Eeepa, ¿qué tal? —soltó la rubia, y tras darle un par de besos a Jud, añadió—: Vaya..., vaya..., conque tu marido es el todopoderoso dueño de Müller...

Ella asintió y Amaia, tomándolas a las dos del brazo, dijo:

—Vamos..., las llevo a botanear por Bilbao.

Durante horas rieron, comieron y bebieron. Si algo se hacía bien en Bilbao era comer. Todo estaba exquisito. La cocina vasca era una maravilla, y tanto Judith como Mel lo disfrutaron de lo lindo.

Esa noche, cuando llegaron a su hotel, Amaia comentó antes de irse al suyo:

—Oye, ¿por qué no vienen conmigo mañana a mi pueblo? —Las chicas la miraron y ella insistió—: He quedado con mi grupo y unos amigos para ir al pueblo de al lado, Elciego, a disfrutar de un maridaje estelar.

—¿Maridaje estelar? —dijo Mel riendo—. Pero ¿eso qué es?

Amaia soltó una risotada y, con gesto de intriga, cuchicheó:

—Ah, no..., eso no se los digo, así les picará la curiosidad y vendrán.

Mel y Judith intercambiaron una mirada, y Amaia insistió:

—Venga, vengan. Se pueden quedar en mi casa de Elvillar a dormir. Allí hay sitio de sobra.

Judith sonrió. Parecía buena idea, y Mel, al ver el gesto de su amiga, afirmó:

—De acuerdo, ¡nos apuntamos!

Las tres rieron por aquello y Judith, animada, dijo:

—Bueno. Entonces lo mejor será que mañana alquiles un coche y, desde allí, el domingo por la mañana nos podemos ir a Asturias para ver a tu abuela, ¿te parece?

—¡Perfecto! —asintió Mel feliz.

Esa noche, cuando Mel se estaba bañando en el hotel, Judith llamó a su casa.

Simona rápidamente tomó el teléfono y, tras saludarla con cariño, le indicó que los niños estaban bien y durmiendo. Cuando le preguntó si quería hablar con Eric, que estaba en el despacho, en un principio Jud dudó. ¿Debería hablar con él? Sin embargo, la necesidad que sentía de oír su voz era tan grande que al final asintió.

Pasados unos segundos, oyó la ronca voz de Eric:

—Dime, Judith.

Volvía a llamarla por su nombre completo. Su tono era frío e impersonal e, intentando darle esa calidez que ella necesitaba y él le negaba, Jud lo saludó:

—Hola, cariño. ¿Qué tal todo por ahí?

—Bien, ¿y tú?

Ella suspiró. Eric no se la iba a poner fácil, y respondió:

—La feria va estupendamente, el señor Odriozola te manda saludos.

Eric asintió. Él mismo había hablado aquella tarde con Imanol Odriozola y éste no había parado de decirle una y otra vez lo encantadora que era su mujer y el buen trabajo que estaba haciendo en la feria. Pero Eric no se lo comentó a Judith. No quería que se sintiera vigilada y se lo pudiera reprochar.

El silencio se apoderó entonces de la línea telefónica. Estaba claro que la brecha entre ellos era cada vez mayor, por lo que Judith dijo:

—Mañana, cuando acabe en la feria, Mel y yo iremos con una amiga suya a un pueblo que...

—¿A qué pueblo?

Ella lo pensó. No recordaba el nombre, y respondió:

—La verdad es que ahora mismo no me acuerdo del nombre...

—¿Cómo puedes ir a un sitio del que no recuerdas el nombre? —gruñó Eric.

Judith cerró los ojos. Hablar con él no había sido buena idea y, perdiendo parte de su fuerza, murmuró:

—Bueno, lo cierto es que...

—Mira, mejor no continúes —la interrumpió él sin dejarla terminar.

Cansada de su frialdad, Judith se sentó en la cama.

—Eric, no me gusta estar contigo así.

—Tú lo has provocado.

Ella suspiró. El alemán no se lo ponía fácil.

—Eric, cuando tú viajas y llamas a casa, por muy molesta que yo esté, procuro ser amable contigo y...

—Si has llamado para discutir, no se me antoja. ¿Quieres algo más?

Su insensibilidad le rompió el corazón a Jud.

¿De verdad no iba a ser ni una pizquita amable?

¿En serio que no la añoraba tanto como ella lo añoraba a él?

Y, sin ganas de prolongar aquello, sacudió la cabeza y murmuró:

—Sólo llamaba para saber cómo estaban. Sólo para eso. Adiós.

Y, sin decir nada más, cortó la comunicación y tiró el teléfono sobre la cama. Lo que no sabía Judith era que, a muchos kilómetros de distancia, un hombre llamado Eric Zimmerman maldecía y se arrepentía por su falta de tacto, pero su maldito orgullo le impedía volver a llamar a la mujer que amaba.

Al salir de la regadera y ver a su amiga con gesto preocupado, Mel fue hasta ella y le preguntó:

—¿Qué te ocurre?

Judith, necesitada de hablar, le explicó la verdad.

—Pero ¿por qué no me has contado antes lo que pasaba? —preguntó Mel mirándola fijamente.

Judith se retiró el pelo de la cara y suspiró.

—No lo sé. Quizá pensé que, si evitaba hablar de ello, lo olvidaría y las cosas se suavizarían hasta regresar a casa. Pero, después de hablar con Eric, siento que todo va de mal en peor. Ya no es sólo por Flyn, no le puedo echar las culpas sólo a él, sino...

—Jud, mírame —la interrumpió Mel tomándole las manos—. Si hay una relación entre dos personas que yo siempre he considerado buena y verdadera, es la tuya y la de Eric. Sin duda, están pasando por una mala racha. Todas las parejas en un momento dado pasan por ello, pero estoy convencida de que lo superarán. Ya verás como sí.

Judith sonrió y, meneando la cabeza, respondió:

—Quiero a Eric y sé que él me quiere a mí, pero últimamente somos incapaces de comunicarnos.

—Y si encima hay un cabroncete de niño a su lado dando infinidad de problemas que los sobrepasan, sin duda la cosa no puede ir a mejor.

Jud suspiró, y Mel, tratando de animar a su amiga, añadió:

—Vamos..., ve a darte un regaderazo. Ya verás como luego te sientes mejor.

Con una triste sonrisa, Judith se levantó, tomó una toalla limpia y, guiñándole un ojo, desapareció tras la puerta del baño.

Mel esperó unos segundos y, cuando oyó correr el agua, tomó su teléfono y, tras marcar, dijo, consciente de que la teniente Parker nunca la abandonaría:

—Hola, Eric, soy Mel. ¿Cómo eres tan rematadamente imbécil?

40

Al día siguiente, tras pasar Judith la mañana trabajando en la feria, Amaia y Mel la esperaban a la salida con las maletas en un coche de alquiler.

Entre risas y bromas, las tres se dirigieron hacia el pueblo de Amaia, Elvillar de Álava, mientras la joven reía contándoles que allí había un dicho que decía «Con el vino de Elvillar, beber y callar». Riéndose estaban por aquello cuando ésta, antes de llegar, tomó un desvío y dijo:

—Les voy a enseñar una cosa que me fascina de mi pueblo.

Mel y Judith sonrieron. Estaban platicando cuando de pronto Amaia paró el coche. Bajaron, y Judith y Mel, con unos ojos como platos, señalaron al frente.

—Caray, qué impresión —murmuró Judith.

—Pero ¿esto qué es? —preguntó Mel.

Amaia sonrió. Era una de las curiosidades del pueblo y, observándolas, dijo con orgullo:

—Es un dolmen o, como dirían los expertos en la materia, un monumento megalítico funerario, aunque aquí se ha llamado de toda la vida la «Chabola de la hechicera».

Boquiabiertas al ver aquello tan antiguo y fuera de lo común, las chicas se acercaron a él, y Judith preguntó:

—¿Y por qué se le llama así?

Amaia se encogió de hombros y, tocando una de las legendarias piedras, respondió:

—Según me contaba mi abuela, su nombre evoca una leyenda que lo relacionaba con el hogar de una hechicera a la que en la mañana de San Juan se la oía cantar y pregonar.

—Uf..., se me han puesto los pelos de punta —se burló Mel, enseñándoles el brazo.

Judith suspiró e, inconscientemente, pensó en Eric. A él le habría encantado ver y tocar aquello. Le gustaba mucho leer libros sobre esa clase de monumentos megalíticos, y se entristeció al sentir que no podía compartir lo descubierto con él.

—La Chabola de la Hechicera —prosiguió Amaia— fue descubierta, si no me equivoco, en 1935 a pesar de ser algo prehistórico, y posteriormente fue restaurada. —Luego, bajando la voz, cuchicheó—: También tengo que decirles que muchos de los que vivimos por los alrededores hemos venido aquí a echar una que otra cogida sobre las piedras del dolmen.

Las chicas rieron y entonces Amaia añadió:

—Aunque, poniéndonos serias, les diré que es uno de los dólmenes más importantes de Euskadi y el mejor conservado de la zona. Pero si hasta se estudia sobre él en algunas universidades norteamericanas.

—Qué impresión —murmuró Judith tocando las piedras.

—Venga, tienen que venir para las fiestas en agosto —afirmó Amaia—. Se celebra un aquelarre, con una representación con un macho cabrío, cabalgata de brujas, títeres, hacemos una gran queimada, y todo eso se acompaña con la música de la *txalaparta* y otros instrumentos.

—Qué chulada. Creo que a Björn le gustaría —afirmó Mel, tocando las pintorescas piedras.

Al oírla, Amaia se burló:

—Vaya nombrecito más raro que tiene tu churri...

Mel sonrió divertida y respondió:

—Pues llámalo Blasito, que es como lo llama mi abuela.

La carcajada de Amaia y Judith no se hizo esperar, y la vasca replicó:

—Si es que tu abuela ¡es increíble! ¡Cuidado con el *mokordo*!

Mel y Jud se miraron. ¿*Mokordo*? ¿Qué era eso?

Al ver cómo la miraban, Amaia señaló una gran caca de vaca.

—En mi tierra a eso lo llamamos ¡mojón! —contestó Judith.

—Vaya conversacioncita más chula, ¡¿eh?! —dijo Mel riendo divertida.

Durante varios minutos, las tres chicas hablaron junto al dolmen de un sinfín de diferencias entre las distintas comunidades autónomas, hasta que la vasca, mirándose el reloj, dijo:

—Creo que es mejor que nos vayamos o al final llegaremos tarde.

Apenada, Judith miró por última vez aquellas piedras y, tras sacar su celular, les hizo una foto. Algún día le gustaría tener la oportunidad de enseñársela a Eric. Sin duda, le gustaría ver aquel lugar.

Veinte minutos después, descargaron las maletas en casa de Amaia. Mientras sacaba su ropa, Judith vio que Mel hablaba con Björn por teléfono. Le encantó oírla reír y bromear con él. Al menos, a alguien le iba bien en el amor.

Mirándose al espejo, se quitó los *jeans* que llevaba y la camisa y se puso una falda hippy negra hasta los pies y una camiseta rosa fuerte. Como no tenía ganas de peinarse, se recogió el pelo en una cola alta y, probándose la chamarra vaquera para ver cómo quedaba, se miró al espejo, sonrió y murmuró al ver a la Judith de antaño:

—¡Sí, señor, ésta soy yo!

Una vez que las tres muchachas terminaron de vestirse, se subieron al coche de alquiler y se dirigieron a Elciego, un precioso pueblecito que estaba a escasos kilómetros de Elvillar. Allí se encontraron con el grupo de Amaia y unos amigos de éstos y, tras ser presentadas, todos se encaminaron hacia las Bodegas Valdelana.

Al entrar en aquel increíble sitio, Judith lo miró con curiosidad. Como diría su padre, el lugar tenía solera e historia. ¡Qué maravilla!

Minutos después, un hombre que reunió al grupo les habló sobre la historia de las bodegas y les hizo una visita guiada.

Cuando acabó la visita, todos se subieron en sus vehículos particulares y fueron a la dirección que el guía les había dado. Allí los aguardaban para continuar con la particular experiencia.

Al llegar al punto indicado los esperaba un amable enólogo, y con él fueron hasta un impresionante lugar llamado el «Balcón de las Variedades», donde continuaron con la visita.

Durante un rato, todos disfrutaron paseando por los viñedos, hasta llegar a un sitio donde había preparadas varias mesas con manteles inmaculadamente blancos y sillas.

—Qué lugar más bonito —murmuró Mel al verlo, y Judith asintió.

Los asistentes se sentaron entonces para ver el atardecer.

La puesta de sol allí era preciosa y, cuando oscureció y aparecieron poco a poco las estrellas, comenzó aquello de lo que Amaia les había hablado. El enólogo les explicó entonces que el maridaje estelar consistía en conjugar cinco copas luminosas, cinco vinos y cinco leyendas de constelaciones.

Escucharon a aquél hablarles de cómo las cinco estrellas llamadas Arturo, Vega, Altair, Polaris y las que configuran la Corona Boreal, además de tener sus increíbles leyendas, habían marcado el mundo de la vid. A continuación, cuando pusieron ante ellos unas copas de luz, todos sonrieron al oírlo decir:

—Señoras, señores, a partir de este instante, relájense y déjense consentir por el vino, la noche y las estrellas.

Al oír eso, Judith miró con picardía a su amiga Mel y cuchicheó:

—Si ves que me paso con el vino, párame, que no es lo mío; ¿de acuerdo?

Mel asintió y, en confianza, murmuró guiñándole el ojo:

—Lo mismo digo.

Con la ayuda de un programa informático, el enólogo capturó la imagen de aquellas estrellas y las proyectó en una gran pantalla estratégicamente colocada. Con cada estrella, aquél narraba su leyenda, y Judith, al terminar de escuchar la historia de Vega y Altair, miró emocionada a su amiga y susurró:

—Qué historia tan bonita y triste a la vez. —Mel asintió—. Pobre Vega y pobre Altair. ¡Ofú, qué penita!

Al ver aquello, Mel le quitó de la mano la copa de vino a su amiga y, mirándola divertida, preguntó:

—Judith, ¿estás bien?

Ella asintió y, recuperando su copa de vino, murmuró para que nadie la oyera:

—Tranquila. Es sólo que añoro a mi necio.

Mel sonrió. Sin duda, a ella también le había llegado al corazón la triste historia de Altair y Vega y, chocando su copa de luz con la de su amiga, dijo:

—Despeja la mente y, como ha dicho el enólogo, déjate consentir por el vino, la noche y las estrellas y olvídate del resto, incluido el necio.

La joven señora Zimmernan asintió. Su amiga tenía razón. Debía disfrutar de aquella increíble experiencia y olvidarse del resto del mundo. Por lo que, prestando atención a la nueva leyenda, se centró en lo que se contaba en referencia a la estrella Arturo. Sin duda, ninguna de aquellas estrellas había tenido una buena vida. ¡Pobrecillas!

41

Con una copa de vino en las manos, miro el cielo.

Ha finalizado la increíble experiencia del maridaje estelar y estoy relajada.

Hace fresquito, pero la temperatura es tan agradable que da gusto estar sentada al aire libre disfrutando de la tranquilidad en una noche de luna llena en este sitio tan especial.

Nunca me ha gustado el vino, quien me conoce sabe que prefiero una coca-cola con hielo, pero el caldo de esas bodegas me ha enamorado y hasta le he encontrado su puntito rico.

Creo que me llevaré varias botellas para Eric. Seguro que él lo aprecia mucho más que yo y, si me permite, le contaré la experiencia tan increíble que he vivido en el maridaje.

Pienso en mis hijos y sonrío. Pensar en ellos hace que me sienta feliz, aunque, cuando me acuerdo de Flyn, mi sonrisa se desdibuja. Echo de menos pasar horas con él hablando sobre música o cualquier otra cosa. Pero, bueno, la situación es la que es y, ante eso, poco puedo hacer yo hasta que el niño decida incluirme de nuevo en su vida, si es que lo hace.

También pienso en Eric. En mi rubio y grandote alemán. ¿Qué estará haciendo ahora? ¿Se acordará de mí?

Unas carcajadas me devuelven a la realidad y tengo que reír cuando veo a mi amiga Mel muerta de risa a dos metros de mí escuchando lo que una chica del grupo de Amaia cuenta.

—Verdaderamente, el lugar y el vino son maravillosos, pero sé que te mueres por una coca-cola con mucho hielo.

En cuanto oigo eso, mi respiración se corta. No, no puede ser... Y, dándome la vuelta, recibo una de las mayores sorpresas de mi vida cuando veo a escasos centímetros de mí, de pie, vestido con un suéter azul brillante y unos *jeans*, al hombre que me da o me quita la vida.

Eric está a mi lado y, bloqueada por la sorpresa, consigo murmurar:

—Pero... pero ¿qué haces aquí?

Mi alemán, ampliando su sonrisa al ver mi buena predisposición, se sienta junto a mí en la silla libre que hay a mi derecha y, sin responder a mi pregunta, acerca sus cálidos labios a los míos y me chupa primero el superior, después el inferior, y me da un mordisquito. A continuación, lo oigo susurrar:

—He venido a ver a mi pequeña y a pedirle disculpas por ser tan imbécil.

Ay, que me lo como, ¡ay, que me lo comoooooooooooooooooooo!

Desde luego, cuando quiere sorprenderme, mi imbécil particular sabe hacerlo muy bien y, cuando me veo capaz de abrir la boca para articular dos palabras seguidas, dice:

—Cariño, hay cosas que me siguen enfadando de todo lo que ha ocurrido y que tendremos que hablar una vez que regreses a casa, pero tenías razón en cuanto al hecho de que, siempre que yo estoy de viaje y te llamo por teléfono, tú eres mil veces más agradable que yo, por lo que he venido a solucionarlo.

Encantada con lo que he oído, sonrío. Esos tontos detalles son los que siempre me han enamorado de Eric.

—¿Y los niños? —pregunto entonces.

—En casa. —Y, tras echar un vistazo al reloj, afirma—: E imagino que durmiendo a estas horas.

Olvidándome de las personas que están a nuestro alrededor, con deseo agarro el cuello de mi rubio y lo beso. Lo degusto, lo disfruto y, cuando por fin siento que tengo que separarme de él o lo desnudaré allí mismo, pregunto:

—¿Cómo sabías dónde localizarme?

Con una ponzoñosa sonrisa, mi amor mira en dirección a Mel, y ella, al ver que la miramos, nos guiña un ojo.

—Tenemos una teniente con muy mala leche que anoche me hizo ver lo burro e idiota que estaba siendo con mi preciosa mujer —explica Eric—, y una vez que colgué, decidí resolverlo. Por eso, esta mañana he hablado con el piloto de nuestro jet y, tras quedar con él, me ha llevado hasta Bilbao. Allí, utilizando contactos, un amigo que tiene una empresa de helicópteros me ha conseguido un piloto privado que me ha traído hasta aquí y que me llevará de vuelta a Bilbao dentro de tres horas para que regrese a casa antes de que los niños se despierten y sepan que su padre ha hecho esta locura por su madre. —Sonrío..., no lo puedo remediar, y entonces murmura—: Por cierto, ¿sabías que cerca de aquí hay un helipuerto?

Estoy más feliz que una perdiz y, encantada con lo que cuenta, susurro:

—No. Pero con que lo supieras tú, es suficiente.

Nos comunicamos con la mirada como siempre hemos hecho y, enamorada, paso la mano con delicadeza por ese rostro que tanto amo.

—Te echaba de menos —digo.

Mi alemán, porque es mi alemán, aunque a veces quiera arrancarle la cabeza, sonríe, se acerca de nuevo a mis labios y replica mimoso:

—Seguro que tanto como yo a ti, mi corazón.

Como dos imanes, nuestros labios se sellan de nuevo.

Oh Dios..., qué placerrrrrrrrrrrrrr... Entonces, una tosecita a nuestro lado hace que nos separemos, y Mel, con gesto divertido, dice:

—Estoy feliz por ustedes, pero la envidia me corroe.

Ambos reímos al oírla, y Eric murmura mirándola:

—Gracias por la llamada y por tus palabras. Me las merecía. En cuanto a Björn, habría venido, ya lo sabes, pero esta tarde tenía planes con Peter y Klaus.

—Lo sé, guapo..., y por eso se lo perdono —ríe Mel.

Feliz por sus palabras, dirijo mi mirada a mi buena amiga y, guiñándole un ojo, digo:

—Gracias.

Mel ríe meneando la cabeza y replica:

—Que sepas que me ha costado sudor y lágrimas ocultarte que sabía que venía para acá.

De nuevo, ambas sonreímos, y entonces ella, tras sacarse las llaves del coche del bolsillo delantero del pantalón, dice:

—A ver, tortolitos. Son las doce y diez de la noche. Amaia y yo nos quedaremos tomando algo en este pueblo con su grupo. ¿Hasta qué hora estarás, Eric?

Mi alemán, que no suelta mi mano, dice:

—He quedado sobre las tres y media de la madrugada con el piloto. ¿Nos vemos en el helipuerto?

—¡Perfecto! —afirma Mel. Eric toma las llaves que ella tiene en la mano, y mi amiga, sin soltarlas, nos mira y añade—: Disfruten el tiempo que estén juntos y no discutan.

Mi amor y yo sonreímos. Lo último que queremos es discutir.

—A sus órdenes, teniente —dice Eric levantándose—, no perdamos más tiempo.

—¡Agur! —grita Amaia con una sonrisa.

De la mano y con prisa, mi chico y yo nos disponemos a salir de las increíbles bodegas y, cuando llegamos a la puerta, Eric se para, me observa y pregunta:

—¿Adónde vamos?

Me entra la risa. Ninguno de los dos sabe adónde ir en ese lugar, pero de pronto se me ocurre algo y, quitándole las llaves de las manos, le guiño un ojo y digo:

—Súbete al coche. Te voy a llevar a un sitio que te va a encantar.

Media hora después, tras perderme por la carretera que va a Elvillar, cuando paro ante la Chabola de la Hechicera, el monumento megalítico, Eric lo contempla sorprendido y susurra al verlo iluminado por la luz de la luna y los faros:

—Qué maravilla.

Fascinada, echo el freno de mano, apago las luces del coche y salimos de él. Al hacerlo, observo que al fondo hay otro vehículo estacionado con las luces apagadas. Sonrío. Sin duda, lo que hacen es lo mismo que estoy deseando yo: ¡sexo!

De nuevo vuelvo a mirar a mi alemán, que está alucinado ante aquellas piedras.

—Sabía que te iba a gustar —comento satisfecha.

Con felicidad en la mirada, mi chico agarra mi mano, nos acercamos hasta el dolmen y lo tocamos. En silencio, nuestras manos se pasean por aquellas mágicas piedras mientras le explico las curiosidades que Amaia nos ha contado horas antes y Eric me escucha, hasta que su deseo no puede más, me acerca él y me besa.

Una vez que nuestros labios se separan, Eric me mira y dice:

—No sé qué nos está sucediendo últimamente, pero no quiero que siga pasando. Te quiero. Me quieres. ¿Qué nos ocurre? —No respondo. Me niego a hacerlo, y entonces oigo que dice—: A partir de este instante, seré yo quien se ocupe de Flyn; irá al psicólogo y...

Resoplo. Lo que menos deseo en este momento es hablar de Flyn.

—Creo que es mejor que dejemos ese tema para cuando estemos en casa —replico—, no sea que digamos algo que no nos guste y echemos a perder el momento. Tú y yo somos especialistas en ello.

Mi amor asiente. Hunde los dedos en mi melena oscura, que tanto le gusta, y añade:

—Tienes razón, pero te prometo que...

No lo dejo continuar. Le tapo la boca con la mano y digo:

—No, Eric. No prometas cosas que luego en el día a día no puedas cumplir. Si lo haces, si me prometes ahora algo y luego lo incumples, te lo echaré en cara, y en este momento no quiero pensar en ello. Ahora no quiero pensar en otra cosa que no seamos tú y yo. No quiero hablar. Sólo quiero que me mimes, que me beses y que hagamos el amor como necesitamos y como nos gusta.

Mi chico asiente, pasea los labios por mi frente, por mi cuello, por mis mejillas y, cuando ya me tiene cardíaca perdida, murmura soltándome la coleta:

—Deseo concedido, pequeña.

A partir de ese instante, sé que tanto él como yo perderemos la razón.

No nos importa quién nos pueda ver en la oscuridad de la noche. Deseosa de mi marido, apoyo la espalda en el dolmen y nos besamos hasta que siento cómo sus grandes manos se meten por debajo de mi camiseta y, una vez que me saca los pechos del brasier, los comienza a tocar.

Mi ansiedad crece tan rápidamente como la de él, mientras disfruto de cómo me pellizca los pezones al tiempo que su lengua explora mi boca en busca de mi propio deseo. Acabado el beso, con un gesto que me vuelve loca, se pone de rodillas ante mí, me sube la camiseta y, sin dudarlo, yo llevo mis pezones hasta su boca abierta, que los espera.

Jadeo..., el placer es inmenso mientras siento cómo me los aprieta con los labios para después succionarlos y lamerlos. Extasiada, enredo los dedos entre su rubio cabello y gimo. Gimo de tal manera que mis propios gemidos me excitan más y más a cada segundo.

Así estamos un buen rato hasta que el aire fresco de la noche hace que tiemble, y mi amor, al darse cuenta, se levanta del suelo y murmura mirándome:

—Te desnudaría para comerte entera, pero hace frío y no quiero que enfermes. —Sonrío ante su preocupación, no lo puedo remediar. Entonces, metiéndome la mano por debajo de la falda, comienza a tocarme los muslos y dice—: Pero te voy a hacer el amor y...

—Hazlo... —exijo descontrolada desabrochándole el cierre de los *jeans*.

Divertido por mi urgencia, me mira y sonríe mientras siento que sus manos llegan hasta mis calzones, los toca, me enloquece, y yo, deseosa de enloquecerlo también a él, meto la mano en el interior de su calzoncillo.

—Oh, Dios... —susurro al sentir su pene duro y erecto preparado para mí.

—¿Lo quieres, pequeña?

—Sí..., claro que sí...

Eric se mueve y mi mano se mueve con él cuando, de un jalón, me arranca los calzones. ¡Sí! Al ver que sonrío dichosa, murmura:

—Morenita..., agárrate a mi cuello y ábrete para recibirme.

Como si fuera una pluma, Eric me carga entre sus brazos. La verdad, en momentos así, es un gusto tener un marido tan alto y fornido. ¡Me encanta! Mi loco amor puede hacer eso y me lo hace a mí, sólo a mí.

Estoy mordiéndome el labio inferior cuando guío su pene hasta mi húmeda vagina y, mirándonos con intensidad, Eric se introduce lenta y pausadamente en mí mientras dice con voz ronca:

—Cuánto te necesito.

Ambos jadeamos al sentir que nuestros cuerpos están del todo anclados el uno en el otro y, cuando veo que él tiembla y echa la cabeza hacia atrás, exijo:

—Mírame, Eric..., mírame.

Obedientemente hace lo que le pido y, al ver la locura instalada en sus pupilas, susurro al sentir su duro pene en mi interior:

—Te quiero.

Con las manos alrededor de mi cuerpo, Eric me maneja, se hunde todo lo que puede en mí para que los dos temblemos. Sus caderas se mueven de adelante hacia atrás en busca del placer mutuo, y yo jadeo sabiendo que mis gemidos lo excitan más y más.

De pronto, un ruido hace que mi amor se pare. No se sale de mí, pero observo cómo mira a nuestro alrededor en busca del motivo y, pasados unos segundos, dice sonriendo:

—Hay una pareja escondida observándonos tras el tercer árbol de la derecha. Deben de ser los dueños del coche que está estacionado más allá.

Con disimulo, miro hacia donde él dice, veo a aquellos observándonos con morbo y, sonriendo, murmuro mientras echo mis caderas hacia delante:

—Pues démosles lo que desean ver.

Eric ríe. A diferencia de otras parejas, a nosotros las miradas indiscretas no nos importan, al revés, nos excitan, y proseguimos con ello. Con una mano bajo mi trasero, Eric me sujeta, mientras con la otra me protege la espalda para que no me la arañe con la piedra del dolmen.

Beso su boca, sus dientes se clavan suavemente en mi labio inferior, y entonces él comienza a bombear con más fuerza en mi interior, al tiempo que yo jadeo cada vez más alto y pido más y más.

Nuestros ojos, nuestras bocas y todo nuestro ser conectan como siempre. Aquello no es sólo sexo, aquello que nosotros disfrutamos es placer, cariño, respeto, amor, complicidad. Nuestros cuerpos chocan una y otra vez, mientras Eric me sujeta con fuerza entre sus brazos y el dolmen y, cuando el clímax nos llega de una manera brutal, ambos gritamos y liberamos toda la tensión acumulada en nuestro interior.

Apoyados en la piedra, respiramos aceleradamente. Lo que acabamos de hacer es vida para nosotros y, mirándonos, comenzamos a reír. Necesitábamos reír.

Pasados unos segundos, Eric me deja en el suelo y dice divertido:

—Siento haberte roto los calzones.

No puedo remediar soltar una carcajada, y a continuación cuchicheo:

—No lo sientas. No esperaba menos de ti.

Estamos sin poder dejar de sonreír como dos tontos, y entonces abro mi bolsa y saco un paquete de Kleenex. Nos limpiamos y, después, guardo los pañuelos hechos bola en el bolsillo de la chamarra. Más tarde los tiraré a la basura: hay que ser limpia y respetuosa con el medio ambiente.

Estoy acalorada, y me estoy dando aire con la mano cuando me doy cuenta de que la pareja que ha estado observando se mete rápidamente al coche, arranca y se va. Eso me provoca risa, y cuchicheo al ver que Eric observa cómo el coche se aleja:

—Menos mal que no vivimos aquí, si no, mañana seríamos la comidilla del pueblo.

Ambos reímos y, en cuanto comienzo a recoger mi despeinado pelo en una cola alta, Eric me para y mirándome dice:

—Me encanta tu melena.

—Lo sé.

—Te quiero, ¿eso lo sabes también? —murmura volviéndome loca—. Por mucho que discutamos, nunca lo olvides.

Con una ponzoñosa sonrisa, asiento y respondo guiñándole un ojo:

—Yo te adoro, mi amor.

A las tres y diez nos encaminamos hacia el helipuerto. Eric debe regresar a Bilbao, donde su jet lo llevará de regreso a Múnich. Una vez que llegamos allí, veo que Amaia y Mel nos esperan hablando con el piloto del helicóptero. Eric detiene el vehículo, se voltea hacia mí y dice:

—Tengan cuidado mañana con el coche. Cuando llegues a Asturias, envíame un mensaje para saber que han llegado bien, ¿de acuerdo?

Al oír eso, sonrío. El instinto protector de Eric aflora de nuevo y, deseosa de que se vaya tranquilo, afirmo:

—Te lo prometo, cariño..., tendremos cuidado y te enviaré ese mensaje.

Eric me besa. Me devora la boca y, en el momento en que se separa de mí, cuchichea divertido:

—No te creas que me hace gracia dejarte aquí, y menos aún sin calzones.

Su comentario me arranca una sonrisa mientras bajamos del coche y nos encaminamos tomados de la mano hacia aquellos tres, que nos miran.

Cinco minutos después, tras varios besos y abrazos cargados de amor, observo cómo el helicóptero se aleja con el amor de mi vida en su interior, y entonces Amaia murmura:

—Niña, qué buen gusto tienes. ¡Menudo tipazo! —Yo sonrío, y Amaia, que es una bromista, me mira divertida y pregunta—: ¿Estás segura de que ese pedazo de hombre no es vasco? Porque, que yo sepa, sólo en estas tierras hay hombres tan impresionantes.

Las tres nos echamos a reír y luego nos vamos a casa de Amaia. Tenemos que descansar.

42

A las diez de la mañana, Mel y Judith se despidieron de Amaia prometiendo que regresarían con sus familias o que ella iría a visitarlas a Alemania.

A continuación, las dos jóvenes se pusieron en marcha. Tomaron la carretera que las llevó hasta Bilbao y, de allí, hasta Santander. En Torrelavega pararon para estirar las piernas y finalmente Mel condujo hasta llegar a La Isla, el pueblo de su abuela en Asturias.

Una vez que llegaron ante la casona de Covadonga, la abuela de Mel, ésta paró el motor del vehículo y, mirando a su amiga, dijo:

—Como te dije, hemos llegado en tres horas y media.

Judith miró encantada a su alrededor, aquel lugar era precioso. Entonces, la puerta de la casona se abrió de pronto y una anciana con los brazos en jarras porque no esperaba visita gritó:

—*¡¿Qué ye...?!* ¡Oh!

Al ver a su abuela, Mel se bajó del coche y exclamó:

—Abuela, ¡sorpresa!

El gesto de la mujer se suavizó al reconocer a su nieta y, abriendo los brazos, gritó:

—Ay, *neña* de mi vida... *¡Neña!*

Feliz por ver la emoción de aquélla, Mel corrió a abrazarla y, cuando la mujer dejó de hablar a la velocidad del rayo, ella miró a Judith y las presentó:

—Abuela, ella es mi amiga Judith. Vive en Múnich como yo y es española. Judith, ella es mi abuela Covadonga.

La mujer guiñó un ojo y, mirando a Jud, que la observaba divertida, saludó:

—Dame un abrazo, hermosa. Qué alegría tenerte en mi casa junto a mi *neña*.

Judith no dudó en darle aquello que la mujer le pedía y, abrazándola, respondió:

—Encantada de conocerla, Covadonga. Me han hablado siempre muy bien de usted.

—¿Y quién te ha hablado de mí?

—Björn —contestó Judith—. Él le tiene mucho cariño.

La mujer sonrió al oír ese nombre y musitó:

—Aisss, mi Blasito, qué encanto de muchacho.

Al oír eso, las chicas rieron.

—Vamos, entren en casa a comer algo, que son dos sacos de *huesines* —les indicó la mujer.

Judith miró a su amiga divertida y ésta dijo:

—Prepárate, que mi abuela es muuuy exagerada con la comida.

Tras pasar a la casa, la mujer se paró y, mirando a su nieta, preguntó:

—¿Dónde te dejaste a Sami y a Blasito?

—En Múnich, abuela.

—Pero, caray, ¿y por qué no los has traído contigo?

Sin muchas ganas de explicarse, Mel respondió:

—He venido con Judith por trabajo y ellos se han quedado en casa. Te mandan muchos besos.

La mujer cabeceó. Le habría encantado verlos.

—Eres tan fastidiosa como tu padre, el Ceci —cuchicheó.

—Abuela..., es Cedric..., ya lo sabes —dijo Mel sonriendo—. ¿Y se puede saber por qué soy tan fastidiosa como él?

Poniéndose de nuevo las manos en las caderas, Covadonga miró a su nieta y a la morena que la acompañaba y dijo:

—¿Por qué no me has llamado para decirme que venían?

—Porque quería darte una sorpresa.

—¿Lo ves?, ¡como el Ceci! Siempre quiere sorprenderme.

Judith rio y entonces la anciana añadió:

—Pues por querer sorprenderme, casi no tengo comida para ustedes. Si me hubieras llamado, podría haber preparado unas buenas *fabes* o un rico pote o unos grelos con patatas o...

—Abuela..., no te preocupes. Judith y yo nos conformamos con cualquier cosa.

Covadonga abrió la despensa e indicó:

—Tengo hecho *pitu de caleya* y unas pocas alubias verdes. También hay bollos *preñaos*, pastel de cabracho, algo de cabrales y fruta; ¿tendrán bastante?

Las chicas intercambiaron una mirada y Judith dijo:

—Más que suficiente.

Rápidamente, la mujer se puso manos a la obra y ellas fueron a lavarse las manos, momento que Judith aprovechó para enviar un mensaje que decía:

Ya estoy en Asturias. Te quiero.

Segundos después, el teléfono le pitó y ella sonrió al ver una foto en la que estaba Eric con Hannah y Supermán riendo felices en la piscina de la casa. El mensaje decía:

Te queremos y te añoramos.

Judith sonrió al ver a sus pequeñines y a Eric. Ellos eran su vida, pero se apenó al comprobar que Flyn no estaba en la foto. Mel, que salió del baño en ese momento, al ver lo que su amiga le enseñaba, sacó su celular y se burló:

—Mira la que me ha enviado Blasito.

Al ver la foto de Björn y Peter junto a Sami portando coronitas de princesas, Judith rio.

—Tenemos suerte, ¿verdad? —dijo.

Comprendiendo lo que quería decirle su amiga, Mel asintió.

—Sí, Jud. Mucha suerte.

Cuando fueron de nuevo a la cocina, las dos chicas se quedaron asombradas al ver la mesa que Covadonga les había preparado.

—¿A quién más has invitado a comer, abuela? —comentó Mel divertida.

La mujer dijo apremiándolas:

—¡Siéntense y coman, ¡que se enfría!

Durante la comida, Mel le contó a su abuela la noticia de su boda y la mujer aplaudió entusiasmada. Que se casara su nieta era un gran evento y, aunque refunfuñó cuando aquélla le dijo que tendría que tomar un avión para ir a Múnich al enlace, al final la mujer sonrió emocionada.

¡Se casaba su *neña*!

La tarde pasó a toda mecha y, cuando quisieron darse cuenta, ya tenían que irse al aeropuerto. Agradecida por la inesperada visita, Covadonga dijo entregándoles unas bolsas:

—Aquí llevan bollos *preñaos* para la familia.

—Gracias, ha sido un placer conocerla —dijo Judith abrazándola.

—Lo mismo digo, hermosa..., lo mismo digo.

Mel metió las bolsas en el coche y, abrazando a su vez a la mujer, le dijo:

—No llores, abuela.

Covadonga se secó las lagrimillas con el pañuelo que se sacó de la manga derecha y, mirando a su nieta, replicó:

—Ven a verme más a menudo y lloraré menos.

Emocionada, Mel volvió a abrazar a su abuela y, tras colmarla de besos, hasta que ésta rio y la llamó pesada, le guiñó un ojo y se metió al coche.

Una vez que arrancó, miró por el espejo retrovisor con los ojos encharcados en lágrimas, y Judith, pellizcándole el cachete murmuró:

—No llores, *neña*.

Aquello la hizo reír, y contestó:

—Está bien, marichocho.

Entre risas llegaron hasta el aeropuerto de Asturias. Allí entregaron el coche a la casa de alquiler y, después, se encaminaron hacia el hangar donde el impresionante jet privado de Eric Zimmerman las esperaba para llevarlas de vuelta a Alemania.

43

*T*ras un recibimiento en casa que me hace tremendamente feliz, el lunes, Eric y yo vamos juntos a Müller. De nuevo parece que volvemos a estar en la misma sintonía.

Nada más entrar en la oficina, Mika me espera y, con una grata sonrisa, me mira y dice:

—Que sepas que el director de la feria me llamó el viernes y me dijo que eras maravillosa.

Sonriendo, afirmó encantada:

—Él también lo fue.

Durante varios días, todo funciona genial en casa, y me alegro al enterarme de que Flyn está viendo al psicólogo del colegio. Por supuesto, a él no le hace gracia, y me lo hace saber.

Eric me envía todos los días varios mensajes cariñosos a mi teléfono o emails cuando estamos en la oficina, y eso me hace ver que intenta darme lo que necesito.

El jueves, cuando salgo de trabajar, me voy directa a casa, quiero estar con mis niños y disfrutar de su compañía antes de que se vayan al cumpleaños de una amiguita. En cuanto Flyn llega del instituto, voy a saludarlo y veo que Eric viene con él. Eso me sorprende y, acercándome, pregunto:

—¿Qué ha ocurrido?

Eric me mira y, una vez que el niño sube a su habitación sin hablar, dice:

—Me han llamado del colegio. Al parecer, hoy nuestro hijo no tenía ganas de visitar al psicólogo. Por suerte, tras hablar con el director y también con su tutor, he conseguido que no le hicieran un nuevo reporte.

«Nuestro»..., ¿ha dicho «nuestro hijo»?

Por primera vez en mucho tiempo, cuando el jodido niño hace algo mal, no dice aquello de ¡«tu hijo»! Eso me gusta. Sin duda, Eric comienza a despertarse.

No sé qué decir. Por norma, me llaman a mí del instituto y, curiosa por saber por qué lo han llamado a él, voy a preguntar cuando Eric, que debe de intuirlo, dice:

—Te dije que me ocuparía de él y, para quitarte estas molestias de encima, hablé con ellos y les dije que a partir de ahora me llamaran a mí.

Sorprendida por esa decisión que yo no he pedido, pregunto:

—¿Por qué?

Eric ladea la cabeza y responde con frialdad:

—Te lo dije. Quiero evitarte problemas a ti.

De pronto se toca los ojos, luego la frente, y sé lo que le pasa. Le duele la cabeza.

Escaneo sus ojos y veo el derecho más enrojecido de lo normal y, cuando voy a decir algo, él me suelta:

—No me agobies, Judith.

Bueno..., bueno..., bueno... Eso significa que el dolor de cabeza es considerable, o de lo contrario le quitaría importancia.

Intento tranquilizarme, pero en el fondo me asusto. Sé que la enfermedad de Eric es degenerativa y que eso en cierto modo es normal por la tensión a la que está sometido, pero no puedo evitar asustarme. Cada vez me parezco más a él con el tema de las enfermedades.

En silencio, lo acompaño a la cocina, y observo que esta vez, Eric toma dos pastillas de distintos frascos. Una vez que se las toma, me mira y, antes de que él diga nada, soy yo la que dice:

—Acuéstate un rato, cierra los ojos y relájate.

Eric asiente.

El que no presente batalla me hace saber lo mal que está y, en el momento en que se va de la cocina y se encierra en su despacho, sé que va a descansar. Lo sé.

Al poco rato Pipa se lleva al pequeño Eric y a Hannah al cumpleaños. Cuando Norbert los acompaña en el coche y Simona sale al jardín con *Susto* y *Calamar*, la que está a punto del infarto soy yo. Estoy preocupada por Eric y enfadada con Flyn.

Pero ¿es que este niño no se da cuenta de nada?

Furiosa con él, decido subir a su cuarto. Después de llamar, entro, lo reto con la mirada y siseo en voz baja:

—Enfádate conmigo todo lo que quieras y no me hables si no quieres, pero haz el favor de recordar que a tu padre el estrés le ocasiona terribles dolores de cabeza por su enfermedad en los ojos. Carajo, Flyn, ha tenido que tomarse dos pastillas, ¡dos! Pero ¿no eres consciente de su enfermedad?

El chico me mira, me mira y me mira, y entonces añado desesperada:

—Flyn, esto que te digo es serio, muy serio, y tienes que hacer por entenderlo.

Finalmente asiente. Vaya, por fin comprende algo de lo que digo.

—¿Qué ha pasado en el instituto? —pregunto a continuación.

Nada más oírme, su gesto cambia y dice:

—Tú ya no te ocupas de mí porque lo hace mi padre. Sal de mi recámara.

Vaya, ¡volvió la insolencia!

Tratando de hacerle saber que lo quiero y que no soy el enemigo, intento hablar con él, pero mis palabras caen en saco roto y, de pronto, comienza a gritarme de una manera tan atroz que al final termino gritándole yo también a él.

Pero ¿adónde quiere llegar este mocoso?

Discutimos a grito pelado durante un buen rato hasta que de pronto la puerta de la recámara se abre, Eric entra con cara de pocos amigos y, mirándome, suelta:

—¿Se puede saber qué haces aquí?

Esa pregunta me toma tan de sorpresa que no sé qué responderle y, preocupada por él, digo:

—¿Te encuentras bien? ¿Te duele menos la cabeza?

Mi amor asiente. Veo que su ojo está ahora menos enrojecido.

—Judith —dice entonces—, si he de encargarme yo de Flyn..., ¿qué tal si me dejas?

Lo miro boquiabierta.

—Oye..., oye..., oye..., me parece genial que te ocupes de él, pero creo que yo también puedo hablar, ¿o acaso cuando era yo la que me ocupaba te prohibía que hablaras con él?

El chico nos mira. Como siempre, parece disfrutar con lo que ve.

—Para el modo en que te has ocupado de él —sisea Eric entonces—, mejor que no lo hubieras hecho.

Bueno..., ¡hasta aquí hemos llegado!

¡Será imbécil y desagradecido!

Y, mirándolo, voy a soltar una de mis perlas cuando mi rubio, que cada segundo se altera más y más, añade:

—Mira, Jud, no quiero discutir contigo. Me duele la cabeza y te voy a pedir, por favor, que a partir de ahora, como soy yo quien se va a ocupar de él, te limites a ver, oír y callar.

Buenoooooooooooo..., buenoooooooooooo...

Pero ¿este imbécil qué se cree? ¿Acaso pretende que sea un monigote?

Y, olvidándome de sus ojos, de su cabeza y de su malestar, grito enfadada:

—¡¿Cómo dices?!

Según digo eso, me doy cuenta de que Eric acaba de percatarse de su error, pero yo, que ya estoy en plena ebullición, lo miro y siseo:

—¿Sabes qué te digo, Eric? ¡Váyanse los dos al carajo!

Y, sin más, salgo de la recámara dando un portazo.

Con el corazón a mil, agarro las llaves del coche, salgo de casa y me voy al cumpleaños de la amiguita de mis hijos. Necesito positividad, y en casa no la voy a encontrar.

Cuando regresamos, Pipa y yo bañamos a los peques y les damos de cenar y, tan pronto como se los lleva a dormir, me encierro en el baño de mi recámara para depilarme. No quiero ver a nadie.

Un rato después, en cuanto Eric viene a avisarme de que la cena está preparada, por alucinante que parezca no tengo hambre y, tras gritarle que no voy a cenar, se va.

Una vez que acabo de depilarme, me miro al espejo y murmuro:

—¿Quiere que sea un monigote?... ¡Será imbécil!

Maldigo, me cago en toda su estirpe y, volviendo a mirarme al espejo, me digo:

—Jud, relájate..., relájate. Los Zimmerman no van a poder contigo.

Cierro los ojos y lo hago. Cuento hasta doscientos porque hasta cien no tengo suficiente y, cuando bajo a la cocina, Simona me dice:

—He dejado tu cena en el horno.

Asiento. En lo último que pienso ahora es en cenar pero, al ver que me mira preocupada, respondo con voz cariñosa:

—Ya es tarde, Simona. Vamos, vete. Norbert te espera.

La mujer, que es la discreción personalizada, me da un abrazo y murmura:

—Cena algo. No es bueno acostarse con el estómago vacío, y no te preocupes por el señor, está bien. No ha vuelto a tomarse ninguna pastilla.

Saber eso me gusta y, una vez que se va, salgo a la sala y oigo que la televisión está encendida.

Al entrar, veo a Flyn y a Eric callados viendo una serie de policías que les encanta y decido no sentarme con ellos. Tomo las correas de *Susto* y *Calamar*, me pongo un abrigo largo y grueso sobre mi larga camiseta de algodón, unas botas, y me voy a dar un paseo con ellos.

Cuando salgo de la casa camino con mis perros por el fraccionamiento iluminado por bonitas farolas, hasta que recibo un mensaje en el celular. Es Eric.

¿Dónde estás?

Rápidamente respondo:

Paseando con *Susto* y *Calamar.*

Mi celular no vuelve a sonar. Bien. Se ha dado por enterado.

Continúo mi paseo y, cuando ya estoy cansada, regreso a casa. Las luces están apagadas, pero al entrar me encuentro con Eric sentado al pie de la escalera.

—¿Por qué no me has avisado que salías? —pregunta.

Lo quiero, juro que lo quiero. Pero estoy tan enfadada con él por cómo me ha hablado delante de Flyn que, mirándolo, respondo mientras me quito el abrigo y las botas:

—Mira, cariño, me alegra saber que ya no te duele la cabeza y estás mejor, pero estoy furiosa y algo retorcidita por lo que ha pasado y, la verdad, no quiero discutir porque hoy prefiero ser un monigote. Ya sabes, alguien que sólo ve, oye y calla. Por tanto, ¿qué te parece si te vas a la recámara a descansar y me dejas en paz?

Según lo digo, me doy cuenta de la insolencia jerezana que he puesto. Eric me mira..., me mira y me mira y, finalmente, asiente y dice mientras sube abatido la escalera:

—De acuerdo, Jud. Soy consciente de que he metido la pata con mis desafortunados comentarios y ahora tú mandas.

¿Que yo mando? ¡¿Que yo mando?!

Pero ¿no me ha dicho que quiere que sea un monigote?

Carajo..., carajo..., carajo..., qué rabia me entra en ese instante.

Sin duda, él está ya en plan conciliador, pero yo no. Me van a volver loca entre el maldito alemán y el maldito coreano alemán y, sin ganas de pensar en ello, voy a la cocina. Me preparo un sándwich, tomo una coca-cola y me encamino hacia la sala, donde rápidamente me engancho a ver una película.

Sobre las doce de la noche me entra sed. Me levanto, voy a la cocina y, al abrir el refrigerador, mis ojos ven una botellita con etiqueta rosa al fondo del enorme refrigerador americano. Durante unos minutos, la miro —¿la abro?, ¿no la abro?— y, al final, tomándola, murmuro:

—¡Qué diablos!

Con la botella en la mano, me siento en una silla de la cocina, la abro y, sin dudarlo y de la botella, doy un primer trago.

—Mmm..., qué fresquito está —digo.

Sin poder evitarlo, recuerdo la primera vez que probé esa bebida, y se me dibuja una sonrisa. Eric me había llevado al Moroccio. Doy un segundo trago, un tercero y, cuando voy por el sexto trago, río y murmuro:

—¡Brindo por lo tonto que eres, Eric Zimmerman!

Sin soltar la botella, salgo de la cocina y regreso de nuevo a la sala. Una vez que cierro las puertas para no molestar a nadie, a oscuras me tiro en el sillón y busco entre los tropecientos mil canales que tenemos para quedarme viendo un documental sobre aves.

Si mi hija Hannah lo viera, diría «¡Pipis! ¡Pipis!».

Sigo viendo el programa mientras la botella de etiqueta rosa llena poco a poco mi estómago. Cuando el documental de aves termina, comienza otro de hipopótamos y, después, un programa de un veterinario y los casos que se le presentan.

De pronto sale una imagen de una mamá pato seguida por sus patitos. ¡Qué monos!

Eso me hace sonreír, hasta que veo que están cruzando una carretera por donde pasa un rally de coches. Con el corazón encogido, observo cómo un vehículo se acerca y arrolla al último patito de la fila. Una vez que ha pasado el coche, alguien corre a auxiliar al patito. A partir de ese momento entra en acción el veterinario pero, por desgracia, el animal muere y yo, sin poder remediarlo, me echo a llorar como una magdalena.

¿Por qué ha tenido que ocurrir algo así?

El pobre patito sólo iba tras su madre y sus hermanos. ¿Por qué ha tenido que morir?

Estoy sollozando al ver cómo la mamá pato da vueltas y más vueltas. No entiende nada, como yo no entiendo por qué ahora soy la madrastra de Flyn, y entonces oigo a mi espalda:

—¿Qué te ocurre, Jud?

Aunque no mire, sé que es Eric y, sin soltar la botella que tengo en la mano derecha, balbuceo hecha un mar de lágrimas:

—El pato...

—¡¿Qué?!

—Ay, Eric —insisto señalando el televisor con el pelo sobre la cara y los ojos congestionados—, el patito cruzaba por una carretera tras su madre y sus hermanos y... y lo han atropellado.

Eric se pone en cuclillas a mi lado, veo que mira el televisor, después me quita la botella de las manos y, al comprobar que sólo queda un chorrito, dice:

—No me extraña que llores por un pato.

—Pobrecillo..., pobre animalito.

—Estás helada, cariño.

—¿Por qué? ¿Por qué ha tenido que ocurrirle eso al pato? —insisto—. El pobre sólo cruzaba con su madre y sus hermanos por la carretera, ¡qué injusticia! —Y, quitándole la botella a Eric de las manos, doy un último trago y murmuro—: Ofú, *miarma*..., creo que estoy algo borracha.

Siento que Eric sonríe y entonces lo oigo decir:

—Anda..., ¡algo borracha! Levanta, que te llevo a la cama.

¿Cama? ¿Me lleva a la cama?

Ah, no..., eso sí que no. Estoy enfadada con él y, mirándolo, siseo:

—Ni se te ocurra tocarme o seducirme, ¡listillo! —y, antes de que responda, le recuerdo—: Que te quede claro que no estoy lo suficientemente borracha como para no recordar lo imbécil que has sido esta tarde conmigo ante tu niño Flyn y que me has dicho que quieres que sea un monigote. Que sólo vea, oiga y calle.

Eric no contesta. Ahora he sido yo la que ha dicho aquello de «tu niño».

Me mira y sus ojos me transmiten que sabe que tengo razón y, sin dejarlo contestar, me tiro a sus brazos. Le doy un coscorrón por mi efusividad y, juntos, caemos sobre la alfombra. Ambos nos tocamos la frente. Menudo cabezazo nos hemos dado.

Eric protesta con la mano en la cabeza:

—A ti no hay quien te entienda. Tan pronto me dices que no te toque, ni te seduzca, como te abalanzas sobre mí.

Bueno. Tiene más razón que un santo. A mí no hay quien me entienda.

Pero es que ahora lo deseo y, sin dejarlo continuar con sus quejas, acerco mi boca a la suya, lo beso, lo devoro, me lo como. La botellita de etiqueta rosa, además de hacerme llorar por el pato, me hace querer otras cosas, y las quiero ¡ya!

Eric responde rápidamente. Se apunta al momento besazo de la noche y, cuando me quito la camiseta y me quedo sólo con los calzones, murmura:

—Cariño, estamos en la sala...

—Me importa un pepino dónde estemos.

Veo que mi contestación lo hace sonreír.

—Pequeña..., podría entrar cualquiera.

Pero a mí eso me da igual. ¡Que entre quien quiera!

—¿Te duele la cabeza? —pregunto a continuación.

—No, ya no.

¡Bien! Me alegra saberlo, porque lo necesito, lo deseo y lo voy a hacer mío allí mismo. Y, sin dejarlo decir nada más, vuelvo a besarlo para demostrarle mi ardor, mi apetito y mi impaciencia.

Uf, ¡qué calientita estoy!

Rápidamente, capta mi mensaje. ¡Qué listo es cuando quiere mi alemán!

Sus manos recorren con lujuria mi espalda. Su respiración se acelera como la mía. Sus dedos se clavan al llegar a mi cintura y, cuando siento que baja la mano hasta mi trasero, sé lo que va a hacer. Lo miro. Se lo exijo con la mirada porque lo deseo con todas mis fuerzas.

Sin hacerse de rogar, Eric, ese hombre impetuoso al que adoro aunque en ocasiones lo mataría, agarra mis calzones y, de un jalón seco y contundente, me los rompe.

—¡Sí! —jadeo apasionada.

—¿Esto era lo que querías?

Asiento..., asiento... y añado:

—Sí. Quiero eso y más.

Nuestras bocas vuelven a encontrarse mientras yo muy... muy caliente por el morbo que todo aquello me causa, me muevo sobre mi marido. Segundo a segundo, soy consciente de que lo tengo a mi merced, de que en ese instante hará cualquier cosa que yo le pida y, separando su boca de la mía, sonrío con malicia, introduzco la mano entre nuestros cuerpos y, sacando su duro pene del interior del pantalón negro de la piyama, exijo:

—Mírame...

Eric lo hace. Eric obedece. Eric se somete. Y, mientras clava sus increíbles ojos claros en la oscuridad de los míos, comienzo a introducir su miembro en mi vagina mientras digo:

—Odio cuando te comportas como un tirano conmigo, pero...

—Cariño...

No lo dejo hablar. Con mi mano libre, le tapo la boca y prosigo:

—Pero en este instante, en este segundo, en este momento, mando yo. Eres mío..., soy tu dueña y voy a disfrutar de ti, aunque mañana, cuando vuelvas a comportarte como un imbécil, me arrepienta.

Su mirada llena de lujuria y deseo aviva mi creciente locura y, al ver cómo le tiembla el labio inferior por lo que está oyendo, por lo que le propongo, siento que tengo razón. Eric es mío. Es mi imbécil particular, y eso nadie lo va a cambiar.

Con su pene totalmente en mi interior y sentada a horcajadas sobre él, lo miro. Mi amor está tumbado en el suelo a la espera de mis caprichos y, moviendo las caderas de adelante hacia atrás como sé que le gusta, noto que se arquea.

—¿Te vas a venir para mí, corazón? —pregunto parando—. ¿Sólo para mí?

—Sí —gruñe embravecido por mi lujuria.

Continúo moviendo las caderas y Eric enloquece.

No me detengo. Sigo de adelante hacia atrás con suaves y medidos movimientos —¡Carajo, qué gusto!— y, cuando lo siento temblar y palpitar, murmuro:

—Hazme saber cuánto disfrutas. Sedúceme con tus jadeos y tal vez te deje llegar al clímax.

A cada palabra que digo, mi amor vibra y se excita más y más, y yo me siento poderosa, además de un poco peda, ¡todo hay que decirlo!... Sin embargo, me gusta la sensación que aquello me provoca, y pregunto:

—¿Te excita lo que digo y hago?

Él abre la boca para responder, pero el temblor de su cuerpo no lo deja, e insisto:

—¿Verdad?

—Sí... Sí, pequeña.

Sonrío con lujuria y mi mente piensa: «España, 1 - Alemania, 0».

Y, dispuesta a meterle una buena goleada que no olvide en mucho tiempo, musito:

—No te vendrás hasta que yo te lo permita.

El jadeo de frustración de Eric al oírme me enloquece, me perturba, me chifla, mientras su cuerpo tiembla bajo el mío y su mirada, sometida a mis caprichos, no abandona la mía.

—Hoy tu placer queda supeditado al mío. Soy la mona egoísta y yo mando.

—Jud...

—Sólo podrás llegar al orgasmo cuando yo te lo permita. ¿Entendido?

Su rostro, su precioso rostro, refleja su placer y su frustración mientras se muerde el labio inferior. Eric, mi loco amor, necesita llegar al clímax, ansía derramar su simiente en mi interior, pero lo está retrasando por mí. Lo está retrasando por mí.

Dios..., ¡cómo me gusta saberlo!

En un tono plagado de erotismo, hablo de nuestras experiencias. Le recuerdo momentos morbosos con otros hombres y le susurro a media voz el día que en México me ató a la cruz. Durante varios minutos lo martirizo, lo vuelvo loco mientras disfruto del placer que su pene me ocasiona, pero el ritmo de nuestros cuerpos inevitablemente se acelera, y mi placer con él.

Sus jadeos se vuelven más ruidosos, los míos más escandalosos. Vamos a despertar a toda la casa y, cuando siento que voy a explotar y entiendo que no puedo exigirle que lo retrase ni un segundo más, murmuro:

—Y ahora, a pesar de lo enfadada que estoy contigo por lo que ha ocurrido hoy, quiero ese orgasmo, y lo quiero ¡ya!

En décimas de segundo, Eric posa las manos en mi trasero y se clava hasta el fondo en mi interior para partirme en dos, mientras nos estremecemos por el tsunami que asola nuestros calientes cuerpos.

—Sí..., así —jadeo al sentir los espasmos de mi vagina.

Eric se contrae y me empala de nuevo totalmente en él. Repite eso tres veces más hasta que nos arqueamos y, con unos broncos gemidos que contenemos para no despertar a toda la casa, nos dejamos ir, mientras nuestras mentes vuelan por el placer y nuestros cuerpos se encuentran una vez más.

Agotada, caigo sobre el cuerpo de mi amor. De mi Eric. De mi rubio alemán.

A diferencia de mí, que estoy completamente desnuda, él está vestido. Siento que sus brazos me aprisionan contra él. Me acuna. Me besa en la frente y yo cierro los ojos extasiada cuando lo oigo murmurar:

—¿No quieres que abra otra botellita de etiqueta rosa?

Sonrío, ¡será pesado! Y, sin mirarlo, susurro al recordar lo enfadada que estoy con él:

—Te odio, Eric Zimmerman.

Entonces siento que mi amor sonríe y, besando mi frente, afirma:

—Pues yo te quiero con locura, señorita Flores.

44

El miércoles, después de dejar a la pequeña Sami en el colegio, Mel estaba abriendo la puerta de su coche cuando oyó que alguien decía:

—Buenos días, Melania.

Al darse la vuelta se encontró directamente con Gilbert Heine. Consciente de que, si el abogado estaba allí era porque quería algo de ella, lo saludó:

—Hombre, Gilbert, ¿cómo tú por aquí?

Sonriendo por su descaro, él se acercó y cuchicheó:

—Querida, creo que tú y yo tenemos que hablar.

Al ver su expresión, Mel supo que no podía esperar nada bueno de aquello y, mirándolo, dijo:

—Tú dirás.

Entonces, sin el menor escrúpulo, el hombre le soltó:

—Tu futuro marido lleva años intentando formar parte de mi bufete. Su sueño siempre ha sido leer en el cartel: «Heine, Dujson, Hoffmann y Asociados». Y, si tú eres inteligente como creo que eres, no lo echarás a perder.

Mel, que no podía creer lo que estaba oyendo, preguntó:

—¿A qué viene eso?

Gilbert sonrió con malicia y respondió:

—Johan me ha comentado lo ocurrido con Louise y, a pesar de que mi mujer te...

Incrédula y enfadada por lo entrometidos que eran aquéllos en relación con aquel tema, que ella no había vuelto a mencionar, gruñó:

—Mira, ¡hasta aquí hemos llegado! ¿Quieren dejar todos de meterse en mi vida? Louise me contó lo que le ocurría y yo simplemente le di mi opinión. Pero ¿qué les pasa? ¿Acaso ella no puede contarme lo que le dé la gana?

Sin perder la compostura, el hombre replicó:

—¿Sabes? Björn es el perfecto candidato para mi bufete, excepto por su mala suerte.

—¿Mala suerte?

Gilbert la miró y, asintiendo, cuchicheó:

—Entre el hijo que le ha salido de debajo de las piedras y estar con una problemática madre soltera que bebe cerveza y le permite a su maleducada hija que insulte a...

—¡Para hablar de mi hija tendrás que lavarte la boca antes! —lo interrumpió Mel furiosa.

—¿Crees que Björn es un hombre con suerte? —preguntó él sin despeinarse—. Porque yo no lo creo. Sólo lo sería si desaparecieras de su vida, ya que estoy convencido de que nunca vas a dar la talla para ser la mujer de Björn Hoffmann.

Mel estaba furiosa al oír lo que aquel hombre decía. Deseaba decir cosas terribles, pero se contuvo por no perjudicar más a Björn y finalmente respondió:

—Escucha, pueden irse a la mierda tú y tu bufete. Pero ¿quién te has creído que eres? Una cosa es que Björn quiera trabajar con ustedes y otra muy diferente que tú tengas que...

—Por cierto, no te conviene ser detenida por prostitución —la interrumpió él—. Ese detallito tampoco lo beneficia.

Al oírlo decir eso, Mel iba a protestar, pero él se subió a su vehículo y se fue dejándola boquiabierta y furiosa.

Durante varios minutos, no supo qué hacer, hasta que tomó su celular y marcó el número de Björn.

—Hola, preciosa —contestó él.

Su tono de voz... Su alegría le dolió en el alma, y dijo:

—Björn, ese desgraciado de Gilbert ha venido a la puerta del colegio y...

—Por el amor de Dios, Mel, ¿quieres hacer el favor de dejar de insultar a las personas por el simple hecho de que no te caigan bien? —Y, sin dejarla hablar, siseó—: Mira, Mel, estoy con mi padre y con Peter y no tengo tiempo para discutir contigo.

La exteniente tomó aire y, sin ganas de armar un numerito a pesar de lo furiosa que estaba, dijo antes de colgar:

—Vete a la mierda. Ya hablaremos.

Luego, encabritada, subió a su coche. Durante un rato pensó en lo ocurrido, en las cosas desagradables que Gilbert Heine le había dicho y, necesitada de hablar con alguien que le diera fuerzas y que la entendiera, llamó a Judith:

—¿Dónde estás?

—En la oficina —respondió su amiga—. ¿Ocurre algo?

Mel miró a su alrededor y preguntó:

—¿Puedo ir a verte?

—Por supuesto, y si me traes un frapuchino de chocolate blanco, ¡te como a besos! —Al ver que su amiga no reía al oír eso, añadió—: Oye, ¿qué pasa?

Como no quería angustiarla, Mel respondió:

—Tranquila. Sólo quiero comentarte algo.

—Ok. Aquí te espero.

Cuando colgó, Mel arrancó el motor y se fue.

Media hora después, tras estacionar su coche en un estacionamiento, pasó por el Starbucks más cercano, compró dos frapuchinos y subió al despacho de su amiga. Necesitaba hablar con ella.

Cuando Jud la vio aparecer, se levantó de su silla y, sonriendo, dijo mientras abría los brazos:

—Y me traes de verdad el frapuchino de chocolate blanco, ¡te quiero..., te quiero!

Mel sonrió por su efusividad. Judith era pura vitalidad y, tras darle un beso a aquélla, que le había arrebatado el vaso de las manos, se sentó en una silla y dijo:

—Tengo un problema.

Judith, que sacaba con cuidado un poco de crema con el popote verde, se la metió en la boca y, omitiendo los problemas que ella tenía, dijo:

—Dios..., así nunca voy a adelgazar, pero está tan rica la crema... —Luego se sentó junto a su amiga y preguntó—: Muy bien. Dime, ¿qué pasa?

La exteniente dio un trago a su bebida y, sin esperar un segundo más, le contó lo ocurrido a Jud, que pasó de la sorpresa a la incredulidad y, de ahí, a la indignación.

—Pero ¿ese tipo es idiota o qué? ¿No lo has mandado a la mierda?

—Sí, y después he mandado a la mierda a Björn.

Judith la miró sorprendida y se apresuró a añadir:

—Tienes que contarle todo esto a Björn.

—Lo he intentado, Jud. Pero cada vez que menciono algo de ese bufete, se enreda y no me deja hablar. Yo no soporto a esa gente, y Björn no soporta saberlo.

Tomando el teléfono, Judith la miró y dijo:

—Ahora mismo lo llamamos y se lo cuentas todo punto por punto. Esto no puede continuar así.

Mel cerró los ojos un instante, le quitó a su amiga el teléfono de las manos y replicó:

—Ahora no, Jud. Está con Peter y su padre, y no creo que sea el momento. Además, pronto tendremos la fiesta de compromiso y, si le cuento esto, se la estropearé.

—Pero, Mel..., ese tipo es...

—Es un desgraciado —la interrumpió ella—. Pero ahora no puedo hablar con Björn y, por supuesto, ni una palabra a Eric; ¿me lo prometes?

Jud suspiró y, al ver la cara seria de su amiga, finalmente dijo:

—Te lo prometo. Pero como esto se vaya de madre y no se lo cuentes a Björn, te juro que se lo contaré yo.

Aquella mañana, cuando Mel salió de las oficinas de Müller, se fue directamente a su casa y, al entrar y oír risas, se dirigió hacia la sala, donde se encontró con Björn y Peter. Ver la felicidad en sus rostros hizo que se sintiera mal. Si hablaba ahora sobre lo que ocurría con aquéllos, todo iba a cambiar, por lo que, suspirando, decidió dejar el tema para otro día.

Durante varios minutos los observó jugar desde el sillón con unos mandos delante de la tele y, cuando supo que podía controlar la voz, dijo:

—Pero bueno, ¿tú no tienes que trabajar y tú no tienes que estudiar?

Al oírla, Peter se calló, y Björn paró el juego y se levantó.

—Hola, cariño —dijo—. Esta mañana Peter y yo hemos ido a

desayunar con mi padre y después los tres hemos ido a una entrevista en un instituto.

—¿Y? —preguntó ella.

El muchacho iba a responder, pero Björn le pidió un segundo, llevó a Mel aparte y preguntó:

—Antes de responder a eso, ¿por qué estabas de tan mal humor esta mañana y dónde has visto a Gilbert? Por cierto, teniente, odio que me cuelgues como lo has hecho, y más si encima me mandas a donde me has mandado.

Durante unos segundos, ella calibró su respuesta. Tenía que contarle lo que ocurría. Debía ser sincera con él en relación con el acoso que estaba sufriendo por algo que un día Louise le había comentado. Pero, incapaz de hacerlo, respondió cambiando el gesto:

—Vi a Gilbert en el colegio de Sami. Por cierto, me dieron saludos para ti.

—¿Y tu mal humor?

—Un tipo me hizo una mala pasada con el coche. Sólo era eso.

Björn la miró a los ojos. Intentó leer lo que éstos querían decirle, pero no tenía ganas de poner en duda lo que ella le contaba, así que asintió y, volviendo a sonreír, dijo mientras se acercaba con ella de nuevo hasta Peter:

—Como te decía, hemos ido a un instituto que a Peter le ha gustado bastante, ¿verdad, campeón?

Con una sonrisa que descongelaría el Polo Norte, el muchacho asintió y afirmó emocionado:

—¡Qué maravilla de instituto! Hasta tienen una *laptop* para cada alumno. No como en el mío, en el que hay una y vieja para toda la clase.

Mel sonrió. Sin duda, lo que Peter decía era verdad y, tocándole el pelo con ternura, indicó:

—Sólo queremos lo mejor para ti, cariño, y si ese colegio te gusta, intentaremos por todos los medios que puedas ir allí.

Peter y Björn se miraron y, tras chocarse la mano, el abogado dijo:

—Por cierto, luego hemos ido de compras y te he comprado el iPhone 6 que querías, ¡caprichosa!

Encantada, Mel aplaudió al ver la cajita de su nuevo iPhone 6 sobre la mesita. Por fin podría deshacerse del viejo celular que había tenido que rescatar desde que el suyo acabó dentro de una jarra.

—También le he comprado a Peter una *laptop* en la tienda de mi amigo Michael. Casualmente, allí tenían puesto este juego en una de sus computadoras, los dos hemos comenzado a jugar y lo he comprado también. ¡No veas qué sensacional!

Divertida, y obviando lo ocurrido aquella mañana, Mel lo miró y, como si fuera la madre de aquel gigante de ojos azules y pelo negro, preguntó:

—¿Y tú no tenías trabajo?

Con una pícara sonrisa, Björn volvió a sentarse con Peter y, dirigiéndose a ella, respondió:

—Tenía un par de visitas que atender, pero Aidan se ha encargado de ellas. No eran importantes.

La exteniente asintió. Sin duda, Peter le estaba cambiando la vida a Björn y, feliz de que así fuera, se sentó entre ellos dos y, mirándolos, afirmó:

—Muy bien, listillos. Quiero jugar. ¿A quién derroto primero?

45

Mel y Björn están felices por su fiesta de compromiso, y yo lo estoy también por ellos.

Esta mañana, tras hablar con Mel por teléfono durante casi una hora, hemos decidido que los niños se queden en mi casa. Es lo mejor. Pipa y Bea los cuidarán.

Tras la noche de la botella de la etiqueta rosa no he vuelto a discutir con Eric, pero ya no me voy a engañar más: soy la monigote. Soy consciente de que en nuestra casa se cuece algo y, el día que explote, no sé quién se va a salvar.

Cuando Mel aparece con Bea, que se encargará de cuidar a Sami esa noche en mi casa, y con Peter, Flyn, que ya ha sido avisado por Eric, baja a recibirlo.

Sin decir nada, observo cómo Sami, después de darnos un beso a mi marido y a mí, corre tras el pequeño Eric, y también cómo Flyn no se mueve y mira a Peter con curiosidad.

—Y éste es Flyn —oigo que le dice Mel a Peter—. Ambos tienen más o menos la misma edad, y seguro que pueden hablar de mil cosas.

Los dos adolescentes asienten con la cabeza y no dicen nada.

Yo no abro la boca y sólo espero que mi fregado hijo sepa comportarse con el muchacho.

Eric, que está junto a Mel, al ver que Flyn no dice nada, mira a Simona e indica:

—Peter puede dormir esta noche en el cuarto de invitados, ¿está preparada?

—Sí, señor —dice la mujer sonriendo y, acercándose al chico, murmura—: Bienvenido, Peter, soy Simona. Si quieres cualquier cosa, sólo tienes que pedirla, ¿de acuerdo?

—Lo haré, señora. Gracias —responde el chico.

La educación de Peter es exquisita.

Ver a ese muchacho, al que le ha faltado de todo, me hace darme cuenta una vez más de que no es necesario criarse en una familia con dinero para ser educado. Sin duda, Peter es un gran ejemplo. Ojalá Flyn tomara nota.

—¿Y Björn? —pregunto.

Mel se retira el pelo de la cara y responde con picardía:

—Se ha ido para el restaurante. Había invitados que llegaban pronto.

Conociendo a Björn, seguro que la cena será de las buenas y, cuando voy a contestar, oigo que Eric dice:

—Flyn, a Peter le gustan mucho las computadoras, y me consta que juega a los mismos juegos que tú.

Los dos adolescentes intercambian una mirada y Flyn pregunta:

—¿Juegas a «League of Legends»?

—Sí.

—¿Y a «World of Warcraft»?

Peter saca su *laptop* nueva de la mochila y afirma:

—En éste soy muy bueno. ¿Y tú?

Flyn sonríe. Como siempre, ver su sonrisa me hincha el corazón. A continuación, cuando los dos suben corriendo por la escalera, Eric dice:

—No se acuesten muy tarde.

—Está bien, papá —responde Flyn.

Mel, Eric, Simona y yo nos miramos y sonreímos. ¿Qué tendrán esos juegos, que hermanan a desconocidos?

Tras besuquear a los pequeños, que están en la piscina con Pipa y Bea, nos vamos. Tenemos una gran noche por delante.

Cuando llegamos al restaurante nos encontramos con varios amigos, pero mi emoción es máxima en el momento en que oigo decir a mi espalda:

—¡Sorpresa!

Al voltearme me encuentro con Frida y Andrés. Al verlos, grito enloquecida y corro a abrazarlos:

Decir que los quiero ¡es quedarse corto! Y, cuando por fin consigo calmarme, pregunto:

—¿Y Glen?

Sonriendo y sin soltarme la mano, Frida responde:

—Se ha quedado en casa de mis padres.

Los vuelvo a abrazar. Estoy emocionada por tenerlos allí con nosotros. Para mí, ellos son de la familia como Mel y Björn. Amigos que conocí de manera extraña y que al principio me escandalizaron con su comportamiento, pero para mí son especiales. Muy especiales.

Agarrada de su futuro marido, Mel habla con Eric y Andrés, pero entonces observo que su gesto cambia. Me apresuro a mirar hacia la puerta y veo entrar a Gilbert Heine y a su mujer junto a otros tipos trajeados que presupongo que son abogados.

Rápidamente, camino hacia mi amiga y me pongo a su lado. Sé lo que piensa, pero Björn, sin perder su sonrisa, va a saludar a los recién llegados.

—¿Qué hace esa pandilla de idiotas aquí? —cuchicheo.

—No lo sé. Björn no me dijo que vendrían —responde Mel.

Instantes después, Björn se acerca hasta nosotras con aquéllos y, mirando a Mel, anuncia:

—Cariño, Gilbert, Heidi y otros asociados han llegado.

Observo cómo mi amiga cambia el gesto por una falsa sonrisa y, tras besarlos con cordialidad, dice:

—Gracias por venir.

—No nos lo podíamos perder —afirma Gilbert con una sonrisa de rata.

—Un futuro enlace es siempre motivo de felicidad —añade la perra de Heidi.

Gilbert, que veo que tiene el brazo sobre el hombro de Björn, dice entonces:

—Y nosotros estamos felices de estar invitados a un acontecimiento tan especial como lo es la fiesta por el enlace del que, ¿quién sabe?, podría ser nuestro próximo socio mayoritario.

—Eso, ¿quién sabe?... —repite Dujson, el otro abogado, entrando por la puerta.

A Mel se le corta la respiración cuando Gilbert la mira y, guiñándole el ojo, añade:

—Björn, eres uno de los mejores y, la verdad, Gilbert, Dujson, Hoffmann y Asociados es un buen nombre, ¿no te parece?

Björn sonríe, agarra a Mel por la cintura y afirma mientras ésta lo mira:

—Sin duda, suena muy bien, ¿verdad, cariño?

Mel, que sé que tiene ganas de armar un escándalo, sonríe también y contesta:

—Sí, cielo, suena muy bien.

Dicho esto, veo que Björn le presenta a aquéllos a Eric y a Andrés, y Mel, disculpándose, me toma de la mano y vamos las dos al baño. Una vez que entramos y me cercioro de que no hay nadie más, murmuro al ver lo pálida que está mi amiga:

—Respira y no dejes que ese asqueroso te estropee este momento tan bonito.

Mel asiente, se echa agua en la nuca y, con seguridad, dice:

—Tienes razón. Yo puedo con ello. Volvamos a la cena.

Diez minutos después, cuando veo que Mel está disfrutando de nuevo de su fiesta, Frida se acerca a mí y cuchichea:

—Aún no me lo puedo creer: el presumido de Björn, ¡padre de un adolescente y una pequeña, y encima ahora se va a casar!

Su comentario me provoca risa, y respondo obviando a Peter:

—El presumido ha encontrado a la mujer que necesita a su lado. Y sólo te diré que, si por él hubiera sido, ya se habría casado hace más de un año, pero Mel lo frenó.

Frida abre los ojos sorprendida.

—Créetelo —digo—. Es así.

Frida sonríe, mira a Mel y ésta, al ver que la miramos, se acerca a nosotras y murmura:

—Señoras, me zumban los oídos. ¿Qué hablan de mí?

Frida y yo soltamos una carcajada, y luego ésta responde:

—Simplemente decía que estoy sorprendida de que Björn finalmente pase por la vicaría.

Mel asiente y, sin perder su buen humor, cuchichea:

—Pues deberías sorprenderte más de que la que vaya a pasar sea yo. De hecho, cuando llamé a mi madre para decírselo, lo primero que me preguntó fue: «¿Qué has bebido, Melanie?». —De nuevo, todas reímos, y después Mel añade encantada—: La verdad es que Björn tiene todo lo que siempre busqué en un hombre.

En ese instante, el mesero nos indica que el salón está preparado. Björn busca a Mel con la mirada y ella, tras guiñarnos un ojo, se va.

—¡Me encanta! —murmura Frida.

Asiento, Mel es un amor de chica.

—Pues, cuanto más la conozcas, más te encantará —afirmo—. Ya lo verás.

Frida asiente y, sin movernos de donde estamos, pregunta:

—¿Mel y tú alguna vez...?

Al entender a qué se refiere, rápidamente niego con la cabeza.

—No. Nunca.

—¿Por qué? Pero si está buenísima...

Oírla decir eso me hace reír, y murmuro:

—Porque las mujeres no me gustan, en el sentido en que te gustan a ti...

—Pero nosotras hemos jugado y te he visto jugar con otras...

Asiento. Tiene más razón que un santo y respondo:

—Digamos que me encanta dejarme mimar. Sólo eso.

Ambas reímos, y entonces Mel regresa de nuevo a nuestro lado y pregunta:

—Vuelven a zumbarme los oídos. ¿De qué hablan?

Frida y yo intercambiamos una mirada y ella explica:

—Le preguntaba a Judith si tú y ella..., ya sabes...

Mel me mira, yo sonrío y ella contesta:

—La respuesta es no. El sentimiento que ambas tenemos va más allá de lo sexual y nos impide hacer ciertas cosas.

—Totalmente de acuerdo —afirmo chocando mi copa con la de ella—. Mel es como mi hermana, y con ella no podría hacer ciertas cosas, como no podría hacerlas con mi hermana Raquel.

Frida asiente. Me dispongo a decir algo cuando Mel afirma:

—Para mí, Jud es intocable en todos los sentidos.

—Guauuu —me burlo divertida.

—¿Sólo Jud? —pregunta Frida con picardía.

Al entender a lo que se refiere, Mel sonríe y asegura:

—En el sentido en el que lo preguntas, sí.

Encantada con la aclaración, Frida, que es una loba de agárrate y no te menees, tras un barrido de cuerpo a Mel que me calienta hasta a mí, levanta su copa y dice:

—Me alegra ser su amiga en lugar de su hermana. ¡Viva la amistad!

Las tres chocamos nuestras copas riendo. Desde luego, como diría mi hermana, ¡nos falta un tornillo!

La cena transcurre de un modo agradable. Amigos conocidos y no conocidos brindamos por los felices novios, y ellos se besan ante nuestros aplausos, mientras observo a Gilbert y a sus secuaces y me cago en toda su casta.

Eric, que está a mi lado, no me suelta. Es de las noches en las que siento que su posesividad es total y, cuando la cena acaba y todos pasamos al salón a tomar una copa, me mira y murmura:

—Björn ha propuesto ir al Sensations cuando se vayan algunos invitados; ¿se te antoja?

Asiento complacida. Lo esperaba, y nada me gustaría más.

Durante un par de horas, platicamos con unos y otros hasta que Björn, tras despedir a los últimos invitados, entre los que están Gilbert y los demás abogados con sus respectivas mujeres, nos mira y dice a los nueve que quedamos:

—Sigamos con la fiesta.

Los que quedamos asentimos y, encantados, nos vamos al Sensations. Nada más llegar, cuando ve a Björn, el jefe del local se dirige a él:

—Como pediste, tienen reservada la sala del fondo.

Björn asiente. Luego, estoy hablando con Frida cuando de repente oigo:

—Qué ilusión, ¡Eric y Judith!

Al voltearme, veo a Ginebra y a su marido. Voy a saludarlos cuando, sorprendentemente, Frida, que está a mi lado, dice alto y claro:

—¿Qué hace esa asquerosa aquí?

—Cariño... —murmura Andrés al oírla.

Yo me quedo petrificada, pero Ginebra, en lugar de amilanarse, se acerca.

—Pero bueno, Frida, ¿no saludas? —le suelta.

Mi amiga Frida, que tiene una personalidad arrolladora, tras mirar a Eric y a su marido, que nos observan, clava los ojos en aquélla, que está despampanante con un vestido verde claro.

—Valoro mi tiempo y no lo pierdo saludando a zorras —replica a continuación.

Y, sin más, se agarra de Andrés, ambos se dan la vuelta y se van dejándome sorprendida a mí y también al resto.

La incomodidad se palpa en el ambiente, pero Ginebra, sin cambiar el gesto, nos dice:

—Vaya, veo que hay personajes que no cambian.

¡¿Personajes?!

¿Ha llamado «personaje» a mi Frida?

A ésta le tapo yo la boca con una de las mías, pero cuando voy a hablar, Eric me agarra del brazo para que me calle y lo oigo decir:

—Ginebra, si no te importa, nos esperan en una fiesta privada.

Me encanta que Eric haya dicho esa última palabra: ¡«privada»! Lo siento por Ginebra pero, agarrándome al brazo de mi marido, me doy la vuelta y camino con el resto de mis amigos.

Cuando entramos en la sala privada, un mesero nos sirve unas copas que todos aceptamos con ganas. Frida se acerca entonces a Eric y a mí y pregunta:

—¿Desde cuándo está esa tipeja aquí?

Eric sonríe, da un sorbo a su bebida y murmura:

—Frida..., no seas así.

La aludida mira entonces a mi amor y sisea:

—Ten cuidado con esa zorra y no te fíes de ella.

Su claridad me hace reír. Eso siempre me ha gustado de Frida.

Durante varios minutos, mientras ella despotrica sobre Ginebra, observo para ver si Eric le habla de la enfermedad de ella pero, al ver que no dice nada, yo tampoco hablo. Si Eric es discreto, yo lo seré también. Lo que le ocurre a Ginebra con su salud no es algo para frivolizar.

Acto seguido, Andrés se acerca a nosotros y Eric y él comienzan a hablar con otro tipo, momento en el que Frida me mira y dice:

—Ten cuidado con esa perra. Es mala y te la puede jugar cuando menos te lo esperes.

—Tranquila, es encantadora conmigo —respondo sonriendo—. No ha hecho nada por lo que tenga que preocuparme.

—Qué asco le tengo... —prosigue Frida—. Eso sí, ya me encargué de dejárselo todo bien clarito antes de que se fuera con ese tal Félix. Aunque, si te soy sincera, creo que es lo mejor que le pudo pasar a Eric porque, así, con el tiempo te conoció a ti.

Asiento. No quiero que las palabras de Frida en referencia a Ginebra me hagan tomarle manía, por lo que afirmo con positividad:

—Pues entonces quedémonos con eso y olvidémonos de ella.

Frida y yo brindamos y no volvemos a mencionarla.

La música suena y, rápidamente, algunas nos lanzamos a bailar. Digo algunas porque Eric no baila ¡ni loco! Él, con mirarme apoyado en la barra improvisada que el dueño del Sensations ha instalado en aquella sala, tiene bastante.

Mientras bailo junto a Mel la canción *Talk Dirty,** de Jason Derulo, observo a mi amor. El lugar es provocador, él es sexi y la canción es calientita. Y, clavando la mirada en sus ojazos azules, muevo las caderas mientras canturreo aquello de «¿Vas a hablarme sucio a mí?».

Sucio..., la palabra «sucio» nunca me ha gustado, pero allí donde estoy tiene un significado especial, me gusta y me excita.

Me provoca tanto que, mientras muevo las caderas ante la atenta mirada de mi impresionante rubio, me quito los broches del chongo que llevo y, cuando mi oscuro y ondulado pelo cae en cascada sobre mi rostro, lo retiro con coquetería y observo a mi amor sonreír.

A pocos metros de donde bailo, observo cómo Andrés desnuda a Frida en una enorme cama y que Björn y Mel, que ha dejado de bailar, hacen lo mismo. Sin lugar a dudas, el juego caliente acaba de comenzar.

---

* *Talk Dirty*, Beluga Heights/Warner Bros., interpretada por Jason Derulo. (*N. de la E.*)

Vuelvo a mirar a Eric, que no me quita ojo. Sabe que esa provocativa canción me gusta, y también sabe que esa provocación va dirigida única y exclusivamente a él. Acercándome a donde está, sin parar de contonearme para seducirlo, me arrimo a él y le susurro al oído:

—¿Vas a hablarme sucio a mí?

Esa incitante frase es parte de la canción. Y, sonriendo, él responde:

—A ti te hablo como tú quieras.

Ambos reímos y, echándole los brazos al cuello, lo beso, mientras él enreda las manos en mi pelo.

Durante un buen rato, escucho música agarrada a mi amor mientras observo cómo otros juegan, y me excito al ver a Frida en acción. ¡Es una loba!

La música cambia entonces, y la voz de Norah Jones inunda el reservado mientras canta *Love Me*.* Eric suspira y, agarrándome, pregunta:

—¿Bailamos?

Mi sonrisa lo dice todo.

Abrazada a él, comienzo a bailar aquella canción que tantas veces he escuchado en nuestra casa y hemos bailado a solas en su despacho.

Compenetrados, mi amor y yo cantamos aquella bella melodía mirándonos a los ojos.

Todo en él me gusta.

Sé que todo en mí le gusta.

Estoy excitada y siento su creciente y caliente erección a través de la tela de nuestra ropa, que nos separa. Sin pudor, nuestros cuerpos se tocan deseosos de algo más mientras bailamos.

Discutimos, nos amamos, volvemos a discutir, pero estoy tan convencida como él de que estamos hechos el uno para el otro y de que nuestro amor perdurará en el tiempo.

Oírlo cantar a él, que era el hombre más hermético del mundo, me emociona. En estos años, Eric ha cambiado y se ha hecho

* *Love Me*, EMI, interpretada por Norah Jones. *(N. de la E.)*

a mí. Ya no es raro verlo canturrear o bailar conmigo a solas; eso era impensable cuando lo conocí, pero él por mí hace esas cosas, como yo lo hice en su momento al abandonar España para seguirlo y estar con él.

Nos miramos a los ojos y me callo enamorada cuando mi amor canturrea aquello de «Lo único que pido es que, por favor..., por favor, me quieras».

Pero ¿cómo no lo voy a querer si estoy completa y locamente enamorada de él?

Abrazada a mi amor, cierro los ojos y disfruto de ese momento mágico mientras soy consciente de que él no se fija en otra mujer. Sólo tiene ojos para mí.

No sé si Eric sabe cuánto lo necesito. A veces me hace dudarlo cuando antepone el trabajo a mí, pero cuando tiene momentos como éste, en el que baila conmigo, sé que lo hace de corazón. Me gusta siempre que me hace sentir especial y, en este instante, en este segundo lo está haciendo y yo soy la mujer más feliz del mundo mientras bailo con él esa romántica y maravillosa canción.

Tan pronto como termina, comienza otra, y yo continúo abrazada a mi amor bailando y disfrutando del momento mientras a nuestro alrededor la gente disfruta del sexo con libertad y se oyen sus jadeos.

¡Excitante!

De pronto, unas manos, además de las de mi marido, me agarran por la cintura y oigo que alguien dice en mi oído:

—Suena nuestra canción.

Eric y yo nos miramos y sonreímos. Sin lugar a dudas, *Cry Me a River** es una canción muy especial para Björn, para Eric y para mí. Entonces, mi amor murmura:

—Aún recuerdo lo bien que lo pasamos aquella noche en casa de Björn, cuando tú, pequeña, nos poseíste a los dos mientras sonaba esta canción.

Asiento. Sonrío y cierro los ojos mientras bailamos..., nos devoramos..., nos excitamos.

* Véase nota de la pág. 50. *(N. de la E.)*

Recuerdos. Preciosos y calientes recuerdos toman mi mente mientras siento que la complicidad que nos unió años atrás sigue vigente entre nosotros y que, por suerte, a Mel, la futura esposa de Björn, no le importa y respeta dicha complicidad.

Los tres bailamos la sensual canción interpretada por la voz de Michael Bublé, mientras Eric devora mi boca y Björn pasea las manos por mi cuerpo.

Inconscientemente, miro a mi alrededor en busca de Mel y observo que ella está desnuda sobre una cama pasándoselo bien con Frida y Andrés. Nuestras miradas se encuentran y mi amiga me sonríe. Su gesto me hace saber que aprueba aquello y, sin dudarlo, tomo las manos de los dos y, mirándolos a los ojos, los llevo hasta la enorme cama donde Mel disfruta.

Eric y Björn se sientan uno a cada lado sin hablar. Mi amor vuelve a tomar mi boca mientras me desabrocha la blusa y Björn me abre las piernas y me besa la cara interna de los muslos.

Mis jadeos no tardan en llegar, y Eric, que está atento a mí, sonríe y murmura:

—Disfruta y disfrutaremos nosotros.

Lo sé. Sé que es así. El placer que esos dos hombres saben proporcionarme no me lo ha proporcionado ningún otro dúo. Eric y Björn, Björn y Eric están compenetrados para mí en cuanto al arte de dar placer.

Como dos expertos en el tema, me desnudan, me tocan, me chupan y me hacen disfrutar. Björn ya está desnudo. Tras levantarse, hace que me siente sobre él y, pasando los brazos bajo mis muslos, susurra mientras Eric se quita la ropa:

—Eso es, déjate manejar.

Su voz en mi oído y la mirada de mi amor es morbo puro y, cuando Eric se agacha y pasea la boca por mi humedad, tiemblo. Björn, que es quien me sujeta, me abre bien los muslos para mi amor y dice en mi oído:

—Primero te cogerá él y después te cogeré yo; ¿estás preparada, preciosa?

Asiento. Asiento y asiento. ¡Preparadísima!

Para ellos dos estoy siempre preparada. Entonces, Eric se levanta, me mira y me besa dejándome el sabor en la boca de mi propio sexo. Enloquecido por el momento, mete su duro pene en mi vagina y lenta, muy lentamente, se introduce del todo en mí mientras yo gimo y Björn murmura:

—Jadea..., grita..., vuélvenos locos de placer.

Al oír mi jadeo, Eric mueve las caderas y se clava de nuevo en mi interior. Yo grito. Con movimientos secos y contundentes, mi marido entra y sale una y otra y otra vez de mí, mientras yo lo acepto. Mis jadeos los vuelven locos. Mis resuellos los excitan, cuando siento cómo las manos de aquellos dos me tienen totalmente inmovilizada y sé que estoy a su merced.

Mis perversos y calientes gritos avivan su deseo, y entonces Eric, agarrándome de la cintura con fuerza, se levanta de la cama conmigo en brazos. Björn se incorpora también y, mientras mi amor me maneja para encajarme una y otra vez en él, soy consciente de que nuestro amigo se pone un preservativo.

Como una muñeca me muevo entre sus brazos, hasta que Eric da un alarido gustoso y sé que ha llegado al clímax. Me mira agotado y, sin salirse de mí, susurra:

—¿Todo bien, cariño?

Asiento. Todo mejor que bien.

Con cuidado, sale de mí, se sienta en la cama y, haciéndome sentar sobre él, vuelve a abrirme los muslos como instantes antes ha hecho Björn. Después me besa en el cuello y, mientras observo cómo Björn le devora los labios a Mel, que está a nuestro lado disfrutando con Frida y Andrés, Eric me dice al oído:

—Eres mía.

Extasiada por sus palabras, por su voz y por el momento, veo cómo Björn abandona la boca de su mujer, se acerca a nosotros y, tras echarme agua en el sexo para lavarme, me toma por la cintura, acerca su duro pene a mi empapada vagina y me empala por completo.

Mientras Eric me abre los muslos para Björn, no para de decirme lo preciosa que soy, cuánto me ama y lo mucho que lo excita verme así.

Uf..., qué placer..., qué calor.

Björn, que está tan excitado como yo, no me suelta las caderas y, con movimientos certeros y precisos, me empala una y otra vez, mientras yo disfruto y me dejo llevar por el momento.

Las acometidas no paran hasta que Eric lo pide. Entonces, sin salirse, Björn me levanta y siento cómo Eric guía también su pene hacia mi vagina y murmura en mi oído:

—¿Puedo?...

Asiento..., claro que puede y, excitada al notar aquello, afirmo:

—Soy tuya. Hazlo.

La lengua de Eric se pasea por mi cuello cuando lo oigo decir con voz trémula:

—Despacio, Björn...

El abogado me sujeta con control mientras mi amor fuerza la entrada de su verga en mi ya repleta vagina y, al final, lo consigue. Ambos penes se funden en uno solo, y el placer que siento es indescriptible, increíble, y jadeo.

Lo que mis dos adonis me hacen me vuelve loca y, cuando estoy empalada vaginalmente por sus enormes y duros miembros, comienzan a moverse y mis gemidos se vuelven gritos de puro placer mientras veo que Mel se acerca a Björn y, tras abrazarlo, lo besa.

Loca. Loca me vuelven Eric y Björn con su completa posesión, y eso me hace echar la cabeza para atrás. Noto mi vagina llena, repleta a rebosar, pero el placer es tan intenso, tan inmenso que no quiero que esa sensación acabe.

Siento la respiración de Eric en mi espalda mientras sus manos exigentes me mueven en busca de nuestro placer. Eric y Björn. Björn y Eric. No paran. Son insaciables. Sus respiraciones y sus movimientos me enloquecen, y yo me dejo manejar como si fuera una muñeca. Me gusta ser su juguete y lo soy mientras juegan conmigo y me miman a nuestra particular manera.

Querría mirar a mi marido y besarlo como hacen mis amigos y, como si me leyera la mente, mi amor susurra en mi oído:

—Después, mi corazón..., después.

Calor..., tengo muchísimo calor mientras la sangre corre descontrolada por mi cuerpo y todas mis terminaciones nerviosas me hacen saber que me voy a venir.

Cuatro manos me sujetan, dos cuerpos me poseen, y mi vagina está totalmente dilatada y empapada por mis fluidos.

Placer..., placer..., el placer me toma y, cuando ya no puedo más, me dejo ir mientras mi cuerpo es movido por aquéllos, que instantes después se vienen por y para mí.

Pasados unos segundos, cuando Björn se sale, me guiña un ojo y se va con Mel a una de las regaderas. En cuanto Eric sale de mí también, me doy la vuelta y mi amor murmura mirándome a los ojos:

—Vamos..., bésame, morenita.

46

El martes, el grupo de amigos quedaron para cenar en casa de Judith y Eric, pero antes de la cena decidieron meterse en la piscina interior para jugar con los niños.

Flyn y Peter se escaparon al cuarto del primero para ponerse los trajes de baño, ya que eran demasiado recatados para hacerlo en los vestidores de la piscina.

Mientras Eric, Björn y Andrés se ocupaban de los pequeños, Frida, Mel y Judith fueron a cambiarse de ropa en los vestidores. Una vez que tuvieron los biquinis puestos, mientras se quitaban anillos, relojes y pendientes y los dejaban sobre una hamaca, Frida cuchicheó:

—En Suiza hay unos locales que son de lo más chulos; ¡tienen que venir!

—Iremos —afirmó Judith, y Mel sonrió.

Minutos después, los tres matrimonios estaban sumergidos con los pequeños en el agua de la piscina cuando aparecieron Flyn y Peter y se tiraron de clavado. Entre risas, todos comenzaron a jugar, y Mel, al ver a Björn divirtiéndose con Sami y con Peter, se acercó a su amiga Judith y susurró:

—¿No te parece sexi?

Judith miró en su dirección y pensó que sí, que Björn le parecía sexi, aunque, mirando a su marido, que llevaba al pequeño Eric sobre los hombros, respondió:

—Soy más de rubios, perdóname.

La diversión duró un buen rato, hasta que decidieron salir de la piscina y secarse. Sin duda, Simona no tardaría en anunciarles que la cena ya estaba preparada.

Una vez que se vistieron, después de que las chicas recogieran sus alhajas de la hamaca, Judith murmuró:

—No encuentro mi anillo.

—Seguro que se habrá caído —replicó Mel mirando a su alrededor.

Todos comenzaron a mirar por la piscina en busca del anillo perdido, y Eric, acercándose, preguntó:

—¿Qué buscas?

Judith le enseñó el dedo vacío y arrugó el entrecejo.

—Mi anillo preferido.

Él asintió. Sabía que aquel anillo que le había regalado hacía años, que decía «Pídeme lo que quieras ahora y siempre», era especial para ella y, mirando al suelo, murmuró:

—Tranquila, cielo. Aparecerá.

Durante un buen rato todos estuvieron buscando el anillo, pero éste no apareció por ningún lado, y Eric, mirando la piscina, finalmente dijo:

—Quizá se haya caído dentro. Mañana lo comprobaremos.

Judith asintió. Pero, al ver cómo la miraba Flyn, su sexto sentido la puso en alerta y, acercándose a él, le preguntó con total discreción:

—¿Has visto a alguno de los niños acercarse a la hamaca?

El chico se rascó el cuello y respondió con una sonrisita:

—No.

Judith comprendió entonces por su sonrisa que mentía; lo conocía demasiado bien. A continuación, bajando un poco la voz, musitó:

—Tú no tendrás nada que ver, ¿verdad?

Al oírla, el chico dio un paso atrás y gritó:

—¡¿Crees que yo tengo tu anillo?!

—Flyn... —siseó ella al ver que Eric los observaba.

—¿Y yo para qué quiero tu anillo?

—Flyn..., baja la voz.

—¿Por qué he de bajar la voz si me estás acusando? —insistió aquél consciente de que Eric los estaba mirando.

Alertado, Eric los observó pero entonces el muchacho gritó enfadado:

—¿Por qué no le preguntas a Peter?

—¿A Peter, por qué?

Entonces, todos los miraron, y Flyn indicó cuando Mel se acercaba a ellos:

—Porque él también estaba aquí conmigo y, si lo piensas mejor, él puede necesitar ese anillo más que yo.

—¡¿Qué?! —protestó Mel al oír eso.

—Deja de decir tonterías, Flyn —gruñó Judith.

Confundido, Björn clavó la mirada en su hijo, y el muchacho, que llevaba a Sami en los brazos, replicó:

—Yo no he tocado ese anillo. Si quieren pueden registrar mis cosas.

—Claro que no lo has tocado —afirmó Mel colocándose junto al chico.

Al oír eso, Eric se acercó hasta ellos para poner paz. Pero Judith, molesta por el comentario de Flyn, lo soltó:

—¿Acaso es necesario acusar a otros cuando yo sólo te he preguntado a ti?

—Basta ya —se entrometió Eric—. Se acabó esta conversación.

Pero Flyn, deseoso como siempre de pleito, miró a su padre y gruñó:

—Papá, ¿por qué me tiene que acusar de tener yo el anillo?

—Quizá porque he visto cómo me observabas y la sonrisita que ponías.

—¡He dicho que ya basta! —insistió Eric e, intentando suavizar el tono, se dirigió a una enfadada Judith y afirmó—: Seguro que el anillo se ha caído dentro de la piscina. Vayamos a cenar y mañana pediré que lo busquen. Venga, ¡todos a cenar!

Frida y Andrés se miraron. Sin lugar a dudas, la relación de Judith con el chico no estaba pasando por un buen momento.

Sin más, todos salieron de allí y se dirigieron hacia el comedor, donde se sentaron alrededor de la mesa. Tratando de disimular su malestar con Flyn, Judith cambió el gesto para hacerles saber a todos que lo ocurrido no había tenido importancia, pero Mel, que la conocía muy bien, una de las veces en que ambas se levantaron para ir a la cocina, le dijo:

—Jud, siento lo ocurrido, pero creo que si pusiera las manos en el fuego por Peter no me quemaría.

Judith asintió con una sonrisa. Ella, en cambio, no pondría las manos por Flyn.

—No pienses más en eso —contestó mirando a su amiga—. Seguro que el anillo está en la piscina.

Al día siguiente, Judith se levantó antes que nadie, bajó a la piscina y, tras ponerse unas gafas de buceo, la recorrió dos veces de punta a punta y el anillo no apareció.

47

Los días que Frida y Andrés estuvieron en Múnich los pasaron con la familia y los amigos. Estar con ellos era divertido, y la noche en que tuvieron que irse, lo hicieron con pesar.

Tras el episodio del anillo de Judith, Björn habló con Peter al respecto, y éste le dejó muy claro que él no había tenido nada que ver. Björn lo creyó.

Una noche, después de que Mel acostara a Sami y Peter ya se hubiera ido también a la cama, entró en su recámara y miró al hombre moreno que tantos buenos momentos le daba. Björn estaba leyendo unos papeles que tenía sobre la cama.

—Niños acostados y perra dormida.

El abogado sonrió al oír eso y, tras recibir el beso de Mel, murmuró:

—Sólo faltas tú desnuda a mi lado ¡y la noche será colosal!

Mel, dispuesta a darle aquello que él solicitaba, dijo:

—Dame cinco minutos para un baño y tendrás lo que pides.

—Guauuu, ¡qué interesante! —se burló el abogado viéndola salir.

Al entrar en la regadera y sacarse el celular del bolsillo trasero de los *jeans*, vio que tenía un mensaje.

Dime si aceptas el puesto de escolta. Me presionan y necesito un candidato.

Al leerlo, Mel supo que era del comandante Lodwud. Pensar en hablarlo con Björn era complicado y, dejando el celular, decidió meterse en la regadera. Necesitaba refrescar las ideas.

Cuando salió del baño, se sorprendió al no ver a Björn en la cama, donde lo había dejado, por lo que, tras secarse el pelo con una toalla y vestida tan sólo con la bata, lo buscó por toda la casa. Al no encontrarlo, decidió ir a mirar al despacho.

—¿Qué haces aquí?

Björn sonrió al verla.

—El expediente de este caso estaba incompleto y decidí ver si estaban aquí los papeles que me faltaban.

—¿Y estaban? —preguntó ella apoyándose en la mesa.

Al verla de aquella guisa, Björn asintió y, retirándole un poco la bata para verle la pierna, afirmó con voz ronca:

—Tentadora.

Acto seguido, tomó a la joven en brazos y, tras sentarla a horcajadas sobre él, la besó. Cuando se separó de ella, dijo:

—No sé si voy a poder esperar a septiembre...

Mel rio.

—Podrás..., claro que podrás.

De pronto, Björn recordó algo.

—Mel, tengo que decirte algo y espero que no te moleste. —Al oír eso, ella frunció el ceño, y él prosiguió—: Esta tarde, Sami me ha dicho emocionada que en la tele tenía canales de dibujos animados nuevos y...

—Bien..., bien..., sé lo que vas a decir —lo interrumpió ella—. Pero, cariño, Peter sólo ha tenido que meter una clave desde su computadora y...

—Mel, no quiero que piratee nada. ¿De qué sirve que yo se lo prohíba y tú se lo permitas?

Mel suspiró. Sabía que tenía razón y, sin ganas de discutir, asintió.

—De acuerdo. Mañana le diré a Peter que quite esos canales y también los de deportes.

—¿Deportes? —preguntó él.

Mel sonrió.

—Sí, cielo..., un montón de canales de deportes —dijo.

Al ver su gesto travieso, Björn asintió y, tras tomar el control del equipo de música, lo accionó y comenzó a sonar la canción *A Change Is Gonna Come.**

* *A Change Is Gonna Come*, Warner Bros., interpretada por Seal. (*N. de la E.*)

—¿Seal?

—Contigo nunca falla —respondió él besándola.

La exteniente se olvidó de lo que estaban hablando mientras la increíble canción sonaba y caldeaba segundo a segundo sus cuerpos y sus almas. Se adoraban, se necesitaban, pero si antes con Sami su tiempo juntos se veía reducido, ahora con Peter se reducía más aún.

Mel pensó en el mensaje que acababa de recibir de Lodwud. Tenía que hablar con Björn de aquello y, aunque sabía que ése no era el mejor momento, separándose de él comentó:

—Cariño, tengo que hablar contigo de algo.

Björn, que ya estaba totalmente lanzado a lo que se había propuesto, asintió.

—Después..., preciosa..., después.

—Björn...

—Luego..., ahora estoy muy ocupado.

Mel sonrió pero, parándolo de nuevo, explicó:

—He recibido un mensaje de Lodwud en el celular. He de dar una respuesta en relación con el trabajo de escolta. El puesto es mío si lo quiero.

Al oír eso, el abogado apartó incómodo las manos de ella y preguntó:

—¿Y qué vas a decir?

Mel suspiró. Sabía que el buen rollo se acababa de terminar, por lo que respondió:

—Escucha, cielo, estoy intentando hablarlo contigo.

—Pues si lo estás hablando conmigo, la respuesta es no. No quiero que mi mujer sea la puta escolta de nadie.

Su tono, su forma de decirlo y la rabia que detectó en sus palabras hicieron que Mel lo mirara y gruñera:

—Oye, ¿tú qué te crees? ¿Que yo soy una boba como esas mujeres? ¿Acaso piensas que vas a dirigir mi vida en lo referente a lo que quiero hacer?

—¿Quieres dejar de malmeter contra el bufete de una vez? Estoy harto de que, a la mínima, sólo salgan de tu boquita cosas desagradables contra ellos. Mira, Mel, llevo años intentando conseguir ese sueño y esta vez roza mis dedos, por tanto, ¡no lo friegues!

Ella suspiró. Por nada del mundo quería fregar su sueño e, intentando no volver a decir nada de aquéllos, insistió en el tema que le interesaba:

—Cariño, hicimos un trato. Yo me casaba contigo y tú aceptabas que...

—¿Te has casado conmigo?

La exteniente lo miró y, echando chispas por los ojos, respondió:

—Björn..., eso no es justo.

El alemán no se movió. Sabía que lo que acababa de decir no era correcto.

—Escucha, cariño —insistió ella—, tenemos que hablar. Hay cosas que no sabes en relación con...

Björn la soltó ofuscado y, apartándola a un lado para levantarse, siseó mientras la cortaba:

—Mira, en este instante se me han quitado las ganas de cualquier cosa contigo. Buenas noches.

Acto seguido, se encaminó hacia la puerta y salió del despacho. Mel, boquiabierta, no se movió mientras seguía sonando aquella maravillosa canción.

48

Mi relación con Flyn sigue igual. Eric se encarga ahora de él, pero el chico continúa sin dirigirme la palabra. Eso sí, ahora soy como los tres monos sabios: no oigo, no veo, no hablo. Sin embargo, añoro nuestras conversaciones y nuestras risas.

¿Él no las echa de menos como yo?

Mi anillo no aparece y estoy apenada. Ese anillo significaba mucho para mí, y Eric se ha empeñado en encargarme otro igual y sé que cualquier día lo traerá.

El jueves, tras llegar de trabajar de Müller, me tomo un café en la cocina mientras platico con Simona.

Flyn entra seguido por el pequeño Eric. Rápidamente, al ver a mi chiquitín, que viene a mis brazos, me deshago en halagos con él y luego salgo de la cocina de su mano para ir a ver algo que quiere enseñarme.

En cuanto regreso a la cocina, no hay nadie, ni Flyn, ni Simona y, tras abrir una alacena, saco unas galletitas y me las como con el café.

¡Qué ricas!

Un par de horas después, comienzo a sentirme mal. Mi estómago se descompone y tengo que correr al baño en varias ocasiones.

Cuando Eric llega de trabajar, no ceno. Me encuentro fatal.

Mi amor, al verme en ese estado, se preocupa y se desvive por mí. Sin lugar a dudas, si una quiere la total atención de Eric Zimmerman, sólo tiene que encontrarse mal. ¡Vaya con él!

De madrugada me despierto y, sin decirle nada a mi muchachote, voy corriendo al baño.

Asqueada, pienso en qué he podido comer para que mi estómago esté tan enfadado conmigo.

Tengo mucha sed, por lo que bajo a la cocina. Saco una botellita con agua fría del refrigerador y, como no tengo sueño, me siento a oscuras y, al ver sobre la cubierta de la cocina la *maripaz*, como llama mi hermana al iPad, lo tomo y me pongo a chismear por Facebook.

Cuando he chismeado todo lo posible, me meto en el perfil de Jackie Chan Zimmerman y leo: «Carreras en casa. Sin duda, las gotas funcionan. ¡Qué risas!».

¡Lamadrequeloparió!

Ya sé por qué me encuentro mal. Pero ¿de verdad ha sido capaz de hacerme algo así?

Enfadada, hago una captura de pantalla, me levanto, salgo de la cocina, subo la escalera, entro en la recámara de Flyn y, cuando doy un manotazo sobre la cama y éste se incorpora asustado, le suelto:

—¿Qué me has echado?

Flyn parpadea. Estaba dormido y, furiosa por lo que ha hecho contra mí, pego mi frente a la suya y siseo dispuesta a partirle la cara como me diga algo fuera de lugar:

—Esto es lo último que esperaba de ti. ¿Cómo puedes ser tan retorcido conmigo?

—¿De qué hablas? —pregunta.

—Te has reído a gusto con tus amiguitos por lo de las gotitas, ¿eh?

No responde. Sabe que lo he pescado y, furiosa, le suelto antes de salir de su recámara:

—Escúchame, Jackie Chan Zimmerman, me duele en el alma tener que decirte esto, pero ahora la que no quiere saber nada de ti soy yo.

Regreso a la cama y me meto en ella sin despertar a Eric.

A la mañana siguiente, cuando me levanto, no digo nada. Si puedo evitarle disgustos a Eric, se los evitaré. Me preocupa que le duela la cabeza y eso haga que su vista pueda empeorar pero, conmigo, el mocoso ha dado con un hueso duro de roer.

El domingo, tres días después, tras haber visto un partido de basket de Eric y Björn, donde los pobrecitos míos pierden, cuando salimos del polideportivo observo sorprendida cómo Flyn y Peter hablan de sus cosas. Sin lugar a dudas, Peter tiene una gran capacidad para perdonar comentarios malignos y olvidar, y un magnetismo que hace que nos esté ganando día a día a todos, incluido a Flyn.

Con curiosidad, mientras estoy con Mel y los pequeños, observo cómo Eric y Björn, acompañados de los dos adolescentes, ríen y hablan a pocos metros de nosotras. Al percatarse de que los observo, mi amiga dice:

—Me gusta ver la camaradería que hay entre ellos, ¿a ti no?

Asiento —¡por supuesto que me gusta!—, y respondo omitiendo la acción vergonzosa que mi hijo ha hecho contra mí:

—Claro que sí.

Dicho esto, Hannah le tiende los brazos a su padre y éste la carga encantado.

Luego decidimos ir a tomar algo al restaurante de Klaus. Nos encaminamos hacia los coches cuando, de pronto, alguien me agarra del codo. Al darme la vuelta, pestañeo. ¡Flyn!

Sin hablar, espero a ver qué es lo que quiere, y al final dice en un tono de voz bajo:

—Siento lo del otro día. No debería haberte echado nada en el café.

Bueno..., bueno..., bueno... ¡Flyn disculpándose por algo!

Me quedo tan bloqueada que no sé qué hacer. Abrazarlo no. Besarlo tampoco. Sé que rechazará ambas cosas, por lo que digo simplemente:

—Acepto tus disculpas.

Flyn asiente, me mira a los ojos de un modo diferente y después se aleja de mí.

Yo me emociono como una tonta.

Esa noche, cuando llegamos a casa y estacionamos el coche, *Susto* y *Calamar* vienen a saludarnos, y Simona, que está con Norbert esperándonos, me dice que ha ido a una tienda que está abierta los domingos a comprar y nos ha dejado hecho un pastel de carne en el horno. Yo asiento y se lo agradezco mientras toco la cabeza de *Susto*. Luego el matrimonio se encamina hacia su casa de la mano.

Al entrar, Eric se mete directamente en su despacho con Flyn y me desmarcan de su conversación.

Cuando Pipa va a subir con los peques para bañarlos, después de besuquearlos, me dirijo hacia el despacho. Con la mano en la manija, estoy a punto de abrir pero sé que, si lo hago, las chispas volverán a saltar, y finalmente doy un paso atrás. Pienso en Eric y decido dejar las cosas en sus manos. Es lo mejor.

Necesitada de hacer algo, voy a la cocina y, obviando el rico pastel de carne de Simona, me pongo a pelar papas. Voy a hacer una de mis maravillosas tortillas de papa. Esas que tanto nos gustan a todos, incluido a Flyn. El hecho de que me haya pedido disculpas me ha causado tanta impresión que quiero hacer algo que pueda gustarle a él y, sin duda, eso le va a gustar.

Durante un buen rato, me afano. Hago una ensalada de tomates frescos con daditos de mozzarella, dos exquisitas tortillas que huelen a gloria y abro uno de los paquetitos de jamón de Jabugo que mi padre nos envía cada mes. Sabe que adoro ese jamón y, como su niña que soy, aun en la distancia me sigue cumpliendo el capricho.

Una vez que coloco el jamón en un platito, y lo pongo en la mesa junto a la ensalada de tomate y las tortillas, me encamino de nuevo hacia el despacho. Pego la oreja a la puerta y compruebo que siguen allí. Después, abro con la mejor de mis sonrisas y Eric y Flyn dejan de hablar y me miran como si no tuviera que estar allí, por lo que pregunto:

—¿Qué pasa? ¿No puedo entrar?

Flyn dirige la vista hacia otro lado y Eric responde:

—Claro que puedes entrar, cariño.

Su contestación me gusta, me tranquiliza y me demuestra que mi marido quiere que siga participando de esas reuniones. Sentándome en una silla, me dedico a escuchar lo que Eric habla con Flyn y, cuando finalmente acaba, mi amor me pregunta:

—Jud, ¿quieres añadir algo?

Por mi cabeza pasan mil cosas que añadir pero, como necesito que haya paz, en especial por Eric, que no gana para disgustos, y después de la disculpa que ese día he recibido de Flyn, niego con la cabeza y, levantándome, musito:

—No.

Al oír eso, el chico me mira. Veo que lo sorprende que no le cuente a su padre su última fechoría, que me ha vaciado las tripas. Y, deseosa de ver a Eric feliz, digo:

—Vengan conmigo a la cocina, he preparado algo muy rico de cena.

Eric sonríe al percibir mi alegría.

—Pero ¿no ha dicho Simona que había dejado pastel de carne?

Asiento pero, sin querer revelarles mi sorpresa, insisto:

—Venga. Vayamos a la cocina y luego me dices si prefieres el pastel o lo que yo he preparado.

Eric y Flyn caminan delante de mí y, cuando entramos en la cocina, mi amor dice encantado:

—Tortilla de papa, tomates con mozzarella y jamón de ese tan rico que envía tu padre. ¿Qué celebramos?

De pronto, suena su celular. Lo saca del bolsillo de su pantalón y, al mirarlo, indica levantando la mano:

—Denme un segundo. Enseguida regreso.

Una vez que él sale de la cocina, el silencio se apodera del lugar. Flyn camina hacia el refrigerador, lo abre y toma una coca-cola. Cuando regresa a la mesa, lo miro y digo:

—Yo también quiero una.

Sin gesticular en exceso pero haciéndome saber que le molesta mi comentario, deja su bebida sobre la mesa, abre el refrigerador, toma otra lata y, dejándola ante mí, dice:

—Aquí la tienes.

Una vez que se sienta, abre su lata y da un trago. Con su misma arrogancia, tomo la mía y, al abrirla, la coca-cola sale a presión y me salpica la cara, la camiseta, el pelo y todo a mi alrededor.

—¡Carajo! —protesto.

Flyn suelta una risotada, y yo, furiosa al oírlo, meto la mano en la ensalada de tomates y, ni corta ni perezosa, se la extiendo con toda mi rabia por la cara.

Al maldito mocoso se le corta la risa al instante.

—¿Por qué lo has hecho? —gruñe.

Empapada de coca-cola, lo miro.

—Donde las dan, las toman. O, mejor dicho, el que ríe el últi-mo ríe dos veces, Jackie Chan.

Enfadado, se levanta. De pronto la puerta se abre, y Eric, al ver nuestras pintas, exclama sorprendido:

—Pero ¿qué les ha pasado?

Con una servilleta, termino de secarme la cara y el pelo y res-pondo:

—Pregúntaselo a él.

—¿A mí? ¿Por qué a mí, si yo no he hecho nada? —protesta el chico.

—Sí, claro —me burlo—. Y por eso la coca-cola que ¡tú! me has traído del refrigerador me ha explotado en la cara al abrirla, ¿verdad?

Eric nos mira..., nos mira, y Flyn insiste:

—Papá, te juro que yo sólo he sacado la coca-cola del refrige-rador y la he dejado sobre la mesa. Lo que ella da a entender es mentira. ¡Te lo juro!

—¿Se lo juras como a mí me juraste en otro momento otras cosas? —le reprocho yo.

—No estoy hablando contigo, estoy hablando con mi padre —sisea él enfadado.

—¿Hablas con tu padre? —digo levantando la voz—. ¿Y yo qué soy?, ¿un mueble? —El niño no contesta, y prosigo—: Por-que, que yo recuerde, hasta hace poco yo era tu madre y tu segun-do apellido es ¡Flores! ¿Me puedes decir qué he hecho para que ya no me quieras?

—Yo no he dicho que no te quiera —vuelve a sisear el mu-chacho.

Su respuesta me sorprende. ¡Ay, que me quiere! Pero, furiosa que estoy, digo:

—Pues entonces hablamos idiomas muy diferentes, Flyn, por-que el que ya no me llames «mamá» y que continuamente me estés haciendo putaditas para sacarme de quicio da mucho que pensar, ¿no te parece?

—Jud, ¡basta ya! —grita Eric.

Oír eso me enerva. ¿Por qué nunca se pone en mi lugar? ¿Por

qué? Y, cuando Flyn se da la vuelta y sale de la cocina enfadado, añade:

—Muy bien, Jud. Cada día lo haces mejor.

Dicho esto, él también sale de la cocina. A continuación, me siento en la silla, miro el estropicio que hay a mi alrededor, con los tomates y la coca-cola, y murmuro enfadada con el mundo:

—Y tú también, Eric. Tú también lo haces mejor cada día.

49

El lunes, Eric se va antes que yo a la oficina. Ha recibido una llamada de no sé quién y se va rápidamente. Yo ni le pregunto. Tras la semanita incómoda que hemos pasado, prefiero que se vaya sin mí.

Por ello, tomo mi coche y con tranquilidad conduzco hasta Müller. Entro en mi despacho y me encuentro una planta. Al verla pienso que, si es de mi marido, subiré a su despacho y se la estamparé en la cabeza. El muy cabrito no me ha dirigido casi la palabra desde ayer y, como se le haya ocurrido enviarme eso, me va a cabrear todavía más.

Durante un buen rato omito la tarjetita que veo en un lateral, pero cuando ya no puedo más, la tomo y leo:

> *Espero que todo se haya solucionado. Seguro que a Eric y a Flyn ya se les ha pasado el enfado. Con cariño,*
>
> *Ginebra y Félix*

¡¿Ginebra y Félix?!

¿Cómo que Ginebra y Félix?

¿Por qué saben ellos que Flyn y Eric han discutido conmigo?

A cada instante más enfadada, tomo la notita y me dirijo al elevador. Eric me va a oír. Con paso firme y seguro, llego hasta su planta y, antes de que su secretaria me vea, abro la puerta del despacho y me quedo paralizada al ver junto a Eric a las personas que me han enviado la maceta.

—Aquí está —aplaude Ginebra—. Iba a bajar yo ahora mismo a verte. Quería saber cómo estabas y si te ha llegado nuestra plantita.

Me cago en su padre, en su madre y, como diría mi padre, ¡en *tós* sus muertos!

El gesto de Eric me indica que, además de mi lengua, contenga lo que pienso y, fabricando rápidamente una sonrisa, respondo:

—Muchísimas gracias por la planta. Ha sido todo un detalle.

Félix sonríe y acercándose a mí, murmura mientras yo toco mi dedo sin anillo:

—Me alegra que te gustara el detalle. Se le ocurrió a Ginebra, después de que Eric nos contara en el desayuno que habían tenido un fin de semana movidito.

Esa información sobre nuestros días moviditos..., ¿por qué tienen que saber nada ellos? Pero, intentando no dejar mal a mi estúpido marido, cuando lo que se merece es que lo pisotee, respondo:

—¡Un detalle precioso!

Estoy parada allí en medio, sin saber qué hacer, y entonces mi encantador marido pregunta:

—¿Querías algo, Jud?

Lo miro. Claro que quería algo, pero ahora quiero arrancarle los ojos y, reaccionando rápidamente a su pregunta, digo:

—No. Era sólo para saber que habías llegado bien.

Sabe perfectamente que es mentira lo que digo.

—Bueno, pues en vista de que estás estupendamente, me voy a trabajar —añado, y mirando a aquellos dos, digo—: Ha sido un placer volver a verlos, y gracias por la planta.

Sin decir nada más, doy media vuelta y camino hacia la puerta. Una vez que salgo del despacho, como si flotara en una burbujita, voy hacia el elevador pero alguien me toma del codo y, al voltearme, me encuentro con Eric.

—Jud...

—Te odio —susurro sin que nadie nos oiga.

Eric sabe muy bien por qué lo digo y, tomándome de la mano, me jala con elegancia y me lleva hasta una sala pequeña. Una vez que cierra la puerta, dice:

—Escucha, cariño. Fue un simple comentario. No he dicho que...

—Me da igual —insisto furiosa—. Les has contado que habíamos discutido y, además, no me dijiste que tenías que desayunar con ellos; ¿por qué?

Mi pregunta lo incomoda, se lo veo en la mirada, pero responde:

—Porque no era importante, Jud. Por eso no te lo comenté.

No lo creo. Por primera vez en mucho tiempo, no creo lo que me cuenta, y siseo pensando en las advertencias de Frida:

—¿Qué hacen ellos dos en tu despacho?

Eric no dice nada. Da un paso al frente para acercarse a mí, pero yo, que no estoy dispuesta a caer en su influjo, doy uno atrás al ver que no va a contestar a mi pregunta.

—He de regresar —digo—. Tengo mucho trabajo.

Y, sin más, camino hacia la puerta y me voy.

Eric no viene detrás de mí.

Tras una mañana caótica donde la ley de Murphy juega en mi contra y me pregunto aquello de «¿Qué más puede salir mal hoy?», al abandonar Müller siento un gran alivio cuando suena mi teléfono. Es Marta, mi cuñada.

Quiere que nos veamos y quedo con ella. Estar con Marta siempre es un soplo de aire fresco. Parece mentira que sea hermana de Eric. Ella es todo positividad, y él es todo lo contrario.

Hablamos de su embarazo, de lo feliz que es su vida ahora, hasta que, mirándome con esa cara que tanto me hace reír, dice:

—Por Dios..., por Diossss, ¡me meo otra vez!

Suelto una carcajada al ver cómo se va corriendo al baño. Aún recuerdo cuando yo estaba embarazada lo meona que me volví, y riendo estoy por eso cuando oigo:

—No me digas que hoy también me veré obligado a detenerte...

Al darme la vuelta, veo que es Olaf.

—Señor agente, deténgame por pedir doble ración de frankfurt —respondo.

Él sonríe, se acomoda a mi lado y, tras pedir una cerveza al mesero, dice:

—Oye, siento mucho lo de tu anillo y lo de Flyn.

Oh..., oh..., creo que me voy a enterar de algo que no sé y, sin cambiar el gesto para que Olaf no se percate de que no sé nada, murmuro:

—Ya ves..., cosas de muchachos. ¡Vaya ocurrencias!

Olaf asiente. El mesero le sirve la cerveza, él da un trago y, cuando estoy loca porque diga algo más o me va a dar un infarto, añade:

—Cuando Eric me contó lo ocurrido, rápidamente envié la foto de tu anillo a las distintas casas de empeños de Múnich y, en cuanto me enviaron la confirmación de que estaba en una de ellas, sólo tuve que ver la cinta grabada del local para comprobar que había sido Flyn quien lo había llevado, aunque la venta la firmó un amigote suyo mayor de edad.

Ay, madre... Ay, madre... ¿Flyn me robó el anillo y lo llevó a una casa de empeños?

Uf..., uf..., ¡qué calor me entra! ¡Qué fatiguita!

Asiento como si fuera medio tonta, y finalmente consigo murmurar:

—Por suerte, hemos podido recuperarlo.

—Sí —afirma Olaf—. Pero no veas qué disgusto se llevó Eric cuando vio la grabación.

Como si yo estuviera al día de todo, asiento de nuevo como una idiota, y de pronto le suena el celular y tras contestar, él se voltea, yo miro y, al ver a dos chicas sonriéndole, dice dejando unas monedas sobre la mesa:

—Te dejo. Mi doble cita ha llegado. Saludos a Eric.

Sonrío tratando de disimular, y luego me cago en el maldito Jackie Chan Zimmerman y en mi marido. ¡Serán mentirosos!

Tras pasar un rato con Marta y no contarle lo que he descubierto, me voy directamente a casa.

¡Vaya día de disgustos que llevo!

Allí, intento olvidar la desagradable noticia que Olaf me ha dado y paso una estupenda tarde con mis pequeñines en la piscina, hasta que Flyn entra y pregunta mirándome:

—¿Puede venir un amigo a casa?

Por mí, desde luego que no. Su comportamiento es para que esté castigado hasta que cumpla cien años.

—Llama a tu padre y pregúntaselo a él —respondo muy seria.

—Ya lo he llamado y me ha dicho que lo que digas tú.

Carajo..., carajo..., carajo... Cómo me enfurece cuando Eric hace eso.

Pero ¿no se está ocupando él de su maldito hijo?

No obstante, como no tengo ganas de grescas o, como salga de la piscina le arranco la cabeza por lo furiosa que estoy con él, respondo:

—Haz lo que quieras. Al fin y al cabo, es lo que siempre haces.

Esa noche, cuando Eric llega a casa, no digo nada. Me callo en referencia a lo que sé del anillo y espero a ver cómo se desarrollan los acontecimientos. Mi marido no dice ni mu.

Al día siguiente, tras un difícil día de trabajo y después de pasar de nuevo la tarde con los niños, cuando Pipa se los lleva a la cama, me voy a dar un paseo con *Susto* y *Calamar*. A mis perritos les encantan esos paseos.

En cuanto regreso, *Calamar* se tumba agotado en el garaje, pero *Susto*, que nunca quiere separarse de mí, me sigue y entra conmigo en la casa. Divertida, continúo jugando con él cuando, al ir a la cocina, observo que Simona está pelando unas papas para hacer una ensalada alemana.

Veo los ingredientes que le va a echar sobre la mesa: salchichas de Frankfurt, pepinillos, cebolleta, mayonesa, perejil, sal y mostaza antigua de Dijon y, sabiendo lo buena que le va a salir, murmuro:

—¡Qué ganitas de comerla, Simona!

La mujer sonríe y menea la cabeza. Sin duda le estoy enseñando muchas cosas de España, y una de ellas es que a los españoles ¡nos encanta comer! Sonriendo, camino hacia el refrigerador, lo abro, tomo una lata de coca-cola y, cuando la voy a abrir, la mujer me dice:

—¡Cuidado!

Al oírla, me paro, la miro y pregunto:

—¿Cuidado por qué?

Quitándome la lata de las manos, Simona le pone un trapo por encima para abrirla y dice:

—El otro día, cuando regresamos del supermercado, a Norbert se le cayeron algunas latas al suelo antes de meterlas en el refrigerador, y no quiero que al abrirla te explote en la cara.

¡Carajoooooooooooooooo!
¡Carajoooooooooooooooo!
¡Y carajoooooooooooooo!
De pronto comprendo que acusé sin fundamento a Flyn.
De pronto me siento la peor bruja del mundo mundial.
De pronto comprendo que la cagué, cuando él no había hecho nada.

Acalorada y llena de remordimientos por el berenjenal que le armé al niño, tomo la coca-cola que Simona me ofrece ya abierta. Sin embargo, ya no paro de mirar el reloj hasta que llega Flyn. Necesito decirle que me equivoqué. Soy así de idiota con él, aunque no se lo merece.

Mirando estoy angustiada por la terraza de la sala cuando veo que el chico entra por la puerta. Decido olvidar lo del anillo. Eso lo resolveremos en otro instante, pero soy consciente de que tengo que pedirle disculpas por la que le armé.

Sin dudarlo, me pongo un abrigo y voy en su busca. *Calamar* y *Susto* ya están con el muchacho, y éste, cuando me ve, me mira con mala cara. Antes de que él diga nada, me adelanto:

—Perdona, Flyn. Perdona por haberte acusado por lo de la coca-cola. Simona me ha comentado que a Norbert se le cayeron algunas antes de meterlas en el refrigerador y...

—Te dije que no había sido yo —responde con gesto serio, sin mirarme.

Asiento. Tiene razón, e insisto con todo el cariño que puedo:

—Lo sé, cielo, lo sé, y por eso te pido perdón. Puedo estar molesta o enfadada contigo por otras cosas, pero no debo estarlo por ésta y necesitaba que lo supieras y que me perdonaras.

Sus ojos se clavan en los míos y siento unas ganas terribles de abrazarlo. Me abalanzaría sobre él y lo besuquearía, pero sé que no debo. No puedo: él no quiere. Así pues, simplemente me limito a escucharlo cuando dice:

—Me alegra saber que sabes que no fui yo.

Dicho esto, se da la vuelta. Lo miro desconsolada y, cuando creo que no me va a volver a hablar, suelta la mochila y, mirándome, sisea:

—¿Por qué? ¿Por qué tuviste que hablar con Elke?

Lo miro alucinada.

¿A qué viene ahora eso si yo hablé con ella sólo una vez hace tiempo?

—¿Por qué tuviste que meterte en mi vida?

—¿De qué hablas? —consigo murmurar.

Flyn se mueve nervioso. Mira a los lados y, acercándose a mí, sisea:

—Jud, no te hagas la tonta. Sabes muy bien de lo que hablo.

Noqueada por lo que dice, lo tomo del codo.

—Pero ¿de qué hablas? Si te refieres al día que la encontré a la salida del instituto besándose con otro chico, sólo le dije que tú eras un buen chico y que no sabía a qué estaba jugando ella. Flyn, soy tu madre y...

Él aprieta los dientes. Su mandíbula se contrae y, acercando el rostro al mío, me interrumpe:

—Tú no eres mi madre. Mi madre murió cuando yo era pequeño. Tú sólo eres la mujer de mi padre y, en todo caso, mi madrastra; ¡entérate de una vez!

Ay, Dios... ¡El corazón se me va a salir del pecho!

¿Qué le he hecho yo para que esté tan agresivo conmigo?

Sin querer continuar, y con gesto furioso, Flyn me mira y, señalándome con el dedo, musita:

—Por tu culpa, Elke me dejó. ¿En qué más me vas a fregar? Porque, si sigues fregándome, prepárate, porque yo pienso hacer lo mismo.

Parpadeo. Me duele en el alma que no me considere su madre con lo que yo lo quiero pero, una vez que asumo todo eso, lo miro y murmuro:

—De acuerdo, Flyn. No soy tu madre. Pero ¿me estás diciendo que estás enfadado conmigo porque Elke no quiere estar contigo? —Él no responde. Entonces, el corazón se me encoge y pregunto—: ¿Por eso estás haciendo que Eric y yo discutamos tanto?

Sin responderme, toma la mochila del suelo, da media vuelta y se va, dejándome sin saber qué pensar.

Horas después, cuando veo llegar el coche de Eric, lo espero en el garaje y, en cuanto baja del vehículo, voy a su encuentro.

Nada más verme, él anuncia con una esplendorosa noticia:

—Mira lo que te traigo.

Con curiosidad, observo su mano y, al ver mi anillo, lo tomo y pregunto haciéndome la tonta:

—¿Dónde estaba?

Eric sonríe, me guiña un ojo y dice:

—Lo encontré en la cajuela del coche cuando fui a meter unos papeles.

Lo miro boquiabierta. ¿En la cajuela del coche? Pero ¿éste se cree que me chupo el dedo? Y, antes de que yo diga nada, añade:

—Quizá se te cayó allí y no te diste cuenta.

Asiento. Mejor cierro el piquito, que no quiero complicarla más. Aun así, no comprendo por qué me está mintiendo en algo tan importante como eso.

Sin duda, los dos somos unos grandes ingenuos con el chico, lo estamos haciendo muy mal con él, y él nos está toreando como quiere.

Cuento hasta diez. Después, hasta veinte. He de dejar ese tema para otro momento. Y, poniéndome el anillo en el dedo, le cuento a Eric todo lo que realmente ocurrió con la coca-cola y por qué creo que Flyn me tiene tanto odio. Omito lo que me ha dicho en referencia a ser o no ser su madre. Eso le dolería a Eric.

El gesto de mi marido se contrae al oír mis palabras y, cuando acabo, pregunta:

—¿Flyn está así contigo porque Elke lo dejó?

—Eso me ha dado a entender —murmuro fastidiada.

Mi rubio maldice, se mueve por el garaje como un león furioso y, clavando su azulada mirada en mí, sisea:

—Jud, ¿por qué nunca me hablaste de ese encuentro con esa muchacha?

¡La madre que lo parió!

Él me está mintiendo en referencia al anillo y tiene la poca vergüenza de decirme que no le he contado aquello.

Si no se lo comenté en su momento fue por no echar más leña al fuego y, acercándome a él con toda la mala leche del mundo, siseo:

—Oye, Eric, dejando de lado que no te conté que sorprendí a la amiguita de Flyn besuqueándose con otro y le dije cuatro palabras, creo que debemos hablar con él.

Desconcertado, me mira. Llegar a casa y recibirlo con problemas no debe de resultarle agradable, pero dispuesta a solucionar de una santa vez aquello que martiriza a Flyn, le tiendo la mano y digo:

—Vamos.

Eric toma mi mano, la aprieta y, de un jalón, me acerca a él para besarme. Una vez que lo ha hecho, me mira y con seguridad asiente:

—Vamos.

Tomados de la mano, subimos hasta la recámara de Flyn.

Eric llama a la puerta antes de entrar y, cuando oímos la voz del chico, entramos. Como siempre, está ante la computadora y, al vernos, cierra la ventana del chat por la que hablaba con alguien; no he sido capaz de ver con quién. Eric comienza a hablar..., habla y habla.

Comenta todo lo que yo le he contado, y Flyn responde a la defensiva. ¡Faltaría más!

Un buen rato después, cuando veo que Eric ya está perdiendo su poca paciencia, sentencia:

—Flyn, quizá tu madre no debería haberle dicho nada a esa chica, pero te aseguro que, si yo la hubiera visto, habría reaccionado como ella.

—Tú eres más discreto que ella.

—Vaya, ¡gracias Flyn! —exclamo dolida por su falta de tacto, mientras compruebo una vez más que, delante de Eric, no dice que no soy su madre sino su madrastra.

El chico no responde. Eric me mira con cara de «¡Cállate!» y yo decido hacerle caso. Entonces Flyn dice:

—Papá, yo...

—No, papá, no —lo interrumpe Eric furioso—. Estoy enojado, ¡muy enojado contigo! Y ahora sólo te voy a pedir una cosa. Dame un poco de tranquilidad y comienza a comportarte como el muchacho al que he criado y he dado una educación porque, si no lo haces, te juro, Flyn, que lo lamentarás e irás derecho a un colegio militar.

El chavo no abre la boca. Lo del colegio militar son palabras mayores, y Eric prosigue mientras yo me mantengo calladita todo el rato:

—De todas formas, tú y yo tenemos una conversación pendiente en lo referente a Jud. Estoy harto de muchas cosas, y creo que ya no te voy a pasar ni una más.

Flyn no dice nada, de pronto veo que se fija en que llevo el anillo puesto y, con disimulo, deja de mirar. Sin añadir nada más, Eric toma mi mano y salimos del cuarto. Nos dirigimos hacia el nuestro y, cuando cierra la puerta, me suelta y se mete directamente en el baño.

No lo sigo, sino que le doy unos minutos. Entiendo que llegar a casa y que yo le vaya con la serenata de contrariedades todos los días es agobiante. Flyn y sus problemas nos están matando como pareja.

Dispuesta a hacerle olvidar, me acerco al equipo de música que tengo en la recámara, busco un CD y, cuando comienza a sonar nuestra canción, me planto frente al baño. Al cabo de pocos segundos, cuando Eric sale, con la mejor de mis sonrisas paseo las manos por sus hombros y murmuro:

—Ahora te vas a relajar.

Como siempre decía mi madre, la música amansa a las fieras y, dispuesta a amansar a la fiera rubia que tengo ante mí, sonrío. Pero entonces, él, sin importarle mis sentimientos, quita mis manos de sus hombros, mientras suena aquello de «Te regalo mi amor, te regalo mi vida»,* y dice:

—Sé que hago mil cosas mal, Judith, que meto mucho la pata contigo, pero, por favor, déjame respirar, dame espacio porque me están volviendo loco entre los dos.

* Véase la nota de la pág. 149. *(N. de la E.)*

¡Anda, mi madre! ¿A que lo mando a la mierda por imbécil?

Oír eso me duele, me rompe el corazón y, alejándome de él, apago la música y murmuro sin ganas de discutir:

—De acuerdo, Eric, te daré espacio.

Sin un ápice de humanidad, el amor de mi vida abre la puerta y sale de la recámara. No lo sigo. No se lo merece. Me acuesto en la cama, apago la luz y me paso horas mirando al techo mientras toco mi anillo recuperado.

Entrada la madrugada, la puerta se abre, Eric entra, se desviste, se acuesta a mi lado y se queda dormido.

Sin duda, he recuperado mi anillo, pero estoy perdiendo a mi amor.

50

*D*os días después, cuando Judith salió de trabajar, fue a ver a su amiga Mel. Necesitaba hablar con ella o se iba a volver literalmente loca. La situación en casa era insoportable. Eric estaba taciturno. Flyn se escondía por las esquinas y nadie hablaba con ella.

—Tranquila, Judith. Todo pasará.

—Lo sé. Sé que todo pasará. Pero la extraña sensación de soledad que siento en la boca del estómago cuando estamos en casa no me deja vivir.

—Te entiendo —murmuró Mel.

Ella y Björn habían estado sin hablarse sólo un día tras lo ocurrido la última noche, pero Björn no tenía la testarudez de Eric, y en cuanto pudo lo solucionó. No soportaba sentir la indiferencia de Mel.

Sin querer hablar de ello, Mel miró a su amiga y susurró:

—Todo se arreglará, ya conoces a Eric. Por cierto, enhorabuena por haber recuperado el anillo.

Judith se miró el dedo. A Mel tampoco le había contado lo que sabía y, encogiéndose de hombros, murmuró:

—Gracias.

En ese instante se abrió la puerta y *Leya*, la perra, se levantó y corrió. Instantes después entró Björn con Sami sobre los hombros, y tanto Mel como Judith se deshicieron en besos con ella.

Al ver a Jud, Björn la saludó encantado, pero la conocía muy bien, y la tristeza que veía en su mirada le hacía presuponer que algo pasaba.

—¿Va todo bien? —preguntó.

Judith sonrió al oírlo y, guiñándole un ojo, musitó:

—Sí, tranquilo. Simples discusiones entre tu amiguito y yo.

Björn suspiró. Eric y Jud y sus discusiones... Luego, mirando a su alrededor, preguntó:

—¿No ha llegado Peter del colegio?

Mel miró el reloj.

—Cariño, todavía queda un rato para que llegue.

El abogado asintió pero, cuando iba a decir algo, su teléfono sonó y, separándose de ellas, lo atendió. Habló con alguien y, al despedirse, dijo:

—De acuerdo, Gilbert, intentaré pasarme a verte mañana.

Las dos amigas se miraron y, en cuanto Björn se fue hacia su despacho, Judith preguntó:

—¿Le has contado ya lo que tenías que contarle de ese impresentable?

—No.

—¿Y a qué esperas?

Mel sonrió y replicó:

—¿Te pregunto yo a ti por qué no le contaste a Eric la discusión que tuviste con Elke o por qué permites que el niño diga que no eres su madre cuando él no está?

Jud parpadeó.

—Tocada y hundida.

Mel rio.

—Mira, lo he decidido —añadió—. No voy a decir nada, y que sea lo que Dios quiera. Él ya sabe lo que yo pienso de esa gentuza y con eso me conformo.

De pronto, Sami preguntó:

—Tía Jud, ¿quieres ver el poni rosa que me ha comprado papi?

Ella asintió encantada y respondió:

—Claro que quiero verlo. Enséñame ese poni rosa, mi amor.

Peter llegó del colegio un rato después. Como siempre que veía a Judith, la abrazaba con cariño. Era un niño afectuoso, y Judith se emocionaba. ¿Por qué Flyn no la abraza ya así?

Tras estar un rato con ellas, el chico se retiró a su recámara para hacer la tarea.

Una hora después, cuando Mel y Jud estaban compartiendo una coca-cola en la cocina, Björn abrió la puerta y anunció:

—Miren quién ha venido.

Judith y su marido se miraron y se saludaron sin mucha efusividad por parte de ella.

—Björn quería hablar conmigo de ciertos temas legales —explicó Eric.

Sin moverse del sitio y con su bebida en la mano, Jud asintió:

—¡Genial!

Cuando los chicos se fueron al despacho, Mel cuchicheó boquiabierta:

—Guauuu..., ni en el Polo Norte son tan fríos.

Al oírla, Jud se encogió de hombros y, como no quería seguir hablando del monotema, que no se quitaba de la cabeza, dijo:

—Vamos, enséñame los canales que Peter ha pirateado en la televisión. Quiero ver si los tengo o no.

Una hora después, Eric y Björn salieron del despacho, donde no sólo habían hablado de temas legales, y se sentaron con las chicas para tomarse algo.

El buen humor reinaba en el ambiente, pero a nadie le pasó por alto que Judith estaba más callada de lo normal. Conscientes de la tirantez que había entre sus amigos, Björn y Mel se miraban sin saber qué hacer, hasta que ella, levantándose, dijo:

—Se quedan a cenar, ¡decidido! Llamaré para que nos traigan unas pizzas.

Durante la cena, la presencia de Peter y de Sami hizo que todo fuera más ameno, pero Eric se sentía mal. Ver a Jud tan desganada por lo que estaba ocurriendo en casa con Flyn y con él mismo le partía el corazón.

El tema del chavo ya pasaba de castaño oscuro. Enterarse de que había sido capaz de robar el anillo que tanto adoraba Judith hizo que Eric abriera los ojos como platos y se diera cuenta de lo equivocado que estaba. Sin duda, él era el gran culpable en cuanto al muchacho. Si toda la dureza que en ocasiones vertía contra Judith la hubiera vertido contra aquél, ahora no estarían así.

Pensó en contarle la fechoría de Flyn en relación con lo del robo a la mujer que adoraba, pero fue incapaz. Lo avergonzaba que ella supiera la verdad de todo y, aun siendo consciente de que estaba mal lo que hacía, decidió callar. Eso sí, tras hablar con el chavo como no había hablado en su vida, decidió que todo tenía que acabar y, a la siguiente fechoría que hiciera, se iba derecho al colegio militar.

Cuando terminaron de cenar, llegó la hora de irse y, en silencio, Eric y Jud entraron en su coche. Él arrancó el vehículo y, mirándola, preguntó:

—¿Quieres escuchar música?

—Me da igual.

Deseoso de que aquello acabara, el alemán buscó entre los CD que llevaba en el coche y puso uno. Cuando comenzó a sonar la voz de Ricardo Montaner cantando *Convénceme,** preguntó:

—Esta canción te gusta, ¿verdad?

Judith resopló. Bien sabía él cuánto le gustaba.

—Sí.

No lo miraba. Eric necesitaba que lo hiciera para conectar con sus ojos, por lo que murmuró:

—Escucha, Jud...

—No quiero escucharte.

Enfadado por haber sido él quien había creado aquel malestar, sin poder aguantar un segundo más, insistió:

—¿Hasta cuándo va a durar esto?

Pero ella, sin mirarlo, replicó:

—Simplemente te estoy dando el espacio que me pediste.

Eric asintió. Arrancó el vehículo y condujo en silencio hasta su casa. Era un bocón, un gran bocón con ella, y se merecía que le hablara así.

Al llegar al garaje, Eric apagó el motor y, cuando Jud iba a salir del coche, la agarró de la muñeca y, atrayéndola hacia sí, la abrazó y le prometió que a partir de ese instante todo iba a cambiar. Esta vez, Jud no se alejó. Sin duda, lo necesitaba tanto como él a ella, y lo escuchó.

---

* *Convénceme*, Sony Music Latin, interpretada por Ricardo Montaner. *(N. de la E.)*

51

〜)〜

El viernes, tras dejar a nuestros niños y a Sami y a Peter con Simona, Norbert, Bea y Pipa, sin mirar atrás o no nos iremos, nos disponemos a pasar un gran fin de semana plagado de sexo y morbo.

Al llegar al hotel donde nos vamos a alojar los próximos dos
días, tras pasar por recepción y dar nuestros nombres, Björn y Mel,
Eric y yo nos dirigimos hacia nuestras respectivas habitaciones.

El hotel es bonito y, cuando Eric y yo cerramos la puerta de la
nuestra, nos miramos, nos comunicamos con los ojos como
siempre hemos hecho, y sabemos que todo está bien.

Tengo ganas de divertirme con él. Entonces veo una botellita
con etiqueta rosa metida en hielo junto a dos copas y sonrío, segura de lo que quiero, y sé que él también quiere.

—Desnúdate —me pide.

Esa noche, alejados de los niños y de los problemas, mi marido
y yo nos hacemos mutuamente el amor sin reservas.

Nos necesitamos...

Nos queremos...

Nos amamos...

Y cuando, de madrugada, caemos agotados en la cama, Eric
murmura:

—Creo que tú y yo necesitamos más fines de semana como éste.

Encantada, sonrío. No me cabe la menor duda y, poniéndome
a horcajadas sobre él, afirmo:

—Tendremos todos los que tú quieras.

A la mañana siguiente, tras llamar a casa y saber que todo está
bajo control por allí, los cuatro nos dirigimos hacia la casa de Alfred y Maggie. Al ver que Björn y Eric conversan, Mel se acerca a
mí y cuchichea:

—Tengo que hablar contigo.

—¿Qué pasa?

Mi amiga me hace señas para que calle y murmura:

—Luego hablamos.

Asiento. Mel sonríe y, mirando el enorme caserón que se cierne ante nosotros, pregunta:

—¿Tanto dinero tienen los anfitriones?

Eric y yo intercambiamos una mirada y mi amor responde:

—Son dueños de medio Múnich, y tienen acciones en distintas productoras de cine estadounidense.

Mel se sorprende al oír eso, pero más sorprendida se queda cuando se los presentamos y ellos la reciben en su casa con aire campechano.

La gran fiesta es por la noche. Maggie nos enseña por encima los preparativos y, mientras caminamos por las distintas salas ambientadas, Mel murmura:

—Madre mía. El dineral que deben de haberse gastado en todo esto.

Sonrío. Sin lugar a dudas, los anfitriones pueden gastarse eso y más. Sólo hay que mirar alrededor para darse cuenta del costo de todo. No quiero ni imaginarme lo bonito que va a ser aquello iluminado por la noche.

Alfred ha ordenado traer columnas labradas y pedestales para ambientar las impresionantes habitaciones, junto a bustos y estatuas de hombres y mujeres, y la mesa principal del comedor es enorme.

Tras salir del gigantesco salón, entramos en otro espacio lleno de mesitas bajas rodeadas por grandes y mullidos almohadones de colores. Con picardía, Maggie se ríe y nos dice que es para quienes quieran seguir comiendo en público tras la cena.

De allí pasamos a otro enorme salón, en el que unos trabajadores ultiman detalles. Los hombres nos observan curiosos, pero siguen con su trabajo. Nosotras paseamos entre columpios de cuero sujetos al techo y, al ver varios jacuzzis cubiertos por enredaderas para dar efecto, nos miramos y Maggie murmura que era un capricho de su marido. Las tres nos reímos cuando pasamos a otra sala donde vemos varias cruces acolchonadas, cepos de madera con grilletes, jaulas y otros artefactos.

Mel clava sus ojos en mí, y yo, sabiendo lo que piensa, me río y murmuro:

—Aquí no entro yo ni loca.

Una vez que salimos de esa estancia, Maggie nos muestra varias habitaciones pequeñas sin puerta en las que hay una cama en su interior, y una de ellas con cortinas a modo de puerta, un columpio de cuero en el centro y un gran espejo. Se trata de la sala negra. Nos habla de que hay gente a la que no le gusta estar rodeada a la hora de hacer el intercambio, y finalmente vamos a otra sala grande llena de camas con sábanas doradas y plateadas.

Acabada la visita, salimos al exterior de la enorme casona y vamos hasta un jardín al aire libre, donde nos esperan los chicos junto a otros invitados. Pasamos gran parte de la mañana allí y, tras una improvisada comida en uno de los restaurantes del pueblo, nos despedimos y regresamos al hotel. Debemos prepararnos para la fiesta de la noche.

Entre risas, me arreglo con Mel y, cuando me miro al espejo, me acuerdo de Frida y de Andrés. Con añoranza, recuerdo mi primera fiesta con ellos vestidos de los años veinte. Por desgracia, esos buenos amigos no han podido desplazarse para esta fiesta a causa del trabajo de Andrés y, aunque los añoro, sonrío. Sé que están bien y felices. Eso es lo único que importa.

Una vez que Mel ha acabado de recoger mi pelo en un chongo, se da aire con la mano y le pregunto:

—¿Qué te pasa?

Acalorada, ella murmura rápidamente:

—Tengo mucho calor. ¿No tienes calor?

Asiento. La verdad es que en ese hotel hace muchísimo calor. Me miro al espejo y me gusta el aspecto juvenil y lozano que ese peinado me otorga cuando oigo a Mel decir tras terminar de ponerme en la cabeza una corona de laureles:

—Estás monísima.

Encantada al oír eso, me fijo en su corto y engominado pelo oscuro y afirmo:

—Tú sí que estás guapa, con esos laureles alrededor de la cabeza y los coloretes que tienes por el calor.

Las dos reímos, y a continuación nos ponemos nuestras sandalias romanas de tacón blanco.

Cuando nos miramos al espejo, ambas silbamos. Estamos sexis y tentadoras vestidas con esos cortos vestidos de romanas en blanco y oro. Sin duda, fueron una buena elección.

—Mira que no me excitas nada, pero reconozco que así vestida estás impresionante.

Mi amiga suelta una carcajada y, dándome un beso en la mejilla, cuchichea:

—Me encanta no excitarte nada —y, mirándome, añade—: Escucha, yo quiero cont...

En ese instante llaman a la puerta de la habitación. Las dos sabemos quiénes son y, con una pícara sonrisa, nos colocamos en plan diosas del Olimpo y decimos:

—Adelante.

La puerta se abre y aparecen nuestros guapos gladiadores. Björn está impresionante, pero yo no puedo apartar la mirada de mi rubio alemán. Vestido de gladiador con ese traje con faldita de cuero marrón, la capa y las sandalias romanas..., uf..., uf..., por el amor de Dios, ¡qué sexi está!

Al ver nuestros disfraces, los chicos sonríen, les gustan tanto como a nosotras los suyos. Entonces, con picardía, me levanto la corta falda de mi vestido y, enseñándole a Eric mi recién depilado monte de Venus para la ocasión, murmuro:

—Sin nada debajo, como a ti te gusta.

Mi amor asiente, y veo cómo la nuez de su garganta se mueve cuando traga. Estoy ensimismada en sus ojos cuando oigo que Mel dice ante la mirada de Björn:

—Pues yo sí llevo. No sé ir sin calzones.

Mi amigo suelta una carcajada, Eric sonríe, y yo, dispuesta a demostrarle que me siento como una diosa vestida así, me muevo con premeditación, nocturnidad y alevosía y pregunto:

—¿Te gusta mi vestidito de romana, Iceman?

La nuez de la garganta de mi amor vuelve a moverse mientras

lo veo asentir, y entonces sé lo que va a pasar cuando mi rubio camina hacia mí y, desabrochándose el cinturón que reposa sobre sus caderas, veo que la espada cae al suelo y dice:

—Pequeña..., quítate el vestido si no quieres que te lo arrugue.

—¿Ahora?

Mi amor asiente, y yo sonrío satisfecha por lo que he provocado, pero entonces veo que Björn murmura mirando a Mel:

—Estás tardando en desnudarte, preciosa.

Sin un ápice de vergüenza, y excitadas por lo que aquellos dos titanes nos ordenan, nos miramos y, con una pícara sonrisa, desabrochamos los pasadores que llevamos al hombro y nuestros vestidos caen al suelo en décimas de segundo.

Eric me come con la mirada.

¡Uf..., qué brutote se está poniendo!

Sus ojos me hacen saber lo mucho que me desea y, acercándose a mí, susurra antes de besarme con delirio:

—Seré el primero y el último en hacerte mía esta noche.

Acto seguido, me tumba en la cama, observo cómo se quita el bóxer, me cubre con su cuerpo y, separándome las piernas con las suyas y sin mimo, me hace suya. Me aprieta contra sí y yo me dejo llevar disfrutando al máximo de la fogosidad de mi amor.

Con Eric sobre mí y con mi voluntad anulada por nuestra locura, no sé cuánto tiempo pasa cuando soy consciente de que Mel está tumbada a mi lado mientras Björn la besa y se mueven al unísono entre jadeos y susurros.

Como digo, nuestra amistad es especial, diferente. Compartimos intimidades y momentos pasionales que otros amigos no comparten, pero a nosotros nos gusta, nos encanta poder hacerlo, y los cuatro disfrutamos sobre la cama haciendo el amor con delirio.

Una vez acabado ese loco primer ataque que nosotras hemos provocado, los dos gladiadores se levantan de la cama y nos levantan a nosotras. Entre risas, pasamos al baño para asearnos y, en el momento en que me miro al espejo, gruño:

—Carajo..., mi pelo está hecho un desastre.

Eric, que adora mi morena melena, se pone detrás de mí, la besa y responde:

—Déjatelo suelto.

Feliz por aquello, le hago caso y, cuando salimos del baño, mientras esperamos a que Björn y Mel regresen, Eric dice mientras se acomoda el cinturón con la espada:

—No te separes de mí en la fiesta, ¿de acuerdo, cariño?

Asiento. Ni loca me separo de él. ¡Anda que no habrá lagartas!

Arropados con unas capas gruesas que nos hemos comprado para la ocasión, nos subimos los cuatro en el coche de Björn. Hace frío, y éste se apresura a poner la calefacción. Divertidos, nos dirigimos a la fiesta, pero al tomar la carretera que nos llevará hasta la mansión, unos hombres a caballo vestidos de romanos nos paran y nos indican que debemos dejar el coche allí.

Cuando nos bajamos, nos fijamos en que a los lados hay varias cuadrigas tiradas por caballos, y vamos en ellas hasta la casa. Eso nos encanta. Ambientación desde el minuto uno. Sin duda, Alfred y Maggie saben dar fiestas.

Una vez que las cuadrigas nos dejan en la entrada, nos apresuramos a acceder a la enorme mansión y de inmediato nos quedamos boquiabiertos. Realmente aquello parece la antigua Roma. Por todas partes hay hombres y mujeres vestidos de aquella época, y la caracterización del lugar es fantástica. Más tarde, me entero de que ha ayudado en la decoración uno de los equipos que trabajó en la película *Gladiator*. Sin duda, todo aquello es increíble.

De la mano de mi amor, camino por la casona convertida en la antigua Roma y me fijo en los cuencos rústicos llenos de uvas, las jarras finas para el vino y las hermosas copas. En aquella fiesta no hay cerveza, no hay coca-cola, no hay champán.

Las paredes están decoradas con finas cenefas, antorchas y lámparas de aceite.

—Increíble. Maggie y Alfred cada día se superan más —afirma Björn echando un vistazo a su alrededor.

Los tres asentimos asombrados mientras aceptamos unas copas de vino, que más tarde sabemos que es aromático, y bebemos mientras saludamos a muchos conocidos.

Todos los presentes lo queremos pasar bien. La gran mayoría

nos conocemos de otras fiestas o de encontrarnos en ciertos locales *swingers*. Nadie está allí por equivocación.

—Pero ¡qué alegría volver a verlos aquí! —oigo de pronto.

Rápidamente me doy la vuelta y me encuentro con Ginebra y su marido. ¿Qué están haciendo ellos allí?

Eric se apresura a agarrarme de la mano, y entonces Alfred se acerca a nosotros y dice:

—Eric, no sé si conoces a mi buen amigo Félix.

Vaya..., vaya... ¿Alfred es amigo de Félix?

Sinceramente, no me extraña. El tipo de sexo que he visto que les gusta a aquéllos y a los anfitriones es muy parecido.

Entonces, Eric sonríe y afirma:

—Sí. Lo conozco a él y también a su mujer, Ginebra.

La aludida sonríe y yo le devuelvo la sonrisa.

Mientras todos hablamos, me percato de que Ginebra no se acerca a Eric ni lo mira de manera que yo me pueda molestar. La verdad es que siempre guarda muy bien las distancias pero, cuando se alejan de nosotros, me alegro.

De pronto suenan unas trompetas y un cañón de luz enfoca hacia lo alto de la escalera. Allí están Alfred y Maggie con sus caros disfraces. Como anfitriones, dan la bienvenida a sus invitados. Nos hacen saber que somos ciento treinta personas escogidas selectivamente para la fiesta, y a continuación unos guapos sirvientes romanos nos entregan unos papeles. En ellos viene un plano de la casa explicando las salas y sus temáticas.

Una vez que acaban la explicación, con una grata sonrisa, Alfred nos invita a todos los asistentes a pasar al comedor y, encantados, todos nos dirigimos hacia allí. Cada uno de nosotros tiene asignado un lugar en la mesa, y me alegra ver que Maggie nos ha puesto junto a Björn y Mel.

Cuando nos acomodamos, unos criados nos sirven más vino y después comenzamos a degustar manjares que supuestamente se comían en la antigua Roma.

De entrada nos sirven un exquisito puré de lentejas con castañas. Al principio pienso que no me lo voy a comer, pero ¡está buenísimo! A Mel, en cambio, le horroriza el olor.

Llenan mi copa con algo que no conozco y, al preguntar, el mesero me dice que es *mulsum*. Yo vuelvo a mirarlo. No sé qué es eso, y éste con corrección dice:

—El *mulsum* es un vino típico de la época del Imperio romano. Está hecho de una mezcla de vino o mosto con miel. Después se remueve hasta que la miel se disuelve y se sirve templado con los entrantes.

Doy un traguito y Mel, mirándome, afirma:

—Me muero por una cerveza, ¿no hay?

—Y yo por una coca-cola.

Los cuatro llegamos al convencimiento de que aquello no es lo que más nos gusta, y entonces nos traen vino de rosas y vino de dátiles. ¡Repito varias veces! Están increíbles.

Eric sonríe.

—No bebas mucho que, cuando regresemos al hotel, tengo encargada para ti una botellita con etiqueta rosa.

Yo me río con complicidad al oírlo. Sabe que por su culpa me encanta el champán Moët & Chandon Rosé Impérial. Me lo hizo beber en nuestra primera cita en el Moroccio y se ha convertido en un compañero habitual en nuestros momentos.

—Tranquilo, amor —susurro—, que para mi botellita de etiqueta rosa siempre tengo hueco.

Los meseros traen paté de olivas, *moretum*, distintos quesos frescos de hierbas, sésamo y piñones y, como plato fuerte, un increíble lechón asado y relleno con hojaldre y miel.

Mel y yo nos chupamos los dedos, todo está buenísimo y, cuando traen las manzanas asadas con frutos secos, creo que voy a reventar.

¿Por qué mi padre me habrá enseñado que hay que terminarse siempre todo lo que hay en el plato?

Acabada la cena, mientras todos platicamos tranquilamente y estoy tomando algo que llaman hidromiel, veo que Alfred se levanta, llevan hasta él cuatro carritos de servicio con ruedas vacíos y él, tras tomar un micrófono para que todo el mundo pueda oír, dice:

—Amigos, en la antigua Roma, después de comer en banquetes concurridos como éste, siempre se organizaba algún tipo de espectáculo. Había varios y todos eran sangrientos, como, por ejemplo, atar a un pobre hombre a una estaca para que una fiera hambrienta lo despedazara mientras los comensales observaban. Todos los presentes arrugamos el entrecejo; ¡qué asco! ¿De verdad hacían eso los romanos y no vomitaban?

Al ver nuestro gesto, Alfred sonríe y continúa:

—En nuestro caso, he pensado crear un espectáculo llamado «el postre común». Consistirá en que tres mujeres y tres hombres, los que se ofrezcan, serán atados a estos carritos y serán ofrecidos como postre a todo el mundo durante una hora. Después, serán liberados, todos saldremos del comedor y podremos dirigirnos a las distintas salas para continuar con la fiesta.

Las risas de muchos de los asistentes se oyen junto a algunos aplausos. Mel me mira y, acercándose a mí, murmura:

—Ni loca me presto a eso.

Yo sonrío y afirmo:

—Ya somos dos.

Nuestros muchachotes, que están a nuestro lado y nos han oído, asienten. Piensan como nosotras.

Encantada al comprobar que estamos de acuerdo, beso a mi rubio y, cuando oigo las risas de los asistentes, no me sorprendo al ver a Ginebra levantarse. Félix, su marido, le da un beso y, tras una nalgada que hace reír a los hombres que están a su alrededor, Ginebra se aleja de ellos con una gran sonrisa.

Detrás de ella salen dos mujeres y tres hombres e, instantes después, se van con los criados, que se llevan los carritos, y los demás seguimos sentados a la mesa. Un momento más tarde, las trompetas suenan, las puertas se abren y entran de nuevo los criados con aquéllos desnudos y maniatados sobre los carritos de servicio.

Boquiabierta, observo la escena.

Mira que ya he visto cosas raras en mi vida, pero ver eso me parece surrealista.

Los voluntarios están atados, unos boca arriba y otros boca abajo.

Me fijo en Ginebra, que está boca abajo. Su pecho está pegado a la bandeja, tiene las muñecas y los tobillos atados al carrito de servicio y está por completo expuesta para todos. Los meseros dejan cada carrito en distintos puntos de la mesa y, a partir de entonces, los invitados comienzan a mover los carritos a su antojo.

Los ofrecidos ríen ante lo que aquellos hombres y mujeres hacen, pero yo sólo puedo fijarme en Ginebra. Le dan nalgaditas, hasta que un hombre, que está junto a Félix, se pone en pie y, levantándose la faldita de romano que lleva, se echa hidromiel alrededor del pene y se lo introduce a Ginebra en la vagina. Félix lo anima y, finalmente, levantándose también, mete su verga en la boca de su mujer. La gente aplaude ante lo que ve, mientras yo observo ojiplática.

Ginebra grita, jadea, mientras Félix, con los ojos cerrados, continúa su propio baile particular en la boca de su mujer.

Mel me mira. Yo me encojo de hombros y, acercándome a Eric, murmuro:

—Si Ginebra está tan enferma, ¿por qué hace esto?

Eric, que ha dejado de observar el espectáculo, clava los ojos en mí y responde:

—Porque es lo que le gusta, cariño, y Félix no le dice que no a nada.

La gente se levanta y se arremolina alrededor de Ginebra y las otras personas que están en los carritos de servicio para animar, tocar y hacer todo lo que se les venga en gana, pero nosotros, al igual que otras personas, no nos levantamos. No nos interesa ese tipo de juego.

Olvidándonos de lo que ocurre a escasos metros de nosotros, comenzamos a hablar entonces con otros invitados, hasta que suenan las trompetas. En ese instante todo el mundo se sienta y, cuando los meseros entran por los voluntarios para llevárselos, yo me quedo sin habla: van sucios, cubiertos de comida y de lo que no es comida pero, por extraño que me parezca, se les ve felices. Sin duda, han disfrutado con algo que a mí particularmente me horroriza.

Los invitados continuamos sentados a la mesa cuando, diez minutos después, las puertas vuelven a abrirse y los seis voluntarios entran de nuevo bañados y con sus impolutos trajes de romanos. La gente aplaude y los vitorea, y ellos sonríen.

Poco después es Maggie la que se levanta, toma el micrófono y dice:

—Amigos, la cena ha acabado. Ahora los invito a que vayan a los distintos salones acondicionados que hay en la casa para que gocen de su morbo, de su sexualidad y de esta gran fiesta. Recuerden las normas y ¡a disfrutar!

Todos nos levantamos y salimos del comedor. La primera sala que nos encontramos es la que está plagada de mesitas bajas y almohadones. Allí nos sentamos. Hablamos durante un buen rato con conocidos, hasta que mi rubio murmura en mi oído:

—¿Qué te parece si tú y yo nos vamos a uno de esos columpios de cuero? Creo que las últimas veces que lo probamos nos gustó.

—Y mucho —afirmo.

De la mano, caminamos hacia las salas donde sé que están los columpios, mientras Mel y Björn se quedan hablando con otros sobre los cojines.

Al llegar, vemos que no hay ningún columpio libre y, al recordar uno en la habitación negra del espejo, como la llamó Maggie, me dirijo hacia allí. Por suerte, está vacía. Nos besamos y, cuando el beso acaba, veo que un hombre que no conozco está mirándonos. Eric me pregunta con la mirada y yo sonrío, y entonces mi amor dice:

—Cariño, te presento a Josef.

Encantada, sonrío al tal Josef y éste hace lo mismo. Eric, que está detrás de mí, le ordena a Josef que cierre las cortinas para que nadie nos moleste y, tras ello, murmura en mi oído:

—Te voy a quitar el vestido, ¿puedo?

Lo miro con una sonrisa guasona y con un pestañeo sabe que le digo que sí. Acto seguido, mi amor abre el pasador que sujeta mi vestido, éste cae hasta mis pies y yo quedo desnuda excepto por las sandalias romanas de tacón que llevo. Josef sonríe. No me toca. Nos observa, y Eric, tomándome entre sus brazos, me sube al columpio, pasa las correas por mis tobillos y mis muslos y, una vez que nota que estoy sujeta, me suelta y susurra balanceándome, mientras mis pechos se mueven:

—¿Qué se le antoja a mi preciosa morenita?

Excitada por aquello, sonrío. Quiero disfrutar de mi rubito de mil maneras, de mil posiciones, de mil jadeos. Observo que Josef nos mira, espera instrucciones y, finalmente, sin quitarle la vista de encima a mi buenísimo esposo, respondo:

—Quiero disfrutar de todo.

Mi amor asiente. Sonríe, se saca el disfraz de gladiador, que cae al suelo junto al mío, se acerca a mí y, aproximándose a mi boca, murmura:

—Entonces, disfrutemos.

Con su boca, busca la mía y, con una sensualidad que me deja sin palabras, me chupa el labio superior, después el inferior, yo abro los ojos y él finaliza su increíble ritual dándome un mordisquito e introduciendo su increíble lengua en mi boca.

Nos besamos...

Nos devoramos...

Nos excitamos...

Y, cuando nuestros labios apenas se separan unos milímetros, Eric musita:

—Abre los ojos y mírame, cariño..., mírame.

Gustosa, hago lo que me pide. Nada me gusta más que mirarlo mientras, colgada del columpio del placer, apenas puedo moverme y, casi sin separar nuestras bocas, mi amor introduce la punta de su pene en mi húmeda abertura y siento cómo poco a poco se hunde en mí.

Un jadeo sale de mi boca al tiempo que sale otro de la de él cuando Eric se agarra a las cintas de cuero que hay sobre mi cabeza y, sin permitir que se muevan, susurra a mi oído mientras siento su poder en mi interior:

—Eso es, pequeña..., sujétate a las cintas y ábrete para mí.

Acto seguido, las caderas de mi alemán comienzan a rotar. ¡Oh, Dios, qué placer!

Sus movimientos son asombrosos, inesperados, chocantes, perturbadores.

Eric me hace el amor y, como siempre, me sorprende, me vuelve loca, me hace querer más y más.

Sus penetraciones son certeras, profundas, sagaces e inteligentes. Para mí no hay nadie como él en el sexo. Nadie es como mi Eric Zimmerman.

Mis jadeos suben de decibelios mientras me dejo manejar por el hombre que amo como una muñeca y sigo suspendida en el aire sobre aquel increíble columpio. Josef continúa mirándonos, pero a diferencia de hace unos minutos, me doy cuenta de que ya no lleva su disfraz de romano. Mi amor me abraza mientras sigue con sus perturbadoras y pasionales penetraciones. Enloquecida, le muerdo el hombro, y al mismo tiempo me complace comprobar cómo Josef nos observa. Sus ojos y los míos se encuentran y me habla con la mirada mientras se pone un preservativo. Me hace saber cuánto desea estar entre mis piernas y lo mucho que desea cogerme.

Ya no me asusta decir la palabra «coger» como me asustaba al principio. Cuando jugamos, nos excita que Eric me la diga o yo se la diga a él, nos calienta. El lenguaje que en ocasiones utilizamos en esos ardientes momentos es fogoso, acalorado y tórrido. Muy... muy tórrido.

Al sentir cómo le clavo los dientes en el hombro y las uñas en la espalda, Eric jadea, acelera las acometidas y, tras acercar su boca a mi oído, lo oigo murmurar:

—Toda mía. Mía y solo mía, incluso cuando Josef te coja para mí.

Su voz y lo que dice me enloquece. Eric lo sabe, me conoce, y prosigue arrebatado por la pasión:

—Me voy a venir, pequeña. Voy a echar mi simiente en ti y después me saldré y te ofreceré a Josef. Te abriré para él y te encajaré en su cuerpo como ahora te tengo encajada en el mío.

—Sí..., sí... —consigo balbucear.

Aquello nos excita...

Aquello nos vuelve locos y, cuando siento que mi amor se contrae y yo grito de placer, tras un último empellón se hunde totalmente en mí y, una vez que acaban sus convulsiones, sale de mi interior. Con las respiraciones sofocadas, ambos nos miramos y, a continuación, él dice:

—Josef...

El aludido ya tiene en la mano una botellita de agua y una toalla limpia. Sin perder tiempo, me lava, me toca, me provoca, cuando Eric, poniéndose detrás de mí, mueve el columpio para que nos veamos reflejados en el gran espejo, me agarra por los muslos y, separándomelos más aún, dice:

—Está húmeda, preparada y abierta.

Observo en el espejo mi descaro y mi desvergüenza y sonrío cuando Josef deja la botella y la toalla a un lado y pregunta señalando mi tatuaje, que está en español:

—¿Qué pone?

Eric y yo intercambiamos una mirada y sonreímos.

—Pone: «Pídeme lo que quieras» —dice mi amor.

Josef asiente. Sin duda, le hace gracia mi tatuaje y, arrodillándose ante mí, dice:

—Pido que separes los muslos para mí y te metas en mi boca.

Su petición es excitante y, abriéndome más para él, lo provoco mientras le enseño el néctar que desea degustar. Eric, que tiene los ojos conectados con los míos a través del espejo, empuja el columpio hasta posar mi vagina sobre la boca de aquél. Le da lo que pide y lo que él y yo gustosos estamos dispuestos a compartir.

Durante varios minutos, aquel extraño me chupa, me lame, me mordisquea el centro de mi deseo, y yo simplemente me muevo sobre su boca y disfruto de aquello sin apartar los ojos del espejo donde estoy enganchada a los ojos de mi amor. Eric sonríe. Le gusta lo que ve. Le excita mi acaloramiento y, con las manos en mis nalgas, me mueve sobre la boca de aquél.

Adoro que haga eso. Me vuelve loca que dirija nuestro juego. Me excita sentir que él tiene poder sobre mí, como en otros momentos me gusta sentir que yo tengo poder sobre él.

Mis jadeos suben de decibelios mientras Eric me besa para tragarse cada gemido mío. Sus ojos y los míos están totalmente conectados y, cada vez que me susurra aquello de «bien abierta, mi amor, permite que disfrute de lo que sólo es mío», me encojo de placer.

Pierdo la noción del tiempo. No sé cuánto rato disfrutamos así. Sólo sé que me entrego a mi amor y éste a su vez me entrega a otro hombre lleno de placer. Tras un último orgasmo que me hace convulsionar, Josef se levanta, se coloca entre mis muslos abiertos, guía su duro pene hasta mi tremenda humedad y me penetra. Yo jadeo y cierro los ojos. Eric, que está detrás de mí, murmura entonces en mi oído:

—Así, pequeña, no te retraigas y disfruta de nuestro placer.

Echo la cabeza hacia atrás y mi amor me besa mientras la sensación de ingravidez por estar sobre el columpio me vuelve loca. Eric me hace el amor con la lengua mientras siento que Josef agarra con las manos la cuerda que pasa por mi trasero para introducirse más y más en mí.

Estoy tremendamente excitada por el momento; entonces Eric abandona mi boca y murmura buscando mi mirada a través del espejo:

—Dime lo que sientes.

Los golpes secos que Josef me da, unidos al modo en que Eric me abre para él y a sus palabras, me hacen sentir mil cosas y, cuando puedo, respondo:

—Calor..., placer..., morbo..., entrega...

No puedo continuar. Josef ha tomado la postura correcta y comienza a bombear en mi interior con una tremenda intensidad. Jadeo..., grito..., intento moverme, pero Eric no me deja. Observo la escena a través del espejo y enloquezco. Yo suspendida en el aire, desnuda y entregada, con mi amor tras de mí abriéndome los muslos y Josef delante cogiéndome. Me gusta ver en el espejo cómo su trasero se contrae cada vez que entra en mí, me gusta tanto como a Eric.

Josef se vuelve una máquina entrando y saliendo de mi sexo, y yo apenas puedo respirar pero no quiero que pare. No quiero que se acabe. No quiero que Eric deje de abrirme las piernas. No quiero que mi amor deje de besarme, pero de pronto Josef tiembla, da un lastimero quejido y, tras unas últimas y potentes embestidas, se deja ir y yo lo acompaño.

Una vez que Josef sale de mí, Eric acerca la botellita de agua y la toalla, me lava y después me seca.

—Ahora quiero que te sientes tú en el columpio —digo.

—¿Yo?

Asiento. Sé muy bien lo que quiero hacer y, una vez que mi chico me ayuda a quitarme las cintas, soy yo quien lo invita a sentarse. Eric sonríe. Le resulta cómico estar él allí.

Una vez que se sienta y va a decir algo, apoyo los pies sobre sus muslos, me subo y, mirándolo desde mi sitio más arriba, flexiono las piernas para ofrecerme a él.

Encantado, comienza a regalarme miles de besos, un bonito reguero de besos que van desde mis rodillas hasta mis muslos. Eso me vuelve loca. Después mordisquea mi monte de Venus, y eso me enloquece aún más. Finalmente introduce la nariz entre mis piernas y, sujetándome con fuerza por la cintura para que no me mate ni caiga hacia atrás, su caliente, inquietante y juguetona boca llega hasta el centro de mi placer, y yo, al sentirlo, tiemblo y me abro para él.

Me muerde...

Me chupa...

Me succiona...

Y, cuando creo que voy a explotar de calor, lo agarro del pelo, hago que me mire y, como una diosa del porno, me dejo resbalar por su cuerpo hasta quedar sentada sobre él. Mis talones cuelgan tras su trasero y, hechizada por cómo me hace sentir, agarro su duro y terso pene con la mano y, separando las piernas, lo introduzco en mí. Eric jadea y murmura al sentir mi entrega:

—Te quiero, señorita Flores.

Lo sé. Sé que me quiere aunque nuestras discusiones últimamente sean un día sí y tres también.

Nos besamos mientras el columpio se mueve. Adoro sus sabrosos besos cargados de amor, erotismo, complicidad. Adoro esa boca que es exclusivamente mía.

Sin embargo, cuando abro los ojos y miro al espejo que hay frente al columpio, me encuentro con la mirada de Ginebra, que nos observa desde la parte derecha de la cortina. ¿Cuánto tiempo llevará ahí?

Sin querer pensar en ella y romper mi momento con mi amor, decido olvidarme de esa mujer, saco mi parte malota, hago rotar las caderas para encajarme más en mi marido y, cuando lo siento temblar por el movimiento, susurro con sensualidad:

—Te quiero, señor Zimmerman.

Al oír eso, Eric echa la cabeza hacia atrás. En esta ocasión soy yo la que tiene el poder, y sé cuánto lo excita que lo llame así. Ambos lo sabemos, pero más me gusta saber que él lo sabe. Sus manos están en mi cintura, pero se las tomo y lo hago agarrarse al columpio.

La respiración de Eric se acelera. Lo vuelve loco que saque esa parte mía tan de malota, y murmuro:

—Ahora mando yo y temblarás de placer.

Él sonríe. Me encanta verlo sonreír de esa manera y, dispuesta a cumplir lo que he dicho, hago un rápido movimiento con la pelvis y mi amor tiembla. Tiembla por mí.

Orgullosa de haber sacado la Judith malota que llevo en mi interior, prosigo con mis movimientos, primero dulces y acompasados para luego convertirse en duros y arrítmicos. Eric disfruta dejándose llevar mientras yo miro de nuevo al espejo y veo que Ginebra ya no está.

Consciente del poder que tengo sobre mi grandulón marido, ondeo las caderas en busca de sus gemidos. Éstos no tardan en llegar, y aumentan cuando paso la lengua lentamente por su cuello y al final, mirándolo a los ojos, le exijo:

—Vente para mí.

Mi voz. Mi mirada. Lo que le pido. Todo ello unido hace que Eric tiemble y se estremezca, y yo de nuevo vuelvo a chupar su cuello.

Adoro su sabor. Adoro su olor. Pero realmente ¿qué no adoro de él?

Lo observo con los ojos cerrados. El hombre que me enamoró hace casi cinco años sigue siendo un hombre sexi, guapo, varonil y complaciente en la intimidad. Nadie es como Eric. Nadie es como Zimmerman.

Su boca, sus dulces labios me llaman, me gritan que lo bese, que lo devore, pero en lugar de eso, me acerco a su barbilla y la chupo con delicadeza al tiempo que oprimo la pelvis contra la suya y siento su pene presionando en mi interior. Su respiración me indica que disfruta con aquello y vuelvo a apretar la pelvis.

Eric vibra, jadea, y mientras lo repito mil veces más, la que comienza a vibrar y a jadear soy yo.

Todo el mundo sabe que en el interior dc nuestro cuerpo hay un punto llamado G, pero con mi rudo alemán, además de ése, siento que también tengo el punto H, el K, el M... ¡Dios, creo que tengo todo el abecedario!

Un ruido bronco sale entonces de la garganta de mi marido y sé que es de goce total y, sin que pueda remediarlo, me agarra de la cintura y, tras un seco movimiento, ambos gritamos al unísono. ¡Uf..., qué placer!

Mis pies no tocan el suelo; me gustaría repetir ese seco movimiento pero no tengo fuerza. No soy tan corpulenta como mi alemán, por lo que busco ayuda.

Rápidamente la encuentro cuando observo que Josef sigue a nuestro lado mirándonos. Sin dudarlo, me comunico con él a través de la mirada. Sin necesidad de hablar, sabe lo que quiero, lo que le pido, lo que le exijo y, poniéndose detrás de mí, posa una de sus manos en mi trasero y otra en mi cintura y me mueve con fuerza.

Eric abre los ojos al sentir la rotundidad de ese movimiento y, tras un nuevo gemido de los dos, pregunto a mi amor:

—¿Te gusta así?

Mi cariño asiente mientras las manos de Josef, que son las que me mueven para encajarme de mil maneras en él, nos llevan al séptimo cielo. Entre gemido y gemido, Josef introduce un dedo en mi ano. Eso potencia mi placer. Ya no sólo quiero que me apriete sobre el pene de Eric, sino que ahora quiero que me apriete también sobre su dedo.

El juego continúa y Eric busca mi boca, aunque no me besa. Sólo la coloca sobre la mía para que ambos nos ahoguemos en los gemidos del otro, hasta que de pronto un gruñido bronco y varonil sale de su garganta, me agarra por la cintura posesivamente y me empala por completo en él haciéndome gritar.

El clímax nos llega y caigo derrotada encima del cuerpo de mi amor cuando siento que Eric, que está recostado sobre el columpio, separa las piernas, abre las nalgas de mi trasero con sus grandes manos y, segundos después, Josef unta lubricante en mi ano y termina con el pene lo que ha comenzado con el dedo.

Sus movimientos hacen que yo también me mueva encima de Eric mientras él me abre las nalgas para el hombre que está detrás de mí. Mis gemidos vuelven a llenar la estancia, y al mismo tiempo Eric murmura sin soltar mis nalgas:

—Disfrútalo..., así..., así..., grita para mí.

Calor..., el calor que me sube por los pies y me llega a la cabeza es inmenso y, cuando Josef al final se viene y sale de mí, caigo sobre Eric agotada. Muy agotada.

Instantes después, Josef me ayuda a bajar del columpio y, tras de mí, lo hace Eric, que rápidamente me abraza y pregunta:

—¿Todo bien?

Yo sonrío y asiento. Todo mejor que bien.

Acalorados, los tres nos dirigimos a las regaderas, donde el frescor del agua al recorrer nuestros cuerpos hace que el sudor nos abandone. Una vez que nos hemos secado, nos ponemos de nuevo nuestros disfraces, nos despedimos de Josef y decidimos buscar algo de beber. Estamos sedientos.

Tomados de la mano, caminamos por los salones donde los invitados practican sexo con total libertad. Admiro el juego de la gente y sonrío al sentir que lo disfrutan a su manera.

¡Olé por ellos!

Al pasar por la sala donde están las cruces y las jaulas, nos detenemos. Está bien, entiendo y respeto que es otra forma de sexo, pero a mí no, no, no, no me llama la atención. Observo que en una de las jaulas hay un hombre encerrado y que otro practica sexo anal con él. Ambos parecen disfrutar de su experiencia y, oye, si les gusta, ¿dónde está el problema?

Luego me fijo en una de las cruces. En ella tienen a una mujer atada de pies y manos, pero a un mismo palo. Con curiosidad, contemplo cómo una pareja le ponen unas pinzas de la ropa en los pezones y en la vagina y las mueven. La mujer de la cruz grita. ¡Uf, qué dolor!

Para mí eso es una tortura, pero Eric me hace saber que para ella es un placer tan respetable como el que nosotros acabamos de experimentar sobre el columpio con Josef.

Los acompañantes de aquélla sonríen, le ponen más pinzas, pero pasados unos pocos minutos se las quitan. Instantes después, ante mis ojos la desatan y la vuelven a atar, pero esta vez le sujetan las manos y las piernas a palos diferentes. Luego pasan una cuerda alrededor del cuerpo de la mujer e introducen una parte de esa cuerda entre sus piernas, la tensan, vuelven a tensarla, y la cuerda queda encajada entre sus labios vaginales.

—Pero ¿eso no le hace daño? —cuchicheo a Eric.

Mi amor, que no me ha soltado de la mano, sonríe y murmura acercándome a él:

—Cuando está ahí es porque eso le gusta y le proporciona placer, cariño. Aquí nadie hace nada que no quiera o no le guste.

Asiento, sé que Eric tiene razón. Entonces, unas risas hacen que mire hacia atrás y veo a Félix junto a un grupo de gente. Con curiosidad, jalo a mi marido para ir a mirar y, cuando llego hasta el lugar en el que están, me encuentro con Ginebra totalmente desnuda y atada a una silla de ginecólogo. Sus pechos, que se ven rojos y amoratados, están rodeados por una cuerda, pero ella parece pasarlo bien a pesar de sus gritos mientras es penetrada por uno de los hombres.

Alrededor de Ginebra hay tres personas además del que la penetra: una mujer que la toma del cuello y la besa, un hombre que le da toquecitos con una vara en los pechos y otro que se masturba esperando su momento.

Félix, que está junto a ellos, anima a otros a que se acerquen y la toquen. Varios de los presentes se aproximan, y entonces dejo de ver a Ginebra. Miro a Eric y observo que a él lo incomoda esa escena tanto como a mí, pero entonces Félix, que nos ha visto, se acerca a nosotros y nos dice:

—¿Se les antoja jugar con mi complaciente mujer?

Tanto Eric como yo negamos con la cabeza y él insiste:

—Eric, ya sabes que Ginebra lo permite todo, y más tratándose de ti.

Boquiabierta, voy a protestar cuando mi amor responde por mí:

—Félix, creo que eso último ha sobrado.

Oh, sí. Yo también creo que ha sobrado.

Al entender que nos ha incomodado, Félix rápidamente toma de una mesita auxiliar una jarra de vino y unas copas limpias y, tras llenarlas, nos las ofrece.

—Discúlpenme —dice—. Mi comentario ha estado fuera de lugar.

Con seriedad, Eric toma una copa, lo mira con un gesto que haría temblar al más valiente del universo, me la entrega y, tras tomar él otra, replica con voz neutra:

—Tranquilo, no pasa nada.

Félix me mira, busca mi perdón, y yo finalmente digo:

—Disculpas aceptadas.

—Gracias por su comprensión —murmura y, mirando hacia el grupo que ríe mientras se oyen los gritos placenteros de Ginebra, añade—: Sé que pensarán que mi mujer no debería estar aquí, pero... ella quiere disfrutar de todo mientras pueda.

Oír eso me apena, y entonces Eric dice:

—Aun así, creo que tú podrías hacerla disfrutar de otra manera.

Félix se mueve. Sin lugar a dudas, la dura mirada de Eric lo incomoda, y responde:

—Eric, yo...

—Déjalo, Félix. Ustedes sabrán las normas de su pareja. Pero te aseguro que, si fuera mi mujer quien estuviera enferma, no estaría aquí. Eso te lo puedo asegurar.

—Por Ginebra soy capaz de cualquier cosa, Eric. Y si ella quiere esto o quiere la luna, lo tendrá.

Mi amor, que no me ha soltado en todo ese rato, clava la mirada en él y finalmente responde:

—Para todo hay límites en esta vida, pero en una cosa estoy de acuerdo contigo: si mi mujer quiere la luna, también la tendrá.

Se miran. Mi sexto sentido como mujer me grita que se están comunicando con la mirada, y tomo nota de que, en cuanto tenga oportunidad, le pediré a mi amor explicaciones.

En ese instante veo a Björn y a Mel salir de las regaderas, caminan hacia nosotros. Al llegar a nuestro lado, Félix regresa con el grupo y Eric dice:

—Vayamos a beber algo que no sea vino de dátiles y cosas así.

—¡Nos apuntamos! —exclama Björn riendo.

Cuando comenzamos a andar los cuatro hacia un lado de la casa donde sabemos que podemos tomar algo que no tenga que ver con el Imperio romano, Mel pregunta:

—¿La fiestecita bien?

Encantada por lo ocurrido, asiento y ella cuchichea:

—A mí me ha sentado algo mal.

Al oírla, me paro. La miro y ella, bajando la voz, murmura:

—Pero, tranquila, ya comienzo a sentirme mejor.

Eso me preocupa. Björn, que sabe cómo se encuentra Mel, pregunta:

—Cariño, ¿quieres que nos vayamos al hotel?

—No, cielo, estoy bien. Pero me sabe mal por ti. No estás disfrutando la noche que esperabas.

Björn me mira. Yo sonrío y lo oigo decir:

—Con estar contigo, me conformo.

Ambas reímos. James Bond es muy galante.

Continuamos caminando por la casa y pienso en mi hermana. Si ella estuviera aquí viendo lo que yo veo, pensaría muchas cosas, además de que nos faltan más de trescientos tornillos.

Dos horas después, estamos tirados en unos almohadones que hay en una gran sala. Divertidos, platicamos con más gente y Mel susurra:

—Tengo que ir al baño; ¿vienes?

Asiento. Yo también tengo que ir y, tras darle un beso a mi guapo marido, me alejo con ella. Al pasar por varias salas, algunos hombres nos piropean y nos invitan a sus juegos, pero nosotras sonreímos y negamos con la cabeza: tenemos claro que, sin Eric y Björn, no jugamos con nadie.

Al llegar al baño, como siempre, hay cola. ¿Por qué el baño de mujeres siempre está a tope?

Acostumbradas a esperar, nos apoyamos en la pared y Mel cuchichea:

—Jud..., cuando lleguemos al hotel, tengo que...

—¿Qué tal la noche, chicas?

La voz de Ginebra nos interrumpe. Está a nuestro lado, recuerdo lo que he visto de ella y lo que ella ha visto de mí, y respondo:

—Sin duda alguna, muy bien. La tuya también, ¿verdad?

Ginebra sonríe, saluda con la mano a una mujer que pasa por nuestro lado y susurra:

—De momento, estupenda, aunque la noche es joven.

Mel sonríe y yo hago lo mismo. Durante más de diez minutos, esperamos pacientemente nuestra cola y, cuando Mel entra en el baño, Ginebra dice mirándome:

—Los vi en el cuarto negro del espejo.

—Lo sé —afirmo sabiendo de lo que habla.

Ginebra asiente y murmura:

—Me vas a odiar, pero necesito decirte que, cuando los vi sobre el columpio, mi mente recordó muchas cosas del pasado y quise ser yo la que estuviera sobre él y besara su cálida boca. Ver aquella escena tan dulce y erótica me excitó como llevaba tiempo sin hacerlo..., y he pensado pedirte que me ofrezcas a tu marido.

Sorprendida, la miro. ¿Qué le pasa a la colega? Pero, como no quiero enfadarme, respondo:

—Ginebra, ya sabes que él no quiere nada contigo.

—Oblígalo.

¡¿Qué?! ¿Ha dicho que lo obligue? Y, atónita, declaro:

—No.

—¿Y si lo obligo yo?

Ojú..., ojú..., lo que me entra por el cuerpo cuando la oigo decir eso... Y, sin contener la rabia que en segundos ha crecido en mi interior, le dirijo la peor de mis miraditas y siseo tajantemente:

—Te mato.

Ginebra sonríe y, con un gesto que no me gusta nada, responde:

—Tengo poco que perder y un gran placer que ganar, ¿no crees?

Bueno..., bueno..., bueno..., ¡salió el gordo de la lotería!

Mi parte racional de madre, mujer casada y adulta me dice: «Jud..., respira..., respira», pero mi parte irracional de española, jerezana y catalana me grita: «Jud..., arrástrala de los pelos».

Me toco la cara —o me la toco yo o se la toco a ella con el puño— y, cuando consigo digerir lo que acaba de decirme, la miro y replico llena de maldad:

—Para estar a punto de morirte, eres muy zorra, ¿no?

—¡Qué desagradable es eso que has dicho! —me corta.

Sí, tiene razón. Lo que acabo de decir no es algo de lo que deba sentirme orgullosa, y respondo sacando mi parte insolente:

—Siento mucho lo de tu enfermedad, pero aléjate de Eric si no quieres tener un grave problema conmigo. Y, cuando digo grave, es gravísimo porque yo, cuando me enfado, pierdo los estribos y me da igual quién seas, lo que te pase o lo que te pueda pasar, ¿entendido?

Al ver mi reacción, Ginebra abre la boca y, por primera vez, veo en ella una cara que no conozco. Por fin ha salido la Ginebra de la que Frida me habló.

—Eric fue mío antes que tuyo —sisea ella furiosa.

Con la rapidez del rayo, me muevo. La agarro del cuello y, ante la mirada de sorpresa de algunas mujeres, aclaro:

—Ten cuidadito con lo que dices y no te acerques a Eric o te aseguro que lo vas a lamentar.

En ese instante, se abre la puerta del baño de Mel y, al vernos en esa tesitura, mi amiga grita:

—¡Eh... Eh... ¿Qué ocurre aquí?!

Rápidamente suelto a Ginebra, y ésta, reponiéndose en décimas de segundo, se cuela en el baño, cierra la puerta, y yo, boquiabierta, murmuro en español para que no me entienda:

—Y la muy cerda encima se cuela; ¡será desgraciada!

Mel, que es la única que me ha entendido, sonríe e insiste:

—¿Qué ha pasado?

Sin pelos en la lengua, le cuento lo ocurrido. La sonrisa se le borra de la cara y por su boca salen palabrotas peores que las mías. Está claro que Mel y yo estábamos predestinadas a conocernos y a hacernos amigas. Somos las dos igual de brutas, malhabladas e impulsivas.

Cuando Ginebra sale del baño, Mel le pone cara de pocos amigos y, al ver que ella me mira, siseo con desagrado:

—Aléjate de mi marido.

Diez minutos después, regresamos junto a nuestros chicos y al grupo con el que estábamos y no cuento nada de lo ocurrido. Cuanto menos sepa Eric de mi encontronazo con aquella estúpida, mejor.

Con curiosidad, veo que Félix aparece un par de veces y se toma algo con nosotros. Lo observo para ver si Ginebra le ha explicado lo ocurrido en el baño, pero él parece tranquilo y sosegado, es más, me mira y me sonríe con complicidad. Eso me tranquiliza. Significa que su mujer no ha hablado de nuestro desafortunado encuentro y sus menos afortunados comentarios.

Alfred y Maggie, convencidos por varios de los invitados, al final han claudicado y han puesto algo de música que no sean arpas, y todos se lo agradecemos.

¡Estamos hasta el copete de las arpitas!

La gente también quiere bailar y pasarlo bien.

Entre risas, bailamos. Bueno, mejor dicho, bailo, porque Eric es de los que sujeta el vaso junto a la barra, aunque lo pasa bien; ¡menos mal!

El grupo crece y crece y nos divertimos mucho. Yo hablo con Linda, la mujer de un amigo de Eric, y estamos platicando cuando oigo que la música cambia y comienzan a sonar los primeros acordes de *Thinking Out Loud,* * de Ed Sheeran. Sonrío. A Eric y a mí nos encanta esa canción.

De pronto siento que una mano se posa en mi cintura y, al voltearme, mi guapo y rubio marido me dice:

—¿Bailamos?

---

* *Thinking Out Loud*, Atlantic Records UK, interpretada por Ed Sheeran. (*N. de la E.*)

Acepto encantada.

Esos tontos detalles, cuando sé que él odia bailar en público, son los que me demuestran lo mucho que me quiere mi amor.

Agarrada a su mano, camino hacia la improvisada pista y me dejo abrazar por él. Con mi cabeza cerca de su hombro, cierro los ojos mientras aspiro su perfume, el perfume personal de Eric Zimmerman.

Bailamos en silencio escuchando cada maravillosa frase, cuando señala:

—Como dice la canción, te seguiré amando hasta los setenta. ¿Y sabes por qué, pequeña? —Emocionada, niego con la cabeza y él añade—: Porque, a pesar de nuestras broncas y nuestros desencuentros, me enamoro de ti todos los días.

Ay, ¡que me da!

Ay, ¡que me da un ataque!

Oír decir eso tan increíblemente romántico al frío y duro Eric Zimmerman me hace sonreír como una tonta, como una imbécil, como una ñoña y, enamorada hasta el infinito y más allá de él, murmuro:

—Te quiero..., imbécil.

Eric sonríe, me aprieta contra su cuerpo y, en silencio, continuamos bailando aquella bonita canción, hasta que acabamos y regresamos con el grupo.

Minutos después, veo a Félix hablar con Björn, Eric y otros hombres. Con disimulo, los observo y parecen pasarla bien mientras beben junto a la barra. Por suerte, no aparece Ginebra. Si veo a esa zorrasca, yo creo que me lanzaré a su yugular.

De nuevo, la música vuelve a cambiar, oigo la canción *Uptown Funk** de Mark Ronson y salgo a la pista a bailar con Mel, que ya está mejor, y otras mujeres.

Me encanta el estilito funky que tiene el colega y, disfrutando, bailo al ritmo de su voz cuando me agarran por la cintura y, al voltearme, veo que se trata de Eric.

---

* *Uptown Funk* (Feat. Bruno Mars), Columbia, interpretada por Mark Ronson. *(N. de la E.)*

Lo miro y, al observar que mueve las caderas al compás de la música, me río y, sorprendida como nunca en mi vida, bailo con él mientras le digo:

—Cariño, te juro que la fecha de hoy me la tatúo en la piel.

—¿Por qué? —pregunta divertido.

A cada instante más alucinada de ver que baila, respondo:

—Porque estás bailando en la pista.

Eric se ríe, me toma entre sus brazos a lo *Oficial y caballero* y me besa. Sin duda, mi amor quiere pasarlo bien.

Cuando termina la canción, Eric se va y yo continúo bailando con Mel y Linda, hasta que la sed nos puede y regresamos con el grupo. Al llegar, me doy cuenta de que Eric no está y, acercándome a Björn, le pregunto:

—¿Y Eric?

—No lo sé. Habrá ido baño —dice mi buen amigo.

Asiento y vuelvo junto a Linda para seguir platicando. Comenzamos a hablar de niños y, cuando quiero darme cuenta, ha pasado un buen rato y mi marido aún no ha regresado. Eso me extraña. En una fiesta, Eric nunca me deja sola más de dos minutos; entonces busco con la mirada a Björn y Mel y veo que están bailando en la pista divertidos.

Con curiosidad, observo a mi alrededor por si está hablando con alguien y no me he dado cuenta, pero nada, no lo veo, y al final decido ir a buscarlo. Me acerco a la barra por si está allí, pero tampoco está. Paso por la sala de los almohadones, lo busco durante un buen rato, y eso hace que me intranquilice más y más a cada segundo que pasa. Pero, entonces, me detengo de pronto y el corazón comienza a latirme con fuerza.

Algo pasa. Lo intuyo. Eric nunca me dejaría sola allí.

Siento que el corazón se me va a salir del pecho y me dirijo hacia las otras salas, donde la gente sigue jugando y disfrutando. Pero no. No quiero creer que pueda ser verdad lo que pienso. Eric no me haría algo así.

Al entrar en una de las salas veo a distintos grupos. Unos observan cómo a un hombre que está atado a una mesa se lo beneficia todo el que quiere. Otro grupo aplaude y anima alrededor de una jaula donde una chica y un chico son poseídos por varios hombres, y el tercer grupo se concentra ante una mujer atada a una silla de una manera que, sólo con verla, sé que yo no podría hacerlo.

Esos juegos duros no me gustan. Sus gestos y sus modos mientras lo hacen tampoco, pero los respeto, como sé que ellos respetan lo que a mí me gusta en cuanto al sexo se refiere.

Pienso en Ginebra, pero rápidamente me sacudo la idea de la cabeza. Eric no la tocaría ni con un palo.

Prosigo mi camino y entro en la segunda sala. Allí, varias parejas hacen el amor sobre unas camas y otras sobre los columpios de cuero. Me tranquiliza no encontrarme a Eric allí, y sonrío.

Pero, qué tonta soy, ¿cómo puedo desconfiar de él?

Sin lugar a dudas estará hablando con alguien, pienso, cuando de pronto, al pasar ante la sala negra del espejo, observo que está corrida la cortina, y un gemido hace que me detenga.

Miro la cortina negra. Que esté echada significa que no quieren que nadie entre. Mi corazón se desboca de nuevo cuando oigo un nuevo gemido, y cierro los ojos. No. No. No. No puede ser.

Sin embargo, incapaz de irme de allí sin ver lo que está ocurriendo al otro lado de esa maldita cortina, la descorro con cuidado y me quedo sin respiración al ver y encontrarme lo que nunca... nunca... nunca en mi vida habría querido ver.

En el interior de la habitación, sobre el columpio, está Eric, mi Eric, sentado con Ginebra encima de él. Me llevo la mano al cuello. La impresión me ahoga.

¡Me va a dar un infarto!

El hombre en el que yo confío y por el que habría puesto las manos en el fuego clava entonces los dedos en la espalda de aquélla mientras jadean y buscan su placer.

Voy a vomitar, ¡tengo ganas de vomitar!

Boquiabierta, no puedo apartar la vista, y veo que ella acerca la boca a la de mi amor y lo besa. Se devoran con avidez, con urgencia, con pasión, mientras yo, como una imbécil, observo cómo ella ondula las caderas sobre Eric y él tiembla enloquecido.

Cierro los puños y mi respiración se acelera. Creo que no voy a vomitar, ¡los voy a matar!

Instintos asesinos afloran de mi interior mientras mis ojos se torturan viendo aquello.

Quiero moverme para ir hacia ellos, pero mis piernas están clavadas al suelo y sólo soy capaz de mirar, mirar y mirar, y de pronto siento que mis ojos se llenan de lágrimas por la gran decepción que estoy sufriendo.

¿Cómo puede hacerme eso mi amor?

Eric no me ve. Ginebra tampoco. Están tan centrados en darse placer que el alma se me cae a los pies. Las ganas de matarlo, de armarle una bronca, de arrancarle la cabeza a Eric se multiplican y, de pronto, lo odio. Lo odio con todas mis fuerzas por haberse saltado nuestra primera norma de siempre juntos en el sexo y por estar con Ginebra.

Soy consciente de que las lágrimas corren por mi rostro y de que no puedo matarlo. Lo quiero demasiado.

Toda mi fuerza, mi carácter, mi bravura se han disipado para dejarme hecha un trapo. Me siento mal, terriblemente mal y, cuando mis piernas por fin se desbloquean, suelto la cortina y, al darme la vuelta para irme, me encuentro a Félix detrás de mí.

—Perdóname, Judith —murmura—. Perdóname, pero ella...

—Ella, ¿qué? —consigo sisear furiosa.

—Ella lo deseaba.

Ni quiero ni puedo escucharlo. Lo empujo, me alejo de allí antes de que mis instintos asesinos regresen a mí y organice la matanza de Texas en Múnich.

Dios... Dios... Dios... ¡Necesito salir de aquí!

Mientras camino en busca de una salida, no puedo creer lo que ha pasado. No puedo creer lo que he visto. No puedo creer que mi amor me haya traicionado.

¿Cómo ha podido pasar?

¿Por qué Eric me hace algo así?

Bloqueada por mis sentimientos y por la frustración, observo cómo la gente ríe a mi alrededor, lo pasa bien, hasta que Mel y Björn, al ver mi gesto, preguntan:

—¿Qué te ocurre?

Sin poder responder, me doy la vuelta y comienzo a caminar hacia la puerta. Necesito salir de allí. Entonces, de pronto, siento una mano que me detiene. Es Björn.

—¿Qué ocurre, Judith? —pregunta.

Enfadada con el mundo, me deshago de su mano y grito:

—¡Tú lo sabías!

Björn y Mel intercambian una mirada. No entienden qué me pasa, y el pobre me pregunta:

—¿El qué? ¿Qué es lo que sé?

Un gemido sale de mi boca y, acto seguido, me la tapo con las manos. No quiero llorar. No puedo llorar. Eric no se merece que llore por él. Pero, con la mayor pena de mi vida, murmuro:

—Dile que no le voy a perdonar lo que me ha hecho. ¡Nunca!

De nuevo, veo que se miran.

En un primer momento, ninguno entiende de qué hablo y, como una olla a presión, exploto:

—Ese... ese imbécil está con Ginebra.

—¡¿Qué?! —exclaman los dos al unísono.

Desesperada, me retiro el pelo de la cara y grito sin importarme quién pueda oírme:

—Los he visto en el reservado negro del espejo y... y... ¡Oh, Dios! Quiero irme de aquí. Quiero desaparecer. No... no quiero volver a verlo en mi vida.

Veo que Björn frunce el ceño alucinado y, dirigiéndose a Mel, sentencia:

—Quédate con ella.

Sin más, se da la vuelta y se va con paso acelerado. Mel intenta consolarme, me lleva hasta una esquina del salón, y yo, hecha un mar de lágrimas, consigo decir:

—Eric y Ginebra..., los he visto, Mel..., los he visto.

Mi amiga me abraza. Necesito ese abrazo, y dejo que lo haga.

Me acuna. Me da aliento, intenta consolarme cuando, pasados unos minutos, veo que Björn aparece con gesto furioso y, acercándose a nosotras, dice:

—Vámonos.

En sus ojos veo la decepción por lo que ha visto, como lo he visto yo y, abrazándome, murmura:

—Esto tiene que tener una explicación, Judith, ya lo verás.

No hablo. No puedo.

¿Qué explicación va a tener lo que he visto?

¿Qué explicación va a tener que el hombre al que amo locamente esté con esa perra?

Una vez que hemos recogido las capas del guardarropa, nos las ponemos y salimos de la fiesta.

El aire gélido de la noche me da en la cara y consigo respirar. Ya no hay cuadrigas. Menos mal.

Sin hablar, los tres nos subimos al coche. Mel sube atrás conmigo.

—Quiero irme a mi casa —consigo decir.

Björn, que está tan sorprendido como yo, me mira y dice:

—Escucha, cariño, vayamos al hotel.

—¡No! —grito fuera de mí—. No quiero ir al hotel.

Mel y Björn se miran y mi buena amiga me vuelve a abrazar.

—Judith, es tarde, y creo que lo mejor es hacer lo que dice Björn.

Me siento como si estuviera en una nube y, como soy incapaz de reaccionar, finalmente asiento y me callo. No puedo olvidar lo que he visto. Todavía no lo creo.

Eric, mi Eric, el hombre por el que yo doy mi vida, me ha engañado en mi cara. En mi puta cara, con aquella asquerosa, y yo no he podido hacer nada salvo huir.

Al llegar al hotel, pido otra habitación, me niego a compartir habitación con Eric, pero para mi desgracia el hotel está lleno. Entonces, consulto el reloj y le digo al recepcionista:

—Pídame un taxi. Regreso a Múnich.

Al oírme, Björn protesta. Y a continuación nos enzarzamos en una discusión en la que yo grito descontrolada y él intenta tranquilizarme. Al final, Mel toma cartas en el asunto y dice mirándome:

—Ahora no vas a ir a ninguna parte. Dormirás con nosotros y mañana regresaremos a Múnich, ¿entendido, Judith?

—No quiero ver a Eric —suplico.

—No lo verás, ¿verdad, Björn? —afirma ella.

El pobre asiente y, tan confundido como yo, murmura:

—Te lo prometo.

Creo que me voy a desmayar por la tensión que siento, y me dejo guiar por ellos. Una vez en la habitación, sin pudor ante mis amigos, me quito el corto disfraz de diosa romana y, tras ponerme una camiseta y unos calzones que Mel me presta, me meto en la cama.

Con la cabeza bajo la almohada, vuelvo a llorar. Mis ojos son como las cataratas del Niágara y mi corazón está totalmente partido.

Mis buenos amigos intentan consolarme, me hacen sacar la cabeza de debajo de la almohada y dicen de todo. Yo los escucho y, cuando no puedo más, replico:

—No quiero verlo. Björn, cuando venga, no quiero verlo o juro que lo mato.

Él asiente y, mirando a Mel, murmura antes de salir del cuarto:

—Acuéstate con Judith. En cuanto se dé cuenta de que Jud no está en la fiesta, Eric me llamará. Y, conociéndolo, lo raro es que no se haya dado cuenta ya. No creo que tarde mucho en llamar o venir al hotel.

Recostada en la cama, observo a Mel a mi lado. En la oscuridad de la habitación, nos miramos y murmuro:

—Cuánta razón tenía mi hermana.

—¿A qué te refieres?

Secándome las descontroladas lágrimas que no paran de manar de mis ojos, susurro:

—Raquel dijo que quien juega con fuego tarde o temprano se quema, y yo... yo me he quemado.

—No, Jud..., no. Eso no es así.

Suspiro, resoplo y apunto:

—Y, si no es así, ¿por qué lo ha hecho?

Mel no responde. Está tan desconcertada como yo, y finalmente dice:

—No lo sé, pero Eric te quiere y...

—No me quiere —la interrumpo con rotundidad—. Si me quisiera, nunca habría hecho eso, y menos con ella. Su... su boca ya no es sólo mía, como tampoco lo es su cuerpo y su corazón.

Nos callamos. Es mejor que lo hagamos y, sin darme cuenta, me quedo dormida.

No sé cuánto tiempo ha pasado, pero me despierto sobresaltada.

Mel está dormida a mi lado. Con cuidado, me incorporo de la cama, tomo mi celular y veo que son casi las cinco de la madrugada. ¿Las cinco y Eric no me ha llamado?

Sin lugar a dudas, la está pasando tan bien con aquella asquerosa que le da igual dónde esté y cómo esté. He dejado de importarle y, furiosa, apago el teléfono.

Tengo sed. Me levanto por agua y, al salir a la sala contigua a la suite, me encuentro a Björn sentado en el sillón con gesto hosco. Ya no lleva el disfraz de gladiador romano. ¡Se acabó la fiesta! Ahora va vestido con normalidad. Camisa y *jeans*.

Nos miramos y, sin poder evitarlo, pregunto:

—¿Eric ha llegado?

Él niega con la cabeza y eso me sorprende más aún. ¿De verdad que la está pasando tan bien con esa zorra que no se ha dado cuenta aún de que yo no estoy en la fiesta?

Voy al minibar, tomo una botella de agua y, tras darle un trago, me siento junto a mi buen amigo y pregunto:

—¿Por qué, Björn? ¿Por qué? —Él no responde, y añado—: Creía que me quería, que era especial para él. Yo creía que...

—Te quiere y eres especial, eso nunca lo dudes. No sé qué...

—Björn —lo interrumpo retirándome el enmarañado pelo de la cara—, deja de defenderlo porque no se lo merece. Yo creí que le daba todo lo que necesitaba tanto a nivel afectivo como sexual, pero está visto que no era así. Está visto que Eric Zimmerman, el poderoso y cogedor Eric Zimmerman, nunca cambiará.

Björn se pasa la mano por su moreno pelo. No sabe qué decirme. Está tan desconcertado como yo y, cuando lo va a hacer, de pronto su celular suena. Los dos miramos la pantalla y leemos: ¡«Eric»!

Mi corazón se acelera y entonces Björn responde y, tras escuchar unos instantes, dice:

—Está... Sí..., está aquí. Y..., no..., no..., escúchame, Eric. Es mejor que esta..., ¡carajo, escúchame! Ella está con nosotros, y es mejor que esta noche no la molestes. —De nuevo vuelve a escuchar, su gesto se crispa y, levantando la voz, dice—: ¿Cómo que por qué está conmigo?

Angustiada por oír su voz, le quito el teléfono a Björn y susurro:

—Confié en ti, maldito hijo de puta. Confié en lo que teníamos, pero está visto que tú no eres la persona que yo creí que eras.

—Jud..., cariño..., escúchame...

Su voz parece desesperada a pesar de estar gangosa por haber bebido más de la cuenta. Atormentada por lo que soy incapaz de quitarme de la cabeza, siseo:

—No. No voy a escucharte porque no te lo mereces. Te odio.

Y, sin más, le paso el teléfono a Björn y regreso junto a Mel a la cama. Tengo que descansar.

52

Björn, consciente del dolor que veía en los ojos de su amiga, cuando ella desapareció tras la puerta, se levantó y preguntó:

—¿Qué diablos has hecho, imbécil?

Al otro lado del teléfono, Eric gritó desesperado mirando a su alrededor.

—No lo sé, Björn. ¡¿Quieres hacer el favor de contarme qué ha ocurrido?! ¿Y por qué Jud no está aquí conmigo, sino contigo?

Convencido del amor incondicional que su amigo sentía por su mujer y de que todo aquello tenía una explicación, Björn preguntó:

—¿Dónde estás, Eric?

—En la fiesta. ¿Dónde voy a estar?

El abogado asintió y, consciente de que la voz de aquél no era de no haber bebido, dijo antes de colgar:

—No te muevas de ahí. Voy a buscarte.

A continuación, entró donde las chicas dormían y, al ver a Judith con los ojos cerrados, tomó las llaves del coche y se fue.

Con toda la serenidad que pudo, condujo de vuelta hasta la fiesta. Al llegar allí, se encontró en la escalinata de entrada a un ajado gladiador llamado Eric Zimmerman. Su gesto lo decía todo y, tras detenerse, salió del coche y, acercándose a él, antes de que pudiera decir nada, le soltó un derechazo que hizo que Eric cayera contra la pared.

El rubio alemán lo miró furioso y Björn siseó:

—¿Cómo has podido hacerlo? ¿Cómo has podido hacerle eso a Jud?

Eric, consciente de que había metido la pata hasta el fondo, aunque no lo recordara, sin dar importancia al labio que le sangraba, clavó la mirada en su amigo y voceó:

—¡No sé qué le he hecho a Jud, pero está claro que algo ha

pasado, y muy grave! —Y, mirando fijamente a Björn, afirmó—:
Me creas o no, me he despertado hace un rato sentado en el columpio de la habitación negra.

—¡¿Cómo?!

—Alguien debió de echarme algo en la bebida —afirmó Eric—.
No recuerdo nada. —Y, desesperado, insistió tocándose la frente—: ¿Tú sabes qué ha ocurrido?

Björn se sacó entonces un pañuelo del bolsillo, se lo entregó
para que se limpiara la sangre de la boca y respondió:

—Jud te ha visto con Ginebra en la sala en la que te has despertado. Y no sólo te ha visto ella, sino que yo también y, si no te he
dicho nada ha sido porque estabas muy animado y no quería armar un escándalo en la fiesta.

Al oír eso, Eric se quedó paralizado y, tras soltar un bramido
de frustración, tiró el pañuelo con furia al suelo, dio media vuelta
y entró de nuevo en la mansión. Björn fue tras su amigo y, cuando
Eric lo sintió a su lado, siseó:

—Ginebra y Félix..., ¡los mataré! ¡Los mataré!

—Eric...

—Me la han jugado, ¡carajo! Y yo he caído como un imbécil.

Sin llegar a entender lo que su amigo decía, como pudo Björn
lo paró y preguntó:

—¿A qué te refieres?

Con la mirada vidriosa por la rabia que bullía en su interior,
Eric miró a su alrededor buscándolos y murmuró:

—Ginebra se muere...

—¡¿Qué?!

—Se muere y me pidió tener una última vez conmigo. Le dije
que no, pero entonces Félix comenzó a acosarme suplicándome que
no podía negarle aquello a su mujer. Intenté hablar con ellos mon-
tones de veces para hacerles entender que no podía ser pero, por
lo que veo, ese viejo zorro y la zorra de su mujer han jugado sucio
para conseguir su propósito. Frida tenía razón, ¡carajo! —Y, tocándose la cabeza, añadió—: La copa de whisky a la que me invitó
Félix..., debió de echarme algo en la bebida.

—¡¿Qué?!

Horrorizado, aunque no por lo que le hubieran dado, Eric se lamentó:

—Dios, no me perdonaré en la vida el daño que esto le está haciendo a Jud.

—Deberías hacerte unos análisis —dijo entonces Björn—. Necesitamos saber con qué te han drogado para...

—Me importa una mierda lo que me hayan dado.

—Si queremos demandarlos es necesario que...

—Sólo me importa Jud, Björn..., sólo ella —replicó Eric.

Y, tras darle un puñetazo a la pared que hizo que le sangraran los nudillos, se disponía a decir algo más cuando Alfred y Maggie pasaron por su lado.

—¿Todo bien por aquí?

Eric los miró y preguntó:

—¿Dónde están Ginebra y Félix?

—Se han ido hace un rato —respondió Maggie.

—¡Carajo! —maldijo él desesperado.

Asustados, los anfitriones de la fiesta insistieron:

—¿Ocurre algo?

—Ocurre que esos dos se han saltado la principal regla de la fiesta: el respeto, y te aseguro que me las van a pagar.

Y, sin decir nada más porque en su mente sólo veía la palabra «venganza», dio media vuelta y caminó en dirección a la salida. Tras despedirse de la pareja, Björn corrió hacia su amigo y se apresuró a decir:

—Jud no quiere verte.

—Me da igual lo que quiera.

Aunque era consciente de que iba a ser imposible parar a Eric, Björn insistió:

—Necesitaríamos hacerte esos análisis antes de que los efectos de lo que te hayan echado desaparezcan de tu organismo. Piensa que...

—Björn, llévame al hotel. Sólo quiero ver a Jud. Es lo único que me interesa.

Una vez que llegaron al coche, Björn insistió:

—Eric...

Disgustado, furioso y alterado, aquél miró a su amigo. Lo ocurrido había sido un terrible error. Había sido engañado, pero conocía a Jud y sabía que se lo haría pagar.

—Necesito verla, Björn —siseó—. Jud tiene que escucharme.

Los dos se subieron al coche y Björn arrancó.

—Está muy enfadada —insistió éste—, y le he prometido que no te permitiría acercarte a ella.

Al oír eso, Eric afirmó:

—Quiero a mi mujer por encima de todas las cosas y, si tengo que pasar por encima de ti para que me escuche lo haré, ¿entendido?

El abogado esbozó una sonrisa y pisó el acelerador.

—Es lo mínimo que esperaba de ti —murmuró.

Cuando, veinte minutos después, llegaron al hotel y dejaron el coche, subieron a la habitación en silencio. Al entrar en la sala se encontraron a Mel sentada. Ella vio a Eric, luego miró a Björn con gesto hosco y siseó:

—Sabes que Jud no lo quiere aquí.

—Es mi mujer —insistió Eric.

Mel iba a detenerlo cuando Björn, tomándola del brazo, se lo impidió.

—Tienen que hablar.

—Pero ¿tú estás tonto?... —le reprochó ella al ver a Eric entrar en la habitación—. ¿Qué tienen que hablar? ¿Acaso tiene que explicarle lo placenteros que han sido los polvos que ha echado con esa cerda?

Björn negó con la cabeza.

—Eric afirma que Ginebra y Félix lo drogaron.

—¡¿Qué?!

El abogado asintió.

—Debieron de echarle algo en la bebida y no recuerda nada de lo ocurrido. Sólo recuerda haberse despertado sentado en el columpio y poco más.

Mel se tapó la boca horrorizada. Por desgracia, ese tipo de cosas ocurrían hoy en día. Sin embargo, lo miró e insistió:

—Sí es así, lo siento. Pero tú le prometiste a Jud que no permitirías que...

—Sé lo que le prometí —la interrumpió él—. Pero también sé que Eric dice la verdad. Y lo sé porque él la quiere demasiado como para hacer lo que ha hecho. Si de alguien me fío al cien por cien, además de ti, es de Eric, y más en lo tocante a Jud.

Mel resopló. Allí se iba a armar una buena.

53

Siento que alguien me toca el pelo.

¡Oh, Dios, qué gustito!

El placer que me proporciona ese suave masaje me hace suspirar, y me coloco mejor sobre la almohada para facilitar la tarea. No obstante, de pronto abro los ojos, vuelvo la cabeza y, al ver quién me está tocando, mi mente se reactiva, doy un salto en la cama y murmuro mirándolo fijamente:

—Eres un desgraciado.

Eric me mira. Sigue vestido de gladiador y veo su labio partido. ¡Espero que le duela!

Durante unos segundos, nuestras miradas chocan y él, levantándose de la cama, susurra:

—Cariño...

—Ah, no, imbécil... —lo interrumpo con toda la insolencia de que soy capaz—. Yo ya no soy tu cariño.

Su gesto es conciliador, aunque le duele lo que acabo de decirle.

—Cariño..., no digas tonterías. Tienes que escucharme.

Oír eso me revuelve las tripas.

¿Escucharlo yo? ¿Que yo tengo que escucharlo?

Ah, no..., el que me va a escuchar es él a mí.

Pero ¿este imbécil qué se ha creído?

Y, bloqueando los sentimientos que pugnan dentro de mí, siseo:

—Me has decepcionado, humillado, avergonzado, ofendido, insultado, despreciado y pisoteado; ¿crees que te voy a escuchar?

—Jud...

—Te odio..., te odio con todo mi ser.

—No me digas eso, amor —susurra tembloroso.

¿Amor? ¿Ahora vuelve a recordar que soy su amor?

Y, con el poder que siento sobre la situación, afirmo:

—Te diré todo lo que me venga en gana, imbécil..., ¡todo!

Eric se mueve, se acerca a mí, pero yo soy rápida y me coloco detrás del sillón donde está tirado mi vestido de romana.

—Escúchame —insiste él—. Lo ocurrido tiene una explicación.

Niego con la cabeza. No quiero escuchar. No quiero que me humille más, por lo que susurro tomando un zapato de tacón:

—Claro que tiene una explicación. Ginebra te buscó y tú, como buen machote, no te negaste, ¿verdad? —Su gesto se contrae, y siseo—: Eres un desgraciado. ¿Cómo has podido? ¿Cómo has podido engañarme? ¿Cómo has podido hacerlo donde horas antes lo habíamos hecho tú y yo? ¿Acaso eso te provoca morbo? ¿Les provoca morbo a los dos?

—No, cariño..., no...

—Entonces ¿por qué? ¿Por qué has tenido que hacerlo?

Eric me mira..., me mira..., me mira. Lo conozco e intenta darme una explicación lógica a lo que pregunto. Pero, entonces, cuando no puedo más, grito sin dejarlo hablar:

—¡En este instante te odio, Eric! ¡Te odio como creo que nunca te he odiado! ¡Te juro que te retorcería el pescuezo sin piedad! ¡Pero creo que ni eso me quitaría la rabia y la frustración que siento ahora mismo! —Me toco la sien. Me duele la cabeza—. Sal de esta habitación y desaparece de mi vista antes de que mis instintos asesinos quieran abrirte la cabeza.

—Pequeña...

—¡No me llames pequeña! —grito sin importarme que nos oigan.

Eric levanta las manos. Me enseña las palmas para que me relaje y repite:

—Jud, cariño, por favor, escúchame. Déjame explicarte lo ocurrido.

Incapaz de tener un segundo más el zapato en la mano, se lo lanzo furiosa y se lo estampo en toda la cara. Le da en la frente, pero Eric no se preocupa por el golpe recibido e insiste:

—Lo que viste no lo hice por gusto...

Rabiosa por recordar lo que vi, tomo el otro zapato y se lo tiro también. Éste le pasa rozando la oreja pero no le da.

—Jud, debieron de echarme algo en la bebida. No recuerdo nada, cariño. Te juro que no recuerdo nada, excepto despertarme solo sobre el columpio en la habitación negra del espejo. Yo nunca haría algo que pudiera hacerte daño, y lo sabes. ¡Sé que lo sabes!

Eso me detiene. Recuerdo la conversación que mantuve con Ginebra anoche y al Eric bailón. Luego, las palabras de Frida cruzan mi mente advirtiéndome sobre aquella zorra y grito de frustración.

Enajenada y sin ganas de escucharlo, tomo de una mesita el mando del televisor y se lo lanzo. Después, le arrojo todo lo que pillo sobre la mesita que hay a mi lado y él se mueve para esquivar los objetos mientras me grita que pare. Pero yo no paro. No puedo y, cuando sólo queda una lámpara de cerámica sobre la mesa, la agarro también y lo oigo decir:

—No serás capaz.

Oír eso en cierto modo me hace gracia y, tras arrancar el cable de la pared como una posesa, le lanzo la lámpara, que cae al suelo y se hace pedazos cuando él la esquiva.

El ruido es atroz. Entonces se abre la puerta de la habitación y aparecen Mel y Björn. Los miro y, antes de que yo diga nada, Mel grita en dirección a su novio:

—Te dije que ella no quería verlo, ¡te lo dije!

Mi mirada y la de Björn se encuentran y siseo furiosa:

—Prometiste que no lo dejarías entrar. Tampoco puedo fiarme ya de ti. —Sé que mis palabras le duelen y, cuando veo que va a responder, insisto—: ¿Qué hace él aquí?

Convencido de que tengo razón, Björn sólo susurra:

—Lo siento, Jud, pero...

—Pero ¡¿qué?! —grito como una posesa mientras Eric sigue mirándome.

—Conozco a Eric —prosigue—. Somos amigos desde hace mucho y creo en lo que dice. Te dije que todo esto tenía que tener una explicación y no dudo de su palabra. Eric te adora, Jud, y sé que nunca te traicionaría haciendo algo así.

Como una gacela, me acerco a la mesa de noche y arranco el teléfono de la pared mientras grito:

—¡¿Y porque tú lo creas he de creerlo yo también?!

Mel camina hacia mí. No me toca. Sé que se pone cerca de mí para hacerme entender que está de mi parte cuando Björn pregunta:

—¿Pretendes destrozar la habitación?

Enrabietada, le lanzo el teléfono. Éste choca contra la pared cuando lo esquiva, y Eric asegura:

—Está visto que sí.

Miro a mi alrededor. Me importa una mierda esa habitación. Mi querido marido tiene dinero para pagar los desperfectos de todo el hotel si hace falta. Y, a cada instante más furiosa, siseo mirándolo:

—Destrozo la habitación por no destrozarte a ti, ¡imbécil!

Mi amor, el hombre que acaba de romperme el corazón, da un paso al frente y yo exijo extendiendo las manos:

—Vete. Ahora mismo lo último que quiero es verte o hablar contigo.

Pero Eric, mi Eric, no se da por vencido y, agarrando el celular con la mano, insisto:

—Juro que te romperé la nariz como no desaparezcas de mi vista.

Mi alemán se para. Me mira..., me mira y me mira. Me conoce y sabe que, cuando me pongo así, es imposible razonar conmigo, por lo que finalmente dice:

—Saldré de la habitación para que te tranquilices, pero tenemos que hablar.

No respondo. Sé que tenemos que hablar. Lo sé.

Eric va a darse la vuelta pero antes, mirándome, dice:

—Te quiero más que a mi vida, Jud, y antes que hacerte daño a ti, cariño, me mataría o me arrancaría el corazón.

Dicho esto, da media vuelta y se va. Eric y sus frasecitas lapidarias.

Con el teléfono en la mano, estoy tentada de lanzárselo a la coronilla, pero me contengo. Si lo hago, puedo hacerle mucho daño y, además, atacar por la espalda es de cobardes, yo voy de frente.

Una vez que Eric ha salido de la habitación, Björn me mira. Lo conozco y sé que va a decir algo, pero él también me conoce y, al ver mi cara de rabia, finalmente se da la vuelta y se va.

Cuando los dos hombres salen de la suite, las piernas me tiemblan. Pierdo toda la fuerza, la arrogancia y el poderío que segundos antes tenía, y Mel rápidamente me abraza y me sienta en la cama.

De nuevo, las lágrimas me desbordan. La rabia me consume y la pena por todo lo ocurrido me desespera. Lloro, me aprieto contra Mel y cuando, pasado un rato, mi llanto cesa, ésta murmura retirándome el pelo de la cara:

—Sé lo dolida que debes de estar.

—Mucho —afirmo.

—Si yo viera a Björn en la actitud en la que tú has visto a Eric, estoy segura de que estaría tan enfadada como tú, pero creo que, cuando estés más tranquila, deberías hablar con Eric. Si realmente es cierto lo que dice, creo que...

—Hablaré con él. Lo haré —aseguro—. Pero no sé si voy a ser capaz de olvidar lo que he visto.

Mel asiente. Entiende de lo que hablo y me abraza. Sabe que necesito cariño, y me lo da.

54
꩜

La vuelta a Múnich en el coche de Björn la hacemos en silencio.

Tras pagar los desperfectos del hotel, cuando Eric me ve intenta sentarse a mi lado, pero lo rechazo. No quiero su contacto, y finalmente se sienta delante junto a Björn.

Parapetada tras mis gafas de sol, el viaje se me hace eterno mientras soy consciente de cómo Eric mira hacia atrás para conectar conmigo. Quiere hablarme, lo sé. Pero yo no quiero saber nada de él.

Al llegar a nuestra casa, mi perro *Susto* acude a saludarnos. Por suerte, ya está totalmente recuperado de lo que le pasó, a pesar de que cojea.

El cariño que me tiene ese animal no es normal y, como si tuviera un radar para saber mi estado de ánimo, se centra en lamerme sin parar para demostrarme que está a mi lado al cien por cien. Emocionada, me siento en el suelo y permito que *Susto* me entregue todo su cariño. Lo necesito.

Eric nos observa y no dice nada. En otras circunstancias, me habría dicho que no me siente en el suelo ni me deje chuperretear por la lengua del perro, pero en esta ocasión calla y observa. Es lo más inteligente que puede hacer, el muy imbécil.

Calamar no tarda en llegar también y saluda a todos con cariño, mientras *Susto* sigue conmigo. En un momento dado, el animal se para, me mira y nos comunicamos con la mirada. Con *Susto* no me hace falta hablar. Es el perro más inteligente e intuitivo del mundo. Me gusta mi conexión con él.

Instantes después, la puerta de la casa se abre y aparecen Simona y Pipa con el pequeño Eric, Hannah y Sami. Esta última, al ver a sus papis, corre hacia ellos, mientras mis niños vienen a toda prisa hacia nosotros.

Sentada en el suelo, siento sus cuerpecitos sobre el mío, y sonrío. Sin lugar a dudas, mis pequeños me llenan el alma, aunque su padre me ha destrozado el corazón.

Una vez que me levanto del suelo con Hannah entre mis brazos, Eric se acerca a mí con el niño entre los suyos y murmura:

—Cariño..., tenemos que hablar.

Y, como no tengo ganas de armarle un numerito delante de todos y consciente de que tiene razón, susurro:

—Esta noche, cuando los niños estén dormidos.

Eric asiente y sonríe. Yo no lo hago. No quiero sonreír, y sé que eso a mi amor le parte el corazón. Pero me da igual su corazón. Bastante tengo yo con hacer que el mío siga latiendo a pesar de la pena tan inmensa que siento.

Con la felicidad que los pequeños nos dan a todos, entramos en la casa. Instantes después, aparecen Flyn y Peter. Peter viene hasta mí y me da un abrazo. Yo lo acepto encantada y, cuando dirijo mi mirada a Flyn, éste me mira a su vez y baja la vista al suelo.

Bueno..., no me quiere abrazar.

Segundos después, los chicos suben de nuevo a la recámara para seguir jugando con sus computadoras.

Sonia, mi suegra, que se ha quedado al mando de todo el fin de semana, me observa y pregunta:

—Judith, ¿estás bien?

Prefabricando una bonita sonrisa para ella, asiento. No quiero que los niños ni nadie más se percaten del gran problema que tenemos Eric y yo. Así pues, la abrazo y aseguro:

—Cansada, pero perfectamente. —Y, sonriendo, pregunto—: ¿Cómo se ha portado la pandilla el fin de semana?

Sonia y Simona sonríen y, mirando a los niños, la segunda responde:

—Todos han sido muy buenos, incluidos los más mayores.

Me gusta saber eso. Entonces, oigo a Sonia decir:

—Eric, hijo, qué mala cara tienes. ¿Te encuentras bien? Parece que tienes el labio un poco inflamado.

Me apresuro a mirarlo: efectivamente, no tiene buena cara. Pero me importa bien poco, hasta que Mel cuchichea acercándose a mí:

—Björn acaba de decirme que Eric se ha tomado dos pastillas. Al parecer, le duele la cabeza a rabiar.

Bueno. Lo siento por él, pero no estoy dispuesta a compadecerme.

Eric se acerca a nosotras tras hablar con su madre y, de pronto, noto su mano rodeando mi cintura. Lo miro con desagrado y él, bajando la voz, dice:

—Discúlpame, pero si no te abrazo mi madre sospechará, y bastante tengo con lo que tengo como para escucharla a ella también.

—De acuerdo.

Siento que mi docilidad le gusta y me aprieta más contra él. Su olor, ese olor que me vuelve loca, inunda rápidamente mis fosas nasales y, dirigiéndome a él, le advierto:

—No te pases, imbécil.

Eric me mira y, antes de que lo pueda parar, me planta un beso en los labios. Su tacto, su contacto, su sabor me da la vida. Sin embargo, furiosa por lo que han besado esos labios horas antes, cuando veo que nadie nos observa siseo:

—Vuelve a hacerlo y te pateo los huevos aunque esté tu madre delante.

Bueno. Me acabo de pasar tropecientos mil pueblos, pero es lo que me ha salido.

Eric clava sus ojos en mí, yo levanto las cejas y, aflojando su abrazo, hace que todos pasemos a la sala a tomar algo cuando Sonia se va.

Al entrar, me deshago con brusquedad del abrazo de Eric y me alejo de él. Minutos después entra Simona con unos refrescos y unas cervezas. Rápidamente, todos tomamos una y ella, antes de irse, se voltea hacia mí y dice:

—Estaré en la cocina por si necesitan algo.

Asiento y, cuando se va, me siento junto a Mel y los niños y durante un rato intento centrarme en mis pequeñines. Ellos son los únicos que se merecen ser tratados como reyes. Mientras tanto, observo con disimilo a Björn y a Eric, que hablan junto a la ventana.

Al ver cómo los miro, Mel se acerca a mí y murmura:

—¿Hablarás con Eric?

—Sí. Esta noche, cuando los niños duerman.

—Jud...

—Estoy bien, Mel. Jodida pero bien —digo y, tomándole las manos, añado—: Sabes que te quiero, pero ¿por qué no se van ya a casa?

Mel me mira, se muerde el labio inferior y murmura:

—Ay, Judith, estoy tan agobiada por dejarte aquí...

—Tranquila —afirmo con seguridad—. No voy a matar a nadie.

—Lo sé, pero dame otra media hora y después te prometo que nos iremos.

—Está bien —respondo sin mucha convicción. Y de repente recuerdo que Mel quería contarme algo que con todo este lío había olvidado—. Mel, ¿qué querías contarme?

Mi buena amiga niega con la cabeza. Está preocupada por mí, se lo veo en la cara.

—Nada que no pueda esperar, tranquila.

De pronto, ambas vemos que Björn sujeta a Eric. Rápidamente, sin que nadie me lo diga, sé lo que quiere hacer. Quiere ir en busca de Félix y Ginebra, y la rabia me invade de nuevo cuando digo:

—Voy al baño.

Es mentira. No voy al baño, pero necesito desaparecer o mi parte malvada va a explotar de tal manera que allí no se va a salvar ¡ni Dios!

Siento que mi destrozado corazón late a demasiada velocidad. Mi mente no puede dejar de pensar en la zorra de Ginebra y su marido y, cuando entro en mi recámara, llamo al hotel donde sé que están hospedados. Quiero matarlos antes de que Eric los localice. Esto no puede quedar así. Sin embargo, justo cuando llamo, el recepcionista me dice que acaban de irse al aeropuerto.

De nuevo, mi corazón se desboca.

¿Aquellas ratas impresentables se van a ir así, sin más?

Pienso. Pienso..., pienso. No sé en qué vuelo saldrán y, de pronto, ¡se me enciende el foco! Corro a la sala y, tras hacerle una seña a Mel para que se acerque a mí, murmuro:

—Necesito ayuda.

Ella me mira.

—Lo que quieras.

Consciente de que lo que voy a pedirle no está bien, digo:

—Necesito que Peter entre en las computadoras del aeropuerto de Múnich y me diga qué vuelo van a tomar Ginebra y Félix.

Mel me contempla boquiabierta. Sin duda, estará pensando que he perdido el norte y el sur y, cuando creo que me va a decir que me tienen que internar, susurra:

—Si se entera Björn de que le pedimos eso al chico, ¡nos asesina! Se lo tiene más que prohibido. Pero ¿sabes? ¡Al diablo con Björn!

Con disimulo, Mel y yo salimos entonces de la sala y subimos a la recámara de los chicos. Rápidamente, ella saca a Peter y, cuando le estoy explicando lo que necesito, Flyn sale también y nos mira.

Como no quiero compartir nada con él, lo miro y digo:

—Por favor, ¿podrías dejarnos a solas?

El desconcierto en su gesto es total, y de inmediato desaparece dentro de su recámara. Luego, Peter se voltea hacia mí y, sin preguntar, dice:

—En cinco minutos lo sabrás.

Su eficiencia me supera. Mel regresa a la sala mientras yo meto a Peter en mi dormitorio, le entrego mi *laptop* y el muchacho, de una manera que yo nunca sabré, hace su magia ante la computadora y, tras darle los nombres de aquellos desgraciados, me dice apuntando en un papel:

—Su vuelo a Chicago sale dentro de dos horas.

Miro el reloj. Si me doy prisa, los alcanzo. A continuación, le entrego mi tarjeta de crédito y digo:

—Sácame un boleto para ese vuelo.

De nuevo, el chico hace lo que le pido y, cuando me llega la tarjeta de embarque a mi celular, le doy un beso y añado:

—Gracias, Peter. Ahora regresa con Flyn e inventa lo que sea cuando te pregunte, ¿de acuerdo?

Él también me da un beso y, sin preguntar nada, desaparece de mi recámara.

Como una loca, salgo de la casa y, para que no oigan el motor del coche, decido tomar un taxi. Por suerte para mí, no tardo en encontrar uno, y me dirijo hacia el aeropuerto cuando recibo una llamada. Es Mel.

—¿Estás loca? ¿Cómo te vas a ir a Chicago?

—Tranquila..., tranquila. No tomaré ese avión. Sólo he comprado un boleto para poder pasar y encontrarlos.

—Jud..., Eric ya se ha dado cuenta de que no estás y está como un loco buscándote...

De pronto oigo alboroto y, segundos después, la voz de Eric dice:

—Jud, maldita sea, ¿dónde estás?

Sin ganas de hablar con él, corto la comunicación y apago el teléfono. No quiero dar explicaciones.

El tráfico en Múnich ese día es garrafal. El tiempo pasa rápidamente y miro el reloj nerviosa. ¡Tengo que llegar!

Cuando el taxi me deja en el aeropuerto, corro como una loca. ¡No llego..., no llego! Y, en cuanto dejo atrás el arco de seguridad, busco en las pantallas el vuelo en el que van aquellos dos y vuelvo a correr por el aeropuerto. Es tarde. No voy a llegar.

Aprieto el paso. Maldito embotellamiento el que he pescado. El corazón se me cae a los pies cuando llego a la puerta de abordaje y veo que está cerrada. El vuelo está cerrado.

Furiosa, a escasos metros de mí veo que el avión donde van aquéllos da marcha atrás. La cólera me puede, y doy un puñetazo al cristal blindado. La gente me mira y soy consciente de que, por mucha rabia que tenga, por muy frustrada que me encuentre, no voy a armar un numerito, por lo que finalmente me limito a sentarme para ver cómo el avión se encamina hacia la pista, despega y se aleja.

Durante una hora me quedo allí sentada sumida en mis pensamientos y me convenzo a mí misma de que, si las cosas han salido así, es porque Ginebra ya tiene su verdadero castigo.

Cuando me despierto de mis pensamientos, decido regresar a casa. Salgo del aeropuerto, tomo un taxi y enciendo el celular. Como es de esperar, tengo mil llamadas desde el teléfono de Eric, pero llamo a Mel.

—¿Estás bien? ¿Dónde estás? —pregunta ella.

Su voz suena angustiada y, para tranquilizarla, murmuro:

—Estoy bien y voy para casa.

—¿Qué ha pasado?

—Nada —reconozco con rabia—. Cuando llegué, ya habían abordado.

Oigo el suspiro de Mel y, convencida de que sabe que estoy bien, dice:

—Quieres que no esté aquí cuando regreses, ¿verdad?

—Sí, por favor —respondo sin ganas de mentir.

—De acuerdo —afirma ella—. Björn, los niños y yo nos vamos ahora mismo para casa, y Eric...

—No quiero saber nada de Eric. Ahora no.

—Jud...

—Vete tranquila —le aseguro con una triste sonrisa—. Mañana te llamo y nos vemos.

Una vez que cuelgo, me recuesto en el asiento del taxi y me limito a mirar por la ventanilla. Necesito recobrar fuerzas para enfrentarme a Eric Zimmerman.

Cuando el taxi llega a casa, pago y me bajo. Saco las llaves de la bolsa y, al abrir la puerta, oigo el trotar de *Susto* y *Calamar*. Los saludo con cariño y, lentamente, llego hasta la puerta de entrada de mi casa. De mi preciosa casa.

Es tarde y, al entrar, se nota que los pequeños están durmiendo. Lo agradezco. Los adoro, pero estoy tan mal que lo último que quiero es ver a mis niños. Camino hacia la cocina, me abro una coca-cola y, en el momento en que le estoy dando un trago, oigo a mi espalda:

—Jud, ¿qué has hecho?

Sin voltearme, termino de beber y, cuando acabo, me volteo y, mirando al hombre que consigue que yo sea la mujer más feliz o infeliz del planeta, respondo:

—Nada de lo que pensaba hacer.

Eric asiente y, moviéndome con rapidez, digo:

—Voy a bañarme.

Al pasar junto a él, veo la tristeza que siente por lo ocurrido.

Pienso en preguntarle si se encuentra mejor de su dolor de cabeza, pero no, no lo voy a hacer. Así pues, sin querer claudicar por lo adolorida que estoy, me encamino a la planta superior. Allí, paso al cuarto de mis niños, que ya están dormiditos, y les doy un beso.

A Flyn no voy a verlo. A él, que vaya a verlo su papaíto.

Tras salir de la habitación, me dirijo a la mía y miro mi maleta cerrada. Sin pararme a pensar, la abro y lo primero que veo es mi disfraz de romana. Me siento en la cama y, con la maleta abierta sobre ella, resoplo e inconscientemente recuerdo a Eric y a Ginebra besándose y tocándose mientras se daban placer. No puedo olvidarlo.

Enfadada conmigo misma por pensar en ello, me levanto, entro en mi precioso cuarto de baño y decido darme un regaderazo. Lo necesito.

Una vez desnuda, tomo mi iPad y pongo música. Miro las carpetas que hay y, aunque mi mente dice que ponga música alegre, mi corazón pide algo romántico.

Dudo. Me debato sobre qué hacer y, al final, gana mi parte morbosa. Necesito fustigarme, flagelarme, azotarme y maltratarme escuchando esa música. Y digo yo: ¿por qué lo hago? ¿Por qué en momentos así necesito escuchar lo que me va a hacer sufrir?

Me miro en el espejo. La mujer que observo reflejada soy yo, y murmuro:

—Judith, eres tonta..., muy muy tonta.

Cuando comienzan a sonar los primeros acordes de nuestra canción, tengo que apoyarme en la cubierta del baño. El dolor, la pena y el tormento me doblan en dos mientras la bonita voz de Malú canta *Blanco y negro.**

Incapaz de contener las lágrimas, me siento sobre la taza del inodoro y lloro. Lloro de impotencia en soledad como no he podido hacerlo antes y, mientras escucho la letra de esa preciosa canción, siento que no voy a poder parar nunca de llorar.

Le he regalado mi vida a Eric y él siempre me ha dicho que me regalaba la suya.

* Véase la nota de la pág. 149. *(N. de la E.)*

¿Cómo voy a poder superar eso?

Cuando la canción acaba y la voz de Luis Miguel comienza a cantar *Si nos dejan*,* me levanto y, hecha un mar de lágrimas, recuerdo nuestra luna de miel en México.

—Qué pena, Eric..., qué pena —murmuro mirándome de nuevo al espejo.

Acongojada, entro en la cabina de la regadera.

Abro la llave y dejo que el agua comience a chorrear por mi cuerpo. Agotada, agobiada y abatida, me apoyo en la pared y cierro los ojos mientras, inconscientemente, tarareo la música que suena. Y, tan pronto como comienza a sonar Ed Sheeran interpretando *Thinking Out Loud*,** me siento en el suelo de la regadera, me encojo y recuerdo que ésa fue la última canción que bailé con mi amor anoche mientras me decía mirándome a los ojos aquello de «te seguiré amando hasta los setenta porque me enamoro de ti todos los días».

¡Mentiroso!

Mi cabeza da vueltas y vueltas.

Eric no ha parado de decirme que lo han engañado. Que debieron de echarle algo en la bebida, pero estoy tan enfadada con él que soy incapaz de razonar y ponerme en su lugar. No puedo. Sólo puedo pensar una y otra vez en Ginebra sobre él en el columpio y en los dedos de Eric clavándose en su espalda mientras la besaba, mientras le devoraba la boca como hace conmigo. Esa imagen me tiene totalmente cegada.

Cuando por fin consigo volver a ser yo, tras regodearme en mi desesperación, me levanto y me doy cuenta de que estoy temblando de frío. No sé cuánto tiempo he estado sentada en la regadera llorando e intentando recomponerme.

Al salir, comienza a sonar *Ribbon in the Sky*,*** del maravilloso Stevie Wonder. Qué canción tan bonita. Sin poder evitar

---

* *Si nos dejan*, WEA Latina, interpretada por Luis Miguel. *(N. de la E.)*
** Véase la nota de la pág. 530. *(N. de la E.)*
*** *Ribbon in the Sky*, Tamla-Motown, interpretada por Stevie Wonder. *(N. de la E.)*

pensar en las veces que Eric y yo la hemos bailado en la oscuridad de nuestra recámara, me pongo mi bata y me siento de nuevo en el inodoro. Pienso en cómo aquéllos se besaban. Pienso que la boca de mi amor ya no es sólo mía, y maldigo cuando la puerta del baño se abre y Eric me pregunta con gesto preocupado:

—¿Estás bien?

Lo miro con odio, y respondo:

—No.

Él cierra los ojos. Sabe de lo que hablo y, tras levantarme como una furia, apago la música y siseo:

—Fuera de mi vista.

Mi estado de ánimo es una veleta. Tan pronto lloro con desconsuelo como siento unas horribles ganas de asesinarlo, y Eric lo sabe, me conoce muy bien. Finalmente, dice:

—Cuando quieras, podemos hablar en mi despacho.

Asiento. No digo nada.

Al ver que no voy a dirigirle la palabra, cierra de nuevo y se va. Yo me quedo mirando al frente. Luego me seco con brío, me pongo aceite en el cuerpo y me peino.

Ataviada con un vestido de algodón rosa palo y mis botas de andar por casa, bajo lentamente sin secarme el pelo. Cuando estoy frente al despacho de Eric, me paro.

Quiero huir de lo que va a ocurrir allí, pero sé que debo enfrentarme a ello. Así pues, tomando fuerzas, saco a la Judith insolente que saca de quicio a aquel alemán y, sin dudarlo, entro.

Eric está junto a la chimenea contemplando el fuego. Esa estampa suya siempre me ha encantado, pero hoy la detesto. Mi furia me hace detestarlo todo, hasta el aire que respiro.

Cuando él me ve, me mira y, tras unos instantes en los que ambos estamos en silencio, murmura:

—Lo siento, Jud. Lo siento, cariño, pero te juro que...

—No me jures. Sé lo que vi.

Eric asiente. Sabe que lo que vi me ha destrozado y, caminando hacia mí, susurra:

—Si me conoces, comprenderás que yo nunca haría nada así.

—Lo sé —lo interrumpo con la voz rota por el dolor—. Pero te vi. Vi cómo la besabas, cómo... cómo...

Desesperado, va a agarrarme y le doy un manotazo. Él me mira.

—No era consciente de lo que hacía. No recuerdo nada, pero sé que...

—Tú no sabes nada —digo alzando la voz—. Tú ni por asomo puedes imaginarte lo que yo he sentido con lo que he visto. Ni por un instante te lo puedes imaginar.

Su gesto atormentado me hace saber que puedo pisotearlo, matarlo, maltratarlo. Está dispuesto a todo por mí, pero insisto:

—Apenas unas horas antes, tú y yo estábamos en esa sala negra del espejo disfrutando y... y...

—Pequeña, escúchame.

Enfadada lo miro, luego sonrío con malicia y siseo:

—No quiero escucharte. Ahora no.

—Jud, no digas eso.

Mi aclaración lo enfada, lo envenena, me lo dicen sus ojos. Pero, sin dejarse llevar por la rabia, suplica:

—Perdóname, Jud, no sabía lo que hacía.

¿Perdonar? ¿Voy a ser capaz de perdonar y olvidar lo que vi? Y, mirándolo con furia, vuelvo a sisear:

—¿Qué tal si hacemos uso de lo que habitualmente se llama ojo por ojo y ahora soy yo la que...?

—¡Ni se te ocurra! —brama perdiendo los nervios.

Vuelvo a reír con malicia. En lo último que pienso ahora es en estar con un hombre, pero como tengo ganas de hacerle daño, insisto:

—Lo justo sería eso. Que yo buscara al hombre que más rabia te dé y tú lo veas, ¿no?

—No... —murmura apretando los dientes.

Quiero herirlo. Quiero que se martirice como yo me estoy martirizando por él, y grito:

—¡Imbécil! ¿Cómo no te diste cuenta? ¿Cómo, con lo listo que eres para otras cosas, fuiste incapaz de percatarte de lo que iba a ocurrir con esa gentuza?

Eric me mira. No sabe qué decir.

Se da cuenta de que tengo razón en todo lo que digo y no logra darme una explicación.

El silencio invade la estancia. Eric no se mueve. Nos miramos a los ojos y murmuro:

—Estoy enfadada, muy enfadada, y quiero que te vayas.

—¿Que me vaya adónde?

—¡Que te vayas de esta casa! —grito fuera de mí.

El gesto de Eric se acalora y, sin moverse, cuchichea despacio:

—Estoy en mi casa.

Su irónica aclaración me hacer ver que comienza a perder los nervios.

—Pues me voy yo —replico entonces.

Sin más, me doy la vuelta, pero antes de llegar a la puerta, Eric ya me ha agarrado entre sus brazos, me da la vuelta y, apretándome contra sí, protesta:

—Jud, no vas a ir a ningún lado.

—¡Suéltame! —grito.

—No. Hasta que entres en razón.

La rabia me consume y, sin pensar en lo que hago, levanto la rodilla y lo golpeo con fuerza en esa parte tan noble que me encanta y que en otros momentos me da placer. Eric, que no esperaba ese ataque tan brutal, cae de rodillas al suelo. Se encoge de dolor ante mí y yo, fuera de mis casillas, siseo:

—Nunca más en tu puta vida vuelvas a tocarme si yo no te lo permito.

Él no contesta. Sigue retorciéndose en el suelo de dolor mientras yo lo observo impasible.

¡Carajo..., carajo, qué animal soy!

Pasan unos minutos y, cuando veo que su respiración se normaliza, abro la puerta y salgo del despacho. Me encamino hacia la escalera, pero entonces me levanta en volandas y, rojo de furia, me suelta en mi cara:

—En tu puta vida vuelvas a hacer lo que has hecho.

Grito. Intento soltarme, lo llamo de todo y volvemos a entrar en el despacho, donde, una vez que cierra la puerta con el pie, me suelta y yo bramo:

—¡Te odio! ¡Te odio con todas mis fuerzas!

—Ódiame cuanto quieras —replica furioso—. Pero tenemos que hablar.

A partir de ese momento, no hablamos, sino que ¡gritamos! Le echo en cara todo lo que quiero y más, y él hace lo mismo. Sin escucharnos, ambos levantamos la voz, ambos gritamos, ambos gritamos. La desesperación es tal que ninguno de los dos está dispuesto a escuchar al otro cuando, de pronto, la puerta del despacho se abre y aparece Flyn. Debemos de haberlo despertado con nuestros gritos. El chico mira a Eric y pregunta:

—Papá, ¿qué ocurre?

Al verlo, Eric dice:

—Flyn, regresa a tu cuarto.

Pero yo, que ya estoy como las locas, sonrío y murmuro:

—No, hombre, no, deja que se quede aquí. También tengo reproches para él y, así, aprovecho y se los hago. Al fin y al cabo, es tu niñito y sólo se preocupa por ti.

—Jud..., cariño.

En mi interior se ha formado un tsunami y siento que no voy a ser capaz de frenarlo, especialmente porque no quiero. Tengo ante mí a mis dos grandes fuentes de problemas y conflictos y necesito gritar y protestar. Necesito que esos dos imbéciles me escuchen y, sin importarme las formas ni nada, digo:

—¿Se han puesto de acuerdo los dos para sacar lo peor de mí? Porque, si es así, lo han conseguido.

Y, como ya todo me importa tres pepinos, prosigo:

—Me he sacrificado por ustedes dos y tengo que decirles que son unos malditos desagradecidos. Tú como marido y tú como hijo. Y ¿sabes, Eric?, ¡claudico! He tomado la decisión de que, si Flyn no me quiere como madre, yo no lo quiero como hijo. Basta ya de desplantes, malas caras y malos modos. Estoy harta, ¡harta!, de tener que andar siempre con pies de plomo con ustedes. Estoy tan enfadada con los dos que no quiero ser racional, simplemente quiero que me dejen en paz para poder vivir. Sin lugar a dudas, ésta es tu casa, Eric Zimmerman, pero los niños que están durmiendo en la planta de arriba son ¡*mis* hijos!, no sólo los tuyos, y no voy a permitir que...

—Jud —me corta Eric—. ¿Qué estás diciendo?

Como un remolino imparable, lo miro y sentencio:

—Digo que quiero el divorcio. Digo que quiero irme de aquí. Digo que mis hijos se vendrán conmigo, y digo que...

—Jud..., ¡para!

Su corte me hace dar cuenta de que Flyn está llorando. Y, aunque sus lágrimas deberían atormentarme, estoy tan dolida que no siento nada. A continuación, cuando me dispongo a añadir algo, oigo que Eric dice mirando al niño:

—Flyn, vete a la cama.

—No...

—Flyn —insiste él.

El chico se seca las lágrimas y pregunta:

—¿Se van a separar?

—No —responde Eric.

—Sí. ¿No es lo que querías? —respondo yo.

Eric me mira. Su mirada de Iceman echa chispas, pero no me importa, ya que la mía es puro fuego; entonces Flyn, llorando, dice:

—No... no pueden hacerlo. No pueden estar así por mi culpa. Yo... yo...

Reconozco que verlo tan desesperado me encoge un poco el corazón y, mirándolo, respondo:

—¿Sabes, guapito?, tu actitud ha ayudado bastante. ¡Gracias, Flyn!

—¡Jud! —grita Eric.

—¿Jud, qué? ¿Acaso es mentira? —replico desafiante.

Fuera de sus casillas por lo que estoy soltando por mi boquita, Eric me mira con furia. Yo lo miro con rabia e insolencia cuando él toma al niño del brazo y murmura para intentar calmarlo:

—Flyn, no te preocupes por nada. Mamá y papá están discutiendo por algo que...

—¡¿Mamá?! —me mofo dolida—. Disculpa, pero él mismo me ha dejado muy claro infinidad de veces que no soy su madre, que sólo soy la mujer de su padre o, en todo caso, su madrastra, ¿verdad, Flyn? —El chico no responde, y yo prosigo—: Vamos, sé valiente y dile a tu papaíto lo que me has dicho mil veces cuando él no estaba.

—¡¿Qué?! —pregunta Eric sorprendido.

—Ah, y ahora que no hay nada que ocultar... —prosigo abriendo mi propia caja de Pandora—. ¿Qué tal si le dices a tu padre lo divertido que te resultó provocarme diarreas con las gotitas que tus amiguitos te recomendaron?

—¡¿Cómo?! —insiste Eric desencajado y, echándole un vistazo al chico, pregunta—: ¿De qué habla Jud?

Pero, sin dejarlo contestar, respondo yo por él:

—Secretos..., secretos. Entre nosotros hay demasiado secretos. —Y, quitándome el anillo que tanto adoro, lo dejo de malos modos sobre la mesa del despacho y grito—: ¡Y, hablando de secretos..., me pareció muy mal que me ocultaras que fue tu niño quien se llevó el anillo para venderlo en una casa de empeños y luego me mintieras diciendo que lo habías encontrado en la cajuela de tu coche! Pero ¿acaso te crees que yo soy tonta? ¿Acaso crees que no iba a enterarme de la verdad? Pues sí, me enteré y me callé para ser buena con él y contigo. Son tal para cual. ¡Los putos Zimmerman!

Eric palidece. Sé que no lo hace por mis palabrotas, sino porque nunca imaginó que yo me enteraría de aquello.

—Jud..., cariño..., yo... —murmura.

—Ahora no quiero explicaciones. Ya no me sirven.

El niño sigue llorando cuando Eric, consciente de que las cosas se están saliendo de control, insiste:

—Por favor, Flyn. Vete a tu cuarto.

El chico me mira con el rostro desencajado. Nunca me ha visto perder el control de esa manera. A continuación, acercándose a mí, susurra:

—Mamá..., lo siento..., perdóname.

¡¿Mamá?! Con gesto agrio, lo miro y replico fuera de mí:

—Déjame en paz. Yo no soy tu madre.

Eric lo saca del despacho, me quedo sola y siento ganas de gritar. Estoy furiosa. Tremendamente furiosa.

Luego, Eric vuelve a entrar en el despacho y, tras cerrar la puerta, camina hacia mí y dice:

—Estás pagando con Flyn nuestro problema y...

—Eric —lo interrumpo—. Lo siento, pero estoy desbordada. Desbordada por todos lados. Y... y lo que ha ocurrido, nos guste o no, ha hecho que haya un antes y un después en nuestra relación. Intento asumir que esos hijos de su madre te drogaron para conseguir su propósito, pero no puedo obviar lo que vi. ¿Acaso tú lo obviarías si la situación hubiera sido al revés? ¿De verdad me estás diciendo que si Eric Zimmerman me viera sobre un columpio desnuda, entregándole mi boca y mi cuerpo a otro hombre, no se enfadaría conmigo? ¿No me gritaría? ¿No se volvería loco de rabia? —Él no contesta, y añado—: El Eric Zimmerman que yo conozco estaría tan enfadado como yo, y el Eric Zimmerman que yo conozco necesitaría su tiempo para digerir lo ocurrido por mucho que me quisiera.

Por fin parece que mis palabras le calan hondo.

En lugar de acercarse a mí, asiente, se apoya en su mesa y, tras unos segundos en silencio, murmura:

—Si yo hubiera visto lo que tú, sin duda me estaría comportando peor.

—Lo sé, Eric —afirmo—. Lo sé.

Mi alemán asiente. Sabe que lo que digo es cierto. La situación en caso contrario habría sido devastadora. Clavando sus ojazos cansados en mí, a continuación musita:

—Jud, no me dejes. Yo no he propiciado lo que ha ocurrido.

Sus palabras me paralizan. Por mi cabeza ha pasado de todo, pero ¿realmente soy capaz de dejarlo? ¿Realmente soy capaz de vivir sin él?

Al ver que no digo nada y que no me muevo, Eric camina hacia mí y, derrotado por mi indiferencia, aquel grandulón al que todos temen cae a mis pies y repite con desesperación:

—No me dejes, mi amor. Por favor, pequeña, escúchame, yo no era dueño de mis actos. No sabía lo que hacía en ese momento.

Su súplica...

Su mirada...

Su miedo...
Todo puede conmigo, y entonces insiste:
—Castígame, enfádate conmigo, fustígame con tu desprecio, pero no hables de divorcio. No hables de separarte de mí porque mi vida sin ti no tendrá sentido. Sin ti y sin los niños, yo...
Al mirarme y ver sus ojos cargados de lágrimas, como soy una blandengue, me muerdo el labio inferior y murmuro:
—Levántate, por favor, levántate. No quiero verte así.
Mi alemán se levanta con pesar y, cuando doy un paso atrás para que no me toque, se encamina hundido hacia su silla y, mirándome, susurra:
—Estoy dispuesto a lo que tú quieras, Jud. A todo.
Asiento. Sé que ahora yo tengo el poder. Estoy convencida de que, si le pidiera que se cortara un brazo en ese momento, lo haría.
—Dentro de unos días me iré a la Feria de Jerez —digo—. Iré sin ti, pero me llevaré a Eric y a Hannah.
—¿Sin mí?
Al oírlo decir eso, siento unas irrefrenables ganas de asesinarlo. Pero ¿no decía que no tenía tiempo para esas tonterías? Sin embargo, conteniéndome, contesto:
—Me iré a Jerez con los niños, y ni tú ni Flyn vendrán.
—Cariño..., por favor...
Sonrío con insolencia y replico:
—No hay cariño que valga. No te quiero conmigo. Quiero ir sola con mis hijos y disfrutar de la alegría de mi tierra y, contigo a mi lado, no lo voy a disfrutar.
Sus ojos...
Su voz...
Su mirada...
Conozco a Eric Zimmerman y sé que lo que está ocurriendo será algo que lo atormentará el resto de su vida. Se acerca a mí, me toma entre sus brazos y, apachurrándome contra el librero, sisea:
—Jud, no juegues con fuego o te quemarás.
Nos separan apenas unos milímetros. Mis ojos miran su boca. Quiero besarlo. Necesito besarlo como sé que él necesita besarme

a mí. Pero la imagen de Ginebra tomando lo que yo consideraba mío pasa entonces por mi cabeza y, tras empujarlo con todas mis fuerzas para separarlo de mí, respondo mientras me encamino hacia la puerta:

—Querido Eric, ya me he quemado; ahora ten cuidado, no te quemes tú.

55

Al día siguiente, Judith llamó a Mel y le pidió tiempo.

Necesitaba unos días para ella sola para pensar, recapacitar y saber que estaba haciendo bien quedándose junto al hombre que amaba pero que le había roto el corazón en miles de pedacitos. Consciente de todo lo que estaba pasando, su amiga le concedió esos días.

Una semana después, Judith se apagaba por momentos. Físicamente estaba bien, pero psicológicamente estaba tocada y hundida, algo que Eric no podía evitar ver y sufría cada segundo del día.

Jud habló con su padre. No le contó nada de lo ocurrido, pero le confirmó que el 9 de mayo llegaría a Jerez con los niños. Como es lógico, Manuel le preguntó por Eric y por Flyn, y ella se apresuró a explicarle que Eric tenía mucho trabajo y que Flyn estaba castigado por lo mal que iba en los estudios. El hombre no preguntó más y se alegró por la visita de su morenita.

Durante esos días, Eric hacía todo lo posible por acercarse a su mujer. Llegaba pronto del trabajo, pasaba las tardes enteras con ella y con los niños, pero Jud no reaccionaba. Se limitaba a sonreír delante de los pequeñines pero, cuando éstos se iban a la cama, se sumergía en su propia burbuja y todo lo que pasaba a su alrededor dejaba de existir.

Eric convocó una reunión en Müller y, sin dudarlo, reorganizó su trabajo. Necesitaba tiempo para reconquistar como fuera a su mujer, y delegó, como antaño, en varios de sus directivos, algo que Judith siempre le había pedido, pero él no había hecho.

Recordar aquello lo martirizaba. Debería haber hecho más caso a lo que ella le pedía y, en especial, a la problemática que tenían con Flyn en casa. ¿Por qué había sido tan imbécil y tan necio?

Por su parte, Flyn, asustado por el color que habían tomado

los acontecimientos, intentaba acercarse a Judith. La llamaba «mamá», le pedía perdón, le proponía salir con la moto, se sentaba con ella a ver la televisión, pero ella parecía no darse cuenta de los esfuerzos que el muchacho hacía para que lo escuchara.

Sin embargo, Judith lo oía, lo oía perfectamente en su silencio, pero estaba tan dolida por todo lo ocurrido que había decidido ignorarlo, como él la había ignorado a ella en los últimos meses. Ese castigo era la única manera de hacerle ver a Flyn que ya no era un niño, y que, como siempre le había dicho, todo acto tenía una consecuencia. La suya era la indiferencia.

Simona y Norbert, conscientes de la situación en la casa, intentaban ayudar en todo lo que podían, pero Judith seguía sin reaccionar y castigaba a los dos Zimmerman con su desapego.

Pasados unos días, Jud decidió ir a casa de su amiga Mel. Nada más verla, ella la abrazó y, cuando la soltó, susurró:

—Vaya mala cara que tienes, amiga.

Judith asintió. Era consciente de que estaba hecha un desastre, y hasta había adelgazado esos kilos que no conseguía quitarse antes.

—Pues, por dentro, te aseguro que estoy peor —replicó con una sonrisa.

Mel puso los ojos en blanco y, tomándola de la mano, le dijo:

—Ven. Tenemos que hablar.

Juntas pasaron al comedor. Allí, durante más de dos horas, Judith habló, se desahogó, dijo todo lo que necesitaba decir y, cuando por fin se calló, Mel murmuró:

—Entiendo lo que dices, pero lo que ocurrió fue algo que Eric no provocó.

—Lo sé —admitió Jud—. Pero si él sabía que aquellos dos le estaban pidiendo ese encuentro sexual porque Ginebra así lo quería, ¿por qué no se alejó de ellos? ¿Por qué permitió que estuvieran tan cerca de nosotros? ¿Por qué no cortó por lo sano?

Mel asintió. Sin duda, Judith tenía su parte de razón. Sin embargo, como antes había hablado con Björn, respondió:

—Porque Eric no es una mala persona y nunca pensó que ellos se servirían de algo tan sucio para conseguir su propósito. A pesar de no querer saber nada de ellos, se sintió apenado por esa mujer. Judith, Ginebra se muere, y eso fue lo que a Eric le hizo bajar la guardia.

Su amiga resopló. Conocía a Eric mejor que nadie y, si una enfermedad lo desconcertaba, una muerte lo descomponía totalmente. Así, siguieron hablando durante varias horas hasta que al final Mel dijo:

—Ahora que estás más tranquila, tengo que contarte algo.

—¿Qué ocurre?

Mel se levantó, tomó a Judith de la mano y la llevó hasta su recámara. Una vez allí, abrió un cajón y, enseñándole unas pruebas de embarazo, cuchicheó:

—Hace tres semanas que estoy esperando para hacérmelas, y no me atrevo.

La sorpresa despertó a Judith de su letargo, y Mel, haciéndole un puchero, añadió:

—He rechazado el puesto de escolta y creo... creo que estoy embarazada.

Rápidamente, Judith se puso a su lado, le tomó la barbilla con la mano y dijo:

—Mel, pero ¿cómo no me lo habías contado antes?

Su amiga se derrumbó como un castillo de naipes y, sentándose en la cama, replicó:

—Pero ¿cuándo te lo iba a decir? Últimamente no hacían más que pasar cosas y... y... Pero si me llevé los malditos tests el fin de semana que... que..., bueno, que pasó lo de Eric, pero luego todo se complicó y yo no quería preocuparte con más cosas de las que tienes. Pero... el caso es que me estoy volviendo loca. Llevo más de un mes de retraso y estoy tan asustada que soy incapaz de hacerme la maldita pruebecita. Y luego... luego está que ya he estado embarazada y siento que tengo todos los síntomas, y...

—¿Björn sabe algo?

—Nooooooooooo —susurró Mel—. Si estoy embarazada es por su maldita culpa, y lo voy a matar.

—Dios mío, Mel —dijo Jud sonriendo—. ¡Se va a volver loco cuando se entere!

—¡Cierra el pico!

—¿Está en casa? —añadió emocionada.

—No. Está en el despacho pero, carajo, Jud, ¿cómo voy a estar embarazada?

Con una candorosa sonrisa, su amiga la miró y gesticuló:

—Pues porque una abejita plantó una semillita y...

—Juuuuuud...

Divertida, ella le retiró el fleco del rostro a la teniente más valiente que había conocido en toda su vida.

—¡Otra vez! ¿Otra vez me tiene que volver a pasar? —protestó Mel alejándose—. Con Sami fui madre soltera; en esta ocasión querría haberlo hecho todo correctamente para no tener que oír los reproches de mi padre o de mi abuela. Me habría gustado casarme antes de tener otro hijo, pero...

—Pero apareció un niño llamado Peter y decidiste posponer tu boda, para integrarlo en la familia antes de casarte con su padre, y eso te hace muy grande, Mel. Eso no lo hace cualquiera y...

—Dios mío... Tendremos tres..., ¡tres hijos!

—Obvio.

Al ver el gesto de su amiga, Judith sonrió y, dispuesta a ayudarla en todo lo que pudiera, insistió:

—Mira, cariño, si tienes a tu lado al hombre que te quiere, que te hace feliz y al que tú quieres, un bebé en común es algo precioso. Simplemente es el resultado de un bonito amor. Piénsalo así y sé positiva.

—Ay, Dios..., si quiero ser positiva, ¡pero no puedo!

A Judith le entró la risa. No lo podía remediar, y Mel al verla gruñó:

—Si no quitas esa sonrisita tan de tu amiguito de la cara, te juro que a la primera que mato es a ti.

Judith borró la sonrisa, tomó el arsenal de pruebas de embarazo que su amiga tenía en las manos y dijo:

—Vamos. Tenemos algo que hacer.

Una vez que entraron en el baño, Mel cerró la puerta con seguro y, señalando los cinco tests que había dejado sobre el lavabo, explicó:

—Los he comprado digitales. De esos que anuncian de las semanas que estás.

—¡Genial! —respondió Jud, pero al ver que su amiga no se movía, la animó—: Vamos, venga, hazte una prueba.

Mel la miró, a continuación miró las pruebas de embarazo y susurró:

—No puedo, Jud..., no puedo.

Su histerismo le recordó a Judith el suyo propio la primera vez que se quedó embarazada. Aún recordaba la cantidad de tests que compró y se veía encerrada en su baño, sola y con los pies en alto de lo mareada que estaba. Por ello, y consciente de que tenía que hacer lo que fuera para que su amiga se tranquilizara, tomó un test, lo destapó, se bajó el pantalón, los calzones y, tras hacer pis encima, lo cerró y lo dejó sobre el lavabo.

—Sólo tienes que hacer esto —dijo—. Vamos, no es tan difícil.

Acto seguido, se sentó en el suelo y apoyó la espalda en la puerta a la espera de que su amiga se animara a hacer lo que irremediablemente tenía que hacer.

Reacia, Mel tomó un test y se desabrochó los *jeans*. Judith la miró y, finalmente, cuando aquélla se bajó los calzones, hizo pis sobre el test, lo cerró y lo dejó sobre el lavabo, murmuró:

—Muy bien. Lo has hecho muy bien.

La exteniente sonrió, abrió la llave del agua, dio un trago y, tras secarse los labios, afirmó:

—Mataré a Björn si estoy embarazada.

—A besos, ¿verdad?

Mel sonrió. En esta ocasión, fue ella la que no pudo remediarlo y, sentándose en el suelo junto a su amiga, apoyó la espalda en la puerta y musitó:

—Se volverá loco si lo estoy.

—Muy loco —añadió Judith con una triste sonrisa al recordar cuando Eric se había enterado.

—Pero ya no podremos llamarlo Peter. Ya tenemos un Peter en la familia y...

—Tranquila, hay millones de nombres. Te aseguro que, sin

nombre, el bebé no se va a quedar. Seguro que a Sami se le ocurre alguno.

Mel resopló, luego permanecieron en silencio unos instantes hasta que Judith dijo:

—Creo que ha llegado el momento de la verdad, ¿no te parece?

La exteniente cerró los ojos y, levantando la mano, tomó los tests de embarazo que habían utilizado. Los miró y, al ver que eran idénticos, preguntó:

—¿Cuál es el que me he hecho yo?

Divertida, Judith se encogió de hombros y, quitándole uno, respondió:

—Sin lugar a dudas, el que dé positivo.

Las dos amigas retiraron el capuchón a los tests de embarazo al mismo tiempo, y Mel musitó:

—Lo mato.

Judith sonrió y, mirando el test que ella tenía en la mano, afirmó:

—Tremendamente positivo.

Sonriendo estaba por aquello cuando Mel puso el Predictor que ella sostenía ante la cara de su amiga y dijo:

—Jud...

Al ver lo que Mel le enseñaba, de pronto Jud tiró el test que tenía entre las manos como si le quemara y dijo:

—¡Carajo! —Y, levantándose, repitió—: ¡Carajo!

Mel se levantó a su vez y, tras tomar el test que Judith había tirado, lo miró y cuchicheó:

—Carajo, Jud..., ¿estás embarazada?

—Noooooooooooo.

Tan bloqueada como ella, Mel le enseñó el test y afirmó:

—Yo he hecho pis en uno y tú en el otro, y los dos dan positivo.

Judith se dio aire con la mano. Pero ¿qué ocurría allí? Y, horrorizada, siseó:

—No puede ser. ¿Cómo voy a estar embarazada?

Sin saber si reír o llorar, Mel miró a su amiga y respondió:

—Una abejita plantó una semillita y...

—Es imposible. Yo... yo no puedo... Eric y yo no queremos más hijos. Que no, hombre, que no...

Con ambos tests en las manos, Mel los miró de nuevo y afirmó:

—Pues no es por meter el dedito en la herida, pero uno dice de 2 a 3 semanas, y el otro, de 4 a 6 semanas.

Judith los miraba boquiabierta cuando Mel, entregándole un nuevo test, indicó:

—Repítelo. Si realmente la prueba ha salido mal, éste lo confirmará.

Judith no respiraba. No pestañeaba. Pero ¿cómo iba a estar ella embarazada? Al ver lo bloqueada que estaba, Mel le agarró la barbilla con la mano y murmuró divertida:

—Cariño, piensa que si un bebé está creciendo en tu interior es el resultado de un bonito amor. Sé que Eric y tú no están pasando por el mejor momento, pero... piénsalo y sé positiva.

—Cierra la bocota —resopló Judith, que tomó el test, se bajó de nuevo el pantalón, los calzones, volvió a hacer pis sobre el aparatito, lo cerró y aseguró al dejarlo—: Esto lo resolverá todo. Yo no estoy embarazada.

Mel se hizo rápidamente también otro test, pero esta vez, en lugar de dejarlo junto al de su amiga, se lo quedó en las manos y, mirándola, dijo:

—Jud..., hace poco Björn me dijo que las cosas que valen la pena en la vida nunca son sencillas, y...

—No digas nada más. Ahora no, por favor —la interrumpió ella mientras se tocaba la frente con preocupación.

En silencio y en tensión, esperaron a que pasaran los minutos que indicaba el prospecto y, a continuación, Judith abrió el capuchón del aparato y murmuró:

—Esto debe de ser un falso positivo. Ahora no, ahora no puede ocurrir esto.

Tras abrazar a su amiga, cuando ésta dejó de temblar, Mel tomó fuerzas para abrir su test y, al leer la pantalla, afirmó:

—Estoy de 4 a 6 semanas... Mataré a Björn Hoffmann.

Al decir eso, ambas se miraron sin saber si llorar o reír y, de pronto, oyeron la voz del abogado, que decía mientras golpeaba la puerta:

—Mel, ¿con quién te has encerrado en el baño?

Rápidamente, las dos amigas recogieron los envases de los tests. Jud se guardó el suyo en la bolsa, mientras que Mel lo hizo en el bolsillo delantero de los *jeans*. Una vez que comprobaron que ya no quedaba ninguna prueba del delito a la vista, Jud murmuró:

—Ni una palabra sobre lo mío a Eric ni a Björn, ¡ni una palabra!

—Pero, Judith..., un embarazo no se puede ocultar.

—¡Prométemelo!

Al ver el gesto de su amiga, Mel finalmente asintió.

—Te lo prometo, siempre y cuando tú prometas lo mismo.

Judith suspiró, su caso no era el de ella, pero asintió.

Cuando, segundos después, Mel abrió la puerta del baño, Björn las observó sorprendido y protestó:

—Vaya, pero si está aquí la mujer que incitó a mi hijo, menor de edad; por cierto, pirateé la lista de pasajeros del aeropuerto de Múnich. Pero ¿cómo pudiste pedirle eso a Peter? ¿Acaso te volviste loca?

Judith resopló. Sin duda, Björn estaba deseoso de verla para echarle aquello en cara. Durante un par de minutos, Mel y Jud escucharon en silencio todo lo que aquél quiso decirles en relación con lo mal que se sentía porque hubieran utilizado al chico para hacer lo del aeropuerto, hasta que Mel, sin ganas de que continuara importunando a Jud, se plantó ante él y dijo:

—Tengo algo que decirte.

Al ser consciente de la mala cara de Judith, Björn se arrepintió de todo lo que había dicho en décimas de segundo y, mirando a la morena de pelo corto que ante él llamaba su atención, resopló y dijo:

—Sorpréndeme.

Mel tomó aire, miró a Judith y, sin que la voz le temblara, dijo alto y claro:

—¡Estoy embarazada y no voy a trabajar como escolta!

Su amiga la miró. Pero ¿no había dicho que le guardara el secreto?

Al oír eso, el abogado parpadeó y, torciendo el cuello, murmuró:

—¿Qué has dicho?

Tras sacarse del pantalón el test que se había hecho minutos antes, se lo enseñó y afirmó con cara de circunstancias:

—¡Sorpresa!

Björn clavó la mirada en la prueba de embarazo. Requeteparpadeó. Miró a Jud y ella asintió. Luego miró a Mel y, cuando ésta asintió también con cara de apuro, se llevó la mano a la cabeza y susurró:

—Creo... creo que me estoy mareando.

Con diligencia, Mel y Jud tomaron entre risas a Björn cada una de un brazo y, sentándolo en la cama, Judith dijo arrodillándose ante él, mientras Mel le daba aire con la mano:

—Vamos a ver, James Bond, respira... respira, que te estás poniendo verde.

Durante unos segundos, Björn hizo lo que se le pedía hasta que consiguió reaccionar y, mirando a Mel, preguntó sorprendido:

—¿Vamos a tener un bebé?

Mel asintió, sonrió y, encogiéndose de hombros, replicó:

—Te voy a matar. Un bebé nos va a trastornar la vida a los dos, pero sí, vamos a tener un bebé.

Tembloroso, Björn la abrazó, la besó, la acunó, mientras Judith observaba emocionada aquella maravillosa demostración de amor y sentía que el corazón se le iba a salir del pecho. Björn amaba sin ningún tipo de reserva a Mel, adoraba a Sami, quería a Peter y, orgullosa de ser su amiga, Jud sólo pudo decir:

—Felicidades, papaíto. A la tercera va la vencida.

Su amigo, al entender lo que aquello quería decir, sonrió como un tonto y, levantándose de la cama, tomó a Mel entre sus brazos y comenzó a dar saltos de alegría.

¡Iba a ser padre!

Judith disfrutó de su loca alegría y cuando, minutos después, él se empeñó en celebrarlo, decidió escabullirse de la casa para dejarlos brindar por la buena noticia. Sin embargo, antes miró a Mel y murmuró:

—Ni una palabra de lo mío.

Con la mitad del corazón apenado por su amiga, ella asintió. Sus labios estaban sellados.

56

La semana es para mí una tortura.

Embarazada... ¿Cómo puedo estar embarazada?

No consigo dejar de pensar en ello, pero me convenzo de que no lo estoy. No puede ser.

En casa, veo a Eric pasar por delante de mí y saber lo que sé y no compartirlo con él me duele, a pesar de que soy yo la que no lo comparte. No sé cómo va a reaccionar y, sobre todo, si realmente estoy embarazada, ¿debo tener este bebé estando como estamos?

Pienso..., pienso..., pienso y, cuando veo a Eric y a Hannah, el corazón se me encoge. Pensar que en mi vientre, quizá, esté creciendo una nueva vida, como esas dos que delante de mí sonríen y me hacen sonreír, me parte el corazón.

El miércoles, sin poder aguantar un segundo más, me voy a una clínica. Necesito saber si lo estoy o no para decidir qué hacer. Me hago un análisis de sangre y otro de orina y cuando, horas después, voy a recoger los resultados y veo ese positivo ¡tan positivo!, creo que me voy a morir.

¿Cómo me puede estar pasando esto?

Ese día, Eric llega pronto del trabajo, intenta estar cerca de mí y de los niños, pero yo, en cuanto puedo, me escabullo y me sumerjo en mi burbujita de dudas con respecto a qué hacer. ¿Debo o no seguir con ese embarazo?

En silencio, mientras paseo con *Susto* y *Calamar* por la noche en el fraccionamiento, pienso..., pienso... pienso... Y me doy cuenta de que ya no sólo me encuentro mal por lo que ha pasado con Eric, sino que ahora también me siento mal por lo del bebé y por mi frialdad hacia él.

Por increíble que parezca, durante la cena, Flyn intenta darnos conversación. Como es lógico, Eric le responde, pero yo me mantengo callada. Ahora sí que soy un monigote. Simplemente ceno y, cuando acabo, me levanto y desaparezco de escena.

Si los Zimmerman tienen mala leche, los Flores ¡no nos quedamos atrás!

El jueves, tras un caótico día de trabajo, cuando estoy tirada por la noche en el sillón de la sala totalmente apática con *Susto* y *Calamar* acomodados a mi lado, de pronto Eric entra con una sonrisa, me enseña unas pizzas congeladas y anuncia, sin quejarse porque los animalitos estén allí, a pesar de que no le gusta porque dice que dejan pelos:

—Esta noche hago yo la cena.

Bueno..., meter unas pizzas congeladas en el horno no es hacer la cena, pero como no quiero decir algo inapropiado, asiento y respondo sin mucho entusiasmo:

—¡Qué ilusión!

Tras decir eso, continúo viendo la televisión mientras, con el rabillo del ojo, observo cómo Eric me mira parado donde está, me observa, busca una conexión, pero finalmente se da la vuelta y se va.

Veinte minutos después, entra de nuevo en la sala y dice al ver que estoy viendo la serie «The Walking Dead»:

—Jud, la pizza ya está lista. ¿Quieres que cenemos aquí o en la cocina?

Estoy por decirle que cenemos aquí. Sé que a él y a Flyn les horroriza la serie que veo, y sé que cenarían sin rechistar, pero no quiero que la cena les siente mal, por lo que le pongo pausa a la serie y digo:

—En la cocina.

—Pues entonces, ¡vamos! Flyn ya está allí esperando.

Me estiro en el sillón mientras soy consciente de cómo él me mira a la espera de una sonrisa, pero no. No voy a sonreír. Lo voy a privar de mi sonrisa como él me priva mil veces de la suya; ¡que se friegue y sufra!

Con cariño, beso la cabeza de mis animalillos y les ordeno que me esperen allí; no tardaré mucho.

Cuando entro en la cocina veo sobre la mesita tres platos, dos coca-colas y una cerveza. Flyn ya está sentado. Me guste o no reconocerlo, en los últimos días la actitud del chavo ha cambiado, incluso Simona me dijo que vuelve a hablarse con Josh, el vecino.

¿Le habrá visto las orejitas al lobo?

Sin muchas ganas de cenar, me acerco a la mesa y entonces el mocoso con la nariz llena de granos me pregunta:

—¿Quieres hielo para la coca-cola?

Toma yaaaaaaaa... ¿Flyn siendo amable conmigo? Y, con burla, lo miro y pregunto:

—¿Cuánto te ha pagado tu padre?

—¿Para qué? —Me mira desconcertado.

A mí me entra la risa. Me siento como Cruella de Vil observando a un dulce cachorrito indefenso y, con arrogancia, respondo:

—Para que me hables.

Veo que el chico busca la mirada de su querido padre y, sin un ápice de humanidad hacia ellos, murmuro:

—Son tal para cual.

Eric no dice nada. Raro en él, pero ni me reprende, por lo que tomo mi vaso, lo acerco a mi refrigerador americano y, cuando se llena de hielo, me siento en la silla y abro mi coca-cola. No los necesito.

Por primera vez en mucho tiempo les estoy demostrando que yo también sé pensar por y para mí. Por primera vez les estoy enseñando que yo también puedo ser egoísta en lo que a mí se refiere y, oye, ¡me gusta!

A través de mis pestañas veo cómo Eric y Flyn se miran incómodos ante mi silencio y siento ganas de sonreír, aunque no lo hago.

¿Dónde quedaron esas cenas nuestras en las que yo hacía tonterías y ellos reían?

Después de dar un trago a mi coca-cola, tomo una rebanada de pizza y me la como en silencio mientras ellos intentan mantener una animada conversación sobre fútbol. Con curiosidad, los oigo hablar del equipo de mis amores, el Atlético de Madrid, pero yo no entro en el juego. No quiero ser amable con ellos.

Tras mi segunda porción de pizza y sin mucho apetito, me levanto como una maleducada y, mirándolos, digo:

—Sigan comiendo. Me voy a ver a mis muertos vivientes. Son más interesantes que ustedes.

Y, sin más, salgo de la cocina con mi vaso de coca-cola en la mano. Ellos no dicen nada. No sé qué pensarán, pero decir, lo que se dice decir, no dicen nada.

Un rato después, oigo que Eric entra en la sala, se acerca a mí y pregunta:

—¿Vienes a la cama?

Me encantaría decirle que sí. Nada me gustaría más que abrazarlo, besarlo y hacerle el amor pero, manteniendo mi fuerza de voluntad intacta, respondo sin mirarlo:

—No tengo sueño. Ve tú.

Cuando sale de la sala, me siento fatal, pero da igual. Hago eso porque quiero. Nadie me obliga, continúo viendo la serie, y reconozco que cada vez que sale Michonne con su katana y corta cabezas a los muertos lo disfruto. Es lo que yo querría hacer con dos que viven en Chicago.

Esa noche, en cuanto me despierto en el sillón, son las cuatro de la madrugada y, con el cuello torcido por la postura, una vez que saco a los animalitos al garaje, me voy a la cama. Necesito descansar.

El viernes, en Müller, me encuentro con Eric varias veces por la oficina y, siempre que puedo, me hago la distraída para no saludarlo, a pesar de que sé que me observa. Sentir cómo me sigue con la mirada me excita y me hace recordar aquellos momentos en Müller España, cuando él me buscaba continuamente y cuando me conquistó.

¡Qué tiempos!

Es mi último día. Hoy finaliza mi contrato y estoy apenada, aunque en cierto modo quiero alejarme tanto de Müller como de su dueño. Creo que me vendrá bien, y más porque me voy a Jerez. Necesito los mimos de mi padre.

A las ocho, cuando Pipa se lleva a los pequeños a la cama para dormir, estoy aburrida y me voy al garaje para mirar mi moto. Al día siguiente quiero salir con ella. Sé que, en mi estado, no es recomendable, pero estoy tan nublada por la indecisión y por todo, que me da igual. No sé qué voy a hacer con el bebé.

Mientras escucho música en el garaje desde mi celular, pienso en todo lo que me está ocurriendo y, cuando comienza la canción *Aprendiz,** de mi adorado Alejandro, los ojos se me llenan de lágrimas y pienso que, si me estoy comportando con esa dureza, es porque Eric me ha enseñado que la indiferencia duele. Él ha sido mi maestro en muchas cosas y, ahora, soy yo la que no quiere hablar de amor.

Tan pronto como el tema acaba, vuelvo a ponerlo otra vez más. Necesito escuchar canciones que terminen de marchitarme. Siempre he sido así de masoquista y, cuando ya la he escuchado varias veces, apago la música y rumio en silencio mis penas. ¡Qué desgraciada soy!

De pronto veo que llega el coche de Eric. Con curiosidad, miro el reloj que hay en el garaje y me sorprendo al verlo. Cada día llega más pronto.

Susto, que es el relaciones públicas de la casa, va a saludarlo en cuanto abre la puerta del coche. Durante unos segundos escucho cómo Eric le habla y eso me agrada.

—Hola, cariño —oigo que dice acercándose a mí.

—Hola —respondo.

El silencio toma el garaje de nuevo, y Eric, al ver que no voy a añadir nada más, da media vuelta y se dispone a entrar en la casa. Sin embargo, en vez de eso, se mete en el coche y de pronto comienza a sonar una canción.

No..., no..., ¡que no me haga eso!

Yo sigo agachada, fingiendo que compruebo la presión de las ruedas de la moto, cuando siento que Eric se acerca de nuevo a mí y pregunta:

—Te gusta esta canción, ¿verdad?

No es que me guste, ¡me apasiona! Ed Sheeran y su *Thinking Out Loud.***

—Sabes que sí —digo.

Eric, mi rubio, tomándome del codo, hace que me incorpore.

---

* *Aprendiz*, Warner Music Latina, interpretada por Alejandro Sanz. *(N. de la E.)*

** Véase la nota de la pág. 530. *(N. de la E.)*

—¿Bailas conmigo, pequeña?

Ay..., ay..., ay..., ¡que caigo en su influjo! Y, negando con la cabeza, digo:

—No.

Pero él, que ya ha conseguido que mis ojos y los suyos conecten, no me suelta e insiste:

—Por favor.

Ay..., madre..., ay, madreeeeeeeeeeeeeee, ¡que me pierdo!

Y, antes de que pueda decir nada más, mi rubio y grandote alemán me acerca a su cuerpo y, rodeándome con los brazos para hacerme sentir chiquitilla, murmura:

—Vamos, cariño, abrázame.

Su cercanía, su olor y el latido de su corazón hacen que cierre los ojos y, cuando siento su boca en mi frente, ya sé que estoy total y completamente perdida ante mi maestro.

En silencio bailamos la canción, mientras *Susto* y *Calamar* se sientan a contemplarnos en medio del garaje.

—Te echo de menos, Jud —susurra Eric de pronto—. Te echo tanto de menos que creo que me estoy volviendo loco.

Su voz...

Su tierna voz tan cerca de mi oído hace que todas mis terminaciones nerviosas se pongan en alerta e, incapaz de no mimar al hombre al que adoro, subo mi sucia mano de grasa hasta su nuca y se la toco.

Al verme tan receptiva, mi amor me aprieta contra su cuerpo.

—Lo siento, pequeña.

Lo miro..., lo miro y lo miro. Cada vez me parezco más a él en cuanto a miraditas se refiere.

—Pídeme lo que quieras —dice entonces— y...

No puede decir más. La puerta del garaje se abre de repente y entra Norbert.

El pobre, al vernos en ese plan, se queda como pegado al suelo con cara de circunstancias. Eric se apresura a soltarme y, al ver el apuro de ambos, pregunto con normalidad:

—¿Ya te vas a casa?

—Sí. Simona se ha ido hace rato —responde Norbert sin saber adónde mirar.

Asiento y, como si no pasara nada, paso junto a él y digo saliendo del garaje:

—Entonces, buenas noches, Norbert.

Cuando, cinco minutos después, Eric entra en la recámara, cruzamos una mirada. La frialdad ha regresado de nuevo a mí. Vuelvo a controlar mi mente y mi cuerpo. La Jud malota ha vuelto y, tras mirar el anillo que Eric dejó sobre mi mesa de noche con la esperanza de que me lo volviera a poner, siseo:

—No vuelvas a hacer lo que has hecho o me iré de esta casa.

57

Esa noche, Mel veía una película de acción tirada en el sillón vestida tan sólo con una camiseta y unos calzones.

La pequeña Sami y Peter dormían, y *Leya* estaba echada a sus pies.

Aburrida, tomó el celular y vio la hora. Las diez y veinte. Björn había salido de cena con los idiotas del bufete. Se miró el anillo de compromiso que él le había regalado y resopló. Todavía no le había contado las cosas que aquellos estúpidos le habían dicho. Cada vez que lo intentaba, terminaban discutiendo y, aunque su personalidad era fuerte y combativa, decidió callar.

Se mantendría alejada de ellos y de Louise para que Björn pudiera cumplir su sueño y asunto concluido.

Una hora después, justo en el momento en que la película acababa, la puerta de la casa sonó e, instantes después, Björn apareció y la saludó guiñándole un ojo.

—Hola, preciosa.

Ella sonrió, y el abogado, arrodillándose frente a ella, la besó en los labios, después le besó la panza y, divertido, murmuró:

—Hola, pequeñín. Papá ya está aquí.

Al ver aquello, Mel volvió a sonreír. Desde que Björn sabía que estaba embarazada no podía estar más cariñoso. Al ver que tenía una mano tras la espalda, preguntó:

—¿Qué escondes?

Él se encogió de hombros y, tras sacar la mano, dijo enseñándole un cesto con fresas:

—Para ti, mi amor.

Mel soltó una risotada al ver aquello y, cuando fue a tomar las increíbles fresas, él las retiró y, mirándola con guasa, murmuró:

—Parker, tenemos que hablar.

—Buenoooooooooooo —se burló ella.

—Cariño, el embarazo lo ha cambiado todo —prosiguió él—, y no podemos esperar a septiembre, por lo que quiero una fecha.

Mel suspiró y protestó:

—Ya te han dado la monserga en la cenita...

Al oír eso, Björn rio y respondió:

—No, amor. Estás equivocada. Esto es sólo algo entre tú y yo.

—Pero vamos a ver —protestó ella—, ¿pretendes que me case contigo siendo una bola?

Dispuesto a conseguir lo que pretendía, el abogado afirmó:

—Te quiero, y simplemente pretendo que te cases conmigo.

Mel no contestó.

Durante varios segundos se miraron en silencio, hasta que ella finalmente resopló y murmuró:

—No vas a parar hasta que te dé una fecha, ¿verdad?

—Verdad —asintió Björn—. Creo que esperar a septiembre ahora ya no es una buena idea. Tenemos la documentación pertinente preparada desde hace meses, un amigo en los juzgados que nos reserva el día que queramos, y yo puedo organizar una preciosa luna de miel para los dos en París. ¿Te imaginas tú y yo caminando por los Campos Elíseos tomados de la mano? —Mel sonrió y, a continuación, él musitó—: Ya he asumido que nunca vas a querer un bodorrio, por lo que estoy dispuesto a casarme contigo por el juzgado y en *jeans*; ¡hagámoslo!

La exteniente rio. Sin duda, él no iba a parar hasta conseguir su propósito y, dándose por vencida, y muerta de amor por el hombre que la adoraba y le hacía sus días maravillosos, claudicó:

—El 2 de mayo en el juzgado, pero sólo con la familia y los amigos más íntimos.

—De acuerdo —afirmó Björn con un hilo de voz.

—Íntimos..., íntimos... —aclaró Mel.

Al oír eso, el abogado le entendió a la perfección y sonrió.

Apenas faltaban diez días para la fecha; entregándole las fresas a la mujer a la que adoraba, Björn se sacó del bolsillo del saco del traje un sobre de chocolate a la taza y declaró:

—Bien, el 2 de mayo y sólo íntimos, ¡acepto! ¿Qué tal si lo vamos celebrando tú y yo?

Divertida, Mel se mordió el labio con sensualidad y luego, recuperando las fresas, afirmó:

—Éste es mi James Bond.

Él la besó encantado. Los besos comenzaron a calentarse más y más a cada instante, por lo que Mel dejó las fresas sobre la mesita, se levantó y corrió hacia el baño de su recámara seguida de Björn. No quería despertar a Peter o a Sami, y sabía que allí no los oirían.

Una vez que hubieron cerrado la puerta del baño, Björn, excitado por la entrega de aquella mujer, le dio la vuelta colocándola de cara a la puerta y murmuró mientras paseaba las manos por la cara interna de sus muslos:

—Voy a castigarte por traviesa.

A Mel le entró la risa.

Adoraba sus calientes castigos. Si por ella fuera, estaría castigada día sí, día también por su maravilloso abogado.

Björn tomó entonces el cinturón de su bata y, tras pasarlo por sus muñecas, las unió para después atarlas al colgador de la puerta donde estaban las batas.

Una vez que el abogado sintió que la tenía sujeta y sin posibilidad de escapar, le besó la nuca, la coronilla y la espalda mientras ella susurraba gozosa:

—Sí..., no pares.

—Cariño..., no le haremos daño al bebé, ¿verdad?

Al oír eso, Mel soltó una risotada.

—Ningún daño —replicó—. Vamos..., no pares.

Los besos subieron de intensidad y él, acercando la boca al oído de ella, musitó:

—Estás embarazada. He de tener cuidado.

Acalorada y excitada, Mel contestó:

—No pares y olvídate ahora del embarazo.

Björn sonrió. Con complacencia, su boca siguió bajando, hasta que Mel la sintió sobre sus glúteos y él, divertido, le dio un mordisco. La exteniente chilló, se retiró y, volviendo el rostro a la derecha, lo miró a través del espejo y gruñó:

—¡Serás caníbal!

Björn sonrió y, sacando su húmeda lengua, la paseó por la cara interna de los muslos de Mel para hacerla vibrar mientras ella cerraba los ojos extasiada y murmuraba:

—No pares, caníbal..., sigue..., sigue.

Jadeante, la joven abandonó su cuerpo al placer. El calor ya la había tomado y, cuando vio que él se sentaba en el suelo, apoyaba la espalda en la puerta del baño y se metía entre sus piernas, creyó que iba a morir de gusto, y más cuando lo oyó decir:

—Veamos qué tenemos por aquí.

Extasiada por no poder mirarlo a los ojos por la postura de él, Mel jadeó acalorada mientras ondulaba las caderas.

—Björn...

Sin darle un respiro, aquél posó las dos manos en las nalgas de ella y exigió bajándole los calzones:

—Eso es..., sí..., sí..., qué preciosidad.

Mel tembló. Toda ella temblaba ante lo que escuchaba mientras él le sacaba los calzones por los pies.

Las grandes manos de Björn le agarraron con fuerza el trasero y, cuando sintió cómo su cálido aliento llegaba a su vagina, tirító. Su aliento, su roce, su morbosa intención la estaban volviendo loca y, en el momento en que su húmeda lengua la tocó, vibró sin control.

Sin descanso, el abogado comenzó a chuparla con deleite y sus jugos no tardaron en aparecer mientras él proseguía con desesperación y lascivia.

La respiración de Mel se aceleró como una locomotora y, hundiendo la cara entre las batas colgadas de la puerta, jadeó, gritó y vibró mientras su amor continuaba su asolamiento y ella se entregaba totalmente a él.

El placer que Björn le ocasionaba era increíble, y el estar atada para él lo incentivaba. Cuando Mel creyó que ya no podía más y que iba a explotar, aquel experto amante salió de debajo de sus piernas y murmuró en su oído:

—Míranos en el espejo.

Mel miró hacia la derecha y sus ojos chocaron mientras ella observaba cómo él, con un morbo y una sensualidad que dejaría a cualquiera fuera de órbita, se quitaba la camisa y ésta terminaba en el suelo. A continuación se abrió lenta y pausadamente el botón del pantalón para después bajarse el cierre y, tras sacar del interior del bóxer su impresionante erección, se la mostró con descaro y, con gesto serio y morboso, le preguntó:

—¿Estás preparada, traviesa?

La exteniente se movió agitada. No estaba preparada, ¡estaba preparadísima!

Tan caliente como ella, y sin apartar sus ojos azules del espejo donde se miraban, Björn comenzó a pasear su duro pene por las nalgas, los muslos y la vagina de Mel para hacerle sentir su fuerza y su poderío. Ella vibró. Lo que aquél hacía y lo que quería la enloquecían.

Durante varios minutos, el jueguito del abogado continuó, hasta que, sin hablar, colocó su pene en la más que humedecida abertura de ella y, lentamente, para no dañarla ni a ella ni al bebé, se hundió en su interior.

El bronco gemido de Björn ante el electrizante contacto no tardó en llegar, mientras ella se acoplaba a su amor. Permanecieron inmóviles unos segundos, hasta que Björn comenzó a mover las caderas muy despacio y luego sus movimientos se fueron acelerando. Mel apenas si podía moverse, él no se lo permitía. Sólo podía abrirse para él y dejar que se hundiera en ella una y otra vez, hasta que un grito de placer pugnó por salir de su boca y, para no ser oída en toda la casa, enterró la cara en las batas colgadas.

Como el dueño y señor que era de la situación, Björn sonrió al oírla y murmuró:

—Sí..., así me gusta sentirte.

Mel, sujeta con el cinturón de la bata al colgador de la puerta, tomó aire. No quería que aquello acabara. Le gustaba sentirse poseída por Björn y, deseosa de mucho más, durante un buen rato accedió a todos y cada uno de los deseos del alemán mientras lo oía decir con la voz agitada contra su cuello:

—Sí..., vente para mí.

Ella sonrió. Giró la cabeza de nuevo hacia su derecha y, rápidamente, la boca de Björn la atrapó y sus lenguas se hicieron el amor, mientras sus cuerpos no paraban de acoplarse una y otra vez con gusto y desesperación.

Ninguno quería acabar. Ninguno quería terminar.

Estaban seguros de que, si estuvieran solos en una isla desierta, vivirían continuamente bajo aquel influjo de placer y satisfacción. El calor inundaba sus cuerpos, ambos sabían que no podían retrasar más el momento, y entonces el clímax los tomó.

Cuando acabaron, ambos jadeaban. Sus ruidosas respiraciones se oían con fuerza en el baño. Luego, Björn la besó en el cuello y murmuró:

—Me vuelves loco, traviesa.

Mel asintió. Como pudo, se secó el sudor de la frente en las batas que tenía delante y musitó:

—Eres increíble, cariño. Increíble.

Feliz por ese comentario, que subía su autoestima como hombre, Björn terminó de desnudarse. Abrió el cesto de la ropa sucia, tiró allí sus prendas y, cuando Mel vio que iba a meterse en la regadera, preguntó:

—¿A qué esperas para desatarme?

Con gesto divertido, el abogado abrió la llave de la regadera y dijo:

—Estás castigada.

—¡Björn!

El alemán se metió bajo el chorro de agua.

—Te voy a dejar atada unas horitas por lo que has tardado en darme una fecha de boda.

Boquiabierta, ella lo miró a través del espejo, achinó los ojos y siseó:

—Ni se te ocurra. ¡Estoy embarazada!

Sin contestar, Björn se dio la vuelta y comenzó a enjabonarse mientras silbaba. Mel miró incrédula sus manos atadas al colgador de las batas y gruñó:

—¡Suéltame ahora mismo!

Pero, por toda respuesta, él cerró la puerta corrediza de la regadera y continuó silbando.

A cada segundo más alucinada, la exteniente trató de desatarse, pero nada. Björn había hecho el nudo a conciencia.

La rabia comenzó entonces a tomar su cuerpo.

¿A qué estaba jugando Björn?

Instantes después, Mel oyó cómo el agua de la regadera se cortaba, miró la puerta corrediza y, cuando ésta se abrió y él salió empapado y fresquito, y no sudoroso como estaba ella, siseó:

—Te juro por mi abuela que, cuando me sueltes, te vas a tragar las fresas con el chocolate y el 2 de mayo se va a casar contigo ¡tu padre!

—Guauuu, ¡qué interesante! —se burló él.

La exteniente dio un par de tirones al cinturón que la mantenía sujeta, con la mala suerte de que apretó aún más el nudo. Al verlo, Björn sonrió y, poniéndose a su lado, tomó la manija de la puerta y dijo:

—Me voy a la cama. Estoy agotado.

—Björn, ¡suéltame! —chilló ella.

Sin atender a razones, él le dio un rápido beso en los labios y, abriendo la puerta, añadió cuando ella tuvo que moverse a un lado:

—Buenas noches, mi amor. Esto te pasa por ser tan combativa.

Y, sin más, salió del baño, cerró la puerta y la dejó allí atada como a un jamón.

Gritar era inútil. Si lo hacía, despertaría a los niños, y eso era lo último que quería. Pensando estaba en aquello cuando la puerta se abrió de nuevo y Mel tuvo que moverse. Björn apareció y ella pataleó furiosa.

—Me has hecho enojar y me has hecho enojar mucho; ¡suéltame!

Björn sonrió. La miró con gesto guasón y, tan pronto como finalmente la soltó, al ver que ésta iba a darle un derechazo, la paró y, con voz cargada de erotismo, murmuró:

—Bien..., aquí está la fiera de mi niña.

—¡¿Qué?!

El abogado sonrió, la tomó entre sus brazos, la metió con él en la regadera y, sin darle opción a decir nada, susurró abriendo el grifo del agua:

—Vamos, fierecilla, hazme tragar las fresas con el chocolate, pero el 2 de mayo, por favor, cásate conmigo.

Sin poder enfadarse con él, Mel lo besó, lo empujó, hasta que su cuerpo dio contra la pared de la regadera y le enseñó qué clase de fiera era. ¡Faltaría más!

58

En la boda de Mel y Björn en los juzgados de Múnich hace un día precioso.

Ver a mis buenos amigos tan felices, junto a Sami, que está monísima con su vestidito rosa, y Peter, tan guapo con su traje gris, me hace emocionar más de lo que pensaba.

De Estados Unidos vienen los padres y la hermana de Mel; de Asturias, su abuela Covadonga, y de Londres, el hermano de Björn. Como amigos íntimos estamos nosotros, Fraser y Neill con su familia. También invitan a mi suegra Sonia y a mi embarazadísima cuñada Marta con Drew.

Frida, Andrés, Dexter y Graciela no han podido venir ante la premura de la boda, pero han prometido que la próxima vez que nos juntemos todos lo celebraremos. Pobres. No saben mi situación con Eric, y yo me apeno al pensar que quizá en esa celebración falte yo.

Mel está preciosa con un bonito vestido blanco. No se ha casado por la Iglesia, eso no va con ella, pero ha querido darle la sorpresa a Björn al aparecer con un precioso vestido blanco y largo, y el gesto de él al verla me ha enternecido como a una tonta.

Björn está muy guapo con su traje azul oscuro, decir lo contrario sería mentir. Mientras observo a esos amigos a los que tanto quiero, sólo deseo que sean terriblemente felices el resto de sus vidas.

Durante la íntima celebración, Eric está a mi lado. Como siempre está impresionante con su traje oscuro, pero en sus ojos veo la tristeza que siente por el mal momento que estamos pasando. No nos rozamos. No nos tocamos, pero disimulamos ante todos. Es el día de nuestros mejores amigos, y por nada del mundo queremos echárselo a perder.

Tras la íntima celebración en los juzgados, todos nos dirigimos al restaurante de Klaus, que lo ha cerrado para la ocasión. Allí se celebrará el banquete.

Björn está radiante y encantado y no para de brindar y de besar a Mel. Está feliz, muy feliz, y no puede ocultarlo.

Eric, por su parte, intenta hacerme agradable la celebración haciéndose cargo de los pequeñines y de Flyn para que yo no me sienta agobiada, pero eso es complicado.

Cuando Klaus pone música y tenemos que bailar por petición de Sonia una romántica canción, siento que el alma se me cae a los pies.

Flyn, por su parte, me busca con la mirada y me llama «mamá» delante de todos. Siento cómo me mira a la espera de que yo le guiñe un ojo o le sonría, pero sólo me limito a ser cordial, a interpretar un papel y, cuando nadie nos ve, el papel se acabó.

Como digo, todo es difícil. Tremendamente difícil.

Cada dos por tres toco mi dedo desnudo. No llevar el anillo que Eric me regaló en el pasado con tanto amor me resulta doloroso, pero lo considero necesario para amoldarme a mi nueva situación.

Estoy bebiéndome una coca-cola cuando Sonia, mi suegra, y Marta, mi embarazada cuñada, se acercan a mí y la primera cuchichea:

—Qué bien, hija. Veo que Flyn ha vuelto al redil.

Con una candorosa sonrisa, la miro. ¡Si ella supiera...! Y, disimulando, asiento, pero vuelve a preguntar:

—¿Acabaste ya en Müller?

—Sí —afirmo viendo que Eric se coloca a mi lado. Sin duda, se ha dado cuenta de que necesito refuerzos—. Vuelvo a estar sin trabajo.

Sonia, que es un amor, sonríe y susurra:

—Tranquila. Mi hijo te da todo lo que necesitas, ¿verdad?

Eric y yo nos miramos y, sin cambiar el gesto, sigo sonriendo y asiento:

—Sí. Él me lo da todo.

—¿Cuándo te vas a Jerez? —pregunta mi cuñada Marta.

—Dentro de siete días.

Mi suegra asiente, me mira y finalmente dice:

—Dale muchos recuerdos a tu padre de mi parte. Si no fuera porque Marta está embarazadísima, me iba contigo a la Feria de Jerez.

—Mamá, pero vete y pásala bien. Todavía queda un mes y medio.

—No, cariño, los bebés son impredecibles, y tú lo eres aún más —murmura Sonia.

—Mamá... —protesta Marta con cariño.

Sonia y yo nos miramos, y afirmo:

—Le daré recuerdos a mi padre de tu parte. Le hará ilusión.

—Y tú —le reprocha mi suegra a su rubio y alto hijo— deberías irte con Judith. Unas vacaciones juntos siempre vienen muy bien a las parejas. ¿Por qué no vas?

Eric me mira. Se mueve incómodo ante su pregunta y finalmente responde:

—Mamá, no puedo. Me quedo con Flyn. Tiene que estudiar.

—¿Y por qué no se queda conmigo como en otras ocasiones?

—Mamá —insiste Eric—, es mejor que yo me quede. Créeme.

Mi suegra se voltea hacia Flyn, que está riendo al fondo de la sala con Peter mientras miran sus celulares, y cuchichea:

—Flyn Zimmerman, qué mal lo estás haciendo este año, hijo de mi vida, ¡qué mal!

Sentirme rodeada por los Zimmerman me pone nerviosa y, cada vez que siento la mano de Eric agarrándome la cintura, la respiración se me paraliza y me pongo nerviosa, no, ¡lo siguiente!

En los cinco años que hace que nos conocemos es la primera vez que, estando tan cerca, estamos tan alejados el uno del otro. Qué momento más extraño y triste estoy viviendo. Estoy asfixiada por todo y no veo el instante de llegar a Jerez. Sé que allí podré respirar. Poner tierra entre Eric y yo lo aclarará todo.

En este tiempo, he pensado en lo que pasó, y he llegado a la conclusión de que Eric no tuvo nada que ver en lo que ocurrió; fue engañado por aquellos crápulas. Pero, a pesar de saber eso, soy incapaz de olvidar. Cada vez que cierro los ojos, mi mente se inunda con lo que vi y no sé si voy a ser capaz de remontar y olvidar.

De lo que no me puedo olvidar es de que estoy embarazada. No puedo dejar de pensar en ello en todo el día. Un nuevo Zimmerman se gesta en mi interior, y soy todavía incapaz de digerirlo y pensar con claridad lo que he de hacer.

No tengo ningún síntoma. Ni mareos, ni vómitos. Si mis dos embarazos anteriores no se parecieron en nada, sin duda éste tampoco se va a parecer a los otros dos. ¡Miedito me da!

Yo no quería más hijos, con los que tengo soy feliz, y estoy casi segura de que Eric tampoco.

Yo, por no querer, no quería ni el primero, pero ahora no podría vivir sin ellos y, sin duda, volvería a vivir todo lo que pasé segundo a segundo para que Eric y Hannah estuvieran conmigo y con su padre.

Por extraño que parezca, pensar en mi nuevo bebé me hace sonreír al tiempo que me hace infeliz. Sin duda, mis hormonas ya están comenzando a revolucionarse, y mis ojos se humedecen más de lo que yo querría. Pero, bueno, no me voy a a agobiar. Todo lo que me está pasando es mucho para digerirlo sola, pero sé que lo haré. Yo puedo con todo.

Mi único apoyo es Mel. Sin embargo, para ella no está siendo fácil ver cómo todos la felicitan por su embarazo y a mí no me dicen nada. Su mirada me hace saber que sufre por mí, pero yo, guiñándole el ojo, le muestro que estoy bien.

En una de las ocasiones en las que ambas coincidimos en el baño, mi amiga, que está sensiblona con el embarazo y la boda, se mira emocionada el anillo de su dedo y lloriquea. Como puedo, la consuelo. Llora de felicidad, y yo, que rápidamente me uno a cualquier lloro, lo hago con ella.

¡Lo que me gusta un drama!

Cuando finalmente las dos conseguimos que nuestros ojos dejen de desbordarse, mirándome al espejo pregunto mientras me retoco el maquillaje:

—¿Cuándo se van a París?

—El viernes. Nos vamos de viernes a viernes. El lunes 18 tenemos que estar de vuelta, ya que Björn tiene un par de juicios.

—La van a pasar genial. Ya verás lo bonito que es París —digo, y sonrío con tristeza al recordar un viaje sorpresa que Eric programó.

Mel asiente, se retira el fleco del rostro y, dice:

—Espero que Sami y Peter se porten bien con mis padres los días que nosotros estemos fuera.

—Seguro que sí —replico y, suspirando, murmuro—: Siento que justamente me pesquen esos días en Jerez, pero...

—No sientas nada y disfruta de la feria, que te lo mereces —contesta ella. Luego, mirándome, pregunta—: Jud, ¿no lo vas a echar de menos?

Sin que diga el nombre, ambas sabemos de quién habla y afirmo:

—Muchísimo, pero ahora necesito alejarme de él.

Mi amiga asiente. Sabe lo dolida que estoy, y me abraza.

Diez minutos después, tras salir del baño, Klaus, el padre de Björn, que está encantado de la vida con aquella celebración, descorcha botellas de champán y, tras llenar las copas, dice orgulloso:

—Brindo por que el matrimonio de mi hijo Björn y Mel sea muy feliz, por mi nieta Sami, por mi nieto Peter y por el nuevo Hoffmann que está en camino.

Todos levantamos las copas y, cuando Mel va a beber, Björn se la quita y murmura:

—Amor..., brinda con jugo.

Ella me mira. Sabe que yo tampoco debería beber aquello y, sonriendo por ver su gesto, suelto la copa y digo:

—Como buena amiga tuya, me solidarizo y brindo yo también con jugo.

—¿Por qué? —protesta Björn.

—Tranquila, Jud, ya estoy bebiendo jugo yo también —dice mi cuñada sonriendo abrazada a su marido.

—Venga, Jud, ¡bebe champán! —insiste el hermano de Björn, que es un bromista.

Eric me mira. Hunde los dedos en mi cintura y, sonriendo a su vez, aclara para todos:

—A Judith no le gusta mucho el champán.

Al oír eso, yo también sonrío y, sin darme cuenta, apoyo la

cabeza en su pecho. Sin embargo, al ser consciente de lo que estoy haciendo, me separo lentamente de él y digo:

—Exacto. No me gusta. —Y, llenando mi copa limpia de jugo de piña, digo levantándola con humor—: Venga..., brindemos por el bebé de Mel y Björn.

—Y por el mío —exclama mi cuñada Marta riendo y tocándose su prominente pancita.

De nuevo todos levantan sus copas, y Mel, que está frente a mí, añade mientras se le llenan los ojos de lágrimas:

—Y por todos los bebés que vayan a nacer en el mundo.

—Pero, cariño, ¿qué te pasa? —pregunta Björn al verla tan blandita.

Yo la miro. Con la mirada vuelvo a insistirle en que estoy bien, cuando Eric, conmovido por eso, dice:

—Pues que está embarazada y con las hormonas revolucionadas.

59

𝒟os días después de la boda, los padres de Mel y la hermana de ésta se fueron a Asturias para llevar a la abuela. Covadonga quería regresar a su hogar. Mel los acompañó al aeropuerto y, tras recibir mil besos de su abuela, quedó con sus padres en que regresarían al cabo de unos días para que ella y Björn se fueran de viaje de novios a París.

Aquella tarde, cuando Mel volvió del aeropuerto, recogió a Sami del colegio y se la llevó directamente al parque para que jugara.

Ensimismada estaba mirando a su hija, mientras pensaba en su luna de miel, que comenzaría dentro de unos días, cuando de pronto Louise apareció a su lado y le dijo:

—Enhorabuena por la boda.

Mel intentó sonreír y respondió:

—Gracias.

Louise rápidamente se sentó al lado de ella y, tras unos segundos en silencio, declaró:

—Siento todos los problemas que te he ocasionado.

Mel la miró y se encogió de hombros.

—Tranquila —respondió—. Para mi suerte, parece que ya por fin me han dejado en paz.

Desesperada, Louise se tocó la cabeza e insistió:

—Lo... lo hice sin querer. Discutí con Johan y, sin darme cuenta, le comenté lo que tú me habías sugerido y le hice creer que te había contado más cosas de las que en realidad te conté.

—Louise, de verdad, olvídalo —repitió Mel y, mirándola, aseguró—: No pasa nada.

Durante unos segundos, ambas intercambiaron una mirada a los ojos, y luego Louise afirmó llorosa:

—Lo voy a hacer.

—¿Qué vas a hacer?

—Me voy a separar de Johan.

Mel parpadeó. ¿Lo había oído bien? Pero, antes de que pudiera abrir la boca, aquélla insistió:

—Se acabó. No puedo seguir viviendo así. Johan ya no es el que era. Ya no me quiere y yo no lo quiero y, si tengo que luchar por Pablo con uñas y dientes, lo haré. —Luego, tras tomar fuerzas, insistió—: Y no... no voy a seguir permitiendo que Heidi me domine como hace con el resto de las mujeres. Sé que puedo perder muchas cosas, sé que esa pandilla de buitres va a ir contra mí, pero estoy decidida a presentarles batalla sea como sea. Si quieren jugar sucio, yo también lo haré. Si van a hacerme daño, que se preparen, porque yo también puedo rasparlas. —Y, clavando sus ojos en Mel, que estaba boquiabierta por lo que oía, preguntó—: ¿Crees que Björn querrá asesorarme sobre qué tengo que hacer?

La recién estrenada señora Hoffmann, alucinada por la fuerza que de pronto veía en Louise y convencida de que Björn la podría asesorar sobre lo que necesitaba, afirmó:

—Por supuesto, Louise. Por supuesto.

La aludida, al sentir su apoyo, se tapó la cara con las manos y comenzó a llorar aliviada.

Esa tarde, tras dejar a los niños en casa con Bea, cuando Mel entró en el despacho de Björn con Louise, el abogado las miró. ¿Qué hacía aquélla allí? Pero, instantes después, empatizó con ella y la escuchó.

Al día siguiente, tras pasar la mañana con Judith para intentar levantarle el ánimo, a la hora de la salida del colegio, Mel esperaba a Sami junto a Bea. Tenían un cumpleaños en un parque de bolas, y Mel las iba a llevar, cuando recibió un mensaje en el celular de Björn, que decía:

Ven a casa ¡ya!

Sorprendida por la urgencia, Mel le indicó a Bea dónde era el cumpleaños y, tras darle un beso a su pequeña, se encaminó hacia su casa.

Al entrar en la cocina, *Leya*, la perra, corrió hacia ella y ésta la saludó encantada. En ese instante, Björn entró por la puerta, la miró y dijo:

—Oficialmente he dejado de ser el candidato idóneo para el bufete, y ¿sabes por qué? —Cuando Mel no respondió, él prosiguió—: Por la sencilla razón de que tu amiguita Louise vino ayer al despacho y, al parecer, eso ha llegado a oídos de Gilbert Heine.

Retirándose el fleco de la cara, Mel quiso preguntar si aquel mafioso de la abogacía los vigilaba pero, omitiéndolo, se centró en el hombre al que amaba y murmuró:

—Lo siento. Lo siento, cariño.

Sin mucha efusividad, él asintió, y Mel, al ver que olía a alcohol, dijo:

—Cariño, ellos se lo pierden. Eres un fantástico abogado y...

—Y no lo he conseguido. Ésa es la realidad.

Mel fue a abrazarlo. Sentía en el alma que su sueño se hubiera evaporado, y al ver que él se apartaba de su lado, frunció el ceño.

—¿Qué pasa, Parker? —preguntó Björn al ver su expresión—. ¿Por qué pones esa cara? ¿Acaso has ayudado para que lo consiguiera o, por el contrario, te has esforzado por echarlo todo a perder?

—Björn..., no...

—¿No qué? ¿De verdad no sabías lo importante que era eso para mí? Pero, claro, la novia de Thor es incapaz de entender que unos nos esforzamos por conseguir las cosas, mientras otras con llamar a papaíto consiguen lo que se les antoja.

Sus palabras no sólo le tocaron el corazón a Mel, que, anclando los pies en el suelo, siseó:

—Björn..., te estás pasando. Entiendo tu decepción y las copas que te has tomado de más, pero...

—¡Cállate! —gritó él desconcertándola.

—¡Cállate tú!

Pero ¿qué le ocurría?, pensó Mel.

Y, enfadada por su terrible comportamiento, le soltó:

—Mira, pedazo de burro, antes de que sigas diciendo cosas absurdas porque has bebido de más, déjame decirte que yo no tengo la culpa de que esos frikis anticuados sean unos mierdas y te rechazaran. —Y, omitiendo lo que Gilbert Heine le había dicho para no complicarla más, gritó—: ¡Y que te quede muy claro que pienso que lo mejor que te ha podido pasar es que no te aceptaran! Eres un abogado increíble, el mejor que he conocido en mi vida, y no necesitas de otros para que tu bufete sea maravilloso. Tú eres mil veces mejor profesional que esos mafiosos de la abogacía, y ahora lo que tienes que hacer es enseñárselo, no emborracharte para lamentarte porque ellos te hayan rechazado.

—No me ensalces. No necesito que digas cosas buenas de mí después de la poca ayuda que he tenido por tu parte. Ahora no, maldita sea.

Mel resopló y, a continuación, siseó de nuevo:

—Mide tus palabras o vas a tener muchos problemas conmigo.

Al oír eso y ver a Mel con los puños cerrados, Björn se disponía a responder cuando Peter entró en la cocina y preguntó:

—¿Qué les pasa?

El abogado miró al muchacho y gritó:

—Estoy hablando con mi mujer; ¡fuera de aquí!

—¡Björn! —exclamó Mel al oírlo.

Peter, posicionándose junto a ella, siseó enfadado:

—No hablas, gritas.

Por primera vez desde que Peter había llegado a aquella casa, la tensión se palpó en el ambiente. Mel se acercó entonces a su marido e, intentando entenderlo, murmuró:

—Cariño, has bebido de más y es mejor que hablemos de esto en otro momento.

De pronto *Leya* entró en la cocina con unos papeles de colorines rotos en la boca, y Björn, al verla, advirtió mirando al chavo:

—Por tu bien, espero que eso no sea lo que creo.

Sin mirar atrás, el abogado caminó hacia la sala, seguido por Mel y Peter y, al entrar y ver varios de sus cómics hechos añicos a su alrededor, vociferó:

—¡No lo puedo creer!

El muchacho, que acababa de dejar los cómics para ir a ver qué pasaba en la cocina, se quedó blanco cuando Björn, furioso y fuera de sí, gritó mirándolo:

—¡Te dije que los cuidaras! ¡Fue el único requisito que te puse!

Parpadeando al ver los cómics destrozados, Peter miró a la perra, después clavó sus ojos en Mel, que lo observaba con gesto apenado, y, cuando clavó sus ojos en Björn, sólo pudo decir:

—Lo siento... Yo... yo... lo siento...

Furioso, el abogado siseó tocándose su cabello oscuro:

—Claro que lo sientes, ¿cómo no vas a sentirlo? Maldito chico y maldita perra.

Recogiendo los cómics destrozados con voz temblorosa, Peter murmuró:

—Yo... yo... los buscaré y te los reemplazaré. Lo siento..., yo... yo...

—Oh, ¡cállate! —bufó Björn.

—Tranquilo, cielo..., tranquilo —susurró Mel al ver cómo los ojos del muchacho se llenaban de lágrimas en décimas de segundo.

Pero ¿qué estaba haciendo Björn?

—¡Quiero que esa maldita perra se vaya ahora mismo de esta casa! —bramó el abogado.

—¡Björn! —gritó Mel—. Pero ¿qué dices?

El muchacho rápidamente se colocó junto a su perra cuando él volvió a gritar:

—¡He dicho que quiero a ese perro fuera de mi casa!

Bloqueado, Peter miró a Mel en busca de ayuda. Ella, con la mirada, le pidió que no se moviera mientras se volvía hacia su marido y decía:

—El animalito no sabía lo que hacía. Haz el favor de comportarte como el adulto que eres y no como un idiota al que se le ha roto un maldito juguetito.

Furioso con todo, él miró a Mel y dijo:

—¿Idiota? ¿Friki? ¿Borracho? ¿Qué más me vas a llamar hoy?

Mel, ofuscada, se acercó a él y siseó al ver que el chico salía de la sala con la perra:

—Mira, Björn, por llamarte te puedo llamar mil cosas, y te aseguro que ninguna te va a gustar.

Con el rostro ensombrecido por la frustración que sentía, él maldijo:

—Me estás cabreando, Mel. Me estás cabreando mucho y no voy a consentir que...

—La que no va a consentir que te pases ni un segundo más soy yo. Pero, vamos a ver, ¿me puedes decir que esos malditos cómics son más importantes que el disgusto que le acabas de dar a Peter?

—El alemán no respondió, y ella añadió—: Mira, soy adulta y sé responderte ante un problema, pero él es un niño, por muy mayor que quiera hacerse en ocasiones.

—Pues si es mayor, sabe que...

—¡Björn! —gritó ella mientras sentía ganas de vomitar—. ¡Reacciona! Te acabas de casar conmigo y estoy embarazada. ¿Qué haces comportándote así? Por el amor de Dios, ¡reacciona! Nos estás decepcionando a todos.

Y, sin más, la exteniente salió de la sala, fue al baño y vomitó. En cuanto Björn apareció tras ella, lo empujó con rabia, lo sacó del baño y cerró la puerta. Necesitaba perderlo de vista.

Cuando salió, al no ver a Björn, se dirigió a la cocina. Necesitaba beber agua y relajarse, pero una vez que hubo dejado el vaso en la cubierta de la cocina, llamó su atención la quietud que había en la casa. No se oían las pisadas rápidas de *Leya*, y Mel fue a buscar a Peter a su cuarto. No lo encontró allí y, tras echar una rápida ojeada por la casa, sacó su celular y lo llamó. El niño no contestó, por lo que fue corriendo a la sala, donde Björn miraba los cómics rotos.

—A mí no me hables si no quieres —le soltó—, pero que sepas que tu hijo se acaba de ir.

La noche llegó y Peter no apareció. Llamaron a Judith y a Eric, quienes rápidamente acudieron a su lado para ayudarlos a buscarlo, pero Peter sabía muy bien dónde esconderse para que no lo encontraran.

A Björn se le había pasado la borrachera mientras daba vueltas con Eric por Múnich y, desesperado, no paraba de preguntarse qué había hecho.

A las dos de la mañana, Eric y él regresaron a casa para ver si el chavo había aparecido, pero no se sabía nada de él. Poco después, al ver llegar a Olaf, Mel se le acercó y, mirándolo a los ojos, preguntó:

—¿Se sabe algo?

Aquél negó con la cabeza, y Mel, desesperada, se angustió. ¿Dónde estaba Peter?

Björn fue a abrazar a Mel, pero ella se apartó; seguía enfadada con él. Finalmente fue Judith quien, tras intercambiar una mirada con Eric para que lo frenara, consoló a su amiga. Con cariño, la llevó a la recámara y la hizo acostarse.

—Escúchame..., necesitas descansar.

—Y tú —sollozó Mel—. Tú también necesitas descansar.

Judith asintió. Sin duda, aquélla llevaba razón pero, mimándola como ésta la había mimado en otras ocasiones, le tocó el pelo y dijo:

—Mira, de momento te voy a preparar otra tila y te la vas a tomar. Y, mientras la hago, me vas a esperar en la cama, ¿Está bien?

Agotada y con mal cuerpo, Mel asintió y, tras darle un beso en la cabeza, Judith salió de la recámara y se dirigió hacia la sala, donde los hombres hablaban.

—En el momento en que en comisaría sepan que el muchacho ha desaparecido, intervendrán los servicios sociales y...

—Eso no puede pasar —interrumpió Judith a Olaf—. No pueden enterarse.

—Pues para eso estoy yo aquí —explicó éste—. Björn me ha pedido ayuda para encontrar al chico antes de que tengamos que contar lo ocurrido a servicios sociales. Porque, si se enteran de que el chavo se ha escapado, habrá problemas. Por tanto, relájense y déjenme hacer mi trabajo.

Cuando Olaf se fue, Eric le ordenó a Björn que se sentara en uno de los sillones y Judith, enfadada por lo ocurrido, se acercó al abogado y dijo:

—Mira, no debería ser yo quien te contara esto, pero llegados a este punto y en vista de cómo te has comportado hoy con Peter y con Mel, hay algunas cosas que tienes que saber.

Por la expresión de sus caras, Jud entendió que tenía toda la atención tanto de Eric como de Björn, y prosiguió:

—Ese tal Gilbert tuvo la indecencia de decirle a Mel que tú tenías mala suerte por haberte salido un hijo de debajo de las piedras y por haber conocido a una problemática madre soltera.

—¡¿Qué?! —exclamó Björn.

—Incluso le recomendó que desapareciera de tu vida porque te iría mejor. ¿Te parece bonito lo que ese imbécil, por no decir otra cosa, le aconsejó?

—¿Cómo dices? —bramó Björn confuso.

—Lo que oyes, Björn, lo que oyes.

El abogado se alteró más aún y, tras soltar por la boca sapos y culebras, preguntó:

—¿Y por qué Mel no me dijo nada?

—Lo intentó, pero no quisiste escucharla y al final optó por callar.

—Carajo..., carajo... —murmuró él desesperado mientras Eric le pedía calma.

—Hablar de ese bufete siempre los hacía discutir —continuó Jud—. Te obcecaste en conseguir tu maldito sueño sin darte cuenta de las cosas que pasaban a tu alrededor. Ese tal Gilbert es un desgraciado, y su mujer Heidi una zorra. Pero ¿tú ves normal que el día que se llevó a Mel a desayunar con esas imbéciles se metieran con su manera de vestir, con su pelo y hasta le propusieran que debía hacerse un tratamiento láser para quitarse el tatuaje? ¡Pero bueno! ¿Es que esa bruja pretendía que Mel utilizara hasta la misma marca de támpax que ellas? Ah... y, ya que te lo cuento, te lo voy a contar todo. Peter, antes de que tú lo conocieras, salió en defensa de Mel en la puerta del colegio cuando Johan fue a amedrentarla.

—¿Que Johan hizo qué? —jadeó Björn furioso.

—Y ya para finalizar —prosiguió Jud sin querer mirar a su marido, que la observaba tan alucinado como Björn—, la noche que nos detuvieron por prostitución, Johan tuvo algo que ver porque, curiosamente, el tipo apareció en los calabozos para decirle a Mel que no le volvería a repetir que se alejara de su mujercita.

En cuanto Jud terminó de decir eso, Björn explotó. Quería ir en busca de aquellos malnacidos y arrancarles la cabeza. ¿Por qué Mel no le había dicho nada? Y, sobre todo, ¿cómo podía haber estado él tan ciego?

Veinte minutos después, cuando consiguieron tranquilizar al gigante moreno, Judith dijo nerviosa por la cercanía de Eric:

—Escucha, Björn, ahora no es momento de arrancarle la cabeza a nadie, sino de encontrar a Peter y, después, con tranquilidad, hablar con Mel y entre los dos solucionar lo que te he contado.

—Iré a hablar con ella ahora.

—No. Ahora no —replicó Judith—. Está descansando.

Björn hizo ademán de ir pese a la advertencia de ella, pero Eric lo sujetó del brazo.

—Como ha dicho Jud, siéntate. Mel no se va a mover de donde está y tiene que descansar. Recuerda que está embarazada y necesita mimos y tranquilidad.

Al oír eso, Judith suspiró. ¡Si él supiera! Pero, al sentir su apoyo en ese momento, se volvió y con una triste sonrisa dijo:

—Voy a preparar una jarra de tila. Creo que todos la necesitamos.

Luego dio media vuelta y desapareció en la cocina.

Acalorada por todo lo que había contado y por la cercanía de Eric, Jud estaba tomando los sobrecitos de tila cuando oyó:

—¿Por qué no me dijiste a mí lo que pasaba? Yo podría haber hecho algo.

Judith cerró los ojos. Eric estaba a escasos pasos de ella, pero respondió sin mirarlo:

—Mel me lo prohibió.

En silencio, continuó con lo que hacía, pero de pronto notó cómo aquel gigante se acercaba a su espalda y, al sentirlo a unos milímetros de ella, se puso tensa, y más cuando oyó:

—Jud, te necesito.

Cerró los ojos. Ella también lo necesitaba, pero rápidamente las imágenes de Ginebra y de él sobre el columpio, besándose, tocándose, inundaron su mente; se dio la vuelta y sin mirarlo, replicó:

—Apártate para que pueda salir.

El alemán no se movió. Clavó los ojos en ella y murmuró:

—Jud...

—He dicho que te apartes —insistió.

Convencido de que había perdido la batalla, Eric hizo lo que ella le pedía y ésta, sin querer conectar con sus ojos, se fue.

Desesperado, él se apoyó en la cubierta de la cocina de Björn. La necesitaba tanto como respirar pero, consciente de que su situación era la que era y de que estaba allí para ayudar a su amigo, regresó a su lado y, sentándose junto a él, murmuró:

—Tranquilo, Björn. Todo se solucionará.

Las horas pasaban y Peter no aparecía; ¿dónde se habría metido?

Björn y Eric estaban en la sala, y Mel y Jud en la recámara. Se hallaban divididos en dos grupos: ellos y ellas. A diferencia de otras ocasiones, no estaban juntos ante un gran problema, y no le pasó por alto a ninguno de ellos.

¿Qué les ocurría?

Judith estaba acostada en la cama junto a Mel, tocándose su dedo desnudo, cuando ésta dijo:

—No quiero ni pensar en la luna de miel. Peter para mí es más importante que esa frivolidad. ¿Y si no aparece? ¿Y si ya no quiere vivir con nosotros?

—Tranquila —insistió Judith—. No pienses en ello y sé positiva en relación con Peter. Recuerda que la positividad llama a la positividad.

Desesperada, Mel se limpió las lágrimas que le corrían por las mejillas.

—Tendrías que haber visto su mirada. Peter estaba horrorizado por cómo Björn gritaba. El pobre le pidió perdón, pero Björn estaba fuera de sí y no lo escuchaba y...

—Había bebido, Mel. No quiero justificarlo, pero Björn habitualmente no bebe y...

—Lo sé. Es la primera vez que lo he visto así, y espero que sea la última o este matrimonio está abocado al fracaso.

El silencio se instaló de nuevo entre ellas, hasta que Mel preguntó:

—¿Qué día es hoy?

—Martes —susurró Judith.

Mel cerró los ojos y pensó. Recordaba haber hablado con Peter sobre lugares adonde él solía ir cuando vivía con su abuelo y, mirando a Jud, dijo:

—He hablado mil veces con él, pero ahora no consigo recordar los sitios adonde me dijo que... Estoy totalmente bloqueada.

—Tranquila, Mel... Tranquila.

De pronto, el iPhone de Mel vibró. Había recibido un mensaje. Jud y ella se miraron al ver la foto de Peter en la pantalla. La exteniente se apresuró a tomar el celular y leyó:

Mel, estoy en la puerta de la calle con *Leya*; ¿podemos subir los dos a casa o Björn sigue enfadado?

Ambas se miraron y los ojos se les llenaron de lágrimas. A pesar de todo, el muchacho los quería y los necesitaba y, abrazándose, sonrieron y se levantaron presurosas de la cama.

Al verlas aparecer, Björn y Eric las observaron, y Mel, caminando hacia el abogado, dijo mientras le enseñaba el mensaje:

—Peter ha vuelto. Ahora todo depende de ti.

Björn lo leyó y, emocionado, se levantó rápidamente, la abrazó y murmuró:

—Cariño, perdóname. Soy un bocón y...

Tapándole la boca, Mel asintió. Sin duda, ella ya lo había perdonado y, con una sonrisa, dijo:

—Vamos. Ve a buscarlo.

Sin perder un segundo, el guapo abogado Björn Hoffmann corrió hacia la puerta en busca del muchacho. Al ver a su amigo salir y a las dos emocionadas mujeres, Eric las abrazó y musitó:

—Tranquilas, Björn lo solucionará.

El abogado tomó el elevador a toda mecha y, cuando salió a la calle, el corazón le iba a mil.

Al ver a Peter parado en la acera con la perra, una extraña paz se apoderó de él. Ambos se miraron, y Björn, sin perder un segundo, caminó hacia el niño que, al verlo acercarse, dijo:

—Lo siento. Prometo que te conseguiré esos cómics y...

Pero no pudo decir más. Tras llegar hasta él, Björn lo abrazó y, con todo su amor, murmuró:

—No me pidas más disculpas y perdóname tú a mí. Ésta es tu casa y la de *Leya*, y nunca más lo vuelvas a dudar, ¿entendido, hijo?

El muchacho, con una cálida sonrisa, asintió y siseó por primera vez en su vida:

—De acuerdo, papá.

Al oír eso, el corazón de Björn se inflamó y, tras unos minutos en los que ambos se prometieron cientos y cientos de cosas, subieron juntos a casa, donde fueron recibidos por todos con abrazos y palabras emocionadas.

Ya amanecía cuando Jud y Eric se fueron y Peter se metió en la cama. Bea, que se había quedado a pasar la noche para atender a Sami, les dijo que se acostaran, que ella llevaría a la niña al colegio.

Agotados, Mel y Björn asintieron y, cuando cerraron la puerta de su cuarto, Mel caminó hacia su lado de la cama y, al levantar la mirada y encontrarse con la de él, declaró:

—Siento mucho que tu sueño no...

—Cariño —la interrumpió Björn—, te aseguro que voy a hundir a esos tipos, no por no haberme aceptado a mí en su maldito bufete, sino por el mal que hayan podido hacerte a ti, a mis hijos o incluso a Louise.

Al oír eso, Mel sonrió. Sin duda, Judith había dicho todo lo que ella llevaba meses guardándose para sí y, recordando algo que Louise le había contado, murmuró:

—Johan siempre creyó que yo sabía más de lo que sé. Hace tiempo Louise me dijo que Johan guarda en su computadora documentos comprometedores para ese bufete y unas fotos de unas fiestecitas privadas en las que están Gilbert y...

—¿Estás segura de lo que dices?

Mel se encogió de hombros y afirmó:

—Eso me dijo Louise. Yo no lo he visto. Y ayer, cuando hablaste con ella, dijo que tenía un as en la manga, ¿lo recuerdas?

Björn asintió. Recordaba muy bien las palabras de aquélla y, aunque habían llamado su atención, no había querido ahondar en el tema. Tras pensar durante unos segundos en aquello, afirmó:

—Por suerte para Louise y para mí, tengo al mejor *hacker* del mundo en casa.

—¡Björn! —exclamó ella sonriendo al oírlo.

—Creo que voy a tener que pedirle ayuda a mi hijo para hundir a esos bastardos.

Ambos rieron hasta que él, sin poder esperar un segundo más, murmuró abatido:

—Oye, Mel..., yo...

—Eh..., eh..., eh... —lo interrumpió ella y, cuando vio que la miraba, indicó—: Lo de hoy no puede volver a repetirse o te aseguro que, igual que me casé contigo, me descaso pero ya, ¿entendido? —Él asintió y Mel aprovechó para decir—: En cuanto a lo del viaje a París, queda anulado. No quiero ir porque creo que no es el momento. Con lo que acaba de ocurrir, me parece que lo que menos conviene ahora es que tú y yo nos vayamos y dejemos a Peter con mis padres, que son dos extraños para él. ¿No crees?

El abogado sonrió. Él también lo había pensado pero, como no estaba dispuesto a renunciar a aquel viaje, propuso:

—¿Y si nos llevamos a Peter y a Sami con nosotros? —Al oír eso, Mel lo miró y él añadió—: Podríamos cambiar París por un viaje a Eurodisney. Podría ser divertido, ¿no crees?

Mel parpadeó sonriendo, y él, al sentir que todo estaba bien con la mujer que adoraba, insistió:

—Pospondremos nuestro romántico viaje de luna de miel para más adelante. ¿Qué te parece?

—Me parece una idea excelente —dijo ella.

Durante unos segundos ambos se miraron a los ojos, y el abogado, pesaroso por lo ocurrido, susurró:

—Lo siento, amor. Siento todo lo que dije y...

—Olvídalo. No vale la pena.

Atormentado por lo que Judith le había contado pero dispuesto a solucionarlo, rodeó la cama, se puso a su lado y, tomándole el rostro entre las manos, murmuró:

—Mi sueño eres tú. Nada, absolutamente nada, es tan importante como tú y los niños, y te aseguro que mañana Gilbert Heine
va a tener que escuchar cuatro cositas que no le van a gustar y
después los voy a hundir. Pero, por favor, prométeme que nunca
nunca nunca vas a volver a ocultarme algo como lo ocurrido.

Mel asintió y, con una candorosa sonrisa, susurró:

—Te lo prometo, pero ahora bésame y cállate, idiota.

Björn, al oír eso, supo que todo estaba bien y, tomando entre
sus brazos a la mujer que amaba, hizo lo que ella le pedía, sabiendo que al día siguiente, cuando se levantara, Gilbert Heine y su
maldito bufete se iban a enterar de quién era Björn Hoffmann.

60

Tras un extraño día en el que duermo a ratos, cuando me levanto Simona me dice que Eric se ha ido muy pronto.

Tan rápido como me despejo, hablo con Mel y, entre risas, me dice que Björn y Eric, junto con ella, han ido al bufete Heine, Dujson y Asociados y que la que han armado allí entre los dos ha sido como poco ¡impresionante!

Imaginar a Björn y a Eric juntos en un momento así irremediablemente me llena de orgullo porque sé que esos dos titanes, el rubio y el moreno, son indestructibles y peligrosos. Muy peligrosos.

¡Qué rabia habérmelo perdido!

Mel también me dice que, antes de ir al maldito bufete, tras hablar con Louise y ésta facilitarle cierta información, Peter ha pirateado sin problema alguno la computadora de Johan y lo que han encontrado allí, sin duda, le va a hacer mucho daño a esa pandilla. Eso vuelve a hacerme reír, es evidente que esos frikis de la abogacía no saben con quién se han metido, y no dudo de que Björn los va a acabar.

Durante el resto de la mañana, disfruto de mis niños. Son tan maravillosos que todo, absolutamente todo vale la pena por verlos sonreír, y cuando estoy con Eric armando un rompecabezas, suena mi celular y, al ver que se trata de mi suegra, lo tomo y escucho.

—¿Qué haces, hija?

Miro a mi pequeño rubio tan parecido a su padre y, tras responderle, me dice:

—¿Por qué no te vienes a casa de Marta? Estamos armando una dichosa cuna, y una de dos, o nosotras somos muy torpes, o a la cuna le faltan piezas.

Divertida, después de colgar le pido a Pipa que se siente con el pequeño, subo a mi recámara, me pongo unos *jeans* y una camiseta y, cuando llego al garaje, me quedo mirando la bonita BMW de Eric y, sin querer pensar en mi embarazo, susurro:

—Vámonos de paseo, preciosa.

Sin dudarlo, tomo el casco gris, las llaves y, tras arrancar el motor y salir de la propiedad, acelero y me voy a toda velocidad.

La sensación que tengo es maravillosa. Mira que me gusta conducir una moto y, sonriendo, me dirijo a la casa de Marta. Una vez que me estaciono, la portera del edificio de mi cuñada sale de la portería al verme, camina hacia mí y dice:

—No se asuste, Judith, pero una ambulancia se acaba de llevar a Marta y a su madre al hospital.

—Pero ¿qué ha pasado? —pregunto angustiada.

La mujer, con gesto confuso, murmura:

—Al parecer, Marta ha roto aguas.

Conmocionada, me preocupo. Marta sólo está de siete meses y medio. Después de darle las gracias a la mujer por la información, doy media vuelta, corro hacia la moto y me dirijo al hospital a mil por hora.

Cuando llego, entro a toda prisa y con el primero que me encuentro es con Eric. A su lado está su madre. Para no variar, mi alemán está descompuesto. Con lo que lo asustan los hospitales... Al verme, camina hacia mí y dice:

—Marta está teniendo el bebé. Le están practicando una cesárea de urgencia.

El agobio está latente en su rostro. Me gustaría abrazarlo pero, conteniendo mis impulsos, pongo una mano sobre su brazo y murmuro:

—Tranquilo. Todo va a salir bien.

—Pero sólo tiene siete meses y medio —insiste.

Asiento, sé muy bien de cuánto tiempo está. Intentando que deje de pensar en lo peor, exijo:

—Eric, mírame. —Una vez que clava los ojos en mí y a mí me entran unos retortijones de muerte, como puedo digo—: Marta está en el mejor sitio del mundo y todo va a salir bien, ¿entendido?

Mi alemán asiente, en el momento en el que mi suegra se aproxima como una moto y murmura:

—Ay, Dios, qué angustia..., qué angustia.

Abrazo a Sonia y, tras tranquilizarla como instantes antes he hecho con su grandote hijo, los animo a ir a la sala de espera. Sin duda, no podemos hacer otra cosa.

Durante el rato que estamos allí junto a otros familiares, cada vez que sale un padre con cara de orgullo por haber visto a su bebé, mi suegra murmura emocionada:

—No hay nada como la llegada de un bebé a un hogar, ¿verdad?

Yo asiento. Eric me mira y, cuando las puertas se abren de nuevo, sale mi cuñado con cara de felicidad y, dirigiéndose hacia nosotros, dice:

—Marta está bien y la pequeñina también, aunque sólo ha pesado dos kilos doscientos gramos.

Sonia lo abraza, yo sonrío y, sin saber por qué, abrazo a Eric. Sentir su aroma, su cercanía, me sube la moral y, cuando me separo de él, me mira hasta que yo dejo de hacerlo.

Tras felicitar al padre dichoso, esperamos un ratito y finalmente nos avisan de que podemos pasar al cunero para ver a la pequeñita, que está en una incubadora.

Con la felicidad en nuestros rostros, cuando nos dicen quién es la pequeña Ainhoa, todos sonreímos como idiotas y, como si la niña nos oyera, comenzamos a hablar en balleno.

¡Vaya maniíta que tenemos los adultos de hacer eso!

A través de los cristales, con mi celular grabo un video de la pequeña para que Eric y Hannah conozcan a su prima. Es muy chiquitita, pero la bebé no para de moverse y, por lo que oigo, parece tener unos buenos pulmones. ¡Otra Hannah!

Eric, que está a mi lado, emocionado por conocer a su sobrina, se agacha y dice:

—Es preciosa, ¿verdad?

Asiento, sonrío y, de buen humor, murmuro:

—Es una Zimmerman, corazón.

¿Corazón? ¿Por qué he dicho eso tan íntimo?

Ambos reímos por aquello, y entonces nos avisan de que Marta ya está en la habitación. Al entrar, mi cuñada lloriquea, quiere ver a su pequeña, pero no la dejan levantarse. Le han hecho una cesárea y está muy débil. Entonces, me acerco a ella y le enseño la grabación que he hecho de la niña. Ella, emocionada, la mira una y otra vez.

Tras pasar varias horas en el hospital, Eric y yo decidimos irnos. Marta está agotada y necesita descansar, y allí se quedan con ella mi suegra y el recién estrenado padre.

En silencio, Eric y yo salimos de la habitación y nos encaminamos hacia el elevador. Una vez allí, rodeados por más gente, nuestros cuerpos chocan y, ante la mirada de Eric, me muevo y dejo que una señora mayor se interponga entre los dos.

Su cercanía, como siempre, me desconcierta. Sigo tremendamente bloqueada por lo ocurrido y, aunque ya logro entender que él ni siquiera lo recuerda ni se entregó de forma voluntaria a ello, soy incapaz de olvidar.

Una vez que llegamos a la planta baja, caminamos juntos hacia la salida y, en la puerta, Eric se para y dice:

—Tengo el coche estacionado allí.

Yo asiento y, mirándolo, el corazón me da un vuelco y afirmo:

—Yo tengo la moto al fondo.

—¿Has venido en moto?

Asiento de nuevo y, con picardía, me encojo de hombros y murmuro:

—He tomado tu BMW.

Eric sonríe. Nunca le ha importado que use esa moto y, clavando sus espectaculares ojos en mí, musita:

—Maneja con cuidado.

Asiento..., sonríe y, cuando me doy la vuelta, me llama:

—Jud...

Me vuelvo. Nuestros ojos vuelven a conectar, y dice:

—¿Cenas conmigo?

Oír eso hace que el vello de todo mi cuerpo se erice. En el pasado, nunca habría rechazado una proposición así viniendo de él, pero niego con la cabeza y respondo:

—No.

—Por favor... —insiste—. Iremos a donde tú quieras.

—No, Eric, no. No es buena idea.

Su gesto de decepción lo dice todo, pero no insiste más y, asintiendo, se da la vuelta abatido y camina hacia su coche con las manos metidas en los bolsillos.

Acalorada, camino hacia la moto. Sin pararme a pensar, abro la cajuela y saco el casco, me lo pongo y, cuando arranco el motor, salgo del estacionamiento sin mirar atrás.

Tengo la cabeza embotada. Adoro a Eric, pero también lo odio. Mi mente es incapaz de olvidar cómo se besaban, cómo se poseían, y eso me está martirizando y volviéndome loca.

Cuando paro en un semáforo, de pronto un pitido llama mi atención. Al mirar hacia la derecha, veo que Eric me observa desde el coche y me sonríe. Yo sonrío también. El semáforo se pone en verde y acelero la moto mientras soy consciente de que el coche que va detrás de mí es conducido por el hombre que adoro y con seguridad está observando todos y cada uno de mis movimientos.

Un nuevo semáforo me hace parar. Miro a mi derecha para encontrarme de nuevo con la cara de Eric, pero en su lugar me encuentro con la de un muchacho que no tendrá más de veinticinco años. Al ver que soy una mujer, dice a gritos desde su coche:

—¡Hola, guapa!

—Hola —respondo yo.

El chico adelanta un poco más el coche para verme mejor. Por el retrovisor observo que Eric está parado con su coche detrás de mí y, al ver su gesto, sonrío. Ya se está cabreando con el tipo.

—¿Sabes una cosa? —dice el chico. Yo lo miro y, con una pícara sonrisa, él murmura—: Quién fuera moto para estar entre tus piernas.

Me río. ¡Menudo descarado!

Menos mal que Eric no lo ha oído o le arranca la cabeza y, mirándolo, le guiño un ojo y respondo con el mismo descaro de él:

—¿Sabes? Demasiada máquina para tan poco motor.

El chico suelta una risotada. Sin duda, tiene sentido del humor.

Cuando el semáforo se pone en verde, doy gas y, acelerando, me alejo de él. Por el retrovisor observo a Eric y, en cuanto veo que, tras hacer un quiebro con el coche adelanta al chico para ponerse a mi derecha, sonrío. No esperaba menos de él.

De nuevo, un semáforo nos para. Esta vez es Eric quien está a mi derecha y, por su gesto serio, ya sé lo que piensa, y más cuando el muchacho ahora está detrás de mí y pita para llamar mi atención.

Mis ojos y los de Eric se encuentran. Nos hablamos con ellos y, sin controlar mi locura, le hago saber cuánto lo echo de menos. Lo miro como lo he mirado cientos de veces cuando le voy a hacer el amor y, al ver la respuesta en su mirada, me asusto. De pronto me asusto y, cuando el semáforo cambia, acelero regañándome a mí misma por lo que acabo de hacer.

Pero ¿por qué lo provoco así?

Esa mirada y mi sonrisa le han dado esperanzas y, al ver que sigue tras de mí por la calle, sé que tengo que desaparecer. No podemos llegar juntos a casa u ocurrirá lo que deseo con toda mi alma pero no quiero que ocurra.

Dios, ¡no hay quién me entienda!

Aminoro la marcha y me pongo en el carril de la derecha. Eric se coloca detrás de mí y, unos metros más adelante, cuando él ya no tiene capacidad de reacción con el coche, hago una maniobra bastante arriesgada con la moto, me salgo del carril por el que voy y desaparezco a toda velocidad, impidiéndole seguirme.

No le he visto la cara. No he sido capaz de mirarlo pero, sin duda, el enojo que debe de tener en estos momentos ha de ser colosal.

Sin saber adónde ir, salgo a la autopista y durante un buen rato me dejo llevar por mi locura y corro como llevaba tiempo sin correr, sin pensar en nada más. No quiero pensar.

Así estoy hasta que, en una carretera, doy media vuelta haciendo un cambio de sentido. Por suerte, no me ha parado la policía, pero soy consciente de que alguna multa por exceso de velocidad llegará. Menudos son los alemanes para eso. Pero, mira, ¡no me preocupa! Eric Zimmerman tiene dinero para pagar multas y muchas cosas más.

Cuando de nuevo entro en Múnich, en un semáforo miro el reloj. Es pronto. Sólo son las seis de la tarde. Callejeando por esa ciudad, a la que adoro, llego cerca del colegio de Flyn, paro y, sin meter el casco en el baúl, decido ir a un bar a tomarme algo. Pido una coca-cola. Estoy sedienta. Entonces, de pronto, me fijo en el hombre que hay sentado a una de las mesas y sonrío. Es Dennis, el profesor de Flyn, y tras acercarme a él, que no me ha visto, pregunto:

—¿Puedo sentarme contigo?

Dennis, que está corrigiendo unos exámenes, sonríe al verme; quita su portafolio de una silla y murmura:

—Por supuesto.

Una vez que me siento, nos miramos y pregunta al ver mi casco:

—¿Motorista?

Asiento orgullosa y, señalando la impresionante BMW 1200 RT negra y gris que está estacionada en la puerta, respondo:

—Sí.

Por su gesto, Dennis parece sorprendido.

—¿Y tú puedes solita con esa máquina? —pregunta.

Al oír eso, frunzo el ceño y respondo:

—Lo de los tipos es genético; ¿puedes creer que acabas de pre-guntarme lo mismo que me preguntó Eric la primera vez que le pedí dar una vuelta? —Dennis sonríe y yo aclaro—: Tengo un padre que me enseñó muy bien a montar en moto, y soy peque-ñita pero tengo fuerza.

Dennis asiente, vuelve a sonreír y, al ver que me callo y me quedo mirando la moto, pregunta:

—¿Todo bien con Flyn en casa?

Asiento. No quiero hablar del muchacho, pero él insiste:

—Me alegra saberlo. La verdad es que últimamente ha dado un cambio para bien y lo veo más integrado con sus compañeros y alejado de esas malas compañías. Creo que lo han logrado, Judi-th. Sin duda, la unión de colegio, psicólogo y padres ha consegui-do que Flyn reaccione y se dé cuenta de su error.

Saber aquello de mi coreano alemán me gusta. Me encanta sa-ber que su actitud ha cambiado en el colegio, aunque intuyo que el brusco cambio pueda estar originado por otra cosa.

—¿Qué te ocurre, Judith? —pregunta entonces Dennis.

—Nada —digo y, dando un trago a mi coca-cola para cambiar luego de tema, pregunto—: ¿Tienes novia?

Según digo eso, me recuerdo a mi hermana Raquel. Pero ¿cómo es que soy tan chismosa?

Entonces, veo que Dennis sonríe y, guiñándome un ojo con complicidad, responde:

—Tengo amigas. De hecho, he quedado aquí con una de ellas para ir a tomar algo. Si te soy sincero, soy un tipo demasiado complicado para que una mujer se enamore de mí.

Eso me provoca risa. ¿Complicado, él? Y, sin pararme a pensar, respondo:

—Pues que sepas que los tipos complicados son los que nos vuelven locas a las mujeres.

—Vaya..., es bueno saberlo —se burla. A continuación, tras recoger los papeles que tiene sobre la mesa, dice—: Hace tiempo que no veo a Eric ni a ti por el Sensations y...

—Bueno —lo interrumpo—. No estamos pasando por el mejor momento de nuestra relación.

Dennis me mira. No esperaba lo que he dicho y, clavando sus ojazos negros en mí, murmura:

—Eric y tú hacen una fantástica pareja, y las fantásticas parejas han de hablar para entenderse. —Yo resoplo y él añade—: Cuando encuentras a tu pareja ideal, no quieres dejarla escapar y más en el mundillo en el que nosotros nos movemos. Y...

—Hola, Dennis, ¿llego tarde?

Al levantar la vista, me encuentro con una mujer rubia que nos mira. Debe de ser la amiguita con la que ha quedado. Dennis se pone en pie, le da un beso en los labios y responde:

—Tranquila, Stella. Has llegado a la hora.

La mujer me mira. No entiende qué hago yo sentada allí, y entonces Dennis dice:

—Stella, te presento a Judith. Judith, ella es Stella, mi amiga.

Las dos nos saludamos con cordialidad, pero veo en sus ojos lo mismo que otras deben de ver en los míos cuando se acercan a mi Eric. Entonces, Dennis toma su cartera y señala:

—He de irme, Judith. Pero ha sido un placer haberte visto.

—Lo mismo digo —respondo mientras sonrío y lo miro.

Cuando se van, sigo tomando mi coca-cola. A través de las vidrieras, veo a aquellos que han salido del local dirigirse hacia un coche rojo. Dennis lo abre, la chica sube y él, tras decirle algo, camina de vuelta hacia el bar, entra y me dice:

—He conocido a pocos hombres enamorados de una mujer, pero créeme cuando te digo que Eric es uno de esos pocos. Hablen y arreglen lo que les pasa, porque estoy convencido de que una historia como la de ustedes no se encuentra todos los días.

Dicho esto, me guiña el ojo y se va dejándome con cara de tonta.

¿Tanto me quiere Eric que la gente lo ve?

Y, de pronto, sin saber por qué llevo las manos hasta mi barriga.

Por supuesto que mi historia con el amor de mi vida es algo especial, tan especial como el bebé que crece en mi interior y al que tengo que comenzar a cuidar. Y, sin poder remediarlo, sonrío y murmuro mirándome mi inexistente panza:

—Tranquilo, gamusino. Mamá te quiere.

Varios minutos después, en cuanto acabo mi bebida vuelvo a la moto. La miro. La admiro, pero me arrepiento de haberla tomado en mi estado; ¿en qué estaba pensando? Sin embargo, como no estoy dispuesta a dejarla allí, me subo con cuidado y regreso a casa sin correr ni hacer locuras.

Tras llegar y meter la moto en el garaje, estoy quitándome el casco cuando Eric sale en mi busca y, sin quitarme la vista de encima, me dice:

—Estaba preocupado por ti.

Lo miro, quiero abrazarlo. Él es mi bonita historia de amor, pero algo me frena, y doy un paso atrás para alejarme de él. Por increíble que parezca, no me regaña por la maniobra que le he hecho en la carretera con la moto para despistarlo y, encogiéndome de hombros, respondo un escueto:

—Ya estoy aquí.

Eric no habla, en sus ojos veo que le duele la distancia que pongo entre los dos. Sin agobiarme, deja que entre en casa y me dirijo a la cocina. Él continúa su camino y oigo que entra en su despacho y cierra la puerta. Aquello no está siendo fácil para ninguno de los dos.

Simona, que en ese instante entra en la cocina, me mira; no dice lo que piensa de mi mirada ni de Eric, pero comenta:

—Los pequeñines ya están dormidos.

Sonrío encantada. La abrazo y murmuro:

—Gracias, Simona. Gracias por estar siempre a mi lado.

La mujer me abraza emocionada. Me aprieta contra su cuerpo y yo sonrío. Todavía recuerdo cuando yo llegué a aquella casa y un abrazo era como poco tabú.

Cuando salgo de la cocina y paso por delante del despacho de Eric, me acerco a la puerta y, al oír que está escuchando a Norah Jones cantar *Love Me*,* el corazón me da un pellizquito.

Apoyo la frente en la puerta oscura mientras escucho esa dulce canción y mi mente vuela a la última vez que la bailé con mi amor. Los ojos se me llenan de lágrimas, los recuerdos inundan mi mente y las lágrimas me desbordan. Eric, mi Eric, está tras esa puerta sufriendo como estoy sufriendo yo, pero yo soy incapaz de abrir la puerta y olvidar.

¿Qué me pasa? ¿Por qué estoy tan bloqueada?

Estoy sumida en mi desgracia cuando, de pronto, oigo a mi espalda:

—Mamá.

Rápidamente me doy la vuelta y, al ver a Flyn mirándome, me seco las lágrimas que corren por mis mejillas y, cuando voy a decir una de mis insolencias, el niño murmura:

—Está bien. Sé que no merezco llamarte así, pero...

Separándome de la puerta del despacho, me acerco a él y, cuchicheando para que Eric no nos oiga, afirmo:

—Exacto, no lo mereces; y ahora, si no te importa, no quiero hablar contigo.

Dolida por lo que mi corazón siente por aquellos dos Zimmerman, me encamino a la sala y cierro la puerta. Quiero estar sola.

* Véase la nota de la pág. 470 *(N. de la E.)*

Me siento en el sillón que hay junto a la chimenea, pero entonces oigo que la puerta se abre y, segundos después, Flyn, sin darme opción, se sienta a mi lado.

Como me han enseñado los Zimmerman, lo miro..., lo miro y lo miro, y finalmente pregunto:

—¿Qué quieres, Flyn?

El niño se retuerce las manos nervioso.

—Perdóname. Ahora que no me quieres, me doy cuenta de lo mal que me he portado contigo, cuando tú sólo intentabas protegerme y ayudarme.

Boquiabierta lo observo. ¿Cómo que no lo quiero? Lo quiero más que a mi vida, pero estoy enfadada con él y, cuando voy a responder, prosigue:

—Fui un tonto. Me dejé llevar por mis nuevas amistades y la cagué..., la cagué contigo, con papá, con todo. Elke me gustaba mucho, me dejé llevar por ella y, queriendo impresionarla, me volví un arrogante. Ella odia a su madrastra, nunca ha tenido buena relación con ella, y yo... yo... quise odiarte a ti para que ella viera que estábamos en la misma sintonía.

Saber la verdad de todo lo ocurrido hace que pueda respirar. Por fin entiendo el porqué de todo aquello, pero no puedo hablar cuando Flyn prosigue:

—Te robé, hice cosas horribles contra ti y te grité que no eras mi madre cuando sí lo eres. Tú eres la única madre que tengo porque siempre me has querido incondicionalmente a pesar de lo mal que me he portado contigo. Hablé con papá, le conté toda la verdad, y él me aconsejó que te lo contara a ti. Dijo que, aunque no me perdonaras, tenía que hablar contigo y... y... Por favor, mamá, si no quieres perdonarme, no lo hagas pero, por favor, arregla las cosas con papá. Por mi culpa están mal, y eso me... me... Por favor —suplica—. No se pueden separar, ustedes se quieren, se quieren mucho y, si lo hacen por mi culpa, Eric y Hannah nunca me lo van a perdonar.

Con las pulsaciones a dos mil por hora, escucho lo que aquel adolescente al que tanto quiero dice mientras el cuello comienza a picarme. La súplica en sus ojos me atormenta, me atormenta tanto como a él, y respondo:

—Lo que nos pasa a tu padre y a mí no es culpa tuya.

—Lo es —afirma mientras las lágrimas comienzan a correrle por las mejillas—. Todo es culpa mía. Intenté desesperarlos, llevarlos al límite, y todo porque el padre de Elke se separó de su madrastra y yo pensé que, si conseguía lo mismo, ella me...

—Dios mío, Flyn —murmuro al oírlo.

El niño llora. Llora desconsoladamente mientras me suplica que solucione los problemas con mi amor. Lo miro. Ojalá fueran las cosas tan fáciles como él parece verlas.

Diez minutos después, incapaz de permitir que el siga pensando que todo es culpa suya, como en su momento le hice creer con mi furia, suspiro y murmuro:

—Flyn, escúchame...

—No, mamá, por favor, escúchame tú a mí. Yo... yo no puedo permitir que papá y tú se vayan a separar por mi culpa y...

No lo dejo continuar. Necesito abrazarlo. Quiero a Flyn con toda mi alma, a pesar de lo que me ha contado. Es mi niño, soy su madre, y todo es perdonable cuando se trata de él. Veo que mi abrazo lo sorprende tanto como me sorprende a mí y, cuando siento que me aprieta contra sí con demasiada fuerza, murmuro:

—Flyn..., me ahogas.

El chico cede en su fuerza, pero sin soltarme susurra:

—Te quiero, mamá... Perdóname, por favor... Iré a un colegio militar si tú y papá quieren, pero perdóname.

Sus palabras y cómo lo siento temblar pueden conmigo. Creo que la vida, con lo que nos ha pasado a Eric y a mí, le ha dado un revés al muchacho que le ha abierto los ojos. Y, como soy una blandengue, finalmente asiento.

—Estás perdonado, cariño. Eso nunca lo dudes.

Mis palabras nos emocionan, y mis hormonas, que no están muy serenas, se revolucionan. Para relajar el momento, cuchicheo señalándome el cuello:

—Y ahora para... o me llenaré de ronchas.

Flyn me mira y veo en sus ojos la tranquilidad. Yo me rasco el cuello, me pica una barbaridad. Entonces él, apartándome la mano de las ronchas, dice:

—No te rasques o se pondrá peor.

Eso me hace sonreír y, tomándole la barbilla a mi niño, murmuro:

—Flyn, ya eres mayor, y creo que has sido capaz de darte cuenta de los quebraderos de cabeza que nos has podido ocasionar.

—Él asiente y yo sentencio—: Esto no puede volver a pasar nunca más. Si mañana te enamoras de otra chica, tienes que tener tu propia personalidad, porque quien te quiera tiene que quererte por ti, no por lo que vea reflejado de ella en ti. ¿Entendido?

—He aprendido la lección y te lo prometo, mamá. Nunca más.

Asiento. Lo abrazo de nuevo y éste dice:

—Ahora tienes que hablar con papá. Tú no estás bien, él no está bien, y tienen que hablar. Tú siempre dices eso de que hablando se entienden las personas.

Sonrío con tristeza.

—Escucha, cariño. Danos tiempo a tu padre y a mí y, pase lo que pase, nunca dudes de que los dos te queremos con todo nuestro corazón y deseamos lo mejor para ti. Y, recuerda, tú no has tenido nada que ver en lo que nos ocurre. Los adultos, a pesar de que nos queramos, en ocasiones tenemos problemas y...

—Pero yo no quiero que se separen.

Suspiro. El cuello me arde. Yo tampoco lo quiero y, cuando voy a responder, la voz de Eric dice:

—Flyn, escucha a tu madre. Haremos todo lo posible para solucionar nuestros problemas pero, por favor, respeta que decidamos lo mejor para todos.

La voz de Eric y sus palabras me llegan directamente al corazón. No lo había visto. Ni siquiera sé cuándo ha entrado en la sala. Entonces, el niño asiente, vuelve a abrazarme y murmura:

—Me encanta que seas mi madre.

Dicho esto, se levanta y, tras darle un abrazo a Eric, se va de la sala dejándonos a los dos solos y desconcertados. Mis hormonas pugnan por reventar de nuevo y llorar como una loca —¡necesito llorar!— cuando Eric, sin acercarse a mí, susurra:

—Gracias por escuchar y perdonar a Flyn.

Asiento. No puedo hacer otra cosa, e insiste:

—Ahora sólo falta que me perdones a mí.

La angustia me puede. Si abro la boca, me voy a echar a llorar como un chimpancé, y Eric, que lo sabe, al ver que no digo nada me mira con tristeza y finalmente se da la vuelta y se va. Cuando oigo que la puerta de la sala se cierra y estoy sola, tomo un cojín, me lo pongo en la boca y lloro como el más feo chimpancé por dos motivos. El primero es de felicidad por haber recuperado a mi niño, y el segundo, de tristeza por mi amor.

Al día siguiente, por la mañana, voy con Mel y los pequeños al parque. Allí, entre risas y lágrimas, le cuento a mi amiga lo hablado con Flyn y las dos lloramos. Estamos sensiblonas.

Por la tarde, tras despedirnos porque ambas nos vamos de viaje —ella con toda la familia a Eurodisney y yo a Jerez—, cuando llego a casa, Eric ya está allí. Sale a recibirnos y los niños corren al ver a su padre. Flyn, que está con él, camina hacia mí al verme y me abraza. Encantada, acepto su abrazo de oso.

Cuando los abrazos terminan, Eric me mira a la espera de que haga o diga algo, pero yo simplemente me limito a sonreír y a entrar en la casa. Quiero bañar a los niños y acostarlos pronto. Al día siguiente nos vamos a Jerez.

Tras darles de cenar, Pipa se los lleva a la cama y yo decido entrar en el vestidor para meter la ropa en las maletas.

Quiero que mis niños estén preciosos, y río al pensar en el trajecito de flamenca que mi padre le ha comprado a Hannah en rosa con lunares blancos. Va a estar para comérsela.

Mientras separo la ropa, escucho a mi Alejandro. Sin duda, su música y sus letras son parte de mi vida, y cuando suena *A que no me dejas*,* me dejo caer en la cama y tarareo la canción, mientras siento un pellizquito en el corazón al decir cosas como «a que te enamoro una vez más antes de que llegues a la puerta».

Oh, Dios..., cómo me toca en este momento la letra. Eric me quiere. Me adora. Él es quien me arropa, y estoy convencida de que, a día de hoy, como dice la canción, hasta me cuenta las pestañas mientras duermo.

* Véase la nota de la pág. 17. *(N. de la E.)*

Ni que decir tiene que yo lo quiero y lo adoro, pero estoy tan enfadada, tan bloqueada por todo lo ocurrido que, sin saber por qué, necesito escapar de su lado y echarlo de menos.

Eric, el duro Eric, en las últimas semanas ha vuelto a ser el Eric que me enamoró. Por supuesto que me doy cuenta de todo, pero hay algo en mí, llamémoslo terquedad, decepción o vete tú a saber qué, que no me permite dar un paso atrás para volver a intentarlo otra vez.

Pero ¿qué me ocurre?

—Hola.

Eric irrumpe en la estancia y, mirándolo, respondo:

—Hola.

Eric, mi grandulón rubio, entra en el vestidor y dice:

—He hablado con el piloto del jet y he quedado con él a las nueve; ¿te parece buena hora?

—¡Perfecta! —asiento—. Cuanto antes salgamos, antes llegaremos.

Eric se sienta en una de las sillas. A través de mis pestañas, veo que mira el suelo, junta las manos y dice mientras la voz rota de mi Alejandro sigue cantando:

—Siempre nos ha gustado esta canción, ¿verdad?

—Sí.

Uf..., el cuello. Ya comienza a arderme.

—Jud..., yo...

Me echo a temblar y, antes de que diga nada que haga resquebrajar mi tocado corazón, lo miro y replico:

—No, Eric..., ahora no.

—¿Por qué no me dejas intentarlo? Sabes que te quiero.

—Ahora no, Eric —repito.

—¿Por qué no me perdonas? ¿Por qué te empeñas en no entender que yo no propicié lo que pasó? —pregunta clavando su dolida mirada en mí—. ¿Acaso ya no me quieres como te quiero yo a ti?

Eric preguntándome eso y mi Alejandro cantando aquello de «A que no me dejas»;* ¡voy a explotar!

---

* Véase la nota de la pág. 17. *(N. de la E.)*

Si de algo estoy segura en esta vida es de que estoy total y completamente enamorada de Eric y sé que, si me abraza, si me toca, como dice la canción, todas mis murallas caerán. Pero no, no puedo consentirlo. Estoy dolida, muy dolida por lo ocurrido. Aun así, mirándolo, afirmo:

—Claro que te quiero.

—¿Entonces?

—Eric, cada vez que cierro los ojos, la imagen de Ginebra y tú juntos, besándoos, aparece y... no... no me deja...

Eric me mira..., me mira y me mira, y finalmente, dándose por vencido, asiente.

—Yo no tengo ni un solo instante contigo que quiera olvidar. Cierro los ojos y te siento a mi lado besándome con amor y dulzura. Cierro los ojos y te veo sonreír con nuestra complicidad de siempre, y me desespero cuando los abro, te veo y siento que nada de eso ocurre ya.

Sus palabras me tocan el alma.

Eric Zimmerman sabe llegarme, y sé que la cancioncita y su letra le está tocando el corazón como a mí. Cuando voy a responder, se levanta, camina hacia mí y, parándose a escasos milímetros de mi cuerpo, sin tocarme, sin rozarme, murmura:

—Como dice la canción, voy a hacer todo lo posible para que recuerdes nuestro amor y aprendas a olvidar. Necesito que en tu cabeza estemos sólo tú y yo. Sólo tú y yo, mi amor.

Atontada, asiento. Su olor..., su cercanía..., su voz..., su mirada..., sus palabras..., la canción, todo eso unido, para mí, que soy una romanticona empedernida, es una bomba de relojería, me dice lo que tanto necesito escuchar. Sin embargo, clavándome las uñas en las palmas de mis manos, regreso a la realidad y musito:

—No sé si lo conseguirás.

Mi amor levanta la mano, la pasa por el óvalo de mi cara, toma mi barbilla con delicadeza entre sus dedos y, cuando creo que me va a besar, sus ojos y los míos conectan y murmura antes de irse:

—Eres mi pequeña, te quiero y lo conseguiré.

Cuando aquel titán rubio desaparece de mi lado, me falta hasta el aire, y me lo doy con la mano.

Ofú, ¡que me da..., que me da!

Sin duda, Eric, el Eric Zimmerman que me enamoró, sigue siendo aquel alemán y, sin saber por qué, sonrío.

Decidido, ¡soy una imbécil!

A la mañana siguiente, a las ocho y media ya estamos en el hangar. Eric habla con el piloto y observo que no sonríe. No tiene motivos para sonreír.

Una vez que ha estrechado la mano del piloto, el pequeño Eric corre hacia su padre y éste lo toma entre sus fuertes brazos, lo besa y, caminando hacia mí, lo oigo que dice:

—Pórtate bien y no le des mucha guerra a mamá, ¿entendido?

—Sí, papi —oigo que responde el mico.

Acto seguido, Eric suelta al pequeñín, que sube al avión con Pipa. Yo, con Hannah dormida en mis brazos, voy a subir también cuando Eric me para y, clavando sus ojos en los míos, dice:

—Pásala bien.

—Lo haré —afirmo intentando sonreír.

Siento cómo nuestros corazones chocan al mirarnos y, finalmente él susurra:

—Te voy a echar de menos.

—Y yo a ti —asiento sin querer ocultárselo.

Nos miramos..., nos miramos..., nos miramos..., hasta que mi sexi marido susurra:

—Me muero por besarte, pero sé que no he de hacerlo.

—No. No lo hagas.

Pipa sale del avión, me quita a Hannah de los brazos y, cuando se la lleva, Eric, que no se ha movido de mi lado, insiste:

—Llámame cuando llegues a Jerez.

—De acuerdo —respondo como una idiota.

Dios... ¿Por qué el erotismo de mi marido puede conmigo?

Bueno. Estoy necesitada de sexo y el embarazo no lo está poniendo fácil y, en cuanto subo el primer escalón de la escalerilla del avión, siento las manos de Eric en mi cintura. Luego me da la vuelta y, acercando la boca a la mía, me besa. El beso dura apenas una fracción de segundo y, tan pronto como nuestras bocas se separan, parpadeo atontada cuando él apoya la frente en la mía y lo oigo decir:

—Lo siento, cariño, lo siento, pero lo necesitaba.

Asiento..., asiento como una imbécil y, sin decir nada, me volteo y subo el resto de la escalerilla mientras me siento la abeja Maya cantando aquello de «En un país multicolor...».*

Repito: ¡soy imbécil!

Minutos después, y una vez que estamos todos sentados en el avión, observo desde la ventanilla a mi imponente marido apoyado en su coche con gesto serio y los brazos cruzados sobre el pecho. Y, sin saber por qué, sonrío mientras las lágrimas corren por mis mejillas.

---

* *En un país multicolor*, Parlophone Spain, interpretada por Las Series De Tu Vida Performers. *(N. de la E.)*

61

⮑⮐

¡Viva España! ¡Y viva Jerez!

He llegado a mi tierra y, en cuanto bajo del jet y veo a mi padre esperándome con mi sobrina Luz, sonrío y corro hacia ellos. Necesito su abrazo. Los necesito.

—Mi morenita ya llegó —murmura mi padre cuando me abraza feliz.

Su abrazo lleno de amor y seguridad me hace sentir bien. Eso es lo que preciso para tomar fuerzas.

—Ofú, tita, pero qué delgada estás.

Me separo de mi padre, abrazo a la locochona de mi sobrina Luz, que ya es toda una mujercita, e intentando sonreír, cuchicheo:

—A ver si te crees que sólo tú quieres estar guapa en esta vida.

Luz me abraza hasta que ve a mis niños y, soltándome, corre hacia ellos. El pequeño Eric se aferra a su cuello. Adora a Luz, mientras Hannah, en los brazos de Pipa, los mira.

Minutos después, cuando todos estamos en el coche de mi padre, saco el celular y escribo:

Ya estamos en Jerez.

No pasan dos segundos cuando Eric responde:

Te quiero y te echo de menos.

Leer eso me emociona, y mi padre, al ver que me limpio las lágrimas, me mira y pregunta:

—¿Qué te ocurre, morenita?

Tragándome las lágrimas, sonrío, me guardo el celular y, tras ponerme los lentes de sol, respondo:

—Nada, papá. Sólo que estoy feliz por estar contigo.

Mi padre asiente, y yo comienzo a cantar la canción del ¡talla-rín! Todos la terminamos cantando.

Al llegar a casa de mi padre, allí está mi hermana con su mara-villoso marido y los pequeñines y, al verme, corre a abrazarme. Cuando me suelta, murmura:

—Pero, cuchu..., qué seca te estás quedando. Pero si sólo tie-nes tetas.

Bueno, mi hermana y sus desafortunados comentarios.

La miro. Ella también mira y, sonriendo, dice:

—Bueno, pensándolo mejor, así los vestidos de flamenca te quedarán de lujo, porque últimamente te habías puesto un poco rechonchita.

Sonrío. Raquel y sus rápidas conclusiones.

Mi cuñado, el grandote mexicano, me mira y, abriendo sus brazos, murmura:

—Pero qué linda te ves, cuñada.

Encantada, lo abrazo y sonrío. Necesito eso. Mimos y positivi-dad, a pesar de que sé que mi cara no es lo que fue en otros mo-mentos.

Mi padre, como siempre, se afana en darnos lo mejor, y a la hora de comer la mesa parece la mesa de un banquete de boda. No falta nada. Sin embargo, cuando veo el jamón, ese que tanto me gusta y que mi padre compra para mí, se me contrae la boca del estómago.

No me friegues... No me friegues que ahora, con el embarazo, me va a dar asco lo que más me gusta.

Miro el jamón con decisión. No voy a permitir lo que mi estó-mago me dice y, tras tomar un cachito, me lo como y mi padre, que pasa por mi lado, dice:

—Ya sabía yo que te ibas a lanzar al jamón.

El trozo me sabe raro..., raro, y mi hermana, que está a mi lado, al ver mi gesto pregunta:

—¿Qué te ocurre?

—¿No huele mucho, el jamón?

Raquel suelta una risotada y, metiéndose un cachito en la boca, responde:

—Anda, mi madre, ¿y a qué quieres que huela?, ¿a calamares? Lo que acabo de decir es una auténtica tontería, y me río. Sólo espero que mi hermana no le dé vueltas a eso del olor.

Tras la comida, y el cafecito, al que se nos unen el Lucena y el Bicharrón, cuando los niños se echan la siesta, decido acercarme a Villa Morenita, la casita que Eric y yo tenemos en Jerez.

Mi hermana me acompaña hasta el garaje y, acercándose a una de las motos que tiene allí mi padre, dice:

—Venga, te acompaño.

Miro la moto. Tengo el estómago algo revuelto por el jamón y, señalando el coche, respondo:

—Pensaba ir en el coche de papá.

Raquel levanta las cejas. Creo que es la primera vez que digo que no a subirme en una moto y, dándome cuenta rápidamente, afirmo:

—Venga, va, vamos en la moto.

Cuando voy a tomar los cascos rojos de la estantería, mi padre entra en el garaje.

—No tomen la moto. Se la llevó el otro día el sobrino del Bicharrón y lo dejó tirado. Mejor llévense el coche.

¡Salvada por mi padre!

Estoy por comérmelo a besos por lo que ha dicho cuando Raquel, sonriendo, toma las llaves del coche, me las lanza y dice:

—Conduces tú.

Asiento, nos despedimos de mi padre y, encantadas, nos subimos al coche. En el corto trayecto vamos hablando de mil cosas, pero cuando estamos delante de la puerta, el estómago se me encoge de nuevo.

Estoy frente a la casa que Eric compró para mí. Leo el cartel: «Villa Morenita», y sonrío. Eric y sus locos detalles. Sin decir lo que pienso, le doy al mando a distancia. El portón de hierro comienza a abrirse y Raquel pregunta en su faceta de chismosa universal:

—¿Por qué no ha venido Eric?

Mientras observo el precioso y cuidado jardín que ante mí aparece, entro con el coche y respondo:

—Se ha quedado con Flyn. Tenía exámenes.

Paro el vehículo y, cuando me bajo de él, mi hermana, que se baja también, cuchichea:

—Espero que le vaya bien.

Asiento. Yo también lo espero pero, la verdad, lo tiene difícil. Ha echado todo el curso a perder por su mal de amores, y seguro que tendrá que repetir. Creo que Eric y yo ya contamos con eso.

Con seguridad, llego hasta la puerta de la casa y, tras sacar las llaves del bolsillo delantero de mi pantalón, abro la puerta blindada y la luz de los ventanales me inunda.

—Anoche pasamos Juan Alberto y yo para comprobar que estuviera todo bien, y esta mañana papá ha venido para airear la casa. Se imaginó que vendrías a echarle un ojo y quería que la vieras llena de luz —explica Raquel. Luego, asomándose a una de las ventanas, murmura—: Uisss...

Ese «Uisss» llama mi atención y, asomándome a mi vez, veo sobre la hamaca de la piscina un par de vasos medio vacíos. Ver aquello me provoca risa y, mirando a mi hermana con una sonrisa, pregunto:

—Vaya..., vaya..., no me digas que tu cucuruchillo y tú han estado utilizando mi casa como piquera. ¡Serás zorrón!

Raquel abre la boca, se coloca un mechón de pelo tras la oreja y, alejándose de mí, resopla:

—Desde luego, cuchu..., mira que eres.

Bajamos juntas a la piscina y, tras tomar los vasos, ella los huele y dice:

—Esto es coñac, y esto otro..., pacharán. ¿Quién bebe pacharán?

Divertida, me encojo de hombros y la veo que desaparece de mi vista.

Sin ganas de seguir pensando en quién bebe pacharán, me meto de nuevo en la casa y miro a mi alrededor.

Ese lugar está impregnado de Eric por todas partes. Nuestra historia en cierto modo comenzó en esa bonita casa y, acercándome a la chimenea, tomo una foto en la que estamos Eric y yo sonriendo en nuestra luna de miel y murmuro:

—Qué bien la pasamos aquí.

Emocionada, dejo la foto y observo otras que hay al lado. Sonrío al ver a Hannah y al pequeño Eric divertidos con mi marido en la playa, otra de Flyn con mi padre u otra en la que estamos Eric y yo bailando acaramelados en una fiesta. Recuerdos..., recuerdos..., todo allí son bonitos recuerdos.

Alejándome de la chimenea, me dirijo hacia nuestra recámara, y al entrar, Eric vuelve a estar allí. Cierro los ojos y soy capaz de verlo corriendo detrás de mí por la estancia o riendo cuando en nuestro primer cumplemés le llevé un pastel y éste acabó bajo mi trasero.

Mis ojos se llenan de lágrimas, pero tan pronto como oigo que mi hermana se acerca, me las limpio y rápidamente salgo al jardín. Es mejor que me vaya de allí.

Por la noche, cuando terminamos de cenar, Pipa se lleva a los niños y Luz se va con sus amigos; mi cuñado, que es un bendito y más bueno que el pan, nos mira y dice con su habitual buen humor:

—¡Tengo una sorpresa para ustedes tres!

Mi padre, mi hermana y yo lo miramos, y él, sacándose unos papeles del bolsillo, dice:

—He comprado entradas para ver a Alejandro Fernández en concierto, el 12 en Sevilla.

—¡Te como con tomate! —grita mi hermana.

A Raquel le encanta ese maravilloso cantante, y yo sonrío; tiene canciones preciosas. Mi padre, que no sabe de quién hablamos, se encoge de hombros y pregunta:

—¿Yo también iré?

Mi cuñado, que está sentado junto a él, lo mira y dice con guasa:

—Por supuesto que sí. Iremos los cuatro. Ya he hablado con la Pachuca y con Luz y ellas dos, junto con Pipa, se quedarán con los niños. Venga, ¡será divertido!

Todos reímos. Sin duda, el mexicano lo tiene todo controlado.

El 10 de mayo comienza la feria de mi Jerez, y la disfruto como una niña.

Reencontrarme con algunos de mis viejos amigos, ya todos con niños, es como poco divertido. El pequeño Eric es un terremoto, y Hannah está preciosa con su trajecito de flamenca.

Durante el día los niños nos acompañan, pero por la noche mi padre y Pipa se los llevan y yo me divierto con mi antigua pandilla, no puedo parar de reír. En un momento dado, nos encontramos con la Pachuca en una de las casetas y mi hermana me hace señas para que vea que aquélla está tomando pacharán.

Está bien. Lo admito.

Mi padre tiene algo con la Pachuca. No me ha dicho nada. Pero, oye, ¿quién soy yo para meterme en ello?

Mis amigos me presentan a otros amigos y rápidamente me doy cuenta de que hay uno llamado Gonzalo que no me quita ojo y, la verdad, está muy bien.

Vestida con mi traje negro y rojo de flamenca, bailo sevillanas como llevo tiempo sin hacer y, cuando nos cansamos de esa parranda, nos vamos a tomar algo a un barecito ajeno a la feria y saltamos como descosidos cuando le pedimos al DJ que nos ponga *Satisfaction** de los Rolling Stones.

Agotada, regreso a la barra y entonces siento que detrás de mí hay alguien. El vello del cuerpo se me eriza; ¿y si es Eric? Pero al voltearme me encuentro con los ojos verdes de Gonzalo, el amigo de un amigo que, con una sonrisa, pregunta:

—¿Por qué les gusta tanto esta vieja canción?

Divertida, le cuento que ese tema de los Rolling Stones nos ha acompañado todos nuestros veranos y, cuando siento que me mira con interés, me pongo en alerta pero no me separo. No sé qué estoy haciendo, sólo sé que sigo furiosa con Eric, y quizá hacer una maldad sea la única manera de que la furia se me pase.

Mis amigos poco a poco se van yendo, hasta que sólo quedamos Gonzalo, mi cuñado, que lleva un pedito considerable tras tanto fino, mi hermana y yo. Raquel, al verme tanto tiempo ha-

---

* *(I Can't Get No) Satisfaction*, ABKCO Music & Records Inc., interpretada por The Rolling Stones. *(N. de la E.)*

blando con Gonzalo, cuando ve que éste va al baño, se acerca a mí y cuchichea con disimulo:

—Mira, cuchu, sé que no estás haciendo nada malo, pero también sé que...

—Venga, va, Raquel, ¿sermones ahora? —protesto.

Como siempre he dicho, mi hermana de tonta no tiene un pelo, pero mis palabras la enfadan, y susurra:

—De acuerdo, guapita. Tú sabrás lo que haces. Me llevo a mi cucuruchillo a casa porque, tras tanto finito, ya no sabe si vuela o levita. ¿Te vienes?

Valoro la posibilidad de irme. Tengo el cuerpo algo revuelto pero, sin ganas de aguantar el sermón que seguramente me va a dar la pesada de mi hermana en el coche por cómo estoy coqueteando con aquél, respondo:

—Váyanse. Me quedaré un poco más.

—Judith, si Eric se entera de...

—¿De qué se va a enterar Eric? —pregunto molesta.

Mi contestación en ese instante debe de decirle que algo no va bien. Mi hermana sabe que adoro a Eric, y finalmente replica:

—Judith..., ten cuidado con lo que haces. No seas loca.

Y, sin más, se da la vuelta, toma a mi cuñado de la mano y se van.

Gonzalo, que en ese instante regresa del baño, me mira al verlos salir y, con un gesto que enseguida entiendo, pregunta:

—¿Nos hemos quedado solos?

Asiento y, dándole un trago a mi coca-cola, sonrío cual mujer fatal:

—Sí. Solos, tú y yo.

Él asiente. Yo sonrío otra vez y él murmura a continuación:

—¿Qué tal si nos vamos también?

—¿Y adónde quieres ir?

Gonzalo, que debe de tener más o menos la edad de mi marido, acercándose esta vez un poco más a mí, responde:

—¿Qué tal si vienes a mi hotel y tomamos allí la última?

Dudo. Dudo qué hacer. Lo que me propone es algo que no debería aceptar. Algo inaceptable. Amo a Eric. Quiero a Eric, pero tengo tanta sed de venganza por lo ocurrido, que afirmo:

—Vamos. No iremos a tu hotel, pero sé adónde ir.

Nos subimos a su coche. Tiene un bonito Mazda rojo y, guiándolo, lo llevo hasta un sitio que conozco a las afueras de Jerez. Cuando llegamos al lugar, Gonzalo para el coche, me mira y, cuando veo que comienza a acercarse a mí, abro la puerta y bajo. Él sale por la otra puerta y camina hacia mí. Sin hablar, se acerca hasta donde estoy y, en décimas de segundo, me arrincona contra el coche y me besa. Mete la lengua en mi boca, y yo, cerrando los ojos, le permito que la asole, mientras siento cómo sus manos recorren mi cuerpo por encima de mi vestido de flamenca.

El beso dura varios segundos, estoy bloqueada, hasta que de pronto Gonzalo aprieta su dura y latente virilidad contra mi cuerpo para hacerme ver su creciente deseo y soy consciente de lo que va a pasar si no lo paro.

Dios mío..., ¿qué estoy haciendo?

Ni él ni yo somos unos niños. No nos andamos con rodeos ni chiquilladas ante el sexo, y soy consciente de lo que estoy permitiendo en mis plenas facultades. Pienso en Eric. Pienso en mi amor y en sus palabras el día que me dijo aquello de que, cuando ocurrió lo de Ginebra, él no era dueño de sus actos.

De pronto soy capaz de ver con claridad que lo que ocurrió fue algo que no buscó, que no propició como lo estoy haciendo yo ahora. Yo sí soy dueña de mis actos. ¡Soy un zorrón! Y, entonces, de un empujón me quito de encima a Gonzalo y, mirándolo, murmuro:

—Lo... lo siento, pero no puedo.

Él me mira. Yo me pongo alerta por si tengo que soltarle dos bofetones y, sorprendiéndome, sin acercarse a mí pregunta:

—¿Y para qué me has traído aquí?

Tiene razón. ¡Soy un zorrón! ¡Soy lo peor!

Lo que acabo de hacer es el mayor error de mi vida.

Pero ¿qué demonios hago allí besando a ese hombre?

Mi cara debe de ser de total desconcierto, lo sé por su expresión cuando me mira, así que, tomando aire, digo:

—Gonzalo, lo siento. Es todo culpa mía. No estoy pasando un buen momento con mi marido y...

—Y quisiste vengarte conmigo, ¿verdad?

Oírlo decir eso me hace darme cuenta de lo sumamente imbécil que soy, y asiento murmurando:

—Lo siento de verdad.

Durante unos segundos, ambos permanecemos callados, hasta que aquél rodea el coche y dice:

—Sube, que te llevo a tu casa.

Sin dudarlo, lo hago mientras me siento fatal. En silencio regresamos a Jerez y le indico dónde vivo. Ninguno habla y, cuando para delante de la casa de mi padre, lo miro.

—De verdad, lo siento. Siento que...

—No te preocupes —me interrumpe—. Tus razones tendrás para hacer lo que has hecho, pero ten cuidado, quizá la próxima vez te topes con un tipo que no sepa parar y respetarte como he hecho yo.

Asiento. Tiene más razón que un santo. Luego sonríe y me dice:

—Venga. Ve a descansar y olvida lo ocurrido. Mañana nos veremos en la feria.

Sin acercarme a él para besarlo en la mejilla, sonrío a mi vez. Abro la puerta del coche y me bajo. Cuando cierro, Gonzalo acelera su coche y se va.

Desmoralizada por lo idiota que soy, cuando camino hacia la puerta de mi padre lo encuentro esperándome allí. Veo que observa el coche que se aleja y, mirándome, dice:

—Me tenías intranquilo. Cuando he visto a tu hermana regresar con el mexicano a rastras y no te he visto a ti, me alarmé.

Entramos en casa, me siento junto a él a la mesa del comedor y, al ver su gesto preocupado, respondo:

—Tranquilo, papá, sé cuidarme.

Mi padre asiente, se rasca la coronilla y, mirándome, por fin pregunta:

—¿Qué te ocurre, morenita?

Al oír eso, sin que yo pueda evitarlo, mis ojos se llenan de lágrimas. ¡Me ocurre de todo! Pero, tragándomelas, intento sonreír, me levanto, le doy un beso en la mejilla y respondo:

—Nada, papá. Sólo que estoy cansada.

Y, sin mirar atrás, desaparezco de la sala. Paso a ver a mis niños y veo que están dormidos como angelitos. Cuando me dirijo a mi cuarto, me desvío a la de mi hermana y, entrando en la oscuridad, me acerco hasta ella, le doy unos toquecitos en el hombro y murmuro:

—Raquel..., Raquel.

Mi hermana rápidamente abre los ojos y, llevándose la mano al corazón, susurra:

—Ay, Caray, cuchu, ¡qué susto me has dado!

Acto seguido, comienzo a llorar. Me desmorono.

¿Cómo puedo ser tan cabrona?

¿Cómo puedo haberle hecho eso a Eric?

Mi hermana se asusta y, sentándome en la cama junto a ella, me consuela, mientras oímos a mi cuñado roncar como un bendito. En décimas de segundo le cuento a Raquel que Eric y yo estamos mal, lo de mi embarazo y la tontería que acabo de hacer esa noche con Gonzalo. Omito el motivo de nuestro problema. Si Raquel se entera del porqué, no sé cómo puede reaccionar. Está bien que asumió en México lo que vio, pero contarle la verdad sé que la va a desconcertar.

Ella me escucha, me abraza, me da aire con la mano cuando ve que me acaloro por los lloros, me retira la mano del cuello para que no me lo rasque cuando se me llena de ronchas y, en el momento en que mi estómago me avisa de que voy a vomitar, corre conmigo al baño y sujeta mi cabeza mientras de mi cuerpo sale de todo, excepto mi pena.

—¿Qué ocurre?

La voz de mi padre nos alerta y, al voltearme, lo veo en la puerta del baño mirándonos. Siento que lo estoy decepcionando también a él, y mi hermana se apresura a contestar:

—Tranquilo, papá. Tu morenita sólo ha bebido de más.

Mi padre no dice nada. Me mira, sacude la cabeza y se va, y yo me alegro porque Raquel me guarde los secretos y mi padre claudique y no pregunte más.

Pocos segundos después, de nuevo aparece mi padre en el baño y, entregándole a mi hermana una manzanilla, dice:

—Que se la tome. Esto le templará el cuerpo.

Su gesto serio me rompe el corazón. Sé que intuye que me pasa algo con Eric, pero yo no puedo contarle qué es, y me echo a llorar de nuevo otra vez. Raquel suelta la manzanilla y, sentadas en el suelo del baño de la casa que adoro, me abraza.

Cuando me tranquilizo, juntas vamos a mi cuarto, donde durante horas y entre susurros hablamos. Raquel rápidamente saca sus conclusiones y cree que estamos así porque Eric ha elegido el trabajo antes que a mí.

Con mimo y paciencia, mi hermana, la gran dramática de la casa, sabe relajarme y hacerme sonreír. No reír con Raquel y las cosas que dice es imposible; pero entonces cuchichea:

—Judith, tienes que decirle lo del embarazo a Eric.

Asiento. Tiene razón. Me siento fatal por mil cosas, y afirmo:

—Lo haré. Pero también tengo que contarle la cagada que acabo de hacer con Gonzalo.

—¿Estás loca? ¿De qué va a servir contarle que te has besado con él?

Sé que tiene razón. Contarle eso sólo va a servir para enredar más las cosas, pero yo no puedo mentirle a Eric. A Eric, no.

—Servirá para sentirme bien conmigo misma —afirmo—. No puedo ocultarle algo así.

Mi hermana menea la cabeza y suspira.

—Tienes razón, cuchu..., ante todo, sinceridad.

Suspiro yo también. Si he hecho algo mal, tengo que ser adulta y asumir mi error. Un gran error que quizá pague muy... muy caro.

Tras esas últimas palabras, las dos nos recostamos en mi cama y nos quedamos dormidas tomadas de la mano.

Al día siguiente, cuando me despierto, estoy hecha pedazos. Para dejarme descansar, mi hermana se ha llevado a todos los niños de paseo con mi cuñado.

Cuando me levanto, la casa está en silencio. Mi padre tampoco está, y decido bañarme. Un baño siempre sienta bien.

Por la tarde, animada por mi hermana, vuelvo a ponerme otro de mis trajes de flamenca. En esta ocasión, el azul y amarillo, y nos vamos a la feria. Es lo mejor que puedo hacer. Allí me encuentro con Gonzalo y los amigos, aunque esta vez Gonzalo se mantiene al margen. Hablamos, nos divertimos, pero no vuelve a ponerme un dedo encima ni a insinuarse. Se lo agradezco en el alma.

El lunes por la mañana aparece Fernando en mi casa. Cuando nos vemos, nos abrazamos. Fernando y yo nos queremos mucho, a pesar de lo que sucedió entre nosotros en el pasado, y a pesar de lo que le costó aceptar mi relación con Eric.

Encantado, me presenta a su mujer y les doy la enhorabuena al ver la panza tan enorme que tiene la pobre. Tiene siete meses y, cuando veo aquella enorme barriga, suspiro. Dentro de unos meses, yo estaré así también.

Fernando bromea con mis pequeños y, cuando éstos se van corriendo tras mi padre y su mujer se aleja, me pregunta:

—¿Y Eric?

Con la mejor de mis sonrisas, rápidamente respondo:

—Se ha quedado en Múnich. Está a tope de trabajo.

Fernando me mira y yo levanto las cejas cuando dice:

—Dale recuerdos de mi parte. Tu marido es un gran tipo.

Asiento y no pierdo la sonrisa. Sin lugar a dudas, mi marido lo es.

Esa tarde recibo varios wasaps desde Eurodisney y sonrío al ver a Mel y a Björn junto a Sami y Peter rodeados por la princesa Bella, Mickey Mouse y Pluto. Su felicidad me hace feliz.

El martes, tras dejar a la Pachuca, a Pipa y a Luz mil teléfonos por si tienen que avisarnos, mi padre, mi hermana, mi cuñado y yo nos subimos al coche y nos vamos a Sevilla al concierto de Alejandro Fernández.

Tras estacionar el coche, los cuatro nos dirigimos al Estadio Olímpico de La Cartuja. Mi padre, que no suele acudir a ese tipo de eventos, está alucinado. Nunca ha visto a tanta gente junta.

Cuando comienza el concierto, mi hermana y yo nos ponemos a cantar como descosidas. Reímos, gritamos, cantamos, saltamos, aplaudimos y la pasamos bien. Muy bien.

En mitad del concierto, Alejandro Fernández empieza a hablar de una bonita canción en la que ha colaborado y me quedo sin palabras cuando, instantes después, veo salir al escenario a mi Alejandro.

—¡Ay, cuchufleta! —grita mi hermana—. ¡Pero si es tu amado Alejandro Sanz!

Emocionada, aplaudo.

Eso sí que es una gran sorpresa para mí y para todos los asistentes, que aplauden enloquecidos. Cuando comienza a sonar la canción *A que no me dejas,** el cuerpo se me revoluciona como una lavadora, pero la canto a pleno pulmón sumergiéndome en mi propia burbujita de sentimientos encontrados.

Sin embargo, mientras canto, mis ojos se llenan de lágrimas..., no, ¡de lagrimones! Soy como las cataratas del Niágara desbordadas mientras la letra de ese magnífico tema me pega directa en el alma y en mi despedazado corazón.

Como dice la letra, soy consciente de que no puedo dejar a Eric. Plantearme la existencia sin él es doloroso, inconcebible e imposible. Mi vida sin él no sería vida y, lo mejor, sé que a él le pasa lo mismo. Estamos irremediablemente enganchados el uno al otro a través de un loco amor.

Él, Eric Zimmerman, es el amor de mi vida.

Quiero que sea él quien me acaricie cada mañana, el que me cuente las pestañas, el que me arrope cuando duermo y, por supuesto, el que me bese el alma y el corazón. Navegar contra corriente, en mi caso, es imposible. Amo a Eric. Lo adoro por encima de todo y, para volver a ser consciente de ello, he tenido que hacer la mayor tontería del mundo. He tenido que fallarle a propósito con Gonzalo.

Pero ¿cómo soy tan idiota?

¿Por qué? ¿Por qué he tenido que fallarle yo para ver la realidad?

Cuando la canción acaba y mi Alejandro abandona el escenario entre miles de aplausos, miro a mi padre con los ojos llenos de lágrimas y, al ver su cara de alucine total, sin saber por qué comienzo a reír. Lloro y río. Río y lloro. No hay quien me entienda, y mi padre, abrazándome, murmura en mi oído:

* Véase la nota de la pág. 17. *(N. de la E.)*

—Cuando quieras, puedes contarme lo que te pasa, morenita.

Asiento. Sin duda, mi padre necesita una explicación, y sé que tengo que dársela. Mi comportamiento es como poco para pensar que estoy como un cencerro y, aunque es cierto, no lo es del modo que mi padre podría pensar.

El concierto continúa y la paso bien, a pesar de que mi pena no puede ser más grande.

Alejandro Fernández, tras cantar varios de sus grandes éxitos, se cambia de ropa y aparece vestido de mariachi junto a otros en el escenario. Mi cuñado, como buen mexicano, silba mientras grita:

—¡Viva México!

Mi hermana, mi padre y yo sonreímos. Sin duda, dependiendo dónde estés, la música te llega más o menos al corazón, y a él el hecho de estar en España y escuchar música de su tierra le está calando hondo.

Durante un rato, mi cuñado se desgañita cantando rancheras y canciones mexicanas y, cuando Alejandro Fernández comienza a cantar con su vozarrón aquello de «Si Dios me quita la vida antes que a ti»,* mi hermana y yo nos miramos. Oh..., oh...

Clavamos los ojos en mi padre y, al ver su gesto emocionado mientras tararea esa canción, que mi madre adoraba y que él se sabe al dedillo, no podemos remediarlo y nos emocionamos con él.

Raquel y yo agarramos a mi padre y los tres cantamos mientras sentimos a mamá a nuestro lado cantando con nosotros.

Emocionada por lo que mi padre puede estar sintiendo mientras canta con los ojos encharcados en lágrimas, sollozo. Sólo pienso que, si Dios me quitara a Eric, yo me moriría, me moriría para irme tras él.

Mi cuñado, al vernos tan emocionados, sonríe y grita para que lo oigamos por encima de la música:

—¡Qué chingón canta ese cabrón!

Sus palabras nos hacen reír a los tres y nos sacan de nuestra

* *Si Dios me quita la vida*, Columbia Records, interpretada por Alejandro Fernández. (*N. de la E.*)

pena. Mi cuñado es mexicano..., pero mi hermana, soltando a mi padre, protesta:

—Cucuruchillo, no seas tan malhablado.

Juan Alberto le guiña un ojo a mi padre, abraza a mi hermana y prosigue cantándole aquella maravillosa canción mientras mi Raquelita se lo come con tomate, con ensalada, con aceitunas y con todo lo que ella quiera.

Por Dios, ¡cómo canta Alejandro Fernández, y qué maravillosa es la canción!

Ver a mi hermana y a su marido tan... tan... tan enamorados me hace reír. Es increíble cómo nos puede llegar y manejar la letra de una canción, y tengo bien claro que, si Eric apareciera en este instante, me lanzaría a sus brazos y me lo comería a besos para no separarme nunca de él.

Tras dos horas y diez de concierto, el espectáculo termina y los cuatro salimos felices y encantados. Esa noche, cuando llegamos a Jerez, lo primero que hago al entrar es ir a ver a mis niños. Eric y Hannah duermen dulcemente, y los beso. Los beso por mí y por su padre.

62

El miércoles, en Múnich, Eric estaba sentado en la silla de su despacho mirando al infinito.

Sin decir nada a nadie, había hecho un viaje relámpago a Chicago y acababa de regresar.

Allí, se había encontrado con algo que no esperaba: Ginebra estaba hospitalizada, puesto que su dura enfermedad había dado por fin la cara. Pero Eric, que no tuvo ni un ápice de piedad por el hundido Félix, se lo llevó aparte y le soltó con dureza todo lo que tenía que decirle. Éste no habló, sólo asintió y, cuando Eric terminó, sin esperar a que aquél abriera la boca y demostrándoles el odio que les tenía, dio media vuelta y se fue.

Agotado, el alemán intentaba olvidarse ahora de sus problemas y centrarse en el trabajo. Pero era imposible, sólo podía pensar en Judith. En la mujer a la que adoraba y que no lo estaba esperando en casa.

Vestido con su imponente traje gris y una camisa blanca, giró su silla para mirar la calle a través del ventanal, mientras en su cabeza sólo había espacio para una persona: su pequeña Jud.

Antes de su viaje a Chicago, cada tarde, cuando llegaba a su hogar tras trabajar más horas de las que debía y veía a *Susto*, una sonrisa le iluminaba el rostro. Aquel animal era el orgullo de su pequeña y, con cariño, lo mimaba todo cuanto podía ahora que ella no estaba, e incluso lo metía en la cocina para darle jamón de York, o en la sala para que le hiciera compañía.

Desde que se fue Judith, cuando por las noches Flyn se iba a dormir y Simona y Norbert se retiraban, Eric paseaba por la casa buscando algo que no estaba allí. Era increíble lo vacía que estaba sin ella.

Salía al garaje y, sentándose con una cerveza en la mano junto a *Susto* y *Calamar*, observaba con detenimiento la moto de Jud e, irremediablemente, sonreía al imaginarla con la cara llena de grasa o saltando como una loca.

En cuanto entraba en casa, los recuerdos lo mataban. Cuando había llegado allí, Judith la había transformado por completo. Antes era una casa gris y aburrida como él, y ella, sólo ella, la había llenado de risas, luz y color.

Jud le había enseñado a confiar en las personas, a dar segundas oportunidades y a escuchar a los demás. Ella era todo. Ella era su vida.

Aquella tarde, mientras observaba la calle sentado en el sillón de su despacho, Eric miró el reloj. Eran las ocho, pero no tenía ningún aliciente para regresar a casa. Entonces, su celular sonó y, al ver que se trataba de Björn, contestó con una sonrisa:

—¿Qué pasa, hombre?

Desde Eurodisney, mientras Mel bañaba a Sami y Peter jugaba a la GameBoy en la habitación del hotel, Björn preguntó:

—¿Cómo la llevas?

Eric suspiró y murmuró:

—Bien..., bien...

—Bien jodido, ¿no? —insistió aquél.

Eric sonrió. La preocupación de su amigo por él era increíble y, haciéndole saber que estaba bien, bromeó:

—Tranquilo. De verdad que estoy bien.

—¿Qué tal en Chicago?

Necesitado de hablar con alguien, Eric se sinceró con su buen amigo y, cuando terminó, sin ganas de seguir metiendo el dedo en la herida, Björn preguntó:

—¿Dónde estás?

Eric miró a su alrededor. Pensó mentir, pero ¿para qué? Y, observando unos papeles que tenía sobre la mesa, respondió:

—En la oficina.

Rápidamente, Björn se miró el reloj y gruñó:

—¿Y qué diablos haces todavía en la oficina? —Eric resopló y Björn añadió—: Vamos a ver, no me cabrees, que estoy de luna de miel y...

—Eh... ¡Relájate! ¡No seas pesadito!

El abogado, al oír eso, sonrió: esa frase era de Judith, y entonces oyó que su amigo añadía:

—Ya hasta hablo como ella.

Su voz desesperada le hizo saber lo mal que estaba e, intentando hacerle olvidar sus problemas al menos durante varios minutos, Björn comenzó a contarle cosas divertidas de Sami en Eurodisney.

Eric lo escuchó. Saber de todos ellos al menos lo hacía sonreír; pero entonces dijo:

—Te dejo, Björn. Besa a Mel y a los niños de mi parte.

Y, sin más, colgó dejando a su amigo desconcertado al otro lado del teléfono.

Una vez que Eric soltó su celular, estaba tocándose el cuello cuando de pronto el teléfono volvió a sonar y, al ver que era el padre de Judith, contestó extrañado:

—Hola, Manuel; ¿pasa algo con Jud o los niños?

Manuel, que había esperado a que sus hijas se fueran con los niños a la feria, respondió sentado en un sillón de su comedor:

—Tranquilo, Eric. Judith y los niños están bien.

Su respuesta hizo que el alemán volviera a respirar y, acomodándose en su sillón de cuero, preguntó:

—¿La están pasando bien en la feria?

—Sí, muchacho. Increíblemente bien, aunque creo que mi hija la pasaría mejor si tú estuvieras aquí.

Al oír eso, Eric se incorporó en su asiento, cuando aquél prosiguió:

—No sé qué ha pasado entre ustedes, pero sé que algo atormenta a mi morenita y no me gusta verla así.

Eric, tocándose su pelo rubio, cerró los ojos y murmuró:

—Manuel, escucha, yo...

—Eric, no —lo interrumpió su suegro—. No llamo para que me cuentes qué ha ocurrido entre ustedes. Sólo llamo para decirte que, si la quieres, debes hacérselo saber. Sé que mi morenita puede llegar a ser irritante y con seguridad te sacará de tus casillas, pero ella...

—Ella es lo mejor que tengo, Manuel. Lo mejor.

A Manuel le gustó oír eso.

—¿Y qué haces que no estás aquí, muchacho? —preguntó entonces.

Eric suspiró, sacudió la cabeza y respondió:

—Ella no quiere verme, y no se lo reprocho. Me lo merezco por..., como diría ella, por imbécil.

Manuel sonrió y, dispuesto a que su hija fuera feliz, dijo echando un poquito de leña al fuego:

—Yo que tú, me movería antes de que otro más listo la haga sonreír.

Oír eso fue el revulsivo que Eric necesitaba y, enderezándose en su silla, murmuró:

—¿Qué estás intentando decir, Manuel?

Con una sonrisa de experiencia y sabiduría, éste, tras dar un trago a su cervecita, respondió:

—Yo no digo nada. Pero mi morenita es una muchacha muy bonita y salada y, si la ven sola en la feria..., ya sabes, bailecito por aquí, un vinito por allá y...

—Mañana estaré allí —sentenció Eric.

Manuel asintió y, antes de colgar el teléfono, musitó:

—No esperaba menos de ti, muchacho, y, por cierto, esta llamada nunca se ha producido, ¿de acuerdo?

Eric sonrió y replicó con complicidad:

—¿Qué llamada, Manuel?

Cuando la comunicación se cortó, Eric respiraba con dificultad. Imaginar a Judith con otro hombre le resultaba inconcebible. Miró la foto que tenía en la mesa de ella y murmuró:

—No puedes haberme olvidado, corazón.

Al decir eso, sonrió sin saber por qué. Esas palabras sólo podía haberlas aprendido del amor de su vida, de su pequeña. Y, dispuesto a recuperarla, tomó el teléfono y, tras marcar, dijo:

—Frank, mañana después de comer volamos a Jerez.

Esa noche, cuando llegó a casa, fue a ver a Flyn a su cuarto. El chico miró a su padre y sonrió cuando lo oyó decir:

—Mañana avisa en el colegio de que el viernes no vas. Nos vamos a Jerez.

—¡Sensacional, papá! —aplaudió el chico.

En Jerez, esa noche Judith se divertía con sus amigos. Sin embargo, sobre las diez, se sintió cansada y regresó con los niños y Pipa a casa. Tanto baile y tanta juerga agotaban a cualquiera, y más a ella, que estaba embarazada.

Tras acostar a los niños, que llegaron reventados, Judith se quitó su vestido de flamenca y, al mirar por la ventana, vio a su padre sentado en la mecedora del jardín, junto a las preciosas flores de hibisco que había plantado su madre muchos años atrás.

Después de ponerse ropa cómoda, pasó por la cocina, tomó una coca-cola del refrigerador y, saliendo al jardín, sonrió al ver que su padre la miraba.

Al acercarse a él, cuchicheó divertida al comprobar que éste estaba escuchando música:

—Vaya, papá. No sabía yo que utilizaras el regalo que te hice para Navidad. —Y, al oír quién cantaba, rio—. Alejandro Fernández, vaya..., vaya..., veo que te gustó el concierto de ayer.

Manuel sonrió y, haciéndole hueco a su hija en la mecedora, preguntó:

—¿Qué tal en la feria?

—Bien. Como siempre, genial.

—¿Y tu hermana?

Tras dar un trago a su lata de coca-cola, Judith respondió:

—Se ha quedado con Juan Alberto y los niños en la feria.

—Y tú, que eres la fiestera más fiestera de todas, ¿qué haces en casa tan pronto?

—Eric y Hannah estaban cansados, y prefiero guardar fuerzas para el fin de semana.

Manuel asintió y, mirando a su hija, añadió:

—¿No me vas a contar lo que te pasa con Eric?

Al oír eso, Judith puso los ojos en blanco y, cuando se disponía a decirle de nuevo que no le ocurría nada, vio cómo la miraba él y finalmente respondió:

—No es grave, papá. Es sólo una discusión.

El hombre asintió y, tras dar un traguito de su copa de coñac, apoyó la cabeza en la mecedora y murmuró:

—Estoy convencido de que a Eric no le gustaría saber que la otra noche te trajo en coche un hombre en vez de regresar con tu hermana.

—Papá, no me seas antiguo. No ocurrió nada —protestó ella al oírlo y sentirse culpable.

—¿Sabes, morenita? Tu madre y yo discutíamos todos los días. Había momentos en que me sacaba tanto de mis casillas que... ¡Ofú, qué necia era! —Sonrió—. Y, cuando no era ella, era yo. Nuestros temperamentos chocaban continuamente. Imagínate a una catalana y a un andaluz. —Ambos sonrieron por aquello y luego él susurró—: Pero daría lo que fuera porque ella siguiera a mi lado con su terquedad y sus desplantes.

—Papá...

—Escucha, cariño, la vida en pareja se compone de malos y buenos momentos. Si los momentos malos son tan terribles que eres incapaz de salvarlos, lo mejor es cortar por lo sano y dejar de sufrir por mucho que te cueste; pero si nada es realmente tan terrible, mi consejo es que no desaproveches ni un solo día de tu vida porque, por desgracia, nuestro tiempo en este mundo es limitado y, el día que te falte esa persona a la que adoras, maldecirás por haber malgastado esos momentos con enfados y malas caras.

Judith sonrió. Sin duda, su padre siempre daba en el clavo.

—Sé que tienes razón, papá, pero en ocasiones, aun sabiendo que no puedes vivir sin esa persona, el enfado te bloquea y...

—No permitas que el enfado te bloquee —la interrumpió Manuel—. Sé lista y disfruta cada instante de tu vida, porque cada instante perdido es un instante que nunca... nunca volverás a recuperar. Tendrás otros instantes, pero esos perdidos nunca se recuperan, mi vida. Mira, no sé qué ha pasado entre Eric y tú, ni quiero saberlo, pero sí sé que se quieren. Sólo tengo que verlos juntos para darme cuenta de la conexión tan especial que hay entre ustedes. ¿O acaso ya no lo quieres?

Judith suspiró y, sonriendo, murmuró:

—Papá, yo a Eric lo quiero con locura.

Al oír eso, Manuel se tranquilizó. Si él la adoraba y ella a él, el problema tenía solución y, sonriendo, cuchicheó:

—En ocasiones, los hombres somos complicados, hija. Dicen de las mujeres, pero nosotros también tenemos nuestras cosillas. Y ¿sabes qué? No hay nada que le guste más a un hombre que una mujer que presente batalla. Cuanta más batalla nos presente, más nos gusta y nos atrae. Aunque, cuidado, tampoco te pases con la batalla porque podrías perder.

—Desde luego, papá —murmuró Judith divertida—, como consejero matrimonial ¡no tienes precio!

Ambos rieron, y la joven, aprovechando el momento, preguntó a continuación:

—Bueno, ¿y tú qué tienes con la Pachuca?

Al oír eso, Manuel se puso rojo como un tomate. Su hija lo miró riendo y musitó:

—Escucha, papá. Sé que amabas a mamá y que la amarás el resto de tu vida, pero ya ha pasado mucho tiempo desde que ella murió y entiendo que rehagas tu vida. Por tanto, tengas lo que tengas con la Pachuca, me parece bien, y te aseguro que a Raquel también. Eso sí, hazlo público o Raquel, en su faceta de inspectora, se mete cualquier día en la cama con ustedes.

63

Sigo sin náuseas matutinas, aunque por las noches el estómago se me revuelve. Pero, claro, con la que me meto todos los días al bailar en la feria, ¡como para que no se me revuelva!

Para mi desgracia, el olor del jamón, y cuanto más bueno es, peor, me pone mal cuerpo.

¿Por qué tengo que tener tan mala suerte? ¿No me podría haber dado asco la lechuga?

Con mi sobrina Luz, a las seis de la tarde llevo a los niños a los cochecitos, y mis peques se divierten de lo lindo. Me gusta mirarlos. Verlos sonreír me hace ver que son felices, y eso para mí es un gran motivo de dicha.

Eric no me llama. Sólo me envía mensajes para preguntarme si todo va bien, y yo, escuetamente, le contesto sí o no.

Me muero por oír su voz, como estoy segura de que él se muere por oír la mía, pero estoy tan avergonzada por tener que contarle lo de Gonzalo que no muevo un dedo para llamarlo. No quiero mentirle y, si lo llamo y omito mi gran error, me voy a sentir fatal. Por ello, decido posponer esa plática para cuando regrese a Múnich. Sin duda, en esta ocasión voy a ser yo quien tenga que ser perdonada.

Mientras estamos en los cochecitos, observo también a mi sobrina Luz. Mi pequeñina ya es una jovencita preciosa, y me quedo boquiabierta cuando veo cómo se maneja ante los jovencitos de su edad y éstos la miran embobados.

Pero ¿dónde se ha metido la niña que jugaba al fútbol y decía palabrotas como un machote?

Sonriendo estoy al ser consciente de lo que va a tener que padecer mi hermana con Luz cuando ésta se acerca a mí con su precioso vestido de flamenca azul cielo y blanco y le dice a un muchacho que la mira alucinado:

—Desde luego, Pepe, tienes menos arte que una sardina.

Yo me río al oírlo, pero no pregunto a qué viene. Mejor no saber.

—Pero marichochoooooooooooooooooooo, ¿qué haces aquí, *miarma*?

Al oír el grito, me doy la vuelta y me encuentro con mi amigo Sebas. Como siempre, el tipo va como un pincel vestido y peinado, y nos abrazamos. Cuando nos separamos, me pregunta mirando a los lados:

—¿Dónde está tu cuadrado Geyperman?

Suelto una risotada.

—En Múnich. No ha podido venir.

Sebas suspira y, guiñándome un ojo, cuchichea:

—Qué pena. Con lo que me alegra la vista, otra vez que mis ojos verdes se privan de ese adonis rubio y seductor.

Durante un rato hablamos de mil cosas mientras Sebas, cada vez que ve pasar a un tipo guapo, me guiña un ojo y grita:

—¡Tesoro, ven aquí, que te desentierro!

Divertida, observo cómo los otros lo miran. Sebas es un caso.

Ahora que vuelve a estar soltero, va a lo suyo, y lo que piensen los demás, como siempre dice, ¡le vale! Mis hijos siguen dando vueltas en los cochecitos cuando, de pronto, pasa un guapo hombre andaluz tan arreglado como Sebas y, en cuanto nos mira, mi amigo dice:

—Te dejo, *miarma*. El deber me llama.

Consciente de lo que él llama «deber», agarro a Sebas del brazo y cuchicheo divertida:

—Pedazo de caballo de Peralta que te has echado, ¿no?

—Uno, que tiene clase y sabe lo que es bueno, niña —afirma él guiñándome un ojo.

Ambos sonreímos y, segundos después, Sebas se va tras su caballo de Peralta. Sin duda, la va a pasar mejor que yo.

Cuando terminamos en los cacharritos, al entrar en la caseta donde sé que nos esperan mi hermana y mi padre, veo que Raquel camina hacia mí y, tomándome de la mano, dice:

—Confirmado. Papá y la Pachuca, ¡juntos!

Miro hacia el lugar donde señalan sus ojos y sonrío al ver a mi padre con aquella buena amiga de toda la vida marcándose una sevillana y más acaramelados de lo normal.

Vaya..., vaya con mi padre, ¡qué arte tiene!

Me gusta ver que nuestra conversación le sirvió para algo y entonces, mirando a mi hermana, pregunto:

—Vamos a ver, Raquel, papá lleva viudo muchos años y se merece tener a alguien a su lado que le alegre los días como tú o yo lo tenemos. ¿Dónde ves el problema, reina?

A mi exagerada hermana le tiembla la boca. Sé que es difícil ver a mi padre con otra mujer que no es mi madre. Bueno..., la entiendo, pero pensando en mi padre y sin darle opción a la llorona a contestar, prosigo:

—Escucha, Raquel, tú te enamoraste de Jesús, te casaste y el amor se acabó. Cuando te separaste y te quedaste sola, decías que tu vida era sosa y patética hasta que, de pronto, un día apareció tu gordito feroz. ¿De verdad me estás diciendo que no ha valido la pena darte esa oportunidad con Juan Alberto?

—Ay, cuchu..., claro que ha valido la pena.

—Pues papá se merece también una nueva oportunidad en el amor, Raquel. Ambas sabemos que amará a mamá el resto de su vida, que la recordará a través de nosotras y de mil cosas más, pero él necesita a alguien a su lado, como lo necesitamos tú o yo y media humanidad. Y si, encima, esa mujer es la Pachuca, una señora que siempre nos ha querido y ambas sabemos que es buena gente y que cuidará a papá, ¿no crees que deberíamos estar contentas?

Raquel los mira. Su boca sigue temblando, hasta que finalmente asiente y dice:

—Tienes razón. Tienes razón..., ¡claro que sí! ¿Y quién mejor que la Pachuca?

Sonrío. Adoro a mi hermana y, abrazándola, afirmo:

—Exacto, tontorrona, no hay nadie mejor para él que la Pachuca.

Abrazadas estamos cuando mi padre, que ha dejado de bailar, se acerca a nosotras con la tan mencionada Pachuca. Raquel, en cuanto la ve, pasa de mis brazos a los suyos y murmura haciéndonos reír a todos:

—Bienvenida a la familia, Pachuca.

La mujer, encantada, me mira y yo le guiño un ojo. Luego, mientras abraza a mi hermana, murmura:

—Ojú, *miarma*, gracias.

A continuación, mi padre me abraza, me da un beso en la frente y, mirándome, dice:

—He dejado de perder instantes, ahora te toca a ti dejar de hacerlo.

Asiento. Tiene razón. Lo que pasa es que yo tengo que regresar a Múnich para resolver cierto temita que, sin duda, me va a dar más de un quebradero de cabeza.

Esa noche de jueves, la feria está a rebosar, y bailo como una loca. Han llegado más amigos que llevo tiempo sin ver, y los reencuentros son divertidos y están llenos de felicidad.

Desde mi posición, observo a mi padre con la Pachuca ocuparse de Eric y de Hannah, están con ellos que se les cae la baba, y yo feliz de verlo.

Una hora después, tras mucho bailecito con mis amigos, pedimos algo de comer y, rápidamente, delante de nosotros ponen unos tomatitos, queso curado, papas *aliñás*, gazpacho, chocos fritos y jamón.

Todo me parece estupendo, aunque, cuando miro el jamón, el estómago me da un vuelco y yo maldigo. Pero ¿por qué me tiene que dar asco el jamón?

Mi hermana se acerca a mí y, al ver que tengo un vaso en la mano, me mira y yo cuchicheo entonces sin que nadie me oiga:

—Es coca-cola monda y lironda.

Raquel asiente, me quita el vaso de las manos, da un trago y, tras comprobar que es cierto lo que digo, cuando voy a protestar replica:

—Mira, cuchu. Un fetito está dentro de tu panza y, como me entere de que le cae algo de alcohol, te juro que te tragas el vaso.

—Shhhh —gruño mirándola—. ¿Te quieres callar y ser discreta? Y, antes de que sigas alucinando, si tengo un vaso en las manos es para no levantar sospechas. Si no bebo, la gente preguntará, y no quiero contestar preguntas indiscretas.

Mi hermana asiente y, tras mirarme con su cara de demonio, repite:

—Quedas advertida.

Cuando se aleja con su marido, entre risas brindo con mis amigos y, mientras circulan botellas de Canasta, Solera y Pedro Ximénez, animados comenzamos a dar palmas y a cantar «Vámonos, vámonos, *pa* Jerez, *pa* Jerez, de la Frontera, que la feria del caballo llega en mayo como flor de primavera».*

Ojú, qué bien me lo paso con mis divertidos amigos. Eso es lo que necesito para tomar fuerzas. Cantando estoy cuando de pronto oigo gritar:

—¡Abuelo!

Esa voz...

Y, al voltearme para mirar, me quedo bloqueada al ver a Flyn, que corre hacia mi padre.

Parpadeo..., parpadeo y, apretando el vaso que tengo en las manos, vuelvo a parpadear y confirmo que lo que veo es una realidad y no una alucinación, y entonces oigo a mi sobrina Luz decir a mi lado:

—Hombre, Jackie Chan Zimmerman en persona. —Y, antes de que yo pueda reaccionar, suelta—: Le voy a decir a ese pedazo de mojón que, si se cree que por haberme bloqueado en Facebook me ha fregado, está muy equivocado porque... ¡Tito Eric!

Oír eso de «Tito Eric» ya sí que me deja sin respiración.

¡Ay, que me da..., pero que me da de verdad!

¿En serio Eric está aquí?

Y, mirando al lugar hacia donde ha salido corriendo mi sobrina, me encuentro al amor de mi vida junto a mi padre y la Pachuca, abrazando a Eric y a Hannah, mientras Flyn besa a mi hermana y a mi cuñado. Mi respiración se acelera y dejo de oír todo lo que suena a mi alrededor. Ya no oigo cómo mis amigos cantan, ni

---

* *Vámonos pa Jerez*, Parlophone Music Spain, S.A, interpretada por Cantores de Hispalis. *(N. de la E.)*

las palmas, ni las guitarras, ni nada. Sólo oigo el sonido enloquecido de mi corazón.

Eric. Mi Eric, mi caballo de Peralta, está en Jerez.

La idea me gusta, me gusta mucho, pero rápidamente me
asusta. ¿Qué hace aquí? No he pensado cómo voy a decirle lo que
hice, y no estoy preparada.

Mientras observo cómo mi cuñado y mi hermana lo saludan
con afecto, mis hormonas se revolucionan y me acaloro. Noto un
terrible sudor por todo el cuerpo cuando soy consciente de que él
ya me ha localizado y no aparta la mirada de mí.

Ofú, ¡qué fatiguita!

Mi hermana viene hacia mí y murmura con todo el disimulo
del que es capaz:

—Ay, cuchufleta..., que ha venido.

Asiento..., asiento..., comienza a picarme el cuello y, al rascar-
me, mi hermana me para la mano y, entregándome una copita de
fino La Ina, dice:

—Bebe. Ésta el fetito nos la perdona.

Asiento. Vuelvo a asentir y, tras tomar la copita que me entrega mi hermana, me la bebo de un jalón. ¡Dios, qué rico está!

—A ver, mi niña. Ahora respira. Eric, tu marido, está aquí y...

—Dios mío, Raquel... —la interrumpo—. Eric ha venido y yo
no estoy preparada. —Y, al ver cómo lo miran unas chicas del
fondo de la caseta, añado siseando—: Ni siquiera estoy preparada
para ver cómo lo miran, y como sigan mirándolo así, a ésas les
arranco el chongo.

—Cuchu..., relájate, que te conozco y en cinco minutos los
farolillos vuelan.

Tiene razón. Sin duda, el embarazo revoluciona mis hormonas, y la presencia de Eric me revoluciona a mí.

Pienso. Pienso rápidamente qué hacer y, cuando creo tener
una buena idea para salir del paso, digo:

—Eric no puede sospechar de mi embarazo, no me acerques el
jamón y procura que tenga todo el rato un vaso de lo que sea en
la mano.

—Pero, Judith..., ¡tú no puedes beber más!

—Y no lo voy a hacer —siseo viendo cómo Eric no me quita ojo—. Pero al menos no sospechará, ni se preguntará por qué no bebo en plena feria..., que Eric es alemán pero es muy listo, Raquel.

—Bueno..., bueno..., seré tu suministradora de bebidas.

—Tengo... tengo que hacerle creer que estoy algo contentilla y, así, no querrá hablar conmigo de... de nuestros problemas.

—Ay, madre... Ay, madre... —suspira mi hermana al oírme.

Al mirar hacia el grupo, veo que Flyn también me ha visto, hace ademán de aproximarse a mí, pero entonces me doy cuenta de cómo mi padre lo detiene mientras Eric se acerca.

—Lo siento, cuchu..., pero esto tienes que torearlo tú sola —murmura mi hermana alejándose rápidamente de mí como alma que lleva el diablo.

Quiero hablar, quiero respirar, pero estoy tan bloqueada por su presencia aquí después de una semana sin verlo que debo de parecer un pececillo boqueando.

Eric, que es pura sensualidad vestido con una camisa blanca y unos *jeans*, se acerca..., se acerca..., se acerca y, cuando ya está justo enfrente, a mí sólo se me ocurre decir:

—Hola, imbécil.

Caray, ¿yo he dicho eso?

Madre mía..., madre mía..., ¡si es que es para matarme!

Debo de parecer una borrachilla, no una maleducada.

¡Malditas hormonas!

Pero ¿por qué lo habré saludado así?

Por suerte, el gesto de Eric no cambia, sin duda viene preparado para eso y para más y, cuando veo que su mano va derecha a mi cintura, murmuro:

—Ni se te ocurra.

Él sonríe y, sin mirar atrás, el muy canalla cuchichea mientras escanea a mis amigos:

—Cariño..., nos está observando media feria. ¿Quieres chismes que le calienten a tu padre la cabeza?

No. No quiero eso, por lo que, dejando que me acerque a él, nos besamos.

¡Oh, Dios, qué momento!

Uno mis labios a los suyos y, de pronto, una embriaguez ponzoñosa entra en mi cuerpo y sé que él es mi hogar. Mi casa. Cierro los ojos y disfruto del apasionado beso que el amor de mi vida me da ante cientos de ojos que nos miran curiosos. Cuando se separa de mí, mis amigos aplauden y silban, y yo, como una tonta, sólo puedo murmurar:

—Bueno..., bueno...

En ese instante, Fernando, Rocío y los amigos que lo conocen se acercan a saludarlo, mientras mis ojos y los de Gonzalo se encuentran y éste ni se inmuta. Da por hecho que aquel grandulón rubio es mi marido y no quiere problemas. Yo se lo agradezco.

Durante varios minutos, Eric saluda a mis amigos y, cuando acaba de hacerlo, me mira, luego mira el vaso que tengo en las manos y pregunta:

—¿Qué bebes?

—Ahora mismo, un Solera.

Eric asiente y, cuando va a pedir un whisky, mis amigos lo animan a que se tome un Tío Pepe.

¡La ocasión lo merece!

La juerga continúa. Intento seguir con mi bullicioso grupo, pero ya nada es igual. Eric está aquí intentando integrarse en algo que sé que a él no le gusta.

Durante media hora se queda con nosotros hasta que le veo en la cara que no puede más y se aleja para sentarse con mi padre y los niños. ¡Pobre!

Mi hermana, que se ha unido al jolgorio, cada quince minutos me trae una bebida tal como hemos quedado. Yo la sostengo en la mano consciente de cómo Eric me mira y, en cuanto dirige la vista hacia otro lado, vacío el vaso en una planta de plástico que tengo a mi lado.

La noche avanza, mil vasitos pasan por mis manos y, riendo estoy por lo que cuenta uno de mis amigos, cuando oigo en mi oído:

—¿No crees que estás bebiendo demasiado?

Su cercanía, su voz rápidamente me enloquecen y, mirándolo

con una de mis espectaculares sonrisas, respondo mientras me hago la mareada:

—Tranquilo, yo controlo, colega.

Eric asiente, con la mirada me hace saber que no le gusta que beba tanto y, tras darse la vuelta, regresa con mi padre.

¡Bien! Lo estoy engañando.

Mis amigos vuelven a pedir otra ronda de comida, hay que comer si queremos beber tanto. Pero, con toda la mala suerte del mundo, dejan el jamón justo delante de mí. El olor que despide aquel manjar que adoro y que ahora no puedo ni ver inunda mis fosas nasales y mi estómago da un salto.

Bueno..., bueno..., bueno, ¡la que voy a echar!

Rápidamente, me llevo la mano a la boca y, antes de que nadie pueda hacer nada, tomo una botellita de agua y salgo de la caseta a toda prisa. A continuación, en un lateral donde no hay nadie, echo una buena vomitona.

No pasan ni dos segundos y ya tengo a mi alemán detrás, sujetándome y preocupándose por mí.

Cuando por fin mi cuerpo para y tomo la servilleta que Eric me tiende, me limpio la boca y, tras abrir la botellita de agua que tengo en las manos, doy un trago para enjuagarme la boca.

—Ofú, qué pena de jamón —murmuro.

Eric me retira el pelo de la cara, me sujeta ante mi debilidad y, mirándome, dice:

—Creo que por hoy ya has bebido bastante.

Sin poder remediarlo, sonrío. Si él supiera que no he bebido más que agua y coca-cola —y un vasito de fino por los nervios—, alucinaría pero, dispuesta a utilizar aquella baza esa noche con él, me hago la borrachilla.

—Pero ¿qué dices? ¡La noche es joven!

Eric asiente. Sin duda, él no piensa como yo y, cuando va a decir algo, mi hermana Raquel llega hasta nosotros con cara de circunstancias y Eric le pide tomándome entre sus brazos:

—Raquel, ¿puedes quedarte con Eric y Hannah? —Mi hermana asiente y él añade—: Gracias, cuñada, y ahora dile a tu padre que Judith se viene conmigo a Villa Morenita.

—No..., no..., no..., ¡ni de broma! —replico.

Mi hermana me mira. Yo la miro. No puedo quedarme con Eric a solas o al final tendré que contarle lo que todavía no he preparado. Asustada, intento zafarme de sus brazos cuando Raquel murmura acercándose a mí:

—Aisss, cuchu..., pero ¿qué has bebido?

—De todo —gruñe Eric.

Al oírlo, mi hermana sonríe y dice:

—Lo mejor es que la lleves a casa, la acuestes y que duerma la mona.

—Sí, será lo mejor —afirma Eric.

La loca de mi hermana me guiña un ojo. ¡Pero qué bruja es!

Cuando llegamos hasta un coche que no conozco, lo miro y, al ver el precioso BMW gris claro, me burlo:

—Qué arte tienes, Iceman, ¡anda que te alquilas algo discretito!

Eric no responde. Le da al mando del vehículo, éste se abre y me sienta en el asiento del acompañante. Al hacerlo, la flor que llevo en la cabeza se afloja y la siento en la frente. Rápidamente me pone el cinturón de seguridad y, cuando lo ajusta, cierra la puerta.

En silencio, veo cómo rodea el vehículo, se sienta a mi lado y, en cuanto lo hace y se pone el cinturón, lo miro y digo:

—Me acabas de cortar el rollo, coleguita. Estamos en feria y quiero pasarla bien.

Eric no responde. Arranca el motor y yo me apresuro a poner la radio. Necesito música, y me concentro en taladrarle los oídos con mis gritos.

Por suerte para él, Villa Morenita no está muy alejada de la feria y, cuando las puertas de nuestra bonita mansión se abren con el mando a distancia que Eric lleva en el bolsillo, silbo y pregunto:

—No habrás traído a *Susto* y a *Calamar*, ¿verdad?

—No —responde Eric con una media sonrisa.

Refunfuño. Eso se me da de lujo.

Se estaciona, me desabrocho el cinturón y, en el momento en que voy a salir del coche, Eric me detiene y, con gesto hosco, dice:

—No te muevas. Yo te sacaré.

Aisss, pobre; ¿de verdad cree que estoy borracha?

Carajo..., pues sí que soy buena actriz.

Sin moverme, espero a que me saque del vehículo y, agarrada a él, caminamos hasta la casa. Su olor, su cercanía, el sentir sus manos en mi cintura me excitan y, una vez que Eric abre la puerta y entramos, deseosa de su contacto, lo abrazo, lo arrincono contra la puerta de entrada y murmuro:

—Bueno. Estoy algo *achispaílla* con tanto finito va, finito viene.

—¿Sólo algo?

Oír eso me hace reír y, con una maquiavélica sonrisa, pregunto mientras siento cómo mi vagina se lubrica ante su cercanía:

—¿Vas a aprovecharte de mí? ¿Me vas a quitar la ropa, me vas a arrancar los calzones y me vas a hacer eso que tantas ganas tienes de hacerme? Porque, si es así..., mal..., mal..., ¡harás muy mal!

Sus ojos calibran lo que digo. Sin duda, lo que más se le antoja es eso, pero responde:

—No, cariño. Sólo te voy a llevar hasta la cama.

Sonrío. Eso no se lo cree él ni loco y, acercando mi boca a su boca, paseo mis labios por los suyos con desesperación y susurro para ponerlo tan cardíaco como lo estoy yo:

—¿No quieres cogerme?...

—Jud...

—¿No quieres abrirme los muslos y meterte en mi interior una y otra y otra vez para hacerme gritar de placer? —Él no contesta, no puede, y, hechizada por lo que me hace sentir, yo añado—: Serías un chico muy malo si te aprovecharas de mí, ¿no crees?

Eric no se mueve. No me quita de encima de él, y yo, gustosa por esa cercanía que tanto necesito, con todo el descaro del mundo llevo la mano hasta su entrepierna y, tocándolo, murmuro:

—Me deseas..., te conozco, imbécil..., me deseas.

La respiración de Eric se vuelve irregular, cierra los ojos hasta que, de pronto, me agarra la mano, la quita de su ya latente erección y, tomándome en brazos, dice:

—A la cama. No quiero cargar mañana con más culpas.

Río. Me echo hacia atrás y Eric tiene que hacer equilibrios para que no terminemos los dos estampados contra el suelo.

Sin encender las luces, llegamos hasta nuestra recámara, esa habitación tan preciosa en la que tanto hemos disfrutado haciendo el amor. A continuación, sentándome en la cama, dice tras quitarme las botas que llevo:

—Acuéstate, cariño.

Mi cuerpo encendido se niega a hacerle caso y, mirándolo con la flor por encima de mi ojo, murmuro mientras me muevo como una cosaca:

—Tengo que quitarme el vestido. —Y, arrugando la nariz, añado—: Huele a rayos; ¿no lo hueles?

Eric mira el manchurrón de vómito que tengo sobre el pecho derecho y, suspirando, se da por vencido.

Me levanta, me da la vuelta y comienza a bajarme el cierre del vestido. Como en otras ocasiones, sé que sus ojos están clavados en la piel de mi espalda y, cuando el cierre llega abajo, rápidamente dejo que el vestido se escurra por mi cuerpo. A continuación, me doy la vuelta y lo miro vestida sólo con calzones y brasier.

—Bésame... —susurro.

De nuevo, Eric lo piensa..., lo piensa y lo piensa, lo que le he pedido debe de ser una urgencia para él y, tras acercar sus labios a los míos, me besa.

Mi cuerpo semidesnudo se pega al suyo.

Dios..., Dios..., ¡qué placer!

Rápidamente me amoldo a él y, cuando su lengua devora todos los recovecos de mi boca y sus manos rodean mi cintura, doy un salto, enredo las piernas en su cintura y, tan pronto como siento que me sujeta, me lo como. Lo devoro como una tigresa.

Calor..., el calor inunda mi cuerpo en cero punto tres segundos y lo beso posesivamente, con devoción y necesidad, mientras él me sujeta con sus grandes manos y siento cómo su respiración se acelera más y más a cada segundo.

Me desea. Lo sé. Me desea tanto como yo a él.

Pasados unos minutos, cuando nuestras bocas se separan para tomar aire, en la oscuridad de la habitación murmuro quitándome la maldita flor del pelo que amenaza con dejarnos tuertos a él o a mí:

—Eric..., ¡hazlo!

Él lo piensa. Piensa mi proposición. No sabe qué hacer, pero finalmente, soltándome, dice:

—No, Jud. Es mejor que te acuestes y te duermas.

Intento volver a abrazarlo, pero él me para y repite:

—Mañana, cuando hablemos, si estás de acuerdo te haré el amor, pero ahora no. No quiero que mañana puedas echarme en cara que te forcé al estar bebida. No quiero fregar más las cosas, cariño.

Oír eso hace que mis ojos se llenen de lágrimas. Si alguien ha estropeado algo entre nosotros y sigue estropeándolo con ese absurdo engaño soy yo y, avergonzada por todo, me tumbo en la cama y no digo más.

Una vez que me he acostado, Eric se sienta en la butaca que hay frente a la cama. En silencio, durante mucho tiempo, lo observo a través de mis pestañas. Eric me mira, me mira y me mira, y sé que está pensando qué decirme al día siguiente. Así estamos hasta que irremediablemente caigo en los brazos de Morfeo.

Cuando la luz entra por la ventana, de pronto abro los ojos y, al mirar a mi alrededor, soy consciente de dónde estoy. Miro a los lados y Eric no está. Me miro y veo que sigo en calzones y brasier. Maldigo, maldigo y maldigo; pero ¿qué he hecho?

Estoy sumida en mis dudas cuando la puerta se abre y el hombre que me hace hervir la sangre en todos los sentidos aparece tan guapo como siempre con una bandeja de desayuno.

—Buenos días, pequeña —dice con una sonrisa.

Su alegría me hace daño. Soy una mala persona. ¿Cómo puedo estar engañándolo así? Y, tapándome con la sábana, pregunto para disimular:

—¿Puedes decirme qué hago aquí?

Eric rápidamente deja la bandeja de desayuno sobre una mesita y, tras dedicarme una mirada, responde con tranquilidad:

—Escucha, cariño, ayer te encontraste mal en la feria, vomitaste y te traje a casa, pero te juro por lo que tú quieras que no te hice nada.

Lo miro..., lo miro y lo miro. Ya sé que no me hizo nada pero, interpretando mi papel, pregunto:

—¿Estás seguro?

—Segurísimo —afirma rápidamente.

—¿Y por qué estoy medio desnuda? ¿Por qué me has quitado el vestido?

Enseguida Eric toma mi vestido de flamenca, que está hecho un asco, y dice enseñándome el manchurrón:

—Porque olía a vómito.

De pronto me fijo en la camiseta que lleva puesta. Es la que yo le compré cuando nos conocimos en el Rastro de Madrid, ésa en la dice «Lo mejor de Madrid eres tú», y pregunto mientras intento no emocionarme:

—¿Cuánto tiempo llevabas sin ponerte esa camiseta?

Él sonríe. Se sienta en la cama y, retirándome el pelo de la cara, responde:

—Demasiado.

Su voz y su manera de mirarme me muestran que puedo hacer con él lo que quiera y, cuando ve que no digo nada, declara:

—Escúchame, cariño, estoy aquí porque no puedo estar sin ti, y te aseguro que voy a hacer todo lo posible porque nuestros recuerdos inunden tu mente para que olvides eso que nunca debería haber pasado. —Y, sin darme tiempo a responder, añade—: He hablado con tu padre y tu hermana y se ocuparán de los niños hasta mañana, que regresemos.

—¡¿Qué?! ¿Cómo que hasta mañana, que regresemos?

Mi amor sonríe y, señalando una bolsa que hay sobre la butaca, indica mientras toma la bandeja de desayuno para dejarla ante mí:

—Desayuna. Después vístete con la ropa que Juan Alberto me ha traído tuya y si, de verdad, aún me quieres y crees que lo nuestro vale la pena, me gustaría que me acompañases a un sitio.

Mi respiración se acelera. Claro que lo quiero, y creo que lo nuestro vale la pena, pero mi culpabilidad y lo que tengo que contarle me jode ese momento tan lindo.

—Eric... —digo—, tenemos que hablar y...

Él pone una mano sobre mi boca. No me deja continuar.

—Hablaremos —asegura—. Por supuesto que lo haremos, pero hoy déjame hacerte recordar.

Asiento. Con eso ya me ha ganado, y decido dejarme llevar mientras él sale del cuarto.

Una vez que termino el desayuno que ha dejado delante de mí y que, por cierto, me sabe divinamente, bajo de la cama, me doy un baño rápido y me visto. Mi hermana me ha mandado unos *jeans*, una camiseta, tenis y una chamarra; ¿adónde voy a ir?

Cuando salgo al comedor, Eric me está esperando. Viste informal como yo y, tomándome de la mano, me guiña un ojo y murmura:

—¿Preparada?

Impresionada, así me deja al ver sus ganas de agradarme y, sonriendo, afirmo:

—Sí.

De la mano salimos al exterior, nos subimos al coche y, cuando arranca, suena la voz de mi Alejandro Sanz y, sonriendo, Eric dice:

—Una vez, una preciosa jovencita me dijo que la música amansaba a las fieras.

Al oírlo decir eso, sonrío. Sin duda, Eric sabe hacerme sonreír. Cuando, veinte minutos después, salimos a la carretera y veo un cartel, lo miro y pregunto sorprendida:

—No me digas que vamos a Zahara de los Atunes...

Él asiente, sonríe y murmura:

—Acertaste.

Encantada, me acomodo en el asiento del vehículo y río por volver a ir a ese precioso lugar.

Una hora después, en cuanto llegamos, dejamos el coche en un estacionamiento de la playa. El mismo sitio donde dejé yo el coche la noche que salí con Frida hace años y tuve que darles una tunda a unos borrachines. Al recordarlo, Eric y yo reímos y, de la mano, nos dirigimos hacia un restaurante de la zona.

Cuando caminamos por la calle pasamos al lado de una floristería y me quedo mirando unas flores. Son hibiscos, una flor que mi padre tiene en el jardín y que a mí me encanta.

—¿Qué miras?

Al oír la voz de Eric, señalo las flores de colores y digo:

—Esas flores..., mi madre las plantó en el jardín hace muchos años y, a día de hoy, siguen saliendo.

—Son muy bonitas —afirma Eric.

Ambos sonreímos. Entonces, mi rubio se acerca al florista, que nos mira, y dice:

—Desearía un precioso ramo de hibiscos para mi mujer.

El florista, un hombre mayor, me mira con una sonrisa y pregunta:

—¿De algún color especial?

Encantada por el bonito detalle, sonrío y afirmo:

—Rojo.

El hombre se afana en hacerme un bonito ramo con hibiscos rojos, y yo, feliz por aquello, miro a Eric y murmuro con el corazón latiéndome a mil:

—Gracias.

Mi amor me mira..., me mira..., me mira. Sé que desea besarme tanto como yo deseo besarlo a él, pero no se atreve. Sólo espera a que yo dé el primer paso, pero de momento no lo doy. Es mejor que hablemos antes.

Diez minutos después, con un precioso ramo de hibiscos rojos en las manos, nos dirigimos hacia un restaurante. Allí comemos un riquísimo cazón en adobo y una espectacular ensaladilla rusa cuando Eric propone pedir una racioncita de jamón del bueno. Sólo oír la palabra «jamón» ya se me revuelve el estómago y, como puedo, le quito la idea de la cabeza. Él me mira sorprendido pero no insiste. Está claro que no quiere llevarme la contraria en nada.

Cuando terminamos de comer, nos quitamos los zapatos y caminamos por la playa. Eric se ha propuesto hacerme rememorar todos nuestros bonitos recuerdos y, en el momento en que me habla del Moroccio y de cuando me hice pasar por su mujer y que di una comilona con mi amigo Nacho dejándole la cuenta a él, los dos nos reímos. ¡Qué momento!

Recordamos instantes irrepetibles, como cuando mi hermana entró en mi casa de Madrid con mi sobrina y nos sorprendió en el pasillo enredados y mi pequeñita Luz le cantó sus verdades, o cuando lo engañé en el circuito de Jerez haciéndole creer que no sabía manejar una moto.

Recuerdos...

Recuerdos preciosos nos inundan y no podemos dejar de hablar de ellos; entonces suelto el ramo de hibiscos en la arena y nos sentamos en la playa. Recordamos de nuevo entre risas el complicado embarazo que tuve del pequeño Eric y la primera vez que le vimos la carita a él o a Hannah, o cuando Flyn dio su primer salto en moto.

¡Qué bonitos recuerdos!

También nos carcajeamos al pensar en Björn y Mel en sus facetas de James Bond y la novia de Thor. ¡Qué graciosos eran!

Todo lo que recordamos son momentos únicos e irrepetibles que nos hacen felices, y mi buen humor crece y crece y crece, hasta que no puedo más y, sin previo aviso, me siento sobre él a horcajadas en la playa y, acercando su boca a la mía, lo beso. Lo beso con deseo y amor.

Necesito su cercanía...

Necesito su boca...

Necesito a mi amor...

A diferencia de la noche anterior, Eric no rechaza nada de lo que le pido o le ofrezco y, encantada, lo disfruto mientras siento que aquellos irrepetibles recuerdos nos han hecho reencontrarnos.

Besos..., besos..., cientos de besos se apoderan de nosotros y, cuando paramos, Eric me mira con sus preciosos ojos celestes y murmura:

—Nunca te engañaría con nadie, mi amor. Te quiero tanto que para mí es imposible estar con otra que no seas tú, y te aseguro que lo que pasó con Ginebra es lo último que habría deseado que pasara.

—Lo sé..., lo sé, corazón —susurro mientras enredo los dedos en su pelo rubio y me pierdo en su mirada.

¡Oh, Dios, cuánto he echado de menos eso!

—Fui un idiota al no darme cuenta de su plan. Frida tenía razón. Yo creí que Ginebra había cambiado, pero no es así. Sigue jugando sucio. Excesivamente sucio. Me utilizó sin mi permiso, te hizo daño a ti y, ante eso, sólo puedo pedirte perdón el resto de mi vida por lo que viste y nunca debería haber ocurrido. —Eric toma una de mis manos y prosigue—: Esta semana fui a Chicago y los vi.

—¿Fuiste a Chicago? —Eric asiente y yo pregunto—: ¿Por qué?

Mi amor menea la cabeza y, tras pensar su respuesta, dice:

—Porque quería hacerles el mismo daño que ellos nos hicieron a nosotros. Por eso fui. Al llegar me encontré a Ginebra internada en mal estado, pero me dio igual, le dije a Félix lo que había ido a decir sin importarme sus sentimientos, como a él no le importaron los míos.

Oír eso me subleva. Estoy con Eric: si yo los hubiera visto, habría procedido igual.

Esa asquerosa, nauseabunda y zorra mujer y su marido utilizaron a su antojo a mi amor sin su permiso, ni el mío, para un fin que nunca... nunca les perdonaré. Sus circunstancias personales me dan igual, como a ellos les dieron igual las mías. Es duro decirlo, pero lo pienso así.

Estar en la posición de Eric no debe de ser fácil.

A mí no me gustaría que ningún hombre me drogase por el simple hecho de darse un caprichito conmigo obviando mis sentimientos y mis deseos. Odio a Ginebra y a Félix, y los odiaré el resto de mi vida.

Pero, deseosa de dejar de lado aquello que tanto sufrimiento nos ha ocasionado a mi marido y a mí, sonrío y murmuro:

—Escucha, corazón, no tengo nada que perdonarte. Como me dijo hace poco una buena amiga, las cosas que valen la pena en la vida nunca son sencillas. Olvidémonos de esas malas personas. Lo que nos queremos y nuestros recuerdos y momentos juntos son mucho más fuertes y verdaderos que nada de lo que haya podido pasar.

—Te quiero...

—Yo también te quiero, Eric, pero me obcequé en lo que vi sin ponerme en tu lugar ni un solo instante. Me volvió loca. Ver cómo la besabas, cómo...

—Lo siento, mi amor..., lo siento —murmura pegando su frente a la mía para hacerme callar.

Sentados sobre la arena, nos abrazamos.

Nuestros cuerpos juntos son capaces de recomponerse.

Nuestras almas juntas son capaces de amarse.

Y nuestros corazones juntos son capaces de conseguir lo inimaginable.

Sólo necesitábamos abrazarnos, entendernos y hablar. Sólo eso.

Apasionada, lo beso. Él me besa. Nos devoramos hambrientos de cariño, amor, dulzura, mientras soy consciente de que ahora soy yo la que tiene que confesar algo; dispuesta a hacerlo, murmuro mientras Eric sigue con la nariz hundida en mi pelo:

—Eric, yo tengo que...

Mi amor pone la mano en mi boca y, mirándome, dice:

—Me muero por hacerte el amor y, aunque sabes que no me importa que nos miren, estamos a plena luz del día y podemos terminar en el calabozo detenidos por escándalo público. —Yo sonrío ante aquello y él añade—: Detrás de nosotros hay un hotel y...

—Sí —afirmo con rotundidad.

Rápidamente nos levantamos. Ambos sabemos lo que queremos y, tras agarrar mi precioso ramo de hibiscos, mi amor me toma entre sus brazos y, haciéndome reír, corre hacia el hotel. Sin duda, está tan deseoso como yo.

En recepción, mi rubio pide una suite para esa noche. El recepcionista mira en la computadora y ambos sonreímos cuando nos entrega unos papeles para firmar. Tras darle nuestras identificaciones, nos da una tarjeta en la que se lee «326» y nos encaminamos hacia el elevador. Una vez dentro, comenzamos a besarnos y no paramos hasta llegar a la habitación. La urgencia nos puede.

Al cerrar la puerta, tiro el ramo de flores sobre la cama y empezamos a desnudarnos mientras nuestras hambrientas bocas no se separan.

Nos besamos, nos devoramos hasta que, de pronto, Eric se para y, enseñándome algo, dice:

—Es tuyo. Póntelo.

Al ver mi precioso anillo, sonrío. Lo tomo y, sin dudarlo, me lo pongo. Entonces, Eric me arranca los calzones de un jalón y murmura:

—Ahora sí, pequeña. Ahora volvemos a ser tú y yo.

Entre risas, caemos sobre la cama y siento cómo las manos de mi amor recorren mi cuerpo, se detienen en mis pechos y acaban en mi entrepierna.

Nos miramos. Nos tentamos. Nos provocamos y, cuando Eric arranca un hibisco del ramo y comienza a pasar su suave flor por mi cuerpo, yo jadeo..., jadeo y disfruto del momento.

Sin pararse, pasea la flor por todo mi ser y, cuando noto que el rabito del hibisco roza mi sexo, abro la boca para tomar aire y, en cuanto nuestras miradas chocan, mi amor murmura:

—Pídeme lo que quieras y yo te lo daré. Pero sólo yo, mi amor. Sólo yo.

Sus palabras me llenan de locura, de fuego y de esperanza.

Sin duda, mi rubio alemán ha venido a reconquistarme, a hacerme recordar lo mucho que me quiere y a hacerme olvidar lo que nunca debería haber ocurrido, y lo ha conseguido.

Sé que él me dará lo que yo le pida. Me ama, me ama tanto como yo lo amo a él y, deseosa de tenerlo dentro de mí, le pido:

—Cógeme.

Eric sonríe. ¡Dios, qué sonrisa de malote!

Sin duda, lo va a hacer, cuando lo tomo del pelo y susurro con voz trémula por la pasión:

—Cógeme como un animal porque así te lo pido.

Mi amor me besa. Mis palabras eran lo que definitivamente necesitaba oír para saber que todo está bien y, olvidándose del hibisco, asola mi boca y mi cuerpo, mientras yo me entrego a él en cuerpo y alma, deseosa de que haga conmigo lo que quiera.

Nuestra extraña exclusividad es algo que sólo nosotros entendemos.

Nuestra loca exclusividad es algo que sólo nosotros disfrutamos.

Me abro de piernas con descaro mientras me agarro a los barrotes de la cama y me arqueo para él. Sin tiempo que perder y gozoso por mi invitación, mi amor introduce su dura y aterciopelada virilidad en mi húmeda vagina de una sola estocada que nos hace jadear a los dos.

Un, dos, tres..., siete... Eric entra y sale sin perder el ritmo y yo grito de placer. Lo echaba de menos, mucho..., mucho..., muchísimo, y disfruto de cómo me toma, de cómo me coge, de cómo me hace suya. Extasiada, cierro los ojos cuando lo oigo decir:

—Mírame, pequeña..., mírame.

Hago lo que me pide. Lo miro y, mientras acerca sus labios a los míos, lo oigo murmurar:

—Tu boca es sólo mía y la mía es sólo tuya, y así será siempre.

—Sí..., sí... —consigo decir mientras todas las terminaciones nerviosas de mi cuerpo disfrutan con lo que está ocurriendo.

Mi tsunami particular llamado Eric toma mi boca posesivamente, pero de pronto el sentimiento de culpa por lo que hice con Gonzalo cruza mi mente.

Dios..., Dios..., no le he contado lo ocurrido y debería haberlo hecho.

¿Por qué soy tan mala persona?

Pero, gozosa, de un plumazo me olvido de aquello. En la habitación sólo estamos mi amor y yo, mi marido y yo, mi hombre y yo, y nada ni nadie nos va a romper el momento.

Agarrada a los barrotes de la cama, siento las embestidas de Eric. Él se entierra en mí con su fuerza animal y yo grito de gusto por su fortaleza mientras me sumerjo en una cadena de intensos orgasmos que me hacen perder la noción del tiempo y de la realidad.

Disfruto...

Disfruta...

Disfrutamos de todo lo que acontece mientras un calor intenso nos empapa de nuestro elixir; Eric no para de hundirse una y otra vez en mí y yo siento cómo sus testículos rebotan contra mis nalgas.

Calor..., el calor es intenso hasta que el clímax no puede retrasarse un segundo más y nos llega a los dos a la vez, provocándonos unos gritos majestuosos sin importarnos que nos oigan hasta en la China.

Tras ese primer ataque, vienen otros más, en la regadera, sobre la mesa, contra la pared. De nuevo y como siempre, volvemos a ser los insaciables Eric y Jud, que necesitan hacerse el amor más que respirar, y los dos sonreímos. Sonreímos de felicidad.

Tras una noche en la que nos comportamos como los animales sexuales que somos, cuando estamos abrazados en la cama sudando tras un último asalto, Eric pregunta:

—¿Todo bien, pequeña?

Su preguntita me hace sonreír. No hay una sola vez que no tengamos sexo y no lo pregunte.

—Mejor imposible —respondo.

Estoy abrazada a él cuando mi estómago ruge. Siento a Eric reír a mi lado e, incorporándose, me mira y dice:

—Creo que tengo que dar de comer a la leona que hay en ti o a la próxima me devorarás.

Sonrío. Me encanta cuando lo veo tan feliz, y asiento:

—Sí. La verdad es que tengo hambrecilla.

Desnudo, mi chico se levanta. Madre del amor hermoso, qué culo más duro y macizo que tiene. Lo miro con descaro. Lo miro con lascivia y sonrío. Eric Zimmerman es mío. Sólo mío.

Sin percatarse de mis más que lujuriosos y libidinosos pensamientos, mi chico toma un papel que hay sobre una mesita y, tras regresar a la cama, donde estoy desnuda, se sienta a mi lado, pasa el brazo por mi cintura para acercarme a él y pregunta:

—¿Qué se te antoja?

Mmm..., antojárseme, antojárseme, tengo muy claro lo que se me antoja. Mis hormonas están descontroladas y, sonriendo, decido mirar la carta para dejar que mi marido se reponga o me lo cargaré tras nuestra increíble reconciliación.

—Salmorejo, pechugas Villaroy con papas fritas y, de postre, un helado de vainilla con crema batida y jarabe de chocolate —respondo.

Eric asiente. Sonríe. Sin duda, se percata de mi gran apetito, pero sorprendido pregunta:

—¿No quieres jamoncito del rico?

Ay, Dios, ¡jamón!

Rápidamente, mis jugos gástricos me juegan una mala pasada al pensar en aquel manjar que ahora mi embarazo me niega y, sin querer retrasarlo un segundo más, me siento en la cama y, mirándolo, digo:

—Eric, tengo que contarte una cosa.

Mi amor me mira. Al ver mi gesto, se alarma. Me conoce muy bien y, olvidándose de la carta de comida, musita:

—¿Qué pasa, cariño?

Resoplo, el cuello comienza a arderme y, con cara de circunstancias, murmuro:

—El jamón me da asco. Pero un asco que ni te imaginas.

Eric parpadea. No entiende a qué viene eso cuando, finalmente, confirmo:

—Estoy embarazada.

Eric se paraliza. Ya no parpadea. Siento que deja de respirar. ¡Ay, pobre!

Me mira..., me mira..., me mira y, cuando ya no puedo más, digo de carrerilla:

—Lo siento..., lo siento..., lo siento..., no sabía cuándo decírtelo. Sé que es algo que no esperábamos, que no programamos y que es una locura tener otro hijo. Dios mío, Eric, que ya serán cuatro hijos, ¡cuatro! —Desesperada, me rasco el cuello y, cuando él me quita la mano para que no lo haga, murmuro mirándolo—: Me enteré del embarazo después de que pasara todo, y yo me... me...

No puedo decir más; mi Iceman me levanta de la cama, me abraza y, con todo el mimo del mundo, murmura:

—Cariño..., cariño..., ¿estás bien? —Yo asiento, y mi amor, sin soltarme, pregunta—: Pero ¿cómo no me lo habías dicho antes?

—No podía, Eric. Yo... yo estaba tan enfadada y confundida por todo lo que estaba pasando que no supe razonar.

—¿Otro bebé?

Al ver la felicidad en su rostro, me doy cuenta de lo dichoso que lo hace la noticia y, sonriendo, afirmo:

—Sí, cariño, otro bebé, y desde ya te digo que...

—Litros y litros de epidural..., lo sé —termina él mi frase.

Ambos soltamos una carcajada por aquello y, luego, feliz y sin dejar de abrazarme, Eric murmura:

—Te voy a matar a besos, señorita Flores. —No digo nada, y añade—: Te he estado cogiendo como un bruto, como un animal. ¿Cómo me lo has permitido?

Ahora la que sonríe soy yo, y respondo:

—El bebé es muy pequeño y yo te necesito. Además, tú mismo me dijiste eso de «Pídeme lo que quieras y yo te lo daré», y yo simplemente te he pedido lo que quería.

Eric me besa. Está nervioso. ¡Vamos, ni que fuera su primer hijo!

De pronto pienso de nuevo en que tengo que contarle mi gran metedura de pata con Gonzalo, pero lo veo tan feliz y yo estoy tan dichosa, que no puedo.

Mientras me abraza y asume que va a ser padre de nuevo, Eric no puede parar de sonreír, y pienso en lo que mi hermana me dijo: quizá sea mejor no decir nada. Al fin y al cabo, sólo fue un beso. Nada más.

El sábado, tras pasar una noche increíble en la que todos nuestros problemas se resuelven y Eric sabe que va a ser padre otra vez, regresamos a Jerez. Mi amor se quedará conmigo hasta el lunes, el día que yo pensaba regresar con los niños a Múnich. Saber aquello me encanta. Adoro que quiera estar conmigo.

Al vernos aparecer tan radiantes, mi padre y mi hermana sonríen y siento que respiran aliviados.

Pobres, ¡qué mal se las hago pasar a veces!

Sin duda, estaban preocupados por nosotros, y todos, excepto Raquel, se quedan con la boca abierta cuando les damos la noticia del bebé. Flyn, mi niño, mi tesoro, me abraza y me aprieta contra sí, mientras mi sobrina me mira y dice:

—Tita, eres peor que una coneja.

Esa misma noche, tras pasar el día con los niños en la feria y dejarlos con Pipa para que se acuesten en casa de mi padre, Eric y yo nos vamos a Villa Morenita. Allí me pongo mi traje de flamenca blanco y rojo y, cuando salgo al comedor, donde está mi maravilloso marido esperándome, me acerco a él y murmuro:

—Señor Zimmerman, ¿sería tan amable de subirme el cierre?

Eric suspira, deja un vaso de agua sobre la mesa, me mira con deseo y, cuando me doy la vuelta, pasea la mano por mi espalda y dice:

—Señorita Flores, ¿está segura de que no prefiere que se lo quite?

Ambos sonreímos. Nos encanta ese juego que nos traemos con esos nombrecitos que tan buenos recuerdos nos traen y, tras sentir que me besa en el hombro desnudo, insisto:

—Prometo que, cuando regresemos, así será.

Siento que Eric sonríe. Me besa en el hombro de nuevo y, subiéndome el cierre, afirma:

—Te tomo la palabra.

Satisfecha por cómo se ha solucionado todo, doy un sorbo al vaso de agua que ha dejado sobre la mesa cuando él, enseñándome algo, dice:

—Corazón, con ese traje de flamenca no te puede faltar tu flor en el pelo.

Al mirar su mano veo un hibisco rojo fuego. ¡Dios mío, si es que me lo voy a comer a besos! Y él, al ver mi sorpresa, dice:

—Lo tomé del jardín de tu padre.

Sonrío, no lo puedo remediar; agarro la flor, la acomodo y, tras sacar de mi bolsa unos broches, la prendo en el lateral de mi cabellera suelta y pregunto, muy andaluza yo:

—¿Qué tal, *miarma*?

Mi rubio me mira..., me mira y me mira, y finalmente dice:

—Serás la más bonita de la feria.

Encantada, lo beso. Aisss, lo que me gusta que me regale los oídos.

Felices y dichosos, nos dirigimos hacia la feria. Hemos quedado con mi hermana y mi cuñado en el Templete. Cuando llegamos, Raquel y mi cuñado ya están allí, y juntos vamos hasta la caseta donde sé que se hallan nuestros amigos.

Durante horas, doy palmas, bailo rumbitas y me divierto con mi chico al lado. Como siempre, él no baila, pero da igual, con tenerlo a mi lado sé que todo está bien.

En un momento dado, aparece Sebas junto a su caballo de Peralta y, tras dar un grito del que se entera toda la feria, se lanza sobre su Geyperman para besuquearlo. Eric, como siempre que lo ve, es amable y atento con él, y Sebas, también como siempre, lo ensalza, lo piropea y lo hace sonreír.

Luego, los hombres se van por algo de comer y yo aprovecho para ir con mi hermana a uno de los baños de la caseta pero, al llegar, el baño de las chicas como siempre está a rebosar; ¡menuda cola que hay!

—Vayamos a los de afuera —dice mi hermana dando saltitos—. Quizá haya alguno libre.

Sin dudarlo, le hago caso. Raquel es una meona y, cuando se mea, ¡se mea!

Llegamos hasta los aseos portátiles. Hay varios y, por suerte, un par están libres. Raquel se mete en uno, pero a los dos segundos sale y dice:

—Cuchufleta, entra y ayúdame a aflojarme la faja.

Suelto una risotada, entro en el baño y las dos, vestidas de flamencas, sudamos la gota gorda en aquel cubículo tan pequeño para aflojarle la maldita faja. Cuando termino de hacerlo, abro la puerta acalorada y ella, aún riéndose como una tonta, dice:

—Detén la puerta, que no cierra bien y no quiero que me vean el trasero.

—Bueno —respondo riendo al oír a mi loca hermana.

Con paciencia, espero mientras canto una sevillana que suena a voz en grito y doy palmas. ¡Qué arte tengo cuando quiero!

Cuando mi hermana sale, con su faja bien puesta y el vestido colocado, entro yo y, tras hacer malabares para no tocar el excusado y para que mi vestido no se manche, en el momento en que salgo, mi Raquel dice:

—Vaya, vaya..., veo que va todo bien con tu alemán, ¿verdad? Encantada, afirmo pensando en él:

—Todo genial.

Raquel sonríe y, sin moverse de donde está, pregunta:

—Lo del embarazo ya veo que se lo ha tomado bien, pero ¿cómo se ha tomado que te enredaras con ese tipo la otra noche? Ya sé que fue un beso y poco más, pero con lo celoso y posesivo que es tu marido, ¿qué te dijo?

Oír eso me destroza. Me hace sentir fatal por haber obviado ese detalle con Eric y, deseosa de olvidarlo, respondo:

—No se lo he dicho. Estábamos los dos tan contentos por nuestra reconciliación y lo del bebé que fui incapaz de contárselo.

—Ay, cuchufleta...

—Me martirizo por ello, Raquel —resoplo—. Me siento fatal. Se me fue la cabeza. Quise vengarme de Eric por todo lo que estaba pasando y, bueno..., pasó lo del beso y poco más. Y luego él... él ha venido a reconquistarme y he pensado que quizá...

De pronto se abre la puerta del aseo que está junto a nosotras y, al mirar, me quedo sin respiración. Eric, mi Eric, mi rubio enfurecido, me mira con su cara de perdonavidas y sisea a la espera de que diga algo:

—Judith...

El corazón me aletea horrorizado. ¡Vaya problemón!

Lo miro, me mira y me pongo tan nerviosa que sólo puedo decir:

—Fue una tontería, cariño, yo...

—¡Cállate! —grita Eric.

Y, sin darme tiempo a decir nada más, sale del aseo y comienza a caminar hacia el estacionamiento donde hemos dejado el coche. Asustada, miro a mi hermana. La pobre está blanca como la cera, y musita:

—Con razón papá siempre dice que calladita estoy más guapa.

—Carajo..., carajo... —murmuro a punto de llorar.

—Lo siento —dice Raquel—. No sabía que estaba ahí.

Resoplo. Me pica el cuello y, sin dudarlo, me recojo el vestido de flamenca con las manos y comienzo a correr detrás de mi amor. Tengo que explicarle lo que ocurrió. Tiene que escucharme.

Lo alcanzo cuando ya casi está llegando al coche y, poniéndome delante de él, digo sin aliento:

—Escucha, cariño, fue... fue una tontería. Si no te lo he contado ha... ha sido porque...

—Una tontería... ¡Una tontería! —grita fuera de sí—. Te enfadaste conmigo y casi rompiste nuestro matrimonio cuando pasó algo que sabes muy bien que yo no busqué y que hice inconscientemente. Y tú, a cambio, como venganza, haces algo siendo consciente de ello y encima me lo ocultas. Pero ¿qué clase de persona eres?

Madre mía, madre mía..., madre mía, ¡la que he armado!

Eric tiene más razón que un santo. Es normal que se enfade conmigo y me grite. He hecho algo que no está bien y encima lo he ocultado.

—Eric, cariño.

—Me voy. Regreso a Múnich.

—Por favor..., por favor..., escúchame.

Pero no, no quiere escucharme y, quitándome de su lado con fuerza, sisea:

—Déjame en paz, Judith. Ahora no.

Y, sin más, se sube al coche y arranca dejándome en el estacionamiento sin saber qué hacer.

Así estoy durante varios minutos hasta que reacciono y sé que tengo que ir en su busca. Eric no puede irse sin hablar conmigo. Al ver a uno de mis amigos, que va hasta su coche, le pido que me acerque hasta Villa Morenita. Allí lo localizaré. Mi amigo, encantado y sin saber lo que pasa, lo hace.

Una vez que llegamos a mi casa, me despido de aquél y, al ir a entrar, veo que no tengo la llave.

Maldigo. Me lleva el demonio.

Pero como a mí no hay quien me pare ni estando embarazada, me recojo el vestido y decido saltar la valla. No es la primera vez que salto una. Sin embargo, cuando estoy en todo lo alto, me doy cuenta de que el coche no está allí. Vuelvo a maldecir y me bajo de la barda.

Eric habrá ido a casa de mi padre.

La calle está oscura, no se ve ningún coche, y decido correr. De nuevo me agarro la falda de volantes y, como puedo, corro sin matarme. Por suerte, para la feria siempre me pongo bajo el vestido unas botas camperas para poder bailar, y eso me permite correr con mayor facilidad.

En un par de ocasiones, tengo que parar. Me falta el aire, momento en el que marco el teléfono de Eric desde mi celular, pero él directamente no me contesta.

¡Maldita sea!

La angustia crece más y más en mi interior a cada segundo que pasa, pero sigo corriendo. Tengo que llegar a donde esté.

En el momento en que rodeo la esquina de la calle de mi padre y veo el coche allí estacionado, respiro. Me paro, me doblo en dos para tomar aliento y, en cuanto siento que puedo continuar, continúo. Rápidamente abro la puerta de la calle y, al entrar, mi padre me mira y me pregunta con gesto extrañado:

—¿Qué le pasa a Eric?

Voy a responder cuando mi marido aparece en el comedor con Flyn y Luz. Mi sobrina rápidamente se coloca junto a mi padre, no dice nada, y Eric, tras entregarle una bolsa a Flyn, le indica:

—Ve al coche. Yo salgo enseguida.

El niño me mira. Busca una explicación a aquello y pregunta mientras Eric habla por el celular:

—Mamá, ¿qué pasa?

Sin saber qué responderle, lo miro, lo beso en la cabeza y digo consciente de que a Eric ya no lo para ni Dios:

—Haz lo que tu padre dice. Tranquilo, no pasa nada.

—Pero, mamá...

Sin dejarlo acabar, lo tomo de la barbilla e, intentando que me lea la mirada, insisto:

—Cariño, no te preocupes. Nos vemos en Múnich.

Mi padre, que está tan desconcertado como Flyn y Luz, va a decir algo cuando añado:

—Papá, ¿puedes acompañar a Flyn al coche? Luz, ve con ellos.

Mi padre lo piensa, pero al final, tras sacudir la cabeza, toma a mi sobrina de la mano, que está boquiabierta, y desaparece de la sala con los dos chicos.

Eric me da la espalda mientras lo oigo hablar por el celular. Bueno, más que hablar, ¡ladra! Sabe que estoy tras él, pero no quiere ni mirarme. Me siento fatal.

De pronto, termina su conversación, cuelga la llamada con fuerza y, dándose la vuelta, me mira con ojos acusadores. Cuando voy a decir algo, sisea en su peor versión de Iceman mientras tira las llaves de Villa Morenita sobre la mesa del comedor:

—Me llevaría a Eric y a Hannah conmigo, pero no quiero asustarlos levantándolos ahora.

—Eric...

—Me has decepcionado como nunca pensé que pudieras llegar a hacerlo.

Mi pecho sube y baja. El cuello me arde y estoy segura de que lo tengo lleno de ronchas pero, olvidándome de él, como puedo murmuro intentando tocarlo:

—Eric, no te vayas. Hablemos de ello. He cometido un error, pero...

—¡Error! —sisea retirándose de mí—. Tu gran error ha sido hacerlo consciente de lo que hacías y después no contármelo.

Asiento. Sé que tiene razón e, intentando llegarle al corazón, insisto interponiéndome en su camino:

—Lo ocurrido fue una tontería, cariño. Sólo te pido que lo medites y entiendas que, si yo he sabido olvidar lo que pasó, tú debes saber olvidar esto también.

La rabia en el rostro de Eric me hace saber que ahora no quiere escucharme. Entiendo su desconcierto. No hace mucho yo estaba tan desconcertada como él.

Se siente traicionado por mí y, sin un ápice de piedad, acerca su rostro al mío y, clavando sus impactantes ojazos azules en mí, gruñe:

—Dijiste que te habías quemado y, sin duda, ahora me he quemado yo también. Y sí, Judith, estoy terriblemente enojado. Tan enojado que es mejor que me vaya antes de que armemos un buen numerito delante de nuestros hijos y de tu familia. Y ahora, si te quitas de en medio, me iré, porque el que no quiere verte ahora soy yo.

No me muevo, no puedo. Al final, el amor de mi vida me quita de malos modos de su camino, sale de la casa de mi padre y yo siento que me falta la respiración. Eric está muy... muy enfadado, y yo la he arruinado pero bien.

Pocos minutos después, mi padre y Luz entran, me miran, y mi sobrina murmura:

—Tita, como se dice por Facebook, ¡la que has armado, pollito!

Esa apreciación me hace resoplar. Sin duda, la he armado bien armada. Mi padre, que, por su gesto, no está para risas, envía a Luz a su recámara y, cuando nos quedamos los dos solos, me mira y dice:

—No sé qué ha pasado, pero intuyo que esta vez la culpable has sido tú.

Mis ojos se llenan de lágrimas en décimas de segundo y me derrumbo sobre una silla. Mi padre me abraza y no me permite llorar.

64

De madrugada, cuando me despierto en mi cama, Raquel está acostada conmigo.

Tan pronto como ve que abro los ojos, el morrillo le comienza a temblar.

—Lo siento..., lo siento. Todo ha sido culpa mía por ser tan chismosa. Lo siento.

Me estiro y la abrazo.

Si alguien tiene allí la culpa soy yo. Sólo yo.

Yo soy la que besé a Gonzalo y también la que no se lo contó a Eric. Soy una mala persona y voy a tener que cargar con ese tonto error el resto de mi vida.

Abrazadas estamos hasta que siento que se queda dormida y lentamente me levanto. Al hacerlo, se me cae la flor del pelo que horas antes Eric me ha regalado y, tomándola, la beso con amor y la dejo sobre la mesa de noche.

Cuando salgo al comedor no hay nadie. Son las seis y media de la mañana y pienso que Eric y Flyn ya habrán llegado a Múnich.

Miro mi celular. No tengo ningún mensaje de Eric, y me quiero morir. Estoy por llamarlo por teléfono, pero no sé qué decirle.

Todavía con mi traje de flamenca, camino por la cocina de mi padre como una leona enjaulada y, cuando veo las llaves de Villa Morenita sobre la mesa, las tomo, junto a las llaves del coche de mi padre, salgo de la casa a escondidas para que nadie me oiga y me dirijo hacia allí.

Al entrar en la propiedad y estacionar el coche, suspiro. No hace ni doce horas yo estaba allí más feliz que una perdiz con el hombre de mi vida. Con pesar, abro la puerta de la casa y entro.

El silencio del lugar me destroza, pero entro en la preciosa y gran sala y lo primero que veo es el vaso de agua que Eric dejó sobre la mesa cuando le pedí que me abrochara el vestido de flamenca. Atraída como un imán, camino hasta él, lo tomo y, sin dudarlo, paso el borde por mis labios y bebo. Saber que sus labios han rozado el borde de ese vaso y sus manos han tocado el cristal me reconforta.

Una vez que acabo el agua, dejo el vaso sobre la mesa y camino hacia nuestra cama. Está sin hacer, con las sábanas revueltas como la dejamos, y me siento en ella.

¿Cómo puedo ser tan mala persona para haberle hecho eso a Eric? ¡¿Cómo?!

El olor de su colonia llega entonces hasta mí y, al agacharme, me doy cuenta de que proviene de las sábanas. Me acuesto sobre ellas, aspiro su perfume mientras cierro los ojos y me permito llorar. Necesito llorar sin que nadie me pare mientras poso las manos sobre mi panza y le pido a mi bebé perdón por el mal momento que le estoy haciendo pasar.

No sé cuánto tiempo llevo allí cuando, al abrir los ojos, me encuentro con mi hermana sentada en el butacón que hay frente a la cama. Nos miramos durante unos segundos hasta que ella dice:

—Hola, cielo.

—Hola —murmuro incorporándome y, al ser consciente de todo lo que ha pasado, vuelvo a acostarme y pregunto—: ¿Qué hora es?

—Las tres y veinte de la tarde —dice y, con un hilo de voz, añade—: Lo siento..., siento haber sido tan bocona y...

—Lo sé, Raquel —la interrumpo—. Deja de disculparte porque ya estás disculpada. Como diría mamá, las mentiras tienen las patitas muy cortas y al final todo se sabe.

—Pero si yo no hubiera hablado de ese tema no habría pasado nada.

Suspiro. Tiene razón, pero respondo:

—Y si yo no hubiera propiciado lo de Gonzalo tampoco habría pasado nada. Pero las cosas se hicieron, salieron como salieron, y mi gran error fue no contarle la verdad. Si lo hubiera hecho el otro día, sé que se habría enfadado pero me lo habría perdonado. El problema es que ahora no sé si me lo va a perdonar.

Raquel se levanta, camina hacia mí y, mirándome, afirma:

—Te va a perdonar. Eric te quiere.

Que me quiere, lo sé. Claro que lo sé, nunca lo he dudado. Sin embargo, como no deseo seguir hablando de eso, murmuro:

—Creo que me voy a quedar el resto del día en la cama.

—De eso nada, cuchu. Te vas a levantar y vas a comer algo. Por si lo has olvidado, dentro de ti crece una vida y necesita alimentarse.

Olvidarlo... ¿Cómo olvidar eso? Y, sin apetito, miro a mi hermana y pregunto:

—¿Qué hago, Raquel? Estoy tan confundida que ahora no sé qué hacer. Tengo tanto miedo de que no quiera verme que...

—No digas tonterías. ¿Cómo no va a querer verte?

Recordar el gesto duro con el que me miró Eric antes de irse me hace suspirar.

—Tú no lo conoces. Cuando se enfada, es muy necio.

—¿Necio? ¿Y tú no eres necia?

Miro a mi hermana y sonrío, y a continuación ella dice con carita de pena:

—Debes regresar a tu casa y hablar con él y, si no quiere escuchar, te juro que voy yo y le armo la de Dios. No sé qué pasó para que Eric tuviera que venir aquí para que lo perdonaras, pero si tú lo has perdonado, ¿por qué no puede perdonarte él a ti?

No digo ni mu, mi hermana no entendería lo que pasó. De pronto, suena mi celular y, al ver el nombre de Mel en la pantalla, respondo:

—Hola, Mel.

—Pero, vamos a ver: ¿Eric y tú se han propuesto volvernos locos?

Oír eso me hace sonreír. No sé por qué lo hago, pero el caso es que lo hago y, tras pedirle a mi hermana un poco de intimidad, ésta sale de la habitación.

—Mel, hice algo terrible —respondo.

—Lo sé.

—Estaba furiosa con Eric y en Jerez, una madrugada, besé a otro hombre. Pero sólo fue un beso, y te juro por mis hijos que, al besarlo, me di cuenta del error que estaba cometiendo y paré.

Oigo a mi amiga suspirar al otro lado del teléfono y finalmente pregunta:

—¿Regresas mañana?

—Sí, mañana. Aunque quizá cuando llegue no tenga casa.

—No digas tonterías, mujer. Eric es necio, pero no es un ser irracional.

Asiento, sé que tiene razón. Eric nunca me dejaría en la calle, aunque no quisiera verme.

—¿Qué tal tu viaje? —pregunto por cortesía.

—Bien. Ya te contaré. —Mel no quiere hablar de ella, sólo quiere saber cómo estoy, y pregunta—: ¿Tú estás bien?

La respuesta es no. Estoy fatal, y respondo:

—No. ¿Lo has visto? —pregunto a continuación.

—No, cielo. Yo no lo he visto, pero Björn sí. Sonó el teléfono a las seis de la madrugada. Era Flyn asustado. Al parecer, cuando llegaron de viaje, Eric decidió redecorar su despacho.

Enterarme de eso me hace cerrar los ojos. Pobre Eric y pobre Flyn. Lo asustado que debía de estar mi niño. Sin duda, la furia pudo con Eric y, horrorizada, voy a decir algo cuando Mel se me adelanta:

—Pero, no te preocupes, porque Björn se fue para allá y, tras hablar con él, Eric se tranquilizó. Hace unas horas se fue a trabajar a Müller y Flyn está conmigo y con Peter en casa. Björn ha regresado hace un rato con él y por eso sé lo que ha pasado.

La angustia crece y crece en mí.

¿Cómo he podido ser una tonta vengativa?

Tras hablar un par de minutos más con Mel, quedo en verla al día siguiente. Después llamo al teléfono del piloto de nuestro jet privado, quedo con él en que al día siguiente me recoja en el aeropuerto de Jerez a las ocho de la mañana y, cuando cuelgo y salgo a la sala, miro a mi hermana Raquel y, sentándome en una silla, afirmo:

—Mañana a primera hora regresaré a Múnich e intentaré solucionarlo.

A la mañana siguiente, a las siete y veinte, ya estoy con mi padre, mi hermana, Pipa y los niños en el aeropuerto. Mi padre se deshace con el pequeño Eric, mientras que Hannah está dormida en su cochecito.

Cuando por fin nos dejan entrar en el hangar privado, mi padre besa a los chiquillos. En su cara veo la pena que le da separarse de ellos y, en el momento en que Pipa y Raquel los suben al jet, mi padre me mira y dice:

—Escucha, mi vida. Estoy seguro de que lo arreglarán pero, si por casualidad, ves que la cosa no se soluciona, no olvides que aquí sigues teniendo tu casa, ¿entendido?

—Está bien, papá.

Mi padre me mira con sus ojos bonachones y, abriendo los brazos, murmura:

—Te quiero, morenita.

Yo asiento, lo abrazo y no digo nada o lloraré como un mono.

Mi hermana baja del jet, se acerca a nosotros y decido dar por finalizada la despedida. Nunca me han gustado y, tras darles un beso a ambos, camino hacia el jet en el que leo en grande el apellido «Zimmerman». Una vez que subo la escalerilla, me volteo, sonrío a esas dos personas que tanto me quieren y quiero, y desaparezco en el interior del avión. He de regresar a Múnich.

65

Mi llegada a Múnich me provoca cierta alegría a pesar de la tormenta que hay. Rayos, lluvia y truenos asolan la ciudad, y suspiro mientras pienso que el cielo se ha confabulado con el estado de ánimo de Eric.

Cuando bajo del jet privado en el hangar donde Eric suele tener siempre el avión, sonrío al ver a Mel apoyada en el coche junto a Norbert. Su pancita ya comienza a notarse. Camina hacia los niños y los abraza, mientras yo abrazo a Norbert, que, como siempre, se queda parado, aunque luego reacciona y también me abraza con cariño mientras dice:

—Bienvenida a casa, Judith.

Una vez que me separo de Norbert, mientras Pipa y él meten a los niños al coche, Mel me mira y murmura sonriendo:

—Anda, dame un abrazo, tontita.

Sin dudarlo, me tiro a los brazos de mi gran y buena amiga y, sin querer hablar delante de Norbert y de Pipa, Mel me mira y dice:

—Venga, vayamos a tu casa.

Asiento. No puedo ni hablar.

Cuando llegamos, al entrar en la propiedad sonrío al ver a *Susto* y a *Calamar* correr hacia el vehículo y, cuando Norbert estaciona en el garaje y abro la puerta, acepto encantada los besos babosos de *Susto*, mientras *Calamar* da vueltas como un loco de lo contento que está por vernos a todos.

Feliz por mi regreso miro a mi perrito y, cuando sus ojos y los míos conectan, murmuro:

—Hola, *Susto*, te he echado mucho de menos.

Como era de esperar, un lengüetazo me cruza la cara, y yo sonrío feliz por mi cuchufleto.

Cuando entramos en casa truena, y Simona viene hacia nosotras con los brazos abiertos, mientras mis niños corren hacia ella y ésta los abraza y los besa. Una vez que acaba con ellos, me mira y me abraza también a mí. Feliz, acepto su cariño y la mujer murmura mirándome:

—Otro bebé. Eso es maravilloso, ¡enhorabuena!

Sorprendida porque sepa la noticia, la miro y ella dice guiñándome un ojo:

—Flyn nos lo dijo. Está muy contento con la llegada de su nuevo hermano.

Sonrío y me toco la barriga. Como siempre decimos, un bebé es motivo de felicidad, pero a este pobre no hago más que darle disgustos desde que lo engendré. Pobrecito mío.

Tras pasar por la cocina para beber algo, cuando Pipa se lleva a los niños, Simona se acerca a mí y dice:

—Ay, hija, el despacho de Eric está como si hubiera habido un terremoto, pero me ha prohibido entrar y recoger nada. Anoche, cuando llegó, tras hablar con Flyn de lo ocurrido y el chico se fue a dormir, se pasó horas sentado en la puerta de entrada con los animales.

—Simona, no seas chismosa —la reprende Norbert.

Al oír eso, miro al hombre que tanto quiero y respondo:

—No es chismosa, Norbert. Simplemente me está informando de cómo está la situación.

Él refunfuña algo y, cuando sale de la cocina, Simona murmura mirándolo:

—Hombres, ¡quién los entiende!

Ese comentario me hace sonreír y cuando, segundos después, ella desaparece, me levanto y, tomando a Mel de la mano, digo:

—Vamos.

Mi amiga y yo caminamos hacia el despacho de Eric y, en cuanto abro la puerta y veo el caos, voy a decir algo pero Mel silba y se me adelanta:

—Sin duda, el rubio como decorador de desastres no tiene precio.

El despacho de Eric es un descalabro: papeles por el suelo, la computadora hecha añicos, vasos de cristal rotos y sillas patas arriba.

Imaginarme a Eric furioso haciendo eso me parte el corazón; agachándome para comenzar a recoger el estropicio, digo:

—¿Qué hago, Mel? No sé qué hacer. Tengo tanto miedo de que no quiera perdonar que soy incapaz de llamarlo o enviarle un simple mensaje al celular.

Mi amiga, que, sin dudarlo, me ayuda a limpiar el desastre, murmura:

—Creo que tienes que darle un tiempo y hablar con él dentro de unos días.

—¿Y si no quiere hablar?

—Tendrá que querer.

Asiento. Tiene razón. Eric tiene que querer hablar conmigo.

En silencio, durante varios minutos recogemos y limpiamos aquel desastre y, cuando por fin el despacho vuelve a estar al menos sin cristales y papeles en el suelo, apunto:

—Mel, por primera vez en mi vida estoy acobardada.

Al decir eso, Mel me mira y, poniéndose las manos en las caderas, dice:

—No te creo, Judith. ¿Y sabes por qué no te creo? —Yo niego con la cabeza y ella prosigue—: Porque si algo te caracteriza y te hace especial es que eres una valiente guerrera que no se rinde nunca ante nada. Y, si quieres a ese hombre como sé que lo quieres, tienes que luchar por él, como él en otros momentos ha luchado por ti. Está bien. Tú has cometido un error, besaste a ese tipo y no se lo dijiste a Eric, pero una vez que él tenga unos días para meditarlo, debes plantarte ante él y saber qué piensa, qué quiere y qué puedes esperar de él. ¿O acaso pretendes volver a vivir como vivías sin apenas hablarse ni mirarse?

—No. Claro que no quiero eso.

Imaginarme de nuevo viviendo así me encoge el corazón. Eso no sería bueno, ni para los niños ni para nosotros. Eso no es vida, y menos para dos personas tan temperamentales como nosotros.

Durante unos segundos pienso..., pienso..., pienso. Rumio mis penas, me las como, las digiero. Calibro los pros y los contras de todo lo ocurrido y tomo una decisión. Hay que tomar el toro por los cuernos para salir del atolladero. Si Eric me quiere como sé que me quiere, hablará conmigo y, si no lo hace, al menos sabré a qué atenerme.

Por ello, mirando a mi amiga, asiento y digo:

—Me voy a Müller a hablar con él.

—¡¿Ahora?!

—Sí, ahora —asiento decidida.

—Pero si está diluviando...

—No importa.

Mel me mira y, perdiendo parte de la fuerza que tenía segundos antes, dice:

—¿No crees que sería mejor dejar pasar un par de días para que...?

—No. No lo creo.

Mi amiga asiente, se encoge de hombros y, abrazándome, murmura:

—De acuerdo, comamos algo y, después, vayamos a Müller.

Media hora después, estamos cruzando Múnich. Hay un embotellamiento considerable. La tormenta hace lento todo, excepto mi ansiedad por llegar allí. Miro mi reloj y veo que son las dos de la tarde. A esa hora, Eric ya habrá comido y estará en el despacho. Sin duda, le voy a interrumpir la digestión.

Nerviosa, me retuerzo los dedos y le doy vueltas al anillo que tanto significa para nosotros y que él me llevó a Jerez, mientras Mel conduce y yo pienso qué decir para no arruinarla una vez más.

Cuando llegamos a Müller, pasamos de largo y metemos el coche en un estacionamiento público. Si dejo mi coche en el de la oficina, rápidamente sabrá que estoy allí porque lo avisarán.

Mientras caminamos por la calle, parapetadas bajo nuestro paraguas, Mel, que está tan nerviosa como yo, habla y habla. Me da ánimos y me repite mil veces que estoy embarazada y debo canalizar las emociones para que el bebé no sufra.

Asiento. No se me olvida que estoy esperando un hijo, pero en este momento mi prioridad es otra.

Cuando llegamos al vestíbulo de Müller, Mel se para y, mirándome, dice:

—Creo que es mejor que yo no suba. Me quedaré en recepción. A Eric no le gustará hablar de sus problemas conmigo delante.

Sonrío. Tiene razón.

—Deséame suerte.

Mi amiga me abraza, me aprieta contra su cuerpo.

—La tendrás. Eric te quiere tanto como tú a él.

Convencida de que es verdad, sonrío, me doy la vuelta y Gunnar, el vigilante, sonríe al verme y dice abriendo una puerta:

—Pase por aquí, señora Zimmerman.

Rápidamente paso por donde él me indica y, mirándolo con una de mis más encantadoras sonrisas, cuchicheo:

—Gunnar, no avises a la secretaria de mi marido. Quiero darle una sorpresita.

El vigilante asiente y, tras guiñarle el ojo, me dirijo hacia los elevadores.

Hecha un mar de nervios, me meto en el elevador con otras personas. Pulso el botón de la planta presidencial y los demás aprietan los suyos. Mientras el elevador se mueve, oigo la musiquita ambiental y sonrío al identificar la canción *La chica de Ipanema,** y mentalmente la tarareo.

Cuando por fin el elevador llega a la planta donde mi amor tiene que estar, tomo aire y, levantando el mentón, me encamino hacia su despacho. Por suerte, su secretaria está escribiendo algo y, en cuanto me ve, sin darle tiempo a reaccionar, paso por su lado y digo:

—No hace falta que lo avises, Gerta. Ya entro yo.

Y, sin más, agarro los pomos del despacho presidencial y abro la puerta.

Eric levanta la cabeza para mirar y veo su ceño fruncido. Malo... Malo... Ve que soy yo y su ceño se endurece más. Me entran las fatiguitas de la muerte pero, levantando el mentón, cierro la puerta del despacho y camino hasta él.

—¿Qué haces aquí?

---

* *La chica de Ipanema*, Musart-Balboa, interpretada por Gloria Lasso. (*N. de la E.*)

Las piernas me tiemblan, toda yo tiemblo. Cuando Eric quiere intimidar, es para echarte a temblar, pero sacando esa fuerza interior que sé que tengo, me acerco hasta su mesa y, parándome frente a ella, digo mientras observo cómo llueve por los grandes ventanales:

—Lo sé. No lo digas. Sé que no debería haberme presentado aquí, pero...

—Pues si lo sabes —me corta—, ¿por qué has venido?

Nos miramos durante unos segundos y veo el sufrimiento en sus ojos.

—Eric, tenemos que hablar.

El amor de mi vida cierra los ojos y se levanta de su sillón como un león enfurecido. Sin embargo, antes de que abra la boca, endurezco el tono y siseo señalándolo con el dedo índice:

—Como se te ocurra echarme del despacho, te juro que lo vas a lamentar. A mí me está costando tanto como a ti estar aquí, y más sabiendo que no quieres verme, pero no estoy dispuesta a volver a pasar por la tortura de vivir en la misma casa sin mirarnos, ni hablarnos. Así pues, sólo vas a conseguir echarme de aquí por la fuerza, y no creo que sea bonito que tus empleados vean cómo echas a tu mujer del despacho. ¿O sí?

El corpulento perdonavidas rubio que hay delante de mí encaja la mandíbula y, tras sentarse de nuevo, se recuesta en su imponente sillón de cuero negro. Su humor está tan oscuro como el día que hace y, mirándome, dice:

—Muy bien. Habla.

Durante unos segundos me quedo congelada ante él.

¿Qué digo? ¿Qué puedo decir para que deje de mirarme así? Y, tras meditarlo, apunto:

—Eric, tienes toda la razón del mundo para estar enfadado conmigo por lo que hice y te oculté. Pero créeme que lo que hice fue fruto del despecho y que, en cuanto besé a Gonzalo, me di cuenta de mi gran error y lo aparté de mi lado. Te juro por nuestros hijos que no hubo más. Sólo necesité un maldito beso para darme cuenta de todo.

Eric no contesta. Me mira..., me mira y me mira con su cara de perdonavidas y yo, con los nervios a mil, prosigo:

—Me dijiste aquello de «Pídeme lo que quieras y yo te lo daré». Pues lo que quiero es que me perdones. Viniste a Jerez dispuesto a reconquistarme y hacerme olvidar y para ello, conseguiste que recordara todo lo bueno que hemos vivido, y eso es lo que yo ahora pretendo también. He venido dispuesta a que me perdones y a hacerte recordar nuestros bonitos momentos para que olvides algo que nunca debería haber sucedido.

Mi amor sigue sin decir nada. Sin duda, sabe cómo martirizarme, pero yo, como una locomotora, prosigo:

—Eric, te quiero. Te quiero como nunca volveré a querer a otro hombre en mi vida y, como creo que lo nuestro merece la pena, por eso estoy aquí. Cuando estaba en Jerez, una noche, platicando con mi padre, hablamos acerca de que la vida muchas veces es injusta y no hay nada peor que perder a alguien y luego lamentarte de lo que podrías haber hecho y no hiciste por absurdos enfados y orgullos. Sé que soy necia, testaruda, obstinada, terca, burra, persistente, incorregible, pero también sé que soy tolerante, transigente, tierna y cariñosa.

Tengo la boca seca. Eric, con su impoluto traje oscuro, no dice nada y, mirando un vaso que él tiene a su lado, pregunto:

—¿Es agua? —Él asiente y yo insisto—: ¿Puedo beber?

Eric por fin se mueve, toma el vaso y me lo tiende.

Lo tomo, nuestros dedos se rozan y, exaltada por el mal momento que estoy pasando, bebo, bebo y bebo y me acabo el vaso entero.

Una vez que dejo el vaso vacío sobre la mesa, sin apartar la mirada del hombre que se ha propuesto no decir ni una sola palabra, mientras siento que la rabia comienza a crecer en mí, digo cuando suena un trueno:

—¿Sabes? Creo que la vida nos lo puso difícil para encontrarnos. Tú naciste en Alemania, yo en España, pero el destino quiso que nos encontráramos a pesar de ser dos personas tan diferentes. Desde que estamos juntos, nos ha pasado de todo, hemos aprendido uno al lado del otro muchas cosas, y nuestra vida en pareja ha estado siempre llena de amor y de pasión, a pesar de que, como dice nuestra canción, cuando tú dices blanco, yo respondo negro. —De nuevo, tomo aire y, dispuesta a terminar con mi monólogo, murmuro—: Eric, ahora soy yo la que te dice eso de «Pídeme lo que quieras y yo te lo daré». Piensa en todos esos bonitos momentos que hemos vivido juntos, cierra los ojos y pregúntate si valdrá la pena perdonarme para seguir recopilando momentos increíbles conmigo junto a Flyn, Eric, Hannah y el bebé que crece en mi interior.

Me callo. Espero que diga algo, pero mi duro alemán no habla.

Carajo, cómo me enfurece que haga eso.

Simplemente me mira con su gesto de Iceman enojado, y de pronto digo:

—Te doy una hora.

—¿Que me das una hora? —veo que por fin pregunta sorprendido.

Asiento. No sé por qué habré dicho la tontería de la hora.

Como siempre, hablo sin pensar pero, como no quiero dar marcha atrás a la maldita hora que le he dado, afirmo con la mayor seguridad que puedo mientras miro el reloj:

—Cuando salga de tu despacho, me iré a la cafetería a esperar y tú sabrás si valgo la pena o no. —Su cara es un poema—. Son las dos y media de la tarde; si a las tres y media no has ido a buscarme, significará que no quieres que lo nuestro se solucione y entonces bajaré hasta la recepción, donde Mel me está esperando, y me iré de Müller y de tu vida para siempre.

Su gesto se endurece.

Madre mía..., madre mía..., cómo me la estoy jugando.

Pero, sin bajarme de la burra a la que ya me he subido con todos mis bártulos, insisto caminando hacia la puerta:

—Tienes una hora.

—Judith.

Me llama por mi nombre completo. Mal asunto.

No me vuelvo. Si quiere, que se levante y vaya en mi busca.

Cierro la puerta y, durante unos segundos, espero a que la maldita puerta se abra y él aparezca, pero cuando veo que eso no ocurre, con el corazón desbordado por la locura que acabo de proponer, me despido de Gerta con una sonrisa y me encamino hacia el elevador. Lo tomo y bajo a la cafetería.

Una vez que llego allí, saludo con afecto a algunos empleados que conozco; espero que no noten lo mal que me siento. Acabo de jugarme en una hora el resto de mi vida; pero ¿qué he hecho?

Con la poca seguridad que me queda, me acerco hasta la barra y pido una coca-cola con hielo. Estoy sedienta.

Cuando me sirven, me siento a una de las mesas junto al ventanal, saco mi celular, lo dejo sobre la mesa y lo miro mientras pienso si Eric llamará o vendrá.

Angustiada, observo cómo los minutos pasan y Eric no aparece.

Miro al exterior. El cielo tiene una tonalidad gris, tan gris como mi maldito día.

A las tres de la tarde estoy que echo fuego por las orejas. ¿De verdad no va a venir?

A las tres y cuarto, tengo el cuello hecho un Cristo de ronchas. ¡Maldito necio!

A las tres y veinticinco, miro la puerta, tiene que aparecer de un momento a otro, ¡tiene que aparecer!

Mi rabia crece, crece y crece, y me siento idiota, imbécil por lo que he hecho, mientras unas irrefrenables ganas de llorar me toman, pero me aguanto. No he de llorar.

A las tres y media, sin esperar un segundo más, me levanto y, con la dignidad que me queda, me encamino hacia el elevador mientras me cago en Eric Zimmerman y en toda su casta.

Al llegar, veo que uno de los dos elevadores está fuera de servicio.

Carajo. Tendré que esperar más.

Mientras espero a que llegue el único elevador que funciona en la empresa, soy incapaz de razonar. El amor de mi vida acaba de meterme un fatídico golazo de los terribles y asoladores por toda la escuadra. Le he abierto mi corazón y al muy imbécil le ha dado igual.

El elevador llega. Está repleto de gente, y pulso el botón que me llevará a la planta baja, que ya está accionado.

Las ganas de llorar regresan a mí y vuelvo a tragarme las lágrimas mientras mi cabeza es un barullo de preguntas sin respuesta y siento que mi corazón se detiene dolorido por la cruda realidad.

De pronto, el elevador se para entre dos pisos, las luces se apagan y se encienden y unas mujeres que hay a mi alrededor se asustan.

Carajo... ¿Y ahora esto?

Durante unos segundos todos los que estamos en el elevador esperamos a que vuelva a funcionar, pero pasados unos treinta segundos, una de las mujeres comienza a apretar todos los botones con urgencia.

Al ver que a aquélla le va a dar un ataque de un momento a otro, la miro y, llamando su atención, digo:

—A ver..., tranquila. ¿Cómo te llamas?

—Lisa.

Su cara no me suena y, mirándola, pregunto:

—¿Trabajas en Müller?

—No. He venido... he venido a una entrevista.

Varias de las personas que hay allí comienzan a comentar que han venido a esa entrevista y, al ver que ya han entablado una conversación, digo:

—Escuchen. El elevador se ha parado porque se habrá ido la luz con la tormenta, pero sin duda los conserjes que están en la primera planta ya se habrán dado cuenta y pronto lo solucionarán.

A la mujer le tiemblan hasta las pestañas. Pobrecita. Sin embargo, parece que poco a poco se tranquiliza.

Pasan los minutos y, cuando soy consciente de dónde estoy, cómo estoy y encima encerrada, siento que voy a explotar de un momento a otro. Estar encerrada en un elevador nunca me ha gustado, y comienzo a sudar. Por suerte, llevo la misma bolsa que he traído de Jerez, y dentro está el abanico de flores que Tiaré, una amiga, me regaló. Rápidamente lo saco y comienzo a darme aire.

Madre mía..., madre mía, qué calorazo que me está entrando, y qué angustia de estar encerrada.

Carajo..., carajo..., ¿a que me mareo?

—¿Te encuentras bien?

Al oír esa voz, detengo los abanicazos que me estoy dando y, dándome la vuelta para mirar, me quedo sin habla cuando me encuentro al hombre que ya no sé si me ha roto el corazón, el alma o qué.

Durante unos segundos lo miro con gesto oscuro. Quiero que note lo decepcionada que estoy con él y, al ver que no dice nada más, me vuelvo de nuevo y sigo abanicándome. Pero, de pronto, me rasco el cuello y oigo en mi oído:

—No, pequeña..., eso sólo lo empeorará —y siento cómo retira mi mano y sopla sobre mi cuello.

Eso... El aire que sale de su boca y da en mi piel eriza todo el vello de mi cuerpo, cuando lo oigo decir:

—¿Sabes? Hace años, el destino hizo que te conociera en un elevador que se paró justamente como éste en España. En poco menos de cinco minutos me enamoré locamente de ti mientras me contabas que, si te entraba el nervio, eras capaz de echar espumarajos por la boca y convertirte en la niña de *El exorcista*.

Oír eso me da la vida.

Eric, mi Eric, vuelve a recurrir a nuestros recuerdos. Aun así, no digo nada. No puedo.

Siento que mi alemán se acerca un poco más a mí y, tras soplarme de nuevo en mi enrojecido cuello, prosigue:

—Tú me has dado unos hijos preciosos y me vas a dar otro igual de bonito, pero sin lugar a dudas lo mejor de mi vida eres tú. Mi pequeña. Mi preciosa morena a la que le encanta retarme todos los días y a la que adoro ver sonreír. —Noto que toma aire y continúa—: Me dijiste que las cosas que valen la pena en la vida nunca son sencillas. Y tienes razón. Ni tú ni yo somos sencillos, pero nos queremos y nos queremos tanto que ya no podemos estar el uno sin el otro.

Ay, que me da... Entre el calor que hace aquí y el ataque de romanticismo que le ha entrado, creo que definitivamente me voy a desmayar, cuando de pronto siento que una de sus manos me toma del brazo, me da la vuelta para que lo mire y, enseñándome un paquete de chicles de fresa, dice:

—¿Quieres uno?

Como una tonta, y sin importarme cómo nos miran, asiento. Con una encantadora sonrisa, Eric saca un chicle, le quita el papel y directamente lo mete en mi boca.

Acto seguido, yo tomo otro, lo abro y se lo meto a él en la

boca. Qué bonito recuerdo aquél. Luego, ambos sonreímos y él afirma:

—Ahí está. Ésa es la sonrisa en la que pienso a cada momento del día.

Bueno, ya me tiene. Ya vuelve a tenerme donde él quería, y entonces pregunto:

—¿Qué haces aquí?

Apoyando el hombro en la pared del elevador para estar más cerca de mi cara, murmura:

—Quería darte un golpe de efecto tras lo que me has dicho y llevo más de media hora metido en el elevador subiendo y bajando. Tenía miedo de que te fueras antes de la hora y por eso inutilicé uno de los elevadores para que no te escaparas de mí. —Y, acercándose a mí, afirma—: Por cierto, que sepas que, cuando salga de aquí, Björn me va a degollar.

—¿Por qué? —pregunto curiosa.

Mi alemán sonríe y, acercándose aún más, cuchichea con cuidado de no ser oído:

—Como me dijiste que Mel estaba esperándote en recepción, la llamé y le pedí que trajera a Peter para que pirateara el software de los elevadores para poder quedarme aquí encerrado contigo.

Eso me provoca risa. Pero ¿qué ha hecho ese loco? Y yo pensando que había sido la tormenta.

De pronto comienza a sonar por el altavoz del elevador nuestra canción. Malú canta *Blanco y negro,** y Eric me mira con una ponzoñosa sonrisa, me guiña el ojo y murmura:

—Si fallaba el golpe de efecto al verte, sin duda nuestra canción me daría otra oportunidad.

Vuelvo a sonreír. Eric, mi amor, el hombre de mi vida y dueño de mi corazón, está haciendo lo que necesito. Hace lo que cualquier mujer necesita ver para sentir que el hombre al que ama está tan enamorado como ella.

—No me ha hecho falta una hora para saber que no quiero vivir sin ti —susurra entonces con voz ronca—, pero sí para pre-

* Véase la nota de la pág. 149. *(N. de la E.)*

parar todo esto. Por nada del mundo voy a dejar que te vayas de mi vida porque te quiero y porque los recuerdos que tú y yo tenemos juntos y los que vamos a atesorar en nuestro camino son mucho más importantes que las tontas piedras que tenemos que saltar para continuar con nuestro amor.

—Vaya... —murmuro boquiabierta por sus palabras mientras Malú relata nuestra increíble historia de amor.

Desde luego, cuando mi Iceman quiere, tiene un don de la palabra y de la improvisación impresionante.

—Por cierto —continúa sin importarle las personas que nos miran y cuchichean—. Ya lo había hecho antes de ir a Jerez, pero quiero que sepas que he delegado en varios de mis directivos muchas cosas y, en adelante, tú y yo vamos a disfrutar de nuestras vidas porque, como bien dijiste hace poco, ¿de qué sirve el dinero si no lo disfrutamos? Y, por último, pero no menos importante, quiero decirte que antes, en mi despacho, has olvidado decir que, además de todas esas cosas que has mencionado, eres mi amor, eres apasionada, besucona, maternal, hogareña, malhablada, loca, interesante, apetecible, dura, divertida, sexi, guerrera, pasional, y podría seguir y seguir y seguir diciéndote los millones de cosas buenas y positivas que tienes, pero ahora necesito besarte. ¿Puedo?

Enamorada, lo miro. Sin duda, somos tal para cual y, negando con la cabeza, murmuro:

—No.

Su gesto de sorpresa me hace gracia.

—¿Por qué? —pregunta.

Sonrío divertida. Mi corazón va a estallar de felicidad y, acoplándome más a él, susurro acercando mi boca a la suya:

—Imbécil, porque te voy a besar yo.

Nuestras bocas se encuentran.

Nuestros cuerpos se recuperan.

Nuestros corazones vuelven a latir al unísono y, cuando nuestras lenguas chocan y se devoran con auténtica pasión, de pronto me atraganto y, separándome de él, cuchicheo:

—Carajo, cariño, acabo de tragarme el chicle.

Eric suelta una risotada, nos abrazamos ante la cara de todos los que nos miran y luego murmura con disimulo:

—Creo que es mejor que avise a Peter para que haga que el elevador se mueva.

Atontada por la locura que mi amor ha hecho por mí en la empresa, afirmo olvidándome del chicle:

—Sí. Saquemos a estas personas del elevador.

Eric pulsa un botón de su celular y, pasados unos segundos, el elevador se mueve y las personas que hay a nuestro alrededor se miran sorprendidas y aplauden.

Cuando el elevador llega a la planta baja y todos salen, Eric me da la mano, yo se la agarro con fuerza y seguridad y, encantados y felices, salimos del elevador, sabiendo que a partir de ahora, unidos, somos indestructibles y que nada ni nadie podrá con nuestro auténtico, loco y apasionado amor.

Epílogo

Múnich, un año después

Lo que me gustan las fiestas...

Si hay algo que me encanta es tener mi casa repleta de gente celebrando lo que sea. La primavera, la Navidad, o incluso que me ha salido un grano en la oreja.

¡Cualquier fiesta es siempre bien recibida!

Pero, en este caso en concreto, celebramos el bautizo de Paul, mi pequeñín, y de Jasmina, la hija de Björn y Mel.

Desde un lado de la sala, observo emocionada a todas las personas que allí están y que son tan importantes para mí.

Flyn, Peter y Luz ríen cerca de la chimenea. Como jóvenes que son, no se separan, confabulan, cuchichean, y ya los hemos bautizado como «el trío calavera».

El pequeño Eric, Hannah, Sami, Glen, Lucía y Juanito corretean por la sala persiguiendo a *Susto*, a *Calamar* y a *Leya*, que disfrutan de la agobiante atención. Son niños, son traviesos, son inocentes, y pienso que sus caras de alegría son una de las cosas más bonitas que he visto en mi vida, mientras los preciosos gemelos de Dexter duermen en el cochecito.

Mi padre y la Pachuca brindan con mi suegra, el padre y el hermano de Björn. La felicidad que veo en sus ojos mientras lo hacen y los niños los rodean es tan gratificante que consigue que me emocione.

Sentados en el sofá, mi hermana y Juan Alberto ríen con Dexter y Graciela. Los dos mexicanos juntos son dos guasones, mientras Björn y Mel cuchichean con Frida y Andrés y, por sus risas, ya imagino lo que planean.

Simona y Norbert hablan con mis cuñados Drew y Marta, mientras Drew tiene en brazos a mi divina sobrinita. Este día les he prohibido a Simona y a Norbert que trabajen. Son unos invitados más de la fiesta y, aunque al principio a Eric y a mí nos costó convencerlos, al final se han dado cuenta de que ellos son tan familia nuestra como los demás.

—¿Qué piensas?

La voz de Eric me hace regresar a la realidad y, dejándome abrazar por él, respondo:

—Pienso en la gran familia que tenemos.

Eric, mi amor, mi gran amor, mira a nuestro alrededor. Tras lo ocurrido aquel día en el elevador de Müller, nuestra vida ha ido a mejor. Tanto él como yo sabemos lo que queremos, y lo que queremos es estar juntos a pesar de nuestras peleas. ¿Qué sería de nosotros sin pelear y reconciliarnos?

Encantada estoy de tenerlo a mi lado cuando mi muchachote rubio me besa en el cuello y afirma:

—Y todo esto es gracias a ti, pequeña. Si tú no hubieras entrado en mi vida, nada de esto sería hoy en día realidad.

Enamorada, me doy la vuelta, lo miro, lo beso y, en cuanto nuestro beso acaba, afirmo:

—Esto es gracias a los dos. A ti y a mí.

Eric sonríe, va a decir algo, pero entonces Björn lo llama y, tras guiñarme un ojo, se aleja prometiendo regresar.

En ese instante, mi sobrina Luz se acerca a mí y, mirándome, dice:

—Madre mía, tita, ¡me encanta Peter!

Raquel, que se acerca también, gruñe al oírla:

—Luz, por el amor de Dios, baja la voz y no seas descarada.

Mi hermana y mi sobrina. Mi sobrina y mi hermana. Sin duda, ellas son una historia para contar aparte y, cuando voy a decir algo para que haya paz, la sinvergüenza de Luz, que no se intimida con nada, cuchichea:

—Mamá, pero si es que es igualito a Harry Styles de los One Direction. —Y, dando un suspiro de lo más teatral, añade—: ¡Está buenísimo!

Suelto una risotada, no puedo remediarlo, mientras aquellas dos se enzarzan en una conversación madre e hija y yo decido quitarme de en medio o me salpicará.

Sedienta, me acerco hasta la mesita principal, donde he preparado una gran comilona, y donde el jamoncito del rico vuelve a ser el protagonista, y me pongo morada. ¡Viva el jamón!

Tomo un vaso, lo lleno hasta arriba de hielo y me sirvo una coca-cola. Feliz, le doy un trago. ¡Mmm, qué rica está! Desde luego, si me preguntan por los dos grandes placeres de mi vida, tengo muy claro que el primero es Eric Zimmerman y el segundo la coca-cola. Disfrutando estoy de mi segundo placer cuando el primero regresa de nuevo a mi lado, pasa la mano por mi cintura y acabo pegada a su cuerpo. Feliz, voy a besarlo pero en ese momento Björn y Mel llegan hasta nosotros y el guasón de mi amigo se mofa:

—Chicos…, chicos…, ¿qué tal si dejan algo para esta noche?

Eric y yo sonreímos, y Mel, guiñándome el ojo, cuchichea:

—Esta noche, fin de fiesta en el Sensations. ¿Qué les parece?

Miro a Eric, él me mira y pregunta:

—¿Se te antoja, morenita?

Encantada, asiento y digo:

—Por supuesto, rubito.

La puerta de la sala se abre en ese instante y aparecen Pipa con el pequeño Paul y Bea con Jasmina, y en cero coma tres segundos los orgullosos padres de las criaturitas, Eric y Björn, ya se los han quitado de los brazos y les están hablando con sonidos guturales mientras los niños se parten de risa.

Seguro que piensan que les falta más de un tornillo.

Al ver a aquellas dos preciosidades, todos los asistentes se arremolinan alrededor de ellos mientras Mel y yo sonreímos orgullosas. Nuestros hijos son preciosos y unas calcomanías de sus guapos papaítos. Paul es rubio como Eric, y Jasmina es morena como Björn, con unos preciosos ojazos azules como los de sus papis.

Raquel, que es muy niñera, al ver aquello se acerca a Mel y a mí y murmura:

—Qué padrazos…, qué padrazos son esos dos alemanes.

Nosotras asentimos —¡no lo sabe ella bien!—, cuando de pronto el guasón de mi cuñado se nos acerca, le entrega a mi hermana una copita de champán y dice sin inmutarse:

—Mi reina, esta noche, cuando la fiesta acabe, quiero que me esperes con todo bien caliente en la cama, excepto el champán.

Al oírlo, Raquel lo mira boquiabierta, pestañea y murmura:

—Juan Alberto, por el amor de Dios, pero ¿qué te pasa?

Mi cuñado, que ya debe de haberse enterado de que esta noche nosotros vamos al Sensations, agarra a mi hermana por la cintura y susurra como buen macho mexicano:

—Que me muero por tus huesitos, mi reina.

Dicho esto, la suelta y se va dejándonos a Mel y a mí sin saber qué decir y, cuando creo que mi hermana va a gruñir por su descaro, de pronto, la muy diva me mira y, tras dar un traguito a su copita de champán, murmura alejándose de nosotras:

—Ojú, qué arte y qué poderío tiene mi gordito feroz.

Mel y yo nos carcajeamos al oírla, y veo que mi hermana ríe también. ¡La madre que la parió!

Durante un buen rato, mi amiga y yo hablamos. Me cuenta que Louise, tras su divorcio, ha encontrado un buen trabajo en una compañía de seguridad, y que Björn, con un amigo de Eric del Tribunal Superior, están destrozando a aquel bufete. De pronto, se interrumpe y cuchichea:

—Jud..., Jud..., mira a la princesa en acción y no te la pierdas.

Rápidamente busco a la pequeña por la sala y la encuentro parada mirando cómo Björn le dice cosas a la pequeña Jasmina. Björn, otro padrazo.

Sami se separa del grupo de los niños, que continúan correteando y, acercándose hasta él, lo llama:

—Papi..., papi.

Veo que Björn enseguida deja de mirar al bebé que tiene en brazos y pregunta:

—¿Qué pasa, princesa?

La niña frunce la boquita, pone ojitos de pena y, cuando Björn se agacha para estar a su altura, dice señalándose la rodilla:

—Me duele aquí, papi.

Mel y yo sonreímos al oír eso. A Sami le está costando compartir su trono con la pequeña Jasmina; su papi era sólo suyo y aún no lleva bien tener que compartirlo, aunque estamos seguras de que lo superará.

Tras intercambiar una mirada divertida con Mel y conmigo, el abogado le entrega el bebé a la Pachuca, que se apresura a tomarlo, y levanta en brazos a la rubita que lo mira con gesto de triunfo. Luego, la sienta en una silla, se saca una tirita de princesas del bolsillo del pantalón y, poniéndosela con cariño en la rodilla, murmura:

—Recuerda, Sami: la Bella Durmiente te curará mágicamente y el dolor se irá, tachán..., chan... chan..., ¡para no volver más!

El gesto de la cría cambia de inmediato. Tener la atención de su papi es lo que buscaba, y ya la tiene. Después de darle un abrazo y Björn deshacerse en besos con ella, se va de nuevo a jugar con los niños; ¡es lo que toca!

Mel y yo nos miramos. Sonreímos ante aquello, y Björn, acercándose a nosotras, cuchichea abrazando a Mel:

—Qué le vamos a hacer. Todas quieren estar conmigo.

—Eh, 007, ¡no seas tan creído! —responde Mel riendo.

De pronto comienza a sonar por los altavoces de la sala a todo volumen *September*,* de Earth, Wind & Fire, una canción llena de positividad, buen rollo y encanto.

¡Madre mía, cómo me gusta!

Miro a mi suegra; ella ha sido quien la ha puesto y ha subido el volumen, sé cuánto le gusta esa canción. Me guiña un ojo y, al ver que comienza a bailar, no lo dudo y, como he hecho en otras ocasiones, bailo con ella sin ningún sentido de la vergüenza. Al vernos, Marta da un grito de felicidad, se nos acerca bailando y, pocos segundos después, se nos unen Mel, Raquel, Graciela, Luz, la Pachuca y ¡hasta Simona! Pipa y Bea desaparecen despavoridas con los bebés.

Todas las mujeres, rodeadas de los niños, bailamos aquella alegre canción, hasta que mi suegra, que es un terremoto, mira a los hombres y exige a gritos:

* *September*, Sony Columbia, interpretada por Earth, Wind & Fire. *(N. de la E.)*

—Esto es una fiesta, venga, ¡todos a bailar!

Y, dejándome alucinada como siempre cuando se lo propone, el primero en acercarse a mí moviendo las caderas es mi marido. Mi guapo, atractivo y sensual Eric Zimmerman hace que todos aplaudan, y yo sonrío a más no poder.

¡Dios mío, cuánto lo quiero!

Tras él, todos los hombres comienzan a moverse, y cuando todos, absolutamente todos los que estamos en la sala bailamos, incluido Dexter con su Graciela, sentada sobre él, me agarro al cuello de mi amor y murmuro encantada:

—Te quiero, imbécil.

Decir que lo quiero se queda corto..., muy corto, y lo mejor es que sé cuánto me quiere él a mí.

Está claro que las cosas importantes en la vida nunca son sencillas. Pero nosotros nos queremos y deseamos seguir sumando preciosos recuerdos a nuestra vida en común y, sin duda, el que estamos viviendo rodeados por la familia será uno más que sumar, y más cuando mi amor me mira y, con una de sus increíbles sonrisas, dice antes de besarme:

—Pequeña, pídeme lo que quieras y yo te lo daré.

Megan Maxwell es una reconocida y prolífica escritora del género romántico. De madre española y padre americano, ha publicado novelas como *Te lo dije* (2009), *Deseo concedido* (2010), *Fue un beso tonto* (2010), *Te esperaré toda mi vida* (2011), *Niyomismalosé* (2011), *Las ranas también se enamoran* (2011), *¿Y a ti qué te importa?* (2012), *Olvidé olvidarte* (2012), *Las guerreras Maxwell. Desde donde se domine la llanura* (2012), *Los príncipes azules también destiñen* (2012), *Pídeme lo que quieras* (2012), *Casi una novela* (2013), *Llámame bombón* (2013), *Pídeme lo que quieras, ahora y siempre* (2013), *Pídeme lo que quieras o déjame* (2013), *¡Ni lo sueñes!* (2013), *Sorpréndeme* (2013), *Melocotón loco* (2014), *Adivina quién soy* (2014), *Un sueño real* (2014), *Adivina quién soy esta noche* (2014), *Las guerreras Maxwell. Siempre te encontraré* (2014), *Ella es tu destino* (2015), *Sígueme la corriente* (2015), *Hola, ¿te acuerdas de mí?* (2015) y *Un café con sal* (2015), además de cuentos y relatos en antologías colectivas. En 2010 fue ganadora del Premio Internacional Seseña de Novela Romántica, en 2010, 2011, 2012 y 2013 recibió el Premio Dama de Clubromantica.com, y en 2013 recibió también el AURA, galardón que otorga el Encuentro Yo Leo RA (Romántica Adulta).

Pídeme lo que quieras, su debut en el género erótico, fue premiada con las Tres plumas a la mejor novela erótica que otorga el Premio Pasión por la novela romántica.

Megan Maxwell vive en un precioso pueblecito de Madrid, en compañía de su marido, sus hijos, su perro *Drako* y sus gatas *Julieta* y *Peggy Su*.

Encontrarás más información sobre la autora y sobre su obra en:
<www.megan-maxwell.com>.

Did you stop loving me?

I just wanted to hear your voice because I miss you.